BEUTE

MICHAEL CRICHTON

BEUTE

ROMAN

Aus dem Amerikanischen
von Ulrike Wasel und Klaus Timmermann

Weltbild

Die amerikanische Originalausgabe erschien
unter dem Titel *Prey*
bei HarperCollins, New York.

Besuchen Sie uns im Internet:
www.weltbild.de

Genehmigte Lizenzausgabe für Verlagsgruppe Weltbild GmbH,
Steinerne Furt, 86167 Augsburg

Übersetzung: Ulrike Wasel und Klaus Timmermann
Umschlaggestaltung: Johannes Frick, Augsburg
Umschlagmotiv: The Imagebank, München
Gesamtherstellung: Clausen & Bosse GmbH,
Birkstraße 10, 25917 Leck
Printed in Germany
ISBN 3-8289-7279-9

2006 2005 2004 2003
Die letzte Jahreszahl gibt die aktuelle Lizenzausgabe an.

»Es ist davon auszugehen, dass in den kommenden fünfzig bis hundert Jahren eine neue Kategorie von Organismen entstehen wird. Diese Organismen werden insofern künstlich sein, als sie ursprünglich von Menschen entworfen wurden. Sie werden sich jedoch vermehren und ihre ursprüngliche Form ›evolutionär‹ verändern; sie werden entsprechend jeder vernünftigen Definition des Wortes ›lebendig‹ sein [...]. Das Tempo des evolutionären Wandels wird extrem hoch sein [...]. Die Auswirkungen für die Menschheit und die Biosphäre könnten ungeheuer sein, größer als die der industriellen Revolution, der Atomwaffen oder der Umweltverschmutzung. Wir müssen jetzt Maßnahmen ergreifen, um die Entstehung künstlicher Organismen zu steuern.«

Doyne J. Farmer und Alletta d'A. Belin

»Viele Menschen, mich eingeschlossen, haben ein ungutes Gefühl, wenn sie an die Folgen dieser Technologie für die Zukunft denken. Das Ausmaß der möglichen Veränderungen ist gewaltig, und es besteht die große Gefahr, dass die Gesellschaft ohne ausreichende Vorbereitung nur sehr schlecht damit umgehen wird.«

K. Eric Drexler

EINFÜHRUNG:

Künstliche Evolution im 21. Jahrhundert

Die Vorstellung von der fortwährenden Entwicklung der Welt ist ein Gemeinplatz, und nur selten machen wir uns seine volle Tragweite bewusst. Für gewöhnlich denken wir dabei zum Beispiel nicht an eine epidemische Krankheit, die ihren Charakter verändert, während sich die Epidemie ausbreitet. Ebenso wenig stellen wir uns vor, dass sich Evolution an Pflanzen und Tieren binnen Tagen oder Wochen vollzieht, aber dem ist so. Und normalerweise betrachten wir die grüne Welt um uns herum nicht als den Schauplatz eines immer währenden Krieges mit hochkomplizierten chemischen Waffen, wo Pflanzen Pestizide produzieren, wenn sie von Insekten angegriffen werden, die ihrerseits Widerstandsformen entwickeln. Aber genau das ist der Fall.

Wenn wir die wahre Natur der Natur erfassen, die wahre Bedeutung von Evolution begreifen könnten, dann würden wir uns eine Welt vorstellen, auf der sich jede Pflanzen-, Insekten- und Tierart von Augenblick zu Augenblick verändert, weil sie auf alle anderen Pflanzen-, Insekten- und Tierarten reagiert. Ganze Populationen von Organismen entstehen und vergehen, bewegen und verändern sich. Dieser rastlose und unaufhörliche Wandel, so unerbittlich und unaufhaltsam wie Meereswellen und Gezeiten, impliziert eine Welt, in der alles menschliche Handeln zwangsläufig unberechenbare Folgen hat. Jenes Gesamtsystem, das wir Biosphäre nennen, ist derart kompliziert, dass wir im Voraus nicht wissen können, welche Auswirkungen unser Tun haben wird, niemals Veränderungen auch nur ansatzweise voraussagen werden können.[1]

Deshalb haben in der Vergangenheit selbst unsere bestgemeinten Bemühungen unerwünschte Folgen gehabt; entweder weil wir zu naiv waren oder weil diese sich kontinuierlich wandelnde Welt unberechenbare Reaktionen auf unser Handeln zeigte. So gesehen, ist die Geschichte des Umweltschutzes ebenso entmutigend wie die Geschichte der Umweltverschmutzung. Wer zum Beispiel behauptet, das industrielle Abholzen der Wälder sei schädlicher als ökologische Schutzmaßnahmen gegen Waldbrände, der übersieht die Tatsache, dass beides mit großer Überzeugung betrieben wurde und beides den Urwald unwiderruflich verändert hat. Beides liefert gleichermaßen umfassende Beweise für den sturen Egoismus, der die Interaktion des Menschen mit seiner Umwelt prägt.

Die Tatsache, dass die Biosphäre unvorhersehbar auf unser Tun reagiert, ist kein Argument für Untätigkeit. Sie ist hingegen ein gewichtiges Argument für ein behutsames Vorgehen und für eine skeptische Haltung gegenüber dem, was wir glauben, und dem, was wir tun. Leider hat unsere Spezies in der Vergangenheit diese Behutsamkeit schmerzlich vermissen lassen. Und es ist kaum vorstellbar, dass sich daran in Zukunft etwas ändern wird.

Wir glauben zu wissen, was wir tun. Das haben wir schon

---

1 Diese Ungewissheit ist typisch für alle komplexen Systeme, einschließlich der vom Menschen geschaffenen. Nachdem an einem einzigen Tag im Oktober 1987 die Aktienkurse an der US-Börse um 22 Prozent abstürzten, wurden neue Regeln aufgestellt, um einen derartigen Kollaps in Zukunft zu verhindern. Doch es war nicht vorauszusagen, ob dadurch mehr Stabilität garantiert oder alles noch verschlimmert würde. Nach Einschätzung von John L. Casti waren die neuen Regeln lediglich ein vom Börsenvorstand akzeptiertes, kalkuliertes Risiko. Siehe Castis äußerst lesenswertes Werk *Would-be Worlds*. New York: Wiley, 1997, S. 80 ff.

immer geglaubt. Wir wollen einfach nicht einsehen, dass wir uns in der Vergangenheit geirrt haben und demnach auch in Zukunft irren können. Stattdessen schiebt jede Generation frühere Fehler auf die Unvernunft nicht ganz so kluger Köpfe – und begeht dann erhobenen Hauptes neue Fehler.

Wir sind eine von nur drei Spezies auf unserem Planeten, die von sich behaupten können, dass sie sich ihrer selbst bewusst sind[2], doch vielleicht wäre Selbsttäuschung für uns Menschen ein bezeichnenderes Charakteristikum.

Irgendwann im einundzwanzigsten Jahrhundert wird unser von Selbsttäuschung bestimmter Leichtsinn mit unserer wachsenden technologischen Macht kollidieren. Zu dieser Kollision wird es sicherlich an der Nahtstelle zwischen Nanotechnologie, Biotechnologie und Computertechnologie kommen. Alle drei Bereiche vermögen, sich selbst reproduzierende Einheiten in die Umwelt zu entlassen.

Mit der ersten dieser sich selbst reproduzierenden Einheiten leben wir schon seit einigen Jahren: Computerviren. Und auch mit den Problemen der Biotechnologie machen wir allmählich immer mehr praktische Erfahrungen. Dass, wie kürzlich bekannt wurde, Gene aus gentechnisch verändertem Mais in gentechnisch nicht verändertem Mais in Mexiko aufgetaucht sind – trotz gesetzlicher Verbote und trotz der Versuche, es zu verhindern –, ist bloß der Anfang eines sicherlich langen und beschwerlichen Weges, diese Technologie unter Kontrolle zu bringen. Gleichzeitig sind die alten Überzeugungen, Biotechnologie sei grundsätzlich ungefährlich – Überzeugungen, die seit den Siebzigerjahren von der großen Mehrheit der Biologen verbreitet wurden –, ins Wan-

---

2 Menschen, Schimpansen und Orang-Utans sind die einzigen Lebewesen, bei denen überzeugend nachgewiesen wurde, dass sie sich ihrer selbst bewusst sind. Entgegen dem landläufigen Glauben ist dies für andere Tiere, wie beispielsweise Delfine oder andere Affenarten, nicht eindeutig belegt.

ken geraten. Seit australische Wissenschaftler im Jahre 2001 unabsichtlich ein ungeheuer tödliches Virus entwickelten, nehmen viele Menschen die alten Denkmuster noch einmal kritisch unter die Lupe.[3] Zukünftig werden wir mit dieser Technologie sicherlich nicht mehr so unbeschwert umgehen wie in der Vergangenheit.

Die Nanotechnologie ist die neueste dieser drei Technologien, und in mancher Hinsicht ist sie auch die radikalste. Ihr Ziel ist es, unvorstellbar kleine Maschinen zu bauen, in der Größenordnung von einhundert Nanometern, also einem hundertmilliardstel Meter. Solche Maschinen wären etwa tausendmal kleiner als der Durchmesser eines Menschenhaars. Experten prophezeien, dass uns diese winzigen Maschinen alles liefern werden, von Miniaturcomputerelementen über Krebstherapien bis hin zu neuen Kriegswaffen.

Als Idee geht die Nanotechnologie auf einen Vortrag zurück, den Richard Feynman 1959 unter dem Titel »There's Plenty of Room at the Bottom« hielt.[4] Vierzig Jahre später steckt dieser Forschungsbereich trotz anhaltenden Medieninteresses noch immer größtenteils in den Kinderschuhen. Doch inzwischen werden praktische Fortschritte erzielt und deutlich mehr Gelder investiert. Großkonzerne wie IBM, Fujitsu und Intel stecken immense Summen in die Forschung. In den vergangenen zwei Jahren ließ die US-Regierung eine Milliarde Dollar in die Nanotechnologie fließen.

Unterdessen werden mit Nanotechniken bereits Sonnenschutzmittel, Flecken abweisende Stoffe und Verbundmaterialien für

---

3 Siehe hierzu beispielsweise folgenden Aufsatz: Jackson, R.J., A.J. Ramsay, C.D. Christensen, S. Beaton, D.F. Hall und I.A. Ramshaw: »Expression of Mouse Interleukin-4 by a Recombinant Ectromelia Virus Suppresses Cytolytic Lymphocyte Responses and Overcomes Genetic Resistance to Mousepox«, in: *Journal of Virology,* 2001, 75, S. 1205ff.

4 Feynman, R. P.: »There's Plenty of Room at the Bottom«, in: *Eng. and Sci.,* 1960, 23, S. 22ff.

Autos hergestellt. Nicht mehr lange, und die Nanotechnologie ermöglicht den Bau von winzigen Computern und Speicherchips.

Und einige der lang erwarteten »Wunderprodukte« sind auch schon auf dem Markt: Im Jahre 2002 stellte ein Unternehmen selbstreinigende Fensterscheiben her; eine andere Firma produzierte einen Wundverband aus Nanokristallen mit antibiotischen und entzündungshemmenden Eigenschaften.

Zurzeit ist die Nanotechnologie hauptsächlich eine Materialtechnologie, doch ihre Möglichkeiten reichen weit darüber hinaus. Schon seit Jahrzehnten werden Spekulationen über Maschinen angestellt, die sich selbst reproduzieren können. Im Jahre 1980 wurden in einer NASA-Studie mehrere Methoden erörtert, mit denen sich solche Maschinen herstellen ließen. Und vor zehn Jahren beschäftigten sich zwei renommierte Wissenschaftler ernsthaft mit der Materie:

> »Es ist davon auszugehen, dass in den kommenden fünfzig bis hundert Jahren eine neue Kategorie von Organismen entstehen wird. Diese Organismen werden insofern künstlich sein, als sie ursprünglich von Menschen entworfen wurden. Sie werden sich jedoch vermehren und ihre ursprüngliche Form ›evolutionär‹ verändern; sie werden entsprechend jeder vernünftigen Definition des Wortes ›lebendig‹ sein [...]. Das Tempo des evolutionären Wandels wird extrem hoch sein [...]. Die Auswirkungen für die Menschheit und die Biosphäre könnten ungeheuer sein, größer als die der industriellen Revolution, der Atomwaffen oder der Umweltverschmutzung. Wir müssen jetzt Maßnahmen ergreifen, um die Entstehung künstlicher Organismen zu steuern.«[5]

---

[5] Farmer, J. Doyne, und Alletta d'A. Belin: »Artificial Life: The Coming Evolution«, in: Langton, C. G., C. Taylor, J. D. Farmer und S. Rasmussen (Hrsg.): *Artificial Life II.* Santa Fe Institute, Studies in the Sciences of Complexity, Proc. Vol. X, Reading, MA: Addison-Wesley, 1992, S. 815.

Auch der größte Verfechter der Nanotechnologie, K. Eric Drexler, äußerte sich ähnlich besorgt:

> »Viele Menschen, mich eingeschlossen, haben ein ungutes Gefühl, wenn sie an die Folgen dieser Technologie für die Zukunft denken. Das Ausmaß der möglichen Veränderungen ist gewaltig, und es besteht die große Gefahr, dass die Gesellschaft ohne ausreichende Vorbereitung nur sehr schlecht damit umgehen wird.«[6]

Selbst gemäß den optimistischsten (oder unheilvollsten) Prognosen wird es solche Organismen erst in Jahrzehnten geben. Wir können nur hoffen, dass wir bis dahin auf internationaler Ebene Kontrollinstanzen für sich selbst reproduzierende Technologien eingesetzt haben. Entscheidend ist, dass die Gesetzesübertritte streng geahndet werden. Wer Computerviren erzeugt, wird schon heute mit einer Härte strafrechtlich verfolgt, wie es noch vor zwanzig Jahren undenkbar gewesen wäre, und Hacker landen hinter Schloss und Riegel. Auf Abwege geratene Biotechnologen werden ihnen bald Gesellschaft leisten.

Aber natürlich ist nicht auszuschließen, dass wir die Einrichtung solcher Kontrollen versäumen. Oder dass jemand sehr viel früher als erwartet künstliche, sich selbst reproduzierende Organismen erzeugt. Tritt das ein, wären die Folgen unabsehbar. Und davon handelt der vorliegende Roman.

Michael Crichton
Los Angeles 2002

---

6 Drexler, K. Eric: »Introduction to Nanotechnology«, in: Krummenacker, Markus, und James Lewis (Hrsg.): *Prospects in Nanotechnology: Toward Molecular Manufacturing.* Proceedings of the First General Conference on Nanotechnology: Development, Applications and Opportunities. New York: Wiley, 1995, S. 21.

Es ist jetzt Mitternacht. Das Haus ist dunkel. Ich weiß nicht, wie die Sache ausgehen wird. Den Kindern ist fürchterlich schlecht, sie übergeben sich. Ich höre, wie mein Sohn und meine Tochter in verschiedenen Badezimmern würgen. Vor einigen Minuten war ich bei ihnen, um zu sehen, was da hochkommt. Mir macht die Kleinste Sorgen, aber auch ihr musste ich das zumuten. Es war ihre einzige Chance.

Ich glaube, mit mir ist alles in Ordnung, zumindest im Augenblick. Aber die Aussichten sind natürlich nicht gut: Die meisten, die mit dieser Geschichte zu tun hatten, sind bereits tot. Und es gibt so vieles, was ich nicht weiß.

Die Fabrik ist zerstört, aber ich bin mir nicht sicher, ob wir es rechtzeitig geschafft haben.

Mae ist heute Nachmittag zu dem Labor in Palo Alto gefahren. Ich hoffe, es ist ihr gelungen, denen dort begreiflich zu machen, wie bedrohlich die Lage ist. Ich habe gedacht, das Labor würde sich melden, aber bislang habe ich noch kein Wort von ihnen gehört.

Ich habe ein Klingeln in den Ohren, das ist ein schlechtes Zeichen. Und in Brust und Unterleib spüre ich ein Vibrieren. Die Kleine spuckt eigentlich nur, übergibt sich nicht richtig. Mir ist schwindelig. Ich hoffe, ich verliere das Bewusstsein nicht. Die Kinder brauchen mich, vor allem die Kleine. Sie haben Angst. Verständlicherweise.

Auch ich habe Angst.

Wie ich hier so im Dunkeln sitze, kann ich kaum glauben, dass noch vor einer Woche mein größtes Problem darin bestand, einen neuen Job zu finden. Jetzt kommt mir das fast lachhaft vor.

Aber andererseits entwickeln sich die Dinge ja nie so, wie man denkt.

I.
ZU HAUSE

1. Tag, 10.04 Uhr

Die Dinge entwickeln sich nie so, wie man denkt.

Ich hatte nie vor, Hausmann zu werden. Ein Ehemann, der zu Hause bleibt. Ein Vollzeitvater, wie immer man es auch nennen will – die Begriffe taugen alle nicht richtig. Aber genau das war ich seit sechs Monaten. Jetzt war ich bei *Crate and Barrel* im Zentrum von San Jose, um ein paar Gläser nachzukaufen, und bei der Gelegenheit sah ich, dass sie auch eine gute Auswahl an Tischsets hatten. Wir brauchten noch ein paar Sets; die geflochtenen, ovalen, die Julia vor einem Jahr gekauft hatte, waren ziemlich hinüber und mit Babynahrung verkrustet. Weil sie geflochten waren, konnte man sie nicht waschen, und das war das Problem. Also blieb ich vor der Auslage stehen und schaute, ob sie gute Sets im Angebot hatten, ich fand ein paar blassblaue, die ganz hübsch waren, und nahm noch ein paar weiße Servietten. Und dann fiel mein Blick auf gelbe Sets, denn sie leuchteten richtig und waren schön, also nahm ich die auch noch. Es waren keine sechs Stück mehr im Regal, und ich dachte, sechs wären besser für uns, also bat ich die Verkäuferin nachzusehen, ob sie noch welche im Lager hatten. Während sie weg war, legte ich ein Platzdeckchen auf den Tisch, stellte einen weißen Teller darauf und legte eine gelbe Serviette daneben. Das Arrangement sah ausgesprochen fröhlich aus, und ich überlegte gerade, ob ich vielleicht acht statt sechs nehmen sollte, als mein Handy klingelte.

Es war Julia. »Hi, Schatz.«

»Hi, Julia. Wie läuft's?«, sagte ich. Im Hintergrund hörte ich eine Maschine, ein gleichmäßiges Stampfen. Wahrscheinlich die Vakuumpumpe für das Elektronenmikroskop. In ihrem Labor gab es mehrere Rasterelektronenmikroskope.

Sie sagte: »Was machst du gerade?«

»Ich kaufe Tischsets.«

»Wo?«

»*Crate and Barrel.*«

Sie lachte. »Bist du der einzige Mann da?«

»Nein ...«

»Na dann ist ja gut«, sagte sie. Ich spürte, dass Julia sich nicht die Bohne für unser Gespräch interessierte. Sie war mit ihren Gedanken woanders. »Hör mal, weshalb ich anrufe, Jack, es tut mir furchtbar Leid, aber es wird heute Abend wieder spät.«

»Aha ...« Die Verkäuferin kam zurück und brachte weitere gelbe Sets. Mit dem Handy am Ohr winkte ich sie zu mir. Ich hielt drei Finger hoch, und sie legte drei Sets hin. Zu Julia sagte ich: »Ist alles in Ordnung?«

»Ja, ja, hier geht's bloß mal wieder drunter und drüber, wie üblich. Wir senden heute per Satellit ein Demo an unsere Investoren in Asien und Europa, und wir haben Probleme mit der Satellitenschaltung hier, weil der Ü-Wagen, den sie geschickt haben – ach, ich will dich nicht langweilen ... jedenfalls, wir werden zwei Stunden länger brauchen, Schatz. Vielleicht noch mehr. Vor acht bin ich ganz bestimmt nicht zu Hause. Kannst du den Kindern was zu essen machen und sie ins Bett bringen?«

»Kein Problem«, sagte ich. Und das war es auch nicht. Ich war daran gewöhnt. In letzter Zeit machte Julia ständig Überstunden. Meistens kam sie erst nach Hause, wenn die Kinder schon schliefen. Xymos Technologies, die Firma, bei der sie arbeitete, versuchte bei den Geldgebern erneut Kapital lockerzumachen – zwanzig Millionen Dollar –, und der Druck war enorm. Zumal Xymos sein Geld damit verdiente, Technologien für die »molekulare Produktion« zu entwickeln, wie die Firma es nannte, was jedoch die meisten Leute als Nanotechnologie bezeichneten. Nano erfreute sich heutzutage bei Investoren keiner großen Beliebtheit. Zu viele Geldgeber waren in den vergangenen zehn Jahren enttäuscht worden, denn Produkte, die angeblich zum Greifen nahe waren, kamen nie aus den Labors heraus. Investoren betrachteten die Nanotechnologie inzwischen als leere Versprechung, die Produkte verhieß, aber nicht lieferte.

Aber das war Julia nicht neu; sie hatte selbst für zwei Investorenfirmen gearbeitet. Nach ihrer Ausbildung als Kinderpsychologin war sie Spezialistin für »Technologie-Inkubation« geworden und half Technologie-Unternehmen, die noch in den Kinderschuhen steckten, auf die Sprünge. (Sie witzelte gern, dass sie im Grunde noch immer Kinderpsychologie betrieb.) Nach einiger Zeit gab sie den Job als Unternehmensberaterin auf und ließ sich von einer der betreuten Firmen einstellen. Inzwischen saß sie bei Xymos im Management.

Julia sagte, Xymos habe etliche Durchbrüche geschafft und sei der Konkurrenz in dem Bereich weit voraus. Es sei nur noch eine Frage von Tagen, bis sie den Prototyp eines kommerziellen Produkts fertig hätten. Doch ich war da skeptisch.

»Hör mal, Jack, ich muss dich vorwarnen«, sagte sie mit schuldbewusster Stimme, »Eric ist bestimmt stinksauer.«

»Wieso?«

»Na ja … ich hab gesagt, ich würde zu dem Spiel kommen.«

»Julia, wieso? Wir haben uns doch darauf geeinigt, solche Versprechungen nicht mehr zu machen. Das schaffst du nie. Es ist um drei. Wieso hast du ihm gesagt, du kommst?«

»Ich hab gedacht, ich würde es schaffen.«

Ich seufzte. Es war, so sagte ich mir, ein Zeichen dafür, wie wichtig ihr die Kinder waren. »Okay. Keine Sorge, Schatz. Ich regle das schon.«

»Danke. Oh, und Jack? Apropos Tischsets. Kauf egal welche, bloß keine gelben, ja?«

Und sie legte auf.

Ich machte Spagetti zum Abendessen, weil es bei Spagetti niemals Diskussionen gab. Um acht Uhr schliefen die beiden Kleineren schon, und Nicole machte ihre Hausaufgaben fertig. Sie war zwölf und musste um zehn im Bett sein, sie wollte jedoch nicht, dass ihre Freundinnen das erfuhren.

Die Kleinste, Amanda, war erst neun Monate alt. Sie fing jetzt an, überall herumzukrabbeln, und konnte schon stehen, wenn sie sich irgendwo festhielt. Dann kam Eric mit seinen acht Jahren; er war ein richtiger Fußballfanatiker und dribbelte ständig einen Ball vor sich her, wenn er nicht gerade als Ritter verkleidet seine ältere Schwester mit einem Plastikschwert durchs Haus jagte.

Nicole machte gerade eine schamhafte Phase durch; nichts bereitete Eric mehr Vergnügen, als ihren BH zu klauen und damit durchs Haus zu rennen und zu rufen: »Nicky trägt 'nen Bee-Haa! Nicky trägt 'nen Bee-Haa!«, während Nicole, die es für unter ihrer Würde befand, ihm nachzulaufen, zähneknirschend rief: »Dad? Er macht es schon wieder! Dad!« Und dann musste ich hinter Eric herrennen und ihm sagen, er solle die Finger von den Sachen seiner Schwester lassen.

So sah mein Leben jetzt aus. Am Anfang, nachdem ich den Job bei MediaTronics verloren hatte, fand ich es interessant, mich mit den Rivalitäten zwischen den Geschwistern zu befassen. Und oft schien mir der Unterschied zu meinem alten Job nicht besonders groß.

Bei MediaTronics stand ich einer Programmierabteilung vor und hatte eine Gruppe talentierter, junger Computerspezialisten unter mir gehabt. Mit vierzig war ich zu alt, um selbst weiterhin als Programmierer zu arbeiten; Codes zu schreiben ist etwas für junge Leute. Ich wurde also Abteilungsleiter, und das war ein aufreibender Job. Wie die meisten Silicon-Valley-Programmierer schienen meine Leute beständig in der Krise zu stecken: zu Schrott gefahrene Porsche, Eifersuchtsdramen, unglückliche Liebschaften, Auseinandersetzungen mit den Eltern oder Drogenprobleme. Und das alles bei einem äußerst knappen Zeitplan, der nicht selten verlangte, dass die ganze Nacht durchgearbeitet wurde, nur aufrechtgehalten durch kistenweise Cola light und Sun Chips.

Aber es war eine spannende Arbeit auf einem ganz neuen Gebiet. Wir programmierten so genannte »verteilte, parallele Anwendungen oder agentenbasierte Systeme«. Diese Programme bilden biologische Prozesse nach, indem sie innerhalb des Computers virtuelle Agenten erzeugen und sie dann interagieren lassen, um Probleme der realen Welt zu lösen. Das klingt seltsam, aber es funktioniert sehr gut. So imitierte zum Beispiel eines unserer Programme die Futtersuche von Ameisen – wie Ameisen den kürzesten Weg zum Futter finden –, um Telefongespräche durch ein großes Anbieternetz zu dirigieren. Andere Programme ahmten das Verhalten von Termiten, ausschwärmenden Bienen und sich anpirschenden Löwen nach.

Es machte Spaß, und ich wäre wahrscheinlich immer noch dort, wenn ich nicht zusätzliche Aufgaben übernommen hätte. In meinen letzten Monaten war ich für die Sicherheit zuständig. Ich ersetzte einen externen technischen Berater, der zwei Jahre lang dabei war, aber den Diebstahl eines firmeneigenen Quellcodes nicht entdeckt hatte, bis dieser dann in einem Programm auftauchte, das in Taiwan vermarktet wurde. Genau genommen war es der Quellcode meiner Abteilung – Software für Parallelverarbeitung. Das war der gestohlene Code.

Wir wussten genau, dass es derselbe war, weil die Ostereier nicht angerührt worden waren. Programmierer fügen in ihren Code stets so genannte Ostereier ein, kleine Informationsfragmente, die keinen sinnvollen Zweck haben und nur so zum Spaß eingebaut werden. Die taiwanesische Firma hatte sie unverändert gelassen und unseren Code so benutzt, wie er war. Drückte man also die Tastenkombination Alt-Shift-M-9, öffnete sich ein Fenster, in dem das Hochzeitsdatum von einem unserer Programmierer erschien. Eindeutig Diebstahl.

Natürlich gingen wir vor Gericht, aber Don Gross, der Firmenchef, wollte sichergehen, dass so etwas nicht noch einmal passierte. Also übertrug er mir die Aufgabe, für die Sicherheit zu sorgen, und weil ich richtig wütend über den Diebstahl war, willigte ich ein. Ich machte den Job nur nebenbei und leitete weiterhin die Abteilung. Als erste Sicherheitsmaßnahme führte ich die Überwachung der Workstation-Benutzung ein. Das war ziemlich unkompliziert; heutzutage kontrollieren achtzig Prozent der Firmen, was ihre Mitarbeiter an den Terminals so treiben. Das geschieht per Video, durch Aufzeichnen der Tastenanschläge oder durch das Absuchen der E-Mails auf bestimmte Kennwörter hin. Es gibt da so einige Möglichkeiten.

Don Gross war ein harter Bursche, er war früher bei der Marine gewesen und hatte sein militärisches Auftreten nie abgelegt. Als ich ihm von dem neuen System erzählte, sagte er: »Aber meinen Terminal kontrollierst du doch nicht, oder?« Natürlich nicht, sagte ich. In Wahrheit hatte ich die Programme so entworfen, dass sie jeden Computer in der Firma überwachten, seinen eingeschlossen. Und so fand ich zwei Wochen später heraus, dass Don eine Affäre mit einer Frau aus der Buchhaltung hatte und ihr sogar einen Dienstwagen besorgt hatte. Ich ging zu ihm und sagte, aufgrund von E-Mails, die an Jean aus der Buchhaltung gegangen seien, müsse man annehmen, dass ein unbekannter Mitarbeiter ein Verhältnis mit ihr habe und dass sie Vergünstigungen bekomme, die ihr nicht zustünden. Ich sagte, ich wisse nicht, wer der Betreffende sei, aber falls sie sich weiter E-Mails schrieben, würde ich es bald herausfinden.

Ich dachte mir, Don würde den Wink verstehen, und so war es auch. Doch jetzt schrieb er belastende E-Mails von zu Hause aus, ohne zu ahnen, dass jede Mail durch den zentralen Server lief und ich weiterhin alles mitbekam. Und so erfuhr ich dann auch, dass er Software an ausländische Großhändler mit enormen »Rabatten« verkaufte und stattliche »Beraterhonorare« auf einem Konto auf den Kaimaninseln bunkerte. Das war eindeutig illegal, und darüber konnte ich nicht hinwegsehen. Ich fragte meinen Anwalt Gary Marder um Rat, und er empfahl mir zu kündigen.

»Kündigen?«, sagte ich.

»Ja. Natürlich.«

»Aus welchem Grund?«

»Ist doch egal, aus welchem Grund. Du hast woanders ein besseres Angebot bekommen. Du hast gesundheitliche Probleme. Oder aus familiären Gründen. Schwierigkeiten zu Hause. Aber mach, dass du da wegkommst. Kündige.«

»Moment mal«, sagte ich. »Du meinst also, *ich* soll kündigen, weil *er* gegen das Gesetz verstößt? So lautet dein anwaltlicher Rat?«

»Nein«, sagte Gary. »Als dein Anwalt muss ich dir raten, jede illegale Aktivität zu melden, von der du Kenntnis hast, das ist deine Pflicht. Aber als dein Freund lautet mein Rat, halt den Mund und hau so schnell wie möglich ab.«

»Kommt mir irgendwie feige vor. Ich glaube, ich sollte die Investoren verständigen.«

Gary seufzte. Er legte eine Hand auf meine Schulter. »Jack«, sagte er, »die Investoren können auf sich selbst aufpassen. Mach, dass du da wegkommst, verdammt noch mal.«

Ich hielt das nicht für richtig. Ich hatte mich mächtig über den Diebstahl meines Codes geärgert. Aber jetzt fragte ich mich, ob er tatsächlich gestohlen worden war. Vielleicht war er ja auch verkauft worden. Wir waren ein Unternehmen in Privathand, und ich erzählte die Sache einem Mitglied des Vorstands.

Wie sich herausstellte, hatte auch er seine Finger im Spiel. Am nächsten Tag wurde ich wegen grober Fahrlässigkeit und firmenschädigenden Verhaltens gefeuert. Man drohte mir mit einem Prozess; um meine Abfindung nicht zu verlieren, musste ich jede Menge Papiere unterschreiben, in denen ich mich zum Stillschweigen verpflichtete. Mein Anwalt erledigte den Papierkram für mich und seufzte bei jedem neuen Dokument.

Anschließend gingen wir nach draußen in den milchigen Sonnenschein. Ich sagte: »Tja, wenigstens ist die Sache nun ausgestanden.«

Er wandte sich um und sah mich an. »Wie kommst du denn da drauf?«, fragte er.

Denn natürlich war die Sache nicht ausgestanden. Auf rätselhafte Weise war ich plötzlich gebrandmarkt. Meine Qualifikationen waren ausgezeichnet, und ich arbeitete in einem heiß umkämpften Bereich. Aber bei jedem Vorstellungsgespräch merkte ich gleich, dass sie nicht interessiert waren. Schlimmer noch, sie fühlten sich unbehaglich. Silicon Valley ist zwar groß, aber im Grunde ein Dorf. Alles spricht sich herum. Schließlich stellte ich mich bei jemandem vor, den ich flüchtig kannte, Ted Landow. Im Jahr zuvor hatte ich seinen Sohn in der Baseball-Juniorenmannschaft trainiert. Als das Gespräch vorüber war, sagte ich zu ihm: »Was haben Sie über mich gehört?«

Er schüttelte den Kopf. »Nichts, Jack.«

Ich sagte: »Ted, ich habe in zehn Tagen zehn Vorstellungsgespräche gehabt. Verraten Sie's schon.«

»Da gibt es nichts zu verraten.«

»Ted.«

Er kramte in seinen Unterlagen, blickte auf sie hinab, nicht mich an. Er seufzte. »Jack Forman. Unruhestifter. Nicht kooperativ. Aggressiv. Hitzköpfig. Ohne Teamgeist.« Er zögerte, sagte dann: »Und angeblich waren Sie in irgendwelche Machenschaften verwickelt. Hier steht nichts Näheres, aber irgendwelche zwielichtigen Geschäfte. Sie haben die Hand aufgehalten.«

»*Ich* habe die Hand aufgehalten?«, sagte ich. Ich spürte Wut in mir aufsteigen und wollte noch mehr sagen, begriff aber im letzten Moment, dass ich dann wahrscheinlich hitzköpfig und aggressiv gewirkt hätte. Also hielt ich den Mund und bedankte mich.

Als ich ging, sagte er: »Jack, tun Sie sich selbst einen Gefallen. Warten Sie eine Weile ab. Im Valley ändern sich die Dinge schnell. Sie haben ausgezeichnete Referenzen und hervorragende Fähigkeiten. Warten Sie bis …« Er zuckte die Achseln.

»Zwei Monate?«

»Ich würde sagen: vier, vielleicht fünf.«

Irgendwie wusste ich, dass er Recht hatte. Danach gab ich mir nicht mehr so große Mühe. Mir kamen Gerüchte zu Ohren, dass MediaTronics kurz vor der Pleite stand und dass einigen Leuten möglicherweise Klagen drohten. Ich witterte die Chance auf Vergeltung, aber vorerst konnte ich nichts anderes tun als warten.

Allmählich kam es mir auch nicht mehr so komisch vor, morgens nicht zur Arbeit zu gehen. Julia machte immer häufiger Überstunden, und die Kinder forderten mich; wenn ich zu Hause war, wandten sie sich an mich statt an unsere Haushälterin Maria. Ich brachte sie zur Schule, holte sie wieder ab, fuhr mit ihnen zum Arzt, zum Kieferorthopäden, zum Fußballtraining. Die ersten Abendessen, die ich zubereitete, waren eine Katastrophe, aber ich lernte dazu.

Und ehe ich wusste, wie mir geschah, kaufte ich Tischsets und sah mir Geschirr bei *Crate and Barrel* an. Und es kam mir alles ganz normal vor.

Julia kam gegen halb zehn nach Hause. Ich saß vor dem Fernseher und guckte das Spiel der Giants, ohne richtig hinzuschauen. Sie kam herein und gab mir einen Kuss auf den Nacken. Sie sagte: »Schlafen alle?«

»Bis auf Nicole. Sie macht noch Hausaufgaben.«

»Was? Müsste sie nicht längst im Bett sein?«

»Nein, Schatz«, sagte ich. »Wir haben das doch besprochen. Dieses Jahr darf sie bis zehn aufbleiben, weißt du nicht mehr?«

Julia zuckte die Achseln, als könne sie sich nicht erinnern. Und vielleicht erinnerte sie sich wirklich nicht. Wir hatten eine Art Rollentausch vollzogen; immer war sie diejenige gewesen, die mehr über die Kinder gewusst hatte, aber jetzt war ich das. Manchmal hatte Julia Probleme damit, erlebte es irgendwie als Machtverlust.

»Wie geht's der Kleinen?«

»Ihre Erkältung ist besser geworden. Schnieft nur noch ein bisschen. Sie isst auch wieder mehr.«

Ich ging mit Julia zu den Kinderzimmern. Sie trat in das Zimmer der Kleinen, beugte sich über das Bettchen und küsste das schlafende Kind zärtlich. Ich beobachtete sie und dachte dabei, dass ein Vater niemals an die liebevolle Fürsorge einer Mutter heranreichte. Julia hatte eine innere Verbindung zu den Kindern, wie ich sie nie haben würde. Oder zumindest war die Verbindung anderer Art. Sie lauschte dem leisen Atem der Kleinen und sagte: »Ja, es geht ihr besser.«

Dann ging sie in Erics Zimmer, nahm den Gameboy von der Bettdecke und warf mir einen finsteren Blick zu. Ich zuckte die Achseln, leicht gereizt; ich wusste, dass Eric mit seinem Gameboy spielte, wenn er eigentlich schon schlafen sollte, aber ich hatte zu der Zeit alle Hände voll damit zu tun, die Kleine ins Bett zu bringen, und ich hatte nicht daran gedacht. Ich fand, Julia könnte ruhig mehr Verständnis zeigen.

Dann ging sie in Nicoles Zimmer. Nicole saß an ihrem Laptop, klappte aber den Deckel zu, als ihre Mutter hereinkam. »Hi, Mom.«

»Du bist zu lange auf.«

»Nein, Mom …«

»Du solltest deine Hausaufgaben machen.«

»Die hab ich fertig.«

»Und wieso bist du dann noch nicht im Bett?«

»Weil …«

»Ich möchte nicht, dass du noch bis spätnachts mit deinen Freundinnen chattest.«

»Mom …«, sagte sie in gequältem Ton.

»Du siehst sie jeden Tag in der Schule, das dürfte wohl reichen.«

»Mom …«

»Du brauchst deinen Vater gar nicht so anzugucken. Wir wissen ja, dass er dir alles erlaubt. Jetzt rede *ich* mit dir.«

Sie seufzte. »Ich weiß, Mom.«

Diese Art der Interaktion zwischen Nicole und Julia wurde immer mehr zur Gewohnheit. Wahrscheinlich war das bei Kindern in dem Alter normal, aber ich hielt es für besser, mich einzuschalten. Julia war müde, und wenn sie müde war, wurde sie streng und allzu autoritär. Ich legte meinen Arm um ihre Schultern und sagte: »Es ist schon spät. Möchtest du eine Tasse Tee?«

»Jack, misch dich nicht ein.«

»Tu ich ja gar nicht, ich wollte bloß …«

»Doch, das tust du. Ich rede mit Nicole, und du mischst dich ein, wie immer.«

»Schatz, wir haben vereinbart, dass sie bis zehn aufbleiben darf, ich weiß nicht, was das …«

»Aber wenn sie mit den Hausaufgaben fertig ist, sollte sie ins Bett gehen.«

»So war das nicht abgemacht.«

»Ich will nicht, dass sie von morgens bis abends am Computer sitzt.«

»Das tut sie auch nicht, Julia.«

In diesem Moment brach Nicole in Tränen aus und sprang schluchzend auf: »Dauernd kritisierst du an mir rum! Ich *hasse* dich!« Sie lief ins Badezimmer und knallte die Tür zu. Davon wurde das Baby wach und fing an zu schreien.

Julia wandte sich mir zu und sagte: »Würdest du mich das in Zukunft *bitte* alleine regeln lassen, Jack.«

Und ich sagte: »Du hast Recht. Es tut mir Leid. Du hast Recht.«

In Wahrheit sah ich das keineswegs so. Mehr und mehr betrachtete ich das Haus als mein Haus, die Kinder als meine Kinder. Sie platzte spätabends in *mein* Haus, nachdem ich dafür gesorgt hatte, dass alles ruhig war, so wie ich es mochte, wie es sein sollte. Und sie machte ein Heidentheater.

Ich fand überhaupt nicht, dass sie Recht hatte. Ich fand, sie hatte Unrecht.

Und in den vergangenen Wochen war mir aufgefallen, dass sich

Vorfälle dieser Art häuften. Zunächst glaubte ich, Julia hätte ein schlechtes Gewissen, weil sie so viel weg war. Dann glaubte ich, sie wollte ihre Position verteidigen, die Kontrolle über einen Haushalt zurückgewinnen, der mir in die Hände gefallen war. Und dann glaubte ich, es läge daran, dass sie müde war oder in der Firma so stark unter Druck stand.

Doch in letzter Zeit merkte ich selbst, dass ich Entschuldigungen für ihr Verhalten suchte. Mich beschlich das Gefühl, Julia hatte sich verändert. Sie war anders, irgendwie angespannter, härter.

Die Kleine brüllte aus vollem Halse. Ich hob sie aus dem Bettchen, nahm sie auf den Arm, sprach beruhigend auf sie ein und schob gleichzeitig einen Finger hinten in die Windel, um zu sehen, ob sie nass war. Sie war nass. Ich legte meine Tochter auf die Wickelkommode, und sie brüllte wieder, bis ich ihre Lieblingsrassel schüttelte und sie ihr in die Hand gab. Da wurde sie ruhig und ließ sich ohne viel Gestrampel von mir die Windel abnehmen.

»Ich mach das«, sagte Julia und trat ins Zimmer.

»Ist schon gut.«

»Ich hab sie aufgeweckt, also mach ich das auch.«

»Wirklich Schatz, es ist kein Problem.«

Julia legte eine Hand auf meine Schulter, küsste mir den Nacken. »Tut mir Leid, dass ich mich so idiotisch aufführe. Ich bin hundemüde. Ich weiß nicht, was mich vorhin geritten hat. Lass mich die Windel wechseln, ich krieg meine Kleine ja kaum zu sehen.«

»Okay«, sagte ich. Ich machte Platz, und sie trat an meine Stelle.

»Hi, mein süßes Stinkerlein«, sagte sie und fasste der Kleinen zärtlich unters Kinn. »Wie geht's denn meinem Knubbel-Bubbel?« Bei so viel Zuwendung fiel unserer Tochter die Rassel aus der Hand, und dann fing sie an zu schreien und drehte sich auf der Kommode weg. Julia merkte nicht, dass die fehlende Rassel der Grund für das Gebrüll war; stattdessen gab sie beruhigende Laute von sich und mühte sich ab, die neue Windel anzulegen, was schwer war, da das Baby sich wand und strampelte. »Amanda, lass das!«

Ich sagte: »Das macht sie zurzeit.« Und das stimmte auch; Amanda war in der Phase, in der sie sich aktiv gegen das Windelwechseln wehrte. Und sie konnte ziemlich fest treten.

»Egal, sie soll aufhören. Lass das!«

Das Baby schrie lauter, versuchte, sich wegzudrehen. Einer der Klebeverschlüsse riss ab. Die Windel rutschte nach unten. Amanda rollte sich jetzt auf den Rand der Kommode zu. Julia zog sie grob zurück. Amanda strampelte weiter.

»Verdammt noch mal, lass das sein, hab ich gesagt!«, fauchte Julia und gab dem Baby einen Klaps aufs Bein. Das Baby schrie lauter, trat noch fester. »Amanda! Lass das! Lass das!« Sie schlug sie erneut. »*Lass das! Lass das!*«

Einen Augenblick lang reagierte ich nicht. Ich war fassungslos. Ich wusste nicht, was ich machen sollte. »Schatz …«, sagte ich und beugte mich vor, »nicht doch, wie wär's …«

Julia explodierte. »Verdammt noch mal, wieso mischst du dich eigentlich dauernd ein?«, brüllte sie und schlug klatschend auf die Kommode. »Was hast du für ein verdammtes Problem?«

Und dann stürmte sie aus dem Zimmer.

Ich atmete tief durch und nahm das Baby hoch. Amanda brüllte untröstlich, vor Verwirrung und vor Schmerz gleichermaßen. Ich dachte mir, dass ich ihr ein Fläschchen geben müsste, damit sie wieder einschlief. Ich streichelte ihr den Rücken, bis sie sich etwas beruhigt hatte. Dann machte ich ihr die Windel richtig zu und ging mit ihr in die Küche, wo ich das Fläschchen aufwärmte. Das Licht war gedämpft, nur die Leuchtstofflampen über der Frühstückstheke brannten.

Julia saß am Tisch, trank Bier aus der Flasche und starrte ins Leere. »Wann suchst du dir endlich einen Job?«, fragte sie.

»Ich bemüh mich.«

»Wirklich? Davon merk ich aber nichts. Wann hattest du dein letztes Vorstellungsgespräch?«

»Vergangene Woche«, sagte ich.

Sie schnaubte. »Ich wünschte, du würdest dich etwas beeilen«, sagte sie, »mich treibt nämlich die Situation hier langsam in den Wahnsinn.«

Ich schluckte meine Wut hinunter. »Ich weiß. Es ist für uns alle schwer«, sagte ich. Es war schon spät, und ich hatte keine Lust mehr zu streiten. Aber ich beobachtete sie aus den Augenwinkeln.

Mit ihren sechsunddreißig Jahren war Julia eine auffallend hübsche Frau, zierlich, mit dunklem Haar und dunklen Augen, Stupsnase und einem Naturell, das von vielen als temperamentvoll oder spritzig bezeichnet wurde. Ganz im Gegensatz zu vielen Managern in der Branche war sie attraktiv und umgänglich. Sie schloss leicht Freundschaften und hatte Humor. Vor Jahren, als Nicole noch ganz klein war, erzählte Julia manchmal, wenn sie von der Arbeit nach Hause kam, umwerfend komisch von den kleinen Schwächen ihrer Investoren. Wir saßen an genau diesem Küchentisch und lachten bis zum Umfallen, während die kleine Nicole sie am Arm zog und sagte: »Was ist so lustig, Mom? Was ist so lustig?« Sie wollte gern mitlachen. Natürlich konnten wir ihr nicht erklären, was so lustig war, aber Julia schien immer noch irgendwas Lustiges auf Lager zu haben, damit auch Nicole lachen konnte. Julia hatte eine echte Gabe, die humorvolle Seite des Lebens zu sehen. Sie war bekannt für ihre Ausgeglichenheit; sie verlor so gut wie nie die Beherrschung.

Jetzt war sie selbstverständlich wütend. Wollte mich nicht einmal anschauen. Sie saß im Dunkeln an dem runden Küchentisch, ein Bein über das andere geschlagen und ungeduldig damit wippend, während sie ins Nichts starrte. Als ich sie ansah, hatte ich das Gefühl, ihr Äußeres hätte sich irgendwie verändert. Natürlich hatte sie in letzter Zeit abgenommen, durch den Stress im Job. Eine gewisse Weichheit in ihrem Gesicht war verschwunden; die Wangenknochen traten stärker hervor, das Kinn wirkte spitzer. Sie sah dadurch härter aus, aber irgendwie noch schöner.

Auch ihre Kleidung war anders. Julia trug einen dunklen Rock und eine weiße Bluse, sozusagen das Standardoutfit für Managerinnen. Aber der Rock war enger als gewöhnlich. Und durch ihren wippenden Fuß wurde ich auf die Slingpumps aufmerksam. Früher hatte sie die mal als Aufreißschuhe bezeichnet. Schuhe, die sie nie zur Arbeit anziehen würde.

Und dann begriff ich, dass alles an ihr anders war – ihr Verhalten, ihr Aussehen, ihre Stimmung, alles –, und blitzartig wurde mir klar, warum: *Meine Frau hatte eine Affäre.*

Das Wasser im Topf fing an zu dampfen, und ich zog das Fläschchen heraus, testete die Temperatur an meinem Unterarm. Es war zu heiß geworden, und ich musste es einen Moment abkühlen lassen. Das Baby begann zu schreien, und ich schaukelte es sachte an meiner Schulter, während ich mit ihm durch den Raum ging.

Julia blickte mich kein einziges Mal an. Sie wippte bloß weiter mit dem Fuß und starrte ins Leere.

Irgendwo hatte ich mal gelesen, dass das ein Syndrom war. Der Mann ist arbeitslos, seine maskuline Attraktivität schwindet, seine Frau hat keinen Respekt mehr vor ihm, sie nimmt sich einen Liebhaber. Ich hatte das in *Glamour* oder *Redbook* oder einer der anderen Zeitschriften gelesen, die wir zu Hause haben, während ich darauf wartete, dass die Wäsche fertig wurde oder die Mikrowelle den Hamburger aufgetaut hatte.

Aber jetzt durchfluteten mich widerstreitende Gefühle. War es wirklich wahr? Oder war ich bloß müde und fantasierte mir schlechte Geschichten zusammen? Was spielte es für eine Rolle, dass sie engere Röcke und andere Schuhe trug? Die Mode änderte sich. Menschen hatten an unterschiedlichen Tagen unterschiedliche Stimmungen. Und nur weil sie manchmal verärgert war, musste sie noch lange keine Affäre haben. Natürlich nicht. Wahrscheinlich fühlte ich mich bloß unzulänglich, unattraktiv. Wahrscheinlich traten nur meine Unsicherheiten zum Vorschein. Eine Weile verliefen meine Gedanken in dieser Bahn.

Aber aus irgendeinem Grund kam ich nicht mehr davon los.

Ich war mir *sicher*, dass ich mich nicht irrte. Seit über zwölf Jahren lebte ich mit dieser Frau zusammen. Ich wusste, dass sie anders war, und ich wusste, warum. Ich konnte förmlich spüren, dass da jemand war, ein Außenstehender, einer, der in unsere Beziehung eingedrungen war. Ich fühlte es mit einer Gewissheit, die mich überrumpelte. Ich fühlte es tief in mir, wie einen Schmerz.

Ich musste mich abwenden.

Das Baby nahm das Fläschchen und gluckste glücklich. In der halbdunklen Küche starrte Amanda mit dem eigentümlich unverwandten Blick, wie Babys ihn haben, zu mir hoch. Ihr Anblick war irgendwie tröstlich. Nach einer Weile schloss sie die Augen, und dann wurde ihr Mund schlaff. Ich legte sie an meine Schulter und ließ sie ein Bäuerchen machen, während ich sie in ihr Zimmer trug. Die meisten Eltern klopfen ihren Babys zu fest auf den Rücken, damit sie ein Bäuerchen machen. Es ist besser, ihnen einfach mit der flachen Hand den Rücken zu reiben und manchmal nur mit zwei Fingern die Wirbelsäule entlangzustreichen. Sie rülpste leise und entspannte sich.

Ich legte sie in ihr Bettchen und drehte das Nachtlicht aus. Jetzt kam das einzige Licht im Raum von dem Aquarium, das grünblau in der Ecke blubberte. Ein Plastiktaucher dümpelte über den Grund und zog Blasen hinter sich her.

Als ich mich umwandte, sah ich Julias Silhouette in der offenen Tür, dunkles Haar von hinten erhellt. Sie hatte mich beobachtet. Ich konnte ihren Gesichtsausdruck nicht erkennen. Leise kam sie näher. Ich verkrampfte mich. Sie schlang ihre Arme um mich und legte den Kopf an meine Brust.

»Bitte verzeih mir«, sagte sie. »Ich benehme mich wirklich unmöglich. Du machst das wunderbar. Und ich bin bloß eifersüchtig, mehr nicht.« Meine Schulter war nass von ihren Tränen.

»Ich verstehe schon«, sagte ich und hielt sie fest. »Ist schon gut.«

Ich wartete, dass mein Körper sich wieder entspannte, aber das geschah nicht. Ich war misstrauisch und auf der Hut. Ich hatte ein ungutes Gefühl wegen ihr, und es ging nicht weg.

Sie kam aus der Dusche ins Schlafzimmer und rubbelte sich das kurze Haar trocken. Ich saß auf dem Bett und versuchte, den Rest des Footballspiels zu sehen. Mir fiel auf, dass sie sonst nie am Abend duschte. Julia duschte immer morgens vor der Arbeit. Jetzt wurde mir bewusst, dass sie in letzter Zeit, wenn sie nach Hause kam, häufig gleich unter die Dusche ging, bevor sie die Kinder begrüßte.

Mein Körper war noch immer angespannt. Ich schaltete den Fernseher aus. Ich sagte: »Wie war die Präsentation?«

»Die was?«

»Die Präsentation. Ihr wolltet sie doch heute zeigen?«

»Ach so«, sagte sie. »Ja, ja, stimmt. Ist gut gelaufen, als die Leitung dann endlich stand. Die Investoren in Deutschland konnten sich nicht alles ansehen, wegen der Zeitverschiebung, aber – he, willst du es sehen?«

»Was meinst du?«

»Ich hab eine Kopie dabei. Willst du dir das Demoband ansehen?«

Ich war überrascht. Ich zuckte die Achseln. »Okay, von mir aus.«

»Mich interessiert wirklich, was du davon hältst, Jack.« Ich hörte einen gönnerhaften Tonfall heraus. Meine Frau bezog mich in ihre Arbeit ein. Gab mir das Gefühl, zu ihrem Leben dazuzugehören. Ich sah zu, wie sie ihre Aktentasche öffnete und eine DVD herausnahm. Sie legte sie in den Player ein und setzte sich dann zu mir aufs Bett.

»Was habt ihr denn präsentiert?«, fragte ich.

»Die neue Bildtechnologie für den medizinischen Bereich«, sagte sie. »Echt toll, wenn ich das so sagen darf.« Sie rückte nah heran, schmiegte sich eng an meine Schulter. Alles ganz kuschelig, wie in alten Zeiten. Mir war noch immer unbehaglich, aber ich legte einen Arm um sie.

»Übrigens«, sagte ich, »wieso duschst du neuerdings abends statt morgens?«

»Keine Ahnung«, erwiderte sie. »Tu ich das? Stimmt. Ist irgendwie leichter, Schatz. Morgens ist immer so eine Hektik, und ich krieg dauernd diese Konferenzanrufe aus Europa, die kosten so viel Zeit – okay, los geht's«, sagte sie und deutete auf den Bildschirm. Ich sah schwarzweißes Schneegestöber, und dann erschien das Bild.

Die Aufnahme zeigte Julia in einem großen Labor, das wie ein Operationssaal ausgestattet war. Ein Mann lag ausgestreckt auf einer fahrbaren Trage, eine Infusionskanüle im Arm, und neben ihm stand ein Anästhesist. Über dem Operationstisch befand sich eine runde, flache Metallplatte von ungefähr einem Meter achtzig Durchmesser, die sich heben und senken ließ, jetzt aber angehoben war. Drum herum standen überall Videomonitore. Und im Vordergrund blickte Julia auf einen Monitor, an ihrer Seite ein Videotechniker.

»Das ist ja fürchterlich«, sagte sie gerade, auf den Monitor deutend. »Wo kommt denn diese Störung her?«

»Wir glauben von den Luftreinigungsgeräten.«

»Aber das ist inakzeptabel.«

»Wirklich?«

»Ja, wirklich.«

»Was sollen wir machen?«

»Ihr sollt das beheben«, erwiderte Julia.

»Dann müssen wir mehr Saft geben, und ihr müsst…«

»Ist mir egal«, sagte sie. »Ich kann den Investoren doch kein Bild von dieser Qualität zeigen. Die haben schon vom Mars bessere Bilder gesehen. Beheben Sie das.«

Neben mir auf dem Bett sagte Julia: »Ich wusste gar nicht, dass die das schon alles aufgenommen haben. Das war vor der Präsentation. Du kannst ein Stück vorspulen.«

Ich drückte die Taste an der Fernbedienung. Das Bild bewegte sich ruckartig. Ich wartete ein paar Sekunden und drückte dann erneut auf Start.

Dieselbe Szene. Julia noch immer im Vordergrund. Carol, ihre Assistentin, flüsterte ihr etwas zu.

»Okay, aber was soll ich ihm dann sagen?«

»Sag ihm, es geht noch nicht.«

»Aber er will anfangen.«

»Versteh ich. Aber die Übertragung ist erst in einer Stunde. Sag ihm, er muss sich noch gedulden.«

Auf dem Bett sagte Julia zu mir: »Mad Dog war unsere Versuchsperson. Er war ganz schön unruhig. Konnte kaum erwarten, dass es endlich losging.«

Auf dem Bildschirm senkte die Assistentin die Stimme. »Ich glaube, er ist nervös, Julia. Das wäre ich auch, wenn ein paar Millionen von den Dingern in meinem Körper rumkrabbeln würden…«

»Es sind keine paar Millionen, und sie krabbeln nicht«, sagte Julia. »Überhaupt, es ist schließlich seine Erfindung.«

»Trotzdem.«

»Ist das da drüben nicht ein Anästhesist?«

»Nein, bloß ein Kardiologe.«

»Tja, vielleicht kann ihm der Kardiologe was gegen seine Nervosität geben.«

»Ist schon passiert. Eine Spritze.«

Auf dem Bett neben mir sagte Julia: »Spul vor, Jack.« Ich tat es. Das Bild schnellte vorwärts. »Okay, da.«

Ich sah Julia wieder am Monitor stehen, den Techniker neben sich. »So ist es okay«, sagte Julia in der Aufnahme, auf das Bild deutend. »Nicht toll, aber akzeptabel. So, zeigen Sie mir das RTM.«

»Das was?«

»Das RTM. Das Rastertunnelmikroskop. Zeigen Sie mir das Bild davon.«

Der Techniker blickte verwirrt. »Äh… Keiner hat mir was von einem Elektronenmikroskop gesagt.«

»Herrgott, lesen Sie doch vorher die verdammten Storyboards!«

Der Techniker blinzelte. »Das steht in den Storyboards?«

»Haben Sie sich die Storyboards überhaupt angesehen?«

»Tut mir Leid, muss ich wohl vergessen haben.«

»Für Entschuldigungen haben wir jetzt keine Zeit. So machen Sie schon!«

»Sie brauchen nicht zu schreien.«

»Oh doch. Ich muss schreien, weil ich von Idioten umgeben bin!« Sie wedelte mit der Hand in der Luft. »Ich gehe gleich online, und ich rede mit elf Milliarden Dollar Risikokapital in fünf Ländern und zeige denen submikroskopische Technologie, bloß dass *ich* keine Mikroskopeinspielung habe, damit *diese Leute* die Technologie sehen können!«

Auf dem Bett sagte Julia: »Ich bin bei dem Typen ziemlich ausgerastet. Es war zum Verrücktwerden. Der Countdown bis zum Beginn unserer Satellitenzeit lief, und die war fest gebucht. Daran war nichts mehr zu ändern. Wir mussten die Zeit einhalten, und der Typ da war eine hohle Nuss. Aber schließlich haben wir's hingekriegt. Spul vor.«

Der Bildschirm zeigte eine Tafel mit der Aufschrift:

Präsentation:
Moderne Bildtechnologie im Bereich Medizin
von
Xymos Technologies
Mountain View, CA
Weltweit führend in der molekularen Produktion

Dann tauchte Julia auf dem Bildschirm auf, sie stand vor der Trage und den medizinischen Apparaturen. Sie hatte sich die Haare gebürstet und die Bluse in den Rock gesteckt.

»Ich wünsche Ihnen allen einen Guten Tag«, sagte sie, in die Kamera lächelnd. »Ich bin Julia Forman von Xymos Technologies, und wir demonstrieren Ihnen jetzt ein von uns entwickeltes revolutionäres Verfahren zur Bilddarstellung für medizinische Zwecke. Unsere Versuchsperson Peter Morris liegt hinter mir auf dem Tisch. In wenigen Augenblicken werden wir einen Blick in sein Herz und seine Blutgefäße werfen, und zwar mit einer Leichtigkeit und Präzision, wie sie bis dato undenkbar gewesen sind.«

Sie ging jetzt um den Tisch herum, sprach aber dabei weiter.

»Im Gegensatz zum Herzkatheter ist unser Verfahren hundertprozentig sicher. Und anders als beim Herzkatheter können wir uns alles im Körper anschauen, jede Art von Gefäß, wie groß oder klein auch immer. Wir werden in die Aorta dieses Mannes hier blicken, die größte Arterie seines Körpers. Aber wir werden auch in seine Lungenbläschen und in die winzigen Kapillargefäße seiner Fingerspitzen schauen. Das alles wird möglich, weil die Kamera, die wir in seine Gefäße einführen, kleiner ist als ein rotes Blutkörperchen. Sogar erheblich kleiner.

Die Mikrofabrikationstechnologie von Xymos kann diese Miniaturkameras nun herstellen, und das in großen Mengen – preiswert und schnell. Tausende von ihnen würden erst die Größe eines Punktes ergeben, den eine Bleistiftspitze erzeugt. Binnen einer Stunde können wir ein Kilo von diesen Kameras produzieren.

Ich kann mir vorstellen, dass Sie alle skeptisch sind. Wir alle wissen, dass die Nanotechnologie Versprechungen gemacht hat, die sie nicht einlösen konnte. Wie Ihnen bekannt ist, bestand das Problem darin, dass die Wissenschaftler zwar Geräte in Molekulargröße entwerfen, sie aber nicht herstellen konnten. Xymos hat dieses Problem nun gelöst.«

Plötzlich wurde mir klar, was sie da eigentlich behauptete. »*Was*?«, sagte ich und setzte mich auf dem Bett auf. »Soll das ein Witz sein?« Wenn das stimmte, war das ein ungeheurer Entwicklungssprung, ein echter technologischer Durchbruch, und es bedeutete …

»Es stimmt«, sagte Julia ruhig. »Wir produzieren in Nevada.« Sie lächelte, genoss meine Verblüffung.

Auf dem Bildschirm sagte Julia gerade: »Ich habe eine von unseren Xymos-Kameras unter dem Elektronenmikroskop, hier«, sie deutete auf den Monitor, »damit Sie sie im Vergleich zu dem roten Blutkörperchen daneben sehen können.«

Das Bild wurde schwarzweiß. Ich sah, wie eine feine Sonde etwas, das aussah wie ein winziger Tintenfisch, auf einem Titanfeld in Position schob. Es war ein Klumpen, vorne abgerundet und hinten mit feinen Fädchen versehen. Er war rund zehnmal kleiner als das rote Blutkörperchen, das in dem Vakuum des Rasterelektronenmikroskops als ein schrumpeliges Oval zu erkennen war, wie eine graue Rosine.

»Unsere Kamera ist ein zweimilliardstel Millimeter lang. Wie Sie sehen, hat sie die Form eines Tintenfisches«, sagte Julia. »Die Bildaufnahme erfolgt in der Spitze. Mikroröhrchen im Schwanz sorgen für die Stabilisierung, wie der Schwanz eines Papierdrachens. Aber sie können auch aktiv ausschlagen und Fortbewegung ermöglichen. Jerry, können wir wohl die Kamera drehen, damit wir die Spitze sehen... Okay, so ist gut. Danke. Jetzt sehen Sie vorn in der Mitte die Einbuchtung, nicht wahr? Das ist der Miniatur-Gallium-Arsenid-Photon-Detektor, der als Netzhaut fungiert, und der gestreifte Bereich drum herum – der wie ein Gürtelreifen aussieht – ist biolumineszierend und beleuchtet den vor ihm liegenden Bereich. In der Spitze selbst können Sie, wenn Sie ganz genau hinschauen, eine recht komplexe Serie von verdrehten Molekülen erkennen. Das ist unsere patentierte ATP-Kaskade. Denken Sie sie sich als ein primitives Gehirn, das das Verhalten der Kamera steuert – zwar sind die Verhaltensmöglichkeiten sehr begrenzt, für unsere Zwecke reichen sie aber aus.«

Ich hörte ein statisches Rauschen und ein Husten. Auf dem Bildschirm öffnete sich in der Ecke ein kleines Fenster, in dem jetzt Fritz Leidermeyer in Deutschland zu sehen war. Der Investor bewegte seine immense Leibesfülle. »Verzeihung, Miss Forman. Wo bitte ist das Objektiv?«

»Es gibt kein Objektiv.«

»Aber eine Kamera braucht doch ein Objektiv?«

»Dazu komme ich gleich«, sagte sie.

Mit Blick auf den Bildschirm sagte ich: »Es muss eine Camera obscura sein.«

»Richtig«, sagte sie nickend.

Die Camera obscura – Lateinisch für »dunkle Kammer« – war die erste bekannte Kamera überhaupt. Die Römer hatten festgestellt, dass ein kleines Loch in der Wand eines dunklen Raumes auf der gegenüberliegenden Wand ein auf dem Kopf stehendes, seitenverkehrtes Bild von der Außenwelt erzeugt. Der Grund dafür ist, dass Licht, das durch eine kleine Öffnung dringt, fokussiert wird, wie von einer Linse. Nach demselben Prinzip funktionieren die Lochkameras von Kindern. Seit den alten Römern wurden deshalb Apparate, die optische Abbildungen ermöglichten, »Kameras« genannt. Aber in diesem Fall…

»Wie entsteht die Blendenöffnung?«, fragte ich. »Gibt es ein Nadelloch?«

»Ich dachte, das wüsstest du«, sagte sie. »Für den Teil bist du verantwortlich.«

»Ich?«

»Ja. Xymos hat die Lizenz erworben für einige agentenbasierte Algorithmen, die dein Team geschrieben hat.«

»Nein, das wusste ich nicht. Welche Algorithmen?«

»Zur Steuerung eines Partikelnetzes.«

»Eure Kameras sind vernetzt? Alle diese winzigen Kameras kommunizieren miteinander?«

»Ja«, erwiderte sie. »Sie sind ein Schwarm, im Grunde genommen.« Sie lächelte noch immer, belustigt über meine Reaktion.

»Ein Schwarm.« Ich überlegte, versuchte zu verstehen, was sie mir da sagte. Natürlich hatte mein Team eine Anzahl von Programmen geschrieben, um Agentenschwärme zu steuern. Vorbild dafür war das Verhalten von Bienen, was viele nützliche Eigenschaften aufweist. Weil Schwärme sich aus vielen Agenten zusammensetzten, konnte der Schwarm recht widerstandsfähig auf die Umwelt reagieren. Wenn Schwarmprogramme mit neuen und unerwarteten Bedingungen konfrontiert wurden, stürzten sie nicht ab; sie schwebten sozusagen einfach um die Hindernisse herum und machten weiter.

Doch unsere Programme arbeiteten so, dass sie im Computer virtuelle Agenten entwarfen. Julia hatte reale Agenten in der realen Welt geschaffen. Zunächst leuchtete mir nicht ein, wie unsere Entwicklung sich für Julias Zwecke umfunktionieren ließ.

»Wir verwenden sie für die Struktur«, sagte sie. »Das Programm sorgt für die Schwarmstruktur.«

Natürlich. Es lag auf der Hand, dass eine einzige Molekularkamera nicht ausreichen würde, um ein Bild aufzunehmen. Daher musste es ein Gemeinschaftswerk von Millionen von Kameras sein, die simultan arbeiteten. Außerdem mussten die Kameras räumlich in einer geordneten Struktur arrangiert sein, wahrscheinlich als Kugel. Und an diesem Punkt kamen unsere Programme ins Spiel. Aber das wiederum hieß, dass Xymos da gleichsam das Äquivalent eines …

»Ihr baut ein Auge.«

»Könnte man so sagen. Ja.«

»Aber wo ist die Lichtquelle?«

»Die biolumineszierende Umrandung.«

»Das Licht reicht nicht.«

»Doch. Pass auf.«

Währenddessen drehte sich die Julia auf dem Bildschirm graziös um und zeigte auf den Infusionsschlauch hinter sich. Aus einem Eisbehälter in greifbarer Nähe nahm sie eine Spritze. Der Zylinder schien mit Wasser gefüllt zu sein. »Diese Spritze«, sagte sie, »enthält etwa zwanzig Millionen Kameras in einer isotonischen Salzlösung. Im Augenblick sind es noch einzelne Partikel. Sobald sie jedoch in den Blutstrom injiziert werden, steigt ihre Temperatur an, und sie finden sich zusammen, um eine Meta-Form zu bilden. So wie ein Vogelschwarm eine V-Form bildet.«

»Was für eine Form?«, fragte einer der Investoren.

»Eine runde«, sagte sie. »Mit einer kleinen Öffnung an einer Seite. Denken Sie einfach an die Blastula, das frühe Stadium in der Embryonalentwicklung. Doch im Grunde fügen sich die Partikel zu einem Auge zusammen. Und das Bild aus diesem Auge wird das Gemeinschaftswerk von Millionen von Photondetektoren sein. Genau wie das menschliche Auge mit seinen Stäbchen und Zapfen ein Bild erzeugt.«

Sie wandte sich einem Monitor zu, der in einer Endlosschleife immer und immer wieder eine Animation zeigte. Die Kameras drangen als amorphe, unorganisierte Masse in den Blutstrom ein, eine summende Wolke im Blut. Sofort zog das Blut die Wolke zu einem länglichen Streifen auseinander. Binnen Sekunden jedoch verdickte sich der Streifen zu einer Kugel. Die Form wurde schnell deutlicher, bis sie schließlich nahezu fest wirkte.

»Falls Sie das an ein richtiges Auge erinnert, dann nicht ohne Grund. Hier bei Xymos imitieren wir ganz bewusst die organische Morphologie«, sagte Julia. »Da wir mit organischen Molekülen arbeiten, sind wir uns darüber im Klaren, dass unsere Umwelt dank einer mehrere Millionen Jahre währenden Evolution über einen Vorrat an funktionierenden molekularen Anordnungen verfügt. Und die nutzen wir.«

»Sie wollen also nicht das Rad neu erfinden?«, fragte jemand.

»Genau. Oder den Augapfel.«

Sie gab ein Zeichen, und die flache Antenne wurde gesenkt, bis sie nur wenige Zentimeter über der wartenden Versuchsperson schwebte.

»Diese Antenne wird die Kamera steuern und das übertragene Bild empfangen«, sagte sie. »Das Bild kann selbstverständlich digital gespeichert, vergrößert, verändert werden, einfach alles, was sich mit digitalen Daten anstellen lässt. So, falls keiner mehr eine Frage hat, können wir anfangen.«

Sie versah die Spritze mit einer Nadel und stach sie in den Gummipfropfen der Veneninfusion.

»Zeitnahme.«

»Null Komma null.«

»Los geht's.«

Sie drückte den Kolben rasch hinunter. »Wie Sie sehen, mache ich das schnell«, sagte sie. »Unser Verfahren ist in keiner Weise empfindlich. Man kann nichts kaputtmachen. Selbst wenn die Mikroturbulenz, die durch den Fluss durch die Nadel entsteht, die Röhrchen von ein paar tausend Kameras abreißt, spielt das keine Rolle. Wir haben noch etliche Millionen mehr. Mehr als genug, um die Arbeit zu erledigen.« Sie zog die Nadel heraus. »Okay? Im Allgemeinen dauert es etwa zehn Sekunden, bis sie sich zusammenfügen, und dann müssten wir ein Bild empfangen... Ah, sieht so aus, als käme es jetzt... Und da ist es auch schon.«

Zu sehen war die Kamera, die sich mit beträchtlicher Geschwindigkeit durch etwas hindurchbewegte, was einem Asteroidenfeld ähnelte. Nur dass die Asteroiden rote Blutkörperchen waren, elastische ins Lila spielende Beutel in einer klaren, leicht gelblichen Flüssigkeit. Dann und wann schoss eine deutlich größere weiße Zelle vorbei, füllte den Bildschirm einen Moment lang ganz aus und war schon wieder verschwunden. Was ich da sah, glich eher einem Videospiel denn einem medizinischen Bild.

»Julia«, sagte ich, »das ist ja unglaublich.«

Die Julia neben mir schmiegte sich noch enger an und lächelte. »Wusste ich doch, dass dich das umhaut.«

Die Julia auf dem Bildschirm sagte: »Wir sind in einer Vene, daher sind die roten Blutkörperchen nicht mit Sauerstoff angereichert. Im Augenblick ist unsere Kamera auf dem Weg zum Herzen. Sie werden sehen, dass die Gefäße größer werden, während wir uns durch das Venensystem aufwärts bewegen... Ja, jetzt nähern wir uns dem Herzen... Sie können das Pulsieren des Blutstroms erkennen, was auf die ventrikulären Kontraktionen zurückzuführen ist...«

Es stimmte, ich sah, wie die Kamera verharrte, sich dann weiterbewegte, wieder verharrte. Julia hatte eine Audioeinspielung von dem schlagenden Herzen. Die Versuchsperson auf dem Tisch lag reglos da, die flache Antenne dicht über dem Körper.

»Wir kommen zum Herzvorhof und müssten gleich die Mitralklappe sehen. Wir aktivieren die Flagellen, um die Kamera zu verlangsamen. Da ist jetzt die Klappe. Wir sind im Herzen.« Ich erkannte die roten Segel, die sich wie ein Mund öffneten und schlossen, und dann jagte die Kamera hindurch, in die Herzkammer hinein und wieder hinaus.

»Jetzt kommen wir zur Lunge, wo Sie etwas sehen werden, was noch nie jemand gesehen hat. Die Anreicherung der Blutkörperchen mit Sauerstoff.«

Ich beobachtete, wie sich das Blutgefäß rapide verengte, und dann rundeten sich die Blutkörperchen und färbten sich leuchtend rot, eins nach dem anderen. Es ging rasend schnell; in weniger als einer Sekunde waren alle rot.

»Die roten Blutkörperchen sind nun mit Sauerstoff angereichert«, sagte Julia, »und wir sind wieder auf dem Weg zum Herzen.«

Ich wandte mich auf dem Bett Julia zu. »Das ist absolut fantastisch«, sagte ich.

Aber ihre Augen waren geschlossen, und sie atmete sanft.

»Julia?«

Sie schlief.

Julia war schon immer gerne vor dem Fernseher eingeschlafen. Bei der Vorführung des eigenen Demobandes wegzunicken war durchaus verständlich, schließlich hatte sie es ja schon gesehen. Und es war sehr spät. Ich war auch müde. Ich beschloss, mir den Rest der Präsentation ein anderes Mal anzuschauen. Es kam mir ohnehin ziemlich lang dafür vor. Wie lange saß ich schon davor? Als ich mich zum Fernseher wandte, um ihn auszuschalten, warf ich einen Blick auf den Zeitcode, der unter dem Bild lief. Zahlen rasten dahin, zählten Hundertstel von Sekunden. Links davon weitere Zahlen, die sich nicht so schnell bewegten. Ich runzelte die Stirn. Eine davon war das Datum. Es war mir vorher nicht aufgefallen, weil es die internationale Schreibweise war, zuerst das Jahr, dann der Tag und der Monat. Da stand 02.21.09.

21. September.

Gestern.

Sie hatte das Band gestern aufgenommen, nicht heute.

Ich machte den Fernseher aus und dann die Nachttischlampe. Ich legte mich aufs Kissen und versuchte zu schlafen.

2. Tag, 9.02 Uhr

Wir brauchten Magermilch, Toasties, Pop-Tarts, Pudding, Spülmittel für die Spülmaschine – und noch etwas, aber ich konnte meine eigene Schrift nicht entziffern. Um neun Uhr morgens stand ich im Supermarkt und versuchte, aus meinen Notizen schlau zu werden. Eine Stimme sagte: »He, Jack. Wie geht's denn so?«

Ich blickte auf und sah Ricky Morse, einen der Abteilungsleiter bei Xymos.

»He, Ricky, wie geht's dir?« Ich schüttelte ihm die Hand, freute mich wirklich, ihn zu sehen. Ich freute mich immer, Ricky zu sehen. Braun gebrannt, mit blondem, kurz geschnittenem Haar und einem breiten Grinsen hätte man ihn leicht für einen Surfer halten können, wenn er nicht sein T-Shirt mit der Aufschrift »SourceForge 3.1« angehabt hätte. Ricky war nur ein paar Jahre jünger als ich, aber er hatte die Aura ewiger Jugend. Ich hatte ihm seinen ersten Job verschafft, als er frisch vom College kam, und er hatte sich rasch ins Management hochgearbeitet. Mit seiner fröhlichen Art und optimistischen Ausstrahlung gab Ricky einen idealen Projektmanager ab, obwohl er dazu neigte, Probleme herunterzuspielen und bei der Geschäftsführung unrealistische Erwartungen zu wecken hinsichtlich der Fertigstellung eines Projektes.

Laut Julia hatte Letzteres bei Xymos manchmal Anlass zu Unmut gegeben; Ricky versprach gerne Dinge, die er nicht halten konnte. Und mitunter nahm er es mit der Wahrheit nicht ganz so genau. Aber er war so nett und sympathisch, dass alle ihm stets verziehen. Zumindest ich hatte das getan, als er für mich arbeitete. Er war mir richtig ans Herz gewachsen und mir fast so etwas wie ein kleiner Bruder geworden. Ich hatte ihn für die Stelle bei Xymos empfohlen.

Ricky schob einen Einkaufswagen voll mit Wegwerfwindeln in großen Plastikpaketen vor sich her; auch er hatte ein Baby zu Hause. Ich fragte ihn, warum er im Supermarkt und nicht im Büro war.

»Mary hat die Grippe, und das Dienstmädchen ist in Guatemala. Also geh ich einkaufen.«

»Wie ich sehe, hast du Huggies«, sagte ich. »Ich persönlich nehme lieber Pampers.«

»Ich finde, Huggies sind saugfähiger«, erwiderte er. »Und Pampers sitzen zu eng. Sie klemmen dem Baby das Bein ab.«

»Aber Pampers haben eine Schicht, die die Feuchtigkeit aufnimmt, sodass der Hintern trocken bleibt«, sagte ich. »Außerdem habe ich bei Pampers weniger Probleme mit Hautausschlag.«

»Bei mir reißen leicht die Klebeverschlüsse ab. Und beim großen Geschäft läuft schon mal was durch die Beinöffnung raus, dann habe ich ja noch mehr Arbeit. Ich weiß nicht, ich finde einfach, Huggies sind besser.«

Eine Frau, die gerade mit ihrem Einkaufswagen vorbeikam, warf uns einen Blick zu. Wir mussten lachen, hörten wir uns doch an wie in einem Werbespot.

Ricky sagte laut: »Und, was sagst du zu den Giants?«, in Richtung der Frau, die weiter den Gang hinunterging.

»Absolute Spitzenklasse, Mann, die Jungs haben echt was drauf«, sagte ich und kratzte mich.

Wir lachten, schoben dann unsere Wagen zusammen den Gang entlang. Ricky sagte: »Willst du die Wahrheit wissen? Mary steht auf Huggies, und damit Ende der Diskussion.«

»Den Spruch kenn ich«, sagte ich.

Ricky warf einen Blick in meinen Wagen und bemerkte: »Ich sehe, du kaufst fettarme Biomilch …«

»Schluss jetzt«, sagte ich. »Wie läuft's in der Firma?«

»Tja, die sind verdammt gut«, erklärte er. »Die Technologie macht tolle Fortschritte, das muss ich sagen. Neulich haben wir es den Geldgebern präsentiert, und das ist super gelaufen.«

»Und Julia kommt gut zurecht?«, fragte ich so beiläufig wie möglich.

»Und ob, sie kommt hervorragend zurecht. Soweit ich weiß«, sagte Ricky.

Ich warf ihm einen Blick zu. War er plötzlich verhalten? War sein Gesicht reglos, die Muskeln beherrscht? Verbarg er irgendetwas? Ich konnte es nicht sagen.

»Aber eigentlich sehe ich sie kaum«, sagte Ricky. »Sie ist zurzeit nicht so viel da.«

»Ich krieg sie auch nicht viel zu sehen«, sagte ich.

»Ja, sie ist ziemlich oft draußen in der Herstellung. Da spielt jetzt die Musik.« Ricky blickte mich kurz an. »Weißt du, wegen der neuen Fertigungsprozesse.«

Das Produktionsgebäude von Xymos war in Rekordzeit aus dem Boden gestampft worden, wenn man bedachte, wie komplex es war. Dort wurden Moleküle aus einzelnen Atomen zusammengesetzt, indem man die Molekülfragmente wie Legosteine zusammensteckte. Die Arbeit erfolgte vornehmlich in einem Vakuum, und es waren ungeheuer starke Magnetfelder erforderlich. Das Produktionsgebäude hatte deshalb riesige Pumpanlagen und gewaltige Kühlaggregate, um die Magnete herunterzukühlen. Doch nach dem, was Julia erzählt hatte, war ein Großteil der Technologie absolut speziell auf dieses Gebäude zugeschnitten; etwas Vergleichbares war nie zuvor gebaut worden.

Ich sagte: »Erstaunlich, wie schnell sie das Gebäude hochgezogen haben.«

»Na ja, wir haben auch ordentlich Dampf gemacht. Molecular Dynamics sitzt uns im Nacken. Die Produktion läuft, und wir haben Patentanträge ohne Ende. Aber unser Vorsprung vor MolDyne und NanoTech kann nicht sehr groß sein. Ein paar Monate. Vielleicht sechs, wenn wir Glück haben.«

»Dann baut ihr im Werk also schon Moleküle zusammen?«, fragte ich.

»Du hast es erfasst, Jack. Wir bauen, was das Zeug hält. Schon seit ein paar Wochen.«

»Ich wusste gar nicht, dass Julia sich für den Kram interessiert.« Ich hatte Julia mit ihrer psychologischen Ausbildung immer als jemanden gesehen, der lieber mit Menschen zu tun hatte.

»Sie interessiert sich brennend für die Technologie, das kann ich dir sagen. Außerdem wird in der Herstellung auch jede Menge programmiert«, sagte er. »Du weißt schon. Iterationszyklen, um die Produktionsverfahren zu verbessern.«

Ich nickte. »Was für Programme?«, fragte ich.

»Parallelverarbeitung. Multi-Agenten-Netze. So gelingt uns die Koordination der einzelnen Einheiten, damit sie zusammenarbeiten.«

»Und das alles für die Herstellung dieser medizinischen Kamera?«

»Ja.« Er stockte. »Unter anderem.« Er warf mir einen nervösen Blick zu, als könnte er gegen seine Geheimhaltungspflicht verstoßen.

»Du musst mir nichts erzählen«, sagte ich.

»Nein, nein«, sagte er rasch. »Herrje, wir kennen uns seit ewigen Zeiten, Jack.« Er schlug mir auf die Schulter. »Und deine Frau sitzt bei uns im Management. Ich meine, was soll's.« Aber er blickte weiterhin besorgt drein. Sein Gesicht strafte seine Worte Lügen. Und seine Augen waren mir ausgewichen, als er »deine Frau« sagte.

Das Gespräch neigte sich dem Ende zu, und ich spürte, dass ich völlig angespannt war, eine unangenehme Anspannung, wie, wenn man denkt, der andere weiß etwas und will es nicht sagen – weil es ihm peinlich ist, weil er nicht weiß, wie er es ausdrücken soll, weil er sich nicht einmischen will, weil es zu gefährlich ist, es auch nur anzusprechen, weil er denkt, du müsstest schon von allein auf den Trichter kommen. Erst recht, wenn es mit deiner Frau zu tun hat. Zum Beispiel, dass sie mit einem anderen schläft. Er blickt dich an wie eine wandelnde Leiche, als wäre es die Nacht der lebenden Toten, aber er sagt es dir nicht. Meiner Erfahrung nach erzählt ein Mann niemals einem anderen Mann, was er über dessen Frau weiß. Hingegen eine Frau erzählt es einer anderen Frau, wenn sie weiß, dass deren Mann untreu ist.

Das ist einfach so.

Aber ich war dermaßen angespannt, dass ich am liebsten …

»Gott, ich hab völlig die Zeit vergessen«, sagte Ricky und schenkte mir ein breites Lächeln. »Ich bin schon spät dran, Mary reißt mir den Kopf ab, ich muss mich beeilen. Sie ist schon sauer, weil ich die nächsten paar Tage draußen in der Fertigung bin. Ich bin also nicht zu Hause, ausgerechnet dann, wenn das Dienstmädchen nicht da ist …« Er zuckte die Achseln. »Aber du kennst das ja.«

»Und ob ich das kenne. Viel Glück.«

»He, Mann. Pass auf dich auf.«

Wir gaben uns die Hand. Murmelten noch eine Verabschiedung. Ricky rollte seinen Wagen um die Ecke des Ganges und war verschwunden.

Manchmal kann man sich nicht mit schmerzhaften Dingen beschäftigen, man schafft es nicht, sich darauf zu konzentrieren. Der Verstand stiehlt sich einfach davon, nein, danke, wechseln wir das Thema. Das passierte mir jetzt. Ich konnte nicht über Julia nachdenken, also dachte ich über das nach, was Ricky mir vom Fertigungswerk erzählt hatte. Und ich fand, dass es durchaus Hand und Fuß hatte, auch wenn es gegen alles sprach, was landläufig über Nanotechnologie bekannt war.

Unter Nanotechnologen hielt sich schon lange Zeit eine Fantasievorstellung, dass nämlich, sobald irgendwer herausfand, wie sich auf atomarer Ebene produzieren ließ, eine wahre Revolution ins Rollen kommen würde. Alle würden es aufgreifen, und auf der ganzen Welt würden Unmengen von wunderbaren Molekularkreationen vom Fließband laufen. Binnen Tagen würde diese fantastische neue Technologie das Leben der Menschen verändern. Es musste nur irgendwer herausfinden, wie es ging.

Aber selbstverständlich würde es niemals genau dazu kommen. Allein schon der Gedanke war absurd. Denn im Grunde genommen unterschied sich die molekulare Herstellung gar nicht so sehr von der Computerherstellung oder der Ventilherstellung, der Automobilherstellung oder der Herstellung von irgendetwas anderem. Alles brauchte seine Zeit, bis es richtig funktionierte. Ja, der Zusammenbau von Atomen zur Fertigung neuer Moleküle war eigentlich dem Kompilieren eines Computerprogramms aus einzelnen Codezeilen sehr ähnlich. Und ein Computercode ließ sich nicht gleich beim ersten Mal kompilieren. Die Programmierer mussten ständig irgendwelche Zeilen überarbeiten. Und selbst wenn das Computerprogramm kompiliert war, lief es nie beim ersten Mal einwandfrei. Auch nicht beim zweiten Mal. Oder beim hundertsten Mal. Es mussten Fehler beseitigt werden, und das immer und immer wieder. Und dann noch einmal.

Ich hatte schon häufig gedacht, dass es bei der Herstellung von Molekülen genauso sein musste – es würden immer und immer wieder Fehler zu beseitigen sein, bevor alles problemlos funktionierte. Und wenn Xymos wollte, dass »Schwärme« von Molekülen zusammenarbeiteten, dann würden auch in der Art und Weise, wie diese Moleküle miteinander kommunizierten, Fehler auftreten, die ausgemerzt werden mussten, so eingeschränkt die Kommunikation auch war. Denn sobald die Moleküle gemeinsam agierten, hatte man ein primitives Netzwerk. Um das zu organisieren, musste man wahrscheinlich ein verteiltes Netz programmieren. So eins, wie ich es bei MediaTronics entwickelt hatte.

Ich konnte mir also sehr gut vorstellen, dass sie parallel zur Herstellung noch fleißig programmierten. Aber ich konnte mir nicht erklären, was Julia da zu suchen hatte. Die Werksanlage lag weit von der Xymos-Zentrale entfernt, praktisch am Ende der Welt –

in der Wüste von Nevada, nicht weit von Tonopah. Und Julia war nicht gern am Ende der Welt.

Ich saß beim Kinderarzt im Wartezimmer, weil die nächste Impfung für das Baby anstand. Außer mir waren vier Mütter da, die ihre kranken Kinder auf dem Schoß hatten, während die anderen Kinder auf dem Fußboden spielten. Die Mütter unterhielten sich und übersahen mich geflissentlich.

Ich gewöhnte mich langsam daran. Ein Mann, der nicht arbeitete, ein Mann in einer Umgebung wie einer Kinderarztpraxis war etwas Ungewöhnliches. Das konnte doch nur bedeuten, dass irgendetwas nicht in Ordnung war. Wahrscheinlich stimmte mit dem Mann irgendetwas nicht, schließlich war er arbeitslos, vielleicht war er wegen Alkohol oder Drogen entlassen worden, vielleicht war er ein fauler Hund. Was immer der Grund war, es war jedenfalls nicht normal, mitten am Tag einen Mann in einer Kinderarztpraxis anzutreffen. Also taten die Mütter so, als wäre ich nicht vorhanden.

Hin und wieder warfen sie mir jedoch einen besorgten Blick zu, als könnte ich mich, wenn sie mir den Rücken zukehrten, von hinten ranschleichen und sie vergewaltigen. Sogar die Sprechstundenhilfe Gloria wirkte misstrauisch. Sie schaute das Baby auf meinem Arm, das nicht schrie und kaum schniefte, flüchtig an. »Was soll ihr denn fehlen?«

Ich sagte, wir seien wegen der Impfung da.

»War sie schon mal bei uns?«

Ja, sie sei seit ihrer Geburt hier.

»Sind Sie mit ihr verwandt?«

Ja, ich sei ihr Vater.

Schließlich wurden wir ins Sprechzimmer geführt. Der Arzt schüttelte mir die Hand, war ausgesprochen freundlich, wollte nicht wissen, warum ich und nicht meine Frau oder die Haushälterin gekommen war. Er gab Amanda zwei Spritzen. Sie brüllte. Ich wiegte sie an meiner Schulter, tröstete sie.

»Kann sein, dass sie eine kleine Schwellung bekommt, eine kleine lokale Rötung. Rufen Sie mich an, wenn die nach achtundvierzig Stunden nicht wieder verschwunden ist.«

Dann war ich wieder am Empfang und kramte meine Kreditkarte hervor, um die Rechnung zu bezahlen, während das Baby noch immer weinte. Und in dem Augenblick rief Julia an.

»Hi. Was machst du gerade?« Sie hatte wohl das Babygeschrei gehört.

»Den Kinderarzt bezahlen.«

»Schlechter Zeitpunkt?«

»Eigentlich ja …«

»Okay, hör zu, ich wollte dir bloß Bescheid geben, dass ich heute pünktlich Feierabend mache – endlich mal! –, ich bin also zum Abendessen da. Soll ich auf dem Weg nach Hause was vom Italiener mitbringen?«

»Das wäre toll«, sagte ich.

Erics Fußballtraining dauerte länger als vorgesehen. Es wurde schon dunkel auf dem Platz. Der Trainer überzog andauernd. Ich tigerte an der Seitenlinie auf und ab und überlegte, ob ich mich beschweren sollte. Es war einfach schwer zu sagen, wann man sein Kind verhätschelte und wann man es rechtmäßig beschützte. Nicole rief von ihrem Handy aus an und sagte, ihre Theaterprobe sei zu Ende und warum ich sie nicht abgeholt hätte? Wo ich denn steckte? Ich sagte, ich sei noch immer mit Eric auf dem Fußballplatz, und fragte, ob sie nicht mit jemandem mitfahren könne.

»Dad …«, sagte sie genervt, als hätte ich von ihr verlangt, nach Hause zu kriechen.

»He, ich kann hier noch nicht weg.«

Sehr sarkastisch: »Ja, klar.«

»Nicht in dem Ton, junge Dame.«

Aber einige Minuten später wurde das Training jäh abgebrochen. Ein grüner Pick-up fuhr auf den Fußballplatz, und zwei Männer stiegen aus, die Masken und dicke Gummihandschuhe trugen, mit Sprühflaschen auf dem Rücken. Sie wollten Unkrautvernichtungsmittel spritzen, und der Platz durfte bis zum nächsten Tag nicht betreten werden.

Ich rief Nicole an und sagte, wir würden sie abholen.

»Wann?«

»Wir sind schon unterwegs.«

»Vom Training des kleinen Ekelpakets?«

»Hör auf, Nic.«

»Wieso kommt er immer an erster Stelle?«

»Er kommt nicht immer an erster Stelle.«

»Tut er doch. Er ist ein kleines Ekelpaket.«

»Nicole …«

»Tschul-di-gung.«

»Bis gleich.« Ich unterbrach die Verbindung. Kinder sind heutzutage Frühentwickler. Die Teenagerzeit fängt mit elf an.

Um halb sechs waren die Kinder zu Hause und plünderten den Kühlschrank. Nicole aß ein großes Stück Mozzarella. Ich sagte ihr, das müsse reichen, sonst habe sie beim Abendessen keinen Hunger mehr. Dann deckte ich den Tisch weiter.

»Wann essen wir denn?«

»Bald. Mom bringt was mit.«

»O-Oh.« Sie verschwand kurz und kam dann wieder. »Sie sagt, es tut ihr Leid, dass sie nicht angerufen hat, aber sie kommt später.«

»Was?« Ich goss gerade Wasser in die Gläser auf dem Tisch.

»Sie sagt, es tut ihr Leid, dass sie nicht angerufen hat, aber sie kommt später. Ich hab eben mit ihr gesprochen.«

»Herrgott noch mal.« Mir platzte der Kragen. Ich bemühte mich zwar, meinen Ärger nie vor den Kindern zu zeigen, aber manchmal hatte ich mich nicht im Griff. Ich seufzte. »Okay.«

»Ich komm um vor Hunger, Dad.«

»Hol deinen Bruder und steigt ins Auto«, sagte ich. »Wir fahren zum Drive-in.«

Später, als ich das Baby zum Bett trug, stieß ich mit dem Ellbogen gegen ein Foto auf dem Bücherregal im Wohnzimmer. Es fiel scheppernd zu Boden, ich hob es auf. Es war ein Foto von Julia und Eric in Sun Valley, als er vier war. Sie trugen beide Schneeanzüge; Julia brachte ihm Skifahren bei und lächelte strahlend. Daneben stand ein Foto von Julia und mir an unserem elften Hochzeitstag in Kona; ich trug ein schrilles Hawaii-Hemd, und sie hatte bunte Blütenkränze um den Hals, und wir küssten uns bei Sonnenuntergang. Es war eine wunderschöne Reise, wir waren sogar ziemlich sicher, dass Amanda dort gezeugt wurde. Ich weiß noch, wie Julia eines Tages von der Arbeit nach Hause kam und sagte: »Schatz, erinnerst du dich noch, wie du gesagt hast, Mai Tais seien gefährlich?« Ich sagte: »Ja ...« Und sie sagte: »Tja, ich will es mal so ausdrücken. Es ist ein Mädchen!« Und ich war dermaßen perplex, dass mir das Mineralwasser, das ich gerade trank, die Nase hochstieg, und wir mussten beide lachen.

Dann ein Foto von Julia, beim Plätzchenbacken mit Nicole, die noch so klein war, dass sie auf der Küchentheke saß und mit den Beinen nicht an die Kante reichte. Sie war höchstens anderthalb. Nicole, die Stirn vor Konzentration in Falten gelegt, schwang einen großen Löffel mit Teig und richtete eine richtig schöne Sauerei an, während Julia sich das Lachen verkniff.

Und ein Foto von uns beim Wandern in Colorado; Julia hatte die sechsjährige Nicole an der Hand, und ich trug Eric auf den Schultern, der Kragen meines Hemdes dunkel vor Schweiß – oder Schlimmerem, wenn ich den Tag recht in Erinnerung hatte. Eric musste um die zwei Jahre alt gewesen sein, er trug noch Windeln. Ich weiß noch gut, wie lustig er es immer fand, mir die Augen zuzuhalten, während ich ihn trug.

Das Wanderfoto war im Rahmen verrutscht und stand schief. Ich tippte gegen den Rahmen, um es wieder gerade zu richten, aber es rührte sich nicht. Ich sah, dass etliche von den anderen Bildern verblichen waren oder dass die Beschichtung am Glas klebte. Niemand hatte sich je um die Bilder gekümmert. Das Baby zog die Nase hoch und rieb sich mit den Fäusten die Augen. Ich stellte die Fotos wieder aufs Regal. Es waren alte Bilder aus einer anderen, glücklicheren Zeit. Aus einem anderen Leben. Sie schienen nichts mit mir zu tun zu haben, nicht mehr. Alles war jetzt anders.

Die Welt war jetzt anders.

Ich ließ den gedeckten Tisch, wie er war, ein stiller Vorwurf. Julia sah es, als sie gegen zehn nach Hause kam. »Tut mir Leid, Schatz.«

»Ich weiß, du hast viel um die Ohren«, sagte ich.

»Stimmt. Bitte verzeih mir, ja?«

»Ich verzeih dir«, sagte ich.

»Du bist der Beste.« Sie warf mir eine Kusshand zu, vom anderen Ende des Raumes. »Ich hüpf mal eben unter die Dusche«, sagte sie. Und sie ging den Flur entlang. Ich sah ihr nach.

Auf dem Weg zum Bad warf sie einen Blick in Amandas Zimmer und huschte dann hinein. Gleich darauf hörte ich sie beruhigende Laute von sich geben und das Baby glucksen. Ich stand von meinem Stuhl auf und ging ihr nach.

Im dunklen Kinderzimmer hielt sie Amanda hoch, rieb mit der Nase an ihrer.

Ich sagte: »Julia … du hast sie wach gemacht.«

»Nein, hab ich nicht, sie war wach. Das warst du doch, mein kleines Kuschelhäschen? Du warst doch wach, nicht wahr, mein Knubbel-Bubbel?«

Das Baby rieb sich mit winzigen Fäusten die Augen und gähnte. Ich war sicher, dass sie aufgeweckt worden war.

Julia drehte sich im Dunkeln zu mir um. »Ich schwör's dir. Wirklich. Ich hab sie nicht wach gemacht. Wieso siehst du mich so an?«

»Wie seh ich dich denn an?«

»Das weißt du genau. Vorwurfsvoll.«

»Ich mach dir keinen Vorwurf.«

Das Baby fing an zu wimmern und dann an zu brüllen. Julia fühlte die Windel. »Ich glaube, sie hat sich nass gemacht«, sagte sie und reichte sie mir, während sie aus dem Zimmer ging. »Sie sind gefragt, Mr. Perfect.«

Jetzt war dicke Luft zwischen uns. Nachdem ich dem Baby die Windel gewechselt und es wieder ins Bett gelegt hatte, hörte ich, wie Julia aus der Dusche kam und eine Tür zuknallte. Immer wenn Julia Türen knallen ließ, war das für mich das Zeichen, dass ich zu ihr kommen und sie besänftigen sollte. Aber heute Abend war mir nicht danach. Es ärgerte mich, dass sie das Baby aufgeweckt hatte, und ich ärgerte mich über ihre Unzuverlässigkeit, erst sagte sie, sie werde zum Abendessen zu Hause sein, und dann gab sie nicht mal frühzeitig Bescheid, dass es doch später werden würde. Ich hatte Angst, dass sie deshalb so unzuverlässig geworden war, weil sie durch eine neue Liebe abgelenkt wurde. Oder machte sie sich einfach nicht mehr viel aus ihrer Familie? Ich wusste nicht, was ich tun sollte, aber ich hatte jetzt keine Lust, mich mit ihr zu vertragen.

Ich ließ sie einfach weiter die Türen knallen. Sie schlug die Schiebetür ihres Wandschrankes so fest zu, dass das Holz krachte. Sie fluchte. Auch das war ein Zeichen: Ich sollte zu ihr gelaufen kommen.

Ich ging zurück ins Wohnzimmer und setzte mich. Ich nahm das Buch, in dem ich las, und starrte auf die Seite. Ich versuchte, mich zu konzentrieren, aber es gelang mir natürlich nicht. Ich war wütend, und ich lauschte, wie sie im Schlafzimmer herumpolterte. Wenn sie so weitermachte, würde sie Eric wecken, und dann würde ich ein ernstes Wörtchen mit ihr reden müssen. Ich hoffte, dass es nicht so weit kam.

Schließlich hörte der Lärm auf. Wahrscheinlich hatte sie sich ins Bett gelegt. Falls ja, würde sie bald einschlafen. Julia konnte auch schlafen, wenn wir uns gestritten hatten. Ich konnte das noch nie; ich blieb also auf, lief wütend auf und ab und versuchte, mich zu beruhigen.

Als ich dann doch ins Bett ging, schlief Julia tief und fest. Ich schlüpfte unter die Decke und rollte mich von ihr weg.

Es war ein Uhr morgens, als das Baby anfing zu schreien. Ich suchte nach dem Lichtschalter, stieß den Wecker um, wodurch das Radio anging, und Rock 'n' Roll plärrte los. Ich fluchte, tastete im Dunkeln herum, bis ich endlich die Nachttischlampe anhatte und das Radio ausmachen konnte.

Das Baby schrie noch immer.

»Was hat sie denn?«, fragte Julia schläfrig.

»Ich weiß nicht.« Ich stieg aus dem Bett, schüttelte den Kopf, versuchte, wach zu werden. Ich ging ins Kinderzimmer und schaltete das Licht an. Der Raum kam mir sehr hell vor, die Clowntapete knallgelb. Unwillkürlich dachte ich: Was hat sie gegen gelbe Tischsets, wo sie doch das ganze Kinderzimmer gelb gestrichen hat?

Die Kleine stand in ihrem Bettchen, hielt sich an den Stäben fest, brüllte mit weit offenem Mund und rang keuchend nach Luft. Tränen liefen ihr über die Wangen. Ich breitete die Arme aus, und sie griff nach mir, und ich tröstete sie. Ich dachte, sie müsse einen Albtraum gehabt haben. Ich wiegte sie sanft, um sie zu beruhigen.

Sie schrie unvermindert weiter. Vielleicht tat ihr irgendetwas weh, vielleicht war was in der Windel. Ich untersuchte ihren Körper. Und da sah ich, dass sie am Bauch einen bösen Ausschlag hatte, der sich wie Striemen zum Rücken und bis hinauf zum Hals erstreckte.

Julia kam herein. »Kannst du nicht dafür sorgen, dass sie aufhört?«, sagte sie.

Ich sagte: »Irgendwas stimmt nicht mit ihr«, und ich zeigte Julia den Hautausschlag.

»Hat sie Fieber?«

Ich fühlte Amanda den Kopf. Sie war verschwitzt und heiß, aber das konnte auch vom Weinen kommen. Am übrigen Körper fühlte sie sich kühl an. »Ich weiß nicht. Ich glaube nicht.«

Jetzt sah ich den Ausschlag auch an ihren Oberschenkeln. War der vorhin schon da gewesen? Mir war fast, als würde er sich vor meinen Augen ausbreiten. Wenn das überhaupt noch möglich war, brüllte das Baby jetzt noch lauter.

»Mein Gott«, sagte Julia. »Ich ruf den Arzt an.«

»Ja, mach das.« Inzwischen hatte ich Amanda auf den Rücken gelegt – sie schrie noch mehr –, und ich sah mir ihren ganzen Körper genau an. Der Ausschlag breitete sich aus, kein Zweifel. Und sie hatte offenbar fürchterliche Schmerzen und brüllte sich die Lunge aus dem Leib.

»Mein armes Schätzchen, mein armes, armes Schätzchen …«, sagte ich.

Die Rötung breitete sich eindeutig aus.

Julia kam zurück und sagte, dass sie dem Arzt eine Nachricht hinterlassen habe. Ich sagte: »Ich warte nicht. Ich bring sie ins Krankenhaus.«

»Meinst du wirklich, das ist notwendig?«, fragte sie.

Ich antwortete nicht, ich ging einfach ins Schlafzimmer, um mir etwas anzuziehen.

Julia fragte: »Soll ich mitkommen?«

»Nein, bleib bei den Kindern«, sagte ich.

»Wirklich?«

»Ja.«

»Na schön«, sagte sie. Sie ging zurück ins Schlafzimmer. Ich nahm meine Autoschlüssel.

Das Baby schrie weiter.

»Ich weiß, es ist unangenehm«, sagte der Assistenzarzt. »Aber ich halte es nicht für ungefährlich, ihr ein Beruhigungsmittel zu geben.« Wir waren in einem durch einen Vorhang abgetrennten Raum in der Notaufnahme. Der Arzt beugte sich über meine schreiende Tochter und schaute ihr mit einem Instrument in die Ohren. Inzwischen war Amanda am ganzen Körper krebsrot. Sie sah aus, als wäre sie gekocht worden.

Ich hatte Angst. Ich hatte noch nie davon gehört, dass ein Baby leuchtend rot wurde und schrie wie am Spieß. Ich traute dem Arzt nicht, der mir viel zu jung erschien, um kompetent zu sein. Er konnte noch keine Erfahrung haben; er sah nicht einmal so aus, als müsse er sich schon rasieren. Ich war furchtbar nervös, trat von einem Fuß auf den anderen. Allmählich spürte ich, wie ich leicht wahnsinnig wurde, weil meine Tochter seit einer Stunde ununterbrochen brüllte. Es zerrte an meinen Nerven. Der Arzt achtete gar nicht darauf. Ich fragte mich, wie er das anstellte.

»Fieber hat sie nicht«, sagte er und notierte etwas auf einem Krankenblatt, »aber bei Kindern in dem Alter hat das ohnehin nichts zu bedeuten. Unter einem Jahr kann es sein, dass sie gar kein Fieber kriegen, selbst bei einer schweren Infektion nicht.«

»Hat sie das?«, fragte ich. »Hat sie eine Infektion?«

»Ich weiß nicht. Ich tippe auf ein Virus, wegen des Hautausschlags. Aber wir müssten das vorläufige Blutergebnis gleich – ah, schön.« Eine Krankenschwester gab ihm im Vorbeigehen einen Zettel. »Ähh … hmmm …« Er hielt inne. »Also …«

»Also was?«, fragte ich und trat wieder von einem Bein aufs andere.

Er starrte kopfschüttelnd auf das Blatt. Er antwortete mir nicht.

»Also *was*?«

»Es ist keine Infektion«, sagte er. »Die Anzahl der weißen Blutkörperchen ist normal, Proteinfraktion normal. Ihr Immunsystem ist absolut nicht mobilisiert.«

»Was bedeutet das?«

Er war sehr ruhig, stand da, runzelte die Stirn und dachte nach. Ich fragte mich, ob er vielleicht einfach nur dumm war. Heutzutage gingen die besten Leute nicht mehr in die Medizin, nicht bei unserem reglementierten Gesundheitswesen. Der junge Bursche gehörte vielleicht zum neuen Schlag einfältiger Ärzte.

»Wir müssen das diagnostische Netz erweitern«, sagte er. »Ich werde eine allgemeinmedizinische Untersuchung veranlassen, eine neurologische Untersuchung, wir ziehen einen Dermatologen hinzu und jemanden, der auf Infektionskrankheiten spezialisiert ist. Das bedeutet, eine Menge Leute werden mit Ihnen über

Ihre Tochter sprechen und immer wieder die gleichen Fragen stellen, aber …«

»Das macht nichts«, sagte ich. »Kein Problem. Aber … was glauben Sie denn, was sie hat?«

»Ich weiß es nicht, Mr. Forman. Wenn es keine Infektion ist, suchen wir nach anderen Gründen für die Hautreaktion. Sie waren mit ihr nicht im Ausland?«

»Nein.« Ich schüttelte den Kopf.

»Sie ist auch nicht kürzlich mit Metallen oder Toxinen in Berührung gekommen?«

»Auf welche Weise?«

»Müllhalden, Fabriken, Chemikalien …«

»Nein, nein.«

»Haben Sie irgendeine Vermutung, was die Reaktion ausgelöst haben könnte?«

»Nein, nichts … Moment, sie ist gestern geimpft worden.«

»Gegen was?«

»Ich weiß nicht, was man in ihrem Alter eben so kriegt …«

»Sie wissen nicht, was für Impfungen?«, sagte er. Sein Notizbuch war aufgeklappt, sein Stift schwebte über der Seite.

»Nein, Herrgott noch mal«, sagte ich gereizt, »ich weiß nicht, was für Impfungen. Bei jedem Termin kriegt sie eine andere Spritze. Sie sind doch schließlich der Arzt …«

»Schon gut, Mr. Forman«, sagte er beruhigend. »Ich weiß, es ist stressig. Sagen Sie mir einfach, wie der Arzt heißt, ich rufe ihn dann an, was halten Sie davon?«

Ich nickte. Ich wischte mir mit der Hand über die Stirn. Ich schwitzte. Ich buchstabierte für ihn den Namen des Kinderarztes, und er schrieb mit. Ich versuchte, ruhig zu werden. Ich versuchte, klar zu denken.

Und die ganze Zeit über brüllte mein Baby immer weiter.

Eine halbe Stunde später bekam sie Krämpfe.

Sie fingen an, als sich gerade einer von den Spezialisten in Weiß über sie beugte und sie untersuchte. Ihr kleiner Körper krümmte und wand sich. Sie gab Würgelaute von sich, als müsste sie sich übergeben. Ihre Beine schlugen krampfartig. Sie fing an zu keuchen. Ihre Augen drehten sich nach innen.

Ich weiß nicht mehr, was ich in dem Moment alles sagte oder tat, aber ein stämmiger Krankenpfleger von der Größe eines Footballspielers kam herein, stieß mich an den Rand des Behandlungsraumes und hielt meine Arme fest. Ich blickte an seiner breiten Schulter vorbei, während sechs Personen sich um meine Tochter herumdrängten; eine Krankenschwester mit einem Bart-Simpson-T-Shirt steckte ihr eine Nadel in die Stirn. Ich fing an zu schreien und versuchte, mich loszureißen. Der Krankenpfleger rief: »Köpfen, köpfen, köpfen.« Schließlich begriff ich, dass er »Kopfvene« sagte. Er erklärte, das sei nur für die Infusion, weil das Baby dehydriert sei. Deshalb habe sie die Krämpfe bekommen. Ich hörte die Worte Elektrolyte, Magnesium, Kalium.

Jedenfalls hörten die Krämpfe gleich danach auf. Aber Amanda brüllte weiter.

Ich rief Julia an. Sie war wach. »Wie geht es ihr?«

»Unverändert.«

»Weint sie noch immer? Ist *sie* das?«

»Ja.« Sie konnte Amanda im Hintergrund hören.

»Mein Gott.« Sie stöhnte. »Was sagen die Ärzte?«

»Sie wissen noch nicht, was sie hat.«

»Ach, die arme Kleine.«

»Sie ist schon von rund fünfzig Ärzten untersucht worden.«

»Kann ich irgendwas tun?«

»Ich glaube nicht.«

»Okay. Sag mir Bescheid.«

»Okay.«

»Ich schlafe nicht.«

»Okay.«

Kurz vor Tagesanbruch verkündeten die versammelten Experten, dass sie entweder einen Darmverschluss oder einen Gehirntumor habe und dass zur Klärung eine Kernspintomografie durchgeführt werden solle. Der Himmel erhellte sich blassgrau, als Amanda in den Untersuchungsraum gebracht wurde, in dessen Mitte das große, weiße Gerät stand. Die Krankenschwester sagte, es würde meine Tochter beruhigen, wenn ich bei der Vorbereitung dabei wäre, und sie zog die Nadel aus der Kopfvene, weil keine Metallgegenstände mit in das Gerät durften. Blut spritzte hervor und lief über Amandas Stirn ins Auge. Die Krankenschwester wischte es ab.

Jetzt wurde Amanda auf ein weißes Brett geschnallt, das in die Tiefen des Geräts rollte. Meine Tochter starrte in Panik nach oben auf die Apparatur, noch immer schreiend. Ich ging in den Nebenraum, der ein Fenster hatte, in Richtung des Tomografen.

Der Techniker war ein Ausländer mit dunkler Hautfarbe. »Wie alt ist sie? Ist es überhaupt eine Sie?«

»Ja, eine Sie. Neun Monate.«

»Hat aber schon kräftige Lungen.«

»Ja.«

»Los geht's.« Er hantierte mit seinen Knöpfen und Schiebern, wobei er meine Tochter kaum eines Blickes würdigte.

Amanda verschwand vollständig in dem Gerät. Ihr Schluchzen hörte sich blechern über den Lautsprecher an. Der Techniker betätigte einen Schalter, und die Pumpe begann zu rattern; es war ziemlich laut. Trotzdem hörte ich meine Tochter weiter schreien.

Und dann hörte sie plötzlich auf.

Sie war völlig still.

»Gott«, sagte ich. Ich sah den Techniker und die Krankenschwester an. Ihre Gesichter zeigten Entsetzen. Wir alle dachten das Gleiche, etwas Schreckliches war passiert. Mein Herz hämmerte. Der Techniker stellte hastig die Pumpen ab, und wir eilten zurück in den Raum.

Meine Tochter lag da, noch immer angeschnallt, schwer atmend, aber offensichtlich wohlauf. Sie blinzelte langsam, als wäre sie benommen. Schon jetzt war ihre Haut deutlich heller geworden, rosa, hatte stellenweise wieder ihre normale Farbe. Die Rötung wurde praktisch vor unseren Augen schwächer.

»Mich laust der Affe«, sagte der Techniker.

Zurück in der Notaufnahme wollten die Ärzte Amanda nicht nach Hause lassen. Sie waren noch immer der Meinung, dass sie einen Tumor oder eine gefährliche Darmgeschichte habe, und bestanden darauf, sie zur Beobachtung dazubehalten. Doch der Hautausschlag ließ zusehends nach. Im Laufe der nächsten Stunde verblasste die rosa Färbung und verschwand schließlich ganz.

Niemand konnte sich erklären, was passiert war, und die Ärzte waren besorgt. Amanda hatte wieder die Infusion in der Kopfvene, diesmal auf der anderen Seite der Stirn. Aber als ich ihr das Fläschchen gab, saugte sie es gierig leer. Sie starrte, wie immer, wenn ich sie fütterte, mit ihrem hypnotischen Blick zu mir hoch. Es schien ihr tatsächlich wieder gut zu gehen. Sie schlief in meinen Armen ein.

Ich saß noch eine Stunde herum, dann fing ich an zu klagen, dass ich zu meinen Kindern müsste, um sie zur Schule zu bringen. Und kurz darauf konstatierten die Ärzte einen weiteren Triumph der modernen Medizin und schickten mich mit meiner Tochter nach Hause. Amanda schlief auf dem ganzen Weg tief und fest und wurde auch nicht wach, als ich sie aus dem Kindersitz im Auto hob. Der Morgen dämmerte, als ich sie die Auffahrt hoch- und ins Haus trug.

3. Tag, 6.07 Uhr

Im Haus war es vollkommen still. Die Kinder schliefen noch. Als ich hereinkam, stand Julia im Esszimmer und blickte zum Fenster hinaus in den Garten. Der Rasensprenger war an, zischte und klickte. Julia hatte eine Tasse Kaffee in der Hand und starrte reglos nach draußen.

Ich sagte: »Wir sind wieder da.«

Sie drehte sich um. »Alles wieder in Ordnung mit ihr?«

Ich hielt ihr das Baby hin. »Sieht so aus.«

»Gott sei Dank«, sagte sie, »ich hab mir solche Sorgen gemacht, Jack.« Aber sie ging nicht auf Amanda zu und berührte sie nicht. »*Solche* Sorgen.«

Ihre Stimme klang fremd, distanziert. Julia hörte sich eigentlich nicht besorgt an, sondern förmlich, wie jemand, der die Rituale einer anderen Kultur befolgte, sie aber im Grunde nicht verstand. Sie nahm einen Schluck Kaffee.

»Ich hab die ganze Nacht kein Auge zugetan«, sagte sie. »Ich hab mir solche Sorgen gemacht. Ich hab mich schrecklich gefühlt. Gott.« Ihre Augen huschten zu meinem Gesicht, dann wieder weg. Sie hatte offensichtlich ein schlechtes Gewissen.

»Willst du sie mal nehmen?«

»Ich, äh …« Julia schüttelte den Kopf und nickte der Kaffeetasse in ihrer Hand zu. »Nicht jetzt«, sagte sie. »Ich muss nach den Sprinklern sehen. Die ertränken mir noch die Rosen.« Und sie ging in den Garten.

Ich sah, wie sie in den Garten trat und auf die Sprinkler schaute.

Sie blickte kurz zu mir herüber und kontrollierte dann übertrieben deutlich die Zeitschaltuhr in dem Kasten an der Wand. Sie klappte den Deckel hoch und blickte hinein. Ich verstand das nicht. Erst vergangene Woche hatten die Gärtner die Bewässerungszeit neu eingestellt. Vielleicht hatten sie es nicht richtig gemacht.

Amanda schniefte in meinen Armen. Ich ging mit ihr ins Kinderzimmer, wechselte ihr die Windel und legte sie ins Bett.

Als ich zurückkam, sah ich Julia in der Küche, wo sie mit ihrem Handy telefonierte. Auch das war eine ihrer neuen Marotten. Sie benutzte unseren Festnetzanschluss kaum noch; sie telefonierte mit ihrem Handy. Ich hatte sie einmal nach dem Grund dafür gefragt, und sie hatte geantwortet, es sei einfacher so, weil sie viele Ferngespräche führen müsse, und die Firma übernehme die Handykosten.

Ich verlangsamte meine Schritte und ging auf dem Teppich. Ich hörte sie sagen: »Ja, verdammt, klar mach ich das, aber wir müssen jetzt vorsichtig sein …«

Sie blickte hoch und sah mich kommen. Sofort veränderte sich ihr Tonfall. »Okay, äh … hör zu, Carol, ich denke, das können wir mit einem Anruf in Frankfurt klären. Schick ein Fax hinterher und sag mir Bescheid, wie er reagiert hat, ja?« Und sie klappte das Handy zu. Ich kam in die Küche.

»Jack, ich geh äußerst ungern aus dem Haus, bevor die Kinder auf sind, aber …«

»Du musst weg?«

»Leider ja. Ein dringendes Problem in der Firma.«

Ich sah auf meine Uhr. Es war Viertel vor sechs. »Okay.«

Sie sagte: »Tja, kannst du, ähm … die Kinder …«

»Klar. Ich kümmere mich um alles.«

»Danke. Ich ruf dich an.«

Und weg war sie.

Ich war zu müde, um klar denken zu können. Die Kleine schlief noch, und wenn ich Glück hatte, würde sie das auch noch ein paar Stunden länger tun. Meine Haushälterin Maria kam um halb sieben ins Haus und stellte die Müslischüsseln auf den Tisch. Die Kinder aßen, und ich fuhr sie zur Schule. Ich bemühte mich nach Kräften, wach zu bleiben. Ich gähnte.

Eric saß neben mir auf dem Beifahrersitz. Auch er gähnte.

»Noch nicht ganz ausgeschlafen?«

Er nickte. »Diese Männer haben mich wach gehalten«, sagte er.

»Was für Männer?«

»Die Männer, die letzte Nacht im Haus waren.«

»Was für Männer?«, sagte ich.

»Die mit den Staubsaugern«, erwiderte er. »Die haben alles abgesaugt. Und sie haben den Geist aufgesaugt.«

Nicole auf dem Rücksitz kicherte. »Den *Geist…*«

Ich sagte: »Ich glaube, das hast du geträumt, mein Sohn.« Eric hatte in letzter Zeit oft lebhafte Albträume, von denen er nachts wach wurde. Ich war mir ziemlich sicher, dass Nicole dafür verantwortlich war, weil sie ihn Horrorfilme mitgucken ließ, obwohl sie genau wusste, dass es ihn verstörte. Nicole war in dem Alter, wo sie am liebsten Filme sah, in denen maskierte Killer Teenager umbrachten, nachdem sie Sex gehabt hatten. Das bekannte Schema: Wer Sex hat, stirbt. Aber Eric war noch nicht alt genug für so etwas. Ich hatte ihr schon oft verboten, ihn mitgucken zu lassen.

»Nein, Dad, das war kein Traum«, sagte Eric und gähnte wieder. »Die Männer waren wirklich da. Ein ganzer Haufen.«

»Ja, klar. Und was war mit dem Geist?«

»Der war eben ein Geist. Ganz silbern und schimmernd, bloß dass er kein Gesicht hatte.«

»Sicher.« Inzwischen hatten wir vor der Schule gehalten. Und Nicole sagte, ich müsste sie um Viertel nach vier statt um Viertel vor vier abholen, weil sie nach dem Unterricht noch eine Theaterprobe hätten, und Eric erklärte, er würde nicht zum Kinderarzt gehen, wenn er eine Spritze kriegen müsste. Ich wiederholte das zeitlose Mantra aller Eltern: »Mal sehen.«

Die beiden kletterten aus dem Wagen und schleppten ihre

Schultaschen hinter sich her. Sie hatten beide Rucksäcke, die über zwanzig Pfund wogen. Das ging einfach über meinen Verstand. Als ich in ihrem Alter war, hatten die Kinder keine schweren Rucksäcke. Wir hatten überhaupt keine Rucksäcke. Jetzt hatte anscheinend jedes Kind einen. Man sah kleine Zweitklässler, vornübergebeugt wie Sherpas, die sich unter dem Gewicht ihrer Taschen durch die Schultüren schleppten. Manche Kinder hatten Rucksäcke mit Rollen und zogen sie wie Koffer am Flughafen. Das war mir unerklärlich. Die Welt wurde zunehmend digital, alles wurde kleiner und leichter. Aber die Kinder schleppten mehr Gewicht als je zuvor.

Auf einem Elternabend vor zwei Monaten hatte ich das einmal angesprochen. Und die Schulleiterin sagte: »Ja, das ist ein großes Problem. Wir sind da alle sehr besorgt.« Und wechselte dann das Thema.

Auch das war mir unerklärlich. Wenn alle sehr besorgt waren, warum wurde dann nichts unternommen? Aber so ist der Mensch nun mal veranlagt. Keiner tut was, ehe es zu spät ist. Wir stellen an der Kreuzung eine Ampel erst auf, *nachdem* das Kind tödlich verunglückt ist.

Ich fuhr wieder nach Hause, durch zäh fließenden Morgenverkehr. Ich dachte, dass ich vielleicht noch zwei Stunden Schlaf kriegen könnte. Das war das Einzige, was mir durch den Kopf ging.

Maria weckte mich gegen elf, indem sie mich heftig an der Schulter rüttelte. »Mr. Forman. Mr. Forman.«

Ich war schlaftrunken. »Was ist denn?«

»Das Baby.«

Ich war auf der Stelle wach. »Was ist mit ihr?«

»Sie Baby sehen, Mr. Forman. Sie ganz …« Sie machte eine Geste, rieb sich Schulter und Arm.

»Sie ist ganz was?«

»Sie Baby sehen, Mr. Forman.«

Ich torkelte aus dem Bett und ging ins Kinderzimmer. Amanda

stand aufrecht in ihrem Bettchen, hielt sich am Gitter fest. Sie hüpfte auf und ab und lächelte glücklich. Alles schien normal, außer dass sie am ganzen Körper gleichmäßig violett war. Wie ein einziger Bluterguss.

»Ach du Schande«, sagte ich.

Mir graute vor einer weiteren Episode im Krankenhaus, mir graute vor noch mehr Weißkitteln, die einem nichts sagen konnten, mir graute davor, schon wieder Angst haben zu müssen. Ich war von der vergangenen Nacht noch völlig geschafft. Bei dem Gedanken, dass meine Tochter ernsthaft krank sein könnte, krampfte sich mir der Magen zusammen. Ich ging zu ihr, und sie gluckste vor Freude und lächelte mich an. Sie streckte eine Hand nach mir aus, griff in die Luft, ihr Zeichen, dass ich sie hochnehmen sollte.

Also nahm ich sie hoch. Sie wirkte ganz fidel, fasste sogleich in meine Haare und versuchte, mir die Brille wegzuziehen, so wie sie es immer tat. Ich war erleichtert, obwohl ich ihre Haut jetzt besser sehen konnte. Es sah aus wie ein Bluterguss – es hatte die Farbe eines Blutergusses –, nur dass es den ganzen Körper bedeckte. Amanda sah aus, als wäre sie in ein Farbbad getaucht worden. Die Gleichmäßigkeit der Farbe war beängstigend.

Ich beschloss, doch den Arzt in der Notaufnahme anzurufen. Ich nestelte in meiner Tasche nach seiner Karte, während Amanda an meiner Brille zog. Ich wählte einhändig. Ich konnte so ziemlich alles einhändig. Ich hatte ihn gleich am Apparat; er klang überrascht.

»Oh«, sagte er. »Gerade wollte ich Sie anrufen. Wie geht es Ihrer Tochter?«

»Na ja, sie wirkt ganz munter«, erwiderte ich und zog den Kopf zurück, damit Amanda nicht an meine Brille kam. Sie kicherte; es war jetzt ein Spiel. »Ihr geht's gut«, sagte ich, »die Sache ist bloß ...«

»Hat sie vielleicht irgendwelche Blutergüsse?«

»Ja«, sagte ich. »Allerdings. Deshalb rufe ich ja an.«

»Der Bluterguss ist am ganzen Körper? Gleichmäßig?«

»Ja«, sagte ich. »So gut wie. Wieso fragen Sie?«

»Tja«, sagte der Arzt, »ich habe jetzt die Laborergebnisse vorliegen, und es ist alles normal. Völlig normal. Ein gesundes Kind. Wir warten jetzt nur noch auf die Ergebnisse von der Kernspintomografie, aber das Gerät ist kaputt. Die sagen, es wird ein paar Tage dauern.«

Das ständige Kopfwegziehen wurde mir zu viel; ich stellte Amanda wieder in ihr Bettchen und telefonierte weiter. Das gefiel ihr natürlich nicht, und sie verzog das Gesicht, gleich würde sie losbrüllen. Ich gab ihr schnell das Krümelmonster, und sie setzte sich und spielte damit. Ich wusste, das Krümelmonster würde etwa fünf Minuten reichen.

»Jedenfalls«, sagte der Arzt jetzt, »ich bin froh, dass es ihr gut geht.«

Ich sagte, ich sei auch froh.

Es entstand eine Pause. Der Arzt hüstelte.

»Mr. Forman, auf dem Aufnahmeformular, das Sie im Krankenhaus ausgefüllt haben, steht, dass Sie von Beruf Software-Entwickler sind.«

»Das stimmt.«

»Heißt das, Sie haben mit der Herstellung zu tun?«

»Nein. Ich bin in der Programmentwicklung.«

»Und wo arbeiten Sie?«

»Im Valley.«

»Sie arbeiten nicht in einer Fabrik, zum Beispiel?«

»Nein. Ich arbeite in einem Büro.«

»Ich verstehe.« Pause. »Darf ich fragen, wo?«

»Ehrlich gesagt, zurzeit bin ich arbeitslos.«

»Verstehe. Aha. Wie lange schon?«

»Sechs Monate.«

»Verstehe.« Ein kurzes Zögern. »Tja, gut, das wollte ich nur abklären.«

Ich sagte: »Wieso?«

»Bitte?«

»Wieso haben Sie mir diese ganzen Fragen gestellt?«

»Oh. Die stehen auf dem Formular.«

»Was für ein Formular?«, fragte ich. »Ich habe im Krankenhaus alle Formulare ausgefüllt.«

»Das ist ein zusätzliches Formular«, sagte er. »Eine Anfrage vom Gesundheitsministerium.«

Ich sagte: »Wieso denn das?«

»Es ist noch ein Fall gemeldet worden«, sagte er, »ganz ähnlich wie bei Ihrer Tochter.«

»Wo?«

»Sacramento General Hospital.«

»Wann?«

»Vor fünf Tagen. Aber die Situation ist völlig anders. Ein zweiundvierzigjähriger Botaniker hat draußen in der Sierra Nevada geschlafen, ein Experte für Wildblumen. Da muss es irgendeine seltene Blume geben. Jedenfalls wurde er in Sacramento ins Krankenhaus eingeliefert. Und er hatte den gleichen klinischen Verlauf wie Ihre Tochter – plötzlicher, unerwarteter Ausbruch, kein Fieber, schmerzhafte Hautrötung.«

»Und eine Kernspintomografie hat den Spuk beendet?«

»Ich weiß nicht, ob bei ihm eine gemacht wurde«, sagte er. »Aber wie es aussieht, hört dieses Syndrom – was immer es auch ist – von selbst auf. Ein sehr plötzlicher Ausbruch und ein sehr abruptes Ende.«

»Geht's ihm wieder gut? Dem Botaniker?«

»Er ist quietschfidel. Ein paar Tage Bluterguss, und das war's.«

»Schön«, sagte ich. »Das freut mich zu hören.«

»Das dachte ich mir«, entgegnete er. Dann sagte er, es könne sein, dass er später noch ein paar Fragen habe, und ob er noch mal anrufen dürfe? Ich erwiderte, er könne das tun, wann immer er wolle. Er bat mich, ihn zu kontaktieren, falls bei Amanda irgendeine Veränderung auftrat, und ich versprach es und legte auf.

Amanda hatte das Interesse am Krümelmonster verloren und stand jetzt wieder im Kinderbett, hielt sich mit einer Hand am Gitter fest und streckte die andere nach mir aus, packte mit ihren kleinen Fingern in die Luft.

Ich nahm sie auf den Arm – und sofort riss sie mir die Brille weg. Ich griff danach, und meine Tochter quietschte vor Vergnügen. »Amanda …« Aber zu spät, sie warf die Brille auf den Boden.

Ich blinzelte.

Ohne Brille sehe ich schlecht. Die Brille hatte ein Drahtgestell und war deshalb nicht gut zu erkennen. Ich ging auf die Knie, das Baby auf dem Arm, und ließ meine freie Hand kreisförmig über den Boden gleiten, in der Hoffnung, Glas zu berühren. Ohne Erfolg. Ich blinzelte angestrengt, bewegte mich langsam vorwärts, suchte wieder mit der Hand. Noch immer nichts. Dann sah ich unter dem Bett etwas glänzen. Ich setzte das Baby hin, kroch ein Stück darunter, nahm die Brille und setzte sie auf. Dabei stieß ich mir den Kopf am Bettgestell an und senkte ihn dann wieder, so tief es ging.

Und plötzlich fiel mein Blick auf die Steckdose an der Wand unter dem Kinderbett. Es war ein kleines Plastikkästchen eingestöpselt. Ich zog es heraus und sah es mir an. Es war ein fünf Zentimeter großer Würfel, anscheinend ein handelsüblicher Überspannungsschutz, hergestellt in Thailand. Die Eingangs- und Ausgangsspannung war in das Plastik eingeprägt. An der Unterseite befand sich ein weißes Etikett mit der Aufschrift »PROP. SSVT« und einem Strichcode. Ein ganz normaler Aufkleber, mit denen Hersteller ihre Produkte versehen.

Ich drehte den Würfel in der Hand. Wo kam der her? Ich kümmerte mich seit sechs Monaten allein um das Haus. Ich wusste, wo alles war. Und Amanda brauchte weiß Gott keinen Überspannungsschutz in ihrem Zimmer. Den benötigte man nur für empfindliche elektronische Geräte, beispielsweise für Computer.

Ich stand auf und blickte mich im Zimmer um, sah nach, ob sonst noch etwas anders war. Zu meiner Verblüffung merkte ich, dass alles anders war – aber nur ein kleines bisschen. Der Schirm von Amandas Nachtlicht war mit Pu-der-Bär-Figuren bedruckt.

Ich hatte ihn immer so gedreht, dass Tieger zum Bettchen meiner Tochter schaute, weil sie Tieger am liebsten mochte. Jetzt war I-Ah zum Bett hin gedreht. Die Unterlage auf der Wickelkommode hatte in einer Ecke einen Fleck; normalerweise war der Fleck unten links, jetzt war er oben rechts. Amandas Salben gegen einen wunden Po bewahrte ich stets auf der Ablage links auf, außerhalb ihrer Reichweite. Jetzt waren sie so nahe, dass sie drankommen konnte. Und es war noch mehr verändert...

Die Haushälterin kam herein. »Maria«, sagte ich, »haben Sie hier im Zimmer sauber gemacht?«

»Nein, Mr. Forman.«

»Aber das Zimmer ist anders«, sagte ich.

Sie schaute sich um und zuckte die Achseln. »Nein, Mr. Forman. Gleich.«

»Nein, nein«, beteuerte ich. »Es ist anders. Schauen Sie.« Ich zeigte auf den Lampenschirm, die Wickelunterlage. »Anders.«

Sie zuckte wieder die Achseln. »Okay, Mr. Forman.« Ich sah die Verwunderung in ihrem Gesicht. Entweder sie verstand nicht, was ich wollte, oder sie hielt mich für verrückt. Und vermutlich wirkte ich ja auch ein bisschen verrückt, ein erwachsener Mann, der sich wegen eines Pu-der-Bär-Lampenschirms aufregte.

Ich zeigte ihr den Würfel in meiner Hand. »Haben Sie das schon mal gesehen?«

Sie schüttelte den Kopf. »Nein.«

»Das war unter dem Kinderbett.«

»Ich weiß nicht, Mr. Forman.« Sie nahm den Würfel, sah ihn sich von allen Seiten an, drehte ihn in der Hand. Sie zuckte die Achseln und gab ihn mir wieder. Sie benahm sich zwanglos, aber ihre Augen waren wachsam. Allmählich wurde mir die Sache peinlich.

»Schon gut, Maria«, sagte ich. »Vergessen Sie's.«

Sie bückte sich, um das Baby hochzunehmen. »Ich füttere sie jetzt.«

»Ja, in Ordnung.«

Ich verließ das Zimmer, kam mir blöd vor.

Nur zum Spaß suchte ich im Internet nach »SSVT«. Ich fand Links zum Sri-Siva-Vishnu-Tempel, zu Informationen über ein Ausbildungslager der SS-Verfügungstruppe in Konitz, zu einem Versandhandel von Nazi-Insignien, zu Subsystems Sample Display Technology, South Shore Vocational-Technical School, Optical VariTemp Cryostat Systems, zu einem Fußbodenhersteller namens Solid Surfacing Veneer Tiling, zu einer Band namens Slingshot-Venus, zur Swiss Shooting Federation – und von da an ging es nur noch weiter bergab.

Ich drehte mich vom Computer weg.

Ich blickte zum Fenster hinaus.

Maria hatte mir eine Einkaufsliste gegeben, in ihrer krakeligen Handschrift. Ich sollte die Einkäufe wirklich erledigt haben, ehe ich die Kinder abholte. Aber ich rührte mich nicht. Es gab Zeiten, wo das unnachgiebige Tempo des Lebens zu Hause mich einfach fertig machte und ich mich völlig erschöpft und leer fühlte. In solchen Zeiten musste ich einfach ein paar Stunden sitzen.

Ich wollte mich nicht rühren. Nicht jetzt.

Ich fragte mich, ob Julia heute Abend anrufen und ob sie diesmal eine andere Entschuldigung haben würde. Ich fragte mich, was ich machen würde, falls sie eines Tages hereinkam und verkündete, dass sie einen anderen liebe. Was würde ich machen, wenn ich bis dahin keinen Job hatte?

Wann würde ich wieder einen Job haben? Ich drehte den kleinen Überspannungsschutz-Würfel träge in der Hand, während ich meinen Gedanken nachhing.

Draußen, direkt vor meinem Fenster, stand ein großer Korallenbaum mit dicken Blättern und grünem Stamm. Wir hatten ihn kurz nach unserem Einzug gepflanzt, damals war er noch wesentlich kleiner gewesen. Natürlich hatten die Männer von der Baumschule ihn eingegraben, aber wir waren alle dabei. Nicole war mit ihrem Plastikeimerchen und der Schaufel ausgerüstet. Eric kroch in seinen Windeln auf dem Rasen herum. Julia hatte die Männer mit ihrem Charme um den Finger gewickelt, sodass sie sogar

Überstunden machten, um die Arbeit fertig zu bekommen. Als alle fort waren, küsste ich meine Frau und wischte ihr Erde von der Nase. Sie sagte: »Irgendwann wird er unser ganzes Haus bedecken.«

Aber leider kam es anders. Bei einem Unwetter war ein Ast abgebrochen, sodass der Baum fortan ein wenig schief wuchs. Korallenholz ist Weichholz; die Äste bersten leicht. Der Baum wurde nie so groß, dass er unser Haus bedeckte.

Aber ich erinnerte mich an alles noch lebhaft. Während ich zum Fenster hinausschaute, sah ich uns alle wieder draußen auf dem Rasen. Aber es war nur eine Erinnerung. Und ich hatte große Angst, dass sie mit der Gegenwart nicht mehr viel zu tun hatte.

Wer jahrelang mit Multi-Agenten-Systemen gearbeitet hat, fängt irgendwann an, das Leben im Sinne solcher Programme zu betrachten.

Im Grunde kann man sich ein Multi-Agenten-Umfeld in etwa wie ein Schachbrett vorstellen und die Agenten wie Schachfiguren. Sie interagieren auf dem Brett, um ein Ziel zu erreichen, genau wie die Schachfiguren, um eine Partie zu gewinnen. Der Unterschied besteht darin, dass niemand die Agenten bewegt. Sie interagieren selbsttätig, um das Ergebnis zu erzielen.

Wenn man die Agenten so konstruiert, dass sie ein Gedächtnis haben, können sie Dinge über ihr Umfeld lernen. Sie erinnern sich, wo sie auf dem Brett gewesen sind und was da passiert ist. Sie können zu gewissen Orten zurückgehen, gewisse Erwartungen hegend. Schließlich, so behaupten Programmierer, haben Agenten Vorstellungen von ihrer Umgebung und handeln dementsprechend. Das stimmt natürlich nicht im wörtlichen Sinne, aber es könnte stimmen. Es sieht nämlich ganz so aus.

Interessant ist allerdings, dass einige Agenten mit der Zeit irrigen Annahmen folgen. Ob nun aufgrund eines Motivationskonfliktes oder aus irgendeinem anderen Grund, sie fangen jedenfalls an, sich unangemessen zu verhalten. Die Umgebung hat sich verändert, aber sie scheinen es nicht zu wissen. Sie wiederholen veraltete Muster. Ihr Verhalten spiegelt nicht mehr die Realität des Schachbretts. Es ist, als steckten sie in der Vergangenheit fest.

In Evolutionsprogrammen sterben solche Agenten aus. Sie haben keine Kinder. In anderen Multi-Agenten-Programmen werden sie einfach übergangen, an den Rand gedrängt, während der Strom der Hauptagenten weiterzieht. Manche Programme haben ein »Sensenmann«-Modul, das sie von Zeit zu Zeit aussiebt und vom Brett zieht.

Aber der springende Punkt ist, dass sie in ihrer eigenen Vergangenheit verankert bleiben. Manchmal reißen sie sich am Riemen und schaffen es, wieder auf den richtigen Weg zu kommen. Manchmal nicht.

Derlei Gedanken bedrückten mich sehr. Ich rutschte auf meinem Stuhl hin und her, blickte auf die Uhr. Erleichtert sah ich, dass es Zeit war, die Kinder abzuholen.

Eric machte im Auto schon seine Hausaufgaben, während wir auf Nicole warteten, die noch Theaterprobe hatte. Sie kam schlecht gelaunt heraus; sie hatte gedacht, sie würde eine Hauptrolle kriegen, doch stattdessen hatte der Lehrer ihr nur einen kleinen Part gegeben. »Bloß zwei Sätze!«, sagte sie und knallte die Wagentür zu. »Wollt ihr wissen, was ich sage? Ich sage: ›Seht, da kommt John.‹ Und im zweiten Akt sage ich: ›Das hört sich ziemlich ernst an.‹ Zwei kurze Sätzchen!« Sie lehnte sich zurück und schloss die Augen. »Ich versteh nicht, was Mr. Blakey für ein *Problem* hat!«

»Vielleicht hält er dich für ’ne totale Niete«, sagte Eric.

»Rattengesicht!« Sie gab ihm einen Schlag auf den Kopf. »Affenarsch!«

»Das reicht«, sagte ich und ließ den Motor an. »Anschnallen.«

»Dieser kleine, saublöde Stinker, was weiß der denn schon«, sagte Nicole und legte den Sicherheitsgurt an.

»Ich hab gesagt, es reicht.«

»Ich weiß, dass du stinkst«, sagte Eric. »Pissnelke.«

»Das reicht, Eric.«

»Genau, Eric, hör auf deinen Vater und halt die Klappe.«

»Nicole …« Ich warf ihr einen bösen Blick im Rückspiegel zu.

»Tschul-di-gung.«

Sie war den Tränen nahe. Ich sagte zu ihr: »Schätzchen, tut mir Leid, dass du nicht die Rolle bekommen hast, die du wolltest. Ich weiß, wie sehr du sie dir gewünscht hast, das ist wirklich eine Riesenenttäuschung.«

»Nein. Ist mir egal.«

»Tja, tut mir jedenfalls Leid.«

»Im Ernst, Dad, es ist mir wirklich egal. Das ist vergessen. Ich schau nach vorn.« Und einen Moment später dann: »Weißt du, wer sie gekriegt hat? Diese kleine Schleimscheißerin Katie Richards! Mr. Blakey ist so ein *dämlicher Sack*!« Und bevor ich irgendetwas sagen konnte, brach sie in Tränen aus, schluchzte laut und theatralisch. Eric blickte zu mir herüber und verdrehte die Augen.

Ich fuhr nach Hause, nahm mir fest vor, nach dem Abendessen, wenn sie sich wieder beruhigt hatte, mit Nicole über ihre Wortwahl zu sprechen.

Ich war gerade dabei, grüne Bohnen zu schneiden, damit sie in den Topf passten, als Eric kam und an der Küchentür stehen blieb. »He, Dad, wo ist mein MP3?«

»Keine Ahnung.« Ich konnte mich einfach nicht daran gewöhnen, dass ich ständig wissen sollte, wo sich die persönlichen Habseligkeiten der Kinder befanden. Erics Gameboy, sein Baseball-Handschuh, Nicoles rückenfreie T-Shirts, ihr Armband …

»Aber ich kann ihn nicht finden.« Eric blieb in der Tür stehen, kam nicht näher, damit ich ihn ja nicht zum Tischdecken verdonnerte.

»Hast du richtig gesucht?«

»Überall, Dad.«

»Mhm. Hast du in deinem Zimmer nachgesehen?«

»In allen Ecken.«

»Wohnzimmer?«

»Überall.«

»Im Auto? Vielleicht hast du ihn im Auto liegen lassen?«

»Hab ich nicht, Dad.«

»Vielleicht in deinem Spind in der Schule?«

»Wir haben keine Spinde, wir haben Fächer.«

»Hast du in deinen Jackentaschen nachgesehen?«

»Dad. Manno. Ich hab überall gesucht. Ich brauch ihn.«

»Wenn du ihn schon überall gesucht hast, werde ich ihn wohl auch nicht finden, oder?«

»Dad. Würdest du mir bitte helfen?«

Der Schmorbraten brauchte noch eine gute halbe Stunde. Ich legte das Messer hin und ging in Erics Zimmer. Ich sah an den üblichen Stellen nach, hinten in seinem Kleiderschrank, wo Sachen auf einem Haufen lagen (darüber würde ich mit Maria reden müssen), unter dem Bett, hinter dem Nachttisch, in der unteren Schublade im Bad und unter den Bergen von Zeug auf seinem Schreibtisch. Eric hatte Recht. Der MP3-Player war nicht in seinem Zimmer. Wir gingen Richtung Wohnzimmer. Auf dem Weg dorthin warf ich einen Blick in Amandas Zimmer. Und ich sah ihn auf der Stelle. Er lag auf dem Regal neben der Wickelkommode, genau neben den Tuben mit Babysalbe. Eric nahm ihn sich. »He, danke, Dad!« Und weg war er.

Es hätte nichts gebracht, ihn zu fragen, warum der Player im Babyzimmer war. Ich ging zurück in die Küche und schnippelte weiter meine grünen Bohnen. Fast im selben Augenblick:

»Daa-ad!«

»Was denn jetzt?«, rief ich.

»Er funktioniert nicht!«

»Schrei nicht so.«

Er kam wieder in die Küche, mit Schmollmiene. »Sie hat ihn kaputtgemacht.«

»Wer hat ihn kaputtgemacht?«

»Amanda. Sie hat drauf rumgesabbert oder was weiß ich und ihn kaputtgemacht. Das ist gemein.«

»Hast du die Batterie überprüft?«

Er bedachte mich mit einem mitleidigen Blick. »Ja klar, Dad. Ich sag dir doch, sie hat ihn kaputtgemacht! Das ist gemein.«

Ich bezweifelte, dass sein MP3-Player kaputt war. Das Ding war ein Festkörperbauelement, ohne bewegliche Teile. Und es war zu groß für Amandas kleine Hände. Ich warf die Bohnen in ein Sieb und hielt ihm die Hand hin. »Gib her.«

Wir gingen in die Garage, und ich holte meine Werkzeugkiste heraus. Eric beobachtete jede meiner Bewegungen. Ich hatte einen ganzen Satz von den kleinen Werkzeugen, die man für Computer und elektronische Geräte braucht. Vier Kreuzschlitzschrauben, und die hintere Abdeckung fiel in meine Hand. Ich blickte jetzt auf die grüne Schaltplatte. Sie war mit einer feinen, grauen Staubschicht bedeckt. Wie Fusseln aus einem Wäschetrockner, und sie lag über allen elektronischen Teilen. Ich hatte den Verdacht, dass Eric mit dem Gerät in der Hosentasche beim Baseball an die Home Base gerutscht war. Deshalb funktionierte es wahrscheinlich nicht. Aber ich überprüfte auch noch den Rand des Plastikgehäuses, wo die Rückwand eingepasst wurde, und entdeckte eine Gummidichtung. Das Ding war also luftdicht… wie es sein sollte.

Ich pustete den Staub weg, um besser sehen zu können. Ich hoffte, vielleicht einen losen Batterieanschluss zu finden oder einen Speicherchip, der sich vor Hitze gelöst hatte, irgendetwas, was sich leicht reparieren ließ. Mit zusammengekniffenen Augen spähte ich auf die Chips, versuchte, die Beschriftung zu lesen. Die Schrift auf einem Chip war undeutlich, denn irgendwas hatte anscheinend…

Ich hielt inne.

»Was ist?«, sagte Eric, der mich beobachtete.

»Gib mir das Vergrößerungsglas.«

Eric gab mir die große Lupe, und ich zog meine Halogenlampe

tiefer, beugte mich über den Chip und nahm ihn genau in Augenschein. Ich konnte die Schrift nicht lesen, weil die Oberfläche des Chips zerfressen war. Der gesamte Chip war wie von Bächen durchzogen, ein Flussdelta en miniature. Jetzt war mir klar, wo der Staub herkam. Das waren die pulverisierten Überreste des Chips.

»Kannst du das reparieren, Dad?«, fragte Eric. »Kannst du?«

Was könnte die Ursache gewesen sein? Das übrige Motherboard schien in Ordnung. Der Steuerchip war intakt. Nur der Speicherchip war beschädigt. Ich war zwar kein Hardware-Spezialist, aber ich hatte dennoch genug Ahnung, um kleinere Computerarbeiten durchführen zu können. Ich konnte Festplatten installieren, die Speicherkapazität erweitern, solche Sachen eben. Ich hatte auch schon mit Speicherchips zu tun gehabt, aber so etwas war mir noch nie untergekommen. Ich fand nur eine Erklärung, der Chip musste fehlerhaft gewesen sein. Diese MP3-Player wurden vermutlich mit den billigsten Einzelteilen gebaut.

»Dad? Kriegst du ihn wieder hin?«

»Nein«, sagte ich. »Ich brauche einen neuen Chip. Ich besorg dir morgen einen.«

»Weil sie ihn voll gesabbert hat, nicht?«

»Nein. Ich glaube, der Chip ist fehlerhaft.«

»Dad. Er war ein ganzes Jahr in Ordnung. Sie hat ihn voll gesabbert. Das ist gemein!«

Wie aufs Stichwort fing das Baby an zu schreien. Ich ließ den MP3 auf der Werkbank liegen und ging zurück ins Haus. Ich sah auf meine Uhr. Ich hatte gerade noch Zeit, Amanda die Windel zu wechseln und ihren Brei zum Abendessen anzurühren, bevor der Braten aus dem Ofen musste.

Um neun Uhr schliefen die beiden Kleinsten bereits, und das Haus war still bis auf Nicoles Stimme, die sagte: »*Das* hört sich ziemlich ernst an. Das *hört* sich ziemlich ernst an. Das hört sich … ziemlich *ernst* an.« Sie stand vor dem Badezimmerspiegel, starrte sich an und übte ihren Text.

Ich hatte von Julia eine Nachricht auf der Mailbox, dass sie um acht zu Hause sein würde, aber sie hatte es nicht geschafft. Ich würde ihr nicht hinterhertelefonieren. Außerdem war ich müde, zu müde, um die Energie aufzubringen, mir ihretwegen Sorgen zu machen. Ich hatte in den vergangenen Monaten jede Menge Tricks gelernt – die meisten hingen mit dem großzügigen Einsatz von Alufolie zusammen, damit ich nicht so viel sauber machen musste –, doch nachdem ich gekocht, den Tisch gedeckt, die Kinder gesättigt, Flugzeug gespielt, damit die Kleine ihren Brei aß, den Tisch abgeräumt, den Hochstuhl abgewischt, das Baby ins Bett gebracht und dann die Küche sauber gemacht hatte, war ich trotzdem müde. Zumal das Baby den Brei immer wieder ausgespuckt und Eric die ganze Zeit gemäkelt hatte, das sei gemein, er wollte Chicken Nuggets statt Braten.

Ich ließ mich aufs Bett fallen und schaltete den Fernseher ein.

Es kam nur Schnee, und dann wurde mir klar, dass der DVD-Player noch an war und die Verbindung zum Fernsehempfänger unterbrach. Ich drückte die Fernbedienung, und die Disc im Gerät wurde abgespielt. Es war Julias Präsentation, von vor einigen Tagen.

Die Kamera bewegte sich durch die Blutbahn und ins Herz. Wieder sah ich, dass die Blutflüssigkeit nahezu farblos war, mit hüpfenden roten Blutkörperchen. Julia sprach jetzt. Sie hatte eine Audioeinspielung vom schlagenden Herzen. Die Versuchsperson auf dem Tisch lag reglos da, die Antenne dicht über dem Körper.

»Wir verlassen jetzt die Herzkammer und sehen die Aorta vor uns … Und jetzt fahren wir durch das arterielle Gefäßsystem …«

Sie wandte sich dem Monitor der Nanokamera zu.

»Die Bilder, die Sie sehen, sind sehr schnell, aber wir können die Kamera bis zu einer halben Stunde lang im Kreislauf belassen, und wir können von allem, was wir sehen wollen, extrem detaillierte Aufnahmen machen. Wir können die Kamera sogar anhalten, und zwar mithilfe eines starken Magnetfeldes. Wenn wir fertig sind, leiten wir das Blut einfach durch eine Kanülenschleife um, die von einem starken Magnetfeld umgeben ist, das die Partikel heraussaugt. Und anschließend schicken wir den Patienten nach Hause.«

Julia erschien wieder auf dem Bildschirm. »Die Xymos-Technologie ist ungefährlich, zuverlässig und extrem einfach zu handhaben. Es ist kein speziell ausgebildetes Personal erforderlich; jede Krankenschwester oder MTA kann sie bedienen. Allein in den Vereinigten Staaten sterben jedes Jahr eine Million Menschen an Gefäßerkrankungen. Über dreißig Millionen leiden an Herz-Kreislauf-Erkrankungen. Die kommerziellen Möglichkeiten dieser Bildtechnologie sind enorm. Weil sie schmerzlos, einfach und ungefährlich ist, wird sie andere Techniken wie CAT Scans und die Angiografie ersetzen und zum Standardverfahren werden. Wir werden die Nanokameras, die Antennen und Monitorsysteme vermarkten. Die Kosten für eine Untersuchung mit unserer Methode liegen bei nur zwanzig Dollar. Im Vergleich dazu belaufen sich bei gewissen Gentechnologien die Kosten pro Untersuchung gegenwärtig auf zwei- bis dreitausend Dollar. Doch selbst bei lediglich zwanzig Dollar erwarten wir schon im ersten Jahr weltweite Einnahmen von bis zu vierhundert Millionen Dollar. Und sobald sich die Methode durchgesetzt hat, werden sich diese Zahlen verdreifachen. Es geht hier um eine Technologie, die eins Komma zwei Milliarden Dollar im Jahr abwirft. Wenn Sie jetzt noch Fragen haben …«

Ich gähnte und schaltete den Fernseher aus. Es war beeindruckend, und ihre Argumente waren überzeugend. Ich konnte gar nicht verstehen, warum Xymos Probleme hatte, die Finanzierung für die nächste Runde sicherzustellen. Investoren müssten sich doch die Finger danach lecken.

Aber vielleicht gab es gar keine Probleme. Vielleicht schob Julia die Finanzierungskrise nur vor, um jeden Abend spät nach Hause kommen zu können. Aus ganz persönlichen Gründen.

Ich machte das Licht aus. Als ich im Bett lag und im Dunkeln an die Decke starrte, schossen mir flüchtige Bilder durch den Kopf. Julias Oberschenkel, über dem Bein eines anderen Mannes. Julias durchgedrückter Rücken. Julia, die schwer atmete, die Muskeln angespannt. Ihre Hand, die nach oben griff, um gegen das Kopfende des Bettes zu drücken. Ich konnte die Bilder einfach nicht verscheuchen.

Schließlich stand ich auf und sah nach den Kindern. Nicole war noch auf und schrieb E-Mails an ihre Freundinnen. Ich sagte ihr, es sei Zeit, das Licht auszumachen. Eric hatte seine Bettdecke weggetreten. Ich zog sie wieder hoch. Amanda war noch immer violett, aber sie schlief tief und fest, ihr Atem sanft und regelmäßig.

Ich ging wieder ins Bett. Ich zwang mich, an etwas anderes zu denken, um endlich einzuschlafen. Ich warf mich hin und her, drehte mich von einer Seite auf die andere, rückte das Kopfkissen zurecht, stand auf, um ein Glas Milch zu trinken und Plätzchen zu essen. Schließlich und endlich fiel ich in einen unruhigen Schlaf.

Und ich hatte einen sehr merkwürdigen Traum.

Irgendwann in der Nacht drehte ich mich um und sah Julia neben dem Bett stehen und sich ausziehen. Sie bewegte sich langsam, als wäre sie müde oder ganz verträumt, während sie ihre Bluse aufknöpfte. Sie stand von mir abgewandt, aber ich konnte ihr Gesicht im Spiegel sehen. Sie sah wunderschön aus, fast königlich. Ihre Gesichtszüge wirkten wie gemeißelt, stärker als ich es in Erinnerung hatte, aber vielleicht lag es am Licht.

Ich hatte die Augen nur halb geöffnet. Sie sah nicht, dass ich wach war. Sie knöpfte sich weiter die Bluse auf. Ihre Lippen bewegten sich, als würde sie irgendetwas flüstern oder beten. Ihre Augen wirkten leer, gedankenverloren.

Und während ich sie betrachtete, wurden ihre Lippen auf einmal dunkelrot und dann schwarz. Aber sie schien es nicht zu bemerken. Die Schwärze floss von ihrem Mund über die Wangen und die untere Gesichtshälfte und dann auf ihren Hals. Ich hielt den Atem an. Ich spürte eine große Gefahr. Die Schwärze strömte nun als breites Tuch an ihrem Körper hinab, bis sie ganz bedeckt war, wie von einem Umhang. Nur die obere Hälfte ihres Gesichts blieb frei. Ihre Miene war gelassen, ja, Julia wirkte entrückt, starrte einfach ins Leere, während sich ihre dunklen Lippen leise bewegten. Bei ihrem Anblick drang mir eine Kälte tief in die Knochen. Dann, einen Moment später, glitt das schwarze Tuch auf den Boden und verschwand.

Julia, wieder normal, zog sich die Bluse aus und ging ins Bad.

Ich wollte aufstehen und ihr folgen, aber ich konnte meinen Körper nicht bewegen. Eine schwere Müdigkeit hielt mich fest, lähmte mich förmlich. Ich war so erschöpft, dass ich kaum noch atmen konnte. Dieses bleierne Müdigkeitsgefühl nahm rasch zu und überwältigte mein waches Bewusstsein. Es war wie eine nahende Ohnmacht, ich schloss die Augen und schlief ein.

4. Tag, 6.40 Uhr

Am nächsten Tag war mir der Traum noch in Erinnerung, lebhaft und beunruhigend. Er kam mir ausgesprochen real vor, überhaupt nicht wie ein Traum.

Julia war schon auf. Ich stieg aus dem Bett und ging zu der Stelle, wo ich sie in der Nacht gesehen hatte. Ich blickte auf den Teppich, den Nachttisch, die zerwühlten Laken und das Kopfkissen. Alles war normal, nichts anders als sonst. Nirgendwo dunkle Linien oder Spuren.

Ich ging ins Bad und sah mir die Kosmetika an, die auf ihrer Seite des Waschbeckens ordentlich aufgereiht standen. Alles, was ich sah, war ganz normal. So verstörend mein Traum auch gewesen war, er war und blieb ein Traum.

Doch eines stimmte tatsächlich: Julia war wirklich schöner denn je. Als ich in die Küche kam, wo sie sich gerade Kaffee eingoss, sah ich, dass ihr Gesicht in der Tat wie gemeißelt wirkte, markanter. Julia hatte immer ein rundliches Gesicht gehabt. Jetzt war es schmal, klar konturiert. Sie sah aus wie ein Topmodel. Auch ihr Körper – als ich ihn mir genauer ansah – kam mir straffer vor, muskulöser. Sie hatte nicht abgenommen, sie sah einfach gut aus, straff, sportlich.

Ich sagte: »Du siehst toll aus.«

Sie lachte. »Das kann ich mir kaum vorstellen. Ich bin völlig erschossen.«

»Wann bist du denn nach Hause gekommen?«

»Gegen elf. Ich hoffe, ich habe dich nicht geweckt.«

»Nein. Aber ich hatte einen komischen Traum.«

»Ach ja?«

»Ja, und zwar …«

»Mommy! Mommy!« Eric platzte in die Küche. »Das ist gemein! Nicole lässt mich nicht ins Bad. Seit *einer Stunde* ist sie schon da drin. Das ist gemein!«

»Dann geh doch in unser Bad.«

»Aber ich brauch doch meine Socken, Mommy. Das ist gemein.«

Das Problem war bekannt. Eric hatte zwei Paar Lieblingssocken, die er so lange trug, bis sie vor Dreck standen. Aus irgendeinem Grund genügten die anderen Socken in seiner Schublade seinen Ansprüchen nicht. Warum, konnte er mir bislang nicht erklären. Aber das morgendliche Sockenanziehen war ein Riesenproblem.

»Eric«, sagte ich, »wir haben doch schon öfter darüber gesprochen, du sollst dir frische Socken anziehen.«

»Aber das sind meine guten!«

»Eric. Du hast haufenweise gute Socken.«

»Das ist gemein, Dad. Seit *einer* Stunde ist sie da drin, echt.«

»Eric, hol dir andere Socken.«

»Dad …«

Ich zeigte bloß in Richtung seines Zimmers.

»Manno.« Er ging und knurrte vor sich hin, wie gemein das doch war.

Ich wandte mich Julia zu, um unser Gespräch fortzusetzen. Sie blickte mich kühl an. »Du merkst es nicht mal, was?«

»Was merke ich nicht?«

»Er hat mich angesprochen, und du hast die Situation einfach an dich gerissen. Du hast das Ganze einfach an dich gerissen.«

Augenblicklich wurde mir klar, dass sie Recht hatte. »Tut mir Leid«, sagte ich.

»Ich krieg die Kinder zurzeit nicht sehr oft zu sehen, Jack. Ich finde, ich sollte mit ihnen Sachen klären können, ohne dass du dich einmischst.«

»Tut mir Leid. Ich muss mich jeden Tag mit so was rumschlagen, und da hab ich wahrscheinlich …«

»Das ist wirklich ein Problem, Jack.«

»Ich hab gesagt, dass es mir Leid tut.«

»Ich weiß, was du gesagt hast, aber ich glaube nicht, dass es dir Leid tut, weil sich an deinem Kontrollverhalten nichts ändert.«

»Julia«, sagte ich. Jetzt versuchte ich, meine Wut zu kontrollieren. Ich holte Luft. »Du hast Recht. Es tut mir Leid, dass das passiert ist.«

»Du schließt mich aus«, sagte sie, »und du hältst mich von meinen Kindern fern …«

»Julia, verdammt noch mal. *Du bist doch nie da!*«

Frostiges Schweigen. Dann:

»Ich bin sehr wohl da«, sagte sie. »Behaupte ja nicht das Gegenteil.«

»Moment mal, Moment mal. Wann bist du denn da? Wann hast du es das letzte Mal geschafft, beim Abendessen dabei zu sein, Julia? Nicht gestern Abend, nicht vorgestern, nicht vorvorgestern. Die ganze Woche nicht, Julia. Du bist *nicht* da.«

Sie funkelte mich zornig an. »Ich weiß nicht, was du damit bezweckst, Jack. Ich weiß nicht, was für ein Spiel du spielst.«

»Ich spiele gar kein Spiel. Ich hab dich was gefragt.«

»Ich bin eine gute Mutter, und ich versuche, einen stressigen Job, einen *sehr* stressigen Job und die Bedürfnisse meiner Familie unter einen Hut zu bringen. Und ich kriege von dir absolut keine Unterstützung.«

»Was redest du denn da?«, sagte ich, mit noch lauterer Stimme. Das Ganze kam mir allmählich völlig absurd vor.

»Du untergräbst meine Position, du sabotierst mich, du bringst die Kinder gegen mich auf«, sagte sie. »Ich durchschaue dich. Bilde dir nicht ein, dass ich nicht sehe, was du da machst. Du unterstützt mich in keiner Weise. Nach all den Jahren, die wir verheiratet sind, ist es ganz schön mies, was du deiner Frau da antust, das muss ich schon sagen.«

Und sie rauschte aus der Küche, die Fäuste geballt. Sie war so wütend, dass sie nicht mal Nicole bemerkte, die an der Tür stand und alles mit angehört hatte. Und mich anstarrte, als ihre Mutter vorbeistürmte.

Wir waren auf dem Weg zur Schule. »Sie ist verrückt, Dad.«

»Nein, ist sie nicht.«

»Du weißt, dass sie verrückt ist. Du willst es nur nicht zugeben.«

»Nicole, sie ist deine Mutter«, sagte ich. »Deine Mutter ist nicht verrückt. Sie arbeitet in letzter Zeit nur sehr viel.«

»Das hast du vorige Woche auch gesagt, nach dem Streit.«

»Jawohl, weil es nun mal wahr ist.«

»Früher habt ihr euch nie gestritten.«

»In letzter Zeit sind wir beide ganz schön angespannt.«

Nicole schnaubte, verschränkte die Arme, starrte geradeaus. »Ich weiß nicht, warum du dir das von ihr gefallen lässt.«

»Und ich weiß nicht, warum du zugehört hast, die Sache geht dich gar nichts an.«

»Dad, komm mir doch nicht mit so 'nem Scheiß.«

»Nicole …«

»Tschul-di-gung. Aber du kannst ruhig vernünftig mit mir reden, statt sie die ganze Zeit in Schutz zu nehmen. Sie verhält sich nicht normal. Ich weiß genau, dass du denkst, sie ist verrückt.«

»Das denke ich nicht«, sagte ich.

Eric schlug ihr vom Rücksitz aus auf den Hinterkopf. »Du bist die Verrückte«, sagte er.

»Schnauze, Arschgesicht.«

»Selber Schnauze, Kotztüte.«

»Ich will kein Wort mehr von euch hören«, sagte ich laut. »Dafür bin ich wirklich nicht in der Stimmung.«

Mittlerweile rollten wir auf den Wendeplatz vor der Schule. Die Kinder kletterten hinaus. Nicole sprang vom Beifahrersitz, drehte sich um und warf mir, als sie ihren Rucksack nahm, einen wütenden Blick zu. Dann war sie verschwunden.

Ich glaubte nicht, dass Julia verrückt war, aber irgendetwas hatte sich eindeutig verändert, und als ich unser morgendliches Gespräch noch einmal Revue passieren ließ, war mir aus anderen Gründen nicht wohl zu Mute. Viele Bemerkungen von ihr klangen so, als versuchte sie, eine Anklage gegen mich aufzubauen. Methodisch, Schritt für Schritt.

Du schließt mich aus und hältst die Kinder von mir fern.

Ich bin da, du nimmst mich bloß nicht wahr.

Ich bin eine gute Mutter, ich versuche, einen sehr stressigen Job und die Bedürfnisse meiner Familie unter einen Hut zu bringen.

Du unterstützt mich in keiner Weise. Du untergräbst meine Position, du sabotierst mich.

Du bringst die Kinder gegen mich auf.

Ich konnte mir ohne weiteres vorstellen, wie ihr Anwalt das alles vor Gericht wiederholte. Und ich wusste auch, warum. Laut einem Artikel, den ich vor kurzem in der Zeitschrift *Redbook* gelesen hatte, lag »Entfremdung der Kinder« derzeit als Scheidungsgrund im Trend. Der Vater bringt die Kinder gegen die Mutter auf. Vergiftet ihre kleinen Köpfe mit Worten und Taten. Während Mommy wie immer völlig schuldlos ist.

Jeder Vater wusste, dass die Rechtsprechung Mütter hoffnungslos bevorzugte. Die Gerichte legten Lippenbekenntnisse zur Gleichbehandlung ab und sprachen dann ein Kind der Mutter zu. Selbst wenn die nie da war. Selbst wenn sie ihre Kinder schlug oder sie hungern ließ. Solange sie kein Junkie war oder ihren Kindern nicht die Knochen brach, war sie in den Augen des Gerichts eine taugliche Mutter. Und auch wenn sie ein Junkie war, hieß das noch lange nicht, dass der Vater das Kind zugesprochen bekam. Die Exfrau eines Freundes bei MediaTronics war heroinsüchtig gewesen und hatte über Jahre hinweg einen Entzug nach dem anderen gemacht. Schließlich ließen sie sich scheiden und hatten das gemeinsame Sorgerecht. Die Frau war angeblich clean, aber die Kinder sagten, sie sei es nicht. Mein Freund war besorgt. Er wollte nicht, dass seine Ex die Kinder im Auto herumfuhr, wenn sie unter

Drogen stand. Und er wollte nicht, dass seine Kinder mit Dealern in Berührung kamen. Also beantragte er das alleinige Sorgerecht, und er verlor. Der Richter entschied, dass die Exfrau sich redlich Mühe gab, ihre Drogensucht zu überwinden, und dass Kinder die Mutter brauchten.

So also sah die Realität aus. Und jetzt hatte ich den Eindruck, dass Julia anfing, genau diese Vorwürfe gegen mich zu sammeln. Mich fröstelte.

Gerade hatte ich mich in eine ziemliche Wut hineingesteigert, da klingelte mein Handy. Es war Julia. Sie wollte sich entschuldigen.

»Es tut mir wirklich Leid. Ich hab heute Morgen blöde Sachen gesagt. Das hab ich nicht so gemeint.«

»Was?«

»Jack, ich weiß doch, dass du mich unterstützt. Natürlich tust du das. Ohne dich würde ich das alles nicht schaffen. Du machst deine Sache mit den Kindern ganz wunderbar. Ich bin einfach in letzter Zeit nicht ich selbst. Es war blöd von mir, Jack. Es tut mir Leid, was ich da alles gesagt habe.«

Als das Telefonat beendet war, wünschte ich, ich hätte das aufgenommen.

Um zehn hatte ich eine Verabredung mit meiner Headhunterin Annie Gerard im sonnigen Innenhof eines Cafés an der Baker Street. Wir trafen uns immer im Freien, damit Annie rauchen konnte. Sie hatte ihren Laptop aufgeklappt und ihr drahtloses Modem eingestöpselt. Eine Zigarette baumelte ihr von der Lippe, und sie blinzelte durch den Rauch.

»Haben Sie was für mich?«, fragte ich, sobald ich ihr gegenübersaß.

»Und ob ich was für Sie habe. Zwei sehr gute Angebote.«

»Toll«, sagte ich und rührte in meinem Cappuccino. »Lassen Sie hören.«

»Wie wär's hiermit? Leitender Forschungsanalyst bei IBM, der für den Bereich verteilte Systemarchitektur höherer Ordnung zuständig ist.«

»Genau mein Gebiet.«

»Das hab ich auch gedacht. Sie sind für die Stelle wie geschaffen, Jack. Sie würden ein Forschungslabor mit sechzig Leuten leiten. Grundgehalt zweiundfünfzig plus Optionsrechte über fünf Jahre plus Tantiemen auf alles, was in Ihrem Labor entwickelt wird.«

»Klingt toll. Wo?«

»Armonk.«

»New York?« Ich schüttelte den Kopf. »Kommt nicht in Frage, Annie. Was noch?«

»Leiter eines Teams, das für ein Versicherungsunternehmen Multi-Agenten-Systeme fürs Data Mining entwirft. Eine hervorragende Gelegenheit, und ... «

»Wo?«

»Austin.«

Ich seufzte. »Annie. Julia hat einen Job, den sie mag, in dem sie sehr engagiert ist, und sie wird ihn jetzt nicht aufgeben. Meine Kinder gehen hier zur Schule, und ... «

»Die Leute ziehen ständig um, Jack. Alle haben sie Kinder in der Schule. Kinder gewöhnen sich schnell wieder ein.«

»Aber Julia ... «

»Andere Leute haben auch berufstätige Frauen. Sie ziehen trotzdem um.«

»Ich weiß, aber die Sache ist die, Julia ... «

»Haben Sie schon mit ihr darüber gesprochen? Haben Sie das Thema angeschnitten?«

»Also, nein, weil ich ... «

»Jack.« Annie blickte mich über den Laptop-Bildschirm hinweg an. »Ich denke, Sie sollten mit dem Quatsch aufhören. Sie können es sich nicht erlauben, wählerisch zu sein. Sie entwickeln sich langsam zum Ladenhüter.«

»Ladenhüter«, sagte ich.

»Genau, Jack. Sie sind seit sechs Monaten ohne Arbeit. Das ist eine lange Zeit in der High-Tech-Branche. Die Firmen denken, mit Ihnen stimmt was nicht, wenn Sie so lange keinen Job gefunden haben. Die wissen zwar nicht, was da faul ist, aber sie nehmen einfach an, Sie haben zu viele Ablehnungen bekommen, von zu vielen anderen Firmen. Es dauert nicht mehr lange, und Sie werden nicht mal mehr zum Vorstellungsgespräch eingeladen. Nicht in San Jose, nicht in Armonk, nicht in Austin, nicht in Cambridge. Dann ist der Zug abgefahren. Haben Sie mich verstanden? Haben Sie verstanden, was ich gesagt habe?«

»Ja, aber …«

»Kein Aber, Jack. Sie müssen mit Ihrer Frau sprechen. Sie müssen sich irgendwas überlegen, um Ihr Ladenhüterdasein zu beenden.«

»Aber ich kann nicht weg aus dem Valley. Ich muss hier bleiben.«

»Hier sieht es nicht gut für Sie aus.« Sie aktivierte den Bildschirm wieder. »Ich brauche nur Ihren Namen zu erwähnen, und schon heißt es – sagen Sie mal, was ist da eigentlich los bei MediaTronics? Blüht Don Gross eine Anklage?«

»Keine Ahnung.«

»Ich höre das Gerücht schon seit Monaten, aber es passiert einfach nichts. In Ihrem Interesse hoffe ich, dass da bald was publik wird.«

»Ich begreife das einfach nicht«, sagte ich. »Ich habe beste Erfahrungen in einem heiß umkämpften Bereich, Multi-Agenten-Systeme, Parallelverarbeitung und …«

»Heiß?«, sagte sie und warf mir einen schrägen Blick zu. »Parallelverarbeitung ist nicht heiß, Jack. Die ist regelrecht *radioaktiv*. Jeder im Valley geht davon aus, dass sie den entscheidenden Durchbruch im Bereich Künstliches Leben bringen wird.«

»Das wird sie auch«, sagte ich nickend.

In den vergangenen paar Jahren hatte das Künstliche Leben die Künstliche Intelligenz als langfristiges Computerziel abgelöst. Es sollten Programme geschrieben werden, die die Eigenschaften von

Lebewesen aufwiesen – die Fähigkeit, sich zu adaptieren, zu kooperieren, zu lernen, sich Veränderungen anzupassen. Viele solcher Eigenschaften waren in der Robotik von großer Bedeutung, und sie wurden mittels Parallelverarbeitung bereits ansatzweise realisiert.

Durch Parallelverarbeitung konnte die Arbeit auf mehrere Prozessoren oder auf ein Netzwerk virtueller Agenten, die im Computer geschaffen wurden, verteilt werden. Um dies zu erreichen, gab es verschiedene Möglichkeiten. Man schuf eine große Population von recht dummen Agenten, die gemeinsam ein Ziel verfolgten – genau wie eine Kolonie von Ameisen zielorientiert zusammenarbeitete. Mein eigenes Team hatte hierzu viel geforscht.

Eine weitere Methode bestand darin, ein so genanntes neuronales Netzwerk zu erzeugen, das die Arbeitsweise des menschlichen Gehirns imitierte. Es hatte sich herausgestellt, dass selbst einfache neuronale Netze verblüffende Fähigkeiten aufwiesen. Sie konnten lernen. Sie konnten auf früheren Erfahrungen aufbauen. Auch damit hatten wir uns beschäftigt.

Außerdem – das war die dritte Technik – wurden virtuelle Gene im Computer erzeugt, wo sie sich dann in einer virtuellen Welt entwickeln konnten, bis irgendein Ziel erreicht war.

Und es gab noch etliche andere Verfahren. Insgesamt wichen alle enorm ab von der älteren Vorstellung von Künstlicher Intelligenz, kurz KI. Früher versuchten Programmierer für jede Situation Regeln zu erstellen. So wollten sie beispielsweise Computern beibringen, dass ein Kunde in einem Geschäft bezahlen musste, bevor er ging. Doch wie sich herausstellte, war dieses auf simplem gesundem Menschenverstand basierende Wissen ungeheuer schwer zu programmieren. Der Computer machte ständig Fehler. Neue Regeln wurden hinzugefügt, um diese Fehler auszumerzen. Dann noch mehr Fehler und noch mehr Regeln. Schließlich waren die Programme gigantisch, Millionen von Codezeilen lang, und sie versagten schon allein aufgrund ihrer Komplexität. Sie waren zu groß, um sie fehlerfrei hinzubekommen. Man konnte gar nicht mehr feststellen, wo die Probleme lagen.

Man gelangte also allmählich zu der Einsicht, dass eine auf Regeln basierende Künstliche Intelligenz nicht funktionieren würde. Deshalb wurde sie von vielen bereits totgesagt. Die Achtzigerjahre gaben den Englischprofessoren Auftrieb, die überzeugt waren, dass Computer es niemals mit menschlicher Intelligenz würden aufnehmen können.

Doch verteilte Agentennetzwerke öffneten völlig neue Türen. Und auch die Programmierphilosophie war neu. Bisher programmierte man »von oben nach unten«. Dem System als Ganzem wurden Verhaltensregeln vorgeschrieben.

Jetzt ging es »von unten nach oben«. Das Programm definierte die Reaktionsweise einzelner Agenten auf dem untersten Strukturlevel. Doch das Verhalten des gesamten Systems wurde nicht vorbestimmt. Es entwickelte sich aus der Summe von hunderten kleinen Interaktionen, die sich auf einer unteren Ebene vollzogen.

Weil das System nicht programmiert wurde, konnte es erstaunliche Resultate erzielen. Und zwar Resultate, die von den Programmierern nicht vorausgesagt werden konnten. Das war der Grund, warum sie »lebensähnlich« erscheinen konnten. Und das Gebiet war deshalb so heiß, weil …

»Jack.«

Annie klopfte mir auf die Hand. Ich blinzelte.

»Jack, haben Sie überhaupt ein Wort von dem gehört, was ich eben gesagt habe?«

»Tut mir Leid.«

»Sie widmen mir nicht Ihre volle Aufmerksamkeit«, sagte sie. Sie blies mir Zigarettenrauch ins Gesicht. »Ja, Sie haben Recht, Sie sind auf einem heiß umkämpften Gebiet. Aber deshalb sollten Sie sich erst recht Sorgen wegen Ihres Ladenhüterdaseins machen. Sie sind schließlich kein Elektroingenieur, der sich auf CD-Laufwerke spezialisiert hat. Heiße Gebiete verändern sich schnell.

Sechs Monate können über Erfolg oder Untergang einer Firma entscheiden.«

»Ich weiß.«

»Sie sind gefährdet, Jack.«

»Ich verstehe.«

»Also. Sprechen Sie mit Ihrer Frau? Bitte?«

»Ja.«

»Okay«, sagte sie. »Aber tun Sie's auch wirklich. Denn sonst kann ich Ihnen nicht helfen.« Sie warf ihre brennende Zigarette in den Rest meines Cappuccinos. Die Glut zischte und erlosch. Annie klappte ihren Laptop zu, stand auf und ging.

Ich rief Julia an, erreichte sie aber nicht. Ich sprach ihr eine Nachricht auf die Mailbox. Ich wusste, dass es reine Zeitverschwendung war, das Thema Umzug überhaupt anzusprechen. Sie würde mit Sicherheit Nein sagen – vor allem dann, wenn sie einen Liebhaber hatte. Aber Annie hatte Recht, ich war in Schwierigkeiten. Ich musste etwas unternehmen. Ich musste sie fragen.

Ich saß an meinem Schreibtisch, drehte das SSVT-Kästchen in der Hand und überlegte, was ich tun sollte. Ich hatte noch anderthalb Stunden Zeit, bis ich die Kinder abholen musste. Ich wollte wirklich mit Julia sprechen. Ich beschloss, es über die Zentrale ihrer Firma zu versuchen, vielleicht wusste man dort, wo sie war.

»Xymos Technologies.«

»Julia Forman bitte.«

»Ich verbinde.« Etwas klassische Musik, dann eine andere Stimme. »Büro Miss Forman.«

Ich erkannte Carol, ihre Assistentin. »Carol, ich bin's, Jack.«

»Oh, hallo, Mr. Forman. Wie geht's Ihnen?«

»Danke, gut.«

»Sie möchten bestimmt Julia sprechen?«

»Ja, genau.«

»Sie ist heute den ganzen Tag in Nevada, im Fertigungswerk. Soll ich versuchen, Sie zu verbinden?«

»Ja, bitte.«

»Einen Moment.«

Ich kam in die Warteschleife. Für eine ganze Weile.

»Mr. Forman, sie ist die ganze nächste Stunde in einer Besprechung. Ich erwarte anschließend ihren Anruf. Soll sie Sie anrufen?«

»Ja, bitte.«

»Soll ich ihr irgendetwas ausrichten?«

»Nein«, erwiderte ich. »Sagen Sie ihr bloß, sie soll mich anrufen.«

»Okay, Mr. Forman.«

Ich legte auf, starrte ins Leere, drehte das SSVT-Kästchen in der Hand. *Sie ist heute den ganzen Tag in Nevada.* Julia hatte mir nichts davon gesagt, dass sie nach Nevada musste. Ich ließ das Gespräch mit Carol noch einmal Revue passieren. Hatte Carol verlegen geklungen? Deckte sie sie? Ich konnte es nicht genau sagen. Ich konnte gar nichts mehr genau sagen. Ich starrte zum Fenster hinaus, und auf einmal gingen die Sprinkler an, schossen kegelförmige Schauer über den ganzen Rasen. Aber es war genau in der Mittagshitze, der falsche Zeitpunkt zum Wässern. Der Rasensprenger dürfte gar nicht anspringen. Er war doch erst neulich eingestellt worden.

Ich wurde sehr niedergeschlagen, während ich die Wasserschleier anstarrte. Es stimmte einfach nichts mehr. Ich hatte keinen Job, meine Frau war nie da, die Kinder waren Nervensägen, ich hatte ständig das Gefühl, ihnen nicht gerecht zu werden – und jetzt machten auch noch die verdammten Sprinkler, was sie wollten. Wenn sie jetzt wässerten, würde der ganze verdammte Rasen durch die Sonne verbrennen.

Und dann fing das Baby an zu schreien.

Ich wartete auf Julias Anruf, der nicht kam. Ich schnitt fürs Abendessen Hähnchenbrust in Streifen (das geht besonders gut, wenn sie kalt ist, fast gefroren), weil Chicken Nuggets ein weiteres Gericht war, worüber sie niemals meckerten. Ich setzte Reis auf. Ich sah mir die Möhren im Kühlschrank an und beschloss, sie – obwohl schon etwas alt – zu nehmen.

Beim Möhrenhacken schnitt ich mir in den Finger. Es war keine tiefe Wunde, aber es blutete stark, und das Pflaster konnte die Blutung nicht stoppen. Es kam durch, und ich klebte etliche Male ein neues Pflaster auf. Es war frustrierend.

Wir aßen spät, und die Kinder waren quengelig. Eric nörgelte, meine Chicken Nuggets seien ekelig, die bei McDonald's *viel* besser, und warum wir nicht die holen könnten. Nicole probierte verschiedene Versionen ihres Textes für das Theaterstück aus, während Eric sie leise nachäffte. Das Baby spuckte jeden Mund voll Brei wieder aus, bis ich etwas zermatschte Banane untermischte. Danach aß es brav alles auf. Ich weiß nicht, warum mir die Idee nicht schon früher gekommen war. Amanda wurde älter, und das langweilige Zeug schmeckte ihr einfach nicht mehr.

Eric hatte das Heft, in dem er sich die Hausaufgaben notierte, in der Schule liegen lassen; ich sagte ihm, er solle seine Freunde anrufen und fragen, was sie aufhätten, aber er wollte nicht. Nicole war schon eine Stunde online und chattete mit ihren Freundinnen; ich steckte immer wieder den Kopf in ihr Zimmer und sagte ihr, sie solle den Computer ausschalten und endlich ihre Hausaufgaben machen, und sie antwortete jedes Mal: »Gleich, Dad.« Das Baby quengelte, und es dauerte lange, bis ich es zum Einschlafen gebracht hatte.

Ich ging wieder in Nicoles Zimmer und sagte: »Jetzt *reicht's*, verdammt noch mal!« Nicole fing an zu weinen. Eric kam herein und freute sich hämisch. Ich fragte ihn, warum er noch nicht im Bett sei. Er sah den Ausdruck in meinem Gesicht und huschte davon. Nicole schluchzte, ich sollte mich bei ihr entschuldigen. Ich sagte, sie hätte gleich gehorchen sollen. Sie ging ins Badezimmer und knallte die Tür zu.

Aus seinem Zimmer brüllte Eric: »Ich kann nicht schlafen bei dem Krach!«

Ich brüllte zurück: »Noch ein Wort, und es gibt eine Woche Fernsehverbot!«

»Gemein!«

Ich ging ins Schlafzimmer und schaltete den Fernseher ein, um mir den Rest eines Footballspiels anzuschauen. Nach einer halben Stunde sah ich nach den Kindern. Das Baby schlief friedlich. Eric schlief, die Bettdecke auf dem Fußboden. Ich deckte ihn wieder zu. Nicole lernte. Als sie mich sah, entschuldigte sie sich. Ich nahm sie in den Arm.

Ich ging zurück ins Schlafzimmer und schaute mir noch gut zehn Minuten des Spiels an, bevor ich einschlief.

5. Tag, 7.10 Uhr

Als ich am nächsten Morgen wach wurde, sah ich, dass Julias Seite des Bettes noch unbenutzt war. Sie war die ganze Nacht nicht nach Hause gekommen. Ich hörte den Anrufbeantworter ab, es waren keine Nachrichten drauf. Eric kam hereingeschlendert und sah das Bett. »Wo ist Mom?«

»Ich weiß nicht, mein Sohn.«

»Ist sie schon zur Arbeit?«

»Muss wohl ...«

Er starrte mich an und dann auf das unbenutzte Bett. Und er marschierte aus dem Zimmer. Damit wollte er nichts zu tun haben.

Aber *ich* musste mich allmählich damit befassen, dachte ich. Vielleicht sollte ich sogar zu einem Anwalt gehen. Aber mit einem Anwalt zu sprechen hatte etwas Unwiderrufliches an sich. Wenn die Probleme so schwerwiegend waren, dann waren sie wahrscheinlich nicht mehr zu lösen. Ich wollte nicht glauben, dass meine Ehe zu Ende war, also wollte ich diesen Schritt hinauszögern, so lange wie möglich.

Dann beschloss ich, meine Schwester in San Diego anzurufen. Ellen ist klinische Psychologin, sie hat eine Praxis in La Jolla. Es war noch früh, daher ging ich davon aus, dass sie noch zu Hause war; sie meldete sich sofort. Sie schien über meinen Anruf überrascht. Ich hänge an meiner Schwester, aber wir sind sehr verschieden. Jedenfalls erzählte ich ihr kurz von meinen Mutmaßungen hinsichtlich Julia und von den Gründen.

»Julia ist also die ganze Nacht nicht nach Hause gekommen und hat auch nicht angerufen?«

»Richtig.«

»Hast du sie angerufen?«

»Noch nicht.«

»Wieso nicht?«

»Ich weiß nicht.«

»Vielleicht hatte sie einen Unfall, vielleicht ist sie verletzt…«

»Ich glaube nicht.«

»Wieso nicht?«

»Weil man mich ja dann wohl verständigt hätte. Sie hatte keinen Unfall.«

»Du klingst aufgebracht, Jack.«

»Ich weiß nicht. Vielleicht.«

Meine Schwester schwieg einen Moment. Dann sagte sie: »Jack, du hast ein Problem. Warum unternimmst du nichts?«

»Zum Beispiel?«

»Geh zur Eheberatung. Oder zum Anwalt.«

»Ach, meine Güte.«

»Findest du nicht, dass das besser wäre?«, fragte sie.

»Ich weiß nicht. Nein. Noch nicht.«

»Jack. Sie ist gestern Nacht nicht nach Hause gekommen, und sie hat nicht mal angerufen. Wenn das kein Wink mit dem Zaunpfahl ist. Wie viel deutlicher hättest du's denn gern?«

»Ich weiß nicht.«

»Du sagst ziemlich oft ›Ich weiß nicht‹. Weißt du das?«

»Kann sein.«

Eine Pause. »Jack, ist alles in Ordnung mit dir?«

»Ich weiß nicht.«

»Soll ich für ein paar Tage zu euch kommen? Ich hätte Zeit, kein Problem. Ich wollte eigentlich mit meinem Freund wegfahren, aber seine Firma wurde überraschend aufgekauft. Ich könnte also kommen, wenn du willst.«

»Nein. Schon gut.«

»Wirklich? Ich mach mir Sorgen um dich.«

»Nein, nein«, sagte ich. »Du musst dir keine Sorgen machen.«

»Steckst du in einer Depression?«

»Nein. Warum?«

»Schläfst du einigermaßen? Machst du Sport?«

»Ja, einigermaßen. Der Sport kommt etwas zu kurz.«

»Verstehe. Hast du wieder einen Job?«

»Nein.«

»Einen in Aussicht?«

»Nicht so richtig. Nein.«

»Jack«, sagte sie. »Du musst dir einen Anwalt nehmen.«

»Vielleicht warte ich noch ein bisschen.«

»Jack. Was ist los mit dir? Du sagst im Grunde Folgendes: Deine Frau verhält sich dir gegenüber kalt und abweisend. Sie belügt dich. Sie ist merkwürdig zu den Kindern. Die Familie scheint ihr gleichgültig zu sein. Sie ist aufbrausend und häufig nicht da. Es wird immer schlimmer. Du vermutest, sie hat eine Affäre. Letzte Nacht ist sie nicht nach Hause gekommen, ohne Bescheid zu sagen. Und du willst das alles einfach mit ansehen, ohne was zu unternehmen?«

»Ich weiß nicht, was ich tun soll.«

»Ich hab es dir gesagt. Geh zu einem Anwalt.«

»Meinst du wirklich?«

»Und ob ich das meine.«

»Ich weiß nicht ...«

Sie seufzte, ein langes, entnervtes Zischen. »Jack. Hör zu. Ich weiß, dass du manchmal etwas passiv bist, aber ...«

»Ich bin nicht passiv«, sagte ich. Und ich fügte hinzu: »Ich kann es nicht leiden, wenn du mich analysierst.«

»Deine Frau geht mit anderen ins Bett, du glaubst, sie sammelt Anklagepunkte gegen dich, um dir die Kinder wegzunehmen, und du lässt das einfach mit dir machen. Ich nenne das passiv.«

»Was soll ich denn tun?«

»Was ich dir gesagt habe.« Wieder ein entnervtes Seufzen. »Also schön. Ich komme für ein paar Tage zu euch.«

»Ellen ...«

»Keine Widerrede. Ich komme. Du kannst Julia ja erzählen, ich will dir bei den Kindern zur Hand gehen. Ich bin heute Nachmittag da.«

»Aber ...«

»Keine Widerrede.«

Und sie legte auf.

Ich bin nicht passiv. Ich bin bedachtsam. Ellen ist ein Energiebündel, vom Naturell her die geborene Psychologin, weil sie anderen Leuten gern sagt, was sie tun sollen. Offen gestanden, ich finde sie dominant. Und sie findet mich passiv.

Ellen hat folgendes Bild von mir: Ich bin Ende der Siebzigerjahre nach Stanford gegangen und habe Populationsbiologie studiert – ein rein akademisches Gebiet, ohne praktische Anwendung, und Jobs gab es nur an Universitäten. Damals wurde die Populationsbiologie gerade revolutioniert, durch Feldstudien über Tiere und durch Fortschritte in der Genanalyse. Für beides war die Computeranalyse erforderlich, unter Anwendung komplexer mathematischer Algorithmen. Die Art von Programmen, die ich für meine Forschungsarbeit brauchte, konnte ich nirgends finden, also schrieb ich sie mir selbst. Und so rutschte ich als Quereinsteiger in die Informatik – noch so ein langweiliges, rein akademisches Gebiet.

Doch wie es der Zufall wollte, machte ich meinen Abschluss genau zu der Zeit, als das Silicon Valley boomte und der PC seinen Siegeszug antrat. Die Mitarbeiter von kleinen Jungunternehmen verdienten sich in den Achtzigerjahren eine goldene Nase, und auch mir erging es diesbezüglich in der ersten Firma, in der ich arbeitete, alles andere als schlecht. Ich lernte Julia kennen, und wir heirateten, und dann kamen die Kinder. Alles lief bestens. Wir beide waren schon erfolgreich, wenn wir nur zur Arbeit gingen.

Ich wurde von einer anderen Firma abgeworben; noch mehr Vergünstigungen, noch bessere Optionen. Ich ritt einfach auf der Fortschrittswelle mit, in die Neunziger hinein. Inzwischen programmierte ich nicht mehr selbst, ich leitete ein Team von Software-Entwicklern. Und alles fiel mir einfach so zu, ohne dass ich mich wirklich dafür anstrengen musste. Mein ganzes Leben fiel mir einfach zu. Ich musste mich nie beweisen.

So sieht Ellens Bild von mir aus. Ich hatte ein anderes. Die Firmen im Silicon Valley führen untereinander einen Konkurrenzkampf, wie es ihn so hart auf der Welt noch nicht gegeben hat. Die Hundert-Stunden-Woche ist die Regel. Es ist ein Rennen gegen die Zeit. Die Produktentwicklung geht in immer kürzeren Zyklen vonstatten. Die Zyklen für ein neues Produkt, eine neue Version betrugen anfänglich drei Jahre. Dann waren es zwei Jahre. Dann achtzehn Monate. Jetzt sind es zwölf – Jahr für Jahr eine neue Version. Wenn man für die Fehlerbereinigung in der Betaversion bis zum Golden Master vier Monate veranschlagt, dann hat man für die eigentliche Arbeit nur acht Monate Zeit. Acht Monate, um zehn Millionen Codezeilen zu überprüfen und dafür zu sorgen, dass alles richtig funktioniert.

Kurz gesagt, im Silicon Valley ist kein Platz für passive Leute, und ich bin nicht passiv. Ich habe jede Minute an jedem Tag geschuftet. Ich musste mich jeden Tag beweisen – sonst wäre ich weg vom Fenster gewesen.

So sah das Bild aus, das ich von mir hatte. Und ich lag damit ganz bestimmt nicht falsch.

Aber in einer Hinsicht hatte Ellen Recht. Ohne viel Glück wäre ich nicht so weit gekommen. Da ich von Haus aus Biologe war, war ich im Vorteil, als die Computerprogramme anfingen, biologische Systeme zu imitieren. Es gab sogar Programmierer, die Tiergruppen in der freien Natur studierten, um ihre dort gewonnenen Erkenntnisse auf die Computersimulation zu übertragen.

Außerdem hatte ich Erfahrungen in der Populationsbiologie –

das Studium von Gruppen lebender Organismen. Und die Informatik hatte sich in Richtung extrem großer, paralleler Netzwerke entwickelt – das Programmieren von Populationen intelligenter Agenten. Für den Umgang mit Agentenpopulationen war eine besondere Art Denken erforderlich, und ich war jahrelang in diesem Denken ausgebildet worden.

Ich war also wunderbar geeignet für die Trends auf meinem Fachgebiet, und ich machte hervorragende Fortschritte, als sich die Bereiche zunehmend überlappten. Ich war zur richtigen Zeit am richtigen Ort gewesen.

Zugegeben.

Agentenbasierte Programme, die biologische Populationen zum Vorbild hatten, gewannen in der realen Welt zunehmend an Bedeutung. Wie meine eigenen Programme, die die Futtersuche von Ameisen imitierten, um große Kommunikationsnetzwerke zu steuern. Oder solche, die die Arbeitsteilung in Termitenkolonien nachahmten, um Thermostate in einem Wolkenkratzer zu regeln. Und ganz ähnlich funktionierten die Programme, die die Genselektion simulierten und für die es eine ganze Palette von Anwendungen gab. In einem Programm wurden Zeugen eines Verbrechens neun Gesichter gezeigt und gebeten, dasjenige auszuwählen, das dem des Täters am stärksten ähnelte, auch wenn es bei keinem davon wirklich der Fall war; dann zeigte das Programm ihnen neun weitere Gesichter und bat sie erneut um eine Auswahl; und so evolvierte das Programm nach und nach aus zahlreichen Vorschlägen ein überaus präzises Bild von dem Gesuchten, um vieles genauer, als ein Polizeizeichner es vermocht hätte. Die Zeugen mussten nicht sagen, worauf genau sie bei jedem Gesicht reagierten; sie sollten einfach nur ihre Auswahl treffen, und das Programm rechnete.

Und dann gab es noch die Biotechnik-Unternehmen, die festgestellt hatten, dass es ihnen nicht gelingen wollte, neue Proteine herzustellen, weil sie sich immer wieder zu seltsamen Konfigurationen zusammenfalteten. Stattdessen »evolvierten« sie nun die neuen Proteine mithilfe der Genanalyse. Alle diese Verfahren waren in der Praxis in nur wenigen Jahren Standard geworden. Und sie wurden immer leistungsstärker, immer wichtiger.

Also, ja, ich war zur richtigen Zeit am richtigen Ort gewesen. Aber ich war nicht passiv, ich hatte Glück gehabt.

Ich hatte mich noch nicht geduscht oder rasiert. Ich ging ins Bad, streifte mir das T-Shirt über den Kopf und betrachtete mich im Spiegel. Erschreckt bemerkte ich, wie schlaff ich um den Bauch herum aussah. Das war mir noch nie aufgefallen. Sicher, ich war vierzig, und Tatsache war auch, dass ich in letzter Zeit kaum Sport gemacht hatte. Aber ich war nicht deprimiert. Ich hatte einfach mit den Kindern alle Hände voll zu tun, und ich war oft müde. Ich hatte keine Lust zum Sport, mehr nicht.

Ich starrte mein Spiegelbild an und fragte mich, ob Ellen Recht hatte.

Das ganze psychologische Wissen hat einen Haken – niemand kann es auf sich selbst anwenden. Man kann einen unglaublichen Scharfblick für die Unzulänglichkeiten seiner Freunde, Partner, Kinder entfalten. Aber sich selbst gegenüber ist man blind. Die gleichen Leute, die mit nüchterner Klarheit ihre Umwelt durchschauen, wiegen sich in Illusionen, wenn es um sie selbst geht. Die Psychologie funktioniert nicht, wenn man in einen Spiegel schaut. Soweit mir bekannt war, gab es für diese Sonderbarkeit keine Erklärung.

Ich persönlich dachte immer, dass das Programmieren von Computern eine mögliche Erklärung hierfür lieferte, und zwar mit der so genannten Rekursion. Rekursion bedeutet, dass ein Programm sich selbst aufrufen kann, dass es mit seinen eigenen Informationen Dinge immer und immer wieder tun kann, bis es ein Ergebnis erzielt. Rekursion ist nützlich bei bestimmten Algorithmen zur Datensortierung und dergleichen. Aber es ist Vorsicht geboten, man riskiert, dass der Computer in einen so genannten infiniten Regress fällt – das Programmieräquivalent zum Spiegelkabinett, das Spiegel über Spiegel reflektiert, die immer kleiner werden und sich bis in die Unendlichkeit erstrecken. Das Programm läuft weiter, wiederholt sich unablässig, aber nichts geschieht. Der Computer hängt.

Etwas Ähnliches stellte ich mir immer vor, wenn jemand seinen psychologischen Erkenntnisapparat auf sich selbst anwendet. Der Verstand hängt. Der Denkprozess läuft und läuft, aber er kommt nicht voran. So ähnlich muss es wohl sein, denn wir wissen ja, dass Menschen endlos über sich selbst nachdenken können. Manche denken über kaum etwas anderes nach. Dennoch ändern sich die Menschen nicht infolge ihrer intensiven Selbstbeobachtung. Sie durchschauen sich selbst deshalb nicht besser. Echte Selbsterkenntnis ist äußerst selten.

Es scheint fast, dass man jemanden braucht, der einem sagt, wer man ist, der einem sozusagen den Spiegel vorhält. Was, wenn man es recht bedenkt, ganz schön verrückt ist.

Vielleicht aber auch nicht.

Das Thema Künstliche Intelligenz hat immer wieder die Frage aufgeworfen, ob ein Programm sich jemals seiner selbst bewusst sein kann. Die meisten Programmierer sagen, dass das unmöglich sei. Man hat es versucht und ist gescheitert.

Es gibt jedoch auch noch eine grundlegendere Version dieser Frage, die philosophische Frage nämlich, ob eine Maschine überhaupt je ihre eigene Funktionsweise verstehen kann. Manche sagen, auch das sei unmöglich. Die Maschine kann sich selbst aus dem gleichen Grund nicht erkennen, aus dem man sich nicht selbst in die Zähne beißen kann. Und es scheint auch wirklich unmöglich: Das menschliche Gehirn ist das komplizierteste Gebilde im bekannten Universum, und dennoch wissen selbst Gehirne sehr wenig über sich selbst.

In den vergangenen dreißig Jahren hat man sich nur so zum Spaß beim Bier nach Feierabend mit solchen Fragen beschäftigt. Richtig ernst genommen hat das niemand. Doch in letzter Zeit haben diese philosophischen Fragen an Bedeutung gewonnen, da bei der Nachbildung bestimmter Gehirnfunktionen rapide Fortschritte erzielt wurden. Vor meinem Rausschmiss benutzte mein Team zum Beispiel Multi-Agenten-Systeme, um Computer dazu zu befähigen, Datenmuster zu erkennen, natürliche Sprachen zu verstehen, Prioritäten zu setzen und Aufgaben zu wechseln. Entscheidend an den Programmen war, dass die Maschinen regelrecht lernten. Sie wurden besser, je mehr Erfahrung sie sammelten. Was mehr ist, als manche Menschen von sich behaupten können.

Das Telefon klingelte. Es war Ellen. »Hast du deinen Anwalt angerufen?«

»Noch nicht. Herrgott noch mal.«

»Ich nehme die um 14.10 Uhr nach San Jose. Gegen fünf müsste ich bei euch sein.«

»Hör zu, Ellen, das ist wirklich nicht notwendig ...«

»Das weiß ich. Ich muss ohnehin mal raus. Ich brauch eine Pause. Bis später, Jack.« Und sie legte auf.

Jetzt kümmerte sie sich also um mich.

Auf jeden Fall sah ich keinen Sinn darin, schon heute einen Anwalt anzurufen. Ich hatte zu viel zu erledigen. Ich musste Sachen von der Reinigung abholen, also machte ich das erst mal. Auf der anderen Straßenseite war ein Starbuck's, und ich ging rüber, um mir einen Cappuccino zum Mitnehmen zu holen.

Und da sah ich Gary Marder, meinen Anwalt, mit einer sehr jungen Blondine in einer knappen Hüftjeans und einem kurzen Top, das ihren Bauch zeigte. Sie knutschten in der Schlange vor der Kasse. Sie sah nicht älter aus als eine College-Studentin. Es war peinlich, und ich wollte gerade wieder gehen, als Gary mich sah und winkte.

»Hallo, Jack.«

»Hi, Gary.«

Er streckte mir die Hand entgegen, und ich schüttelte sie. Er sagte: »Das ist Melissa.«

Ich sagte: »Hi, Melissa.«

»Oh, hi.« Sie schien leicht verärgert über die Unterbrechung, obwohl ich mir nicht ganz sicher war. Sie hatte diesen leeren Blick, den manche Frauen im Beisein von Männern bekamen. Mir schoss durch den Kopf, dass sie höchstens sechs Jahre älter als Nicole sein konnte. Was hatte sie mit einem Typen wie Gary zu schaffen?

»Na, wie läuft's denn so, Jack?«, sagte Gary und legte einen Arm um Melissas nackte Taille.

»Gut«, sagte ich. »Ziemlich gut.«

»Ja? Schön zu hören.« Aber er legte die Stirn in Falten.

»Tja, ähm, also dann ...« Ich stand da, zögernd, kam mir albern vor im Beisein des Mädchens. Sie wünschte mich unübersehbar zum Teufel. Aber ich stellte mir vor, was Ellen sagen würde: *Du läufst deinem Anwalt über den Weg, und du fragst ihn nicht mal?*

Also sagte ich: »Gary, kann ich dich mal kurz sprechen?«

»Ja, klar.« Er gab Melissa Geld für den Kaffee, und wir stellten uns etwas abseits.

Ich senkte die Stimme. »Hör zu, Gary«, sagte ich, »ich glaube, ich brauche einen Scheidungsanwalt.«

»Weswegen?«

»Weil ich glaube, dass Julia eine Affäre hat.«

»Glaubst du es? Oder weißt du es genau?«

»Nein. Ich weiß es nicht genau.«

»Dann hast du also nur den Verdacht?«

»Ja.«

Gary seufzte. Er warf mir einen viel sagenden Blick zu.

Ich sagte: »Und da laufen auch noch andere Sachen. Sie hat behauptet, ich würde die Kinder gegen sie aufbringen.«

»Entfremdung der Kinder«, sagte er nickend. »Die große Mode im Augenblick. Wann hat sie das gesagt?«

»Im Streit.«

Wieder ein Seufzen. »Jack, Paare werfen sich im Streit allen möglichen Mist an den Kopf. Das muss nicht unbedingt was bedeuten.«

»Ich glaube aber, dass es was zu bedeuten hat. Ich befürchte es.«

»Beschäftigt dich das wirklich?«

»Ja.«

»Warst du bei der Eheberatung?«

»Nein.«

»Geh hin.«

»Wieso?«

»Aus zwei Gründen. Erstens, weil du es tun solltest. Du bist schon lange mit Julia verheiratet, und soweit ich weiß, habt ihr euch überwiegend gut verstanden. Und zweitens, weil du damit demonstrierst, dass du versuchst, die Ehe zu retten. Was wiederum die Behauptung widerlegt, du würdest die Kinder von ihr entfremden.«

»Ja, aber …«

»Wenn du damit Recht hast, dass sie schon dabei ist, Anklagepunkte gegen dich zu sammeln, musst du höllisch aufpassen, mein Freund. Gezielte Entfremdung der Kinder ist ein schwerer Vorwurf, den man nicht so leicht ausräumen kann. Die Kinder sind sauer auf Mom, und sie behauptet, du steckst dahinter. Wie willst du beweisen, dass das nicht stimmt? Das kannst du gar nicht. Außerdem bist du viel zu Hause, es ist also noch leichter vorstellbar, dass da was dran sein könnte. Das Gericht wird in dir einen gefrusteten Ehemann sehen, der möglicherweise neidisch ist auf seine berufstätige Frau.« Er hielt eine Hand hoch. »Ich weiß, ich weiß, dass da nichts dran ist, Jack, aber man kann es leicht behaupten, mehr will ich nicht sagen. Und das *wird* ihr Anwalt. Vor lauter Neid hast du die Kinder gegen sie aufgebracht.«

»Das ist ausgemachter Schwachsinn.«

»Natürlich. Das weiß ich doch.« Er klopfte mir auf die Schulter. »Geh zu einem guten Eheberater. Wenn du keinen kennst, ruf bei mir in der Kanzlei an. Barbara kann dir ein paar gute Adressen nennen.«

Ich rief Julia an, um ihr zu sagen, dass Ellen für ein paar Tage kommen würde. Natürlich erreichte ich sie nicht, bloß ihre Mailbox. Ich hinterließ ihr eine längere Nachricht, in der ich alles erklärte. Dann ging ich einkaufen, weil Ellen zu Besuch kam und wir ein paar Vorräte mehr brauchten.

Ich schob gerade meinen Einkaufswagen durch den Supermarkt, als ich einen Anruf aus dem Krankenhaus erhielt. Es war wieder der bartlose Assistenzarzt. Er wollte sich nach Amanda erkundigen, und ich sagte, dieser Bluterguss sei so gut wie verschwunden.

»Schön«, sagte er. »Freut mich zu hören.«

Ich fragte: »Was ist mit dem Kernspintomogramm?«

Der Arzt sagte, die Ergebnisse der Tomografie seien unerheblich, weil das Gerät defekt gewesen sei und Amanda gar nicht untersucht habe. »Wir sind sogar unsicher, was von den Ergebnissen der vergangenen Wochen zu halten ist«, sagte er. »Das Gerät war offenbar schon länger dabei, allmählich den Geist aufzugeben.«

»Wie das?«

»Es ist korrodiert oder so. Jedenfalls sind sämtliche Speicherchips pulverisiert.«

Ich dachte an Erics MP3-Player, und es lief mir kalt den Rücken runter. »Wie kann denn so was passieren?«, fragte ich.

»Die einleuchtendste Erklärung ist die, dass aus den Leitungen in der Wand Gas ausgetreten ist, vermutlich in der Nacht, und zu der Korrosion geführt hat. Zum Beispiel Chlorgas, das könnte solche Schäden verursachen. Komisch ist bloß, dass nur die Speicherchips kaputt waren. Die anderen waren in Ordnung.«

Die Dinge wurden von Minute zu Minute seltsamer. Und kurz darauf steigerte sich das Ganze noch, als Julia anrief und heiter und beschwingt verkündete, sie komme schon nachmittags nach Hause, und zwar so frühzeitig, dass sie mit uns zu Abend essen könne.

»Ich freue mich auf Ellen«, sagte sie. »Warum kommt sie?«

»Ich glaube, sie braucht mal ein bisschen Tapetenwechsel.«

»Na, für dich ist es bestimmt auch schön, dass sie für ein paar Tage da ist. Eine Erwachsene im Haus.«

»Das kannst du laut sagen«, erwiderte ich.

Ich wartete auf eine Erklärung, warum sie nicht nach Hause gekommen war. Doch sie sagte nur: »He, ich muss Schluss machen, Jack, bis später dann ...«

»Julia«, sagte ich. »Moment noch.«

»Was denn?«

Ich zögerte, suchte nach Worten. Ich sagte: »Ich hab mir gestern Nacht deinetwegen Sorgen gemacht.«

»Wirklich? Warum?«

»Weil du nicht nach Hause gekommen bist.«

»Schatz, ich hab dich doch angerufen. Ich war draußen im Fertigungswerk und kam nicht mehr weg. Hast du denn deine Nachrichten nicht abgehört?«

»Doch ...«

»Und von mir war keine dabei?«

»Nein. Keine.«

»Tja, das versteh ich nicht. Ich hab dir eine Nachricht hinterlassen, Jack. Ich hab zuerst zu Hause angerufen und hatte Maria am Apparat, aber sie konnte nicht, du weißt schon, es war zu kompliziert... Also hab ich dich anschließend auf dem Handy angerufen und dir eine Nachricht auf die Mailbox gesprochen, dass ich bis heute Morgen im Werk festsitzen würde.«

»Na ja, ich hab sie jedenfalls nicht bekommen«, sagte ich, bemüht, nicht beleidigt zu klingen.

»Tut mir Leid, Schatz, aber überprüf das mal. Ich muss jetzt wirklich Schluss machen. Wir sehen uns heute Abend, ja? Küsschen.«

Und sie legte auf.

Ich überprüfte mein Handy noch einmal. Es war keine Nachricht angezeigt. Ich sah in der Rufliste nach. Ich hatte gestern Abend keinen Anruf erhalten.

Julia hatte mich nicht angerufen. Niemand hatte mich angerufen.

Mutlosigkeit überkam mich, ich spürte wieder das Abrutschen in eine depressive Stimmung. Und ich fühlte mich müde, konnte mich kaum bewegen. Ich starrte die Produkte auf den Supermarktregalen an. Ich wusste nicht mal mehr, warum ich hier war.

Gerade hatte ich beschlossen, wieder zu gehen, als das Handy in meiner Hand klingelte. Ich klappte es auf. Es war Tim Bergman, mein Nachfolger bei MediaTronics. »Sitzt du gerade?«, fragte er.

»Nein. Wieso?«

»Ich hab ziemlich seltsame Neuigkeiten. Pass auf.«

»Okay ...«

»Don will dich anrufen.«

Don Gross war mein ehemaliger Boss, der Mann, der mich gefeuert hatte. »Weswegen?«

»Er will dich wieder einstellen.«

»Er will *was*?«

»Ja. Ich weiß. Ganz schön verrückt. Dich wieder einstellen.«

»Wieso?«, fragte ich.

»Wir haben ein paar Probleme mit den verteilten Systemen, die wir an Kunden verkauft haben.«

»Welche?«

»Na ja, PREDPREY.«

»Das ist doch eins von den älteren«, sagte ich. »Wer hat das gekauft?« PREDPREY war ein System, das wir vor über einem Jahr entworfen hatten. Wie die meisten unserer Programme basierte es auf biologischen Modellen. PREDPREY war ein zielorientiertes Programm, das auf der Räuber-Beute-Dynamik beruhte. Aber von der Struktur her war es ausgesprochen einfach.

»Na ja, Xymos wollte was ganz Einfaches«, sagte Tim.

»Ihr habt PREDPREY an Xymos verkauft?«

»Genau. Genauer gesagt, die Lizenz. Mit einem Support-Vertrag. Wir sind schon am Rande des Wahnsinns.«

»Wieso?«

»Es läuft einfach nicht richtig. Die Zielsuche ist völlig aus den Fugen geraten. Die meiste Zeit scheint das Programm sein Ziel zu verlieren.«

»Das überrascht mich nicht«, sagte ich, »wir haben keine Reinforcer spezifiziert.«

Reinforcer waren Programmelemente, die das Streben nach dem Ziel unterstützten. Sie sollten verhindern, dass die vernetzten Agenten, die ja lernfähig waren, etwas lernten, das sie vom Weg abbringen konnte. Man brauchte eine Möglichkeit, das eigentliche Ziel zu speichern, damit es nicht verloren ging. Agentenprogramme ließen sich nämlich im Grunde mit Kindern vergleichen. Sie vergaßen Dinge, verloren Dinge, ließen Dinge fallen.

Das alles war emergentes Verhalten. Es war nicht programmiert, aber es war das Ergebnis der Programmierung. Und genau das erlebte offenbar Xymos zurzeit.

»Also«, sagte Tim, »Don meint wohl, weil du damals das Team geleitet hast, als das Programm geschrieben wurde, bist du wie geschaffen dafür, es zu reparieren. Außerdem ist deine Frau im Management von Xymos, es wird also für die hohen Tiere eine Beruhigung sein, wenn du an Bord kommst.«

Ich war mir da nicht so sicher, aber ich sagte nichts.

»Jedenfalls, so sieht's aus«, fuhr Tim fort, »ich hab dich angerufen, um zu fragen, ob Don dich anrufen kann. Weil er sich keine Abfuhr einhandeln will.«

Wut stieg in mir hoch. *Er will sich keine Abfuhr einhandeln.* »Tim«, sagte ich. »Ich kann da nicht wieder arbeiten.«

»Oh, das würdest du auch nicht. Du würdest draußen im Fertigungswerk von Xymos arbeiten.«

»Ach ja? Wie soll denn das gehen?«

»Don würde dich als Berater im Außendienst einstellen. So was in der Art.«

»Aha«, sagte ich mit meiner neutralsten Stimme. Alles an diesem Angebot hörte sich falsch an. Ich hatte absolut keine Lust, wieder für das Arschloch Don zu arbeiten. Außerdem war es nie ratsam, in eine Firma zurückzukehren, die einen rausgeschmissen hatte – in keinem Fall, egal, unter welchen Bedingungen. Das wusste jeder.

Aber andererseits wäre ich mein Ladenhüterproblem los, wenn ich den Job als Berater annahm. Und ich käme endlich wieder aus dem Haus. Das waren mehrere Fliegen mit einer Klappe. Nach einer Pause sagte ich: »Hör zu, Tim, lass mich drüber schlafen.«

»Rufst du mich an?«

»Okay. Ja.«

»Wann rufst du an?«, fragte er.

Die Anspannung in seiner Stimme war unüberhörbar. Ich sagte: »Ist die Sache so dringend …«

»Na ja, ziemlich. Wie gesagt, dieser Vertrag treibt uns in den Wahnsinn. Fünf Programmierer von deinem alten Team wohnen praktisch schon draußen im Xymos-Werk. Und sie kriegen das Problem einfach nicht in den Griff. Wenn du uns also nicht helfen willst, dann müssen wir uns anderweitig umschauen, schnellstens.«

»Okay, ich ruf dich morgen an«, sagte ich.

»Morgen früh?«, fragte er drängend.

»Okay«, sagte ich. »Ja, morgen früh.«

Nach Tims Anruf hätte ich mich eigentlich besser fühlen müssen, aber dem war nicht so. Ich ging mit dem Baby zum Spielplatz und setzte es auf die Schaukel. Amanda konnte vom Schaukeln nie genug kriegen. Manchmal ließ sie sich zwanzig oder dreißig Minuten am Stück von mir anstoßen und schrie jedes Mal, wenn ich sie wieder herunternahm. Später saß ich auf der Betonumrandung vom Sandkasten, während Amanda herumkroch und sich an den Betonschildkröten und anderen Figuren auf die Beine zog. Einmal schubste eins von den größeren Kindern sie um, aber sie weinte nicht, sie stand einfach wieder auf. Es schien ihr Spaß zu machen, mit Älteren zusammen zu sein.

Ich sah ihr zu und dachte darüber nach, wie es wäre, wieder zu arbeiten.

»Du hast doch hoffentlich Ja gesagt«, sagte Ellen zu mir. Wir waren in der Küche. Meine Schwester war gerade angekommen, ihr schwarzer Koffer stand unausgepackt in der Ecke. Ellen wirkte genau wie immer, gertenschlank, sportlich, blond, aufgekratzt. Sie schien einfach nicht zu altern. Sie trank eine Tasse Tee. Die Teebeutel hatte sie selbst mitgebracht. Ein besonderer biodynamischer Oolong-Tee aus einem Spezialgeschäft in San Francisco. Auch das war unverändert – Ellen war schon immer wählerisch gewesen, was das Essen anging, schon als Kind. Seit sie erwachsen war, nahm sie stets ihren eigenen Tee, ihre eigenen Salatdressings, ihre eigenen Vitamine mit, wenn sie unterwegs war, alles schön ordentlich verpackt.

»Nein, hab ich nicht«, erwiderte ich. »Ich hab gesagt, ich würde drüber schlafen.«

»Drüber schlafen? Machst du Witze? Jack, du *musst* wieder arbeiten. Das weißt du doch selbst.« Sie starrte mich prüfend an. »Du bist depressiv.«

»Bin ich nicht.«

»Du solltest was von dem Tee hier trinken«, sagte sie. »Der viele Kaffee ist schlecht für deine Nerven.«

»Tee hat mehr Koffein als Kaffee.«

»Jack. Du *musst* wieder arbeiten.«

»Das weiß ich, Ellen.«

»Und eine Beratertätigkeit … wäre das nicht ideal? Die Lösung für alle deine Probleme?«

»Ich weiß nicht«, sagte ich.

»Wieso. Was weißt du nicht?«

»Ich weiß nicht, ob die mir alles erzählt haben«, sagte ich. »Ich meine, wenn Xymos wirklich Probleme hat, wieso hat Julia mir dann kein Wort davon gesagt?«

Ellen schüttelte den Kopf. »Ich hab den Eindruck, dass Julia in letzter Zeit überhaupt wenig erzählt.« Sie blickte mich an. »Also, warum hast du nicht direkt Ja gesagt?«

»Ich muss mich erst noch ein bisschen umhören.«

»Wozu denn das, Jack?« In ihrer Stimme schwang Skepsis mit. Ellen benahm sich, als hätte ich ein psychisches Problem, das behoben werden musste. Meine Schwester fing an, mir auf die Nerven zu gehen, dabei waren wir erst zehn Minuten zusammen. Meine große Schwester, die mich wieder behandelte, als wäre ich ein kleines Kind. Ich stand auf. »Hör zu, Ellen«, sagte ich. »Ich arbeite seit einer Ewigkeit in dieser Branche, und ich weiß, wie sie funktioniert. Es gibt zwei mögliche Gründe, weshalb Don mich zurückhaben will. Der erste ist, dass die Firma in der Klemme steckt und sie glauben, dass ich helfen kann.«

»Wie sie gesagt haben.«

»Richtig. Wie sie gesagt haben. Aber die andere Möglichkeit ist die, dass sie einen unglaublichen Schlamassel angerichtet haben, der sich nicht mehr beheben lässt – und dass sie das wissen.«

»Und sie brauchen einen, dem sie die Schuld in die Schuhe schieben können?«

»Richtig. Sie brauchen einen Idioten, dem sie das anhängen können.«

Sie runzelte die Stirn. Ich sah, dass sie verunsichert war. »Meinst du wirklich?«

»Ich weiß es nicht, das ist ja der Haken bei der Sache«, erwiderte ich. »Aber ich muss es herausfinden.«

»Wie willst du das anstellen?«

»Ein bisschen herumtelefonieren. Vielleicht morgen ein kleiner Überraschungsbesuch bei denen da draußen.«

»Okay. Das hört sich ganz vernünftig an.«

»Freut mich, dass ich dein Einverständnis habe.« Ich konnte die Verärgerung in meiner Stimme nicht unterdrücken.

»Jack«, sagte sie. Sie stand auf und umarmte mich. »Ich mach mir doch nur Sorgen um dich.«

»Das weiß ich«, sagte ich. »Aber du hilfst mir damit nicht.«

»Okay. Womit kann ich dir denn dann helfen?«

»Pass auf die Kinder auf, während ich telefoniere.«

Als Erstes wollte ich Ricky Morse anrufen, den ich beim Pampers-Kaufen im Supermarkt getroffen hatte. Ich kannte Ricky schon lange; er war bei Xymos, und er ging locker mit Informationen um, sodass er mir vielleicht verraten würde, was wirklich los war. Das einzige Problem war nur, dass Ricky im Valley arbeitete, und er hatte mir ja schon erzählt, dass die Musik derzeit im Fertigungswerk spielte. Trotzdem war er meine erste Anlaufstation.

Ich rief in seinem Büro an, aber die Empfangssekretärin meldete sich: »Tut mir Leid, Mr. Morse ist nicht in seinem Büro.«

»Wann erwarten Sie ihn zurück?«

»Das weiß ich wirklich nicht. Soll ich Sie mit seiner Mailbox verbinden?«

Ich sprach Ricky eine Nachricht auf. Dann wählte ich seine Privatnummer.

Seine Frau kam an den Apparat. Mary promovierte gerade in französischer Geschichte; ich stellte mir vor, wie sie das Baby wiegte, ein aufgeschlagenes Buch auf dem Schoß. Ich sagte: »Wie geht's dir, Mary?«

»Danke, gut, Jack.«

»Wie geht's dem Baby? Ricky hat mir erzählt, ihr habt keine Probleme mit Ausschlag am Po, von der Windel. Ich bin neidisch.« Ich bemühte mich um einen lockeren Tonfall. Nur ein privater Anruf.

Mary lachte. »Sie ist ein braves Baby, und wir hatten noch keine Kolik, Gott sei Dank. Aber Ricky ist nicht immer da«, sagte sie. »Ausschlag gab's schon bei uns.«

Ich sagte: »Ich würde gern mit Ricky sprechen. Ist er da?«

»Nein, Jack. Er ist schon die ganze Woche nicht da. Er ist in der Fertigung in Nevada.«

»Ach ja, stimmt.« Mir fiel wieder ein, dass Ricky das im Supermarkt erwähnt hatte.

»Warst du schon mal da draußen in diesem Werk?«, fragte Mary. Ich meinte, einen beklommenen Unterton wahrzunehmen.

»Nein, noch nie, aber …«

»Julia ist oft dort, nicht? Was erzählt sie denn so davon?« Eindeutig besorgt.

»Na ja, nicht viel. Soviel ich weiß, haben sie eine neue Technologie entwickelt, die noch sehr geheim ist. Wieso?«

Sie zögerte. »Vielleicht bilde ich mir das ja auch nur ein …«

»Was denn?«

»Na, manchmal, wenn Ricky anruft, hört er sich irgendwie komisch an.«

»Inwiefern?«

»Er hat bestimmt viel um die Ohren und ist gestresst, aber er sagt manchmal merkwürdige Sachen. Ich werde oft nicht aus ihm schlau. Und er weicht mir aus. Als ob er, ich weiß nicht, was zu verbergen hätte.«

»Etwas zu verbergen …«

Sie lachte auf, als wollte sie sich entschuldigen. »Ich hab sogar schon gedacht, er hat vielleicht eine Affäre. Na ja, diese Mae Chang ist auch da draußen, und er hatte schon immer was für sie übrig. Sie ist so hübsch.«

Ich hatte nicht gewusst, dass Mae Chang da draußen war. »Sie auch?«

»Ja. Ich glaube, etliche von den Leuten, die bei MediaTronics für dich gearbeitet haben, sind zurzeit dort.«

»Hör mal, Mary«, sagte ich. »Ich glaube nicht, dass Ricky eine Affäre hat. Das sieht ihm einfach nicht ähnlich. Und Mae auch nicht.«

»Stille Wasser sind tief«, sagte sie und meinte offenbar Mae. »Und ich stille noch, ich meine, ich hab also noch nicht abgenommen, meine Oberschenkel sind die reinsten Hammelkeulen.«

»Ich glaube nicht, dass …«

»Sie reiben beim Gehen aneinander. Man hört es sogar.«

»Mary, ich bin sicher …«

»Ist mit Julia alles in Ordnung, Jack? Sie benimmt sich nicht komisch?«

»Nicht mehr als sonst«, sagte ich, um einen Scherz zu machen.

Ich fühlte mich mies, als ich das sagte. Seit Tagen hatte ich den Wunsch, dass jemand offen mit mir über Julia reden würde, aber jetzt, trotz Gemeinsamkeiten, konnte ich mich Mary nicht anvertrauen. Ich hielt den Mund. Ich sagte: »Julia hat auch ganz schön viel Stress, und sie ist manchmal ein bisschen sonderbar.«

»Hat sie schon mal was über eine schwarze Wolke gesagt?«

»Äh … nein.«

»Die neue Welt? Bei der Geburt der neuen Weltordnung dabei zu sein?«

Das hörte sich für mich nach Verschwörungsgerede an. Wie die Leute, die sich Sorgen wegen der Trilateralen Kommission machten und meinten, dass die Rockefellers die Welt regierten. »Nein, nichts dergleichen.«

»Hat sie einen schwarzen Umhang erwähnt?«

Plötzlich hatte ich das Gefühl, als würde ich gebremst. Als bewegte ich mich ganz langsam. »Was?«

»Neulich Abend hat Ricky was von einem schwarzen Umhang gesagt, dass er von einem schwarzen Umhang eingehüllt sei. Es war spät, er war müde, er hat etwas wirr geredet.«

»Hat er irgendwas über den schwarzen Umhang gesagt?«

»Nichts. Nur das.« Sie stockte. »Glaubst du, die nehmen da Drogen, draußen in Nevada?«

»Ich weiß nicht«, sagte ich.

»Na ja, sie haben Druck, arbeiten rund um die Uhr und kriegen kaum Schlaf. Würde mich nicht wundern, wenn sie Drogen nähmen.«

»Weißt du was, ich rufe Ricky an«, sagte ich.

Mary gab mir seine Handynummer, und ich notierte sie. Als ich sie gerade wählen wollte, knallte die Haustür, und ich hörte Eric sagen: »He, Mom! Wer ist denn der Typ in deinem Wagen?« Ich stand auf und sah zum Fenster hinaus auf die Zufahrt. Julias BMW-Kabrio stand dort, das Verdeck offen. Ich sah auf die Uhr. Es war erst halb fünf.

Ich ging in die Diele und sah, wie Julia Eric umarmte. Sie sagte: »Das war bestimmt das Sonnenlicht auf der Windschutzscheibe. In meinem Wagen ist keiner.«

»Aber da war einer. Ich hab ihn doch gesehen.«

»Ach ja?« Sie öffnete die Haustür. »Dann sieh doch selbst nach.« Eric ging nach draußen auf den Rasen. Julia lächelte mich an. »Er denkt, in meinem Wagen hätte wer gesessen.«

Er kam wieder herein, zuckte die Achseln. »Komisch. Muss mich vertan haben.«

»Allerdings, Schätzchen.« Julia ging auf mich zu. »Ist Ellen da?«

»Gerade angekommen.«

»Toll. Ich geh schnell unter die Dusche, und dann unterhalten wir uns. Wir machen eine Flasche Wein auf. Was gibt's zum Abendessen?«

»Ich hab Steaks vorbereitet.«

»Toll. Klingt toll.«

Und mit einem fröhlichen Winken verschwand sie Richtung Bad.

Es war ein warmer Abend, und wir wollten im Garten essen. Ich hatte die rotweiß karierte Tischdecke aufgelegt und stand am Grill, trug meine Schürze mit der Aufschrift »Der Koch hat das Sagen«, und dann veranstalteten wir sozusagen ein typisch amerikanisches Familienessen.

Julia war bezaubernd und in Plauderlaune, widmete sich ganz meiner Schwester, sprach über die Kinder, die Schule, über die Veränderungen am Haus, die sie geplant hatte. »Das Fenster da kommt weg«, sagte sie und deutete auf die Küche, »und wir bauen Terrassentüren ein, sodass wir direkt in den Garten können. Das wird toll.« Ich war verblüfft über Julias Vorstellung. Sogar die Kinder starrten sie an. Julia erzählte, wie stolz sie auf Nicoles große Rolle in dem bevorstehenden Schultheaterstück sei. Nicole sagte: »Mom, ich hab eine *klitzekleine* Rolle.«

»Ach, gar nicht, Schatz«, sagte Julia.

»Doch. Ich hab bloß zwei Sätzchen.«

»Jetzt hör aber auf, Schatz, ich bin sicher, du …«

Eric legte los: »›Seht, da kommt John.‹ ›Das hört sich ziemlich ernst an.‹«

»Klappe, Kotzbrocken.«

»Das sagt sie ständig im Badezimmer auf«, verkündete Eric. »Hundert Millionen Mal.«

Julia fragte: »Wer ist John?«

»Das ist doch der Text in dem Stück.«

»Ach so. Na, egal, du bist bestimmt wunderbar. Und unser kleiner Eric macht solche Fortschritte im Fußball, nicht wahr, Schatz?«

»Nächste Woche ist das letzte Spiel«, sagte Eric und schmollte. Julia hatte es in diesem Herbst zu keinem seiner Spiele geschafft.

»Das hat ihm richtig gut getan«, sagte Julia zu Ellen. »Mannschaftssport fördert die Kooperationsfähigkeit, vor allem bei Jungen, ist ein gutes Gegengewicht zu ihrem Konkurrenzverhalten.«

Ellen sagte gar nichts, nickte bloß und hörte zu.

An diesem Abend hatte Julia darauf bestanden, das Baby zu füttern, und den Hochstuhl neben sich gestellt. Aber Amanda war es gewohnt, bei jeder Mahlzeit Flugzeug zu spielen. Sie wartete darauf, dass jemand den Löffel auf sie zu bewegte und dabei »Brrrrrrr-uuuuummm … das Flugzeug kommt … Türen auf!« sagte. Da Julia das nicht tat, hielt Amanda den Mund fest geschlossen. Auch das gehörte zum Spiel.

»Tja. Sie hat wohl keinen Hunger«, sagte Julia achselzuckend. »Hat sie eben ihr Fläschchen gehabt, Jack?«

»Nein«, sagte ich. »Das kriegt sie erst nach dem Abendessen.«

»Ja, das *weiß* ich. Ich meine, vor kurzem.«

»Nein«, sagte ich. »Auch nicht vor kurzem.« Ich deutete auf Amanda. »Soll ich mal versuchen?«

»Klar.« Julia gab mir den Löffel, und ich setzte mich neben Amanda und fing an, Flugzeug zu spielen. »Brrrr-uuummmm …« Amanda grinste sofort und öffnete den Mund.

»Jack geht richtig toll mit den Kindern um«, sagte Julia zu Ellen.

»Ich denke, es tut jedem Mann gut, sich mal um Haushalt und Familie zu kümmern«, sagte Ellen.

»Oh, ja. Das stimmt. Er hat mir sehr geholfen.« Sie tätschelte mein Knie. »Das hast du wirklich, Jack.«

Mir war klar, dass Julia zu fröhlich, zu gut gelaunt war. Sie war überdreht, redete schnell und wollte bei Ellen anscheinend den Eindruck erwecken, dass sie im Haus die Fäden in der Hand hielt. Ich konnte sehen, dass Ellen ihr kein Wort glaubte. Aber Julia war so aufgekratzt, dass sie es nicht merkte. Ich fragte mich allmählich, ob sie Drogen nahm. Verhielt sie sich deshalb so sonderbar? Nahm sie Amphetamine?

»Und in der Firma«, fuhr Julia fort, »ist es im Augenblick so unglaublich spannend. Xymos ist ein richtiger Durchbruch gelungen – ein Durchbruch, auf den alle schon seit über zehn Jahren warten. Aber jetzt endlich ist es so weit.«

»Wie der schwarze Umhang?«, sagte ich, um zu sehen, wie sie reagieren würde.

Julia blinzelte. »Der was?« Sie schüttelte den Kopf. »Wovon redest du, Schatz?«

»Ein schwarzer Umhang. Hast du nicht neulich was von einem schwarzen Umhang gesagt?«

»Nein …« Sie schüttelte den Kopf. »Ich weiß nicht, was du meinst.« Sie wandte sich an Ellen. »Jedenfalls, diese ganze Molekulartechnologie marktfähig zu machen hat wesentlich länger gedauert, als wir gedacht haben. Aber jetzt haben wir es geschafft.«

»Du klingst richtig begeistert«, sagte Ellen.

»Ich kann dir sagen, es ist faszinierend, Ellen.« Sie senkte die Stimme. »Und obendrein bringt es wahrscheinlich auch noch ordentlich was ein.«

»Das wäre schön«, sagte Ellen. »Aber du musst bestimmt jede Menge Überstunden machen …«

»So viele nun auch wieder nicht«, sagte Julia. »Alles in allem war es nicht so schlimm. Erst seit einer Woche oder so.«

Ich sah, wie Nicoles Augen größer wurden. Eric starrte seine

Mutter an, während er kaute. Aber die Kinder sagten nichts. Ich auch nicht.

»Es ist nur vorübergehend«, fuhr Julia fort. »Alle Firmen haben diese Übergangsphasen.«

»Ja klar«, sagte Ellen.

Die Sonne ging langsam unter. Die Luft wurde kühler. Die Kinder standen vom Tisch auf. Ich fing an, das Geschirr abzuräumen. Ellen half mir. Julia sprach weiter und sagte dann: »Ich würde gern bleiben, aber ich bin an einer wichtigen Sache und muss noch mal dringend ins Büro.«

Falls Ellen überrascht war, so zeigte sie es nicht. Sie sagte lediglich: »Überstunden.«

»Nur vorübergehend.« Sie wandte sich an mich. »Danke, dass du die Stellung hältst, Schatz.« An der Tür drehte sie sich um und warf mir eine Kusshand zu. »Danke, Jack.«

Und weg war sie.

Ellen sah ihr stirnrunzelnd nach. »Ein *kleines* bisschen abrupt, findest du nicht?«

Ich zuckte die Achseln.

»Verabschiedet sie sich nicht von den Kindern?«

»Vermutlich nicht.«

»Sie haut einfach so mir nichts dir nichts ab?«

»Genau.«

Ellen schüttelte den Kopf. »Jack«, sagte sie, »ich weiß nicht, ob sie eine Affäre hat oder nicht, aber – was nimmt sie?«

»Nichts, soweit ich weiß.«

»Irgendwas nimmt sie. Da bin ich sicher. Würdest du sagen, dass sie abgenommen hat?«

»Ja. Einiges.«

»Und sie schläft sehr wenig. Und ist offensichtlich aufgekratzt…« Ellen schüttelte den Kopf. »Viele gestresste Manager nehmen Drogen.«

»Ich weiß nicht«, sagte ich.

Sie sah mich nur an.

Ich ging wieder in mein Arbeitszimmer, um Ricky anzurufen, und vom Fenster aus sah ich, wie Julia in der Einfahrt den Wagen zurücksetzte. Ich wollte ihr zuwinken, aber sie blickte über die Schulter, während sie rückwärts fuhr. Im Abendlicht spiegelten sich Streifen, von den Bäumen darüber, auf der Windschutzscheibe. Julia war fast an der Straße, als ich meinte, jemanden neben ihr auf dem Beifahrersitz zu sehen. Anscheinend ein Mann.

Durch die Frontscheibe des fahrenden Wagens konnte ich sein Gesicht nicht erkennen. Und als Julia auf die Straße bog, versperrte ihr Körper mir den Blick auf die Person. Aber es wirkte so, als würde Julia mit ihm reden, angeregt. Dann legte sie den ersten Gang ein und lehnte sich zurück, und einen kurzen Augenblick lang sah ich den Mann deutlich. Er saß im Gegenlicht, sein Gesicht lag im Schatten, und offenbar blickte er Julia direkt an, da ich noch immer keine Gesichtszüge ausmachen konnte, doch er hing so lässig im Sitz, dass er mir recht jung vorkam, vielleicht in den Zwanzigern, obwohl ich auch das nicht mit Sicherheit sagen konnte. Es war nur ein flüchtiger Eindruck. Dann beschleunigte der BMW, und Julia fuhr die Straße hinunter.

Ich dachte: Jetzt reicht's aber. Ich lief nach draußen und die Einfahrt hinunter. Ich erreichte die Straße, als Julia gerade an dem Stoppschild am Ende des Blocks hielt und die Bremslichter aufleuchteten. Sie war rund fünfzig Schritte entfernt, die Straße in schwaches, schräg einfallendes, gelbes Licht getaucht. Es schien, als wäre Julia allein im Wagen, aber ich konnte es wirklich nicht deutlich sehen. Einen Moment lang war ich erleichtert und kam mir albern vor. Da stand ich hier auf der Straße, ohne irgendeinen triftigen Grund. Mein Verstand spielte mir einen Streich. Da saß niemand auf dem Beifahrersitz.

Als Julia dann rechts abbog, tauchte der Typ plötzlich wieder auf, als wäre er nach vorn gebeugt gewesen, um irgendetwas im Handschuhfach zu suchen. Und dann war der Wagen verschwunden. Und schlagartig kam mein ganzer Kummer wie eine Welle zurück, wie ein heißer Schmerz, der sich über meine Brust und den ganzen Körper ausbreitete. Ich geriet außer Atem, und mir wurde ein wenig schwindelig.

Es war doch noch jemand im Wagen gewesen.

Ich trottete zurück, die Einfahrt hoch, völlig aufgewühlt, und wusste nicht, was ich jetzt tun sollte.

»Du weißt nicht, was du jetzt tun sollst?«, fragte Ellen. Wir spülten die Töpfe und Pfannen, die Sachen, die nicht in die Maschine passten. Ellen trocknete ab, ich schrubbte. »Du greifst zum Hörer und rufst sie an.«

»Sie ist im Auto.«

»Sie hat ein Handy. Ruf sie an.«

»Kommt nicht infrage«, erwiderte ich. »Was soll ich denn sagen? He, Julia, wer ist der Typ, der neben dir sitzt?« Ich schüttelte den Kopf. »Das wird ein unangenehmes Gespräch.«

»Vielleicht.«

»Das bedeutet die Scheidung, mit Sicherheit.«

Sie blickte mich nur an. »Du willst dich nicht scheiden lassen, oder?«

»Meine Güte, nein. Ich will meine Familie zusammenhalten.«

»Das wird vielleicht nicht möglich sein, Jack. Es kann sein, dass du auf diese Entscheidung keinen Einfluss hast.«

»Ich begreife das alles nicht«, sagte ich. »Ich meine, der Typ in dem Wagen, das war ein junger Bursche, ein Jüngelchen.«

»Und?«

»Das ist nicht Julias Stil.«

»Ach ja?« Ellens Augenbrauen gingen hoch. »Er war wahrscheinlich in den Zwanzigern oder Anfang dreißig. Und überhaupt, weißt du so genau, was Julias Stil ist?«

»Na, immerhin lebe ich seit dreizehn Jahren mit ihr zusammen.«

Sie stellte scheppernd einen Topf ab. »Jack. Es ist bestimmt schwer für dich, das alles zu akzeptieren.«

»Allerdings.« Im Kopf wiederholte sich die Szene, wie der Wagen die Einfahrt zurücksetzte, immer und immer wieder. Ich fand jetzt, dass die Person im Wagen irgendetwas Merkwürdiges an sich gehabt hatte, dass sie irgendwie sonderbar ausgesehen hatte. Das Gesicht war durch die Windschutzscheibe verschwommen, durch das sich verändernde Licht, als Julia rückwärts die Einfahrt hinunterfuhr. Ich konnte weder die Augen noch die Wangenknochen noch den Mund sehen. In meiner Erinnerung war das ganze Gesicht dunkel und undeutlich. Das sagte ich Ellen.

»Das ist nicht überraschend.«

»Nein?«

»Nein. Das nennt man Verleugnung der Realität. Sieh mal, Jack, Tatsache ist, du hast den Beweis direkt vor Augen. Du hast es *gesehen*, Jack. Findest du nicht, es wird höchste Zeit, dass du es glaubst?«

Ich wusste, dass sie Recht hatte. »Ja«, sagte ich. »Es wird Zeit.«

Das Telefon klingelte. Ich hatte die Hände tief im Spülwasser. Ich bat Ellen, dranzugehen, doch eins von den Kindern war schneller gewesen. Ich hatte den Grillrost sauber geschrubbt und reichte ihn Ellen zum Abtrocknen.

»Jack«, sagte Ellen, »du musst die Dinge jetzt so sehen, wie sie sind, und nicht, wie du sie gerne hättest.«

»Du hast Recht«, sagte ich. »Ich ruf sie an.«

In diesem Moment kam Nicole in die Küche, ganz blass.

»Dad? Da ist die Polizei dran. Die wollen dich sprechen.«

5. Tag, 21.10 Uhr

Julias Kabrio war etwa fünf Meilen von unserem Haus entfernt von der Straße abgekommen. Es war gut fünfzehn Meter tief eine steile Böschung hinabgestürzt und hatte eine Schneise durch die Salbei- und Wacholderbüsche gepflügt. Dann war es anscheinend umgekippt, denn jetzt lag es auf der Seite, die Räder in der Luft. Ich konnte nur die Unterseite des Wagens sehen. Die Sonne war fast untergegangen, und dort unten war es schon dunkel. Die drei Rettungswagen auf der Straße hatten das Blaulicht angeschaltet, und die Sanitäter seilten sich bereits ab. Während ich zuschaute, wurden tragbare Scheinwerfer aufgestellt, die das Unfallauto in grelles, blaues Licht tauchten. Überall um mich herum hörte ich Funkgeräte knistern.

Ich stand oben an der Straße bei einem Motorradpolizisten. Ich hatte schon gefragt, ob ich nach unten dürfe, doch das war nicht möglich, wie man mir sagte; ich musste oben bleiben. Als ich die Funkgeräte hörte, fragte ich: »Ist sie verletzt? Ist meine Frau verletzt?«

»Das werden wir gleich wissen.« Er war ruhig.

»Was ist mit dem Beifahrer?«

»Moment«, sagte er. Er hatte ein Headset in seinem Helm und redete jetzt einfach mit leiser Stimme los. Es klang wie ein Code. Ich verstand: »... Update ein vier-null-zwei für sieben-drei-neun hier ...«

Ich stand am Rand der Böschung und blickte nach unten, versuchte, etwas zu erkennen. Inzwischen waren etliche Hilfskräfte bei der Arbeit, einige hinter dem umgestürzten Wagen verborgen. Lange Zeit, so schien mir, geschah nichts weiter.

Der Polizist sagte: »Ihre Frau ist bewusstlos, aber sie ist … sie war angeschnallt und ist nicht rausgeschleudert worden. Anscheinend ist sie nicht schwer verletzt. Herz und Atmung sind stabil. Sie hat keine Wirbelsäulenverletzungen, aber … sie … hat vermutlich einen Arm gebrochen.«

»Sie ist also nicht in Lebensgefahr?«

»Sieht so aus.« Wieder eine Pause, während er lauschte. Ich hörte ihn sagen: »Ihr Mann ist hier bei mir, also acht-sieben.« Als er sich mir erneut zuwandte, sagte er: »Ja. Sie kommt gerade wieder zu sich. Im Krankenhaus muss abgeklärt werden, ob sie innere Verletzungen hat. Und sie hat einen gebrochenen Arm. Aber sie sagen, sie ist anscheinend nicht schwer verletzt. Sie legen sie jetzt auf eine Trage.«

»Gott sei Dank«, sagte ich.

Der Polizist nickte. »Die Straße ist an dieser Stelle tückisch.«

»Passiert so was hier oft?«

Er nickte. »Alle paar Monate. Meistens geht es nicht so glimpflich ab.«

Ich nahm mein Handy und rief Ellen an, bat sie, den Kindern zu sagen, sie sollten sich keine Sorgen machen, Mom werde wieder gesund. »Vor allem Nicole«, sagte ich.

»Ich mach das schon«, versprach Ellen.

Ich beendete das Gespräch und drehte mich zum Cop hin. »Was ist mit dem Beifahrer?«, fragte ich.

»Sie ist allein im Wagen.«

»Nein«, sagte ich. »Da war noch jemand bei ihr.«

Er sprach in sein Headset, schaute mich dann wieder an. »Die sagen, nein. Sonst ist niemand da.«

»Vielleicht ist er rausgeschleudert worden«, sagte ich.

»Die fragen Ihre Frau …« Er lauschte einen Moment. »Sie sagt, sie war allein.«

»Das kann nicht sein«, erwiderte ich.

Er blickte mich an, zuckte die Achseln. »Sie behauptet es jedenfalls.« Im blitzenden Blaulicht der Rettungswagen konnte ich seinen Gesichtsausdruck nicht sehen. Doch in seinem Tonfall schwang mit: Schon wieder einer, der seine eigene Frau nicht richtig kennt. Er wandte sich ab, blickte über den Rand der Straße.

Eines der Bergungsfahrzeuge hatte einen Stahlarm mit einer Winde ausgefahren, der jetzt über der Böschung hing. Ein Drahtseil wurde hinabgelassen. Ich sah, wie Männer mit den Füßen festen Halt an der steilen Böschung suchten, während sie eine Trage an der Winde befestigten. Ich konnte Julia nicht deutlich auf der Trage erkennen, sie war festgeschnallt, mit einer Thermofolie zugedeckt. Sie hob sich, schwebte durch den Kegel aus blauem Licht, dann ins Dunkel.

Der Cop sagte: »Die fragen nach Drogen und Medikamenten. Nimmt Ihre Frau Drogen oder Medikamente?«

»Nicht, dass ich wüsste.«

»Was ist mit Alkohol? Hatte sie was getrunken?«

»Wein beim Abendessen. Ein oder zwei Gläser.«

Der Cop drehte sich weg und sprach leise in der Dunkelheit. Nach einer Pause hörte ich ihn sagen: »Okay.«

Die Trage drehte sich langsam, während sie in die Luft stieg. Einer der Helfer, auf halber Höhe der Böschung, streckte den Arm aus und stabilisierte sie, bevor sie weiter nach oben schwebte.

Ich konnte Julia erst deutlich erkennen, als die Trage schon auf der Straße war und die Rettungshelfer sie herumdrehten und vom Seil lösten. Julias Gesicht war verquollen, die linke Wange lila und die Stirn über dem linken Auge ebenfalls. Sie musste ziemlich fest mit dem Kopf aufgeschlagen sein. Sie atmete flach. Ich ging neben der Trage her. Sie sah mich und sagte: »Jack …« und versuchte zu lächeln.

»Bleib ganz ruhig«, sagte ich.

Sie hustete leicht. »Jack. Es war ein Unfall.«

Die Sanitäter manövrierten sie jetzt um das Motorrad herum. Ich musste aufpassen, wo ich hintrat. »Ja, ich weiß.«

»Es ist nicht so, wie du denkst, Jack.«

Ich sagte: »Was meinst du, Julia?« Ich hatte den Eindruck, dass sie fantasierte. Ihre Stimme wurde mal leiser, mal lauter.

»Ich weiß, was du denkst.« Ihre Hand packte meinen Arm. »Versprich mir, dass du dich nicht einmischst, Jack.«

Ich sagte nichts, ich ging einfach neben ihr her.

Sie drückte meinen Arm fester. »Versprich mir, dass du dich raushältst.«

»Ich verspreche es«, sagte ich.

Daraufhin lockerte sie ihren Griff, ließ meinen Arm los. »Das hat nichts mit unserer Familie zu tun. Den Kindern wird nichts passieren. Dir wird nichts passieren. Halt dich einfach raus, okay?«

»Okay«, sagte ich, nur, um sie zu besänftigen.

»Jack?«

»Ja, Schatz, ich bin da.«

Wir näherten uns jetzt dem ersten Rettungswagen. Die Türen schwangen auf. Einer vom Rettungsteam sagte: »Sind Sie mit ihr verwandt?«

»Ich bin ihr Mann.«

»Wollen Sie mitkommen?«

»Ja.«

»Rein mit Ihnen.«

Ich stieg als Erster in den Rettungswagen, dann schoben sie die Trage hinein, einer vom Rettungsteam folgte und knallte die Türen zu. Wir fuhren los, mit heulenden Sirenen.

Ich wurde von den zwei Sanitätern zur Seite geschoben, die sich gleich an die Arbeit machten. Einer notierte sich etwas auf einem Klemmbrett, und der zweite legte an Julias Arm eine Infusion an. Sie waren wegen ihres fallenden Blutdrucks besorgt. Der beunruhigte sie ernsthaft. Während Julia verarztet wurde, konnte ich sie nicht richtig sehen, aber ich hörte sie murmeln.

Ich versuchte, näher heranzurücken, aber die Sanitäter schoben mich zurück. »Lassen Sie uns unsere Arbeit machen, Sir. Ihre Frau ist verletzt. Wir müssen da dran.«

Den Rest der Fahrt saß ich auf einem kleinen Klappsitz und hielt mich an einem Griff an der Wand fest, wenn der Wagen sich in die Kurven legte. Julia fantasierte jetzt ganz eindeutig, brabbelte unsinniges Zeug. Ich hörte sie etwas von »den schwarzen Wolken« sagen, die »nicht mehr schwarz« waren. Dann hielt sie plötzlich eine Art Vortrag, sprach von »pubertärer Aufsässigkeit«. Sie erwähnte Amanda mit Namen, Eric auch, und fragte, ob es ihnen gut gehe. Sie wirkte aufgeregt. Die Sanitäter versuchten, sie zu beruhigen. Und schließlich wiederholte sie immer nur noch: »Ich hab nichts Böses getan, ich wollte nichts Böses tun«, während der Rettungswagen durch die Nacht raste.

Während ich ihr zuhörte, wuchs unwillkürlich meine Unruhe.

Die Untersuchung ergab, dass Julia möglicherweise doch ernstere Verletzungen hatte, als anfänglich vermutet. Es galt einiges auszuschließen: möglicher Beckenbruch, mögliche Hämatome, möglicher Halswirbelbruch. Der linke Arm war an zwei Stellen gebrochen und musste eventuell genagelt werden. Am meisten Sorgen machte den Ärzten Julias Becken. Als sie sie auf die Intensivstation verlegten, bewegten sie sie so behutsam wie möglich.

Aber Julia war bei Bewusstsein, fing meinen Blick auf und lächelte mich ab und zu an, bis sie einschlief. Die Ärzte sagten, dass ich nichts tun könne; sie würden sie im Laufe der Nacht alle halbe Stunde aufwecken. Sie müsse mindestens drei Tage, wahrscheinlich eine Woche im Krankenhaus bleiben.

Sie sagten mir, ich solle mich ausruhen. Kurz vor Mitternacht verließ ich das Krankenhaus.

Ich fuhr mit einem Taxi zum Unfallort, um meinen Wagen abzuholen. Es war eine kalte Nacht. Die Polizeiautos und Rettungswagen waren verschwunden. Statt ihrer war jetzt ein großer Abschleppwagen da, der Julias Wagen gerade mit einer Winde die Böschung hochzog. Ein hagerer Mann, der eine Zigarette rauchte, bediente die Winde.

»Hier gibt's nichts zu sehen«, sagte er zu mir. »Sind alle zum Krankenhaus.«

Ich sagte ihm, dass das der Wagen meiner Frau war.

»Mit dem können Sie nicht mehr fahren«, sagte er. Er bat mich um die Versicherungskarte. Ich nahm sie aus meiner Brieftasche und gab sie ihm. Er sagte: »Wie ich höre, hat Ihre Frau nichts Ernstes.«

»Sieht so aus.«

»Sie sind ein Glückspilz.« Er deutete mit einem Daumen über die Straße. »Gehören die zu Ihnen?«

Auf der anderen Straßenseite parkte ein kleiner weißer Van. Die Seitenflächen waren nackt, ohne Beschriftung oder Firmenlogo. Aber unten an der Fahrertür sah ich eine Seriennummer in Schwarz. Und darunter stand »SSVT UNIT«.

Ich sagte: »Nein, die gehören nicht zu mir.«

»Sind seit 'ner Stunde da«, sagte er. »Hocken bloß rum.«

Ich konnte niemanden im Van sehen; die Frontscheiben waren dunkel. Ich ging auf den Wagen zu. Ich hörte das schwache Knistern eines Funkgerätes. Als ich nur noch etwa drei Meter entfernt war, leuchteten die Scheinwerfer auf, der Motor sprang an, und der Van schoss an mir vorbei und den Highway hinunter.

Im Vorbeifahren konnte ich einen Blick auf den Fahrer erhaschen. Er trug einen Overall aus irgendeinem glänzenden Material, wie silbriges Plastik, und über dem Kopf eine enge Schutzhaube, aus dem selben Material. Ich meinte zu erkennen, dass er um den Hals ein komisches, silbriges Gerät trug. Es sah aus wie eine Gasmaske, nur dass sie silbern war. Aber ich war mir nicht sicher.

Als der Wagen davonfuhr, bemerkte ich an der hinteren Stoßstange zwei grüne Aufkleber, beide mit einem großen X. Das war das Xymos-Logo. Aber was mich wirklich stutzig machte, war das Nummernschild. Es war aus Nevada.

Der Van war von der Fertigungsanlage gekommen, draußen in der Wüste.

Ich runzelte die Stirn. Es wurde Zeit, dass ich dem Werk da draußen einen Besuch abstattete, dachte ich.

Ich holte mein Handy hervor und rief Tim Bergman an. Ich sagte, dass ich mich entschieden hätte und den Beraterjob annehmen würde.

»Das ist ja prima«, sagte Tim. »Don wird sich sehr freuen.«

»Schön«, sagte ich. »Wann kann ich anfangen?«

II.
IN DER WÜSTE

6. Tag, 7.12 Uhr

Das Vibrieren des Hubschraubers hatte mich schläfrig gemacht, und ich war wohl eingenickt. Ich wachte auf und gähnte, hörte Stimmen in meinem Kopfhörer, lauter Männerstimmen:

»Und, was genau ist das Problem?« Eine brummige Stimme.

»Anscheinend ist aus dem Werk Material in die Umwelt entwichen. Es war ein Unfall. Und nun sind in der Wüste etliche tote Tiere gefunden worden. In der Nähe des Werks.« Eine vernünftige, sachliche Stimme.

»Wer hat sie gefunden?« Brummbär.

»Ein paar neugierige Umweltschützer. Sie haben die Betretenverboten-Schilder ignoriert und sich in der Nähe des Gebäudes herumgetrieben. Sie haben sich bei der Firma beschwert und verlangen, das Werk überprüfen zu dürfen.«

»Was wir nicht erlauben können.«

»Auf keinen Fall.«

»Wie lösen wir das Problem?«, fragte eine zaghafte Stimme.

»Ich schlage vor, wir spielen die Größenordnung der Kontamination herunter und veröffentlichen Daten, die belegen, dass jede Gefährdung auszuschließen ist.« Sachliche Stimme.

»Nee, verdammt, so würd ich das nicht machen«, sagte die brummige Stimme. »Wir fahren besser, wenn wir es einfach abstreiten. Es wurde nichts freigesetzt. Ich meine, gibt es denn überhaupt Beweise dafür, dass was freigesetzt wurde?«

»Na, die toten Tiere. Ein Kojote, ein paar Wüstenratten. Vielleicht ein paar Vögel.«

»Mein Gott, in der Natur sterben dauernd irgendwelche Tiere. Ich meine, erinnert ihr euch noch an die Geschichte mit den aufgeschlitzten Kühen? Angeblich waren Aliens mit UFOs gelandet und hatten die Viecher aufgeschlitzt. Schließlich kam raus, dass die Kühe eines natürlichen Todes gestorben und die Kadaver durch das Verwesungsgas aufgeplatzt waren. Wisst ihr noch?«

»Vage.«

Zaghafte Stimme: »Wir können doch nicht so einfach dementieren ...«

»Quatsch, klar können wir das.«

»Und was ist mit den Fotos? Die Umweltschützer haben doch Fotos gemacht, soweit ich weiß.«

»Na und? Was wird auf den Fotos schon zu sehen sein, ein toter Kojote? Niemand regt sich über einen toten Kojoten auf. Glaubt mir. Pilot? Pilot, wo zum Teufel sind wir?«

Ich öffnete die Augen. Ich saß vorn im Hubschrauber, neben dem Piloten. Wir flogen nach Osten, mitten hinein in das grelle Licht einer tief stehenden Morgensonne. Unter meinen Füßen sah ich meist flaches Gelände, mit niedrigen Kakteen, Wacholderbüschen und vereinzelten, dürren Joshua-Bäumen.

Der Pilot flog an den Stromleitungsmasten entlang, die in einer Reihe durch die Wüste marschierten, eine Stahlarmee mit ausgestreckten Armen. Die Masten warfen lange Schatten im Morgenlicht.

Ein korpulenter Mann beugte sich vom Rücksitz vor. Er trug Anzug und Krawatte. »Pilot? Wann sind wir endlich da?«

»Wir haben gerade die Grenze zu Nevada überquert. Noch zehn Minuten.«

Der Korpulente knurrte und lehnte sich zurück. Wir hatten uns einander vorgestellt, als wir losflogen, aber ich konnte mich nicht mehr an seinen Namen erinnern. Ich warf einen Blick nach hinten auf die drei anderen Passagiere, alle in Anzug und Krawatte. Sie waren PR-Berater, die für Xymos arbeiteten. Von ihrem Äußeren konnte ich darauf schließen, wem welche Stimme gehörte.

Ein schlanker, nervöser Mann, der die Hände rang. Dann ein Mann im mittleren Alter, mit einer Aktentasche quer über den Knien. Und der Dicke, älter und brummig, der offensichtlich der Chef war.

»Wieso haben die das Ding überhaupt in Nevada gebaut?«

»Weniger Vorschriften, laschere Überprüfungen. Kalifornien legt neuen Branchen heutzutage schwere Steine in den Weg. Es hätte ein Jahr Verzögerung gegeben allein schon wegen der Umweltschutzbestimmungen. Und das Genehmigungsverfahren ist um einiges schwieriger. Also sind sie hierher gegangen.«

Brummbär blickte zum Fenster hinaus auf die Wüste. »Was für ein gottverlassenes Loch«, sagte er. »Ist mir doch scheißegal, was hier draußen passiert, nicht mein Problem.« Er wandte sich an mich. »Was machen Sie?«

»Ich bin Computerprogrammierer.«

»Haben Sie Schweigepflicht?« Er wollte sich vergewissern, dass ich auch nichts von dem ausplaudern würde, was ich soeben gehört hatte.

»Ja«, sagte ich.

»Werden Sie im Fertigungswerk arbeiten?«

»Als Berater«, sagte ich. »Ja.«

»Beraten ist eine feine Sache«, stellte er fest und nickte, als wäre ich ein Verbündeter. »Keine Verantwortung. Keine Haftung. Man gibt einfach seine Meinung von sich und schaut zu, wie sich keiner drum schert.«

Mit einem Knistern meldete sich die Stimme des Piloten in den Headsets. »Xymos-Molekularproduktion liegt direkt vor uns«, sagte er. »Sie können die Anlage schon erkennen.«

Zwanzig Meilen vor uns sah ich eine einsame Ansammlung von niedrigen Gebäuden, die sich gegen den Horizont abhoben. Die PR-Leute auf den Rücksitzen beugten sich vor.

»Das ist alles?«, fragte Brummbär. »Mehr ist da nicht?«

»Es ist größer, als es von hier aussieht«, entgegnete der Pilot.

Als wir näher kamen, sah ich, dass die Häuser miteinander verbunden waren. Nichts sagende Betonklötze, alle weiß gestrichen. Die PR-Leute waren so erfreut, dass sie fast applaudiert hätten. »He, das macht ja richtig was her.«

»Sieht aus wie ein verdammtes Krankenhaus.«

»Tolle Architektur.«

»Das gibt ein prima Foto.«

Ich fragte: »Wieso gibt das ein prima Foto?«

»Weil es keine aufragenden Teile gibt«, erwiderte der Mann mit der Aktentasche. »Keine Antennen, keine Spitzen, nichts, was irgendwie absteht. Die Leute haben Angst vor Spitzen und Antennen. Darüber gibt's Untersuchungen. Aber ein Gebäude, das schlicht und gleichmäßig ist wie dieses da, und *weiß* – ausgezeichnete Farbwahl, man assoziiert jungfräulich, Krankenhaus, Heilung, Reinheit –, bei so einem Gebäude sind alle gleich beruhigt.«

»Diese Umweltschützer können jetzt schon einpacken«, sagte Brummbär mit Genugtuung. »Die führen hier doch medizinische Forschung durch, nicht wahr?«

»Eigentlich nein ...«

»Werden sie aber, wenn ich hier fertig bin, glauben Sie mir. Medizinische Forschung, das ist in dem Fall die richtige Strategie.«

Der Pilot zeigte auf die verschiedenen Gebäude, während er sie umkreiste. »Der erste Betonblock da, das ist die Energieversorgung. Dort, der Weg zu dem niedrigen Haus, da ist der Wohntrakt. Daneben Produktionszubehör, Labors und so weiter. Und dann das quadratische, fensterlose, dreistöckige Gebäude, das ist die eigentliche Fertigungshalle. Ich hab gehört, das ist die Außenhülle, da drin ist noch ein Gebäude. Dann weiter rechts, der niedrige, flache Schuppen, das ist das externe Depot und eine Art offene Garage. Die Autos müssen hier im Schatten stehen, sonst verbiegen sich die Armaturenbretter. Man holt sich eine Verbrennung ersten Grades, wenn man das Lenkrad anfasst.«

Ich sagte: »Es gibt einen Wohnbereich?«

Der Pilot nickte. »Ja. Zwangsläufig. Das nächste Hotel ist hunderteinundsechzig Meilen entfernt. In der Nähe von Reno.«

»Wie viele Leute wohnen denn in der Anlage?«, wollte Brummbär wissen.

»Es gibt Platz für zwölf«, erwiderte der Pilot. »Aber im Schnitt sind fünf bis acht Mitarbeiter da. Man braucht nicht viele Leute. Läuft alles automatisch, nach dem, was ich gehört habe.«

»Was haben Sie denn sonst noch so gehört?«

»Nicht sehr viel«, sagte der Pilot. »Die sind hier alle ziemlich schweigsam, was die Anlage betrifft. Und drinnen bin ich noch nie gewesen.«

»Gut«, sagte Brummbär. »Sorgen wir dafür, dass es so bleibt.«

Der Pilot drehte am Steuerknüppel. Der Hubschrauber legte sich in die Kurve und setzte zur Landung an.

Ich öffnete die Plastiktür im kugelförmigen Cockpit und stieg aus. Es war, als hätte ich einen Ofen betreten. Die Hitze, die mir entgegenschlug, ließ mich aufkeuchen.

»Und das ist noch gar nichts!«, rief der Pilot über den Lärm der Rotorblätter hinweg. »Wir haben fast Winter! Kann nicht viel mehr als vierzig Grad sein!«

»Da bin ich aber froh«, sagte ich und atmete heiße Luft ein. Ich griff nach hinten, um meine Reisetasche und meinen Laptop zu nehmen, den ich unter dem Sitz des zaghaften Mannes verstaut hatte.

»Ich muss mal pinkeln«, sagte Brummbär und öffnete seinen Sicherheitsgurt.

»Dave …«, sagte der Mann mit der Aktentasche in einem warnenden Tonfall.

»Verdammt, bin doch gleich wieder da.«

»*Dave*…«, ein verlegener Blick in meine Richtung. Dann mit gesenkter Stimme: »Die haben gesagt, *wir sollen nicht aus dem Hubschrauber steigen*, vergessen?«

»Ach, scheiß drauf. Ich halte keine Stunde mehr durch. Und überhaupt, was soll's?« Er deutete auf die Wüste drum herum. »Hier draußen ist doch nichts als eine Million Meilen Sand.«

»Aber Dave …«

»Ihr nervt mich. Ich geh jetzt pinkeln, verdammt.« Er wuchtete seine Leibesfülle hoch und bewegte sich zur Tür.

Den Rest der Unterhaltung bekam ich nicht mehr mit, weil ich inzwischen meinen Kopfhörer abgenommen hatte. Brummbär kletterte raus. Ich nahm meine Taschen, drehte mich um und ging geduckt unter den Rotorblättern her. Sie warfen einen flackernden Schatten auf den Landeplatz. Am Rande des Platzes hörte der Beton abrupt auf, und es fing ein schmaler Pfad an, der sich zwischen Feigenkakteen hindurch zu dem klobigen, weißen Energiegebäude in fünfzig Metern Entfernung schlängelte. Es war niemand da, der mich erwartete – nirgendwo eine Menschenseele in Sicht.

Als ich einen Blick zurückwarf, sah ich, wie Brummbär sich gerade die Hose zumachte und wieder in den Hubschrauber stieg. Der Pilot zog die Tür zu und hob ab, winkte noch einmal, als er in die Luft stieg. Ich winkte zurück, duckte mich dann gegen den aufgewirbelten, beißenden Sand. Der Hubschrauber beschrieb einen Kreis und flog in westlicher Richtung davon. Das Dröhnen verklang.

Die Wüste war still bis auf das Summen der Stromleitungen einige hundert Meter entfernt. Der Wind zerrte an meinem Hemd, ließ meine Hosenbeine flattern. Ich drehte mich in einem langsamen Kreis, fragte mich, was ich machen sollte. Und dachte an die Worte des PR-Mannes: *Die haben gesagt, wir sollen nicht aus dem Hubschrauber steigen, vergessen?*

»He! He, Sie da!«

Ich drehte mich um. Eine Tür in dem weißen Energiegebäude hatte sich einen Spaltbreit geöffnet. Ein Mann streckte den Kopf hinaus. Er rief: »Sind Sie Jack Forman?«

»Ja«, erwiderte ich.

»Na, worauf warten Sie denn noch, eine schriftliche Einladung? Rein mit Ihnen, verdammt noch mal.«

Und er knallte die Tür wieder zu.

Das war meine Begrüßung in der Produktionsanlage von Xymos. Mit meinen Taschen beladen, stapfte ich den Pfad hinunter auf die Tür zu.

Es kommt immer anders, als man denkt.

Ich trat in einen kleinen Raum, mit dunkelgrauen Wänden auf drei Seiten. Die Wände waren aus einem glatten Material wie Resopal. Meine Augen brauchten einen Moment, um sich an die relative Dunkelheit zu gewöhnen. Dann sah ich, dass die vierte Wand direkt vor mir ganz aus Glas bestand und zu einer kleinen Kabine und einer zweiten Glaswand führte. Die Glaswände waren mit ausklappbaren Armen ausgestattet, Druckkissen aus Metall waren an den Enden angebracht. Es sah ein bisschen so aus, wie man sich einen Banktresor vorstellte.

Hinter der zweiten Glaswand konnte ich einen stämmigen Mann in blauer Hose und blauem Arbeitshemd sehen, das Xymos-Logo auf der Brusttasche. Er war zweifellos der Wartungsmonteur des Werkes. Er machte eine Geste in meine Richtung.

»Das ist eine Luftschleuse. Die Tür funktioniert automatisch. Treten Sie vor.«

Ich tat wie geheißen, und die erste Glastür öffnete sich zischend. Ein rotes Lämpchen ging an. In der Kabine vor mir sah ich einen Gitterrost auf dem Boden, an der Decke und an beiden Wänden. Ich zögerte.

»Sieht aus wie ein Toaster, nicht?«, sagte der Mann grinsend. Ihm fehlten ein paar Zähne. »Aber keine Angst, Sie werden bloß ein bisschen durchgepustet. Rein mit Ihnen.«

Ich trat in die Glaskabine und stellte meine Tasche auf den Boden.

»Nein, nein. Halten Sie die Tasche in der Hand.«

Ich hob sie wieder auf. Sogleich fiel zischend die Glastür hinter mir zu, die Stahlarme entfalteten sich sanft. Die Druckkissen schlossen sich mit einem Plopp. Ich hatte ein leicht unangenehmes Gefühl in den Ohren, als sich der Druck in der Luftschleuse erhöhte. Der Mann in Blau sagte: »Machen Sie besser die Augen zu.«

Ich schloss die Augen und spürte sogleich, wie mein Gesicht und der ganze Körper von allen Seiten mit etwas Kühlem angesprüht wurden. Meine Kleidung wurde durchtränkt. Es roch beißend nach Aceton oder Nagellackentferner. Mich fröstelte, die Flüssigkeit war richtig kalt.

Die Luft wurde zuerst von oben auf mich heruntergeblasen, ein Brausen, das rasch so laut wie ein Orkan wurde. Ich spannte die Muskeln an, um das Gleichgewicht zu halten. Meine Kleidung flatterte und wurde dann wieder platt an den Körper gepresst. Der Wind wurde stärker, drohte, mir die Tasche aus der Hand zu reißen. Er hörte kurz auf, und dann blies es vom Boden nach oben. Es war verwirrend, aber es dauerte nur ein paar Sekunden. Mit einem *Wuuusch* sprangen die Vakuumpumpen an, und ich spürte einen schwachen Schmerz in den Ohren, als der Druck fiel, wie bei der Landung eines Flugzeugs. Dann Stille.

Eine Stimme sagte: »Das war's. Treten Sie vor.«

Ich öffnete die Augen. Die Flüssigkeit, mit der sie mich besprüht hatten, war verdunstet; meine Kleidung war trocken. Die Türen vor mir gingen zischend auf. Ich trat aus der Kabine, und der Mann in Blau sah mich schmunzelnd an. »Alles in Ordnung?«

»Ja, ich glaube schon.«

»Kein Jucken?«

»Nein …«

»Gut. Ein paar Leute haben schon allergisch auf das Zeug reagiert. Aber wir müssen das machen, damit die Räume sauber bleiben.«

Ich nickte. Mit dieser Methode wurden offenbar Staub und andere Kontaminanten entfernt. Die Sprühflüssigkeit war extrem volatil, verdunstete bei Raumtemperatur und zog dabei Mikropartikel von Körper und Kleidung. Das Gebläse schloss den Reinigungsprozess dann ab; alle losen Partikel am Körper wurden weggepustet und abgesaugt.

»Ich bin Vince Reynolds«, sagte der Mann, jedoch ohne mir die Hand entgegenzustrecken. »Nennen Sie mich Vince. Und Sie sind Jack?«

Ich bejahte.

»Okay, Jack«, sagte er. »Die warten schon auf Sie, also gehen wir. Wir müssen einige Vorsichtsmaßnahmen treffen, weil wir hier in einem Bereich mit einem Hochfeldmagneten sind, über 33 Tesla, deshalb ...« Er nahm einen Karton. »Nehmen Sie also besser die Uhr ab.«

Ich legte die Uhr in den Karton.

»Und den Gürtel.«

Ich schnallte den Gürtel ab, legte auch ihn hinein.

»Sonst irgendwelchen Schmuck? Armband? Halskette? Piercings? Schmucknadeln oder Orden? Medizinisches Warn-Armband?«

»Nein.«

»Wie steht's mit Metall *im* Körper? Alte Verwundungen, Kugeln, Granatsplitter? Nein? Nägel von Arm- oder Beinbrüchen, künstliche Hüfte, künstliches Knie? Nein? Künstliche Herzklappen, künstlicher Meniskus, Gefäßpumpen oder Implantate?«

Ich sagte, ich hätte nichts dergleichen.

»Na, Sie sind ja auch noch jung«, sagte er. »Kommen wir zum Inhalt Ihrer Tasche.« Ich musste alles herausnehmen und auf dem Tisch ausbreiten, damit er es durchsehen konnte. Es gab jede Menge Metall: noch ein Gürtel mit Metallschnalle, eine Nagelschere, eine Dose Rasiercreme, Rasiermesser und Klingen, ein Taschenmesser, Blue Jeans mit Nieten ...

Er nahm das Messer, die Jeans und den Gürtel weg und ließ den Rest liegen. »Sie können Ihre Sachen wieder einpacken«, sagte er. »Also, jetzt das Wichtigste. Sie dürfen mit Ihrer Tasche nur bis in den Wohntrakt, nicht weiter. Okay? An der Tür zum Wohntrakt ist eine Alarmanlage, die ausgelöst wird, sobald Sie mit Metall durchgehen. Aber tun Sie mir den Gefallen, lösen Sie den Alarm nicht aus, ja? Dann werden nämlich zur Sicherheit die Magnete automatisch abgeschaltet, und es dauert zwei Minuten, die wieder hochzufahren. Die Techniker sind dann immer stinksauer, erst recht, wenn gerade die Produktion läuft. Dann ist die ganze Arbeit im Eimer.«

Ich sagte, ich würde versuchen, daran zu denken.

»Der Rest von Ihrem Kram bleibt hier.« Er deutete mit einem Nicken auf die Wand hinter sich; ich sah etliche kleine Safes, alle mit einem elektronischen Tastenfeld. »Sie geben die Kombination ein und schließen es selbst ab.« Er wandte sich zur Seite, damit ich es machen konnte.

»Brauche ich keine Uhr?«

Er schüttelte den Kopf. »Sie kriegen eine von uns.«

»Und einen Gürtel?«

»Kriegen Sie auch von uns.«

»Und mein Laptop?«, sagte ich.

»Der kommt in den Safe«, erwiderte er. »Es sei denn, Sie wollen Ihre Festplatte mit dem Magnetfeld löschen.«

Ich verstaute den Laptop mit meinen übrigen Sachen im Safe und verschloss die Tür. Ich fühlte mich seltsam nackt, wie ein Mann, der eine Gefängnisstrafe antritt. »Wollen Sie nicht auch noch meine Schnürsenkel haben?«, sagte ich im Scherz.

»Nee. Die behalten Sie mal schön. Dann können Sie sich dran aufhängen, wenn Sie merken, dass es nötig ist.«

»Warum sollte das nötig werden?«

»Was weiß ich.« Vince zuckte die Achseln. »Aber die Typen, die hier arbeiten… Ich sag Ihnen, die spinnen alle. Die fabrizieren diese winzig kleinen Sachen, die kein Mensch sehen kann, schieben Moleküle hin und her, setzen sie zusammen. Die Arbeit ist ganz schön stressig und kompliziert, und irgendwann drehen sie durch. Alle, wie sie da sind. Völlig bekloppt. Hier geht's lang.«

Wir mussten noch einmal durch zwei Glastüren hintereinander. Doch diesmal wurde ich nicht besprüht.

Wir betraten das Kraftwerk. Unter blauen Halogenlampen sah ich riesige, gut drei Meter hohe Metallbottiche und Isolatoren aus

Keramik, so dick wie ein Männerbein. Alles summte. Ich spürte deutlich den Fußboden vibrieren. Überall hingen Schilder mit zackigen roten Blitzen und der Warnung: »Vorsicht Starkstrom! Lebensgefahr!«

»Ihr verbraucht hier aber viel Energie«, sagte ich.

»Würde für eine Kleinstadt reichen«, entgegnete Vince. Er deutete auf eines der Schilder. »Nehmen Sie die Warnungen da ernst. Wir hatten Probleme mit Feuer, vor einiger Zeit.«

»Ach ja?«

»Ja. Wir hatten ein Rattennest im Gebäude. Die Viecher sind ständig gegrillt worden. Im wahrsten Sinne des Wortes. Ich kann den Geruch von verbranntem Rattenfell nicht ab, Sie etwa?«

»Ich hatte nie das Vergnügen«, sagte ich.

»Riecht so, wie Sie es sich vorstellen.«

»Verstehe«, sagte ich. »Wie sind die Ratten reingekommen?«

»Durch die Kloschüssel.« Ich machte wohl ein verblüfftes Gesicht, denn Vince sagte: »Oh, wussten Sie das noch nicht? Das machen Ratten mit Vorliebe, ein bisschen schwimmen, und drin sind sie. Wenn man grad auf dem Klo sitzt, ist das natürlich eine unangenehme Überraschung.« Er lachte kurz auf. »Das Problem war, dass der Bauunternehmer die Sickergrube nicht tief genug ausgehoben hatte. Jedenfalls, die Ratten sind reingekommen. Wir hatten ein paar Unfälle dieser Art, seit ich hier bin.«

»Tatsächlich? Was denn für Unfälle?«

Er zuckte die Achseln. »Die haben versucht, die Gebäude hier perfekt zu machen. Weil sie mit so Minidingern arbeiten. Aber die Welt ist nun mal nicht perfekt, Jack. War sie noch nie. Wird sie nie sein.«

Ich fragte noch mal: »Was denn für Unfälle?«

Inzwischen waren wir an der hinteren Tür angelangt, die wieder ein Tastenfeld hatte, und Vince tippte rasch Zahlen ein. Die Tür wurde mit einem Klick entriegelt. »Alle Türen haben dieselbe Zahlenkombination. Null sechs, null vier, null zwei.«

Vince drückte die Tür weit auf, und wir traten in einen überdachten Gang, der das Kraftwerk mit den anderen Gebäuden verband. Es war brütend heiß hier drin, trotz der dröhnenden Klimaanlage.

»Das Gebläse ist nie richtig eingestellt«, erklärte Vince. »Wir haben die Wartungsfirma schon fünfmal kommen lassen, aber der Gang hier ist immer noch der reinste Ofen.«

Am Ende des Korridors war eine weitere Tür, und Vince ließ mich die Kombination eintippen. Die Tür ging mit einem Klick auf.

Wieder stand ich vor einer Luftschleuse: eine Wand aus dickem Glas, knapp einen Meter dahinter noch eine Wand. Und hinter der zweiten Wand sah ich Ricky Morse in Jeans und T-Shirt, der grinste und mir fröhlich zuwinkte.

Auf seinem T-Shirt stand: »Gehorcht mir, ich bin Root.«

Das war ein Insiderwitz. Im UNIT-Betriebssystem bedeutete Root so viel wie Boss.

Über eine Sprechanlage sagte Ricky: »Ab hier übernehme ich, Vince.«

Vince winkte. »Alles klar.«

»Haben Sie den Überdruck eingestellt?«

»Vor einer Stunde. Wieso?«

»Könnte sein, dass er im Hauptlabor nicht reicht.«

»Ich überprüf das noch mal«, sagte Vince. »Vielleicht ist wieder irgendwo ein Leck.« Er klopfte mir auf den Rücken, zeigte mit seinem Daumen in Richtung des Gebäudeinneren. »Viel Glück da drin.« Dann drehte er sich um und ging den Weg zurück, den er gekommen war.

»Schön, dich zu sehen«, sagte Ricky. »Kennst du den Code, um reinzukommen?«

Ich bejahte. Er deutete auf ein Tastenfeld. Ich tippte die Ziffern ein. Die Glaswand glitt zur Seite. Ich trat wieder in einen schmalen, knapp einen Meter zwanzig breiten Raum, an allen vier Seiten Metallgitter. Die Wand schloss sich hinter mir.

Ein heftiger Windstoß schoss vom Boden hoch, blähte meine Hosenbeine auf, riss an meiner Kleidung. Gleich darauf kam Luft von beiden Seiten, dann von oben, blies mir auf Haare und Schultern. Mit einem *Wuusch* wurde die Luft abgesaugt. Die Scheibe vor mir glitt zur Seite. Ich strich mir die Haare glatt und trat hinaus.

»Tut mir Leid wegen der Unannehmlichkeiten.« Ricky schüttelte mir energisch die Hand. »Aber so müssen wir wenigstens keine Schutzanzüge tragen«, sagte er. Mir fiel auf, dass er kräftig aussah, gesund. Die Muskeln seiner Unterarme zeichneten sich deutlich ab.

Ich sagte: »Du siehst gut aus, Ricky. Machst du viel Sport?«

»Ach, na ja. Eigentlich nicht.«

»Nette Muskeln«, sagte ich. Ich boxte ihn gegen die Schulter.

Er grinste. »Bloß die Anspannung im Job. Hat Vince dir Angst eingejagt?«

»Nicht direkt ...«

»Er ist ein bisschen merkwürdig«, sagte Ricky. »Vince ist in der Wüste aufgewachsen, allein bei seiner Mutter. Sie starb, als er fünf war. Der Körper war schon ziemlich verwest, als man sie schließlich fand. Der arme Junge, er hat einfach nicht gewusst, was er machen sollte. Ich schätze, ich wäre genauso merkwürdig geworden.« Obwohl Ricky unübersehbar körperlich fit war, fiel mir jetzt auf, dass er nervös wirkte, gereizt. Er führte mich flott einen kurzen Gang hinunter. »Also, wie geht's Julia?«

»Hat sich den Arm gebrochen und böse den Kopf geprellt. Sie ist im Krankenhaus zur Beobachtung. Aber sie kommt bald wieder auf die Beine.«

»Gut. Das ist gut.« Er nickte schnell, ging weiter einen Korridor entlang. »Wer kümmert sich um die Kinder?«

Ich erzählte ihm, dass meine Schwester zu Besuch gekommen war.

»Dann kannst du eine Weile bleiben? Ein paar Tage?«

Ich sagte: »Klar. Wenn ihr mich so lange braucht.« Normalerweise halten sich Software-Berater nicht lange vor Ort auf. Einen Tag, vielleicht zwei. Länger nie.

Ricky warf mir einen Blick über die Schulter zu. »Hat Julia dir, ähm, erklärt, was hier läuft?«

»Eigentlich nicht, nein.«

»Aber du hast gewusst, dass sie ziemlich viel hier ist.«

Ich sagte: »Ja sicher. Klar.«

»In den letzten Wochen ist sie fast jeden Tag mit dem Hubschrauber hergekommen. Hat auch mal hier übernachtet.«

Ich sagte: »Ich wusste gar nicht, dass sie sich neuerdings so für die Produktion interessiert.«

Ricky schien einen Moment zu zögern. Dann sagte er: »Tja, Jack, was wir hier machen, ist wirklich etwas völlig Neues ...« Er runzelte die Stirn. »Sie hat dir wirklich nichts erzählt?«

»Nein. Wirklich nicht. Wieso?«

Er antwortete nicht.

Er öffnete die Tür am Ende des Ganges und winkte mich durch. »Das hier ist unser Wohnmodul, wo wir alle schlafen und essen.«

Nach dem Durchgang war die Luft hier kühl. Die Wände bestanden aus dem gleichen glatten Resopalmaterial. Ich hörte das leise, ununterbrochene Zischen des Gebläses. Von einem Flur gingen mehrere Türen ab. An einer stand mein Name, mit Filzstift auf ein Stück Klebeband geschrieben. Ricky öffnete die Tür. »Dein trautes Heim, Jack.«

Der Raum war spartanisch eingerichtet – ein kleines Bett, ein winziger Schreibtisch, auf den gerade mal ein PC-Monitor mit Tastatur passte. Über dem Bett ein Regal für Bücher und Kleidung. Alle Möbel waren mit einer glatten, weißen Plastikschicht überzogen. Es gab keine Nischen oder Ecken, wo sich irgendwelche Schmutzpartikel ablagern konnten. Es gab auch kein Fenster, aber ein Flüssigkristallbildschirm zeigte einen Blick auf die Wüste draußen.

Ricky sagte: »Stell dein Gepäck ab, und ich zeig dir alles.«

Noch immer mit flottem Schritt führte er mich in einen mittelgroßen Gemeinschaftsraum mit einem Sofa und Stühlen um einen Couchtisch und einem schwarzen Brett an der Wand. Alle Möbel hier hatten die gleiche, glatte Plastikbeschichtung. »Rechts ist die Küche und der Freizeitraum mit Fernseher, Videospielen und so weiter.«

Wir betraten die kleine Küche. Zwei Leute waren darin, ein Mann und eine Frau, die im Stehen ein Sandwich aßen. »Die beiden muss ich dir ja wohl nicht vorstellen«, sagte Ricky grinsend. Und er hatte Recht. Sie waren in meinem Team bei MediaTronics gewesen.

Rosie Castro war dunkel, dünn, exotisch und sarkastisch; sie trug weite Cargoshorts und ein T-Shirt, das sich über ihren großen Brüsten spannte und die Aufschrift trug: »Träum weiter.« Rosie war unabhängig und rebellisch, und sie hatte in Harvard über Shakespeare geforscht, bis sie zu dem Schluss kam, dass Shakespeare, wie sie es ausdrückte, »*mausetot* ist. Seit einer halben *Ewigkeit*. Es gibt *nichts* Neues mehr zu sagen. Also wozu das Ganze?« Sie wechselte zum Massachusetts Institute of Technology, wurde Schülerin von Robert Kim und entwickelte natürliche Programmiersprachen. Auch auf diesem Gebiet war sie hervorragend. Und inzwischen arbeiteten die ersten Programme, die mit natürlicher Sprache geschrieben werden, mit verteilter Verarbeitung. Man hatte nämlich festgestellt, dass Menschen einen Satz, noch während er gesprochen wird, gleichzeitig nach mehreren Kriterien beurteilen. Sie warten nicht, bis er beendet ist, sondern formen vorher schon Erwartungen über das Nachfolgende. Insofern bietet sich damit ein ideales Feld für verteilte Verarbeitung an, die ein Problem gleichzeitig an mehreren Punkten angehen kann.

Ich sagte: »Du trägst ja noch immer diese T-Shirts, Rosie.« Bei MediaTronics brachte ihre Art, sich zu kleiden, manchmal Probleme mit sich.

»He. Hält die Jungs wach«, sagte sie achselzuckend.

»Ehrlich gesagt, wir gucken gar nicht mehr hin.« Ich sah David Brooks an, steif, förmlich, immer wie aus dem Ei gepellt und mit achtundzwanzig fast kahlköpfig. Er blinzelte hinter dicken Brillengläsern. »So gut sind sie ohnehin nicht«, sagte er.

Rosie streckte ihm die Zunge raus.

David war Ingenieur, und er hatte die für viele Ingenieure typische schroffe Art und mangelnde Sensibilität im Umgang mit anderen. Außerdem steckte er voller Widersprüche. Einerseits war er, was seine Arbeit und sein Äußeres anging, hyperpenibel, andererseits fuhr er am Wochenende Motocross-Rennen und kam häufig völlig verdreckt zurück. Er schüttelte mir enthusiastisch die Hand. »Ich bin sehr froh, dass du da bist, Jack.«

Ich sagte: »Kann mir mal einer verraten, warum ihr alle so froh seid, mich zu sehen?«

Rosie sagte: »Na, weil du mehr von den Multi-Agenten-Algorithmen verstehst, die …«

»Ich führe ihn erst mal rum«, fiel Ricky ihr ins Wort. »Dann reden wir.«

»Wieso?«, sagte Rosie. »Soll es eine Überraschung werden?«

»Schöne Überraschung«, sagte David.

»Nein, absolut nicht«, erwiderte Ricky und blickte sie warnend an. »Ich möchte bloß, dass Jack vorher ein paar Hintergrundinformationen bekommt. Ich möchte ihm erst noch was erklären.«

David sah auf seine Uhr. »Und, wie lange wird das dauern? Weil, ich denke, wir haben noch …«

»Ich hab gesagt, ich will ihn vorher rumführen, verdammt noch mal!« Ricky fauchte fast. Ich war überrascht; ich hatte noch nie erlebt, dass er die Beherrschung verlor. Aber die anderen offenbar.

»Okay, okay, Ricky.«

»He, du bist der Boss, Ricky.«

»Ganz genau, ich bin der Boss«, sagte Ricky, noch sichtlich verärgert. »Und übrigens, eure Pause ist seit zehn Minuten zu Ende. Also zurück an die Arbeit.« Er warf einen Blick in den Spieleraum nebenan. »Wo sind die anderen?«

»Die reparieren die Außensensoren.«

»Soll das heißen, sie sind *draußen*?«

»Nein, nein. Sie sind im Technikraum. Bobby meint, mit der Kalibrierung der Sensoreinheiten stimmt was nicht.«

»Na toll. Hat jemand Vince Bescheid gesagt?«

»Nein. Es ist ein Software-Problem. Bobby kümmert sich drum.«

Plötzlich piepte mein Handy. Ich war überrascht, nahm es aus meiner Tasche. Ich wandte mich an die anderen. »Handys funktionieren hier?«

»Ja«, sagte Ricky, »wir haben hier Antennen.« Dann stritt er sich weiter mit David und Rosie.

Ich trat in den Korridor und rief die Mailbox an. Ich hatte nur eine Nachricht, und zwar vom Krankenhaus, wegen Julia. »Mr. Forman, es geht um Ihre Frau, bitte rufen Sie uns so bald wie möglich an…« Dann die Durchwahl von einem gewissen Dr. Rana. Ich wählte sie sofort.

Die Zentrale stellte mich durch. »Intensivstation.«

Ich bat darum, Dr. Rana zu sprechen, und wartete, bis er sich meldete. Ich sagte: »Hier spricht Jack Forman. Der Mann von Julia Forman.«

»Ah ja, Mr. Forman.« Eine angenehme, melodische Stimme. »Danke, dass Sie anrufen. Wie ich höre, haben Sie Ihre Frau gestern Abend ins Krankenhaus begleitet. Ja? Na, dann wissen Sie ja, wie ernst ihre Verletzungen sind, oder besser gesagt, ihre potenziellen Verletzungen. Wir halten genauere Untersuchungen für dringend erforderlich, um eine Nackenwirbelfraktur, subdurale Hämatome und einen möglichen Beckenbruch auszuschließen.«

»Ja«, sagte ich, »das hat man mir gestern Abend schon gesagt. Gibt es ein Problem?«

»Allerdings. Ihre Frau lehnt jede weitere Untersuchung ab.«

»Im Ernst?«

»Gestern Abend durften wir Röntgenaufnahmen machen und das gebrochene Handgelenk richten. Wir haben ihr erklärt, dass die Röntgenaufnahmen uns nur begrenzt Aufschluss über ihren Zustand geben können und dass wir unbedingt eine Kernspintomografie machen müssen, aber sie weigert sich.«

Ich sagte: »Warum?«

»Sie sagt, das sei nicht erforderlich.«

»Natürlich ist es erforderlich«, erwiderte ich.

»Ja, absolut, Mr. Forman«, sagte Rana. »Ich will Sie nicht beunruhigen, aber bei einer Beckenfraktur besteht die Gefahr starker Blutungen im Unterleib, sodass letztlich sogar, na ja, Verbluten droht. Das kann sehr schnell gehen und ... «

»Was soll ich tun?«

»Wir möchten, dass Sie mit ihr reden.«

»Selbstverständlich. Verbinden Sie mich mit ihr.«

»Leider wird sie im Augenblick wieder geröntgt. Können wir Sie telefonisch erreichen? Übers Handy? Alles klar. Noch was, Mr. Forman, wir konnten mit Ihrer Frau keine psychiatrische Anamnese machen ... «

»Wieso nicht?«

»Sie weigert sich, darüber zu sprechen. Ich meine Drogen, irgendwelche Verhaltensstörungen in der Vergangenheit und dergleichen. Können Sie uns vielleicht ein wenig Aufschluss darüber geben?«

»Ich kann's versuchen ... «

»Ich will Sie nicht beunruhigen, aber Ihre Frau hat sich, na ja, ein wenig seltsam verhalten, irrational. Mitunter fast wie im Wahn.«

»Sie hatte in letzter Zeit viel Stress«, sagte ich.

»Ja, das trägt sicherlich mit dazu bei«, sagte Dr. Rana beschwichtigend. »Und sie hat eine schwere Kopfverletzung, die wir näher untersuchen müssen. Ich will Sie nicht beunruhigen, aber offen gesagt, meine Kollegin von der Psychiatrie ist zu der Ansicht gelangt, dass Ihre Frau manisch-depressiv ist oder an einer drogenbedingten Störung leidet oder an beidem.«

»Verstehe ... «

»Und bei einem Verkehrsunfall ohne fremdes Einwirken drängen sich solche Fragen natürlich auf...«

Damit meinte er, dass der Unfall ein Selbstmordversuch gewesen sein könnte. Ich hielt das für unwahrscheinlich. »Mir ist nicht bekannt, dass meine Frau Drogen nimmt«, sagte ich. »Aber ich bin auch, ähm, seit ein paar Wochen besorgt wegen ihres Verhaltens.«

Ricky kam zu mir und stellte sich ungeduldig neben mich. Ich legte eine Hand auf die Sprechmuschel. »Es geht um Julia.« Er nickte und sah auf seine Uhr. Zog die Augenbrauen hoch. Ich fand es ziemlich seltsam, dass er mich drängte, obwohl ich doch mit dem Krankenhaus über meine Frau sprach – seine unmittelbare Vorgesetzte.

Der Arzt schwafelte noch eine Weile, und ich beantwortete seine Fragen, so gut ich konnte, aber im Grunde konnte ich ihm nicht weiterhelfen. Er sagte, er werde Julia ausrichten, dass sie mich anrufen solle, sobald sie zurück sei, und ich sagte, ich würde auf ihren Anruf warten. Ich klappte das Handy zu.

Ricky sagte: »Okay, los geht's. Tut mir Leid, dass ich so dränge, Jack, aber... ich muss dir nun mal allerhand zeigen.«

»Gibt es ein Zeitproblem?«, fragte ich.

»Ich weiß nicht. Vielleicht.«

Ich wollte nachfragen, was er damit meinte, doch er ging bereits voraus, mit schnellem Schritt. Wir verließen den Wohnbereich durch eine weitere Glastür und gingen dann noch einen Korridor hinunter.

Dieser Gang, so fiel mir auf, war hermetisch abgedichtet. Wir schritten über einen gläsernen Laufsteg, der über dem Boden schwebte. Das Glas hatte kleine Löcher, und darunter befand sich eine Reihe von Vakuumleitungen zum Absaugen. Langsam gewöhnte ich mich an das ständige Zischen des Gebläses.

In der Mitte des Korridors waren wieder zwei Glastüren. Wir mussten einzeln durch sie hindurchgehen. Sie teilten sich, als wir sie durchschritten, und schlossen sich hinter uns. Als wir unseren Weg fortsetzten, hatte ich erneut das starke Gefühl, in einem

Gefängnis zu sein, ein Gittertor folgte dem nächsten, es ging immer tiefer in etwas hinein.

Um mich herum war zwar alles Hightech und glänzende Glaswände – aber es war trotzdem ein Gefängnis.

6. Tag, 8.12 Uhr

Wir gelangten in einen großen Raum mit der Aufschrift »TECHNIK« und darunter stand »MolMat/FabMat/NährMat«. Wände und Decke waren mit dem üblichen glatten Plastik bedeckt. Große beschichtete Container stapelten sich auf dem Boden. Rechts sah ich eine Reihe wuchtiger Stahlkessel, die in den Boden eingelassen und von einem wahren Labyrinth aus Rohren und Ventilen umgeben waren, die wiederum hochragten. Es sah aus wie eine Mikrobrauerei, und ich wollte Ricky schon danach fragen, als er sagte: »Also hier seid ihr. Ich hab euch schon gesucht.«

An einem Klemmkasten unter einem Monitorbildschirm sah ich drei weitere Leute aus meinem damaligen Team. Sie blickten ein wenig schuldbewusst, als wir näher kamen, wie Kinder, die beim Kekseklauen erwischt wurden. Natürlich war Bobby Lembeck ihr Anführer. Mit fünfunddreißig überwachte Bobby mittlerweile mehr Codes, als er schrieb, aber er konnte sie nach wie vor schreiben, wenn er wollte. Wie immer trug er eine verwaschene Jeans und ein Ghost-in-the-Shell-T-Shirt, und seinen allgegenwärtigen Walkman hatte er am Hosenbund festgemacht.

Dann war da Mae Chang, wunderschön und zart, ein Gegensatz zu Rosie Castro, wie er stärker nicht sein könnte. Mae hatte als Biologin in Sichuan Feldstudien über Stumpfnasenaffen betrieben, ehe sie sich mit Mitte zwanzig dem Programmieren zuwandte. Durch ihre Forschungen in der Natur und aufgrund ihrer natürlichen Veranlagung schien sie fast geräuschlos. Mae sagte nur sehr wenig, bewegte sich kaum hörbar und hob nie die Stimme – allerdings verlor sie auch niemals ein Streitgespräch. Wie viele Feldbiologen hatte sie die unheimliche Fähigkeit entwickelt, mit ihrer Umwelt zu verschmelzen, unauffällig, fast unsichtbar zu werden.

Und schließlich Charley Davenport, mürrisch, zerknautscht und schon mit dreißig übergewichtig. Er war langsam und schwerfällig und sah aus, als hätte er in seinen Klamotten geschlafen, was er tatsächlich nach Marathonprogrammiersitzungen häufig tat. Charley hatte unter John Holland in Chicago gearbeitet und unter Doyne Farmer in Los Alamos. Er war Experte für genetische Algorithmen, für Programme, die die natürliche Selektion simulierten, um Antworten zu präzisieren. Doch er war eine Nervensäge – er summte, schnaufte, er redete mit sich selbst und furzte mit hemmungsloser Lautstärke. Die Gruppe ertrug ihn nur, weil er so talentiert war.

»Sind dafür wirklich drei Leute nötig?«, fragte Ricky, nachdem ich allen die Hand gegeben hatte.

»Ja«, sagte Bobby, »dafür sind drei Leute nötig, El Rooto, weil es kompliziert ist.«

»Wieso? Und nenn mich nicht El Rooto.«

»Zu Befehl, Mr. Root.«

»Nun red schon ...«

»Also«, sagte Bobby, »nach der Episode heute Morgen hab ich als Erstes die Sensoren überprüft, und mir scheint, dass sie falsch kalibriert sind. Da aber keiner nach draußen geht, ist die Frage, ob wir sie falsch ablesen oder ob die Sensoren selbst defekt sind oder ob die Anzeige hier an der Anlage falsch ist. Mae kennt die Sensoren, sie hat sie in China benutzt. Ich nehme gerade eine Code-Überprüfung vor. Und Charley ist hier, weil er nicht gehen und uns in Ruhe lassen will.«

»Mann, ich hab weiß Gott was Besseres zu tun«, sagte Charley. »Aber ich hab den Algorithmus geschrieben, der die Sensoren steuert, und wir müssen den Sensorcode optimieren, sobald die beiden fertig sind. Ich warte nur, bis sie aufhören herumzufummeln. Dann optimiere ich.« Er blickte Bobby scharf an. »Keiner von den beiden hat auch nur einen Schimmer vom Optimieren.«

Mae sagte: »Bobby schon.«

»Klar, wenn man ihm sechs Monate Zeit gibt, vielleicht.«

»Kinder, Kinder«, sagte Ricky. »Wir wollen doch vor unserem Gast keine Szene machen.«

Ich lächelte höflich. In Wahrheit hatte ich gar nicht darauf geachtet, was sie sagten. Ich beobachtete sie bloß. Das waren drei meiner besten Programmierer – und als sie für mich arbeiteten, waren sie so selbstbewusst gewesen, dass es schon fast an Arroganz grenzte. Aber jetzt fiel mir auf, wie nervös die Gruppe war. Sie waren alle gereizt, zänkisch, schreckhaft. Und im Nachhinein erkannte ich, dass auch Rosie und David nervös gewesen waren.

Charley fing auf seine nervige Art an zu summen.

»Oh, *nein*«, sagte Bobby Lembeck. »Würdest du ihm bitte sagen, er soll damit aufhören?«

Ricky sagte: »Charley, wir haben doch über deine Summerei gesprochen.«

Charley summte weiter.

»Charley ...«

Charley stieß einen langen, theatralischen Seufzer aus. Er hörte auf zu summen.

»Verbindlichsten Dank«, sagte Bobby.

Charley verdrehte die Augen und sah zur Decke.

»Also schön«, sagte Ricky. »Seht zu, dass ihr hier fertig werdet, und dann geht zurück auf eure Posten.«

»Alles klar.«

»Ich möchte, dass jeder so schnell wie möglich wieder da ist, wo er hingehört.«

»In Ordnung«, sagte Bobby.

»Ich meine es ernst. Auf eure Posten.«

»Herrgott noch mal, Ricky, wir haben verstanden. Hältst du jetzt bitte den Mund und lässt uns wieder arbeiten?«

Wir gingen weiter, und Ricky brachte mich zu einem kleinen Raum am anderen Ende des Korridors. Ich sagte: »Ricky, die drei haben sich aber ganz schön verändert, seit sie für mich gearbeitet haben.«

»Ich weiß. Bei uns liegen im Augenblick die Nerven blank.«

»Und weshalb?«

»Wegen dem, was hier los ist.«

»Und was *ist* hier los?«

Er blieb vor einem Büro auf der anderen Seite des Raumes stehen. »Julia konnte es dir nicht sagen, weil es geheim ist.« Er öffnete die Tür mit einer Schlüsselkarte.

Ich sagte: »Geheim? Medizinische Aufnahmen sind geheim?«

Der Türriegel öffnete sich klickend, und wir gingen hinein. Die Tür schloss sich hinter uns. Ich sah einen Tisch, zwei Stühle, einen Computermonitor und eine Tastatur. Ricky setzte sich und fing augenblicklich an zu tippen.

»Das Projekt mit den medizinischen Aufnahmen war bloß ein nachträglicher Einfall«, sagte er, »eine kleinere kommerzielle Anwendung der Technologie, an deren Entwicklung wir arbeiten.«

»Aha. Und die wäre?«

»Eine militärische.«

»Xymos arbeitet fürs Militär?«

»Ja. Vertraglich abgesegnet.« Er hielt inne. »Vor zwei Jahren hat das Verteidigungsministerium durch die Erfahrung in Bosnien den enormen Wert von Roboterfluggeräten erkannt, die über Schlachtfelder fliegen und Bilder in Echtzeit übermitteln können. Das Pentagon wusste, dass es in zukünftigen Kriegen immer komplexere Einsatzmöglichkeiten für diese fliegenden Kameras geben würde. Man konnte mit ihnen die Standorte feindlicher Truppen ausfindig machen, sogar wenn sie im Dschungel oder in Gebäuden versteckt waren; man konnte lasergelenkte Raketen damit steuern oder den Standort befreundeter Truppen bestimmen und so weiter. Kommandeure auf dem Boden konnten die Bilder, die sie brauchten, in den gewünschten Spektren aufrufen – normal, infrarot, UV, egal was. Echtzeitaufnahmen werden ein ungemein wirkungsvolles Instrument bei der zukünftigen Kriegsführung werden.«

»Okay…«

»Aber«, sagte Ricky, »diese Roboterkameras waren offenbar anfällig. Man konnte sie wie Tauben abschießen. Das Pentagon wollte eine Kamera, die man nicht abschießen konnte. Sie hatten sich etwas sehr Kleines vorgestellt, vielleicht von der Größe einer Libelle – ein Ziel, das zu klein war, um getroffen werden zu können. Doch problematisch waren die Energieversorgung, die kleinen Steuerflächen und die Auflösung bei so kleinen Linsen. Sie brauchten größere Linsen.«

Ich nickte. »Und da seid ihr auf einen Schwarm von Nanokomponenten gekommen.«

»Ganz genau.« Ricky deutete auf den Bildschirm, wo ein Schwarm schwarzer Punkte in der Luft kreiste und tanzte, wie Vögel. »Mit einer Komponentenwolke könnte man eine Kamera mit einer beliebig großen Linse bauen. Die kann man dann nicht abschießen, weil eine Kugel einfach durch die Wolke hindurchgeht. Außerdem könnte man die Wolke zerstreuen, so wie sich ein Vogelschwarm nach einem Schuss zerstreut. Dann wäre die Kamera unsichtbar, bis sie sich neu formiert. Die Lösung schien einfach ideal. Das Pentagon hat uns die Finanzierung der Entwicklung für drei Jahre garantiert.«

»Und?«

»Wir haben angefangen, die Kamera zu bauen. Und gleich von Anfang an wurde klar, dass wir Probleme mit der verteilten Intelligenz haben.«

Ich kannte das Problem. Die Nanopartikel in der Wolke mussten mit rudimentärer Intelligenz ausgestattet werden, damit sie interagieren konnten, um einen Schwarm zu bilden, der sich in der Luft bewegte. Derart koordiniertes Handeln mochte ja einigermaßen intelligent scheinen, doch es erfolgte auch dann, wenn die Individuen, aus denen der Schwarm bestand, ziemlich dumm waren. Schließlich konnten Vögel und Fische das auch, und die zählten nicht gerade zu den hellsten Geschöpfen auf Erden.

Die meisten Menschen, die einen Vogel- oder einen Fischschwarm beobachteten, gingen davon aus, dass es einen Anführer gab, dem die Übrigen folgten. Der Grund für die Annahme war der, dass Menschengruppen, wie die meisten sozialen Säugetiere, so strukturiert waren.

Aber Vögel und Fische hatten keine Anführer. Ihre Gruppen waren anders organisiert. Wissenschaftliche Untersuchungen über Schwarmverhalten – mit einer Bild-für-Bild-Videoanalyse – erbrachten den Nachweis, dass es keinen Anführer gab. Vögel und Fische reagierten auf einige einfache Stimuli untereinander, und das Ergebnis war koordiniertes Verhalten. Aber niemand steuerte es. Niemand führte es an. Niemand dirigierte es.

Ebenso wenig waren einzelne Vögel für Schwarmverhalten genetisch programmiert. Das Schwarmbilden war ihnen nicht fest eingeimpft. Es gab nichts im Vogelgehirn, was sagte: »Wenn das und das passiert, bilde einen Schwarm.« Im Gegenteil, das Schwarmbilden ergab sich innerhalb der Gruppe einfach aufgrund viel simplerer, primitiverer Regeln. Regeln wie: »Bleib möglichst nah bei den Vögeln, die dir am nächsten sind, aber stoß nicht mit ihnen zusammen.« Aufgrund solcher Regeln bildete die ganze Gruppe in fließender Koordination einen Schwarm.

Weil Schwarmbilden aus solchen einfachen Regeln resultierte, wurde es emergentes Verhalten genannt. Es war demnach ein Verhalten, das innerhalb einer Gruppe auftrat, aber nicht in die einzelnen Mitglieder der Gruppe einprogrammiert war. Es konnte in jeder Population auftreten, auch in einer Computer-Population. Oder in einer Roboter-Population. Oder in einem Nanoschwarm.

Ich sagte zu Ricky: »Euer Problem war emergentes Verhalten im Schwarm?«

»Genau.«

»Es war nicht vorhersehbar?«

»Gelinde gesagt.«

In den vergangenen Jahrzehnten hatte die Idee des emergenten Verhaltens in der Informatik eine kleine Revolution ausgelöst. Für Programmierer bedeutete sie nämlich, dass man für einzelne Agenten Verhaltensregeln festlegen konnte, nicht aber für die Agenten als Gruppe.

Einzelne Agenten – ob nun Programm-Module oder Prozessoren oder, wie in diesem Fall, richtige Mikroroboter – konnten so programmiert werden, dass sie unter bestimmten Umständen kooperierten und unter anderen konkurrierten. Man konnte ihnen Ziele einimpfen. Sie konnten angewiesen werden, diese rücksichtslos zu verfolgen oder gegebenenfalls anderen Agenten zu helfen. Doch das Ergebnis dieser Interaktionen ließ sich nicht programmieren. Es *emergierte* einfach, häufig mit überraschenden Folgen.

In gewisser Weise war das Ganze ungemein spannend; zum ersten Mal konnte ein Programm Ergebnisse erzielen, die der Programmierer absolut nicht vorhersagen konnte. Die Programme verhielten sich eher wie lebende Organismen denn wie von Menschen geschaffene Roboter. Das fanden Programmierer aufregend – aber es frustrierte sie auch.

Das emergente Verhalten des Programms war nämlich regellos. Manchmal bekämpften sich konkurrierende Agenten so heftig, dass gar nichts mehr lief und das Programm nichts zu Stande brachte. Manchmal beeinflussten sich Agenten gegenseitig so stark, dass sie ihr Ziel aus den Augen verloren und stattdessen irgendetwas anderes taten. In dieser Hinsicht war das Programm ausgesprochen kindlich – unberechenbar und leicht abzulenken. Wie es einmal ein Programmierer ausdrückte: »Verteilte Intelligenz zu entwickeln ist genauso, als würde man einem fünfjährigen Kind sagen, es soll in sein Zimmer gehen und sich umziehen. Es kann sein, dass das Kind sich tatsächlich umzieht, es kann aber genauso gut sein, dass es etwas anderes macht und nicht wiederkommt.«

Weil diese Programme sich lebensecht verhielten, fingen Programmierer an, Parallelen zum Verhalten realer Organismen in der realen Welt zu ziehen. Sie bildeten sogar das Verhalten von tatsächlichen Organismen nach, um so eine gewisse Kontrolle über die Resultate zu erlangen.

So kam es, dass Programmierer auf einmal Ameisenkolonien und Termitenhügel und den Bienentanz studierten, um Programme für die Steuerung von Flugzeuglandeplänen oder die Paketbeförderung oder das Übersetzen von Sprachen zu schreiben. Diese Programme funktionierten oft wunderbar, aber sie konnten sich dennoch verrennen, vor allem, wenn sich die Umstände drastisch veränderten. Dann verloren sie ihre Ziele.

Aus diesem Grund begann ich vor fünf Jahren mit der Simulation von Räuber-Beute-Beziehungen, um Ziele zu fixieren. Hungrige Räuber ließen sich nämlich nicht ablenken. Es konnte sein, dass sie durch die Umstände gezwungen wurden, ihre Methoden abzuwandeln, und dass bis zum Erfolg viele Versuche erforderlich waren – aber sie verloren ihr Ziel nicht aus den Augen.

So wurde ich Experte für Räuber-Beute-Beziehungen. Ich kannte mich aus mit Rudeln von Hyänen, afrikanischen Jagdhunden, sich anpirschenden Löwinnen und angreifenden Kolonnen von Wanderameisen. Mein Team hatte die Fachliteratur der Feldbiologie gelesen, wir hatten die Erkenntnisse verallgemeinert und in ein Programm-Modul namens PREDPREY eingebaut, das Agentensysteme steuern und deren Verhalten auf ein Ziel lenken konnte. Es konnte das Programm dazu bringen, ein Ziel zu suchen.

Als ich jetzt auf Rickys Bildschirm sah, wie die koordinierten Einheiten sich fließend bewegten, während sie durch die Luft kreisten, sagte ich: »Ihr habt PREDPREY eingesetzt, um eure individuellen Einheiten zu programmieren?«

»Genau. Wir haben diese Regeln verwendet.«

»Tja, das Verhalten macht auf mich einen ganz guten Eindruck«, sagte ich mit Blick auf den Bildschirm. »Wieso gibt es ein Problem?«

»Wir wissen es nicht genau.«

»Was heißt das?«

»Das heißt, wir wissen, dass es ein Problem gibt, aber wir wissen nicht genau, was die Ursache dafür ist. Ob es ein Programmproblem ist – oder was anderes.«

»Was anderes? Was denn zum Beispiel?« Ich runzelte die Stirn. »Ich kann dir nicht ganz folgen, Ricky. Das da ist bloß ein Schwarm Nanoroboter. Die machen doch genau das, was ihr wollt. Wenn die Programmierung nicht stimmt, dann ändert ihr sie eben. Oder verstehe ich da was nicht?«

Ricky sah mich bedrückt an. Er schob seinen Stuhl vom Schreibtisch weg und stand auf. »Ich zeig dir, wie wir die Agenten herstellen«, sagte er. »Dann verstehst du die Situation besser.«

Da ich Julias Präsentation auf Band gesehen hatte, war ich ungemein neugierig auf das, was er mir als Nächstes zeigen würde. Viele Leute, die ich sehr ernst nahm, hielten nämlich molekulare Herstellung für unmöglich. Einer der stärksten theoretischen Einwände war die Zeit, die es dauern würde, ein funktionierendes Molekül zu bauen. Damit es überhaupt möglich war, musste das Fließband, das die Nanoteilchen herstellte, bedeutend effizienter sein als alles, was die menschliche Produktion bisher gekannt hatte. Im Grunde liefen alle vom Menschen geschaffenen Fließbänder in etwa mit der gleichen Geschwindigkeit: Sie konnten ein Teil pro Sekunde hinzufügen. Ein Auto zum Beispiel bestand aus ein paar Tausend Teilen. Und man konnte ein Auto in wenigen Stunden zusammenbauen. Ein Passagierflugzeug hatte sechs Millionen Teile, und es dauerte mehrere Monate, bis es fertig war.

Doch ein hergestelltes Molekül bestand im Durchschnitt aus 10^{25} Teilen. Das waren 10 000 000 000 000 000 000 000 000 Teile. Eine unvorstellbar große Zahl. Das menschliche Gehirn konnte sie nicht erfassen. Berechnungen hatten jedoch ergeben, dass es, selbst wenn man pro Sekunde *eine Million Teile* zusammenbauen könnte, immer noch dreitausend Billionen Jahre dauern würde – länger als das bekannte Alter des Universums –, um ein einziges Molekül fertig zu stellen. Und das war ein Problem. Es war bekannt als das Bau-Zeit-Problem.

Ich sagte zu Ricky: »Wenn ihr industriell produziert …«

»Tun wir.«

»Dann müsst ihr das Bau-Zeit-Problem gelöst haben.«

»Haben wir.«

»Wie?«

»Wart's ab.«

Die meisten Wissenschaftler sahen die Lösung des Problems darin, mit größeren Untereinheiten zu bauen, also mit Molekularfragmenten, die aus Milliarden Atomen bestanden. Dadurch würde sich die Montagezeit auf zwei Jahre reduzieren. Dann, mit teilweiser Selbstmontage, könnte man die erforderliche Zeit auf einige Stunden runterdrücken, vielleicht sogar auf nur eine Stunde. Doch selbst mit weiteren Verbesserungen blieb es eine große theoretische Herausforderung, Produkte in großen Mengen zu erzeugen. Das Ziel bestand nämlich nicht darin, ein einziges Molekül in einer Stunde zu produzieren. Das Ziel bestand darin, mehrere Pfund Moleküle in einer Stunde herzustellen.

Niemand hatte bisher einen Weg gefunden, das möglich zu machen.

Wir kamen an einigen Labors vorbei, darunter eins, das aussah wie ein herkömmliches Mikrobiologielabor. Ich sah Mae darin herumwerkeln. Ich fragte Ricky, warum er hier ein mikrobiologisches Labor habe, doch er ging nicht auf meine Frage ein. Er war jetzt ungeduldig, in Eile. Ich sah, wie er verstohlen auf seine Uhr schaute. Direkt vor uns war eine letzte gläserne Luftschleuse. Auf der Glastür stand: »MIKROPRODUKTION«. Ricky winkte mich hinein. »Immer nur einzeln«, sagte er. »Mehr lässt das System nicht zu.«

Ich ging hinein. Die Türen schlossen sich zischend hinter mir, die Druckkissen rasteten ein. Wieder kam Wind: von unten, von den Seiten, von oben. Aber inzwischen war ich daran gewöhnt. Die zweite Tür öffnete sich, und ich ging wieder einen kurzen Korridor hinunter, der in einen großen Raum dahinter führte. Ich sah strahlend helles, weißes Licht – so hell, dass mir die Augen wehtaten.

Ricky kam mir nach, redete, während wir weitergingen, aber ich weiß nicht mehr, was er sagte. Ich konnte mich nicht auf seine Worte konzentrieren. Ich starrte bloß. Denn jetzt war ich in der Hauptmontagehalle – ein gewaltiger, fensterloser Raum, wie ein riesiger, drei Stockwerke hoher Hangar. Und in diesem Hangar befand sich ein ungeheuer komplexes Gebilde, das in der Luft zu hängen schien und wie ein Edelstein funkelte.

6. Tag, 9.12 Uhr

Zuerst begriff ich gar nicht, was ich da vor mir hatte – es sah aus wie ein riesiger, glühender Krake, der sich über mir erhob, mit glitzernden, geschliffenen Armen, die sich in alle Richtungen ausstreckten und vielfältige Spiegelungen und Farbbänder auf die Wände warfen. Doch dieser Krake hatte gleich mehrere Armschichten. Eine Schicht war weit unten, knapp dreißig Zentimeter über dem Boden. Eine zweite befand sich in Brusthöhe; die dritte und die vierte Schicht waren höher, über meinem Kopf. Und sie alle glühten, funkelten hell.

Ich blinzelte, war geblendet. Langsam erkannte ich die Einzelheiten. Der Krake befand sich in einer unregelmäßigen, dreigeschossigen Rahmenkonstruktion, die gänzlich aus modularen Glaswürfeln bestand. Böden, Wände, Decken, Treppenaufgänge – alles aus Würfeln. Doch es wirkte alles willkürlich, als hätte jemand einen Berg riesiger, transparenter Zuckerwürfel mitten im Raum abgeladen. Innerhalb dieser Anhäufung von Würfeln schlängelten sich die Arme des Kraken in alle Richtungen. Das Ganze wurde von einem Netz eloxierter Streben und Verbindungsstücke gestützt, aber sie waren wegen der Spiegelungen kaum zu erkennen, es sah deshalb aus, als würde der Krake in der Luft hängen.

Ricky grinste. »Konvergente Montage. Die Architektur ist fraktal. Nicht schlecht, was?«

Ich nickte langsam. Allmählich realisierte ich mehr Details. Was ich als Krake gesehen hatte, war in Wahrheit eine sich verästelnde Baumstruktur. Eine zentrale viereckige Leitung ragte mitten im

Raum auf, und von allen Seiten zweigten kleinere Rohre ab. Von diesen »Ästen« gingen wiederum noch kleinere Rohre weg und davon noch kleinere. Die kleinsten waren bleistiftdünn. Alles glänzte, als wäre es verspiegelt.

»Warum ist es so hell?«

»Das Glas hat eine Diamantbeschichtung«, sagte er. »Auf der molekularen Ebene ist Glas wie Schweizer Käse, voller Löcher. Und natürlich ist es flüssig, die Atome gehen einfach durch.«

»Also beschichtet ihr das Glas.«

»Genau. Geht nicht anders.«

In diesem strahlenden Wald aus Glaszweigen bewegten sich David und Rosie, machten Notizen, stellten Ventile ein, schauten auf ihre Handhelds. Ich begriff, dass ich ein höchst parallel arbeitendes Fließband vor Augen hatte. Kleine Molekülfragmente wurden in die kleinsten Rohre eingeführt und Atome hinzugefügt. Wenn das erledigt war, ging es weiter in die nächstgrößeren Rohre, wo noch mehr Atome beigegeben wurden. Auf diese Weise bewegten sich Moleküle nach und nach zum Zentrum des Gebildes, bis die Montage fertig war, und das Endprodukt wurde in das Rohr in der Mitte ausgestoßen.

»Ganz genau«, sagte Ricky. »Es funktioniert nach dem gleichen Prinzip wie ein Fließband in der Automobilherstellung, nur eben in molekularer Größenordnung. Die Moleküle fangen an den Seiten an und werden mit dem Band zur Mitte befördert. Wir fügen hier eine Proteinsequenz, da eine Methylgruppe hinzu, genau wie Türen und Räder an ein Auto montiert werden. Am Ende rollt eine neue, maßgefertigte Molekülstruktur vom Band. Genau wie wir sie haben wollen.«

»Und die verschiedenen Arme?«

»Bauen verschiedene Moleküle. Deshalb sehen sie auch unterschiedlich aus.« An mehreren Stellen reichten die Krakenarme durch einen Stahltunnel, der mit dicken Bolzen verstärkt war, zur Ableitung des Unterdrucks. An anderen Stellen war ein Würfel mit mehrschichtigem Silbermaterial isoliert, und in der Nähe sah ich Tanks mit Flüssignitrogen; in dem Abschnitt wurden extrem niedrige Temperaturen erzeugt.

»Das sind unsere Kryogenikräume«, sagte Ricky. »Wir gehen nicht sehr niedrig, bis höchstens minus siebzig Grad etwa. Komm, ich zeig's dir.« Er führte mich durch den Komplex, über gläserne Laufstege, die sich zwischen diesen Ästen hindurchwanden. An manchen Stellen führten kurze Treppen über die untersten Äste.

Ricky plapperte ununterbrochen über technische Details: vakuumumhüllte Schläuche, Metallphasentrenner, Kugel-Rückschlagventile. Als wir den isolierten Würfel erreichten, öffnete er die dicke Tür, und zum Vorschein kam ein kleiner Raum, an den ein zweiter Raum grenzte. Sie sahen aus wie zwei Kühlräume für Fleisch. Jede Tür hatte ein kleines Glasfenster. Im Augenblick herrschte Raumtemperatur. »Man kann hier gleichzeitig zwei verschiedene Temperaturen erzeugen. Einen Raum vom anderen aus steuern, wenn man will, aber normalerweise läuft alles automatisch.«

Ricky führte mich wieder nach draußen und blickte dabei auf die Uhr. Ich sagte: »Haben wir noch einen Termin?«

»Was? Nein, nein. Nichts dergleichen.« Ganz in der Nähe waren zwei Würfel, bei denen es sich eigentlich um wuchtige Metallräume handelte, in die dicke Elektrokabel liefen. Ich sagte: »Sind das eure Magneträume?«

»Richtig«, sagte Ricky. »Wir haben Pulsfeldmagnete, die im Kern sechzig Tesla erzeugen. Das ist etwa eine Million Mal so viel wie das Magnetfeld der Erde.«

Mit einem Ächzen drückte er die Stahltür des ersten Magnetraumes auf. Ich sah ein großes donutförmiges Objekt von gut einem Meter achtzig Durchmesser, mit einem zweieinhalb Zentimeter breiten Loch in der Mitte. Dieser »Donut« war völlig mit Rohrleitungen und einer Kunststoffisolierung umhüllt. Die Ummantelung war von oben bis unten mit dicken Stahlschrauben befestigt.

»Unser Schätzchen hier braucht jede Menge Kühlung, das kann

ich dir sagen. Und jede Menge Strom: fünfzehn Kilovolt. Die Ladezeit der Kondensatoren beträgt eine volle Minute. Und natürlich können wir ihn nur takten. Wenn wir ihn auf Dauer anmachen würden, würde er explodieren – von dem Feld in Stücke gerissen, das er erzeugt.« Er deutete auf den unteren Teil des Magneten, wo in Kniehöhe ein runder Druckknopf war. »Das ist die Notabschaltung«, sagte er. »Für alle Fälle. Mit dem Knie draufdrücken, wenn du die Hände voll hast.«

Ich sagte: »Ihr verwendet also hohe Magnetfelder für einen Teil eurer Ferti…«

Aber Ricky hatte sich bereits abgewandt und strebte zur Tür hinaus, schaute wieder auf seine Uhr. Ich eilte hinterher.

»Ricky…«

»Ich muss dir noch was zeigen«, sagte er. »Wir haben es gleich geschafft.«

»Ricky, das ist alles sehr eindrucksvoll«, sagte ich und deutete mit einer Handbewegung auf die leuchtenden Arme. »Aber eure Montage läuft überwiegend bei Raumtemperatur – kein Unterdruck, keine Tiefsttemperaturen, kein Magnetfeld.«

»Richtig. Keine besonderen Bedingungen.«

»Wie ist das möglich?«

Er zuckte die Achseln. »Die Assembler brauchen das nicht.«

»Die Assembler?«, fragte ich. »Willst du damit sagen, ihr habt molekulare Assembler an diesem Fließband?«

»Ja. Natürlich.«

»Assembler machen die Montage für euch?«

»Natürlich. Ich dachte, das wäre dir klar.«

»Nein, Ricky«, sagte ich, »das war mir ganz und gar nicht klar. Und ich lasse mich nicht gern anlügen.«

Er setzte eine gekränkte Miene auf. »Ich lüge nicht.«

Aber ich war mir ganz sicher, dass er log.

Als Wissenschaftler anfingen, sich mit molekularer Herstellung zu beschäftigen, erkannten sie schon zu Anfang, wie unglaublich schwer die Verwirklichung sein würde. Im Jahre 1990 schoben IBM-Forscher Xenonatome auf einem Nickelkristall hin und her, bis sie die Buchstaben »IBM« in Form des Firmenlogos ergaben. Das ganze Logo war ein Milliardstel von einem Millimeter lang und nur durch ein Elektronenmikroskop zu sehen. Es machte optisch einiges her und erhielt großes Medieninteresse. IBM erweckte die Vorstellung, es wäre der Beweis für eine Idee, als wäre damit die Tür zur molekularen Fertigung aufgestoßen worden. Aber es war im Grunde nicht mehr als ein hübsches Bravourstück.

Einzelne Atome in eine bestimmte Anordnung zu bringen war nämlich eine langsame, mühselige und teure Angelegenheit. Die IBM-Forscher benötigten einen ganzen Tag, um fünfunddreißig Atome zu bewegen. Kein Mensch glaubte, dass man auf diesem Wege eine völlig neue Technologie schaffen konnte. Stattdessen gingen die meisten davon aus, dass es den Nanotechnologen irgendwann gelingen würde, »Assembler« zu bauen – winzige molekulare Maschinen, die bestimmte Moleküle produzierten, so wie Kugellagermaschinen Kugellager. Die neue Technologie würde molekulare Maschinen benötigen, um molekulare Produkte herzustellen.

Es war eine ansprechende Idee, die praktischen Probleme waren jedoch entmutigend. Da Assembler um ein Vielfaches komplizierter waren als die Moleküle, die sie fertigten, gestaltete es sich von Anfang an sehr schwierig, sie zu entwickeln und zu bauen. Meines Wissens war es noch keinem Labor irgendwo auf der Welt tatsächlich gelungen. Aber jetzt erzählte Ricky mir, so ganz nebenbei, dass Xymos molekulare Assembler bauen konnte, die jetzt Moleküle für die Firma herstellten.

Und ich glaubte ihm nicht.

Ich arbeitete seit einer Ewigkeit in der Technologiebranche, und ich hatte ein Gespür dafür entwickelt, was möglich war. Einen solch gigantischen Sprung nach vorn gab es einfach nicht. Hatte es noch nie gegeben. Technologien waren eine Form von Wissen, und sie wuchsen, evolvierten, reiften heran, wie jedes Wissen. Wer das anders sah, konnte genauso gut glauben, dass die Brüder

Wright in der Lage gewesen wären, eine Rakete zu bauen und zum Mond zu fliegen statt nur die hundert Meter über die Sanddünen von Kitty Hawk.

Die Nanotechnologie befand sich noch immer im Kitty-Hawk-Stadium.

»Komm schon, Ricky«, sagte ich. »Wie macht ihr das wirklich?«

»Die technischen Einzelheiten sind nicht so wichtig, Jack.«

»Was redest du für einen Stuss? Natürlich sind sie wichtig.«

»Jack«, sagte er und schenkte mir sein gewinnendstes Lächeln. »Glaubst du wirklich, ich lüge dich an?«

»Ja, Ricky«, erwiderte ich. »Das glaube ich.«

Ich blickte hoch zu den Krakenarmen um mich herum. Ich war umgeben von Glas und sah mein Spiegelbild Dutzende Male in den Flächen. Es war verwirrend, desorientierend. Um meine Gedanken zu sammeln, sah ich nach unten auf meine Füße.

Und mir fiel auf, dass nicht nur die Laufstege, auf denen wir gegangen waren, sondern auch Teile des eigentlichen Bodens gläsern waren. Ein Abschnitt aus Glas war ganz in der Nähe. Ich ging darauf zu. Durch das Glas konnte ich sehen, dass auch darunter Stahlrohre und -leitungen verliefen. Eine Reihe von Leitungen weckte meine Aufmerksamkeit, weil sie vom Lagerraum zu einem Glaswürfel in der Nähe verliefen, wo sie dann aus dem Boden auftauchten und nach oben strebten, um in die kleineren Röhrchen überzugehen.

Das, so nahm ich an, war die Materialzufuhr – der Brei aus organischem Rohmaterial, der auf dem Fließband in fertige Moleküle verwandelt würde.

Ich blickte wieder nach unten und folgte den Rohren zurück zu der Stelle, wo sie vom angrenzenden Raum hereinkamen. Auch diese Anschlussstelle war aus Glas. Ich konnte die geschwungenen Stahlbäuche der großen Kessel sehen, die mir zuvor aufgefallen waren. Die Tanks, die ich für eine Mikrobrauerei gehalten hatte. Denn so hatte es wirklich ausgesehen, eine kleine

Brauerei. Maschinen für kontrollierte Gärung, für kontrolliertes Mikrobenwachstum.

Und dann begriff ich, was es wirklich war.

Ich sagte: »Du verdammter Mistkerl.«

Ricky lächelte wieder und zuckte die Achseln. »Was willst du«, sagte er. »Hauptsache, die Arbeit wird gemacht.«

Die Kessel im nächsten Raum waren tatsächlich Tanks für kontrolliertes Mikrobenwachstum. Aber Ricky stellte kein Bier her – er stellte Mikroben her, und ich hatte keinen Zweifel an dem Grund dafür. Da Xymos nicht fähig war, echte Nanoassembler zu bauen, erzeugten sie ihre Moleküle mithilfe von Bakterien. Das war Gentechnologie, nicht Nanotechnologie.

»Na ja, nicht direkt«, erwiderte Ricky, nachdem ich ihm gesagt hatte, was ich dachte. »Aber ich gebe zu, dass wir eine hybride Technologie anwenden. Aber das ist doch wohl keine große Überraschung, oder?«

Das stimmte. Seit mindestens zehn Jahren prophezeiten Experten, dass Gentechnologie, Informatik und Nanotechnologie irgendwann miteinander verschmelzen würden. Alle drei beschäftigten sich mit ähnlichen – und miteinander verzahnten – Dingen. Es war kein allzu großer Unterschied, ob per Computer Teile eines bakteriellen Genoms decodiert wurden oder ob ein Computer dabei half, neue Gene in die Bakterien einzuführen, um neue Proteine herzustellen. Und es war auch kein großer Unterschied, ob neue Bakterien erzeugt wurden, um beispielsweise Insulinmoleküle zu gewinnen, oder ob ein künstlicher, mikromechanischer Assembler hergestellt wurde, um Moleküle zusammenzufügen. Es geschah alles auf molekularer Ebene. Die Herausforderung war in jedem Fall gleich: Menschliches Design sollte äußerst komplexen Systemen aufgezwungen werden. Und Molekulardesign war ungeheuer kompliziert.

Man konnte sich ein Molekül als eine Reihe von Atomen vorstellen, die wie Legosteine eines nach dem anderen zusammengesteckt wurden. Aber das Bild hinkte. Denn anders als beim Lego ließen sich Atome nicht in jeder beliebigen Reihenfolge verbinden. Ein eingefügtes Atom war starken lokalen Einflüssen ausgesetzt – magnetischen und chemischen – mit häufig unerwünschten Folgen. Es konnte passieren, dass das Atom aus seiner Position befördert wurde, es konnte sein, dass es blieb, wo es war, aber irgendwie schief. Es konnte sogar sein, dass es das gesamte Molekül zu Knoten verhedderte.

Demzufolge war molekulare Herstellung eine Übung in der Kunst des Möglichen, in der Kunst, Atome und Gruppen von Atomen zu ersetzen, um äquivalente Strukturen zu produzieren, die auf die gewünschte Weise funktionieren würden. Angesichts der großen Schwierigkeiten konnte man jedoch unmöglich darüber hinwegsehen, dass bereits erprobte Molekularfabriken existierten, die in der Lage waren, Moleküle in großen Mengen zu fertigen: Sie wurden Zellen genannt.

»Leider kann uns die zellulare Herstellung nur bis zu einem gewissen Punkt weiterhelfen«, sagte Ricky. »Wir ernten die Substratmoleküle – das Rohmaterial – und verwenden sie dann für die anschließenden nanotechnologischen Verfahren. Wir nutzen also von beidem etwas.«

Ich deutete auf die Tanks. »Was für Zellen züchtet ihr?«

»Theta-d 5972«, sagte er.

»Und das ist was?«

»Ein E. coli-Stamm.«

E. coli war ein herkömmliches Bakterium, das ziemlich häufig in der natürlichen Umgebung vorkam, sogar im menschlichen Darm. Ich sagte: »Ist denn keiner mal auf den Gedanken gekommen, dass es vielleicht nicht ganz so gut ist, Zellen zu verwenden, die im menschlichen Körper leben können?«

»Eigentlich nicht«, sagte er. »Offen gestanden, hat das keine Rolle gespielt. Wir wollten einfach eine Zelle, die hinreichend erforscht und in der Fachliteratur ausführlich behandelt ist. Wir haben einen Industriestandard ausgesucht.«

»Aha …«

»Jedenfalls«, fuhr Ricky fort, »glaube ich nicht, dass es ein Problem ist, Jack. Es wird nicht im menschlichen Darm blühen und gedeihen. Theta-d ist für verschiedene Nährstoffquellen optimiert worden – damit es preiswert im Labor gezüchtet werden kann. Ich glaube, es kann sogar auf Abfall wachsen.«

»So kriegt ihr also eure Moleküle. Bakterien machen sie.«

»Ja«, sagte er, »so kriegen wie die *Primär*moleküle. Wir ernten siebenundzwanzig Primärmoleküle. Sie fügen sich in relativ hoch temperierten Umgebungen zusammen, wo die Atome aktiver sind und sich schnell vermischen.«

»Ist es deshalb hier so heiß?«

»Ja. Die maximale Reaktionseffizienz liegt bei vierundsechzig Grad Celsius, also arbeiten wir mit der Temperatur. So erreichen wir die schnellste Kombinationsgeschwindigkeit. Aber die Moleküle hier verbinden sich auch bei erheblich niedrigeren Temperaturen. Schon bei zwei bis fünf Grad Celsius ist ein gewisses Maß an Molekularverbindung möglich.«

»Und andere Bedingungen braucht ihr nicht?«, sagte ich. »Vakuum? Druck? Hohe Magnetfelder?«

Ricky schüttelte den Kopf. »Nein, Jack. Wir halten diese Bedingungen aufrecht, um die Produktion zu beschleunigen, aber es ist nicht zwingend erforderlich. Das Design ist recht elegant. Die Komponentenmoleküle fügen sich ganz problemlos zusammen.«

»Und die verbinden sich dann, um euren endgültigen Assembler zu bilden?«

»Der dann die Moleküle zusammensetzt, die wir haben wollen. Ja.«

Es war eine clevere Lösung, die Assembler mithilfe von Bakterien zu schaffen. Aber Ricky erzählte mir, dass die Komponenten sich fast automatisch selbst zusammensetzten und dass dazu lediglich eine hohe Temperatur erforderlich war. Wozu diente dann diese komplizierte Glaskonstruktion?

»Effizienz und Arbeitsteilung«, sagte Ricky. »In den verschiedenen Armen können wir bis zu neun Assembler gleichzeitig bauen.«

»Und wo fertigen die Assembler die endgültigen Moleküle?«

»Auch in diesem Gebilde da. Aber vorher setzen wir sie neu an.«

Ich schüttelte den Kopf. Der Ausdruck sagte mir nichts. »Ihr setzt sie neu an?«

»Das ist eine kleine Verbesserung, die wir hier entwickelt haben. Wir lassen sie patentieren. Also, unser System lief von Anfang an einwandfrei – aber unsere Erträge waren unglaublich niedrig. Wir haben ein halbes Gramm fertiger Moleküle pro Stunde geerntet. Bei dem Tempo hätte es mehrere Tage gedauert, eine einzige Kamera zu bauen. Wir kamen nicht dahinter, wo das Problem lag. Die Schlussmontage in den Armen erfolgt in der Gasphase. Wir fanden heraus, dass die Molekularassembler schwer waren und zu Boden sanken. Die Bakterien lagerten sich auf einer Schicht über ihnen ab und setzten Komponentenmoleküle frei, die noch leichter waren und höher schwebten. Die Assembler hatten daher sehr wenig Kontakt zu den Molekülen, die sie zusammenbauen sollten. Wir haben es mit einer Technologiemischung versucht, aber das hat nichts gebracht.«

»Was habt ihr also gemacht?«

»Wir haben das Assemblerdesign verändert, um eine lipotrophe Basis zu erhalten, die an der Oberfläche der Bakterien haftet. So kamen die Assembler besser mit den Komponentenmolekülen in Kontakt, und unsere Erträge schnellten sofort in die Höhe.«

»Und jetzt sitzen eure Assembler auf den Bakterien?«

»Genau. Sie haften an der äußeren Zellmembran.«

An einem Computer in der Nähe drückte Ricky ein paar Tasten und holte das Assemblerdesign auf den Flachbildschirm. Der Assembler sah aus wie eine Art Windrädchen für Kinder, eine Reihe von Spiralarmen ragte in verschiedene Richtungen, und in der Mitte war ein dichter Knoten Atome. »Es ist fraktal, wie ich gesagt habe«, bemerkte er. »Es sieht also ganz ähnlich aus, nur um einiges kleiner.« Er lachte. »Wie die Puppe in der Puppe in der Puppe.« Er tippte wieder. »Jedenfalls, das hier ist die verbundene Konfiguration.«

Der Bildschirm zeigte jetzt den Assembler, der an einem erheblich größeren, pillenförmigen Objekt klebte, wie ein Windrad an einem Unterseeboot. »Das da ist das Theta-d-Bakterium«, sagte Ricky. »Mit dem Assembler dran.«

Während ich auf den Bildschirm starrte, gesellten sich noch ein paar Windrädchen mehr hinzu. »Und diese Assembler bauen die eigentlichen Kameraeinheiten?«

»Richtig.« Er tippte wieder. Ich sah ein neues Bild. »Das ist die Mikromaschine, die wir geplant haben, die endgültige Kamera. Du hast ja die Blutstromversion gesehen. Das da ist die Pentagonversion, um einiges größer und als Fluggerät geplant. Was du da siehst, ist im Grunde ein molekularer Hubschrauber.«

»Wo ist der Propeller?«, fragte ich.

»Hat keinen. Die Maschine benutzt diese kleinen, runden vorstehenden Teile, die du da siehst, die in verschiedenen Winkeln abstehen. Das sind die Motoren. Die Maschinen manövrieren dann, indem sie an der Viskosität der Luft hochsteigen.«

»An der *was*?«

»Viskosität. Der Luft.« Er lächelte. »Wir befinden uns auf der Ebene der Mikromaschinen, vergiss das nicht. Das ist eine ganz neue Welt, Jack.«

So innovativ das Design auch war, Ricky war noch immer an die technischen Vorgaben des Pentagons gebunden, und das Produkt leistete nicht das, was von ihm verlangt wurde. Ja, sie hatten eine Kamera gebaut, die nicht abgeschossen werden konnte, und sie übertrug Bilder ohne Fehl und Tadel. Ricky erklärte, dass sie bei den Tests in geschlossenen Räumen ausgezeichnet funktionierte. Aber draußen wurde sie selbst bei einer schwachen Brise weggeweht wie die Staubwolke, die sie nun mal war.

Das Technikteam bei Xymos war dabei, die Einheiten zu verändern, was größere Beweglichkeit mit sich bringen sollte, doch bislang ohne Erfolg. Unterdessen war das Verteidigungsministerium zu dem Schluss gelangt, dass diese Designschwächen nicht zu beheben waren, und hatte von dem ganzen Nanokonzept Abstand genommen; der Vertrag mit Xymos war gekündigt worden; in spätestens sechs Wochen würde das Pentagon den Geldhahn zudrehen.

Ich sagte: »War Julia deshalb in den letzten Wochen so verzweifelt dahinter her, Investorenkapital aufzutreiben?«

»Genau«, sagte Ricky. »Um ehrlich zu sein, es ist möglich, dass die Firma noch vor Weihnachten den Bach runtergeht.«

»Es sei denn, ihr kriegt die Einheiten so hin, dass sie auch bei Wind funktionieren.«

»Du hast es erfasst.«

Ich sagte: »Ricky, ich bin Programmierer. Ich kann euch nicht bei den Problemen helfen, die ihr mit der Agentenbeweglichkeit habt. Das fällt in den Bereich Molekulardesign. Das ist Technik. Das ist nicht mein Gebiet.«

»Mm, das weiß ich.« Er stockte, runzelte die Stirn. »Aber, ehrlich gesagt, wir glauben, der Programmcode könnte vielleicht die Lösung sein.«

»Der Code? Die Lösung wofür?«

»Jack, ich muss offen zu dir sein. Wir haben einen Fehler gemacht«, sagte er. »Aber es ist nicht unsere Schuld. Ich schwöre. Wir können nichts dafür. Es waren die von der Wartungsfirma.« Er ging die Treppe hinunter. »Komm, ich zeig's dir.«

Eilig ging er vor mir her zur anderen Seite der Montagehalle, wo ich eine offene, gelbe Aufzugskabine sah, die an der Wand montiert war. Es war ein kleiner Aufzug, und mir war mulmig zu Mute, weil er offen war, und ich konnte nicht runterschauen. Ricky sagte: »Höhenangst?«

»Bin nicht schwindelfrei.«

»Tja, ist aber immer noch besser als zu Fuß.« Er deutete zu einer Seite, wo eine Eisenleiter an der Wand bis zur Decke hochführte. »Wenn der Aufzug streikt, müssen wir die hochklettern.«

Mich schauderte. »Ohne mich.«

Wir fuhren mit dem Aufzug bis ganz nach oben, drei Stockwerke über dem Boden. Unter der Decke hing ein Gewirr aus Leitungen und Rohren sowie ein Netzwerk aus Gitterrostlaufstegen, damit alles gewartet werden konnte. Ich fand die Roste fürchterlich, weil ich durch sie hindurch in die Tiefe schauen konnte. Ich bemühte mich, nicht nach unten zu sehen. Wegen der tief hängenden Rohre mussten wir immer wieder den Kopf einziehen. Ricky schrie über den Maschinenlärm hinweg.

»Hier oben ist alles untergebracht!«, brüllte er und zeigte in verschiedene Richtungen. »Gebläse da drüben! Da der Wassertank für die Brandschutzsprinkleranlage! Stromverteilerkästen da vorn! Hier ist wirklich das eigentliche Herz!« Ricky ging weiter den Steg entlang, blieb schließlich neben einem großen Entlüftungsrohr stehen, das fast einen Meter Durchmesser hatte und in die Außenwand führte.

»Das ist Entlüftung drei«, sagte er, dicht zu meinem Ohr gebeugt. »Insgesamt haben wir vier Hauptentlüftungsrohre, die Luft nach draußen pusten. So. Siehst du die Schlitze da entlang des Rohrs und die quadratischen Kästen in den Schlitzen? Das sind die Filter. Wir haben in mehreren Schichten übereinander Mikrofilter installiert, die verhindern, dass irgendwelche Schadstoffe nach draußen entweichen.«

»Ich sehe sie …«

»Du siehst sie *jetzt*«, sagte Ricky. »Leider haben die Wartungsleute vergessen, die Filter in dem Rohr da einzubauen. Die haben nicht mal die Schlitze reingeschnitten, sodass bei der Gebäudeabnahme keiner gemerkt hat, dass was fehlt. Es wurde abgenommen; wir haben mit der Arbeit losgelegt. Und wir haben ungefilterte Luft in die Umwelt gepustet.«

»Wie lange?«

Ricky biss sich auf die Lippe. »Drei Wochen.«

»Und die Produktion lief auf vollen Touren?«

Er nickte. »Wir schätzen, wir haben rund fünfundzwanzig Kilo Schadstoffe rausgepustet.«

»Und was für Schadstoffe?«

»Ein bisschen von allem. Was genau, wissen wir nicht.«

»Ihr habt also E. coli, Assembler, fertige Moleküle, alles nach draußen geblasen?«

»Genau. Aber wir wissen nicht, in welchem Verhältnis.«

»Spielt es eine Rolle, in welchem Verhältnis?«

»Könnte sein. Ja.«

Ricky wurde immer fahriger, während er mir das alles erzählte, biss sich auf die Lippe, kratzte sich am Kopf, wich meinem Blick aus. Ich verstand das nicht. In den Annalen der industriellen Luftverpestung waren fünfzig Pfund Schadstoffe eine Bagatelle. Fünfzig Pfund Material würden bequem in eine Sporttasche passen. Eine derart geringe Menge fiel einfach nicht ins Gewicht, wenn sie nicht hochtoxisch oder radioaktiv war – und das war nicht der Fall.

Ich sagte: »Ricky, was soll's? Die Partikel hat der Wind inzwischen über Hunderte Meilen in der Wüste verstreut. Durch das Sonnenlicht und die kosmische Strahlung werden sie zerfallen. Sie lösen sich auf, zersetzen sich. Nach ein paar Stunden oder Tagen ist nichts mehr von ihnen übrig. Richtig?«

Ricky zuckte die Achseln. »Ehrlich gesagt, Jack, genau das ist nicht…«

Und in diesem Augenblick ging der Alarm los.

Es war ein ruhiger Alarm, nur ein leises, hartnäckiges Klingeln, aber Ricky schreckte zusammen. Er lief den Steg entlang, seine Füße klapperten auf dem Metall, bis zu einem Computerterminal, das an der Wand befestigt war. In der Ecke des Monitors war ein Statusfenster. Es blinkte rot: »PV-90 ENTRY«.

Ich sagte: »Was bedeutet das?«

»Etwas hat den Peripheriealarm ausgelöst.« Er nahm sein Funkgerät vom Gürtel und sagte: »Vince, alles dicht machen.«

Das Funkgerät knisterte. »Schon geschehen, Ricky.«

»Überdruck erhöhen.«

»Er liegt bei fünf Pfund über normal. Wollen Sie mehr?«

»Nein. So lassen. Haben wir Sicht?«

»Noch nicht.«

»Scheiße.« Ricky steckte das Funkgerät wieder an seinen Gürtel, fing an, schnell zu tippen. Der Computerbildschirm teilte sich in ein halbes Dutzend Bilder von Sicherheitskameras, die überall draußen auf dem Gelände verteilt waren. Einige zeigten die Wüste von oben, von den Gebäudedächern. Andere waren Aufnahmen vom Boden aus. Die Kameras schwenkten langsam.

Ich sah nichts. Nur Wüstengestrüpp und ab und zu ein paar Kakteen.

»Falscher Alarm?«, fragte ich.

Ricky schüttelte den Kopf. »Schön wär's.«

Ich sagte: »Ich seh nichts.«

»Es dauert ein Weilchen, bis man es entdeckt.«

»Was entdeckt?«

»*Das.*«

Er zeigte auf den Monitor und biss sich auf die Lippe.

Ich sah etwas, das aussah wie eine kleine, wirbelnde Wolke aus dunklen Partikeln. Wie ein Sandteufel, diese kleinen Sandhosen, die sich über den Boden bewegten, aufgewirbelt von Konvektionsströmungen, die aus der heißen Wüste aufstiegen. Nur dass diese Wolke schwarz war und einigermaßen konturiert – es schien, als wäre sie in der Mitte eingedrückt, ein wenig so wie eine altmodische Cola-Flasche. Aber sie behielt die Form nicht ständig bei. Die Umrisse verwandelten sich ständig, gestalteten sich immer wieder neu.

»Ricky«, sagte ich. »Was ist das da?«

»Ich hatte gehofft, das könntest du mir sagen.«

»Es sieht aus wie ein Agentenschwarm. Ist das euer Kameraschwarm?«

»Nein. Es ist was anderes.«

»Woher weißt du das?«

»Weil wir die Wolke nicht kontrollieren können. Sie reagiert nicht auf unsere Funksignale.«

»Habt ihr's versucht?«

»Ja. Seit fast zwei Wochen versuchen wir, Kontakt zu ihr herzustellen, aber aus irgendeinem Grund können wir nicht mit ihr interagieren.«

»Dann habt ihr also einen Schwarm, der sich selbstständig gemacht hat.«

»Ja.«

»Der autonom handelt.«

»Ja.«

»Und das geht so seit …«

»Tagen. Seit etwa zehn Tagen.«

»Zehn Tage?« Ich runzelte die Stirn. »Wie ist das möglich, Ricky? Der Schwarm ist eine Ansammlung von Mikrorobotern. Wieso haben sie sich nicht aufgelöst? Oder wieso ist ihnen nicht die Energie ausgegangen? Und warum könnt ihr sie nicht kontrollieren? Wenn sie nämlich die Fähigkeit haben, einen Schwarm zu bilden, dann gibt es irgendeine elektrisch vermittelte Interaktion zwischen ihnen. Also müsstet ihr doch eigentlich in der Lage sein, den Schwarm zu kontrollieren – oder ihn wenigstens auseinander zu reißen.«

»Alles richtig«, sagte Ricky. »Aber es klappt nicht. Und wir haben alles Erdenkliche versucht.« Er blickte konzentriert auf den Bildschirm. »Die Wolke ist von uns unabhängig. Basta.«

»Und deshalb habt ihr mich hergeholt …«

»Damit du uns hilfst, das verdammte Ding da wieder einzufangen«, sagte Ricky.

6. Tag, 9.32 Uhr

Das war, so dachte ich, ein Problem, das sich noch nie ein Mensch hatte träumen lassen. In all den Jahren, in denen ich Agenten programmiert hatte, war es in erster Linie darum gegangen, sie zu einer Interaktion zu bewegen, die nützliche Ergebnisse hervorbrachte. Wir waren nie auf den Gedanken gekommen, dass es ein ernstes Kontrollproblem geben könnte oder dass die Agenten sich unabhängig machen könnten. Weil das einfach nicht wahrscheinlich war. Einzelne Agenten waren zu klein, um sich selbst mit Energie zu versorgen; sie waren auf irgendeine externe Energiequelle angewiesen, auf beispielsweise ein Elektro- oder Mikrowellenfeld. Man brauchte das Feld nur abzuschalten, und die Agenten starben. Der Schwarm war nicht schwerer zu kontrollieren als ein Küchengerät, ein Mixer zum Beispiel. Strom abschalten, und aus war er.

Aber jetzt erzählte Ricky mir, dass diese Wolke seit Tagen autonom existierte. Das war mir einfach unerklärlich. »Woher kriegt sie die Energie?«

Ricky seufzte. »Wir haben die Einheiten mit kleinen Piezo-Scheiben ausgestattet, um Strom aus Photonen zu erzeugen. Nur als Zusatz – ist uns erst nachträglich eingefallen –, aber das reicht ihnen offenbar aus.«

»Dann laufen die Einheiten mit Solarenergie«, sagte ich.

»Genau.«

»Wessen Idee war das?«

»Das Pentagon wollte es so.«

»Und habt ihr auch Speicherkapazität eingebaut?«

»Ja. Für drei Stunden.«

»Okay, schön«, sagte ich. Jetzt kamen wir der Sache ein Stück näher. »Sie haben also Energie für drei Stunden. Was passiert abends?«

»Abends geht ihnen nach drei Stunden Dunkelheit vermutlich die Energie aus.«

»Und dann löst sich die Wolke auf?«

»Ja.«

»Und die einzelnen Einheiten fallen zu Boden?«

»Vermutlich, ja.«

»Könnt ihr sie dann nicht kontrollieren?«

»Könnten wir«, sagte Ricky, »wenn wir sie finden würden. Wir machen uns jeden Abend auf die Suche. Aber wir finden sie einfach nicht.«

»Habt ihr Markierungen eingebaut?«

»Ja, klar. Jede Einheit hat ein fluoreszierendes Modul in der Außenhaut. Bei UV-Licht leuchtet es blaugrün.«

»Ihr sucht also abends im Dunkeln nach einem Fleckchen Wüste, das blaugrün leuchtet.«

»Genau. Und bisher haben wir es nicht gefunden.«

Das überraschte mich eigentlich nicht. Falls die Wolke dicht in sich zusammenfiel, würde sie auf dem Wüstenboden ein Häufchen von fünfzehn Zentimeter Durchmesser bilden. Und da draußen war eine große Wüste. Wo etwas so Kleines leicht zu übersehen war. Kein Wunder, dass sie nicht fündig wurden, Nacht für Nacht.

Doch als ich weiter über das Problem nachdachte, fiel mir noch ein Aspekt ein, aus dem ich nicht schlau wurde. Sobald die Wolke zu Boden sank – sobald die einzelnen Einheiten keine Energie mehr hatten –, dann war die Wolke kein organisiertes Ganzes mehr. Sie konnte vom Wind zerstreut werden, wie ganz gewöhnliche Staubpartikel, ohne eine Chance, sich wieder neu zu formieren. Aber das passierte offenbar nicht. Die Einheiten zerstreuten sich nicht. Stattdessen kam die Wolke jeden Tag wieder. Wieso?

»Wir glauben«, sagte Ricky, »sie versteckt sich nachts.«

»Sie versteckt sich?«

»Ja. Wir glauben, sie sucht sich irgendeinen geschützten Bereich, vielleicht einen Überhang oder ein Loch in der Erde, irgendwas in der Art.«

Ich deutete auf die Wolke, die auf uns zugewirbelt kam. »Du glaubst, der Schwarm da ist in der Lage, sich zu *verstecken*?«

»Ich glaube, er ist anpassungsfähig. Genauer gesagt, ich weiß es.« Er seufzte. »Und überhaupt, es gibt nicht nur einen Schwarm, Jack.«

»Nicht nur einen?«

»Mindestens drei. Vielleicht mehr, inzwischen.«

Im ersten Moment war mein Kopf wie leer, und eine Art träge, graue Fassungslosigkeit spülte über mich hinweg. Ich konnte plötzlich nicht mehr denken, verstand gar nichts mehr. »Was willst du damit sagen?«

»Ich will damit sagen, dass er sich vermehrt, Jack«, erwiderte er. »Der verdammte Schwarm vermehrt sich.«

Die Kamera zeigte jetzt ein ebenerdiges Bild von der Staubwolke, die wirbelnd auf uns zukam. Doch bei genauerem Hinsehen merkte ich, dass sie gar nicht wie ein Sandteufel wirbelte. Stattdessen drehten sich die Partikel in einer schlängelnden Bewegung mal zur einen, mal zur anderen Seite.

Sie schwärmten eindeutig.

»Schwärmen« nannte man das Verhalten bestimmter Staaten bildender Insekten wie Ameisen oder Bienen, die immer dann schwärmten, wenn sie sich einen neuen Stock suchten. Eine Wolke Bienen flog immer wellenförmig zuerst in die eine, dann in die andere Richtung, wie ein dunkler Fluss in der Luft. Wenn der Schwarm Pause machte, hängte er sich wie eine Traube an einen Baum, für eine Stunde, vielleicht auch über Nacht, und setzte dann seinen Weg fort. Und sobald die Bienen einen neuen Platz für ihr Volk gefunden hatten, hörten sie auf zu schwärmen.

Seit einigen Jahren schrieben Informatiker Programme, die dieses Insektenverhalten simulierten. Schwarmintelligenz-Algorithmen waren ein wichtiges Werkzeug bei der Computerprogrammierung geworden. Für Programmierer war ein Schwarm eine Population von Computeragenten, die mithilfe verteilter Intelligenz gemeinsam an der Lösung eines Problems arbeiteten. Schwärmen wurde eine verbreitete Methode, Agenten so zu organisieren, dass sie interagierten. Wissenschaftliche Gesellschaften und Kongresse widmeten sich diesem Thema. In jüngster Zeit war es gar eine Art Verlegenheitslösung geworden – wer nichts Originelles codieren konnte, ließ eben seine Agenten schwärmen.

Doch jetzt sah ich auf dem Bildschirm, dass die Wolke nicht im üblichen Sinne schwärmte. Das Schlängeln, das Hin und Her, war offenbar nur ein Teil der Fortbewegung. Ich erkannte auch ein rhythmisches Ausdehnen und Zusammenziehen, ein Pulsieren, fast wie Atmung. Und es gab auch vertikale Bewegungen. Die Wolke schien dünner zu werden und höher zu steigen, dann zusammenzufallen, sodass sie gedrungener war. Diese Veränderungen geschahen kontinuierlich und rhythmisch – oder besser gesagt, in einer Reihe sich überlagernder Rhythmen.

»Scheiße«, sagte Ricky. »Ich seh die anderen nicht. Und ich weiß, dass er nicht allein ist.« Wieder schaltete er das Funkgerät ein. »Vince? Sehen Sie einen von den anderen?«

»Nein, Ricky.«

»Wo sind die anderen? Leute? Ich will was hören!«

Funkgeräte knisterten in der gesamten Anlage. Bobby Lembeck: »Ricky, er ist allein.«

»Er kann nicht allein sein.«

Mae Chang: »Ricky, da draußen ist sonst nichts zu entdecken.«

»Nur *ein* Schwarm, Ricky.« Das kam von David Brooks.

»Er kann nicht allein sein!« Ricky umklammerte das Funkgerät so fest, dass seine Finger weiß wurden. Er drückte den Knopf. »Vince? Den Überdruck rauf auf sieben.«

»Im Ernst?«

»Machen Sie schon.«

»Na schön, wenn Sie wirklich meinen …«

»Sparen Sie sich die blöden Bemerkungen und tun Sie, was ich sage!«

Ricky wollte den Überdruck innerhalb des Gebäudes auf sieben Pfund pro Quadratzoll erhöhen lassen. In allen Betriebsanlagen, in denen extreme Sauberkeit erforderlich war, musste stets ein Überdruck herrschen, damit kein Staub von draußen eindringen konnte, falls es mal eine undichte Stelle gab; die Partikel würden durch die entweichende Luft nach außen geblasen. Aber dafür reichten ein oder zwei Pfund Überdruck. Sieben Pfund waren sehr viel. Völlig unnötig, um passive Teilchen fern zu halten.

Aber diese Partikel waren natürlich nicht passiv.

Als ich die Wolke beobachtete, die wirbelnd und schlängelnd näher kam, sah ich, dass Teile von ihr hin und wieder das Sonnenlicht auffingen, sie glänzten und schillerten silbrig. Dann verblasste die Farbe, und der Schwarm wurde wieder schwarz. Das mussten die Piezo-Plättchen sein, die die Sonne spiegelten. Aber es zeigte deutlich, dass die einzelnen Mikroeinheiten enorm beweglich waren, denn nie wurde die ganze Wolke gleichzeitig silbern, immer nur teilweise oder in Streifen.

»Ich dachte, das Pentagon hätte den Vertrag mit euch gekündigt, weil ihr den Schwarm bei Wind nicht steuern könnt.«

»Richtig. Haben wir nicht hingekriegt.«

»Aber ihr müsst in den letzten Tagen doch starken Wind gehabt haben.«

»Natürlich. Kommt meist am späten Nachmittag auf. Gestern hatten wir zehn Knoten.«

»Wieso ist der Schwarm dann nicht weggeweht worden?«

»Weil er den Dreh rausgekriegt hat«, sagte Ricky düster. »Er hat sich angepasst.«

»Wie?«

»Schau genau hin, dann siehst du's. Immer, wenn eine Bö kommt, sinkt der Schwarm ab, schwebt dicht am Boden. Und er steigt wieder auf, sobald der Wind sich legt.«

»Ist das emergentes Verhalten?«

»Genau. Niemand hat es programmiert.« Er biss sich auf die Lippe. War das wieder gelogen?

»Du willst also damit sagen, dass er gelernt hat …«

»Ganz genau.«

»Wie kann er lernen? Die Agenten haben keinen Speicher.«

»Äh … tja, das ist eine lange Geschichte«, sagte Ricky.

»Sie haben Speicher?«

»Ja, sie haben Speicher. Begrenzt. Wir haben ihn eingebaut.« Ricky drückte den Knopf an seinem Funkgerät. »Irgendwer was gehört?«

Die Antworten kamen, knisterten in seinem Gerät.

»Noch nicht.«

»Nichts.«

»Keine Geräusche?«

»Bisher nicht.«

Ich sagte zu Ricky: »Er macht Geräusche?«

»Wir sind nicht ganz sicher. Manchmal hört es sich so an. Wir haben versucht, es aufzunehmen …« Er tippte auf der Computertastatur, wechselte rasch zwischen den Monitorbildern hin und her, vergrößerte sie nacheinander. Er schüttelte den Kopf. »Das gefällt mir nicht. Er kann nicht allein sein«, sagte er. »Ich will wissen, wo die anderen sind.«

»Woher weißt du, dass es noch andere gibt?«

»Weil sie immer dabei sind.« Er kaute angespannt auf seiner Lippe, während er auf den Monitor blickte. »Ich frag mich, was er nun wieder vorhat …«

Wir mussten nicht lange warten. Augenblicke später war der

schwarze Schwarm bis auf wenige Meter an das Gebäude herangekommen. Urplötzlich halbierte er sich, und einer halbierte sich dann noch einmal. Jetzt waren es drei Schwärme, die nebeneinander wirbelten.

»Sauerei«, sagte Ricky. »Er hat die anderen in sich drin versteckt.« Er drückte wieder den Knopf seines Funkgeräts. »Leute, wir haben alle drei. Und sie sind ganz nah.«

Sie waren sogar so nah, dass die Bodenkamera sie nicht erfassen konnte. Ricky schaltete auf die Dachkameras um. Ich sah drei schwarze Wolken, die sich alle seitwärts an dem Gebäude entlangbewegten. Ihr Verhalten wirkte ausgesprochen zielbewusst.

»Was haben die vor?«, fragte ich.

»Die wollen ins Gebäude«, sagte Ricky.

»Wieso?«

»Das musst du sie schon selbst fragen. Gestern hat einer von ihnen …«

Plötzlich kam aus einer Gruppe Kakteen nicht weit vom Gebäude ein Wildkaninchen geschossen und flitzte über den Wüstensand. Sofort machten die drei Schwärme kehrt und nahmen die Verfolgung auf.

Ricky wechselte zu einer anderen Kamera. Wir hatten jetzt die ebenerdige Perspektive. Die drei Wolken näherten sich dem verängstigten Kaninchen, das jetzt noch schneller lief, ein unscharfer weißlicher Fleck auf dem Bildschirm. Die Wolken rauschten mit verblüffender Geschwindigkeit hinter ihm her. Das Verhalten war eindeutig: *Sie jagten.*

Einen kurzen Moment lang spürte ich einen irrationalen Stolz. PREDPREY funktionierte einwandfrei! Die Schwärme dort hätten genauso gut Löwinnen sein können, die eine Gazelle hetzten, so zielgerichtet war ihr Verhalten. Die Schwärme machten einen jähen Schwenk, teilten sich dann auf und schnitten dem Kaninchen links und rechts den Fluchtweg ab. Das Verhalten der drei Wolken wirkte eindeutig koordiniert. Jetzt umzingelten sie ihre Beute und waren ganz nah.

Und plötzlich stieß einer der Schwärme herab und hüllte das Kaninchen ein. Die anderen beiden stürzten sich Sekunden später auf das Tier. Die entstandene Partikelwolke war jetzt so dicht, dass das Kaninchen kaum noch zu erkennen war. Offenbar hatte es sich auf den Rücken gedreht, denn ich sah, wie die Hinterläufe krampfhaft in die Luft traten, oberhalb der Wolke.

Ich sagte: »Sie töten es ...«

»Ja«, sagte Ricky und nickte. »Stimmt.«

»Ich dachte, es wäre ein Kameraschwarm.«

»Ja, klar.«

»Wie töten sie es dann?«

»Das wissen wir nicht, Jack. Aber es geht schnell.«

Ich zog die Augenbrauen hoch. »Dann hast du das schon mal gesehen?«

Ricky zögerte, biss sich auf die Lippe. Antwortete nicht, starrte bloß auf den Bildschirm.

Ich sagte: »Ricky, hast du das schon mal gesehen?«

Er stieß einen langen Seufzer aus. »Ja. Gestern das erste Mal. Gestern haben sie eine Klapperschlange getötet.«

Ich dachte, *gestern haben sie eine Klapperschlange getötet*. Ich sagte: »Herrgott, Ricky.« Ich dachte an die Männer im Hubschrauber, die über die vielen toten Tiere gesprochen hatten. Ich fragte mich, ob Ricky mir alles erzählte, was er wusste.

»Ja.«

Das Kaninchen trat nicht mehr mit den Hinterläufen. Eine einzelne vorstehende Pfote erbebte mit kleinen Zuckungen und blieb dann reglos. Die Wolke wirbelte tief über dem Boden um das Tier herum, hob und senkte sich leicht. So ging es fast eine Minute.

Ich sagte: »Was machen die da?«

Ricky schüttelte den Kopf. »Ich weiß nicht. Aber das haben sie gestern auch schon gemacht.«

»Sieht fast so aus, als würden sie das Kaninchen fressen.«

»Ich weiß«, sagte Ricky.

Natürlich war es absurd. PREDPREY war doch bloß eine biologische Analogie. Während ich der pulsierenden Wolke zuschaute, kam mir der Gedanke, dass dieses Verhalten vielleicht ein Programmhänger war. Ich erinnerte mich nicht genau, welche Regeln wir für einzelne Einheiten geschrieben hatten, was sie tun sollten, nachdem das Ziel erreicht war. Reale Raubtiere würden ihre Beute natürlich fressen, aber für diese Mikroroboter gab es kein analoges Verhalten. Es konnte also durchaus sein, dass die Wolke einfach nur verwirrt herumwirbelte. Falls dem so war, müsste sie bald wieder weiterziehen.

Wenn ein Programm für verteilte Intelligenz hängen blieb, war das zumeist ein vorübergehendes Phänomen. Früher oder später würden willkürliche Umwelteinflüsse so viele Einheiten aktivieren, dass die wiederum alle anderen zum Handeln anstießen. Dann würde das Programm weiterlaufen. Die Einheiten würden die Zielsuche wieder aufnehmen.

Ein ähnliches Verhalten konnte man in einem Saal im Anschluss an einen Vortrag beobachten. Die Zuhörer standen eine Weile herum, streckten sich, unterhielten sich mit den Leuten drum herum oder begrüßten Freunde, nahmen ihre Mäntel und sonstigen Sachen. Nur ein paar gingen sofort, und der Großteil der Zuhörer achtete nicht auf sie. Doch sobald ein gewisser Prozentsatz des Publikums verschwunden war, hatten die Übrigen es plötzlich ebenfalls eilig. Eine Art Fokuswechsel vollzog sich.

Falls ich Recht hatte, dann würde sich etwas Ähnliches am Verhalten der Wolke beobachten lassen. Die Wirbel müssten ihre koordinierte Form verlieren; einzelne Partikelfetzen müssten sich lösen und in die Luft aufsteigen. Erst dann würde sich die Hauptwolke bewegen.

Ich blickte auf die Uhr in der Ecke des Monitors. »Wie lang geht das jetzt schon?«

»Etwa zwei Minuten.«

Das war nicht besonders lang für einen Hänger, dachte ich. Irgendwann während der Arbeit an PREDPREY simulierten wir koordiniertes Agentenverhalten am Computer. Nach jedem Hänger starteten wir den Computer neu, doch schließlich beschlossen wir, einfach abzuwarten, ob das Programm tatsächlich abgestürzt war. Wir stellten fest, dass es manchmal bis zu zwölf Stunden lang hängen blieb und plötzlich wieder zum Leben erwachte. Das Verhalten interessierte sogar die Neurowissenschaftler, weil…

»Sie starten wieder«, sagte Ricky.

Und tatsächlich. Die Schwärme erhoben sich vom toten Kaninchen. Ich sah sofort, dass meine Theorie falsch war. Es gab keine losen, vereinzelten Fetzen. Die drei Wolken stiegen zusammen auf, fließend. Das Verhalten wirkte völlig gezielt und kontrolliert. Die Wolken drehten sich einen Moment lang einzeln, verschmolzen dann wieder zu einer. Sonnenlicht blitzte auf schimmerndem Silber. Das Kaninchen lag reglos auf der Seite.

Und dann machte sich der Schwarm rasch davon, flirrte hinein in die Wüste. Er wurde zum Horizont hin immer kleiner. Bald darauf war er verschwunden.

Ricky sah mich an. »Was meinst du?«

»Ihr habt einen selbstständigen Roboter-Nanoschwarm am Hals. Der sich dank irgendeines Idioten selbst mit Energie versorgen und erhalten kann.«

»Meinst du, wir kriegen ihn zurück?«

»Nein«, sagte ich. »Nach dem, was ich gesehen hab, ist das völlig ausgeschlossen.«

Ricky seufzte und schüttelte den Kopf.

»Aber ihr könnt ihn euch auf jeden Fall vom Hals schaffen«, sagte ich. »Ihr könnt ihn töten.«

»Im Ernst?«

»Natürlich.«

»Wirklich?« Seine Miene hellte sich auf.

»Mit Sicherheit.« Und das war mein voller Ernst. Ich war überzeugt, dass Ricky das Problem übertrieb, mit dem er es zu tun hatte. Er hatte es nicht richtig durchdacht. Er hatte nicht alles getan, was er tun konnte.

Ich war überzeugt, dass ich den flüchtigen Schwarm vernichten könnte. Ich ging davon aus, dass die Sache am nächsten Morgen bei Tagesanbruch erledigt sein würde – spätestens.

Aber da ahnte ich ja noch nicht, mit was für einem Gegner ich es zu tun hatte.

6. Tag, 10.11 Uhr

Rückblickend hatte ich in einem Punkt tatsächlich Recht: Es war von entscheidender Bedeutung herauszufinden, wie das Kaninchen gestorben war. Natürlich weiß ich das inzwischen. Ich weiß auch, warum das Kaninchen angegriffen wurde. Aber an jenem ersten Tag im Labor hatte ich nicht die leiseste Ahnung, was geschehen war. Und die Wahrheit hätte ich niemals erraten können.

Keiner hätte das gekonnt, zu diesem Zeitpunkt.

Nicht einmal Ricky.

Nicht einmal Julia.

Zehn Minuten waren vergangen, seit die Schwärme verschwunden waren, und wir standen alle im Lagerraum. Die ganze Gruppe hatte sich dort versammelt, angespannt und nervös. Sie sahen zu, wie ich mir einen Funksender an den Gürtel steckte und ein Headset aufsetzte. Zum Headset gehörte eine Videokamera, die links in Augenhöhe befestigt war. Es dauerte ein Weilchen, bis der Videosender richtig funktionierte.

Ricky sagte: »Du willst wirklich da raus?«

»Ja«, sagte ich. »Ich will wissen, was mit diesem Kaninchen passiert ist.« Ich blickte in die Runde. »Wer kommt mit?«

Niemand rührte sich. Bobby Lembeck blickte zu Boden, die Hände in den Taschen. David Brooks blinzelte rasch und schaute weg. Ricky inspizierte seine Fingernägel. Ich fing Rosie Castros Blick auf. Sie schüttelte den Kopf. »Ich denk nicht dran, Jack.«

»Wieso nicht, Rosie?«

»Du hast es doch selbst gesehen. Die jagen.«

»Meinst du?«

»Es sah jedenfalls verflucht danach aus.«

»Rosie«, sagte ich, »das kannst du doch nicht ernsthaft denken nach dem, was ich dir beigebracht hab. Wie sollte es denn möglich sein, dass die Schwärme jagen?«

»Wir haben es alle gesehen.« Sie schob störrisch das Kinn vor. »Alle drei Schwärme haben gejagt, koordiniert.«

»Aber wie?«, fragte ich.

Jetzt runzelte sie die Stirn, sah verwirrt aus. »Was soll die Frage? Das ist doch wohl klar. Die Agenten können kommunizieren. Sie können jeder ein elektrisches Signal erzeugen.«

»Richtig«, sagte ich. »Wie stark ist das Signal?«

»Tja…« Sie zuckte die Achseln.

»Wie stark, Rosie? Sehr stark kann es nicht sein, jeder Agent misst bloß ein Hundertstel von der Dicke eines Menschenhaars. Da kann er ja wohl kaum ein starkes Signal erzeugen, richtig?«

»Ja, schon…«

»Und elektrische Strahlung nimmt proportional zum Quadrat des Radius ab, richtig?« Das lernten schließlich schon Schulkinder im Physikunterricht in der High School. Wenn man sich von der elektromagnetischen Quelle entfernte, ließ die Intensität schnell nach – sehr schnell.

Und das bedeutete, dass die einzelnen Agenten nur mit ihren unmittelbaren Nachbarn kommunizieren konnten, mit Agenten ganz in ihrer Nähe. Nicht mit anderen Schwärmen, die zwanzig oder dreißig Meter entfernt waren.

Rosie blickte noch skeptischer. Die ganze Gruppe blickte jetzt skeptisch, alle sahen einander beklommen an.

David Brooks hustete. »Was haben wir denn dann gesehen, Jack?«

»Das war eine Illusion«, sagte ich mit Bestimmtheit. »Ihr habt drei Schwärme gesehen, die unabhängig voneinander agiert haben, und ihr habt gedacht, sie wären koordiniert. Aber das sind sie nicht. Und ich bin mir ziemlich sicher, dass auch alles andere, was ihr den Schwärmen unterstellt, nicht stimmt.«

Es gab vieles im Hinblick auf die Schwärme, was ich nicht verstand – und vieles glaubte ich einfach nicht. So konnte ich mir zum Beispiel nicht vorstellen, dass die Schwärme sich reproduzierten. Dass Ricky und die anderen sich das einbildeten, war für mich nur ein Zeichen dafür, dass ihre Nerven ziemlich blank lagen. Schließlich reichten die freigesetzten fünfzig Pfund Material ohne weiteres für die drei Schwärme, die ich gesehen hatte – und noch für Dutzende mehr. (Ich schätzte, dass jeder aus drei Pfund Nanopartikeln bestand. Das war in etwa das Gewicht eines großen Bienenschwarms.)

Dass die Schwärme ein zielgerichtetes Verhalten an den Tag legten, fand ich keineswegs beängstigend; das war das beabsichtigte Resultat des Programmierens auf unterster Ebene. Und ich konnte mir nicht vorstellen, dass die Schwärme koordiniert waren. Das war einfach nicht möglich, weil die Felder zu schwach waren.

Außerdem glaubte ich nicht, dass die Schwärme anpassungsfähig waren, wie Ricky meinte. Ich hatte schon zu viele Demoaufnahmen von Robotern gesehen, die irgendeine Aufgabe ausführten – zum Beispiel gemeinsam eine Schachtel durch den Raum schieben –, was Beobachter als intelligentes Verhalten interpretierten, obwohl die Roboter in Wahrheit dumm waren, minimal programmiert und per Zufall kooperierten. Viele Verhaltensweisen wirkten intelligenter, als sie es waren. (Wie Charley Davenport immer sagte: »Ricky sollte Gott dafür danken.«)

Und schließlich glaubte ich eigentlich nicht, dass die Schwärme gefährlich waren. Ich konnte mir nicht vorstellen, dass eine drei Pfund schwere Wolke Nanopartikel eine besondere Bedrohung für irgendetwas darstellen konnte, nicht mal für ein Kaninchen. Ich war beileibe nicht davon überzeugt, dass es getötet worden war. Ich meinte, mich zu erinnern, dass Kaninchen ängstliche Geschöpfe waren, die auch vor lauter Panik sterben konnten. Es war ebenfalls denkbar, dass die Partikel in Nase und Mund eingedrungen waren, die Atemwege verstopft hatten und das Tier erstickt war. Falls das stimmte, war der Tod ein Unfall und nicht absichtlich herbeigeführt worden. Tod durch Unfall schien mir einleuchtender.

Kurzum, ich war fest davon überzeugt, dass Ricky und die anderen das Gesehene ausnahmslos falsch gedeutet hatten. Sie hatten sich selbst Angst eingejagt.

Andererseits musste ich zugeben, dass mir etliche unbeantwortete Fragen keine Ruhe ließen.

Die erste und offensichtlichste war die, warum der Schwarm überhaupt außer Kontrolle geraten war. Der ursprüngliche Kameraschwarm sollte von einem auf ihn eingestellten HF-Sender gesteuert werden. Jetzt ignorierte der Schwarm offenbar gesendete Funkbefehle, und ich verstand nicht, warum das so war. Ich tippte auf einen Produktionsfehler. Die Partikel waren vermutlich fehlerhaft.

Zweitens wunderte mich die Langlebigkeit des Schwarms. Die einzelnen Partikel waren ungeheuer klein, sodass sie durch kosmische Strahlung, fotochemische Zersetzung, Dehydration ihrer Proteinketten und andere Umweltfaktoren Schaden nehmen mussten. In der rauen Wüste hätten alle Schwärme schon vor vielen Tagen geschrumpft und an »Altersschwäche« gestorben sein müssen. Aber das war nicht geschehen. Warum nicht?

Das dritte Problem war das offensichtliche Ziel des Schwarms. Laut Ricky kamen die Schwärme immer wieder zum Hauptgebäude. Ricky glaubte, sie wollten sich Einlass verschaffen. Aber das kam mir nicht wie ein vernünftiges Agentenziel vor, und ich wollte einen Blick auf den Programmcode werfen, um zu sehen, was der Grund dafür war. Ehrlich gesagt, ich vermutete einen Fehler im Code.

Und schließlich wollte ich herausfinden, warum sie das Kaninchen verfolgt hatten. PREDPREY machte aus Einheiten nämlich nicht richtige Raubtiere. Das Räuber-Modell sorgte nur dafür, dass die Agenten fokussiert und zielorientiert blieben. Irgendwie hatte sich das geändert, und die Schwärme schienen jetzt tatsächlich zu jagen.

Auch dafür war vermutlich ein Fehler im Code verantwortlich.

Meiner Ansicht nach liefen all diese Ungewissheiten auf eine einzige zentrale Frage hinaus – wie war das Kaninchen gestorben? Ich glaubte nicht, dass es getötet worden war. Ich ging von einem Unfall aus, nicht von Absicht.

Aber das mussten wir herausfinden.

Ich rückte mein Funk-Headset zurecht, mit der Sonnenbrille und der Videokamera in Augenhöhe. Ich nahm den Plastikbeutel für das tote Kaninchen und wandte mich den anderen zu. »Kommt jemand mit?«

Betretenes Schweigen.

Ricky sagte: »Was willst du mit dem Beutel?«

»Das Kaninchen holen.«

»Kommt nicht infrage«, sagte Ricky. »Du kannst von mir aus da rausgehen, das ist deine Sache. Aber du bringst das Kaninchen nicht hier rein.«

»Du machst wohl Witze«, sagte ich.

»Absolut nicht. Hier drin gilt allerhöchste Sauberkeitsstufe, Jack. Das Kaninchen ist *dreckig*. Es kommt mir nicht hier rein.«

»Also schön, dann bringen wir es in Maes Labor und ...«

»Ausgeschlossen, Jack. Tut mir Leid. Es kommt nicht durch die erste Luftschleuse.«

Ich blickte die anderen an. Sie nickten alle zustimmend.

»Na gut. Dann untersuche ich es eben draußen.«

»Du willst wirklich da raus?«

»Ja, klar.« Ich blickte die anderen nacheinander an. »Hört zu, Leute, ich glaube, ihr macht euch grundlos ins Hemd. Die Wolke ist nicht gefährlich. Und ja, ich gehe da raus.« Ich wandte mich an Mae. »Hast du vielleicht ein Sezierbesteck ...«

»Ich komme mit«, sagte sie rasch.

»Schön. Danke.« Ich war überrascht, dass Mae sich als Erste

meiner Überzeugung anzuschließen schien. Aber als Feldbiologin konnte sie die Risiken der realen Welt wahrscheinlich besser abschätzen. Jedenfalls löste ihre Entscheidung ein wenig die Anspannung im Raum; die anderen wurden sichtlich lockerer. Mae ging, um das Sezierbesteck und ein paar Laborgeräte zu holen. In diesem Moment klingelte das Telefon. Vince ging dran und wandte sich dann an mich. »Kennen Sie eine Dr. Ellen Forman?«

»Ja.« Es war meine Schwester.

»Sie ist in der Leitung.« Vince reichte mir den Hörer und trat zur Seite. Ich war plötzlich nervös. Ich sah auf meine Uhr. Es war elf Uhr vormittags, Zeit für Amandas Schläfchen. Eigentlich müsste sie jetzt schon in ihrem Bett liegen. Dann fiel mir ein, dass ich meiner Schwester versprochen hatte, sie um elf anzurufen, um zu hören, ob sie klarkam.

Ich sagte: »Hallo? Ellen? Ist alles in Ordnung?«

»Klar. Sicher.« Ein langer, langer Seufzer. »Alles bestens. Ich weiß bloß nicht, wie du das alles schaffst.«

»Müde?«

»Ungefähr so müde wie noch nie in meinem Leben.«

»Die Kinder gut in die Schule gekommen?«

Wieder ein Seufzen. »Ja. Im Wagen hat Eric Nicole auf den Rücken gehauen und sie hat ihm eins aufs Ohr gegeben.«

»Du musst dazwischengehen, wenn sie mit so was anfangen, Ellen.«

»Ich lerne ja noch«, erwiderte sie matt.

»Und die Kleine? Was macht ihr Ausschlag?«

»Besser. Ich nehm die Salbe.«

»Das Geschäft erledigt?«

»Geschäft? Sollte ich was erledigen?«

»Nein, nein«, sagte ich. Ich wandte mich von der Gruppe ab, senkte die Stimme. »Ich meine, hat sie Aa gemacht?«

Hinter mir hörte ich Charley Davenport kichern.

»Ergiebig«, sagte Ellen. »Sie schläft jetzt. Ich war mit ihr auf dem Spielplatz. Das hat sie schön müde gemacht. Im Haus ist alles in

Ordnung. Nur der Boiler ist kaputt, aber ich hab schon den Handwerker bestellt.«

»Schön, schön … Äh, Ellen, ich hab jetzt gar keine Zeit …«

»Jack? Julia hat vor ein paar Minuten aus dem Krankenhaus angerufen. Sie wollte dich sprechen.«

»Ja …«

»Als ich ihr gesagt hab, du bist in Nevada, hat sie sich ziemlich aufgeregt.«

»Ach ja?«

»Sie hat gesagt, du würdest das nicht verstehen. Und du würdest alles nur schlimmer machen. So ungefähr. Ich glaube, du rufst sie besser an. Sie klang aufgebracht.«

»Gut. Ich ruf sie an.«

»Wie läuft's denn bei dir? Kommst du heute Abend zurück?«

»Heute Abend noch nicht«, sagte ich. »Irgendwann morgen Vormittag. Ellen, ich muss jetzt Schluss machen …«

»Ruf die Kinder heute Abend an, wenn du kannst, so zur Abendessenszeit. Sie würden sich freuen. Tante Ellen ist ja ganz nett, aber sie ist nun mal nicht Dad. Du weißt schon.«

»In Ordnung. Ihr esst um sechs?«

»Um den Dreh.«

Ich sagte, ich würde versuchen anzurufen, und legte auf.

Mae und ich befanden uns vor den Doppelglaswänden der äußeren Luftschleuse, direkt am Eingang des Gebäudes. Durch das Glas hindurch konnte ich die dicke, stählerne Brandschutztür erkennen, die nach draußen führte. Ricky stand neben uns, finster und nervös, und sah zu, wie wir die letzten Vorbereitungen trafen.

»Ist das denn wirklich nötig? Dass ihr nach draußen geht?«

»Es ist unbedingt nötig.«

»Wartet doch lieber, bis es dunkel wird.«

»Dann ist das Kaninchen nicht mehr da«, erwiderte ich. »Bis es dunkel wird, haben sich längst Kojoten oder Bussarde den Kadaver geschnappt.«

»Das glaub ich kaum«, sagte Ricky. »Wir haben hier schon eine ganze Weile keine Kojoten mehr gesehen.«

»Ach, was soll's«, sagte ich ungeduldig und schaltete mein Funk-Headset an. »In der Zeit, die wir hier debattieren, könnten wir längst draußen und wieder zurück sein. Bis gleich, Ricky.«

Ich ging durch die Glastür und stellte mich in die Schleuse. Die Tür schloss sich zischend hinter mir. Das Gebläse brauste wie inzwischen gewohnt kurz auf, und dann glitt das äußere Glas auf. Ich ging weiter bis zur Stahltür. Als ich nach hinten blickte, trat Mae gerade in die Luftschleuse.

Ich öffnete die Tür einen Spalt. Gleißendes Sonnenlicht warf einen brennenden Streifen auf den Boden. Ich spürte heiße Luft im Gesicht. Über die Sprechanlage sagte Ricky: »Viel Glück, ihr beiden.«

Ich atmete einmal durch, drückte die Tür weiter auf und schritt hinaus in die Wüste.

Der Wind hatte sich gelegt, und die Vormittagshitze war drückend. Irgendwo zwitscherte ein Vogel; ansonsten war es still. An der Tür stehend, blinzelte ich in das grelle Sonnenlicht. Ein Schauer lief mir den Rücken hinunter. Ich holte noch einmal tief Luft.

Ich war mir sicher, dass die Schwärme nicht gefährlich waren. Aber jetzt, hier draußen, verlor meine Theorie irgendwie an Überzeugungskraft. Bestimmt hatte Ricky mich mit seiner Nervosität angesteckt, denn mir war ausgesprochen mulmig zu Mute. Außerdem schien der Kaninchenkadaver viel weiter entfernt, als ich gedacht hatte. Es waren etwa fünfzig Schritte von der Tür aus, die halbe Länge eines Footballfeldes. Die Wüste drum herum wirkte kahl und nackt. Ich suchte den flirrenden Horizont ab, hielt nach schwarzen Formationen Ausschau. Ich sah keine.

Die Brandschutztür ging hinter mir auf, und Mae sagte: »Von mir aus kann's losgehen, Jack.«

»Dann wollen wir mal.«

Wir machten uns auf den Weg, die Füße knirschten im Wüstensand. Wir entfernten uns vom Gebäude. Fast im selben Moment fing mein Herz an zu hämmern, und mir brach der Schweiß aus. Ich zwang mich, tief und langsam zu atmen, bemühte mich, Ruhe zu bewahren. Die Sonne brannte mir ins Gesicht. Mir war klar, dass Ricky mir diese Angst eingejagt hatte, aber ich konnte nichts dagegen tun. Dauernd blickte ich zum Horizont.

Mae war zwei Schritte hinter mir. Ich sagte: »Alles klar?«

»Ich bin froh, wenn es vorbei ist.«

Wir durchquerten ein Feld kniehoher Feigenkakteen. Ihre Stacheln leuchteten in der Sonne. Hier und da ragte ein großer Kugelkaktus vom Boden auf, wie ein stoppeliger, grüner Daumen.

Ein paar kleine, lautlose Vögel hüpften über den Sand, unter den Feigenkakteen. Als wir näher kamen, flogen sie auf, kreisende Flecken vor dem Blau. Sie landeten hundert Meter weiter.

Endlich waren wir bei dem Kaninchen, das von einer summenden schwarzen Wolke umgeben war. Erschreckt stockte ich kurz.

»Das sind bloß Fliegen«, sagte Mae. Sie trat vor und kniete sich neben den Kadaver, ohne sich um die Fliegen zu scheren. Sie zog Gummihandschuhe an und reichte auch mir ein Paar. Sie breitete ein quadratisches Stück Plastikfolie auf dem Boden aus, beschwerte es an jeder Ecke mit einem Stein. Sie hob das Kaninchen hoch und legte es mitten auf die Folie. Sie öffnete ein kleines Etui mit ihrem Sezierbesteck und klappte es auf. Ich sah Stahlinstrumente in der Sonne funkeln: Pinzette, Skalpell, mehrere unterschiedliche Scheren. Daneben legte sie ordentlich aufgereiht eine Spritze und einige Teströhrchen mit Gummipfropfen. Ihre Bewegungen waren schnell, routiniert. Sie machte das nicht zum ersten Mal.

Ich kniete mich neben sie. Der Kadaver hatte keinen Geruch. Äußerlich konnte ich kein Anzeichen für eine mögliche Todesursache erkennen. Das starre Auge sah rosa und gesund aus.

Mae sagte: »Bobby? Aufnahmebereit?«

Über das Headset hörte ich Bobby Lembeck sagen: »Schwenk deine Kamera nach unten.«

Mae berührte die Kamera, die an ihrer Sonnenbrille befestigt war.

»Noch ein bisschen … noch ein bisschen. Gut so. Das genügt.«

»Okay«, sagte Mae. Sie drehte den Körper des Kaninchens mit den Händen, nahm ihn von allen Seiten in Augenschein. Sie diktierte rasch: »Äußerlich macht das Tier einen ganz normalen Eindruck. Keine angeborene Missbildung oder Erkrankung feststellbar, das Fell ist dicht und sieht gesund aus. Die Nasenluftwege scheinen teilweise oder gänzlich verstopft. Ich sehe etwas Kot am Anus, vermute aber, dass es sich um eine normale Entleerung bei Eintritt des Todes handelt.«

Sie drehte das Tier auf den Rücken und spreizte die Vorderläufe mit den Händen auseinander. »Du musst mir helfen, Jack.« Ich sollte die Pfoten für sie festhalten. Der Kadaver war noch warm und nicht steif.

Sie nahm das Skalpell und schnitt rasch den Bauch auf. Ein roter Spalt klaffte auf, Blut floss. Ich sah Rippen und rosa Darmwindungen. Mae sprach ununterbrochen, während sie schnitt, kommentierte Gewebefarbe und -textur. Sie wies mich an: »Halt das mal«, und ich bewegte eine Hand nach unten, um die glitschigen Eingeweide beiseite zu drücken. Mit einem einzigen Skalpellschnitt trennte sie den Magen auf. Trübe, grüne Flüssigkeit quoll hervor, und eine breiige Masse, offenbar unverdaute Fasern. Die Innenwand des Magens sah aufgeraut aus, aber Mae meinte, das sei normal. Sie fuhr mit einem Finger gekonnt an der Magenwand entlang, hielt dann inne.

»Mmm. Sieh mal«, sagte sie.

»Was ist?«

»Dort.« Sie zeigte. An mehreren Stellen war der Magen rötlich, blutete leicht, als wäre er wund gerieben worden. Ich sah schwarze Flecken in der Mitte der Blutung. »Das ist nicht normal«, sagte Mae. »Das ist pathologisch.« Sie nahm ein Vergrößerungsglas und sah genauer hin, diktierte dann: »Ich sehe dunkle Bereiche von zirka vier bis acht Millimeter Durchmesser, bei denen es sich vermutlich um Ansammlungen von Nanopartikeln in der Magenwand handelt«, sagte sie. »Im Zusammenhang mit den Ansammlungen ist eine leichte Blutung der Magenschleimhaut festzustellen.«

»Im Magen sind Nanopartikel?«, sagte ich. »Wie sind die da reingekommen? Hat das Kaninchen sie gegessen? Sie unabsichtlich geschluckt?«

»Das bezweifle ich. Ich würde vermuten, sie sind aktiv eingedrungen.«

Ich runzelte die Stirn. »Du meinst, sie sind runter durch die …«

»Speiseröhre. Ja. Zumindest glaube ich das.«

»Wieso sollten sie so was tun?«

»Ich weiß nicht.«

Die ganze Zeit über sezierte sie zügig weiter. Sie nahm die Schere und schnitt das Brustbein der Länge nach durch, drückte dann den Brustkorb mit den Fingern auseinander. »Jetzt hier festhalten.« Mit einer Hand zog ich die Rippen auseinander, wie sie es getan hatte. Die Knochenränder waren scharf. Mit der anderen spreizte ich die Hinterläufe. Mae arbeitete zwischen meinen Händen.

»Die Lunge ist hell rosa und fest, äußerlich normal.« Sie schnitt einen Lungenlappen mit dem Skalpell auf, machte dann noch einen Schnitt und noch einen. Schließlich legte sie die Bronchien frei und schnitt sie auf. Sie waren innen dunkel.

»Die Bronchien sind stark von Nanopartikeln befallen, die offenbar inhaliert wurden«, sagte sie diktierend. »Hast du alles, Bobby?«

»Ich hab alles. Videoauflösung gut.«

Sie schnitt weiter nach oben. »Ich folge jetzt dem Bronchialbaum hoch zur Kehle …«

Und sie schnitt weiter, in die Kehle, und dann von der Nase aus quer über die Wange, öffnete dann das Maul … Ich musste mich kurz abwenden. Aber Mae diktierte seelenruhig weiter. »Ich stelle einen starken Nanopartikelbefall aller Nasenluftwege und des Rachens fest. Das lässt auf eine teilweise oder vollständige Atemwegsverstopfung schließen, was wiederum den Tod herbeigeführt haben könnte.«

Ich sah wieder hin. »Was?«

Der Kopf des Kaninchens war kaum noch zu erkennen, Mae hatte den Kiefer aufgeschnitten und blickte jetzt in den Rachen hinein. »Überzeug dich selbst«, sagte sie, »es sieht aus, als würde eine dichte Masse Partikel den Schlund verstopfen, und es ist eine Reaktion zu erkennen, entweder allergisch oder …«

Dann Ricky: »He, ihr beiden, wollt ihr noch lange draußen bleiben?«

»So lange wie nötig«, sagte ich. Ich fragte Mae: »Was für eine allergische Reaktion?«

»Tja«, sagte sie, »siehst du den Gewebebereich da und wie geschwollen er ist, und siehst du, wie grau er geworden ist, was darauf hindeutet …«

»Ist euch klar«, sagte Ricky, »dass ihr schon vier Minuten draußen seid?«

»Wir sind nur hier, weil wir das Kaninchen nicht mit reinbringen dürfen«, sagte ich.

»Stimmt, das dürft ihr nicht.«

Mae schüttelte den Kopf, als sie das hörte. »Ricky, du hältst uns nur auf …«

Bobby sagte: »Nicht den Kopf schütteln, Mae. Dabei schwenkst du die Kamera hin und her.«

»Tschuldigung.«

Aber ich sah, dass sie den Kopf hob, als würde sie zum Horizont blicken, und währenddessen entkorkte sie ein Teströhrchen und steckte ein Stück Magenwand in das Glas. Sie schob es in ihre Tasche. Dann senkte sie wieder den Blick. Niemand, der am Monitor zuschaute, hätte sehen können, was sie getan hatte. Sie sagte: »Schön, jetzt nehmen wir Blutproben.«

»Blut ist aber auch das Einzige, was ihr hier reinbringt«, sagte Ricky.

»Ja, Ricky. Wissen wir.«

Mae nahm die Spritze, stach die Nadel in eine Arterie, zog etwas Blut auf, drückte es in ein Plastikröhrchen, entfernte die Nadel mit einer Hand, steckte eine neue auf und nahm eine zweite Probe. Alles im selben zügigen Tempo.

Ich sagte: »Ich hab den Eindruck, du hast so was schon mal gemacht.«

»Das hier ist noch gar nichts. In Sichuan haben wir immer in schweren Schneestürmen gearbeitet, da sieht man nicht, was man macht, die Hände sind eiskalt, das Tier ist hart gefroren, man kriegt keine Nadel rein …« Sie legte die Röhrchen mit Blut beiseite. »Jetzt nehmen wir nur noch ein paar Kulturen, dann sind wir fertig …« Sie drehte ihr Etui um, suchte. »So ein Pech.«

»Was ist denn?«, fragte ich.

»Die Tupfer für die Kulturen sind nicht da.«

»Aber drinnen hattest du sie?«

»Ja, ganz sicher.«

Ich sagte: »Ricky, siehst du die Tupfer irgendwo?«

»Ja. Die liegen hier an der Luftschleuse.«

»Bringst du sie uns bitte?«

»Ja klar, Leute.« Er lachte rau. »Mich kriegen keine zehn Pferde da raus. Die müsst ihr euch schon selbst holen.«

Mae sagte zu mir: »Willst du gehen?«

»Nein«, sagte ich. Ich hielt bereits das Tier auf; meine Hände waren an der richtigen Position. »Ich warte hier. Geh du.«

»Okay.« Sie stand auf. »Versuch, die Fliegen fern zu halten. Wir müssen jede überflüssige Verunreinigung vermeiden. Ich bin gleich wieder da.« Sie joggte los Richtung Tür.

Ich hörte ihre Schritte leiser werden, dann das Klappern der Metalltür, die sich hinter ihr schloss. Danach Stille. Angelockt vom aufgeschlitzten Kadaver kamen die Fliegen massenhaft zurück, schwirrten mir um den Kopf herum, versuchten, auf den freigelegten Gedärmen zu landen. Ich ließ die Hinterläufe des Kaninchens los und verscheuchte sie mit einer Hand. Ich beschäftigte mich mit den Fliegen, um nicht daran denken zu müssen, dass ich hier draußen allein war.

Ich blickte immer wieder in die Ferne, aber ich sah nichts. Während ich weiter nach den Fliegen schlug, berührte ich ab und zu das Fell des Kaninchens, und auf einmal bemerkte ich, dass die Haut unter dem Fell leuchtend rot war.

Leuchtend rot – genau wie ein schlimmer Sonnenbrand. Schon bei dem Anblick überlief es mich kalt.

Ich sprach in mein Headset. »Bobby?«

Knistern. »Ja, Jack.«

»Kannst du das Kaninchen sehen?«

»Ja, Jack.«

»Kannst du erkennen, dass die Haut gerötet ist? Kriegst du das drauf?«

»Äh, Moment.«

Ich hörte ein leises Surren an meiner Schläfe. Bobby steuerte die Kamera per Fernbedienung, zoomte. Das Surren hörte auf.

Ich sagte: »Kannst du es sehen? Durch meine Kamera?«

Keine Antwort.

»Bobby?«

Ich hörte Gemurmel, Flüstern. Oder war es vielleicht nur statisches Rauschen?

»Bobby, bist du da?«

Stille. Ich hörte Atmen.

»Äh, Jack?« Jetzt war es die Stimme von David Brooks. »Du kommst besser zurück.«

»Mae ist noch nicht wieder da. Wo bleibt sie denn?«

»Mae ist hier.«

»Aber ich muss noch warten, sie will noch Kulturen nehmen …«

»Nein. Komm sofort zurück, Jack.«

Ich ließ das Kaninchen los und stand auf. Ich sah mich um, suchte den Horizont ab. »Ich seh nichts.«

»Sie sind auf der anderen Seite des Gebäudes, Jack.«

Seine Stimme war ruhig, aber ich spürte ein Frösteln. »Im Ernst?«

»Komm sofort rein, Jack.«

Ich bückte mich, nahm Maes Proben, ihr Sezieretui, das neben dem Kaninchenkadaver lag. Das schwarze Leder des Etuis war heiß von der Sonne.

»Jack?«

»Ja, gleich ... «

»Jack. Verdammt noch mal, beeil dich.«

Ich ging los Richtung Stahltür. Meine Füße knirschten auf dem Wüstenboden. Ich sah nicht das Geringste.

Aber ich hörte etwas.

Es war ein merkwürdiges, leise trommelndes Geräusch. Zuerst dachte ich an eine Maschine, aber das Geräusch hob und senkte sich, pulsierte wie ein Herzschlag. Weitere Rhythmen kamen hinzu, dann eine Art Zischen, das irgendwie seltsam, unirdisch klang – etwas Vergleichbares hatte ich noch nie gehört.

Wenn ich jetzt daran zurückdenke, so ist unverkennbar, dass mich vor allem das Geräusch erschreckte.

Ich ging schneller. Ich sagte: »Wo sind sie?«

»Sie kommen.«

»Wo?«

»Jack? Lauf los.«

»Was?«

»*Renn!*«

Ich konnte noch immer nichts sehen, aber das Geräusch nahm an Intensität zu. Ich begann zu traben. Die Tonfrequenz war so niedrig, dass ich es als Vibration im Körper spürte. Aber ich konnte es auch hören. Dieses schlagende, unregelmäßige Pulsieren.

»Renn, Jack.«

Ich dachte, Scheiße.

Und ich rannte.

Wirbelnd und silbrig glitzernd kam der erste Schwarm um die Ecke des Gebäudes. Das zischende Vibrieren ging von der Wolke aus. Sie glitt an der Gebäudewand entlang auf mich zu. Sie würde viel eher an der Tür sein als ich.

Als ich wieder hinschaute, sah ich einen zweiten Schwarm am anderen Ende des Gebäudes auftauchen. Auch er näherte sich mir.

Das Headset knisterte. Ich hörte David Brooks. »Jack, das schaffst du nicht.«

»Das sehe ich selbst«, sagte ich. Der erste Schwarm hatte die Tür schon erreicht und versperrte mir den Weg. Ich blieb stehen, unsicher, was ich tun sollte. Vor mir sah ich einen Stock auf der Erde liegen, dick, über einen Meter lang. Ich nahm ihn auf, schwang ihn in der Hand.

Der Schwarm pulsierte, rührte sich aber nicht von der Tür weg.

Der zweite Schwarm kam weiter auf mich zu.

Es war Zeit für ein Ablenkungsmanöver. Ich kannte den PREDPREY-Code. Ich wusste, dass die Schwärme darauf programmiert waren, die Verfolgung von sich bewegenden Zielen aufzunehmen, und das besonders dann, wenn sie anscheinend vor ihnen flohen. Was würde ein gutes Ziel abgeben?

Ich holte weit aus und warf das schwarze Etui mit dem Sezierbesteck hoch in die Luft, so ungefähr in Richtung des zweiten Schwarms. Das Etui landete und purzelte noch ein Stück weiter.

Sogleich steuerte der zweite Schwarm darauf zu.

Im selben Augenblick entfernte sich auch der erste Schwarm von der Tür, um das Etui zu verfolgen. Es war, als würde ein Hund einem Ball nachjagen. Ich war erleichtert, als ich das sah. Es war schließlich doch nur ein programmierter Schwarm. Ich dachte: *Das reinste Kinderspiel.* Und eilte auf die Tür zu.

Das war ein Fehler. Denn meine schnelle Bewegung war offenbar ein Auslöser für den Schwarm, der jäh stockte und dann wieder zurückwirbelte, um mir erneut die Tür zu versperren. Dort verharrte er, pulsierende Silberstreifen, wie eine Messerklinge, die in der Sonne glitzerte.

Mir den Weg abschneidend.

Es dauerte einen Moment, bis ich begriff, was das bedeutete. Meine Bewegung hatte den Schwarm nicht veranlasst, mich zu verfolgen. Er hatte mich gar nicht gejagt. Stattdessen versperrte er mir den Weg. Er ahnte also meine Bewegungen voraus.

Das stand nicht im Code. Doch dieser Schwarm erfand neues Verhalten, entsprechend der Situation. Statt mich zu verfolgen, war er an seinen alten Standort zurückgekehrt und hatte mir eine Falle gestellt.

Er war über seine Programmierung hinausgegangen – und zwar erheblich. Mir war unerklärlich, wie das geschehen konnte. Ich dachte, dass es sich um eine Art zufälliges Reinforcement handeln musste, also etwas vom System selbstständig Gelerntes. Weil die einzelnen Partikel nur sehr wenig Speicher hatten, war die Intelligenz des Schwarms zwangsläufig begrenzt. So schwierig konnte es also nicht sein, ihn auszutricksen.

Ich täuschte eine Bewegung nach links an, dann nach rechts. Die Wolke ging mit, aber nur ganz kurz. Dann kehrte sie wieder zur Tür zurück. Als wüsste sie, dass mein Ziel die Tür war und dass sie Erfolg haben würde, wenn sie einfach da blieb, wo sie war.

Das war viel zu clever. Es hatte bestimmt zusätzliche Programmierungen gegeben, von denen mir keiner was gesagt hatte. Ich sagte ins Headset: »Was um alles in der Welt habt ihr denn bloß mit den Dingern angestellt?«

David: »Der lässt dich nicht vorbei, Jack.«

Schon allein ihn das sagen zu hören reizte mich. »Meinst du? Das werden wir ja sehen.«

Denn mein nächster Schritt war offensichtlich. So dicht über der Erde war die Struktur des Schwarms anfällig. Er war eine Ansammlung von Partikeln, nicht größer als Staubkörner. Wenn ich ihn auseinander reißen könnte – seine Struktur aufbrechen –, dann müssten sich die Partikel neu organisieren, so wie sich eine aufgescheuchte Schar Vögel in der Luft neu formierte. Das würde mindestens ein paar Sekunden dauern. Und in der Zeit würde ich es durch die Tür schaffen.

Aber wie sollte ich das anstellen? Ich schwang den Stock in der Hand, hörte, wie er durch die Luft zischte, aber er würde nie und nimmer genügen. Ich brauchte etwas mit einer größeren Fläche, wie ein Paddel oder einen Palmwedel – etwas, das einen kräftigen, mitreißenden Wind erzeugte …

Meine Gedanken überschlugen sich. Ich brauchte irgendetwas.

Irgendetwas.

Die zweite Wolke näherte sich mir von hinten. Sie bewegte sich sprunghaft, im Zickzack, als wollte sie jeden etwaigen Versuch von mir unterbinden, an ihr vorbeizulaufen. Ich beobachtete das entsetzt und fasziniert zugleich. Auch das, so wusste ich, war nicht programmiert worden. Es war selbst organisiertes, emergentes Verhalten – und dessen Sinn lag eindeutig auf der Hand. Der Schwarm pirschte sich an mich heran.

Das pulsierende Geräusch wurde lauter, je näher der Schwarm kam.

Ich musste ihn auseinander reißen.

Ich drehte mich im Kreis und suchte den Boden um mich herum ab. Ich sah nichts, was ich hätte verwenden können. Der nächste Wacholderbaum war zu weit weg. Die Feigenkakteen waren zu dünn. Ich dachte, kein Wunder, dass hier nichts zu finden ist, schließlich bin ich mitten in der verdammten Wüste. Ich ließ den Blick am Gebäude entlanghuschen, hoffte, dass jemand irgendetwas draußen liegen gelassen hatte, vielleicht eine Harke …

Nichts.

Rein gar nichts. Ich stand hier draußen mit nichts als dem, was ich auf dem Leibe trug, und kein Mensch war da, der mir helfen …

Natürlich!

Das Headset knisterte: »Jack, hör zu …«

Aber dann hörte ich nichts mehr. Als ich mir das Hemd über den Kopf zog, rutschte das Headset ab und fiel zu Boden. Und dann schwang ich mein Hemd in ausladenden, zischenden Kreisen durch die Luft. Und aus vollem Hals brüllend, stürmte ich auf den Schwarm an der Tür los.

Der Schwarm vibrierte mit einem tiefen, trommelnden Klang. Er wurde etwas flacher, als ich auf ihn zurannte, und dann war ich mitten in den Partikeln und tauchte in ein seltsames Halbdunkel, wie in einem Sandsturm. Ich konnte nichts sehen, konnte die Tür nicht erkennen, tastete blind nach dem Türknauf, und die Augen brannten mir von den Partikeln, aber ich schwang mein Hemd weiter zischend durch die Luft, und plötzlich verschwand die Dunkelheit. Die Wolke riss auseinander, Partikel wurden in alle Richtungen geschleudert. Ich konnte wieder klarer sehen und auch normal atmen, obwohl meine Kehle wie ausgetrocknet war und wehtat. Dann spürte ich Tausende von winzigen Nadelstichen am ganzen Körper, aber sie verursachten kaum Schmerzen.

Jetzt sah ich die Tür. Der Knauf war direkt links von mir. Ich ließ das Hemd weiter durch die Luft sausen, und mit einem Mal löste sich die Wolke ganz auf, als wollte sie weg von mir. In dem Augenblick schlüpfte ich durch die Tür und knallte sie hinter mir zu.

Ich blinzelte in der plötzlichen Dunkelheit. Ich konnte kaum etwas sehen. Ich dachte, meine Augen müssten sich nach der grellen Sonne erst umgewöhnen, und wartete einen Augenblick, doch meine Sicht wurde nicht besser. Im Gegenteil, ich sah immer weniger. Ich konnte gerade noch die Glastüren der Luftschleuse direkt vor mir erkennen. Ich spürte noch immer die stechenden Nadeln überall auf der Haut. Meine Kehle war trocken, und mein Atem ging rasselnd. Ich hustete. Meine Sicht trübte sich. Mir wurde schwindelig.

Auf der anderen Seite der Schleuse standen Ricky und Mae und sahen mich an. Ich hörte Ricky rufen: »Mach schon, Jack! Schnell!«

Meine Augen brannten schmerzhaft. Das Schwindelgefühl wurde rasch schlimmer. Ich lehnte mich gegen die Wand, um nicht hinzufallen. Mein Hals fühlte sich dick an. Das Atmen fiel mir schwer. Keuchend wartete ich darauf, dass die Glastüren aufgingen, aber sie blieben geschlossen. Ich stierte stumpfsinnig auf die Luftschleuse.

»Du musst vor den Türen stehen! Stehen!«

Ich hatte das Gefühl, als würde die Welt sich in Zeitlupe bewegen. Meine ganze Kraft war verschwunden. Mein Körper war schwach und zittrig. Das Stechen wurde schlimmer. Der Raum wurde dunkler. Ich dachte, ich würde mich nicht mehr auf den Beinen halten können.

»Du musst stehen! Jack!«

Irgendwie drückte ich mich von der Wand weg und torkelte auf die Schleuse zu. Zischend glitten die Glastüren auf.

»Los, Jack. Mach schon!«

Flecken tanzten vor meinen Augen. Mir war schwindelig und übel. Ich taumelte in die Schleuse, schlug gegen das Glas, als ich eintrat. Mit jeder Sekunde, die verging, fiel mir das Atmen schwerer. Ich wusste, dass ich erstickte.

Draußen vor dem Gebäude hörte ich, wie das tiefe Trommeln wieder einsetzte. Ich drehte mich langsam um, wollte hinausgucken.

Die Glastüren schlossen sich.

Ich schaute an meinem Körper hinunter, aber ich konnte kaum etwas sehen. Meine Haut sah schwarz aus. Ich war voller Sand. Mein Körper tat weh. Auch mein Hemd war schwarz vor Sand. Der Sprühnebel brannte schmerzhaft, und ich schloss die Augen. Dann setzte das Gebläse ein, laut zischend. Ich sah, wie der Sand von meinem Hemd gesaugt wurde. Meine Sicht wurde klarer, aber ich konnte noch immer nicht atmen. Das Hemd rutschte mir aus der Hand, klatschte flach auf den Rost, auf dem ich stand. Ich bückte mich, um es aufzuheben. Mein Körper fing an zu zittern, schlotterte. Ich hörte nur noch das Rauschen des Gebläses.

Übelkeit überkam mich. Meine Knie gaben nach. Ich sackte gegen die Wand.

Durch die zweite Glastür sah ich zu Mae und Ricky hinüber. Sie wirkten weit weg. Und während ich sie ansah, wichen sie immer weiter zurück, entschwanden in der Ferne. Bald waren sie für mich viel zu fern, um mir noch länger Gedanken zu machen. Ich wusste, dass ich sterben würde. Als ich die Augen schloss, fiel ich zu Boden, und das Dröhnen des Gebläses verklang zu Totenstille.

6. Tag, 11.12 Uhr

»Nicht bewegen.«

Etwas Eiskaltes strömte durch meine Venen. Ich fröstelte.

»Jack. Nicht bewegen. Nur eine Sekunde, ja?«

Etwas Kaltes floss meinen Arm hinauf. Ich öffnete die Augen. Das Licht war direkt über mir, gleißend, grünlich hell; ich zuckte zusammen. Der ganze Körper tat mir weh. Als wäre ich verprügelt worden. Ich lag ausgestreckt auf der schwarzen Arbeitsplatte in Maes Labor. Gegen das grelle Licht blinzelnd, sah ich Mae neben mir stehen, über meinen linken Arm gebeugt. Eine Infusionsnadel steckte in meiner Armbeuge.

»Was tust du da?«

»Jack, bitte. Nicht bewegen. Ich hab das bisher nur bei Versuchstieren gemacht.«

»Wie beruhigend.« Ich hob den Kopf, um zu sehen, was sie da machte. Meine Schläfen dröhnten. Ich stöhnte und legte mich wieder hin.

Mae sagte: »Dir geht's schlecht, was?«

»Miserabel.«

»Kann ich mir denken. Ich musste dir drei Spritzen geben.«

»Weshalb?«

»Du hattest einen anaphylaktischen Schock, Jack, eine schwere allergische Reaktion. Dein Hals war fast zu.«

»Allergische Reaktion«, sagte ich. »Das war das?«

»Eine schwere.«

»Von dem Schwarm?«

Sie zögerte kurz, dann: »Natürlich.«

»Können Nanopartikel denn so eine allergische Reaktion auslösen?«

»Möglich wär's ...«

Ich sagte: »Aber du glaubst das nicht.«

»Nein, glaube ich nicht. Ich denke, die Nanopartikel sind nicht antigen. Du hast wahrscheinlich auf ein Coliform-Toxin reagiert.«

»Ein Coliform-Toxin ...« Meine pochenden Kopfschmerzen kamen in Wellen. Ich holte Luft, atmete ruhig aus. Ich versuchte zu verstehen, was Mae da sagte. Mein Verstand arbeitete langsam; mir tat der Kopf weh. »Ein Coliform-Toxin.«

»Genau.«

»Ein Toxin von E. coli-Bakterien? Meinst du das?«

»Genau. Ein proteolytisches Toxin vermutlich.«

»Und wo sollte so ein Toxin herkommen?«

»Vom Schwarm«, sagte sie.

Das ergab für mich absolut keinen Sinn. Laut Ricky wurden die E. coli-Bakterien nur zur Herstellung von Vorstufenmolekülen verwendet. »Aber in dem Schwarm selbst können doch keine Bakterien sein«, sagte ich.

»Ich weiß nicht, Jack. Ich glaube doch.«

Wieso war sie so zaghaft?, fragte ich mich. Das sah ihr gar nicht ähnlich. Normalerweise war Mae präzise, auf den Punkt genau. »Tja«, sagte ich, »irgendjemand weiß es jedenfalls. Der Schwarm ist *entworfen* worden. Entweder sind Bakterien eingearbeitet worden oder nicht.«

Ich hörte sie seufzen, als würde ich es einfach nicht verstehen. Aber was verstand ich nicht?

Ich sagte: »Hast du die Partikel eingesammelt, die in der Luftschleuse weggeblasen wurden? Hast du das Zeug noch?«

»Nein. Alle Partikel aus der Schleuse wurden verbrannt.«

»So was Blödes ...«

»Das ist eine eingebaute Funktion, Jack. Eine Sicherheitsmaßnahme. Wir können sie nicht ausschalten.«

»Verstehe.« Jetzt war ich es, der seufzte. Wir hatten also keine Partikelproben, die wir untersuchen konnten. Ich wollte mich aufsetzen, aber Mae legte mir sanft eine Hand auf die Brust und hielt mich zurück.

»Langsam, Jack.«

Sie hatte Recht, denn dadurch verschlimmerten sich meine Kopfschmerzen erheblich. Ich schwang die Beine über den Rand der Arbeitsplatte. »Wie lange war ich weggetreten?«

»Zwölf Minuten.«

»Ich fühle mich, als hätte mich jemand zusammengeschlagen.« Meine Rippen schmerzten bei jedem Atemzug.

»Du hattest starke Atemprobleme.«

»Hab ich immer noch.« Ich griff nach einem Kleenex und putzte mir die Nase. Jede Menge schwarzes Zeug kam heraus, vermischt mit Blut und Sand aus der Wüste. Ich musste mir vier- oder fünfmal die Nase putzen, bis sie frei war. Ich zerknüllte das Taschentuch und wollte es wegwerfen. Mae streckte ihre Hand aus. »Gib mir das.«

»Nein, schon gut ...«

»Gib es mir, Jack.«

Sie nahm das Kleenex und steckte es in einen kleinen Plastikbeutel, den sie dicht verschloss. Erst da wurde mir klar, wie träge mein Verstand arbeitete. Natürlich, in dem Taschentuch befanden sich genau die Partikel, die ich untersuchen wollte. Ich schloss die Augen, atmete tief ein und wartete, bis das Pochen in meinem Kopf ein wenig nachließ. Als ich die Augen wieder aufschlug, war der Raum nicht mehr so grell. Er wirkte fast normal.

»Ach übrigens«, sagte Mae, »Julia hat angerufen. Sie hat gesagt, du kannst sie nicht zurückrufen, sie hat irgendwelche Untersuchungen. Aber sie wollte mit dir sprechen.«

»Alles klar.«

Ich sah, wie Mae den Beutel mit dem Taschentuch nahm und in ein Spezialglas tat. Sie schraubte den Deckel fest zu. »Mae«, sagte ich, »falls in dem Schwarm E. coli sind, können wir das doch rausfinden, indem wir die Probe jetzt testen. Sollen wir das nicht gleich machen?«

»Ich hab im Moment keine Zeit. Ich mach das, sobald ich kann. Ich habe gerade ein kleines Problem mit einer von den Fermentationseinheiten, und ich brauche dafür die Mikroskope.«

»Was für ein Problem?«

»Ich weiß es noch nicht genau. Aber einer von den Tanks wirft weniger ab.« Sie schüttelte den Kopf. »Wahrscheinlich nichts Ernstes. So was passiert ständig. Dieses ganze Produktionsverfahren ist unglaublich anfällig, Jack. Das am Laufen zu halten ist wie mit hundert Bällen auf einmal zu jonglieren. Ich habe alle Hände voll zu tun.«

Ich nickte. Aber mich beschlich das Gefühl, dass sie das Taschentuch nur deshalb nicht untersuchen wollte, weil sie bereits wusste, dass der Schwarm Bakterien enthielt. Sie fand bloß, dass es nicht ihre Aufgabe war, mir das zu sagen. Und wenn das der Fall war, dann würde sie es mir nie erzählen.

»Mae«, sagte ich. »Irgendjemand muss mir sagen, was hier los ist. Nicht Ricky. Ich möchte, dass mir irgendjemand reinen Wein einschenkt.«

»Gut«, sagte sie. »Ich finde, das ist eine sehr gute Idee.«

So kam es, dass ich kurz darauf in einem der kleinen Räume vor einem Computer saß. Neben mir der Projektingenieur David Brooks. Während David sprach, nestelte er ständig an seiner Kleidung herum – er richtete seine Krawatte, streckte die Arme, damit die Manschetten herauskamen, zog die Hosenbeine hoch, um die Falten an den Oberschenkeln zu glätten. Dann legte er einen Fußknöchel aufs Knie, zog die Socke hoch, wechselte das Bein. Fuhr sich mit den Händen über die Schultern, wischte imaginären Staub weg. Und dann fing er wieder von vorn an. Er machte das Ganze natürlich unbewusst, und bei meinen Kopfschmerzen hätte es mich normalerweise genervt. Aber ich konzentrierte mich auf anderes. Denn mit jeder neuen Information, die David mir gab, wurden meine Schmerzen schlimmer.

Anders als Ricky hatte David eine ausgesprochen klar strukturierte Art zu denken, und er erzählte mir alles, von Anfang an. Xymos hatte einen Vertrag zur Herstellung eines Mikroroboterschwarms abgeschlossen, der als Luftkamera dienen sollte. Die Partikel wurden erfolgreich produziert und funktionierten innerhalb geschlossener Räume anstandslos. Doch bei den Tests im Freien erwiesen sie sich bei Wind als weniger beweglich. Bei starkem Wind wurde der Testschwarm weggeweht. Das war sechs Wochen her.

»Habt ihr danach weitere Schwärme getestet?«, fragte ich.

»Ja, viele. Im Verlauf der nächsten vier Wochen oder so.«

»Und keiner hat funktioniert?«

»Genau. Kein einziger.«

»Die ursprünglichen Schwärme sind also alle weg – vom Winde verweht?«

»Ja.«

»Das heißt, die unkontrollierten Schwärme, mit denen ich heute das Vergnügen hatte, haben nichts mit euren ursprünglichen Testschwärmen zu tun?«

»Genau …«

»Sie sind die Folge von Kontamination …«

David blinzelte rasch. »Was meinst du mit Kontamination?«

»Die fünfundzwanzig Kilo Material, die der Abluftventilator in die Umwelt geblasen hat, weil ein Filter fehlte …«

»Wer hat denn was von fünfundzwanzig Kilo gesagt?«

»Ricky.«

»Oh, nein, Jack, wir haben *tagelang* Material abgelassen. Bestimmt fünf-, sechshundert Kilo – Bakterien, Moleküle, Assembler.«

Ricky hatte die Situation also schon wieder verharmlost. Aber mir war schleierhaft, warum er deswegen log. Es war schließlich nur ein Versehen. Und wie Ricky gesagt hatte, war es die Schuld der Wartungsfirma. »Okay«, sagte ich. »Und wann habt ihr den ersten von diesen Wüstenschwärmen gesehen?«

»Vor zwei Wochen«, erwiderte David, nickte und strich seine Krawatte glatt.

Er erzählte, der erste Schwarm sei so unorganisiert gewesen, dass sie ihn für eine Wolke Wüsteninsekten, Stechmücken oder dergleichen, gehalten hatten. »Er hat sich eine Weile am Laborgebäude rumgetrieben und ist dann wieder verschwunden. Wir haben dem keine große Bedeutung beigemessen.«

Zwei Tage später war wieder ein Schwarm da, so erzählte er, und der war schon um einiges besser organisiert. »Er zeigte eindeutiges Schwarmverhalten, dieses Gewirbel in einer Wolke, das du gesehen hast. Es war also ganz klar, dass das unser Zeug war.«

»Und was ist dann passiert?«

»Der Schwarm ist in der Wüste herumgesurrt, nicht weit von der Fertigungshalle, so wie heute. Er kam und ging. In den Tagen darauf haben wir immer wieder versucht, ihn per Funk unter Kontrolle zu bringen, aber es hat nicht geklappt. Und schließlich – etwa eine Woche danach – haben wir gemerkt, dass keins von den Autos mehr ansprang.« Er hielt inne. »Ich bin raus, um nachzusehen, und ich hab festgestellt, dass die Bordcomputer tot waren. Heutzutage haben ja alle Autos eingebaute Mikroprozessoren. Die steuern praktisch alles, von der Benzineinspritzung bis hin zum Radio und zur Zentralverriegelung.«

»Und die Computer funktionierten auf einmal nicht mehr?«

»Genau. Die Prozessorchips selbst waren in Ordnung. Aber die Speicherchips waren korrodiert. Sie waren regelrecht zu Staub geworden.«

Ich dachte, *Ach du Scheiße*. Ich sagte: »Hast du herausgefunden, warum?«

»Klar. War kein großes Rätsel, Jack. Die Korrosion hatte die typischen Kennzeichen von Gamma-Assemblern. Kennst du dich damit aus? Nein? Nun, wir haben in der Produktion neun verschiedene Assembler im Einsatz. Jeder Assembler hat eine andere

Funktion. Die Gamma-Assembler spalten Kohlenstoffmaterial in Silikatschichten auf. Sie arbeiten tatsächlich auf der Nanoebene – schneiden einzelne Stücke Kohlenstoffsubstrat heraus.«

»Die Assembler haben also die Speicherchips in den Autos zerstört.«

»Ja, ja, aber ...« David zögerte. Er tat so, als würde ich den springenden Punkt übersehen. Er zupfte an seinen Manschetten, fummelte an seinem Kragen herum. »Du darfst eines nicht vergessen, Jack, diese Assembler können bei Raumtemperatur arbeiten. Und die Wüstenhitze ist auf jeden Fall noch besser für sie. Je heißer, desto effizienter.«

Einen Augenblick lang verstand ich nicht, was er sagen wollte. Was spielte der Unterschied zwischen Raumtemperatur und Wüstenhitze für eine Rolle? Und dann auf einmal fiel der Groschen.

»Ach du Scheiße«, sagte ich.

Er nickte. »Genau.«

David versuchte mir zu erklären, dass eine Komponentenmischung in die Wüste gepustet worden war. Und diese Komponenten – die so programmiert waren, dass sie sich innerhalb des Produktionsgebäudes selbsttätig zusammenfügten – verbanden sich auch draußen im Freien selbsttätig. Die Montage konnte selbstständig in der Wüste erfolgen. Und genau das geschah offensichtlich.

Ich fasste noch einmal die wichtigsten Punkte zusammen, um sicherzugehen, dass ich alles verstanden hatte. »Die Montage fängt sozusagen mit den Bakterien an. Die sind so konstruiert, dass sie alles fressen, sogar Abfall, damit sie in der Wüste überleben können.«

»Richtig.«

»Das heißt, die Bakterien vermehren sich und fangen an, Moleküle zu produzieren, die sich von allein zusammenfügen und größere Moleküle bilden. Schon bald habt ihr Assembler, und die Assembler machen sich an die endgültige Arbeit und stellen neue Mikroagenten her.«

»Ganz genau.«

»Was bedeutet, dass die Schwärme sich tatsächlich reproduzieren.«

»Ja. Richtig.«

»Und die einzelnen Agenten haben Speicherkapazität.«

»Ja. Ein klein wenig.«

»Und sie brauchen auch nicht viel, das ist ja gerade die Stärke verteilter Intelligenz. Sie ist kollektiv. Sie verfügen also über Intelligenz, und da sie Speicherkapazität haben, können sie aus Erfahrung lernen.«

»Ja.«

»Und das PREDPREY-Programm bedeutet, sie können Probleme lösen. Und das Programm generiert genug Zufallselemente, dass sie neue Verhaltensweisen lernen können.«

»Richtig. Ja.«

Mir dröhnte der Schädel. Ich erkannte jetzt das ganze Ausmaß des Problems, und es gefiel mir ganz und gar nicht.

»Also«, sagte ich, »fassen wir zusammen: Der Schwarm reproduziert sich, kann sich selbst versorgen, lernt aus Erfahrung, besitzt kollektive Intelligenz und kann sich neue Verhaltensweisen aneignen, um Probleme zu lösen.«

»Ja.«

»Was im Grunde nichts anderes heißt als: Er lebt.«

»Ja.« David nickte. »Zumindest verhält er sich so, als ob er lebt. In *funktioneller* Hinsicht lebt er, Jack.«

Ich sagte: »Das sind verdammt schlechte Neuigkeiten.«

Brooks erwiderte: »Das kannst du laut sagen.«

»Verrat mir eins«, sagte ich, »warum wurde das Ding nicht schon vor langer Zeit vernichtet?«

David sagte nichts. Er strich sich bloß die Krawatte glatt und blickte verlegen drein.

»Weil dir doch wohl klar ist«, sagte ich, »dass ihr es hier mit einer mechanischen Pest zu tun habt. Genau das ist es nämlich. Genau wie eine Bakterienpest oder eine Virenpest. Nur dass es mechanische Organismen sind. Ihr habt, verdammt noch mal, eine von Menschen geschaffene Pest am Hals.«

Er nickte. »Ja.«

»Die evolviert.«

»Ja.«

»Und sie ist nicht an biologische Evolutionsgeschwindigkeiten gebunden. Sie evolviert wahrscheinlich schneller.«

Er nickte. »Sie evolviert tatsächlich schneller.«

»Wie schnell, David?«

Brooks seufzte. »Verdammt schnell. Heute Nachmittag, wenn der Schwarm wiederkommt, ist er schon wieder anders.«

»Kommt er denn wieder?«

»Er kommt immer wieder.«

»Und warum?«, fragte ich.

»Er will hier rein.«

»Und warum?«

David rutschte unbehaglich hin und her. »Wir haben nur Theorien, Jack.«

»Lass hören.«

»Eine Möglichkeit ist, dass es was Territoriales ist. Wie du weißt, beinhaltet der ursprüngliche PREDPREY-Code auch das Konzept eines Gebietes, des Territoriums, in dem die Räuber sich bewegen. Und innerhalb dieses Kerngebietes bestimmt er eine Art Stützpunkt, der für den Schwarm vielleicht im Innern unseres Gebäudes liegt.«

Ich sagte: »Glaubst du das?«

»Eigentlich nicht, nein.« Er zögerte. »Um ehrlich zu sein«, fuhr er fort, »die meisten von uns glauben, dass er wiederkommt, weil er deine Frau sucht, Jack. Er sucht Julia.«

6. Tag, 11.42 Uhr

Und so kam es, dass ich mit mörderischen Kopfschmerzen im Krankenhaus in San Jose anrief. »Julia Forman, bitte.« Ich buchstabierte den Namen für die Stimme in der Zentrale.

»Sie ist auf der Intensivstation«, sagte die Stimme.

»Ja, stimmt.«

»Tut mir Leid, aber direkte Anrufe bei den Patienten sind nicht erlaubt.«

»Dann die Station, bitte.«

»Moment, ich verbinde.«

Ich wartete. Niemand ging ans Telefon. Ich rief erneut in der Zentrale an und hatte schließlich eine Krankenschwester von der Intensivstation am Apparat. Julia sei beim Röntgen, sagte die Schwester, und sie wisse nicht, wann Julia zurück sei. Ich sagte, sie müsse längst zurück sein. Die Schwester erwiderte ziemlich gereizt, sie könne vom Telefon aus Julias Bett sehen und sie könne mir versichern, dass Julia nicht drinliege.

Ich sagte, ich würde wieder anrufen.

Ich legte den Hörer auf und wandte mich an David. »Was hat Julia eigentlich mit der ganzen Geschichte zu tun?«

»Sie hat uns geholfen, Jack.«

»Das denk ich mir. Aber wie genau?«

»Am Anfang hat sie versucht, den Schwarm anzulocken«, sagte er. »Um ihn per Funk unter Kontrolle bringen zu können, mussten wir dafür sorgen, dass er nahe am Gebäude blieb. Julia hat uns dabei geholfen.«

»Wie denn?«

»Na ja, sie hat ihn unterhalten.«

»Sie hat was?«

»Ich denke, so könnte man es nennen. Es war uns sehr bald klar, dass der Schwarm rudimentäre Intelligenz besitzt. Julia kam auf die Idee, ihn wie ein Kind zu behandeln. Sie ist mit bunten Klötzen nach draußen gegangen, Spielzeug. Sachen, an denen ein Kind Spaß hätte. Und der Schwarm schien auf sie anzusprechen. Sie war ganz aus dem Häuschen.«

»Zu dem Zeitpunkt war es ungefährlich, zu dem Schwarm rauszugehen?«

»Ja, völlig ungefährlich. Er war eine harmlose Partikelwolke.« David zuckte die Achseln. »Jedenfalls, nach ein oder zwei Tagen beschloss Julia, einen Schritt weiterzugehen und den Schwarm systematisch zu testen. Verstehst du? Wie eine Kinderpsychologin ein Kind testen würde.«

»Du meinst, ihm was beibringen«, sagte ich.

»Nein. Sie wollte ihn testen.«

»David«, sagte ich. »Der Schwarm ist eine verteilte Intelligenz. Er ist ein gottverdammtes Netzwerk. Egal, was du mit ihm anstellst, er lernt. Testen ist *dasselbe*, wie ihm was beibringen. Was genau hat sie mit ihm gemacht?«

»Bloß irgendwelche Spiele und so. Sie hat zum Beispiel drei farbige Klötze auf den Boden gelegt, zwei blaue und einen gelben, um zu sehen, ob er den gelben aussuchen würde. Dann was mit Quadraten und Dreiecken. So was eben.«

»Aber David«, sagte ich. »Ihr habt alle gewusst, dass das ein außer Kontrolle geratener Schwarm ist, der sich außerhalb des Labors langsam weiterentwickelt. Ist denn keiner von euch auf die Idee gekommen, einfach da rauszugehen und ihn zu vernichten?«

»Doch. Das wollten wir alle. Aber Julia nicht.«

»Wieso?«

»Sie wollte ihn am Leben erhalten.«

»Und keiner hat ihr das ausgeredet?«

»Sie sitzt im Management, Jack. Sie hat gesagt, der Schwarm wäre ein glücklicher Zufall, dass wir da auf etwas wirklich Großes gestoßen wären, dass er möglicherweise die Firma retten könnte und wir ihn nicht zerstören dürften. Sie war, wie soll ich sagen, richtig vernarrt in ihn. Ich meine, sie war stolz auf ihn. Als hätte sie ihn erfunden. Sie wollte ihn bloß ›im Zaum halten‹. Ihre Worte.«

»Was du nicht sagst. Wie lange ist das her, dass sie das gesagt hat?«

»Gestern, Jack.« David zuckte die Achseln. »Sie ist doch erst gestern Nachmittag von hier weg.«

Ich brauchte einen Augenblick, bis ich begriff, dass er Recht hatte. Erst ein einziger Tag war vergangen, seit Julia hier gewesen war, und dann hatte sie den Unfall gehabt. Und in dieser kurzen Zeit hatte der Schwarm schon enorme Fortschritte gemacht.

»Wie viele Schwärme waren gestern da?«

»Drei. Aber wir haben nur zwei gesehen. Einer wird sich wohl versteckt haben.« Er schüttelte den Kopf. »Weißt du, einer von den Schwärmen war so was wie Julias Liebling. Er war kleiner als die anderen. Er hat immer gewartet, dass sie rauskommt, und er ist ihr nicht von der Seite gewichen. Manchmal, wenn sie kam, ist er um sie herumgewirbelt, als würde er sich freuen, sie zu sehen. Sie hat auch mit ihm geredet, wie mit einem Hund oder so.«

Ich presste die Finger auf meine pochenden Schläfen. »Sie hat mit ihm geredet«, wiederholte ich. Oh Gott. »Erzähl mir nicht, die Schwärme haben auch einen Gehörsinn.«

»Nein. Haben sie nicht.«

»Dann war das Reden also Zeitverschwendung.«

»Ähm, na ja … wir glauben, die Wolke war so nahe an ihr dran, dass Julia mit ihrem Atem ein paar von den Partikeln in Schwingung versetzt hat. In einem rhythmischen Muster.«

»Dann war also die ganze Wolke wie ein riesiges Trommelfell?«

»In gewisser Weise, ja.«

»Und sie ist ein Netzwerk, also hat sie gelernt …«

»Genau.«

Ich seufzte. »Willst du mir jetzt erzählen, die Wolke hätte auch geredet?«

»Nein, aber sie hat angefangen, komische Geräusche zu machen.«

Ich nickte. Diese komischen Geräusche hatte ich gehört. »Wie macht sie das?«

»Wir wissen es nicht genau. Bobby meint, das Geräusch wäre sozusagen das Gegenteil der akustischen Schwingung, durch die sie hört. Die Partikel pulsieren in einer koordinierten Front und erzeugen so eine Schallwelle. Ungefähr so wie ein Lautsprecher.«

Irgendwas in der Art musste es sein, dachte ich. Obwohl es unwahrscheinlich schien, dass der Schwarm dazu in der Lage war. Im Grunde war er doch eine Sandwolke aus Minipartikeln. Die Partikel hatten weder die Masse noch die Energie, eine Schallwelle zu erzeugen.

Mir kam ein Gedanke. »David«, sagte ich, »war Julia gestern draußen, bei den Schwärmen?«

»Ja, am Morgen. Kein Problem. Die Schlange haben sie erst getötet, als Julia schon ein paar Stunden weg war.«

»Und hatten sie vorher schon irgendwas getötet?«

»Äh... vielleicht einen Kojoten vor ein paar Tagen, ich weiß nicht genau.«

»Dann war die Schlange vielleicht nicht das erste Opfer?«

»Vielleicht...«

»Und heute haben sie ein Kaninchen getötet.«

»Ja. Die machen jetzt rasend schnell Fortschritte.«

»Danke, Julia«, sagte ich.

Ich war mir ziemlich sicher, dass die beschleunigte Veränderung des Schwarmverhaltens, die wir beobachten konnten, eine Folge von Lernen aus der Vergangenheit war. Dabei handelte es sich um ein typisches Merkmal von verteilten Systemen – und eigentlich auch um ein Merkmal jeder Evolution, die ja so gesehen durchaus eine Art des Lernens war. Wie auch immer, es bedeutete jedenfalls, dass Systeme eine lange, langsame Anfangsphase hatten, woraufhin sich die Entwicklung zunehmend beschleunigte.

Ein anschauliches Beispiel dafür ist die Evolution des Lebens auf der Erde. Erstes Leben entstand vor vier Milliarden Jahren in Form von einzelligen Lebewesen. In den nachfolgenden zwei Milliarden Jahren veränderte sich nichts. Dann tauchten Kerne in den Zellen auf. Das Tempo zog an. Nur einige hundert Millionen Jahre später, vielzellige Organismen. Wieder ein paar hundert Millionen Jahre später, eine explosionsartige Lebensvielfalt. Und die Vielfalt nimmt zu. Vor immerhin schon zweihundert Millionen Jahren gab es große Pflanzen und Tiere, komplexe Lebewesen, Dinosaurier. Gemessen daran ist der Mensch ein Spätzünder: vor vier Millionen Jahren, aufrecht gehende Affen. Vor zwei Millionen Jahren, erste menschliche Vorfahren. Vor fünfunddreißigtausend Jahren, Höhlenmalereien.

Die Beschleunigung ist dramatisch. Würde man die Geschichte des Lebens auf der Erde in vierundzwanzig Stunden zusammendrängen, dann entstanden vielzellige Organismen vor zwölf Stunden, Dinosaurier in der letzten Stunde, die ersten Menschen tauchten vor vierzig Sekunden auf, und den neuzeitlichen Menschen gibt es seit nicht mal einer Sekunde.

Zwei Milliarden Jahre dauerte es, bis in primitiven Zellen ein Kern entstand, der erste Schritt zur Komplexität. Doch es brauchte nur zweihundert Millionen Jahre – ein Zehntel der Zeit –, bis sich vielzellige Tiere entwickelt hatten. Und es waren nur vier Millionen Jahre vom Menschenaffen mit kleinem Gehirn und groben Knochenwerkzeugen bis hin zum modernen Menschen und zur Gentechnologie. So rasant hatte sich das Tempo erhöht.

Das gleiche Muster zeigte sich im Verhalten von verteilten Agentensystemen. Es dauerte lange, bis Agenten »das Fundament gelegt« und die Anfangsarbeit geschafft hatten, doch sobald das erledigt war, ging es sehr schnell voran. Die Fundamentlegung ließ sich nicht überspringen, genauso wie ein Mensch seine Kindheit nicht überspringen kann. Die vorbereitende Arbeit war unumgänglich.

Doch auch die nachfolgende Beschleunigung war unvermeidlich. Sie war sozusagen in das System eingebaut.

Durch Unterricht verlief die Entwicklung noch zügiger, und dass Julia die Lehrerin gespielt hatte, war ein entscheidender Faktor für das jetzige Verhalten des Schwarms, da war ich mir sicher. Allein schon durch die Interaktion mit ihm hatte sie einen Selektionsdruck in einen Organismus eingeführt, dessen emergentes Verhalten nicht kalkulierbar war. Das war sehr leichtsinnig gewesen.

Der Schwarm – der sich ohnehin schon rasch entwickelte – würde sich in Zukunft noch rascher entwickeln. Und da es sich um einen vom Menschen geschaffenen Organismus handelte, fand diese Reifung nicht auf einer biologischen Zeitskala statt, sondern binnen Stunden.

Mit jeder Stunde, die verging, würde die Vernichtung der Schwärme schwieriger werden.

»Okay«, sagte ich zu David. »Wenn die Schwärme wiederkommen, sollten wir uns allmählich auf sie vorbereiten.« Ich stand auf, verzog vor lauter Kopfschmerzen das Gesicht und ging zur Tür.

»Was hast du vor?«, fragte David.

»Was glaubst du wohl, was ich vorhabe?«, erwiderte ich. »Wir müssen die Dinger umbringen, kaltblütig. Wir müssen sie von der Erdoberfläche tilgen. Und wir dürfen keine Zeit verlieren.«

David rutschte unbehaglich auf seinem Stuhl herum. »Von mir aus gern«, sagte er. »Aber Ricky wird das gar nicht gefallen.«

»Wieso nicht?«

David zuckte die Achseln. »Er ist eben dagegen.«

Ich wartete und sagte nichts.

David wurde immer zappeliger, immer verlegener. »Die Sache ist die, Julia und er sind, äh, in dem Punkt einer Meinung.«

»Sie sind einer Meinung.«

»Ja. Sie ziehen an einem Strang. In der Sache, meine ich.«

Ich sagte: »Was willst du mir eigentlich sagen, David?«

»Nichts. Nur was ich gerade gesagt habe. Sie sind beide der

Meinung, dass die Schwärme am Leben bleiben sollen. Ich glaube, Ricky wird sich dir entgegenstellen, mehr nicht.«

Ich musste unbedingt mit Mae sprechen. Ich fand sie in ihrem Labor, vor einem Computermonitor, auf dem sie sich Bilder vom Wachstum weißer Bakterien auf dunkelrotem Nährboden ansah. Ich sagte: »Mae, hör zu, ich hab mit David gesprochen, und ich muss – ähm, Mae? Hast du ein Problem?« Sie blickte starr auf den Bildschirm.

»Ich glaube, ja«, sagte sie. »Ein Problem mit der Bakterienzufuhr.«

»Was für ein Problem?«

»Die neuesten Theta-d-Stämme wachsen nicht richtig.« Sie deutete auf ein Bild in der oberen Ecke des Monitors, wo Bakterien zu sehen waren, die in glatten, weißen Kreisen wuchsen. »Das da ist normales Coliform-Wachstum«, sagte sie. »So sollte es aussehen. Aber hier …« Sie holte ein weiteres Bild auf die Mitte des Bildschirms. Die runden Formen sahen mottenzerfressen, ausgefranst und unförmig aus. »Das ist kein normales Wachstum«, sagte sie kopfschüttelnd. »Ich fürchte, es ist eine Phagenkontamination.«

»Du meinst, ein Virus?«, sagte ich. Ein Phage war ein Virus, das Bakterien angriff.

»Ja«, sagte sie. »Coli-Bakterien sind anfällig für eine sehr große Anzahl von Phagen. Der T4-Phage ist natürlich der gewöhnlichste, aber Theta-d müsste so konstruiert sein, dass es T4-resistent ist. Ich nehme also an, dass da ein neuer Phage im Spiel ist.«

»Ein neuer Phage? Du meinst, er hat sich gerade entwickelt?«

»Ja. Vermutlich der Mutant eines bestehenden Stamms, der die konstruierte Resistenz irgendwie umgeht. Aber das ist eine Katastrophe für die Herstellung. Wenn unser Bakterienmaterial infiziert ist, müssen wir die Produktion einstellen. Sonst spucken wir nur Viren aus.«

»Offen gestanden«, sagte ich, »wäre es vielleicht gar nicht schlecht, die Produktion einzustellen.«

»Mir bleibt wahrscheinlich keine andere Wahl. Ich versuche, ihn zu isolieren, aber er sieht aggressiv aus. Kann sein, dass ich ihn nicht loswerde, wenn ich nicht alles vernichte. Mit frischem Material ganz von vorn anfange. Das wird Ricky gar nicht gefallen.«

»Hast du ihm schon davon erzählt?«

»Noch nicht.« Sie schüttelte den Kopf. »Ich denke, schlechte Nachrichten hat er schon genug. Und außerdem ...« Sie brach ab, als hätte sie es sich anders überlegt.

»Außerdem ...?«

»Für Ricky hängt unheimlich viel vom Erfolg dieser Firma ab.« Sie blickte mich an. »Bobby hat ihn neulich am Telefon gehört, wie er über seine Aktienoptionsrechte gesprochen hat. Und da hat er besorgt geklungen. Ich denke, Ricky sieht Xymos als seine letzte große Chance. Er ist seit fünf Jahren hier. Wenn es hier nicht hinhaut, ist er zu alt, um in einer anderen Firma noch mal neu anzufangen. Er hat eine Frau und ein kleines Kind; er kann nicht noch einmal fünf Jahre investieren, in der Hoffnung, dass es in einer anderen Firma klappt. Also will er das hier um jeden Preis schaffen und hängt sich richtig in die Sache rein. Er arbeitet sogar die Nächte durch, zermartert sich das Hirn. Er schläft höchstens drei, vier Stunden. Ehrlich gesagt, ich fürchte, er kann schon nicht mehr vernünftig denken.«

»Das kann ich mir vorstellen«, sagte ich. »Der Druck muss entsetzlich sein.«

»Vor lauter Schlafmangel ist er unberechenbar geworden«, sagte Mae. »Ich weiß nie, was er machen wird oder wie er reagiert. Manchmal hab ich den Eindruck, dass er die Schwärme gar nicht loswerden will. Oder vielleicht hat er Angst.«

»Vielleicht«, sagte ich.

»Jedenfalls, er ist unberechenbar. Ich wäre an deiner Stelle also vorsichtig«, sagte sie, »wenn du die Schwärme vernichten willst. Denn das hast du doch vor, nicht? Sie vernichten?«

»Ja«, sagte ich. »Das habe ich vor.«

6. Tag, 13.12 Uhr

Sie hatten sich alle im Freizeitraum, dem mit den Videospielen und Flipperautomaten, versammelt. Niemand spielte jetzt damit. Sie sahen mich aus ängstlichen Augen an, während ich erklärte, was wir zu tun hatten. Der Plan war ganz einfach – der Schwarm selbst diktierte, was wir tun mussten, obgleich ich diese unangenehme Wahrheit aussparte.

Im Grunde, so sagte ich ihnen, hatten wir es mit einem außer Kontrolle geratenen Schwarm zu tun. Und der Schwarm ließ selbst organisiertes Verhalten erkennen. »Eine hohe SO-Komponente bedeutet, der Schwarm kann sich selbst wieder zusammenfügen, wenn er beschädigt oder auseinander gerissen wurde. So war das ja auch, als ich ihn zerstreut habe. Deshalb muss der Schwarm vollständig zerstört werden. Das heißt, die Partikel müssen Hitze, Kälte, Säure oder hohen Magnetfeldern ausgesetzt werden. Und nachdem ich sein Verhalten erlebt habe, würde ich sagen, die beste Chance, ihn zu vernichten, haben wir nachts, wenn der Schwarm Energie verliert und zu Boden sinkt.«

Ricky klagte: »Aber Jack, wir haben dir doch schon gesagt, dass wir ihn nachts nicht finden können.«

»Stimmt, das könnt ihr nicht«, sagte ich, »weil ihr ihn nicht sichtbar markiert habt. Mann, da draußen ist eine große Wüste. Wenn ihr ihn in seinem Versteck aufspüren wollt, müsst ihr ihn mit irgendwas markieren, was so deutlich ist, dass ihr seine Spur überallhin verfolgen könnt.«

»Mit was denn markieren?«

»Das ist meine nächste Frage«, sagte ich. »Was für Agenten haben wir hier, die sich zum Markieren eignen würden?« Ich erntete leere Blicke. »Kommt schon, Leute. Wir sind hier in einer Industrieanlage. Ihr werdet doch wohl *irgendwas* haben, was an den Partikeln haften bleibt und eine Spur hinterlässt, die wir aufnehmen können. Ich meine eine Substanz, die stark fluoresziert, oder ein Pheromon mit einem typischen chemischen Erkennungszeichen oder irgendwas Radioaktives… Nein?«

Weitere leere Blicke. Kopfschütteln.

»Na ja«, sagte Mae, »wir haben natürlich Radioisotope.«

»Ja, wunderbar.« Endlich kamen wir weiter.

»Die verwenden wir, um nach undichten Stellen im System zu suchen. Der Hubschrauber bringt einmal pro Woche welche.«

»Was für Isotope habt ihr?«

»Selen-72 und Rhenium-186. Manchmal auch Xenon-133. Ich weiß nicht genau, was wir zurzeit dahaben.«

»Wie sieht's mit der Halbwertszeit aus?« Bestimmte Isotope verlieren die Radioaktivität sehr rasch, binnen Stunden oder Minuten. Mit solchen konnte ich nichts anfangen.

»Die Halbwertszeit beträgt im Durchschnitt etwa eine Woche«, sagte Mae. »Selen acht Tage. Rhenium vier Tage. Xenon-133 fünf Tage. Fünf ein Viertel.«

»Okay. Dann könnten wir sie alle für unsere Zwecke einsetzen«, sagte ich. »Es reicht, wenn die Radioaktivität eine Nacht hält, sobald wir den Schwarm markiert haben.«

Mae sagte: »Wir verwenden die Isotope normalerweise in FDG. Das ist flüssige Glukose. Man könnte sie sprühen.«

»Das müsste klappen«, sagte ich. »Wo bewahrt ihr die Isotope auf?«

Mae lächelte freudlos. »Im Depot«, sagte sie.

»Wo ist das?«

»Draußen. Neben den geparkten Autos.«

»Okay«, sagte ich. »Dann gehen wir raus und holen sie.«

»Ach, du liebe Güte«, sagte Ricky und warf die Hände hoch.

»Bist du wahnsinnig geworden? Du wärst heute Morgen da draußen fast gestorben, Jack. Das willst du doch wohl nicht noch mal riskieren.«

»Wir haben keine andere Wahl«, sagte ich.

»Doch, natürlich. Wartet, bis es dunkel wird.«

»Nein«, sagte ich. »Weil wir sie dann erst morgen besprühen könnten. Und wir könnten sie erst morgen Nacht aufspüren und zerstören. Das heißt, wir würden sechsunddreißig Stunden verlieren, und das bei einem Organismus, der schnell evolviert. Das Risiko können wir nicht eingehen.«

»Das Risiko? Jack, wenn du jetzt da rausgehst, überlebst du das nicht. Du bist verrückt, allein der Gedanke ist schon purer Wahnsinn.«

Charley Davenport hatte die ganze Zeit auf den Monitor gestarrt. Jetzt drehte er sich zu der Gruppe um. »Nein, Jack ist nicht verrückt.« Er grinste mich an. »Ich gehe mit ihm.« Charley fing an zu summen: »Born to be Wild«.

»Ich auch«, sagte Mae. »Ich weiß, wo die Isotope lagern.«

Ich sagte: »Das ist wirklich nicht nötig, Mae, sag mir einfach, wo ...«

»Nein. Ich komme mit.«

»Wir müssen irgendwie ein Sprühgerät zusammenbasteln.« David Brooks krempelte sich sorgfältig die Ärmel hoch. »Am besten ferngesteuert. Das ist Rosies Spezialität.«

»Also schön, ich komme auch mit«, sagte Rosie Castro und sah David an.

»Ihr wollt alle da raus?« Ricky blickte kopfschüttelnd von einem zum anderen. »Das ist gefährlich«, sagte er. »*Äußerst* gefährlich.«

Niemand sagte etwas. Wir schauten ihn bloß alle an.

Dann sagte Ricky: »Charley, *hör mit dem verdammten Gesumme auf.*« Er wandte sich an mich. »Ich glaube nicht, dass ich das erlauben kann, Jack ...«

»Ich glaube nicht, dass du eine andere Wahl hast«, entgegnete ich.

»Ich treffe hier die Entscheidungen.«

»Im Moment nicht«, erwiderte ich. Ich war kurz davor, an die Decke zu gehen. Ich hätte ihm am liebsten die Meinung gegeigt, schließlich hatte er den Karren in den Dreck gefahren, er hatte zugelassen, dass ein Schwarm in der Umwelt evolvierte. Aber ich wusste nicht, wie viele kritische Entscheidungen Julia getroffen hatte. Im Grunde war Ricky dem Management gegenüber devot, wollte seinen Vorgesetzten gefallen, wie ein Kind seinen Eltern. Er machte das sehr charmant; so war er im Leben weitergekommen. Aber es war auch seine größte Schwäche.

Jetzt jedoch schob Ricky starrsinnig das Kinn vor. »Es geht einfach nicht, Jack«, sagte er. »Ihr werdet da draußen nicht überleben.«

»Und ob wir das werden, Ricky«, entgegnete Charley Davenport. Er deutete auf den Monitor. »Sieh doch mal.«

Der Monitor zeigte die Wüste draußen. Die frühnachmittägliche Sonne schien auf stoppelige Kakteen. Ein verkümmerter Wacholderbaum in der Ferne, dunkel im Gegenlicht. Einen Moment lang verstand ich nicht, was Charley meinte. Dann sah ich den Sand über den Boden wehen. Und ich bemerkte, dass der Wacholderbaum zu einer Seite geneigt war.

»Ganz genau, Leute«, sagte Charley Davenport. »Wir haben eine kräftige Brise da draußen. Starker Wind, keine Schwärme – wisst ihr noch? Sie müssen sich dicht am Boden halten.« Er ging in Richtung Durchgang, der zur Energiestation führte. »Verlieren wir keine Zeit. Ziehen wir's durch, Leute.«

Alle marschierten hintereinander aus dem Raum. Ich wollte als Letzter gehen. Doch zu meinem Erstaunen zog Ricky mich beiseite, versperrte mir den Ausgang mit seinem Körper. »Tut mir Leid, Jack, ich wollte dich nicht vor den anderen in Verlegenheit bringen. Aber ich kann einfach nicht zulassen, dass du das machst.«

»Wär's dir lieber, jemand anders macht es?«, fragte ich.

Er blickte finster. »Was meinst du damit?«

»Ich rate dir, den Tatsachen ins Auge zu sehen, Ricky. Die Lage ist schon jetzt katastrophal. Und wenn wir sie nicht umgehend in den Griff kriegen, dann müssen wir Hilfe anfordern.«

»Hilfe? Was soll das heißen?«

»Ich meine, das Pentagon verständigen, die Armee. Wir müssen irgendwen verständigen, um die Schwärme unter Kontrolle zu kriegen.«

»Um Gottes willen, Jack. Das können wir nicht machen.«

»Wir haben keine andere Wahl.«

»Aber das würde die Firma kaputtmachen. Wir würden nie wieder Gelder kriegen.«

»Dagegen hätte ich nichts«, sagte ich. Ich war wütend wegen dem, was in der Wüste passiert war. Eine Wochen und Monate währende Aneinanderreihung von falschen Entscheidungen, Fehlern und Patzern. Anscheinend zählten bei Xymos nur kurzfristige Lösungen, Flickschusterei, schnell und unsauber. Keiner interessierte sich für die langfristigen Folgen.

»Versteh doch«, sagte ich, »du hast es mit einem außer Kontrolle geratenen Schwarm zu tun, der offensichtlich tödlich ist. Jetzt muss Schluss sein mit der Pfuscherei.«

»Aber Julia …«

»Julia ist nicht hier.«

»Aber sie hat gesagt …«

»Es interessiert mich nicht, was sie gesagt hat, Ricky.«

»Aber die Firma …«

»Scheiß auf die Firma, Ricky.« Ich packte ihn bei den Schultern, schüttelte ihn einmal heftig. »Kapierst du denn nicht? *Du traust dich nicht nach draußen.* Du hast *Angst* vor diesem Schwarm, Ricky. Wir müssen ihn töten. Und wenn wir ihn nicht bald töten können, müssen wir Hilfe holen.«

»*Nein.*«

»Doch, Ricky.«

»*Das werden wir ja sehen*«, knurrte er. Sein Körper spannte sich, seine Augen loderten. Er packte mich am Hemdkragen. Ich stand einfach da und starrte ihn an. Ich rührte mich nicht. Ricky funkelte mich einen Augenblick lang an, und dann lockerte er den Griff. Er klopfte mir auf die Schulter und strich meinen Kragen glatt. »Ach, verdammt, Jack«, sagte er, »was mach ich denn hier?« Und er setzte sein selbstironisches Surfer-Grinsen auf. »Tut mir Leid. Der Stress macht mir wohl langsam zu schaffen. Du hast Recht. Du hast absolut Recht. Scheiß auf die Firma. Wir müssen es machen. Wir müssen diese Dinger sofort vernichten.«

»Ja«, sagte ich, den Blick noch immer auf ihn gerichtet. »Das müssen wir.«

Er hielt inne. Er nahm seine Hand von meinem Kragen. »Du findest, ich benehme mich seltsam, nicht? Mary findet auch, dass ich seltsam bin. Das hat sie neulich gesagt. Benehme ich mich seltsam?«

»Nun ja ...«

»Du kannst es mir ruhig sagen.«

»Vielleicht gereizt ... Schläfst du überhaupt noch?«

»Nicht viel. Zwei, drei Stunden.«

»Vielleicht solltest du mal eine Schlaftablette nehmen.«

»Hab ich. Hilft auch nicht. Das ist der verdammte Druck. Ich bin seit einer Woche hier. Schlaucht ganz schön.«

»Kann ich mir vorstellen.«

»Na ja, was will man machen.« Er wandte sich ab, als wäre er plötzlich verlegen. »Hör zu, ich setz mich ans Funkgerät«, sagte er. »Ich werde die ganze Zeit bei euch sein. Ich bin dir sehr dankbar, Jack. Du hast hier wieder für Vernunft und Ordnung gesorgt. Sei bloß ... Sei bloß vorsichtig da draußen, okay?«

»Okay.«

Ricky trat beiseite.

Ich ging an ihm vorbei zur Tür hinaus.

In dem Gang, wo die Klimaanlage auf höchster Stufe dröhnte, war Mae auf halbem Weg zur Energiestation plötzlich neben mir. Ich sagte zu ihr: »Du musst wirklich nicht mit da raus, Mae. Du kannst mir doch über Funk sagen, wie ich mit den Isotopen umzugehen habe.«

»Die Isotope machen mir keine Sorgen«, sagte sie mit leiser Stimme, damit sie in dem Dröhnen unterging. »Sondern das Kaninchen.«

Ich war nicht sicher, ob ich sie richtig verstanden hatte. »Das was?«

»Das Kaninchen. Ich muss das Kaninchen noch einmal untersuchen.«

»Wieso?«

»Du weißt doch, dass ich eine Gewebeprobe aus dem Magen entnommen habe, nicht? Tja, die hab ich mir vorhin unter dem Mikroskop angesehen.«

»Und?«

»Ich fürchte, wir haben Riesenprobleme, Jack.«

6. Tag, 14.52 Uhr

Ich war als Erster zur Tür hinaus, blinzelte in die Wüstensonne. Obwohl es fast drei Uhr war, kam mir die Sonne unverändert hell und heiß vor. Ein sengender Wind ließ Hose und Hemd flattern. Ich zog das Mikro meines Headsets näher an die Lippen und sagte: »Bobby, hörst du mich?«

»Ich höre dich, Jack.«

»Hast du ein Bild?«

»Ja, Jack.«

Charley Davenport kam heraus und lachte. Er sagte: »Weißt du, Ricky, du bist wirklich ein dämlicher Sack. Weißt du das?«

Über mein Headset hörte ich Ricky erwidern: »Spar dir das. Du weißt doch, dass ich keine Komplimente mag. Mach einfach deine Arbeit.«

Mae kam als Nächste durch die Tür. Sie hatte einen Rucksack über eine Schulter gehängt. »Für die Isotope.«

»Sind die schwer?«

»Die Behälter.«

Dann kam David Brooks heraus, Rosie dicht hinter ihm. Sie verzog das Gesicht, als sie auf den Sand trat. »Gott, ist das heiß«, sagte sie.

»Ja, das haben die meisten Wüsten so an sich«, sagte Charley.

»Erzähl keinen Scheiß, Charley.«

»Dir würde ich doch niemals Scheiß erzählen, Rosie.« Er rülpste.

Ich suchte derweil den Horizont ab, konnte aber nichts sehen. Die Autos parkten unter einem Unterstand, etwa fünfzig Meter entfernt. Der Unterstand reichte bis zu einem rechteckigen, weißen Betongebäude mit schmalen Fenstern. Das war das Depot.

Wir gingen darauf zu. Rosie fragte: »Gibt's da drin eine Klimaanlage?«

»Ja«, sagte Mae. »Aber es ist trotzdem heiß. Schlecht isoliert.«

»Ist es luftdicht?«, fragte ich.

»Nicht richtig.«

»Das heißt, nein«, sagte Davenport lachend. Er sprach in sein Headset. »Bobby, was für einen Wind haben wir?«

»Siebzehn Knoten«, antwortete Bobby Lembeck. »Schöner, kräftiger Wind.«

»Und wie lange noch, bis der Wind sich legt? Sonnenuntergang?«

»Wahrscheinlich, ja. Noch drei Stunden.«

Ich sagte: »Dann haben wir reichlich Zeit.«

Mir fiel auf, dass David Brooks kein Wort sprach. Er stapfte einfach auf das Gebäude zu. Rosie hielt sich dicht hinter ihm.

»Aber man kann nie wissen«, sagte Davenport. »Kann sein, dass wir alle draufgehen. Jeden Augenblick.« Er lachte wieder, auf seine nervige Art.

Ricky sagte: »Charley, halt doch einfach mal die Klappe.«

»Da musst du schon rauskommen und mir die Klappe zuhalten, du bist echt ein großes Kind«, erwiderte Charley. »Was ist los, du machst dir ja vor Angst in die Hose.«

Ich sagte: »Lass gut sein, Charley, konzentrier dich.«

»He, ich konzentrier mich ja. Und wie.«

Der Wind blies Sand vor sich her, sodass dicht über dem Boden ein bräunlicher Streifen schwebte. Mae ging neben mir. Sie blickte über die Wüste und sagte unvermittelt: »Ich möchte mir das Kaninchen noch mal ansehen. Geht ihr ruhig schon weiter.«

Sie steuerte nach rechts, auf den Kadaver zu. Ich ging mit ihr. Und die anderen schwenkten zusammen um und folgten uns. Offenbar wollten alle beisammenbleiben. Der Wind war noch immer stark.

Charley sagte: »Wieso willst du das Kaninchen sehen, Mae?«

»Ich will was überprüfen.« Sie streifte sich im Gehen Handschuhe über.

Das Headset knisterte. Ricky sagte: »Würde mir bitte mal einer verraten, was ihr vorhabt?«

»Wir wollen uns das Kaninchen angucken«, sagte Charley.

»Wozu?«

»Mae will es sich noch mal ansehen.«

»Sie hat es sich doch schon angesehen. Leute, ihr seid da draußen völlig ungeschützt. Ich würde nicht so rumtrödeln.«

»Hier trödelt keiner rum, Ricky.«

Inzwischen konnte ich das Kaninchen in einiger Entfernung sehen, teilweise verdeckt vom verwehten Sand. Gleich darauf standen wir alle um den Tierkörper herum. Der Wind hatte ihn auf die Seite gedreht. Mae ging in die Hocke, legte das Tier auf den Rücken, sodass der offene Kadaver zu sehen war.

»Jesses«, sagte Rosie.

Erschrocken sah ich, dass das Fleisch nicht mehr glatt und rosa war. Stattdessen war es überall aufgeraut, und an manchen Stellen sah es aus, als wäre es abgeschabt worden. Und es war mit einer milchig weißen Schicht bedeckt.

»Sieht aus, als wäre es in Säure getaucht worden«, sagte Charley.

»Ja, stimmt«, sagte Mae. Sie hörte sich grimmig an.

Ich sah auf meine Uhr. Das Ganze war innerhalb von zwei Stunden geschehen. »Was ist da passiert?«

Mae hatte ihr Vergrößerungsglas hervorgeholt und beugte sich jetzt über das Tier. Sie sah sich verschiedene Stellen an, bewegte das Glas rasch. Dann sagte sie: »Es ist zum Teil aufgefressen worden.«

»Aufgefressen? Von wem?«

»Von Bakterien.«

»Moment mal«, sagte Charley Davenport. »Du denkst, das hier hat Theta-d gemacht? Du denkst, die E. coli fressen es auf?«

»Das werden wir früh genug erfahren«, sagte sie. Sie griff in

einen Beutel und holte mehrere Glasröhrchen mit sterilen Abstrichtupfern darin hervor.

»Aber es ist doch erst kurze Zeit tot.«

»Lange genug«, sagte Mae. »Und hohe Temperaturen beschleunigen das Wachstum.« Sie strich nacheinander mit den Tupfern über das tote Tier und steckte sie wieder in die Glasröhrchen.

»Dann muss Theta-d sich ja wahnsinnig aggressiv vermehren.«

»Wie alle Bakterien bei einer guten Nährstoffquelle. Sie wechseln in die Log-Phase, wo sie sich alle zwei oder drei Minuten um das Doppelte vermehren. Ich glaube, das ist hier der Fall.«

Ich sagte: »Aber wenn das stimmt, heißt das, der Schwarm …«

»Ich weiß nicht, was das heißt, Jack«, entgegnete sie rasch. Sie sah mich an und schüttelte kaum merklich den Kopf. Die Bedeutung war klar: *Jetzt nicht.*

Aber die anderen ließen sich nicht vertrösten. »Mae, Mae, Mae«, sagte Charley Davenport. »Soll das heißen, die Schwärme haben das Kaninchen getötet, um es zu fressen? Um noch mehr Coli wachsen zu lassen? Und noch mehr Nanoschwärme zu schaffen?«

»Das habe ich nicht gesagt, Charley.« Ihre Stimme war ruhig, fast besänftigend.

»Aber du *glaubst* es«, fuhr Charley fort. »Du glaubst, die Schwärme verzehren Säugetiergewebe, um sich zu vermehren …«

»Ja. Das glaube ich, Charley.« Mae verstaute ihre Proben sorgfältig und stand auf. »Aber jetzt haben wir Kulturen genommen. Wir testen sie mit Luria und Agarose, und dann wissen wir's genau.«

»Ich wette, wenn wir in einer Stunde wiederkommen, ist von dem weißen Zeug nichts mehr da, und wir sehen, wie sich auf dem ganzen Körper was Schwarzes bildet. Neue schwarze Nanopartikel. Und irgendwann wird es dann für einen neuen Schwarm reichen.«

Sie nickte. »Ja. Das denke ich auch.«

»Und deshalb sind hier in der Gegend alle Tiere verschwunden?«, sagte David Brooks.

»Ja.« Sie strich sich eine Haarsträhne zurück. »Das geht schließlich schon eine ganze Weile so.«

Einen Moment lang sagte keiner etwas. Wir standen alle um den Kaninchenkadaver herum, mit dem Rücken zum Wind. Der Kadaver wurde so rasch verzehrt, dass ich es fast sehen konnte, in Echtzeit.

»Kommt, wir machen jetzt den verdammten Schwärmen den Garaus«, sagte Charley.

Wir drehten uns alle um und gingen in Richtung Depot.

Niemand sprach.

Es gab nichts zu sagen.

Plötzlich flogen ein paar kleine Vögel auf, die unter den Feigenkakteen herumgehüpft waren, und kreisten zwitschernd vor uns durch die Luft.

Ich sagte zu Mae: »Es gibt keine Säugetiere mehr, aber die Vögel sind noch da?«

»Sieht so aus.«

Die Vögel landeten schließlich gut hundert Schritte von uns entfernt.

»Vielleicht sind sie den Schwärmen einfach zu klein«, sagte Mae. »Nicht genug Fleisch an den Knochen.«

»Vielleicht.« Mir kam noch eine andere Antwort in den Sinn. Aber um sicherzugehen, würde ich den Code überprüfen müssen.

Ich trat von der Sonne in den Schatten des Wellblechunterstandes und ging an den geparkten Autos vorbei auf die Tür des Depots zu. Sie war mit Warnsymbolen übersät – radioaktive Strahlung, biochemische Gefahren, Mikrowellen, hochexplosive Stoffe, Laserstrahlung. Charley sagte: »Da sieht man, warum wir den ganzen Mist in sicherer Entfernung aufbewahren.«

Plötzlich sagte Vince: »Jack, ein Anruf für Sie. Ich stell durch.« Mein Handy klingelte. Es war wahrscheinlich Julia. Ich meldete mich. »Hallo?«

»Dad.« Es war Eric. Mit dem emphatischen Tonfall, den er an sich hatte, wenn er aufgeregt war.

Ich seufzte. »Ja, Eric.«

»Wann kommst du nach Hause?«

»Ich weiß es noch nicht.«

»Bist du zum Abendessen da?«

»Ich fürchte, nein. Wieso? Ist was nicht in Ordnung?«

»Sie ist so ein Riesenarschloch.«

»Eric, sag mir einfach, was los ist…«

»Tante Ellen hält dauernd zu ihr. Das ist gemein.«

»Ich bin gerade ziemlich beschäftigt, Eric, also sag mir einfach…«

»Wieso? Was machst du denn?«

»Eric, sag mir bitte, was los ist.«

»Schon gut«, sagte er plötzlich schmollend, »wenn du sowieso nicht nach Hause kommst, ist es auch egal. Wo bist du denn eigentlich? Bist du in der Wüste?«

»Ja. Woher weißt du das?«

»Ich hab mit Mom gesprochen. Wir mussten sie im Krankenhaus besuchen, Tante Ellen wollte, dass wir mitkommen. Das fand ich blöd. Ich hatte gar keine Lust. Aber ich musste mit.«

»Verstehe. Wie geht's Mom?«

»Sie kommt aus dem Krankenhaus.«

»Hat sie alle Untersuchungen gemacht?«

»Die Ärzte wollten sie dabehalten«, sagte Eric. »Aber sie will raus. Sie hat einen Arm in Gips, mehr nicht. Sie sagt, sonst fehlt ihr nichts. Dad? Wieso muss ich auf Tante Ellen hören? Das ist gemein.«

»Hol Ellen mal ans Telefon.«

»Sie ist nicht da. Sie kauft mit Nicole ein neues Kleid für das Theaterstück.«

»Wer ist denn bei dir zu Hause?«

»Maria.«

»Okay«, sagte ich. »Hast du schon deine Hausaufgaben gemacht?«

»Noch nicht.«

»Dann aber avanti. Ich möchte, dass du sie vor dem Abendessen fertig hast.« Es war verblüffend, wie automatisch einem Vater oder einer Mutter solche Sätze von der Zunge gingen.

Inzwischen war ich an der Tür zum Depot. Ich blickte auf die vielen Warnzeichen. Einige davon kannte ich nicht, zum Beispiel eine Raute mit vier verschiedenfarbigen Quadraten drin, jedes mit einer Zahl. Mae schloss die Tür auf und ging hinein.

»Dad?« Eric fing an zu weinen. »Wann kommst du denn nach Hause?«

»Ich weiß es noch nicht«, sagte ich. »Ich hoffe, morgen.«

»Okay. Versprochen?«

»Versprochen.«

Ich konnte ihn schniefen hören, und dann kam durchs Telefon ein lang gezogenes *Wrraff*-Geräusch, als er sich die Nase am Ärmel abwischte. Ich sagte, er könne mich später noch einmal anrufen, wenn er wolle. Er klang besser und sagte, okay, und dann verabschiedete er sich.

Ich klappte das Handy zu und betrat das Depot.

Das Innere war in zwei große Lagerräume unterteilt, die beide an allen vier Wänden Regale und in der Mitte frei stehende Regale hatten. Betonwände, Betonboden. Im zweiten Raum gab es noch eine Tür und eine Wellblechrolltür für Lkw-Lieferungen. Heißes Sonnenlicht fiel durch Fenster mit Holzrahmen. Die Klimaanlage dröhnte zwar laut, aber, wie Mae gesagt hatte, es war trotzdem heiß. Ich schloss die Tür hinter mir und sah mir die Dichtung an. Es war bloß eine normale Gummidichtung. Das Depot war eindeutig nicht luftdicht.

Ich ging an den Regalen entlang, in denen Kisten mit Ersatzteilen für die Produktionsmaschinen und das Labor gestapelt waren. Der zweite Raum enthielt alltägliche Dinge: Putzmittel, Toilettenpapier, Seifenstücke, Schachteln mit Frühstücksflocken und zwei Kühlschränke voll mit Lebensmitteln.

Ich sagte zu Mae: »Wo sind die Isotope?«

»Hier drüben.« Sie führte mich um ein Regal herum, zu einem Stahldeckel, der in den Betonboden eingelassen war. Der Deckel hatte einen Durchmesser von fast einem Meter. Er sah aus wie eine eingegrabene Mülltonne, wenn die Leuchtdioden und das Tastenfeld in der Mitte nicht gewesen wären. Mae ging auf ein Knie runter und tippte rasch einen Code ein.

Der Deckel hob sich zischend.

Ich sah eine Leiter, die hinunter in eine kreisrunde Stahlkammer führte. Die Isotope waren in unterschiedlich großen Metallbehältern verstaut. Ein Blick genügte Mae anscheinend, um zu sagen, was drin war: »Wir haben Selen-172. Sollen wir das nehmen?«

»Klar.«

Mae kletterte in die Kammer hinein.

»Lass doch den Scheiß!« In einer Ecke des Raumes wich David Brooks vor Charley Davenport zurück. Charley hatte eine große Sprühflasche Haushaltsreiniger in der Hand. Er probierte den Druckauslöser aus, und David hatte aus der Flasche was abbekommen. Es sah nicht nach einem Versehen aus. »Gib schon her«, sagte David und riss ihm die Flasche aus der Hand.

»Damit könnte es gehen«, erklärte Charley ungerührt. »Aber wir bräuchten einen ferngesteuerten Mechanismus.«

Aus dem ersten Raum sagte Rosie: »Ginge das hiermit?« Sie hielt einen glänzenden Zylinder hoch, an dem Kabel baumelten. »Ist das nicht ein Solenoidrelais?«

»Ja«, sagte David. »Aber ich glaube nicht, dass es stark genug ist, den Druckmechanismus auszulösen. Steht drauf, wie viel Leistung es hat? Wir brauchen was Größeres.«

»Und denkt dran, ihr braucht auch eine Fernsteuerung«, sagte Charley. »Es sei denn, ihr wollt den Scheißschwarm selbst besprühen.«

Mae kam wieder herauf, eine schwere Metallröhre in der Hand. Sie ging zum Waschbecken und griff nach einer Flasche mit einer strohfarbenen Flüssigkeit. Sie zog sich dicke Gummihandschuhe über und fing an, das Isotop mit der Flüssigkeit zu mischen. Ein Strahlungszähler über dem Waschbecken knatterte.

Im Headset sagte Ricky: »Vergesst ihr da nicht eine Kleinigkeit? Selbst wenn ihr eine Fernsteuerung habt, wie wollt ihr denn die Wolke anlocken? Ich kann mir nicht vorstellen, dass der Schwarm einfach zu euch kommt und schön brav stehen bleibt, um sich besprühen zu lassen.«

»Uns fällt schon noch was ein, wie wir ihn anlocken können«, sagte ich.

»Was denn zum Beispiel?«

»Sie haben sich von dem Kaninchen anlocken lassen.«

»Wir haben keine Kaninchen.«

Charley sagte: »Mann, Ricky, du bist wirklich so negativ.«

»Ich halte euch nur die Tatsachen vor Augen.«

»Sehr freundlich von dir«, entgegnete Charley.

Wie Mae ließ auch Charley sich nichts vormachen: Ricky hatte die Sache die ganze Zeit über behindert. Als wollte er die Schwärme am Leben erhalten. Was absolut keinen Sinn ergab. Aber genauso verhielt er sich.

Ich hätte Charley gern etwas über Ricky gesagt, aber über unsere Headsets konnten alle mithören. Die Kehrseite moderner Kommunikationsmöglichkeiten: Jeder kriegt alles mit.

»He, Leute?« Es war Bobby Lembeck. »Wie läuft's?«

»Ganz gut. Wieso?«

»Der Wind legt sich.«

»Wie viel Knoten noch?«, fragte ich.

»Fünfzehn. Runter von achtzehn.«

»Das ist immer noch kräftig«, sagte ich. »Wir sind im grünen Bereich.«

»Ich weiß. Ich wollte es euch bloß gesagt haben.«

Von nebenan fragte Rosie: »Was ist Thermit?« In der Hand hatte sie eine Plastikkiste mit daumengroßen Metallröhrchen.

»Vorsichtig damit«, sagte David. »Das ist bestimmt vom Bau der

Anlage hier übrig geblieben. Wahrscheinlich hat man hier Thermitschweißarbeiten gemacht.«

»Aber was ist das?«

»Thermit ist Aluminium und Eisenoxid«, sagte David. »Es wird sehr heiß – über fünfzehnhundert Grad – und so hell, dass du nicht direkt reingucken kannst. Und es schmilzt Stahl zum Schweißen.«

»Wie viel haben wir von dem Zeug?«, fragte ich Rosie. »Das könnten wir heute Abend gebrauchen.«

»Hier stehen vier Kisten.« Sie nahm eine der Kapseln aus der Kiste. »Womit zündet man die denn an?«

»Vorsicht, Rosie. Das ist eine Magnesiumhülle. Zum Anzünden reicht jede anständige Hitzequelle.«

»Auch Streichhölzer?«

»Wenn du deine Hand verlieren willst. Am besten sind Leuchtstäbe, irgendwas mit einem Zünder.«

»Verstehe«, sagte sie und verschwand wieder um die Ecke.

Der Strahlungszähler tickte noch immer. Ich wandte mich zum Waschbecken um. Mae hatte die Isotopenröhre wieder verschlossen. Sie goss jetzt die strohfarbene Flüssigkeit in eine Sprühflasche.

»He, Leute?« Es war wieder Bobby Lembeck. »Ich registriere eine gewisse Unbeständigkeit. Der Wind schwankt jetzt bei zwölf Knoten.«

»Okay«, sagte ich. »Du musst uns nicht jede kleine Veränderung durchgeben, Bobby.«

»Ich sehe nur eine gewisse Unbeständigkeit, mehr nicht.«

»Ich glaube, fürs Erste sind wir sicher, Bobby.«

Mae würde auf jeden Fall noch einige Minuten brauchen. Ich ging hinüber zum Computer und schaltete ihn ein. Der Bildschirm wurde hell; ein Optionsmenü erschien. Laut sagte ich: »Ricky, kann ich den Schwarmcode auf diesem Monitor aufrufen?«

»Den Code?«, fragte Ricky. Er klang beunruhigt. »Was willst du denn mit dem Code?«

»Ich will sehen, was ihr da gemacht habt.«

»Wieso?«

»Ricky, zum Donnerwetter, kann ich ihn sehen oder nicht?«

»Klar, natürlich kannst du das. Alle Code-Überprüfungen sind im Verzeichnis ›slash code‹. Du brauchst ein Passwort.«

Ich tippte schon. Ich fand das Verzeichnis. Aber es war gesichert. »Und das Passwort lautet?«

»L-a-n-g-t-o-n, alles klein.«

»Okay.«

Ich gab das Passwort ein. Ich war jetzt im Verzeichnis und schaute auf eine Liste mit Programm-Modifikationen, jede mit Angabe von Dateigröße und Datum. Der Dokumentenumfang war beträchtlich, was bedeutete, dass es sich hier ausschließlich um Programme für andere Aspekte des Schwarmmechanismus handelte. Denn der Code für die Partikel selbst musste klein sein – nur einige Zeilen, vielleicht acht, zehn Kilobytes, mehr nicht.

»Ricky.«

»Ja, Jack.«

»Wo ist der Partikelcode?«

»Ist er nicht da?«

»Verdammt noch mal, Ricky. Hör auf, mich zu verarschen.«

»Hör mal, ich bin nicht verantwortlich für die Archivierung ... «

»Ricky, das sind Arbeitsdateien, keine Archive«, sagte ich. »Sag endlich, *wo*.«

Kurze Pause. »Es gibt ein Unterverzeichnis ›slash C-D-N‹. Da müsste er sein.«

Ich scrollte nach unten. »Ich hab's.«

In dem Verzeichnis fand ich eine Liste mit Dateien, alle sehr klein. Die ersten Modifikationsdaten lagen etwa sechs Wochen zurück. In den vergangenen zwei Wochen gab es keine Neuerungen.

»Ricky. Ihr habt den Code seit zwei Wochen nicht verändert?«

»Ja, könnte hinkommen.«

Ich klickte das jüngste Dokument an. »Habt ihr Kommentare geschrieben?« Als sie alle noch für mich arbeiteten, bestand ich immer darauf, dass sie Kommentare zur Programmstruktur in natürlicher Sprache schrieben. So ging die Überarbeitung schneller, als wenn die Dokumentierung im Code selbst erfolgte. Und häufig fanden sie die Lösung für logische Probleme, wenn sie alles kurz ausschreiben mussten.

»Müsste da sein«, sagte Ricky.

Auf dem Bildschirm sah ich:

```
/*Initialisieren*/
For j=1 to L x V do
Sj = 0 /*Anfangsbefehl auf 0*/
End For
For i=l to z do
For j = 1 to L x V do
∂ij = (state (x,y,z)) /*Agenten-Schwellenwert*/
Ø ij = (intent (Cj,Hj)) /*Agentenintention füllen*/
Response = 0 /*Anfang Agentenreaktion*/
Zone = z(i) /*Initialzone ungelernt von Agent*/
Sweep =1 /*Aktivieren Agentenbewegung*/
End For
End For
/*Main*/
For kl=1 to RVd do
For tm=1 to nv do
For ∂ = I to j do /*Umgebung erschließen*/
Ø ij = (intent (Cj,Hj)) /*Agentenintention füllen*/
∂ij <> (state (x,y,z)) /*Agent ist in Bewegung*/
∂ikl = (filed (x,y,z)) /*Nächste Agenten bestimmen*/
```

Ich betrachtete es eine Weile, suchte nach den Änderungen, die sie gemacht hatten. Dann scrollte ich nach unten zum eigentlichen Code, um mir die Implementierung anzusehen. Aber der entscheidende Code war nicht da. Für den gesamten Bereich des Partikelverhaltens wurde auf etwas verwiesen, das »compstat_do« hieß.

»Ricky«, sagte ich, »was ist ›compstat_do‹? Wo finde ich das?«

»Müsste da sein.«

»Ist es aber nicht.«

»Ich weiß nicht. Vielleicht ist es kompiliert.«

»Na, das wird mir ja wohl nichts nützen, oder?« Einen kompilierten Code konnte man nicht lesen. »Ricky, ich möchte das verdammte Modul sehen. Wo ist das Problem?«

»Kein Problem. Ich muss es bloß suchen, mehr nicht.«

»Okay ...«

»Ich mach das, wenn du wieder hier bist.«

Ich warf Mae einen Blick zu. »Bist du den Code durchgegangen?«

Sie schüttelte den Kopf. Ihre Miene schien zu sagen, dass das nie passieren würde, Ricky würde mich mit immer neuen Entschuldigungen hinhalten. Ich verstand nicht, warum. Ich war doch schließlich dafür da, ihnen bei der Codeprogrammierung zu helfen. Das war mein Spezialgebiet.

Im Raum nebenan stöberten Rosie und David die Ersatzteilregale durch, auf der Suche nach Funkrelais. Sie hatten keinen Erfolg. Auf der anderen Seite des Raumes furzte Charley Davenport laut und rief: »Bingo!«

»Mensch, Charley«, sagte Rosie.

»Man soll sich nichts verkneifen«, sagte Charley. »Das macht einen krank.«

»*Du* machst mich krank«, erwiderte Rosie.

»Oh, tut mir Leid.« Charley hob eine Hand und hielt eine glänzende Metallapparatur hoch. »Dann, nehme ich an, willst du wohl auch nicht dieses ferngesteuerte Druckventil haben?«

»Was?«, sagte Rosie und drehte sich um.

»Soll das ein Witz sein?«, erwiderte David und ging es sich ansehen.

»Und es hat einen Nenndruck von 1,5 Bar.«

»Das müsste funktionieren«, sagte David.

»Wenn ihr's nicht vermasselt«, frotzelte Charley.

Sie nahmen das Ventil und gingen damit zum Waschbecken, wo Mae noch immer dabei war, mit dick behandschuhten Händen die Flüssigkeit umzugießen. Sie sagte: »Ich hab's gleich …«

»Werd ich im Dunkeln leuchten?«, sagte Charley und grinste sie an.

»Nur deine Pupse«, sagte Rosie.

»He, die leuchten doch sowieso schon. Vor allem, wenn man sie ansteckt.«

»Es reicht, Charley.«

»Furze sind nämlich Methan. Brennt mit einer kalten, blauen, juwelartigen Flamme.« Und er lachte.

»Schön, dass wenigstens du dich lustig findest«, sagte Rosie. »Sonst tut das nämlich keiner.«

»Aua, aua«, sagte Charley und fasste sich an die Brust. »Ich sterbe, ich sterbe …«

»Mach uns keine falschen Hoffnungen.«

Mein Headset knisterte. »He, Leute?« Es war wieder Bobby Lembeck. »Der Wind ist soeben auf sechs Knoten gefallen.«

Ich sagte: »Okay.« Ich wandte mich an die anderen. »Los, Leute, wir müssen hier weg.«

David sagte: »Wir warten noch auf Mae. Dann bauen wir das Ventil ein.«

»Das machen wir im Labor«, sagte ich.

»Aber ich muss vorher ausprobieren …«

»Im Labor«, sagte ich. »Wir müssen los, Leute.«

Ich ging zum Fenster und blickte hinaus. Der Wind bewegte noch die Wacholderbüsche, aber es wehte keine Schicht Sand mehr über den Boden.

Ricky meldete sich im Headset: »Jack, verdammt, schaff dein Team da raus.«

»Wir sind schon dabei«, sagte ich.

David Brooks sagte mit nörgeliger Stimme: »Leute, es bringt nichts zu gehen, bevor wir nicht wissen, ob das Ventil in die Flasche passt …«

»Ich glaube, wir gehen besser«, sagte Mae. »Auch wenn wir noch nicht ganz fertig sind.«

»Was bringt das denn?«, sagte David.

»Es reicht«, sagte ich. »Hört auf zu quatschen und kommt endlich.«

Über das Headset sagte Bobby: »Vier Knoten und fallend. Schnell.«

»Nichts wie raus hier«, sagte ich. Ich scheuchte sie zur Tür.

Dann meldete sich Ricky. »*Nein.*«

»Was?«

»Ihr könnt nicht raus.«

»Wieso nicht?«

»Weil es zu spät ist. Sie sind da.«

6. Tag, 15.12 Uhr

Alle kamen ans Fenster; wir stießen mit den Köpfen aneinander, weil wir versuchten, in alle Richtungen zu schauen. So weit ich sehen konnte, war der Horizont leer. Ich konnte nicht das Geringste ausmachen. »Wo sind sie?«, fragte ich.

»Sie kommen aus südlicher Richtung. Wir haben sie auf dem Monitor.«

»Wie viele?«, fragte Charley.

»Vier.«

»Vier!«

»Ja, vier.«

Das Hauptgebäude lag südlich von uns. In der Südwand des Depots waren keine Fenster.

David sagte: »Wir können nichts sehen. Wie schnell kommen sie?«

»Schnell.«

»Reicht die Zeit, wenn wir die Beine in die Hand nehmen?«

»Ich glaube nicht.«

David zog die Augenbrauen hoch. »Er *glaubt* nicht. Himmelherrgott.«

Und bevor ich etwas sagen konnte, war er zur Tür auf der anderen Seite gestürzt, öffnete sie und trat hinaus ins Sonnenlicht. Durch das Rechteck der offenen Tür sahen wir ihn in südliche Richtung blicken, die Augen mit der Hand beschirmt. Wir sprachen alle gleichzeitig:

»David!«

»David, was soll denn das?«

»David, du Vollidiot!«

»Ich halte Ausschau …«

»Komm wieder rein!«

»Du blöder Sack!«

Aber Brooks blieb, wo er war, die Hände wie Schirme über den Augen. »Ich kann immer noch nichts sehen«, sagte er. »Und ich höre auch nichts. Vielleicht schaffen wir es ja noch – äh, nein, doch nicht.« Er kam wieder hereingerannt, stolperte über die Türschwelle, fiel hin, rappelte sich wieder auf und knallte die Tür zu, zog sie fest zu, zerrte am Türknauf.

»Wo sind sie?«

»Sie kommen«, sagte er. »Sie kommen.« Seine Stimme zitterte vor Anspannung. »Oh mein Gott, sie kommen.« Er zog wieder am Türknauf, jetzt mit beiden Händen, setzte sein ganzes Körpergewicht ein. Er murmelte immer wieder: »Sie kommen … sie kommen …«

»Auch das noch«, sagte Charley. »Der Spinner dreht durch.«

Ich ging hinüber zu David und legte ihm eine Hand auf die Schulter. Er zog am Türknauf, atmete keuchend. »David«, sagte ich leise. »Bleib ganz ruhig. Atme schön tief durch.«

»Ich muss – ich muss sie – ich muss sie doch …« Er schwitzte, am ganzen Körper verkrampft, seine Schulter zitterte unter meiner Hand. Es war die nackte Panik.

»David«, sagte ich. »Schön tief durchatmen, okay?«

»Ich muss doch – muss doch – doch – doch – doch …«

»Tief durchatmen, David …« Ich holte tief Luft, zeigte es ihm. »So ist gut. Na los … Tief durchatmen …«

David nickte, versuchte, auf mich zu hören. Er atmete kurz durch. Dann fing er wieder an zu keuchen.

»So ist gut, David, jetzt noch einmal …«

Noch ein Atemzug. Seine Atmung wurde etwas langsamer. Er hörte auf zu zittern.

»Okay, David, so ist gut …«

Hinter mir sagte Charley: »Ich hab immer gewusst, dass der Typ total verkorkst ist. Seht euch das an, man muss mit ihm reden wie mit einem kleinen Kind.«

Ich schaute nach hinten, warf Charley einen bösen Blick zu. Er zuckte bloß mit den Schultern. »He, ich hab doch Recht.«

Mae sagte: »Das hilft uns aber nicht weiter, Charley.«

»Scheiß drauf.«

Rosie sagte: »Charley, halt doch einfach mal 'ne Weile die Klappe, ja?«

Ich sah wieder David an, sprach ruhig auf ihn ein. »Sehr schön, David… So ist gut, tief atmen… Und jetzt lass den Türknauf los.«

David schüttelte den Kopf, weigerte sich, doch nun wirkte er verwirrt, unsicher, als wüsste er nicht mehr so recht, was er da eigentlich machte. Er blinzelte rasch mit den Augen. Als würde er aus einer Trance erwachen.

Ich sagte leise: »Lass den Türknauf los. Das bringt doch gar nichts.«

Schließlich ließ er los und setzte sich auf den Boden. Er fing an zu weinen, den Kopf in den Händen.

»Ach, Gott«, sagte Charley. »Das hat uns gerade noch gefehlt.«

»Halt den Mund, Charley.«

Rosie ging zum Kühlschrank und kam mit einer Flasche Wasser zurück. Sie gab sie David, der weinend daraus trank. Sie half ihm auf die Beine, gab mir mit einem Nicken zu verstehen, dass sie sich um ihn kümmern würde.

Ich ging zurück in die Mitte des Raumes, wo die anderen inzwischen am Computerbildschirm standen. Der Monitor zeigte jetzt nicht mehr Codezeilen, sondern die Nordfassade des Hauptgebäudes. Vier Schwärme waren dort zu sehen, und sie bewegten sich silbern glänzend entlang des Gebäudes auf und ab.

»Was machen die da?«, fragte ich.

»Die wollen rein.«

Ich sagte: »Warum wollen sie das?«

»Wir wissen es nicht«, sagte Mae.

Einen Moment lang sahen wir schweigend zu. Wieder war ich verblüfft, wie zielstrebig ihr Verhalten war. Sie erinnerten mich an Bären, die in einen Wohnwagen einbrechen wollen, um an die Lebensmittel zu kommen. Sie verharrten an jeder Tür und an jedem geschlossenen Fenster, schwebten davor, bewegten sich an den Dichtungen auf und ab und strebten schließlich eine Öffnung weiter.

Ich sagte: »Und verhalten die sich an den Türen immer so?«

»Ja. Wieso?«

»Weil es so aussieht, als würden sie sich nicht erinnern, dass die Türen abgedichtet sind.«

»Nein«, sagte Charley. »Sie können sich nicht erinnern.«

»Weil sie nicht genug Speicher haben?«

»Entweder das«, sagte er, »oder das da ist eine andere Generation.«

»Du meinst, das sind neue Schwärme seit heute Mittag?«

»Ja.«

Ich sah auf meine Uhr. »Alle drei Stunden eine neue Generation?«

Charley zuckte die Achseln. »Genau weiß ich das nicht. Wir haben bisher nicht herausgefunden, wo sie sich vermehren. Das ist bloß meine Vermutung.«

Die Möglichkeit, dass so schnell neue Generationen entstanden, bedeutete, dass auch der in den Code eingebaute Evolutionsmechanismus – wie auch immer der aussehen mochte – schnell voranschritt. Genetische Algorithmen – die die Reproduktion simulierten, um zu Lösungen zu gelangen – bewegten sich für gewöhnlich zwischen fünfhundert und fünftausend Generationen, um eine Optimierung zu erreichen. Wenn diese Schwärme sich alle drei Stunden vermehrten, dann hatten sie in den vergangenen zwei Wochen um die hundert Generationen hervorgebracht. Und deshalb musste das Verhalten nun schon um einiges präziser sein.

Mae beobachtete sie auf dem Monitor und sagte: »Wenigstens

bleiben sie beim Hauptgebäude. Anscheinend wissen sie nicht, dass wir hier sind.«

»Woher sollen sie das auch wissen?«, fragte ich.

»Das können sie nicht«, sagte Charley. »Ihr Hauptsinn ist das Sehen. Kann sein, dass sie im Laufe der Generationen auch ein bisschen Hörfähigkeit erworben haben, aber in erster Linie ist es nach wie vor das Sehen. Was sie nicht sehen, existiert für sie nicht.«

Rosie kam mit David zu uns. Er sagte: »Tut mir schrecklich Leid, Leute.«

»Kein Problem.«

»Schon gut, David.«

»Ich weiß nicht, wie das passieren konnte. Es war wohl einfach zu viel für mich.«

Charley sagte: »Vergiss es, David. Wir verstehen das. Du bist nun mal ein Psychopath, und du bist durchgedreht. Wir wissen das. Kein Problem.«

Rosie legte einen Arm um David, der sich laut die Nase putzte. Sie blickte auf den Monitor. »Wie sieht's denn da draußen aus?«, fragte sie.

»Scheint so, als wüssten sie nicht, dass wir hier sind.«

»Gut ...«

»Wir hoffen, dass das so bleibt.«

»Klar. Und wenn nicht?«, sagte Rosie.

Ich hatte darüber nachgedacht. »Wenn nicht, bauen wir auf die Löcher in den PREDPREY-Annahmen. Wir nutzen die Schwächen in der Programmierung aus.«

»Und das bedeutet?«

»Wir schwärmen«, sagte ich.

Charley stieß ein wieherndes Lachen aus. »Ja, klar, wir schwärmen – und beten auf Teufel komm raus.«

»Das ist mein voller Ernst«, sagte ich.

In den vergangenen dreißig Jahren hatten Wissenschaftler die Räuber-Beute-Interaktionen bei allen möglichen Säugetieren und Insekten studiert, vom Löwen über die Hyäne bis hin zur Wanderameise. Inzwischen durchschaute man sehr viel besser, wie Beutetiere sich schützten. Zebras und Karibus zum Beispiel lebten nicht in Herden, weil sie gesellig waren, sondern weil die Herde Schutz vor Räubern bot. Bestand die Herde aus vielen Tieren, so war das gleichbedeutend mit erhöhter Wachsamkeit. Und angreifende Räuber waren häufig verwirrt, wenn die Tiere in alle Richtungen flohen. Manchmal blieben sie einfach stehen. Ein Räuber, dem zu viele bewegliche Ziele geboten wurden, verfolgte oft gar keines.

Das Gleiche galt für Vogel- und Fischschwärme – bei koordinierten Gruppenbewegungen fiel es Räubern schwerer, ein einzelnes Opfer herauszupicken. Räuber griffen vor allem Tiere an, die sich in irgendeiner Weise von der Masse abhoben. Das war ein Grund dafür, warum sie so häufig Jungtiere auswählten – nicht bloß weil sie leichter zu erbeuten waren, sondern auch, weil sie anders aussahen. Und Räuber töteten mehr männliche als weibliche Tiere, weil sich besonders nichtdominante Männchen eher am Rand der Herde aufhielten, wo sie auffälliger waren.

Als Hans Kruuk vor dreißig Jahren in der Serengeti Hyänen studierte, fand er heraus, dass ein Tier, nachdem man es mit Farbe markiert hatte, beim nächsten Angriff garantiert getötet wurde. So stark war die Macht des Unterschieds.

Die Botschaft war also ganz einfach. Zusammenbleiben. Gleich bleiben.

Das war unsere größte Chance.

Aber ich hoffte, dass es nicht so weit kommen würde.

Die Schwärme verschwanden für eine Weile. Sie waren jetzt auf der anderen Seite des Laborgebäudes. Wir warteten nervös. Schließlich tauchten sie wieder auf. Erneut bewegten sie sich an der Längsseite des Gebäudes entlang, überprüften eine Maueröffnung nach der anderen.

Wir alle schauten auf dem Monitor zu. David Brooks war in

Schweiß gebadet. Er wischte sich die Stirn mit dem Ärmel ab. »Wie lange wollen die das denn *noch* machen?«

»Solange sie Lust haben«, erwiderte Charley.

Mae sagte: »Zumindest, bis der Wind wieder stärker wird. Und danach sieht es im Moment nicht aus.«

»Herrgott«, sagte David. »Wie könnt ihr das bloß aushalten.«

Er war bleich; Schweiß war ihm von den Augenbrauen auf die Brillengläser getropft. Er sah aus, als würde er jeden Moment umkippen. Ich sagte: »David. Möchtest du dich hinsetzen?«

»Ist vielleicht besser.«

»Okay.«

»Komm, David«, sagte Rosie. Sie führte ihn zum Waschbecken und setzte ihn auf den Boden. Er umklammerte seine Knie, stützte den Kopf darauf. Rosie befeuchtete ein Papiertaschentuch mit kaltem Wasser und legte es ihm in den Nacken. Ihre Gesten waren zärtlich.

»Diese Memme«, sagte Charley kopfschüttelnd. »So was hat uns gerade noch gefehlt.«

»Charley«, sagte Mae, »das ist wirklich nicht gerade hilfreich …«

»Na und? Wir sitzen in diesem verdammten Schuppen in der Falle, luftdicht ist er auch nicht, wir können gar nichts machen, können nirgendwohin, und der Typ da knallt durch, macht alles noch schlimmer.«

»Ja«, sagte sie leise, »stimmt alles haargenau. Und du machst es auch nicht besser.«

Charley bedachte sie mit einem Blick und fing an, die Titelmelodie von »Twilight Zone« zu summen.

»Charley«, sagte ich. »Guck mal.« Ich beobachtete die Schwärme. Ihr Verhalten hatte sich leicht verändert. Sie blieben nicht mehr dicht am Gebäude. Sie bewegten sich jetzt im Zickzack von der Wand weg in die Wüste und dann wieder zurück. Alle vier taten das, wie in einem fließenden Tanz.

Mae sah es auch. »Neues Verhalten …«

»Ja«, sagte ich. »Ihre Strategie funktioniert nicht, also suchen sie nach einer neuen.«

»Wird ihnen nichts nützen«, sagte Charley. »Sie können so viel Zickzack tanzen, wie sie wollen, das öffnet ihnen auch keine Tür.«

Trotzdem war ich fasziniert von diesem emergenten Verhalten. Die Zickzackbewegungen wurden ausladender; die Schwärme bewegten sich jetzt immer weiter von den Gebäuden weg. Ihre Strategie veränderte sich zusehends. Sie entwickelte sich vor unseren Augen. »Wirklich erstaunlich«, sagte ich.

»Kleine Mistkerle«, sagte Charley.

Einer der Schwärme war jetzt ziemlich nah an dem Kaninchenkadaver. Er näherte sich ihm bis auf einige Meter und wirbelte wieder weg, zurück zum Hauptgebäude. Mir kam ein Gedanke. »Wie gut können die Schwärme sehen?«

Es klickte im Headset. Es war Ricky. »Die sehen ausgezeichnet«, sagte er. »Waren ja schließlich auch dazu gedacht. Hundertfünfzigprozentige Sehstärke. Fantastische Auflösung. Besser als beim Menschen.«

Ich fragte: »Und wie funktioniert bei ihnen die Bildwahrnehmung?« Sie waren ja nur eine Reihe von individuellen Partikeln. Wie bei den Stäbchen und Zapfen in der Netzhaut des Auges war die zentrale Verarbeitung auf sämtliche Inputs angewiesen, um ein Bild zu gestalten. Wie wurde diese Verarbeitung erreicht?

Ricky hustete. »Äh … weiß nicht.«

Charley sagte: »Ist in späteren Generationen aufgetaucht.«

»Du meinst, sie haben ihre Sehkraft von allein evolviert?«

»Ja.«

»Und wir wissen nicht, wie sie das machen …«

»Nein. Wir wissen nur, *dass* sie es machen.«

Wir sahen zu, wie der Schwarm sich von der Wand entfernte, sich wieder dem Kaninchen näherte, dann erneut zur Wand zurückkehrte. Die anderen Schwärme waren etwas weiter unten am Gebäude und taten das Gleiche. Sie wirbelten hinaus in die Wüste, dann wieder zurück.

Über das Headset sagte Ricky: »Wieso fragst du?«

»Darum.«

»Meinst du, sie werden das Kaninchen finden?«

»Ich mache mir keine Sorgen wegen des Kaninchens«, erwiderte ich. »Überhaupt, es sieht so aus, als hätten sie es bereits verpasst.«

»Was dann?«

»Oh-oh«, sagte Mae.

»Scheiße«, sagte Charley und stieß einen langen Seufzer aus.

Wir blickten auf den Schwarm, der uns am nächsten war, der Schwarm, der ganz knapp an dem Kaninchen vorbeigetanzt war. Doch statt wieder in sein übliches Muster zu fallen, verharrte er in der Wüste. Er rührte sich nicht von der Stelle, aber die silbrige Säule hob und senkte sich.

»Wieso macht er das?«, fragte ich. »Dieses Rauf und Runter?«

»Könnte mit der Bildwahrnehmung zu tun haben … Fokussieren?«

»Nein«, sagte ich. »Ich meine, warum ist er stehen geblieben?«

»Programmhänger?«

Ich schüttelte den Kopf. »Das bezweifle ich.«

»Was dann?«

»Ich glaube, er sieht was.«

»Was denn?«, fragte Charley.

Ich fürchtete, die Antwort zu kennen. Der Schwarm stellte eine extrem hochauflösende Kamera dar, kombiniert mit verteilter Intelligenz in einem Netzwerk. Und was verteilte Netzwerke besonders gut konnten, war Muster aufspüren. Deshalb wurden sie auch zur Gesichtererkennung in Sicherheitssystemen benutzt oder um die Scherben archäologischer Funde zusammenzusetzen. Die Netzwerke konnten Muster in Daten besser ausfindig machen als das menschliche Auge.

»Was für Muster?«, sagte Charley, nachdem ich ihm das erzählt hatte. »Da draußen gibt's doch außer Sand und Kakteenstacheln nichts aufzuspüren.«

Mae sagte: »Und Fußabdrücke.«

»Was? Du meinst, *unsere* Fußabdrücke? Die wir hinterlassen haben, als wir hierher gegangen sind? Komm, Mae, in der letzten Viertelstunde ist der Sand noch verweht worden. Da sind keine Fußspuren mehr zu sehen.«

Wir beobachteten, wie der Schwarm in der Luft hing, sich hob und senkte, als würde er atmen. Die Wolke war jetzt fast ganz schwarz geworden, nur hier und da glitzerte Silber auf. Sie befand sich jetzt schon zehn oder fünfzehn Sekunden an ein und derselben Stelle, pulsierte auf und ab. Die anderen Schwärme setzten ihren Zickzackkurs fort, aber der hier blieb, wo er war.

Charley biss sich auf die Lippe. »Du glaubst wirklich, er sieht was?«

»Ich weiß nicht«, sagte ich. »Vielleicht.«

Plötzlich stieg der Schwarm auf und bewegte sich wieder. Aber er kam nicht auf uns zu. Stattdessen bewegte er sich auf einer Diagonalen über den Wüstenboden, steuerte auf die Tür des Energiegebäudes zu. Dicht vor der Tür blieb er stehen und wirbelte auf der Stelle.

»Was soll das denn?«, fragte Charley.

Ich wusste, was das zu bedeuten hatte. Mae auch. »Er ist gerade unserer Spur gefolgt«, sagte sie. »Rückwärts.«

Der Schwarm war dem Weg gefolgt, den wir anfänglich von der Tür zum Kaninchen gegangen waren. Die Frage war, was würde er als Nächstes tun?

Die nächsten fünf Minuten beobachteten wir ihn angespannt. Der Schwarm verfolgte denselben Weg zurück bis zu dem Kaninchen. Er wirbelte eine Weile um das Kaninchen herum, bewegte sich in langsamen Halbkreisen hin und her. Dann flog er erneut die Route zur Tür der Energiestation. Er blieb dort kurz stehen, kehrte dann wieder zum Kaninchen zurück.

Dieser Ablauf wiederholte sich dreimal. Unterdessen hatten die anderen Schwärme sich weiter im Zickzack am Gebäude entlangbewegt und waren nun außer Sicht. Der einzelne Schwarm kehrte zu der Tür zurück, dann erneut zum Kaninchen hin.

»Er steckt in einer Endlosschleife«, sagte Charley. »Er macht einfach immer und immer wieder das Gleiche.«

»Ein Glück für uns«, erwiderte ich. Ich wartete ab, ob der Schwarm sein Verhalten veränderte. Bisher war das nicht geschehen. Und wenn er sehr wenig Speicher hatte, dann war er vielleicht wie ein Alzheimerpatient unfähig, sich zu erinnern, dass er das alles schon einmal gemacht hatte.

Jetzt flog er um das Kaninchen herum, bewegte sich in Halbkreisen.

»Steckt eindeutig in einer Endlosschleife«, sagte Charley.

Ich wartete.

Ich hatte nicht alle Veränderungen überprüfen können, die sie an PREDPREY vorgenommen hatten, weil das zentrale Modul fehlte. Aber im ursprünglichen Programm war ein randomisierendes Element eingebaut gewesen, um mit Situationen wie dieser fertig zu werden. Immer wenn PREDPREY sein Ziel verfehlte und es keinen spezifischen Input durch die Außenwelt gab, der neue Aktionen auslösen konnte, dann wurde sein Verhalten willkürlich modifiziert. Diese Lösung war weithin bekannt. So waren beispielsweise Psychologen zu der Überzeugung gelangt, dass ein gewisses Maß an willkürlichem Verhalten für Innovationen erforderlich sei. Kreativität war nicht möglich, wenn man sich nicht in neue Richtungen vorwagte, und diese Richtungen wurden meistenteils willkürlich gewählt…

»Oh-oh«, sagte Mae.

Das Verhalten hatte sich verändert.

Der Schwarm bewegte sich in immer größeren Kreisen unablässig um das Kaninchen herum. Und gleich darauf stieß er auf eine andere Spur. Er hielt einen Moment inne, stieg dann plötzlich in die Höhe und kam direkt auf uns zu. Er folgte genau dem Weg, den wir zum Depot gegangen waren.

»Scheiße«, sagte Charley. »Jetzt können wir einpacken.«

Mae und Charley stürzten durch den Raum zu einem Fenster. David und Rosie spähten aus dem Fenster über dem Waschbecken. Und ich rief: »Nein, nein! Alle weg von den Fenstern!«

»Was?«

»Er kann sehen, wisst ihr nicht mehr? Los, weg von den Fenstern!«

Gut verstecken konnte man sich im Depot nicht, weiß Gott nicht. Rosie und David krochen unter das Waschbecken. Charley zwängte sich neben sie, ohne auf ihre Proteste zu achten. Mae schlüpfte in eine dunkle Ecke des Raumes, drückte sich in die Lücke zwischen zwei Regalen, die einander nicht ganz berührten. Sie wäre nur vom Westfenster aus zu sehen – und auch dann nicht so ohne weiteres.

Das Funkgerät knisterte. »He, Leute?« Es war Ricky. »Einer ist auf dem Weg zu euch. Und äh … Nein … Zwei andere folgen ihm.«

»Ricky«, sagte ich. »Kein Funkkontakt mehr.«

»Was?«

»Kein Funkkontakt mehr.«

»Wieso?«

»Schalt ab, Ricky.«

Ich ließ mich im Hauptraum hinter einem Karton mit Vorräten auf die Knie fallen. Der Karton war nicht groß genug, um mir volle Deckung zu geben – meine Füße lugten hervor –, aber ebenso wie Mae war ich nicht leicht zu sehen. Von draußen musste man schon in einem bestimmten Winkel durch das Nordfenster schauen, um mich zu entdecken. Jedenfalls besser als gar nichts.

Von meiner Kauerposition aus konnte ich die anderen unter dem Waschbecken so eben sehen. Mae gar nicht, dafür musste ich schon den Kopf um die Ecke des Kartons schieben. Als ich nach ihr sah, wirkte sie ruhig, gefasst. Ich zog den Kopf zurück und wartete.

Ich hörte nur das Summen der Klimaanlage. Zehn oder fünfzehn Sekunden verstrichen. Ich konnte das Sonnenlicht durch das Nordfenster über dem Waschbecken fallen sehen. Es warf links von mir ein weißes Rechteck auf den Boden.

Mein Headset knisterte. »Wieso keinen Kontakt?«

»Ich fass es nicht«, knurrte Charley.

Ich legte einen Finger an die Lippen und schüttelte den Kopf.

»Ricky«, sagte ich, »können diese Schwärme nicht auch hören?«

»Klar, vielleicht ein bisschen, aber …«

»Sei still und melde dich nicht mehr.«

»Aber …«

Ich griff nach dem Sender an meinem Gürtel und schaltete ihn ab. Ich gab den anderen unter dem Waschbecken ein Zeichen. Sie stellten ebenfalls ihre Sender ab.

Charley formte etwas mit den Lippen. Ich meinte zu verstehen: »Der verdammte Mistkerl will, dass wir draufgehen.«

Aber sicher war ich mir nicht.

Wir warteten.

Es waren höchstens zwei oder drei Minuten, aber es kam mir wie eine Ewigkeit vor. Meine Knie auf dem harten Betonboden schmerzten. Um es mir etwas bequemer zu machen, veränderte ich vorsichtig meine Position; ich war mir sicher, dass der erste Schwarm inzwischen ganz in der Nähe sein musste. Er war noch nicht an den Fenstern aufgetaucht, und ich wunderte mich, wo er blieb. Vielleicht hatte er, weil er unserer Spur folgte, an den parkenden Autos Halt gemacht. Ich fragte mich, was für einen Reim sich Schwarmintelligenz wohl auf ein Auto machen würde. Wie verwirrend es für dieses hochauflösende Auge sein musste. Aber vielleicht würde der Schwarm die Autos, da sie leblos waren, lediglich als große Felsbrocken in leuchtenden Farben einstufen und sie ignorieren.

Aber trotzdem … Wo blieb er nur?

Von Sekunde zu Sekunde schmerzten mir die Knie mehr. Ich

veränderte meine Position, verlagerte Gewicht auf die Hände und hob die Knie wie ein Läufer in den Startblöcken. Das brachte eine vorübergehende Erleichterung. Ich war so auf den Schmerz konzentriert, dass ich zunächst nicht merkte, dass das helle, weiße Rechteck auf dem Boden in der Mitte dunkler wurde und sich die Dunkelheit zu den Seiten hin ausbreitete. Gleich darauf wurde das ganze Rechteck mattgrau.

Der Schwarm war da.

Ich war mir nicht sicher, aber ich meinte, unter dem Gesumm der Klimaanlage ein tiefes Trommeln zu hören. Von meinem Versteck hinter dem Karton aus sah ich, dass sich das Fenster oberhalb des Waschbeckens durch die wirbelnden schwarzen Partikel zunehmend verdunkelte. Als würde draußen ein Sandsturm toben. Im Depot wurde es duster. Erstaunlich duster.

Unter dem Waschbecken fing David Brooks an zu stöhnen. Charley hielt ihm mit der Hand den Mund zu. Sie blickten nach oben, obwohl das Waschbecken die Sicht auf das Fenster über ihnen versperrte.

Und dann verschwand der Schwarm vom Fenster, so rasch, wie er gekommen war. Sonnenlicht strömte wieder herein.

Niemand rührte sich.

Wir warteten.

Augenblicke später wurde das Fenster an der Westwand dunkel, auf die gleiche Art. Ich fragte mich, warum der Schwarm nicht hereinkam. Das Fenster war nicht luftdicht. Die Nanopartikel könnten mühelos durch die Ritzen dringen. Aber offenbar machten sie nicht einmal den Versuch.

Möglicherweise war das ein Aspekt des Netzwerklernens, der uns zugute kam. Vielleicht glaubten die Schwärme aufgrund ihrer Erfahrung am Laborgebäude, dass Türen und Fenster undurchdringbar waren. Vielleicht unternahmen sie deshalb keinen Versuch.

Der Gedanke verlieh mir etwas Hoffnung, wodurch ich die Schmerzen in den Knien besser ertragen konnte.

Das Westfenster war noch schwarz, als sich das Nordfenster über dem Waschbecken erneut verdunkelte. Jetzt blickten zwei Schwärme gleichzeitig herein. Ricky hatte gesagt, drei wären auf dem Weg zum Depot. Den vierten hatte er nicht erwähnt. Ich fragte mich, wo der dritte Schwarm war. Gleich darauf wusste ich es.

Wie ein lautloser, schwarzer Nebel kamen Nanopartikel unter der Westtür hindurch in den Raum. Bald darauf folgten noch mehr Partikel, rundherum um die Tür. Sobald sie eingedrungen waren, wirbelten und kreisten sie scheinbar ziellos, doch ich wusste, dass sie sich in wenigen Augenblicken selbst organisieren würden.

Dann sah ich am Nordfenster weitere Teilchen durch die Ritzen strömen. Auch durch die Schlitze der Klimaanlage in der Decke drängten sie sich zuhauf.

Es brachte nichts, länger zu warten. Ich stand auf und trat aus meinem Versteck. Ich rief den anderen zu: »Alle herkommen und in zwei Reihen aufstellen!«

Charley nahm die Sprühflasche Haushaltsreiniger, reihte sich ein und brummte: »Glaubst du im Ernst, wir haben eine Chance?«

»Eine bessere kriegen wir nicht«, sagte ich. »Reynolds-Regeln! Formieren und bei mir bleiben! Und los geht's!«

Wenn wir nicht so große Angst gehabt hätten, wären wir uns vielleicht albern vorgekommen, wie wir so dicht zusammengedrängt im Raum hin und her schlurften und versuchten, unsere Bewegungen zu koordinieren – einen Vogelschwarm zu imitieren. Das Herz schlug mir bis zum Halse, und mir dröhnten die Ohren. Nur mit größter Mühe konnte ich mich auf unsere Schritte konzentrieren. Ich wusste, dass wir uns ungeschickt anstellten, aber wir wurden rasch besser. Wenn wir zu einer Wand kamen, drehten wir uns auf dem Absatz und gingen wieder zurück, bewegten uns im Takt. Ich fing an, bei jedem Schritt die Arme zu schwingen und zu klatschen. Die anderen taten es mir nach. Es war gut für unsere

Koordination. Und wir kämpften alle gegen unsere Panik an. Wie Mae später sagte: »Das war Stepp-Aerobic in der Hölle.«

Und die ganze Zeit über sahen wir die schwarzen Nanopartikel zischend durch Ritzen in Türen und Fenstern eindringen. Das schien lange Zeit so zu gehen, aber wahrscheinlich dauerte es bloß dreißig oder vierzig Sekunden. Schon bald erfüllte eine Art einheitlicher Nebel den Raum. Ich spürte Nadelstiche am ganzen Körper, und ich war sicher, dass es den anderen auch so erging. David fing wieder an zu stöhnen, aber Rosie war dicht neben ihm, sprach ihm Mut zu, beschwor ihn durchzuhalten.

Plötzlich lichtete sich der Nebel mit erschreckender Geschwindigkeit, die Partikel verdichteten sich zu zwei deutlich konturierten Säulen, die nun unmittelbar vor uns standen und sich in dunklen Wellen hoben und senkten.

Aus dieser Nähe betrachtet, verströmten die Schwärme eine unmissverständliche Bedrohung, fast etwas Bösartiges. Ihr tiefes Trommeln war deutlich zu hören, doch zwischendurch vernahm ich ein wütendes Zischen, wie bei einer Schlange.

Aber sie griffen nicht an. Wie ich gehofft hatte, arbeiteten die Programmdefizite für uns. Angesichts einer dicht gedrängten, koordinierten Beutegruppe waren die Räuber blockiert. Sie taten gar nichts.

Zumindest vorläufig.

Zwischen den Klatschgeräuschen sagte Charley: »Nicht zu glauben – dieser Blödsinn – funktioniert!«

Ich sagte: »Ja, aber vielleicht – nicht lange.« Ich hatte Sorge, dass David seine Angst nicht mehr unter Kontrolle halten konnte. Und ich hatte Sorge wegen der Schwärme. Ich wusste nicht, wie lange sie einfach dastehen würden, bevor sie neues Verhalten ausprobierten. Ich sagte: »Ich schlage vor – wir arbeiten uns – zur Hintertür vor – und dann nichts wie raus hier.«

Als wir mit einer Drehung an der Wand kehrtmachten, steuerte ich etwas schräg auf den hinteren Raum zu. Klatschend und im Gleichschritt bewegte sich unsere Gruppe von den Schwärmen weg, die uns mit diesem tiefen, trommelnden Geräusch folgten.

»Und wenn wir draußen sind, was dann?«, wimmerte David. Er hatte Schwierigkeiten, mit uns Übrigen synchron zu bleiben. In seiner Panik stolperte er immer wieder. Er schwitzte und blinzelte rasch.

»Wir gehen so weiter – als Schwarm – zurück zum Labor – und dann rein – schaffst du das?«

»Oh Gott«, stöhnte er. »Es ist so weit... Ich weiß nicht, ob...« Er stolperte wieder, verlor fast das Gleichgewicht. Und er klatschte auch nicht mehr mit uns zusammen. Ich konnte seine Angst förmlich spüren, seinen überwältigenden Drang, die Flucht zu ergreifen.

»David, du bleibst bei uns – allein schaffst du das nicht – hörst du?«

David stöhnte: »Ich weiß nicht... Jack... Ich weiß nicht, ob ich...« Er stolperte erneut, stieß gegen Rosie, die gegen Charley fiel, der sie auffing und wieder hochzog. Doch unser Schwarm war kurz durcheinander geraten, die Koordination dahin.

Sofort wurden die Schwärme tiefschwarz, drehten sich spiralförmig eng zusammen, wie zum Sprung bereit. Ich hörte Charley flüstern: »Ach du Scheiße«, ganz leise, und ja, auch ich dachte einen Augenblick, dass er Recht hatte, jetzt war es aus mit uns.

Doch dann fanden wir unseren Rhythmus wieder, und sofort stiegen die Schwärme auf, normalisierten sich. Das Tiefschwarz verschwand. Sie fielen wieder in ihr gleichmäßiges Pulsieren. Sie folgten uns in den nächsten Raum. Aber noch immer griffen sie nicht an. Wir waren nun etwa sechs Meter von der Hintertür entfernt, dieselbe Tür, durch die wir hereingekommen waren. Allmählich fasste ich Hoffnung. Zum ersten Mal hielt ich es wirklich für möglich, dass wir es schaffen konnten.

Und dann brach von einer Sekunde zur anderen die Hölle los.

David Brooks rannte weg.

Wir waren in der Mitte des Raumes und wollten gerade an den

frei stehenden Regalen vorbei, als David losstürmte, zwischen den Schwärmen hindurch und auf die andere Tür zu.

Sofort schnellten sie herum und jagten hinter ihm her.

Rosie schrie ihm zu, er solle zurückkommen, aber David war auf die Tür konzentriert. Die Schwärme verfolgten ihn erstaunlich schnell. David war fast an der Tür – seine Hand griff nach dem Türknauf –, als einer der Schwärme nach unten glitt und sich vor ihm über den Boden ausbreitete, ein schwarzes Tuch.

Als David Brooks auf diese schwarze Fläche trat, rutschten die Füße unter ihm weg, wie auf Eis. Er schrie vor Schmerz auf, als er auf den Beton knallte, und er wollte sich sofort wieder hochrappeln, doch er konnte nicht; er rutschte weg und fiel hin, immer und immer wieder. Seine Brille zerbrach, das Gestell schnitt ihm in die Nase. Seine Lippen waren mit einer wirbelnden, schwarzen Masse bedeckt. Dann bekam er Atembeschwerden.

Rosie schrie noch immer, als der zweite Schwarm über David herfiel und das Schwarz sich auf seinem Gesicht verteilte, ihm in die Augen, ins Haar drang. Seine Bewegungen wurden verzweifelter, er stöhnte erbärmlich wie ein Tier, doch sooft er auch ausglitt und auf Hände und Knie fiel, irgendwie schaffte er es zur Tür. Endlich hechtete er vor, packte den Türknauf und zog sich daran hoch auf die Knie. Mit einer letzten verzweifelten Anstrengung drehte er den Knauf und stieß die Tür im Fallen auf.

Heißes Sonnenlicht brach in den Raum – und der dritte Schwarm kam von draußen hereingewirbelt.

Rosie schrie: »Wir müssen was tun!« Ich hielt sie am Arm fest, als sie an mir vorbei zu David rennen wollte. Sie wand sich in meinem Griff. »Wir müssen ihm helfen! Wir müssen ihm helfen!«

»Wir können nichts tun.«

»Wir müssen ihm helfen!«

»Rosie. *Wir können nichts tun.*«

David wälzte sich jetzt auf dem Boden, schwarz von Kopf bis Fuß. Der dritte Schwarm hatte ihn eingehüllt. Es war fast unmöglich, durch die tanzenden Partikel hindurchzuschauen. Davids

Mund sah aus wie ein dunkles Loch, seine Augäpfel waren völlig schwarz. Ich dachte, er war vielleicht schon blind. Sein Atem war ein einziges Röcheln, durchbrochen von Würgegeräuschen. Der Schwarm strömte in seinen Mund wie ein schwarzer Fluss.

David begann, am ganzen Körper zu zittern. Er griff sich an den Hals. Seine Füße trommelten auf den Boden. Ich war sicher, er starb gerade.

»Los, Jack«, sagte Charley. »Nichts wie raus hier.«

»Ihr könnt ihn doch nicht einfach zurücklassen!«, rief Rosie. »Nein, nein!«

David glitt jetzt zur Tür hinaus, ins Sonnenlicht. Seine Bewegungen waren nicht mehr so kraftvoll; sein Mund bewegte sich, aber wir hörten nur Keuchen.

Rosie wollte sich losreißen.

Charley packte sie an der Schulter und sagte: »Mach keinen Scheiß, Rosie …«

»Ihr könnt mich mal!« Mit einem Ruck riss sie sich von ihm los, trat mir fest auf den Fuß, und, darüber so überrascht, ließ ich sie los, und sie rannte in den nächsten Raum und rief: »David! *David!*«

Seine Hand, schwarz wie bei einem Bergmann, streckte sich ihr entgegen. Sie packte sein Handgelenk. Und im selben Moment rutschte sie genau wie er auf dem schwarzen Boden aus und fiel hin. Sie sagte immer wieder seinen Namen, bis sie anfing zu husten und an ihren Lippen ein schwarzer Rand erschien.

Charley sagte: »Los, weg hier, verdammt. Ich kann das nicht mit ansehen.«

Ich war außer Stande, die Füße zu bewegen, mich von der Stelle zu rühren. Ich wandte mich Mae zu. Tränen liefen ihr über die Wangen. Sie sagte: »Los.«

Rosie rief noch immer Davids Namen, während sie ihn umarmte, seinen Körper an ihre Brust zog. Aber er schien sich schon nicht mehr aus eigener Kraft zu bewegen.

Charley beugte sich nah zu mir und sagte: »*Es ist nicht deine Schuld.*«

Ich nickte langsam. Ich wusste, dass er Recht hatte.

»Mann, das ist dein erster Arbeitstag.« Charley griff nach unten an meinen Gürtel, schaltete mein Headset an. »Gehen wir.«

Ich drehte mich zu der Tür hinter mir um.

Und wir gingen nach draußen.

6. Tag, 16.12 Uhr

Unter dem Wellblechdach war die Luft heiß und drückend. Vor uns erstreckte sich die Reihe Autos. Ich hörte das Surren einer Videokamera auf dem Dach. Ricky hatte uns wohl auf den Monitoren herauskommen sehen. In meinem Headset rauschte es. Ricky sagte: »Um Himmels willen, was ist denn da los bei euch?«

»Nichts Gutes«, sagte ich. Hinter der Schattenlinie war die Nachmittagssonne noch immer grell.

»Wo sind die anderen?«, fragte Ricky. »Sind alle wohlauf?«

»Nein. Nicht alle.«

»Nun sag schon …«

»Jetzt nicht.« Im Rückblick waren wir alle durch die Ereignisse wie betäubt. Wir reagierten kaum mehr auf etwas, wollten uns nur noch irgendwie in Sicherheit bringen.

Das Laborgebäude lag gut hundert Meter entfernt, rechts von uns. Die Tür zur Energiestation könnten wir in dreißig oder vierzig Sekunden erreichen. In forschem Laufschritt machten wir uns auf den Weg. Ricky sprach noch immer, aber wir antworteten nicht. Wir hatten alle nur einen Gedanken: In einer halben Minute würden wir an der Tür sein, in Sicherheit.

Doch wir hatten den vierten Schwarm vergessen.

»Ach du Scheiße«, sagte Charley.

Der vierte Schwarm kam um die Ecke des Laborgebäudes gewirbelt und steuerte direkt auf uns zu. Wir blieben stehen, ratlos. »Was sollen wir machen?«, fragte Mae. »Schwärmen?«

»Nein.« Ich schüttelte den Kopf. »Wir sind nur zu dritt.«

Unsere Gruppe war zu klein, um einen Räuber zu verwirren. Aber mir fiel auch keine andere Strategie ein, die wir ausprobieren konnten. Sämtliche Räuber-Beute-Studien, die ich je gelesen hatte, schossen mir durch den Kopf. In einem Punkt stimmten sie alle überein. Ob es sich um Simulationen von Wanderameisen oder Serengeti-Löwen handelte, sie alle bestätigten *eine* entscheidende Dynamik: Wenn sie nicht gehindert wurden, töteten die Räuber sämtliche Beutetiere, ohne Ausnahme – es sei denn, sie fanden irgendwo Zuflucht. Im richtigen Leben flüchteten sie sich in ein Nest auf einem Baum oder in einen unterirdischen Bau oder eine tiefe Stelle im Fluss. Wenn sie Zuflucht fanden, überlebten sie. Ohne Zuflucht wurden sie alle getötet.

»Ich glaub, wir sind geliefert«, sagte Charley.

Wir brauchten eine Zuflucht. Der Schwarm war schon bedrohlich nahe. Ich konnte fast schon die Nadelstiche auf der Haut spüren und den trockenen Aschegeschmack im Mund schmecken. Wir mussten irgendwo Deckung finden, bevor der Schwarm bei uns war. Ich machte eine volle Drehung, blickte in alle Richtungen, aber ich konnte nichts entdecken, außer …

»Sind die Autos abgeschlossen?«

Mein Headset knisterte. »Nein, normalerweise nicht.«

Wir drehten uns um und rannten.

Der erste Wagen war ein blauer Ford. Ich öffnete die Fahrertür und Mae die des Beifahrers. Der Schwarm war direkt hinter uns. Ich konnte das trommelnde Geräusch hören, als ich die Tür zuknallte, als Mae ihre zuknallte. Charley, die Sprühflasche mit dem Reiniger noch immer in der Hand, versuchte, die hintere Tür auf der Beifahrerseite zu öffnen, aber sie war verriegelt. Mae drehte sich im Sitz um und wollte die Tür öffnen, aber Charley war schon beim nächsten Wagen, einem Toyota Land Cruiser, sprang hinein. Und schlug die Tür zu.

»Au!«, sagte er. »Verdammt heiß.«

»Ich weiß«, sagte ich. Im Wageninnern war es heiß wie in einem Brutkasten. Mae und ich waren in Schweiß gebadet. Der Schwarm kam auf uns zugerast und wirbelte über die Frontscheibe, pulsierte, schob sich hin und her.

Über das Headset sagte ein in Panik geratener Ricky: »Leute? Wo seid ihr? Meldet euch.«

»Wir sind in den Autos.«

»In welchen?«

»Was spielt das für eine Rolle?«, sagte Charley. »Wir sind in zweien von den Scheißautos, Ricky.«

Der schwarze Schwarm bewegte sich von unserem Ford hinüber zum Toyota. Wir sahen, wie er von einem Fenster zum anderen glitt und versuchte, hineinzugelangen. Charley grinste mich durch die Scheibe an. »Hier sind wir sicher. Die Autos sind luftdicht. Tja … Pech für die.«

»Was ist mit den Luftschlitzen?«, fragte ich.

»Ich hab meine zugemacht.«

»Aber die sind nicht luftdicht, oder?«

»Nein«, sagte er. »Aber da müssten die erst mal unter die Motorhaube, um reinzukommen. Oder durch den Kofferraum. Und ich gehe jede Wette ein, dass unsere überzüchtete Summkugel nicht auf den Trichter kommt.«

In unserem Wagen schloss Mae nacheinander die Luftschlitze am Armaturenbrett. Sie öffnete das Handschuhfach, warf einen Blick hinein, machte es wieder zu.

Ich sagte: »Irgendwelche Schlüssel gesehen?«

Sie schüttelte den Kopf.

Über das Headset sagte Ricky: »Leute? Ihr kriegt noch mehr Besuch.«

Ich drehte den Kopf und sah zwei weitere Schwärme um den Unterstand herumkommen. Sie wirbelten sofort über unserem Auto, vorn und hinten. Ich kam mir vor wie in einem Sandsturm. Ich blickte Mae an. Sie saß ganz still da, mit versteinertem Gesicht, schaute bloß zu.

Die beiden neuen Wolken hörten auf, den Wagen zu umkreisen, und kamen nach vorn. Ein Schwarm verharrte direkt vor Maes Seitenfenster. Er pulsierte, silbern glänzend. Der andere war über der Motorhaube, bewegte sich hin und her, von Mae zu mir. Ab und zu stürzte er sich auf die Windschutzscheibe und verteilte sich über das Glas. Dann verband er sich wieder, wich über die Motorhaube zurück und startete einen neuen Angriff.

Charley lachte schadenfroh. »Der will unbedingt rein. Ich sag ja, das schaffen die nie.«

Ich war mir da nicht so sicher. Mir fiel auf, dass der Schwarm sich nach jeder Attacke ein Stück weiter die Motorhaube hinunter zurückzog, längeren Anlauf nahm. Bald würde er am Kühlergrill sein. Und wenn er den Grill näher untersuchte, könnte er die Öffnung zur Lüftung finden. Und dann wäre es aus.

Mae kramte in der Ablage zwischen den Sitzen herum. Sie förderte eine Rolle Klebeband und eine Schachtel mit Plastiksandwichbeuteln zu Tage. Sie sagte: »Vielleicht können wir die Luftschlitze zukleben …«

Ich schüttelte den Kopf. »Bringt nichts«, sagte ich. »Das sind Nanopartikel. Die sind so winzig, die gehen glatt durch eine Membran.«

»Du meinst, die gehen durch den Kunststoff durch?«

»Oder drum herum, durch winzige Risse. Du kriegst das niemals so dicht, dass sie nicht durchkönnen.«

»Dann hocken wir einfach hier rum?«

»Sieht so aus, ja.«

»Und hoffen, dass sie nicht dahinter kommen, wie sie reinkönnen.«

Ich nickte. »Stimmt.«

Im Headset sagte Bobby Lembeck: »Es kommt wieder Wind auf. Sechs Knoten.«

Es klang, als wollte er uns Mut machen, aber sechs Knoten war noch längst nicht stark genug. Die Schwärme vor der Frontscheibe bewegten sich mühelos um den Wagen herum.

Charley sagte: »Jack? Ich kann meine Summkugel nicht mehr sehen. Wo ist sie?«

Ich blickte zu Charleys Wagen hinüber und sah, dass der dritte Schwarm hinunter zum Vorderrad geschwebt war, wo er sich wirbelnd im Kreis drehte und durch die Löcher in der Radkappe verschwand und wieder auftauchte.

»Nimmt deine Radkappen unter die Lupe, Charley«, sagte ich.

»Mmmm.« Er klang unglücklich, und dazu hatte er auch allen Grund. Wenn der Schwarm den Wagen gründlich erkundete, konnte es sein, dass er per Zufall einen Weg ins Innere entdeckte. Charley sagte: »Jetzt lautet wohl die entscheidende Frage, wie groß ist ihre SO-Komponente, nicht wahr?«

»Stimmt«, erwiderte ich.

Mae sagte: »Für den Laien?«

Ich erklärte es. Die Schwärme hatten keine Führung und keine zentrale Intelligenz. Ihre Intelligenz war die Summe der einzelnen Partikel. Die Partikel organisierten sich selbst zu einem Schwarm, und ihre Neigung zur Selbstorganisation brachte unberechenbare Resultate. Man wusste einfach nicht, was sie machen würden. Es war möglich, dass sie weiterhin so ineffektiv waren wie bisher. Sie könnten aber auch per Zufall auf die Lösung stoßen. Und sie könnten sich auf organisierte Art und Weise auf die Suche machen.

Aber das hatten sie bislang nicht getan.

Meine Kleidung fühlte sich schwer an, sie war schweißdurchtränkt. Schweiß tropfte mir von Nase und Kinn. Ich wischte mir mit dem Arm die Stirn ab. Ich sah Mae an. Auch sie schwitzte.

Ricky sagte: »He, Jack?«

»Was?«

»Julia hat vorhin angerufen. Sie ist nicht mehr im Krankenhaus und ...«

»Nicht jetzt, Ricky.«

»Sie kommt heute Abend her.«

»Wir reden später, Ricky.«

»Ich dachte bloß, du würdest das gern wissen.«

»Herrgott«, entfuhr es Charley. »Sag doch einer dem Arschloch mal, er soll die Klappe halten. Wir haben zu *tun*!«

Bobby Lembeck sagte: »Jetzt acht Knoten Wind. Nein, Tschuldigung... sieben.«

Charley sagte: »Mann, die Spannung bringt mich noch um. Wo ist mein Schwarm jetzt, Jack?«

»Unter dem Wagen. Ich kann nicht sehen, was er macht... Nein, Moment... Er kommt hinter dir raus, Charley. Sieht aus, als würde er sich deine Rücklichter vornehmen.«

»Ein richtiger Autonarr«, sagte er. »Na, soll er so viel rumschnüffeln, wie er will.«

Ich blickte noch über die Schulter auf Charleys Schwarm, als Mae sagte: »Jack, schau doch mal.«

Der Schwarm vor ihrem Fenster auf der Beifahrerseite hatte sich verändert. Er war jetzt fast gänzlich silbern, schimmernd, aber ziemlich stabil, und ich sah, dass sich Maes Kopf und Schultern in dieser silbernen Fläche spiegelten. Das Bild war nicht perfekt, weil Augen und Mund etwas verschwommen waren, aber im Großen und Ganzen war es genau.

Ich runzelte die Stirn. »Er ist ein Spiegel...«

»Nein«, sagte sie. »Ist er nicht.« Sie wandte sich vom Fenster ab und sah mich an. Ihr Bild auf der Silberoberfläche veränderte sich nicht. Das Gesicht blickte weiter in den Wagen. Dann, nach ein oder zwei Sekunden, erbebte das Bild, löste sich auf und setzte sich neu zusammen: Diesmal zeigte es Maes Hinterkopf.

»Was hat das zu bedeuten?«, fragte Mae.

»Ich hab da so eine Ahnung, aber...«

Der Schwarm auf der Frontscheibe tat genau das Gleiche, nur dass seine Silberoberfläche uns beide nebeneinander im Wagen sitzend zeigte, mit sehr verängstigten Mienen. Auch dieses Bild war etwas verschwommen. Und jetzt wurde mir klar, der Schwarm war kein Spiegel. Der Schwarm selbst erzeugte das Bild durch die genaue Position individueller Partikel, was bedeutete...

»Schlechte Nachrichten«, sagte Charley.

»Ich weiß«, sagte ich. »Sie innovieren.«

»Was meinst du, ist das eine von den Voreinstellungen?«

»Müsste eigentlich. Ich tippe auf Imitation.«

Mae schüttelte den Kopf, verstand kein Wort.

»Das Programm hat gewisse voreingestellte Strategien, die helfen sollen, das Ziel zu erreichen. Die Strategien simulieren, wie richtige Räuber sich verhalten. *Eine* voreingestellte Strategie ist beispielsweise, auf der Stelle stehen zu bleiben und abzuwarten, der Beute im Hinterhalt aufzulauern. Eine andere ist die, ziellos herumzulaufen, bis man zufällig auf die Beute stößt, und sie dann zu verfolgen. Man kann sich, drittens, auch mit irgendeinem Element der Umgebung tarnen, mit der Umgebung verschmelzen. Und viertens, sie können das Verhalten der Beute imitieren.«

Sie sagte: »Du glaubst, das da ist Imitation?«

»Ich glaube, es ist eine Form von Imitation, ja.«

»Er versucht, so auszusehen wie wir?«

»Ja.«

»Ist das emergentes Verhalten? Hat es sich von allein entwickelt?«

»Ja«, erwiderte ich.

»Schlechte Nachrichten«, sagte Charley traurig. »Sehr schlechte Nachrichten.«

Während ich im Auto saß, spürte ich Wut in mir aufsteigen. Dieses Spiegelbild machte mir nämlich klar, dass ich die eigentliche Struktur der Nanopartikel gar nicht kannte. Mir war gesagt worden, es gebe eine Piezo-Scheibe, die das Licht reflektierte. Es war daher nicht verwunderlich, dass der Schwarm ab und zu silbern in der Sonne glitzerte. Das musste nicht unbedingt eine hoch entwickelte Partikelorientierung bedeuten. Eher fasste man so ein silbernes Wogen als Zufallseffekt auf, ebenso wie es auf stark befahrenen Autobahnen zu Staus kam, die sich dann wieder auflösten. Da mussten nur ein oder zwei Autofahrer willkürlich das Tempo verändern, und schon konnte der nachfolgende Verkehr kilometerweit in Mitleidenschaft gezogen werden: Die Wirkung setzte sich wellenartig nach hinten fort. Das Gleiche müsste auf die Schwärme zutreffen. Ein Zufallseffekt würde sich wie eine Welle durch den Schwarm fortsetzen. Und genau das hatten wir gesehen.

Doch dieses Spiegelverhalten war etwas grundsätzlich anderes. Die Schwärme produzierten jetzt Bilder in Farbe und hielten sie einigermaßen konstant. Eine solche Komplexität konnte das einfache Nanopartikel, das mir gezeigt worden war, unmöglich aufweisen. Ich bezweifelte, dass sich aus einer Silberschicht ein volles Farbspektrum erzeugen ließ. Theoretisch war es möglich, das Silber haargenau so zu neigen, dass es Regenbogenfarben erzeugte, aber das setzte eine enorm nuancierte Beweglichkeit voraus.

Logischer erschien mir daher, dass die Partikel die Farben anders erzeugten. Und das hieß, auch diesbezüglich war mir nicht die Wahrheit gesagt worden. Ricky hatte mich erneut belogen. Deshalb war ich wütend.

Ich war bereits zu dem Schluss gelangt, dass irgendetwas mit Ricky nicht stimmte, und im Nachhinein betrachtet, lag das Problem bei mir, nicht bei ihm. Selbst nach der Katastrophe im Depot begriff ich noch immer nicht, dass die Schwärme sich rascher entwickelten, als wir mit ihnen Schritt halten konnten. Ich hätte erkennen müssen, mit welchem Gegner ich es zu tun hatte, als die Schwärme eine neue Strategie demonstrierten – den Fußboden rutschig machten, um ihre Beute außer Gefecht zu setzen und sie von der Stelle zu bewegen. Bei Ameisen würde man das kollektiven Transport nennen; das Phänomen war allseits bekannt. Bei diesen Schwärmen jedoch war es noch nicht da gewesenes, neu evolviertes Verhalten. Doch zu diesem Zeitpunkt war ich zu entsetzt, um die wahre Bedeutung zu erkennen. Jetzt, als ich in dem heißen Wagen saß, brachte es zwar nichts, Ricky die Schuld zu geben, aber ich hatte schreckliche Angst, und ich war müde, und ich konnte keinen klaren Gedanken fassen.

»Jack.« Mae stieß mich an der Schulter an und deutete auf Charleys Wagen.

Sie blickte grimmig.

Der Schwarm am Rücklicht von Charleys Wagen war jetzt ein schwarzer Strom, der sich hoch in die Luft bog und dann in der Nahtstelle zwischen dem roten Plastik und dem Metall verschwand.

Über das Headset sagte ich: »He, Charley … Sie haben einen Weg gefunden.«

»Ja, ich seh's. Schöne Scheiße.«

Charley kroch auf den Rücksitz. Schon füllte sich das Wageninnere mit Partikeln, die einen grauen, rasch dunkler werdenden Nebel bildeten. Charley hustete. Ich konnte nicht sehen, was er tat, er war jetzt unterhalb des Fensters. Er hustete wieder.

»Charley?«

Er gab keine Antwort. Aber ich hörte ihn fluchen.

»Charley, mach, dass du da rauskommst.«

»*Scheißviecher.*«

Und dann folgte ein seltsames Geräusch, das ich zuerst nicht einordnen konnte. Ich blickte Mae an, die sich das Headset ans Ohr drückte. Es war ein seltsames, rhythmisches Schnarren. Mae sah mich fragend an.

»Charley?«

»Ich – sprüh die kleinen Scheißkerle ein. Mal sehen, was sie machen, wenn sie nass sind.«

Mae sagte: »Du versprühst die Isotope?«

Er antwortete nicht. Doch gleich darauf tauchte er wieder am Fenster auf, die Sprühflasche in der Hand, und sprühte in alle Richtungen. Flüssigkeit zog Querstreifen über die Scheibe und rann dann nach unten. Im Wagen wurde es zusehends dunkler, denn immer mehr Partikel drangen ein. Bald konnten wir Charley nicht mehr erkennen. Seine Hand tauchte aus der Schwärze auf, drückte gegen die Scheibe, verschwand dann wieder. Er hustete ununterbrochen. Ein trockenes Husten.

»Charley«, sagte ich. »Raus aus dem Wagen, und dann lauf.«

»Ach, Scheiße. Bringt doch nichts.«

Bobby Lembeck sagte: »Wind bei zehn Knoten. Los, versuch's.«

Zehn Knoten war nicht genug, aber besser als gar nichts.

»Charley? Hörst du?«

Wir hörten seine Stimme aus dem schwarzen Wageninneren. »Ja, gut... Ich suche – finde den – verdammten Türgriff nicht, kann ihn nicht ertasten... Wo ist der Scheißtürgriff in diesem...« Er bekam einen Hustenanfall.

Über das Headset hörte ich Stimmen im Labor, alle sprachen schnell. Ricky sagte: »Er ist im Toyota. Wo ist im Toyota der Türgriff?«

Bobby Lembeck: »Keine Ahnung, ist nicht mein Wagen.«

»Wem gehört der Wagen? Vince?«

Vince: »Nein, nein. Dem Typen mit den schlechten Augen.«

»Dem Techniker. Dem Typ, der dauernd blinzelt.«

»David Brooks?«

»Ja, genau.«

Ricky sagte: »Leute? Wir glauben, es ist Davids Wagen.«

Ich sagte: »Das hilft uns auch nicht...«

Und dann brach ich ab, weil Mae hinter sich auf den Rücksitz des Wagens deutete. Aus dem Ritz zwischen den Polstern zischten Partikel in den Wagen wie schwarzer Rauch.

Ich sah genauer hin und entdeckte im Fond auf dem Boden eine Decke. Auch Mae sah sie und warf sich förmlich nach hinten, hechtete zwischen die Sitze. Sie trat mir dabei gegen den Kopf, aber sie hatte die Decke und stopfte sie in den Spalt. Mein Headset fiel ab und blieb am Lenkrad hängen, als ich nach hinten klettern wollte, um Mae zu helfen. Es war eng im Wagen. Aus dem Kopfhörer hörte ich eine blecherne Stimme.

»Komm schon«, sagte Mae. »Schnell.«

Ich war größer als sie. Im Fond war nicht viel Platz für mich, deshalb lehnte ich mich mit dem Oberkörper über den Fahrersitz, packte die Decke und half Mae, sie zwischen die Polster zu stopfen.

Ich bekam nur mit einem Ohr mit, dass sich die Beifahrertür des Toyota knallend öffnete, und dann sah ich Charleys Fuß aus dem Dunkel auftauchen. Er wollte sein Glück draußen versuchen. Vielleicht sollten wir auch den Wagen verlassen, dachte ich, während ich Mae mit der Decke half. Die Decke würde nicht viel nützen, das war bloß eine Verzögerungstaktik. Ich spürte bereits, wie die Partikel durch den Stoff drangen; der Wagen füllte sich unaufhaltsam. Es wurde dunkler und dunkler. Ich fühlte Nadelstiche überall auf der Haut.

»Mae, raus hier.«

Sie gab keine Antwort, sie stopfte nur die Decke weiter in den Spalt, immer fester. Wahrscheinlich wusste sie, dass wir draußen keine Chance hätten. Die Schwärme würden uns einholen, sich uns in den Weg stellen, uns zu Fall bringen. Und wenn wir erst am Boden lagen, würden sie uns ersticken. Wie sie es bei den anderen getan hatten.

Die Luft wurde dicker. Ich musste husten. Im Halbdunkel hörte ich weiter eine blecherne Stimme aus den Headsets. Ich konnte nicht sagen, woher sie kam. Auch Mae war das Headset heruntergefallen, und ich meinte, es auf dem Vordersitz gesehen zu haben, aber inzwischen war es so dunkel, dass ich nichts mehr erkannte. Mir brannten die Augen. Ich hustete ständig. Auch Mae hustete. Ich wusste nicht, ob sie noch immer mit der Decke beschäftigt war. Sie war nur noch ein Schatten im Nebel.

Ich schloss fest die Augen gegen den stechenden Schmerz. Meine Kehle schnürte sich zu, und mein Husten war trocken. Wieder wurde mir schwindelig. Ich wusste, dass wir nicht länger als eine Minute überleben konnten, vielleicht weniger. Ich sah wieder zu Mae, aber ich konnte sie nicht sehen. Ich hörte sie husten. Ich wedelte mit der Hand, versuchte den Nebel zu lichten, damit ich Mae erkennen konnte. Es half nicht. Ich wedelte mit der Hand vor der Frontscheibe, und sie wurde für einen Moment klarer.

Trotz meines anhaltenden Hustens sah ich das Labor in der

Ferne. Die Sonne schien. Alles war normal. Es machte mich wütend, dass alles so normal und friedlich wirkte, während wir uns zu Tode husteten. Ich konnte nicht sehen, was mit Charley war. Er war nirgendwo in der Wüste vor mir. Aber – ich wedelte wieder mit der Hand – ich konnte ohnehin nichts erkennen vor lauter …

Wehendem Sand.

Herrgott, *wehender Sand.*

Der Wind war wieder stärker geworden.

»Mae.« Ich hustete. »Mae. Die Tür.«

Ich wusste nicht, ob sie mich hörte. Sie hustete stark. Ich streckte die Hand nach der Fahrertür aus, tastete nach dem Griff. Ich war verwirrt und desorientiert. Ich hustete ohne Unterlass. Ich berührte heißes Metall, riss daran.

Die Tür neben mir schwang auf. Glühende Luft fegte herein, wirbelte den Nebel durcheinander. Der Wind war tatsächlich stärker. »Mae.«

Sie wurde von Husten geschüttelt, konnte sich vielleicht schon nicht mehr bewegen. Ich hechtete zur Beifahrertür mir gegenüber. Mit den Rippen prallte ich auf den Schalthebel. Der Nebel war schon dünner, und ich sah den Türgriff, zog und drückte die Tür auf. Der Wind schlug sie wieder zu. Ich schob mich ein Stück vor, drückte den Griff erneut runter, stieß die Tür auf und hielt sie mit der Hand offen.

Wind blies durch den Wagen.

Innerhalb weniger Sekunden war die schwarze Wolke verschwunden. Der Rücksitz war noch immer dunkel. Ich kroch zur Beifahrertür hinaus und öffnete die hintere Tür. Mae streckte mir die Hand entgegen, und ich zog sie heraus. Wir husteten beide heftig. Maes Beine gaben nach. Ich zog ihren Arm über meine Schulter und schleppte sie hinaus in die offene Wüste.

Selbst jetzt weiß ich nicht, wie ich es zurück zum Laborgebäude geschafft habe. Die Schwärme waren verschwunden; der Wind blies kräftig. Mae war ein schlaffes Gewicht an meiner Schulter, ihr Körper kraftlos, die Füße schleiften über den Sand. Ich hatte keine Energie. Immer wieder schüttelten mich Hustenanfälle, die mich zwangen, stehen zu bleiben. Ich konnte nicht richtig atmen. Ich war benommen, orientierungslos. Die grelle Sonne hatte einen Stich ins Grüne, und Sterne tanzten vor meinen Augen. Mae hustete schwach; ihr Atem ging flach. Ich hatte das Gefühl, dass sie nicht überleben würde. Ich stapfte weiter, setzte einen Fuß vor den anderen.

Irgendwie ragte plötzlich die Tür vor mir auf, und es gelang mir, sie zu öffnen. Ich brachte Mae in den dunklen Vorraum. Auf der anderen Seite der gläsernen Luftschleuse warteten Ricky und Bobby Lembeck. Sie feuerten uns an, aber ich konnte sie nicht hören. Mein Headset lag im Auto.

Die Schleusentüren öffneten sich zischend, und ich bugsierte Mae hinein. Sie schaffte es zu stehen, obwohl sie vor Husten vornübergebeugt war. Ich trat zurück. Der Wind begann, sie sauber zu pusten. Ich lehnte mich gegen die Wand, außer Atem, schwindelig.

Ich dachte, hab ich das nicht schon mal erlebt?

Ich sah auf die Uhr. Es war gerade drei Stunden her, dass ich dem letzten Angriff knapp entronnen war. Ich beugte mich vor und stützte die Hände auf die Knie. Ich starrte zu Boden und wartete, dass die Luftschleuse frei wurde. Ich blickte zu Ricky und Bobby. Sie brüllten irgendwas, deuteten auf ihre Ohren. Ich schüttelte den Kopf.

Sahen sie denn nicht, dass ich kein Headset aufhatte?

Ich sagte: »Wo ist Charley?«

Sie antworteten, aber ich konnte sie nicht verstehen.

»Hat er's geschafft? Wo ist Charley?«

Ich zuckte zusammen, als ein scharfes elektronisches Pfeifen ertönte, und dann sagte Ricky über die Sprechanlage: »... nicht mehr viel zu machen.«

»Ist er hier?«, fragte ich. »Hat er's geschafft?«

»Nein.«

»Wo ist er?«

»Hinten im Wagen«, sagte Ricky. »Er hat es nicht aus dem Wagen geschafft. Wusstest du das nicht?«

»Ich hatte zu tun«, sagte ich. »Er ist also noch da draußen?«

»Ja.«

»Ist er tot?«

»Nein, nein. Er lebt.«

Ich atmete noch immer mit Mühe, war noch immer benommen. »Was?«

»Genau ist es auf dem Videomonitor nicht zu erkennen, aber es sieht so aus, als würde er noch leben …«

»Warum zum Teufel holt ihr ihn dann nicht?«

Rickys Stimme war ruhig. »Wir können nicht, Jack. Wir müssen uns um Mae kümmern.«

»Es wird doch hier wohl jemanden geben, der das machen kann.«

»Wir können niemanden entbehren.«

»Ich kann das nicht«, sagte ich. »Ich bin fix und fertig.«

»Ist doch klar«, sagte Ricky, einen beschwichtigenden Ton anstimmend. Eine Leichenbestatterstimme. »Das alles muss entsetzlich für dich gewesen sein, Jack, du hast so viel durchgemacht …«

»Sag mir … endlich … wer ihn holen geht, Ricky.«

»Um es mal brutal ehrlich zu sagen«, erwiderte Ricky, »ich glaube nicht, dass es was nützt. Er hatte einen Krampf. Einen schlimmen. Ich denke, er hat nicht mehr viel Kraft.«

Ich sagte: »Es geht keiner zu ihm?«

»Ich fürchte, es nützt nichts, Jack.«

Bobby half Mae jetzt aus der Luftschleuse und führte sie den Korridor hinunter. Ricky stand da. Beobachtete mich durch das Glas.

»Du bist dran, Jack. Rein mit dir.«

Ich rührte mich nicht. Ich blieb an die Wand gelehnt stehen und sagte: »Irgendjemand muss ihn holen.«

»Nicht jetzt. Der Wind ist nicht beständig, Jack. Er kann sich jeden Moment wieder legen.«

»Aber Charley lebt.«

»Nicht mehr lange.«

»Jemand muss ihn holen«, sagte ich.

»Jack, du weißt so gut wie ich, in was für einer Lage wir sind«, sagte Ricky. Jetzt sprach er mit der Stimme der Vernunft, ruhig und logisch. »Wir hatten entsetzliche Verluste. Wir können es nicht riskieren, noch jemanden zu verlieren. Bis jemand bei Charley ist, ist er längst tot. Vielleicht ist er jetzt schon tot. Los, geh endlich in die Schleuse.«

Ich schätzte meine körperliche Verfassung ein, spürte meinen Atem, meine Brust, meine große Erschöpfung. Ich konnte jetzt nicht da raus. Nicht in meinem derzeitigen Zustand.

Also trat ich in die Schleuse.

Mit lautem Brausen drückte das Gebläse mir die Haare platt, ließ meine Kleidung flattern und säuberte mich von den schwarzen Partikeln. Augenblicklich konnte ich wieder besser sehen. Ich atmete leichter. Jetzt wehte der Wind von unten. Ich streckte die Hand aus und sah, wie sich das Schwarz in Blassgrau verwandelte, dann die normale Hautfarbe wieder zum Vorschein kam.

Jetzt wurde ich von den Seiten angeblasen. Ich holte tief Luft. Die Nadelstiche auf der Haut waren nicht mehr so schmerzhaft. Entweder spürte ich sie nicht mehr so deutlich, oder sie wurden weggetrieben. Mein Kopf wurde etwas klarer. Ich holte noch mal tief Luft. Ich fühlte mich nicht gut, aber schon besser.

Die Glastüren öffneten sich. Ricky streckte mir die Arme entgegen. »Jack. Gott sei Dank, dass du in Sicherheit bist.«

Ich antwortete nicht. Ich drehte mich auf dem Absatz um und ging den Weg zurück, den ich gekommen war.

»Jack ...«

Die Glastüren zischten zu und rasteten mit einem *Plonk* ein. »Ich lasse ihn nicht da draußen«, sagte ich.

»Was hast du denn vor? Du kannst ihn nicht tragen, er ist zu schwer. Wie willst du das anstellen?«

»Ich weiß es nicht. Aber ich lasse ihn nicht einfach da draußen zurück, Ricky.«

Und ich ging wieder hinaus.

Natürlich tat ich genau das, was Ricky wollte – genau das, was er von mir erwartet hatte –, aber das war mir damals nicht klar. Und selbst wenn es mir jemand gesagt hätte, so viel psychologisches Feingefühl hätte ich ihm nicht zugetraut. Ricky war im Umgang mit Menschen ziemlich durchschaubar. Aber diesmal war ich auf ihn reingefallen.

6. Tag, 16.22 Uhr

Der Wind blies kräftig. Von den Schwärmen fehlte jede Spur, und ich gelangte ohne Probleme zu den Wagen. Ich hatte kein Headset mehr, daher blieben mir Rickys Bemerkungen erspart.

Die hintere Tür des Toyota auf der Beifahrerseite stand offen. Charley lag auf dem Rücken, reglos. Ich brauchte einen Moment, um zu sehen, dass er noch atmete, wenn auch flach. Mit großer Mühe gelang es mir, ihn in eine sitzende Position zu hieven. Er starrte mich mit stumpfen Augen an. Seine Lippen waren blau, seine Haut kreidig grau. Eine Träne lief ihm über die Wange. Sein Mund bewegte sich.

»Nicht sprechen«, sagte ich. »Spar dir deine Energie.« Ächzend zog ich ihn an den Rand der Rückbank, zur Tür, und schwang seine Beine herum, sodass er nach draußen schaute. Charley war ein massiger Kerl, über einen Meter achtzig groß und mindestens zwanzig Pfund schwerer als ich. Ich wusste, dass ich ihn nicht würde zurücktragen können. Aber dann sah ich hinten im Laderaum des Toyota Davids Motocross-Maschine. Damit müsste es gehen.

»Charley, hörst du mich?«

Ein fast unmerkliches Nicken.

»Kannst du aufstehen?«

Nichts. Keine Reaktion. Er blickte mich nicht einmal an; er starrte ins Leere.

»Charley«, sagte ich, »meinst du, du kannst stehen?«

Er nickte wieder, streckte dann seinen Körper, sodass er vom Sitz rutschte und mit den Füßen auf dem Boden landete. Er stand wackelig da, mit zitternden Beinen, und sackte dann gegen mich, hielt sich an mir fest, damit er nicht hinfiel. Unter seinem Gewicht ging ich in die Knie.

»Okay, Charley…« Ich schob ihn wieder zum Wagen und setzte ihn auf das Trittbrett. »Nicht weglaufen, ja?«

Ich ließ ihn los, und er blieb sitzen. Er starrte noch immer blicklos vor sich hin.

»Bin gleich wieder da.«

Ich ging zur Rückseite des Land Cruiser und öffnete die Heckklappe. Eine Motocross-Maschine, und was für eine – die gepflegteste, die ich je gesehen hatte. Sie war in eine dicke Plane gehüllt. Und sie war nach dem Gebrauch geputzt worden. Das war typisch David, dachte ich. Er war immer so sauber, so ordentlich gewesen.

Ich schob das Motorrad aus dem Wagen und stellte es auf den Boden. Der Zündschlüssel steckte nicht. Ich ging zur Beifahrertür des Toyota und öffnete sie. Vorne war alles makellos und übersichtlich angeordnet. Am Armaturenbrett angebracht waren ein mit Sauggummi haftender Notizblock, eine Handy-Halterung und ein kleiner Haken, an dem ein Telefon-Headset hing. Ich öffnete das Handschuhfach und sah, dass auch hier alles akkurat an seinem Platz war. Autopapiere in einer Hülle, unter einer kleinen Plastikablage mit drei Abteilungen für Lippensalbe, Kleenex, Pflaster. Keine Schlüssel. Dann entdeckte ich zwischen den Sitzen einen Kasten für CDs, und darunter eine verschlossene Kassette. Sie hatte das gleiche Schloss wie die Zündung. Wahrscheinlich ließ es sich mit dem Zündschlüssel öffnen.

Ich schlug mit dem Handballen gegen die Kassette und hörte etwas Metallisches darin klimpern. Klang ganz nach einem kleinen Schlüssel. Zum Beispiel ein Motorradschlüssel. Jedenfalls war es irgendetwas aus Metall.

Wo waren Davids Schlüssel? Ich fragte mich, ob Vince auch David bei seiner Ankunft die Schlüssel abgenommen hatte, so wie mir meine. Falls ja, dann waren die Schlüssel im Labor. Das würde mir nichts nützen.

Ich blickte zum Laborgebäude und überlegte, ob ich zurückgehen sollte, um die Schlüssel zu holen. Doch da merkte ich, dass der Wind nicht mehr ganz so stark blies. Es wehte zwar noch immer eine Schicht Sand über den Boden, aber weniger kräftig.

Na toll, dachte ich. Ausgerechnet jetzt.

Da die Zeit drängte, beschloss ich, von der Idee mit dem Motorrad Abstand zu nehmen. Vielleicht fand ich ja im Depot irgendetwas, womit ich Charley zum Labor transportieren konnte. Ich konnte mich zwar an nichts erinnern, aber ich ging trotzdem nachsehen. Als ich vorsichtig eintrat, hörte ich ein schlagendes Geräusch. Es war die hintere Tür, die im Wind auf- und zuflog. Rosies Leiche lag direkt an der Schwelle und wurde jedes Mal, wenn die Tür aufschwang, hell beschienen. Ihre Haut war mit der gleichen milchigen Schicht bedeckt, wie ich es bei dem Kaninchen gesehen hatte. Aber ich ging nicht hin, um es mir aus der Nähe anzuschauen. Rasch durchstöberte ich die Regale, öffnete die Geräteschränke, warf einen Blick hinter gestapelte Kisten. Ich fand ein aus Latten zusammengezimmertes Brett auf kleinen Rollen, wahrscheinlich zum Möbeltransport. Aber im Sand war es nicht zu gebrauchen.

Ich ging wieder nach draußen unter den Wellblechunterstand und eilte zu dem Toyota. Mir blieb nichts anderes übrig, als Charley irgendwie zum Laborgebäude zu schleppen. Vielleicht schaffte ich es ja, wenn er einen Teil seines Gewichts abstützen konnte. Vielleicht fühlte er sich inzwischen ja besser, dachte ich. Vielleicht war er wieder etwas stärker.

Doch ein Blick in sein Gesicht verriet mir, dass dem nicht so war. Wenn überhaupt, war er noch schwächer.

»Verdammt, Charley, was soll ich bloß mit dir machen?«

Er gab keine Antwort.

»Ich kann dich nicht tragen. Und David hat seine Schlüssel nicht im Wagen gelassen, wir sehen also ziemlich alt aus …«

Ich hielt inne.

Und wenn David sich mal aus seinem Wagen ausgeschlossen

hatte? Er als Ingenieur hatte bestimmt für solche Eventualitäten vorgesorgt. Auch wenn der Fall wahrscheinlich nie eingetreten war, David wäre das Risiko niemals eingegangen. Er hätte nie ein Auto angehalten, um nach einem Drahtbügel zu fragen. Nein, David doch nicht.

David hätte einen Ersatzschlüssel versteckt. Wahrscheinlich in einem von diesen magnetischen Schlüsselkästchen. Ich wollte mich schon auf den Rücken legen, um unter den Wagen zu schauen, als mir einfiel, dass David sich nie die Sachen schmutzig gemacht hätte, nur um einen Schlüssel hervorzuholen. Er hätte sich ein cleveres Versteck gesucht, an das er trotzdem bequem herankam.

Also fuhr ich mit den Fingern an der Innenseite der vorderen Stoßstange entlang. Nichts. Ich ging zur hinteren Stoßstange, tat das Gleiche. Nichts. Ich tastete auf beiden Seiten des Wagens unter den Trittbrettern. Nichts. Kein Magnetkästchen, kein Schlüssel. Ich konnte es nicht fassen, also legte ich mich hin und sah unter dem Wagen nach, ob ich vielleicht irgendeine Strebe oder so mit den Fingern verpasst hatte.

Nein, nichts. Kein Schlüssel.

Ich schüttelte verwundert den Kopf. Das Versteck musste aus Stahl sein, damit das Magnetkästchen haften blieb. Und es musste vor der Witterung geschützt sein. Aus diesem Grund versteckte fast jeder seinen Ersatzschlüssel in der Stoßstange.

David hatte das nicht getan.

Wo konnte man sonst noch einen Schlüssel hintun?

Ich ging wieder um den Wagen herum, betrachtete das glatte Blech. Ich fuhr mit den Fingern um die Öffnung des Kühlergrills herum und tastete unter der Einbuchtung für das hintere Nummernschild.

Kein Schlüssel.

Ich fing an zu schwitzen. Nicht nur vor Anspannung: Inzwischen spürte ich deutlich, dass der Wind schwächer wurde. Ich ging zurück zu Charley, der noch immer auf dem Trittbrett saß.

»Wie geht's dir, Charley?«

Er antwortete nicht, zuckte nur mit den Schultern. Ich nahm sein Headset ab und setzte es auf. Ich hörte Rauschen und leise Stimmen. Es hörte sich nach Ricky und Bobby an, und es hörte sich nach einem Streit an. Ich zog das Mikro näher an die Lippen und sagte: »Leute? Sprecht mit mir.«

Pause. Bobby, überrascht: »Jack?«

»Genau …«

»Jack, du kannst nicht da draußen bleiben. Der Wind hat in den letzten Minuten zunehmend nachgelassen. Es sind jetzt nur noch zehn Knoten.«

»Okay …«

»Jack, du musst zurückkommen.«

»Geht noch nicht.«

»Unter sieben Knoten können sich die Schwärme bewegen.«

»Okay …«

Ricky: »Was soll das heißen, okay? Verdammt, Jack, kommst du nun oder nicht?«

»Ich kann Charley nicht tragen.«

»Das hast du doch vorher gewusst.«

»Klar.«

»Jack. Was zum Teufel machst du da?«

Ich hörte das Surren der Videokamera in der Ecke des Unterstandes. Ich schaute über das Dach des Wagens und sah, wie sich das Objektiv drehte, als es sich auf mich scharf stellte. Der Toyota war ein ziemlich großes Auto, er versperrte mir fast den Blick auf die Kamera. Und die Skihalterung machte ihn noch größer. Ich fragte mich diffus, warum David eine Skihalterung hatte, wo er doch nie Ski gefahren war; er hatte Skifahren wegen der Kälte nicht leiden können. Die Halterung musste zur Grundausstattung des Wagens gehören und …

Ich fluchte. Es war so nahe liegend.

Es war die einzige Stelle, wo ich nicht nachgesehen hatte. Ich sprang auf das Trittbrett und schaute auf das Wagendach. Ich fuhr mit den Fingern an der Skihalterung und an den parallelen Schienen entlang, die an das Dach geschraubt waren. Meine Finger stießen auf Isolierband an der schwarzen Halterung. Ich zog das Band ab und sah einen silbernen Schlüssel.

»Jack? Neun Knoten.«

»Okay.«

Ich sprang vom Trittbrett und kletterte auf den Fahrersitz. Ich steckte den Schlüssel in die Kassette und drehte ihn. Sie öffnete sich. Drinnen lag ein kleiner, gelber Schlüssel.

»Jack? Was machst du da?«

Ich eilte zum Heck des Wagens. Ich steckte den gelben Schlüssel in die Zündung des Motorrads. Ich setzte mich auf die Maschine und ließ sie an. Der Motor dröhnte laut unter dem Wellblechdach.

»Jack?«

Ich manövrierte das Motorrad im Sitzen auf die Seite des Wagens, wo Charley war. Jetzt wurde es knifflig. Das Motorrad hatte keinen Kippständer; ich schob es, so nah es ging, an Charley heran und versuchte, ihn dann so weit abzustützen, dass er hinter mir aufsteigen konnte, während ich auf der Maschine blieb und sie aufrecht hielt. Zum Glück verstand er, was ich wollte. Schließlich hatte er es geschafft, und ich sagte, er solle sich an mir festhalten.

Bobby Lembeck: »Jack? Sie sind da.«

»Wo?«

»Südseite. Kommen auf dich zu.«

»Alles klar.«

Ich ließ den Motor aufheulen und stieß die Beifahrertür zu. Und ich blieb genau da, wo ich war.

»Jack?«

Ricky: »Was ist denn bloß los mit ihm? Er kennt doch die Gefahr.«

Bobby: »Ich weiß.«

»Er bleibt einfach da sitzen.«

Charley hatte seine Hände um meine Taille gelegt. Sein Kopf lag an meiner Schulter. Ich konnte seinen rasselnden Atem hören. Ich sagte: »Gut festhalten, Charley.« Er nickte.

Ricky: »Jack? Was machst du denn?«

Dann sagte Charley an meinem Ohr mit einer Stimme, die kaum mehr als ein Flüstern war: »Dämlicher Idiot.«

»Ja.« Ich nickte. Ich wartete. Ich konnte jetzt sehen, wie sie um das Gebäude herumkamen. Diesmal waren es neun Schwärme. Und sie steuerten in einer V-Formation direkt auf mich zu. Ihr eigenes Schwarmverhalten.

Neun Schwärme, dachte ich. Bald würden es dreißig Schwärme sein, und dann zweihundert...

Bobby: »Jack, siehst du sie?«

»Ich sehe sie.« Natürlich sah ich sie.

Und natürlich waren sie anders als vorher. Sie waren jetzt dichter, die Säulen dicker und fester. Diese Schwärme wogen keine drei Pfund mehr. Ich schätzte sie eher auf zehn oder zwanzig Pfund. Vielleicht noch mehr. Vielleicht dreißig Pfund. Jetzt hatten sie richtig Gewicht und richtig Masse.

Ich wartete. Ich blieb, wo ich war. Irgendein separater Teil meines Gehirns fragte sich, was die Formation machen würde, wenn sie bei mir war. Würden die Schwärme mich umkreisen? Würden ein paar von ihnen zurückbleiben und warten? Irritierte sie das laute Motorrad?

Nicht im Geringsten – sie kamen direkt auf mich zu, machten aus dem V eine Linie, formierten sich dann zu einer Art umgedrehtem V. Ich hörte das tiefe, vibrierende Summen. Bei so vielen Schwärmen war es wesentlich lauter.

Die wirbelnden Säulen waren zwanzig Meter von mir entfernt. Dann zehn. Konnten sie sich jetzt schneller fortbewegen, oder bildete ich mir das bloß ein? Ich wartete, bis sie fast bei mir waren, dann gab ich Gas und raste los. Ich fuhr schnurstracks durch den Anführerschwarm in das Schwarze hinein und wieder hinaus, und dann brauste ich auf die Tür der Energiestation zu, jagte holpernd über die Wüste, wagte nicht, nach hinten zu blicken. Es war eine wilde Fahrt, und sie dauerte nur wenige Sekunden. Als wir an der Station waren, ließ ich die Maschine fallen, schob meine Schulter unter Charleys Arm und wankte die letzten zwei, drei Schritte zur Tür.

Die Schwärme waren noch gut fünfzig Meter von der Tür entfernt, als ich den Türknauf drehte, einen Fuß in den Spalt schob und sie dann ganz aufdrückte. Dabei verlor ich das Gleichgewicht, und Charley und ich fielen mehr oder weniger durch die Tür auf den Beton. Die Tür schwang zurück und knallte gegen unsere Beine, die noch nach draußen ragten. Ich spürte einen heftigen Schmerz an den Knöcheln – doch schlimmer war, dass sie noch immer einen Spalt offen war, durch unsere Beine blockiert. Durch die Öffnung konnte ich die Schwärme näher kommen sehen.

Ich rappelte mich hoch und schleifte Charleys reglosen Körper in den Raum. Die Tür schloss sich, aber ich wusste, dass es die Brandschutztür war, und die war nicht luftdicht. Kein Hindernis für Nanopartikel. Ich musste uns beide in die Luftschleuse schaffen. Wir würden erst dann in Sicherheit sein, wenn sich die ersten Glastüren hinter uns schlossen.

Ächzend und schwitzend schleppte ich Charley in die Luftschleuse. Ich hievte ihn in eine sitzende Position, gegen das Seitengebläse gelehnt. So kamen seine Füße den Glastüren nicht in die Quere. Und weil immer nur eine Person in der Schleuse sein durfte, trat ich wieder zurück. Und ich wartete darauf, dass sich die Türen schlossen.

Aber nichts passierte.

Ich suchte an der Seitenwand nach irgendeinem Knopf, aber ich konnte nichts entdecken. Die Lichter in der Luftschleuse waren an, Strom war also da. Aber die Türen gingen nicht zu.

Und ich wusste, die Schwärme näherten sich rasch.

Bobby Lembeck und Mae kamen in den Raum auf der anderen Seite gelaufen. Ich sah sie durch das zweite Paar Glastüren. Sie schwenkten die Arme, gestikulierten hektisch, wollten mir offenbar zu verstehen geben, dass ich wieder in die Schleuse gehen sollte. Aber das leuchtete mir nicht ein. In mein Headset sagte ich: »Ich dachte, es darf immer nur einer rein.«

Sie hatten kein Headset und konnten mich nicht hören. Sie winkten wie verrückt, geh rein, geh rein.

Ich hielt fragend zwei Finger hoch.

Sie schüttelten den Kopf. Offenbar wollten sie sagen, dass ich nicht richtig verstand.

Zu meinen Füßen sah ich bereits die ersten Nanopartikel hereinkommen, wie ein schwarzer Strom. Sie drangen durch die Ritzen um die Brandschutztür herum. Mir blieben nur noch fünf bis zehn Sekunden.

Ich trat wieder in die Schleuse. Bobby und Mae nickten zustimmend. Aber die Türen schlossen sich nicht. Jetzt machten sie andere Gesten, wie jemand, der etwas anhebt.

»Ich soll Charley hochheben?«

Ja. Ich schüttelte den Kopf. Charley saß zusammengesackt da, ein schlaffes Gewicht auf dem Boden. Ich schaute nach hinten in den Vorraum und sah, dass er sich mit schwarzen Partikeln füllte, die allmählich einen gräulichen Nebel in der Luft bildeten. Dieser Nebel drang schon in die Luftschleuse. Ich spürte die ersten Nadelstiche auf der Haut.

Ich sah Bobby und Mae an, auf der anderen Seite des Glases. Sie sahen, was passierte; sie wussten, es ging um Sekunden. Wieder gestikulierten sie: Heb Charley hoch. Ich beugte mich über ihn, schob ihm meine Hände unter die Achseln. Ich versuchte, ihn auf die Beine zu ziehen, aber er rührte sich keinen Millimeter.

»Charley, verdammt noch mal, hilf mit.« Ächzend machte ich einen neuen Anlauf. Charley trat mit den Beinen und stieß mit den Armen, und es gelang mir, ihn einen halben Meter vom Boden hochzuhieven. Dann rutschte er wieder nach unten. »Charley, los, noch einmal…« Ich zog mit aller Kraft, und diesmal half er wesentlich mehr mit, und wir schafften es, seine Beine unter ihn zu bugsieren, und mit einem letzten Ruck stand er. Ich behielt meine Hände unter seinen Achseln; wir standen da wie ein Liebespaar in einer verrückten Umarmung. Charley keuchte. Ich blickte nach hinten auf die Glastüren.

Die Türen rührten sich nicht.

Die Luft wurde immer dunkler. Ich sah Mae und Bobby an, und sie waren vollkommen hektisch, hielten zwei Finger hoch, schüttelten sie, zeigten auf mich. Ich kapierte nicht. »Ja, wir sind zu zweit…« Was war nur mit den verdammten Türen los? Schließlich beugte Mae sich vor und zeigte ganz deutlich mit einem Finger jeder Hand auf ihre beiden Schuhe. Ich sah ihren Mund: »Zwei Schuhe.« Und sie deutete auf Charley.

»Ja, klar, wir haben zwei Schuhe. Er steht auf zwei Schuhen.«

Mae schüttelte den Kopf.

Sie hielt vier Finger hoch.

»Vier Schuhe?«

Die Nadelstiche irritierten mich, erschwerten das Denken. Ich spürte, wie die alte Verworrenheit mich wieder erfasste. Mein Verstand arbeitete schwerfällig. Was meinte sie, vier Schuhe?

Langsam wurde es dunkel in der Schleuse. Ich konnte Mae und Bobby kaum noch sehen. Ihre Pantomime stellte jetzt etwas anderes dar, aber ich kapierte es nicht. Sie kamen mir weit weg vor, fern und unbedeutend. Ich hatte keine Energie mehr, und mir war alles egal.

Zwei Schuhe, vier Schuhe.

Und dann verstand ich. Ich drehte Charley den Rücken zu, lehnte mich gegen ihn und sagte: »Leg deine Arme um meinen Hals.« Er tat es, und ich packte seine Beine und hob seine Füße vom Boden.

Sofort gingen die Türen zischend zu.

Das war's, dachte ich.

Das Gebläse pustete auf uns ein. Die Luft wurde rasch klar. Mit letzter Kraft hielt ich Charley hoch, bis ich sah, dass das zweite Paar Türen sich entriegelte und aufglitt. Mae und Bobby kamen in die Schleuse geeilt.

Und ich fiel einfach hin. Charley landete auf mir. Ich glaube, es war Bobby, der ihn von mir runterzog. Von da an weiß ich kaum noch was.

III.
DAS NEST

6. Tag, 18.18 Uhr

Ich erwachte in meinem Bett im Wohnmodul. Die Lüftung dröhnte so laut, dass es sich im Raum wie in einem Flughafen anhörte. Mit trüben Augen wankte ich zur Tür. Die Tür war abgeschlossen.

Ich klopfte eine Weile, aber niemand machte auf, auch nicht, als ich laut rief. Ich ging zu dem kleinen PC auf dem Schreibtisch und schaltete ihn ein. Ein Menü erschien, und ich suchte nach irgendeiner hausinternen Kommunikationsfunktion. Ich fand nichts, obwohl ich eine ganze Weile im Interface herumstöberte. Irgendetwas hatte ich aber wohl aktiviert, denn ein Fenster öffnete sich, und Ricky tauchte auf und lächelte mich an. Er sagte: »Du bist ja wieder wach. Wie fühlst du dich?«

»Schließ die verdammte Tür auf.«

»Ist deine Tür abgeschlossen?«

»Schließ auf, Mann.«

»Das war nur zu deinem Schutz.«

»Ricky«, sagte ich, »mach die verdammte Tür auf.«

»Hab ich schon. Sie ist auf, Jack.«

Ich ging zur Tür. Er hatte Recht, sie ließ sich öffnen. Ich sah mir das Schloss an, es gab einen ferngesteuerten Schließmechanismus. Ich nahm mir vor, ihn abzukleben.

Auf dem Monitor sagte Ricky: »Du möchtest bestimmt gern duschen.«

»Ja, möchte ich. Wieso ist die Klimaanlage so laut?«

»Wir haben die Lüftung in deinem Zimmer voll aufgedreht«,

erwiderte Ricky. »Für den Fall, dass noch ein paar Partikel übrig sind.«

Ich kramte in meiner Reisetasche nach Kleidungsstücken. »Wo ist die Dusche?«

»Brauchst du Hilfe?«

»Nein, ich brauche keine Hilfe. Sag mir einfach, wo die verdammte Dusche ist.«

»Du klingst verärgert.«

»Leck mich, Ricky.«

Die Dusche tat gut. Fast zwanzig Minuten lang ließ ich dampfend heißes Wasser über meinen schmerzenden Körper laufen. Ich hatte einige blaue Flecke abbekommen – auf der Brust, dem Oberschenkel –, aber ich konnte mich nicht erinnern, wie.

Als ich aus der Dusche kam, saß Ricky davor auf einer Bank und wartete auf mich. »Jack, ich bin sehr besorgt.«

»Wie geht's Charley?«

»Wieder ganz gut. Er schläft.«

»Hast du sein Zimmer auch abgeschlossen?«

»Jack. Ich weiß, du hast die Hölle durchgemacht, und ich möchte dir sagen, dass wir dir alle sehr dankbar sind für das, was du getan hast – ich meine, die Firma ist dankbar, und ...«

»Die Firma kann mich mal.«

»Jack, ich versteh ja, dass du sauer bist.«

»Lass den Scheiß, Ricky. Keiner hier hat mir geholfen. Weder du noch sonst wer.«

»Ich versteh ja, dass du das so siehst ...«

»Es *ist* so, Ricky. Keiner hat mir geholfen.«

»Jack, Jack. Bitte. Das alles tut mir schrecklich Leid. Ich fühl mich richtig mies. Ehrlich. Wenn ich es irgendwie ungeschehen machen könnte, ich würde es tun.«

Ich blickte ihn an. »Ich glaube dir nicht, Ricky.«

Er setzte ein gewinnendes, kleines Lächeln auf. »Ich hoffe, das wird sich irgendwann ändern.«

»Bestimmt nicht.«

»Du weißt, dass mir unsere Freundschaft immer viel bedeutet hat, Jack. Sie war für mich immer das Wichtigste.«

Ich starrte ihn bloß an. Ricky hörte mir gar nicht zu. Er hatte lediglich diesen albernen Lächle-und-alles-wird-gut-Ausdruck auf dem Gesicht. Ich dachte: Ist er auf Drogen? Auf jeden Fall benahm er sich sonderbar.

»Na, wie dem auch sei.« Er atmete durch und wechselte das Thema. »Julia kommt zu uns raus, das ist schon mal eine gute Nachricht. Sie müsste irgendwann heute Abend hier sein.«

»Aha. Warum kommt sie?«

»Na, doch bestimmt, weil sie sich Sorgen wegen der Schwärme da draußen macht.«

»Allzu groß kann ihre Sorge ja nicht sein«, sagte ich. »Diese Schwärme hätten nämlich schon vor Wochen vernichtet werden können, als die Evolutionsmuster zum ersten Mal deutlich wurden. Aber das ist nicht geschehen.«

»Ja. Na ja. Die Sache ist die, damals hat das noch keiner so richtig begriffen ... «

»Ich denke, doch.«

»Aber nein.« Es gelang ihm, den zu Unrecht Beschuldigten und leicht Gekränkten zu mimen. Aber ich hatte sein Theater allmählich satt.

»Ricky«, sagte ich. »In dem Hubschrauber, der mich hergebracht hat, saßen auch ein paar PR-Leute. Wer hat die verständigt, dass es hier ein PR-Problem gibt?«

»Ich weiß nichts von irgendwelchen PR-Leuten.«

»Man hatte ihnen gesagt, dass sie den Hubschrauber nicht verlassen sollten. Dass es hier gefährlich sei.«

Er schüttelte den Kopf. »Ich habe keine Ahnung... Ich weiß nicht, wovon du redest.«

Ich hob abwehrend die Hände und verließ das Badezimmer.

»Ich weiß es wirklich nicht!«, rief Ricky mir beteuernd hinterher. »Ehrenwort, ich weiß nichts davon!«

Eine halbe Stunde später brachte Ricky mir den fehlenden Code, um den ich gebeten hatte, wahrscheinlich als eine Art Friedensangebot. Es war nicht viel, bloß ein Blatt Papier.

»Tut mir Leid«, sagte er. »Musste erst ein Weilchen suchen. Rosie hatte vor ein paar Tagen ein ganzes Unterverzeichnis offline genommen, um einen Teil zu überarbeiten. Ich schätze, sie hat vergessen, es wieder ins System zu geben. Deshalb war es nicht im Hauptverzeichnis.«

»Aha.« Ich überflog das Blatt. »Woran hat sie gearbeitet?«

Ricky zuckte die Achseln. »Keine Ahnung. An irgendwelchen anderen Daten.«

```
/*Mod Compstat_do*/
Exec (move {Ø ij (Cx1, Cy1, Cz1)}) /*Initialisierung*/
           {∂ij (x1, y1, z1)} /*Zustand*/
           {∂ikl (x1,y1,z1) (x2,y2,z2)} /*verfolgen*/
Push       {z(i)} /*speichern*/
React      <advan> /*ref. Zustand*/
           ß1 {(dx(i, j, k)} {(place(Cj,Hj)}
           ß2 {(fx,(a,q)}
Place      {z(q)} /*speichern*/
Intent     <advan> /*ref. Intention*/
           ßijk {(dx(i, j, k)} {(place(Cj,Hj)}
           ßx {(fx,(a,q)}
Load       {z(i)} /*speichern*/
Exec (move {Ø ij (Cx1, Cy1, Cz1)})
Exec       (pre{Ø ij (Hx1, Hy1, Hz1)})
Exec       (post{Ø ij (Hx1, Hy1, Hz1)})
Push       {∂ij (x1, y1, z1)}
           {∂ikl (x1,y1,z1) move (x2,y2,z2)} /* verfolgen*/
           {0,1,0,01}
```

»Ricky«, sagte ich, »der Code sieht fast genauso aus wie das Original.«

»Ja, find ich auch. Die Veränderungen sind minimal. Ich weiß nicht, warum da so ein Drama draus gemacht wird.« Er zuckte die Achseln. »Ich meine, sobald wir die Kontrolle über den Schwarm verloren hatten, wurde der genaue Code doch irgendwie nebensächlich. Man konnte ihn ja doch nicht ändern.«

»Und wie habt ihr die Kontrolle verloren? In dem Code hier gibt es keinen Evolutionsalgorithmus.«

Er breitete die Arme aus. »Jack«, sagte er. »Wenn wir das wüssten, wüssten wir alles. Dann hätten wir den ganzen Schlamassel hier nicht.«

»Aber man hat mich hergeholt, damit ich mich um den Code kümmere, den mein Team damals geschrieben hat, Ricky. Mir wurde gesagt, die Agenten würden ihr Ziel aus den Augen verlieren …«

»Ich würde sagen, sich der Funksteuerung zu entziehen ist nichts anderes, als das Ziel aus den Augen zu verlieren.«

»Aber der Code ist nicht verändert worden.«

»Na ja, der eigentliche Code hat keinen so richtig interessiert, Jack. Es geht um das, was der Code bewirkt. Um das Verhalten, das sich aus dem Code emergiert. Dabei solltest du uns helfen. Schließlich ist es ja *dein* Code, oder?«

»Ja, und es ist euer Schwarm.«

»Auch wieder wahr, Jack.«

Mit seinem üblichen selbstironischen Achselzucken ging er aus dem Raum. Ich starrte eine Weile auf das Blatt Papier und fragte mich dann, warum er es für mich ausgedruckt hatte. Das bedeutete, dass ich das elektronische Dokument nicht überprüfen konnte. Vielleicht vertuschte Ricky ja schon wieder ein Problem. Vielleicht war der Code ja doch verändert worden, und er zeigte es mir nicht. Oder vielleicht …

Egal, dachte ich. Ich zerknüllte das Blatt und warf es in den Papierkorb. Wie immer das Problem auch gelöst werden konnte, jedenfalls nicht mit Computercodes. So viel stand fest.

Mae war im Biologielabor und betrachtete aufmerksam ihren Monitor, das Kinn in die Hand gestützt. Ich sagte: »Geht's dir gut?«

»Ja.« Sie lächelte. »Und dir?«

»Bloß müde. Und ich hab wieder Kopfschmerzen.«

»Ich auch. Aber ich glaube, an meinen ist dieser Phage da schuld.« Sie deutete auf den Monitor. Er zeigte ein schwarzweißes Bild von einem Virus, aufgenommen mit einem Rasterelektronenmikroskop. Der Phage sah aus wie eine Granate – wulstiger, spitz zulaufender Kopf, verbunden mit einem schmaleren Schwanz.

Ich sagte: »Ist das der neue Mutant, von dem du gesprochen hast?«

»Ja. Ich habe schon einen Fermentationstank rausgenommen. Das Produktionsvolumen liegt jetzt nur noch bei sechzig Prozent. Aber das spielt ja wohl keine große Rolle.«

»Und was machst du mit dem Tank?«

»Ich teste antivirale Reagenzien«, sagte sie. »Eine begrenzte Anzahl davon hab ich hier. Wir sind eigentlich nicht darauf eingerichtet, Kontaminanten zu analysieren. Das Protokoll verlangt bloß, einen kontaminierten Tank aus der Produktion zu nehmen und zu reinigen.«

»Warum hast du das nicht getan?«

»Ich tu's ja, irgendwann. Aber das da ist ein neuer Mutant, deshalb halte ich es für besser, ein Gegen-Agens zu finden. Das wird dann für zukünftige Produktionen gebraucht. Ich meine, das Virus kommt schließlich wieder.«

»Du glaubst, es wird wieder auftauchen? Sich wieder neu entwickeln?«

»Ja. Vielleicht ein bisschen mehr oder weniger bösartig, aber im Wesentlichen gleich.«

Ich nickte. Ich kannte mich mit der Materie aus, da ich mit genetischen Algorithmen gearbeitet hatte – Computerprogramme, die die Evolution simulierten. Die meisten Leute stellten sich die Evolution als einen Prozess vor, in dem sich alles nur ein einziges

Mal vollzog, ein Zusammentreffen zufälliger Ereignisse. Wenn die Pflanzen nicht irgendwann Sauerstoff produziert hätten, hätten sich niemals tierische Lebewesen entwickelt. Wenn ein Asteroid nicht die Dinosaurier vernichtet hätte, hätten sich die Säugetiere nicht so verbreitet. Wenn ein paar Fische nicht an Land gekommen wären, würden wir immer noch im Wasser leben. Und so weiter.

All das war schon richtig, doch die Evolution hatte noch eine andere Seite. Bestimmte Lebensformen und Lebensweisen tauchten immer und immer wieder auf. So zum Beispiel trat der Parasitismus – ein Lebewesen lebt auf Kosten eines anderen – im Laufe der Evolution sehr häufig auf, unabhängig von anderen Arten. Er war für gewisse Lebensformen eine zuverlässige Möglichkeit zu interagieren, und somit trat er immer wieder in Erscheinung.

Ein ähnliches Phänomen war bei genetischen Programmen festzustellen. Sie neigten dazu, sich gewisse erprobte Lösungen anzueignen. Die Programmierer sprachen in diesem Zusammenhang von »Maxima in der mehrdimensionalen Fitnessfunktion«; sie konnten sie als dreidimensionales Falschfarbengebirge mit Modellierungsprogrammen darstellen. Tatsache war jedenfalls, dass die Evolution durchaus auch eine stabile Seite hatte.

Und auf eines war Verlass: Ein großer, warmer Bakteriensud würde mit an Sicherheit grenzender Wahrscheinlichkeit von einem Virus kontaminiert werden, und wenn das Virus die Bakterien nicht infizieren konnte, dann würde es zu einer Form mutieren, die dazu im Stande war. Darauf konnte man sich verlassen, so wie man sich darauf verlassen konnte, in einer Zuckerdose, die zu lange auf dem Küchentisch gestanden hatte, Ameisen zu finden.

Es war verblüffend, wie wenig wir über die Evolution wussten, wo sie doch schon seit hundertfünfzig Jahren erforscht wurde. Die alten Vorstellungen, dass nur die Stärksten überlebten, waren seit langem überholt. Sie waren zu eindimensional. Die Forscher des neunzehnten Jahrhunderts sahen in der Evolution sozusagen die ungezähmte, brutale Natur, denn sie stellten sich eine Welt vor, in der die stärkeren Tiere die schwächeren töteten. Sie zogen nicht in Betracht, dass die schwächeren zwangsläufig stärker wurden oder sich in irgendeiner Weise zur Wehr setzten. Was sie natürlich immer tun.

Neuere Vorstellungen betonten die Wechselwirkung zwischen sich fortwährend entwickelnden Formen. Manche verglichen die Evolution mit einem Wettrüsten, womit sie eine ständig eskalierende Interaktion meinten. Eine Pflanze, die von einem Schädling befallen wird, entwickelt in ihren Blättern ein Pestizid. Der Schädling verändert sich daraufhin so, dass er das Pestizid verträgt, also bringt die Pflanze ein stärkeres Pestizid hervor. Und so weiter.

Andere bezeichneten dieses Muster als Koevolution, zwei oder mehr Lebensformen entwickeln sich gleichzeitig und dulden sich dann gegenseitig. Eine Pflanze, die von Ameisen befallen wird, verändert sich, toleriert die Ameisen daraufhin und fängt sogar an, speziell für sie Nahrung auf den Blättern zu produzieren. Im Gegenzug schützen diese Ameisen die Pflanze, indem sie jedes Tier beißen, das die Blätter fressen will. Schon bald können weder Pflanze noch Ameisenart ohne einander überleben.

Dieses Muster war so grundlegend, dass viele Leute darin den eigentlichen Kern der Evolution sahen. Für sie waren Parasitismus und Symbiose die wahre Basis für evolutionäre Veränderung. Diese Prozesse lagen jeder Evolution zu Grunde und waren von Anfang an wirksam gewesen. Lynn Margulies trat den berühmten Beweis an, dass Bakterien ursprünglich einen Zellkern durch das Verschlingen anderer Bakterien entwickelt hatten.

Im einundzwanzigsten Jahrhundert stand nun fest, dass Koevolution sich nicht auf zwei Lebewesen beschränkte, die eine Art isolierten Paartanz aufführten. Es gab koevolutionäre Muster mit drei, zehn oder n Lebensformen, wobei n jede beliebige Zahl sein konnte. Ein Maisfeld, auf dem ja alle möglichen Pflanzen wuchsen, wurde von vielen Schädlingen befallen und entwarf viele Verteidigungsstrategien. Die Pflanzen konkurrierten mit dem Unkraut; die Schädlinge konkurrierten mit anderen Schädlingen; größere Tiere fraßen sowohl die Pflanzen als auch die Schädlinge. Das Ergebnis dieser komplexen Interaktion veränderte sich stets, entwickelte sich stets weiter.

Und es war naturgemäß nicht vorhersagbar.

Letztlich war das der Grund, warum ich so wütend auf Ricky war.

Er hätte um die Gefahren wissen müssen, als er merkte, dass er die Schwärme nicht kontrollieren konnte. Es war Wahnsinn, tatenlos zuzusehen, wie sie sich unabhängig weiterentwickelten. Ricky war ein heller Kopf; er kannte sich mit genetischen Algorithmen aus; er kannte den biologischen Hintergrund für die aktuellen Trends im Programmieren.

Er wusste, dass Selbstorganisation unvermeidlich war.

Er wusste, dass emergente Formen unberechenbar waren.

Er wusste, dass Evolution Interaktion mit n Formen bedeuten konnte.

Er wusste all das, und er hatte es trotzdem zugelassen.

Er oder Julia.

Ich sah nach Charley. Er schlief noch in seinem Zimmer, ausgestreckt auf dem Bett. Bobby Lembeck kam vorbei. »Wie lange schläft er schon?«

»Seit du ihn geholt hast. Gut drei Stunden.«

»Meinst du, wir sollten ihn wecken, um festzustellen, ob es ihm besser geht?«

»Nee, lass ihn schlafen. Wir können ihn nach dem Essen untersuchen.«

»Wann essen wir denn?«

»In einer halben Stunde.« Bobby Lembeck lachte. »Ich koche.«

Das erinnerte mich daran, dass ich um die Abendessenszeit zu Hause anrufen wollte, also ging ich in mein Zimmer und wählte die Nummer.

Ellen meldete sich. »Hallo? Was ist denn!« Sie klang gehetzt. Im Hintergrund hörte ich Amanda schreien und Eric Nicole anbrüllen. Ellen sagte: »Nicole, lass deinen Bruder in Ruhe!«

Ich sagte: »Hi, Ellen.«

»Oh, *Gott sei Dank*«, sagte sie. »Du musst mit deiner Tochter sprechen.«

»Was ist denn los?«

»Moment. Nicole, dein Vater.« Ich sah im Geiste, wie sie ihr den Hörer entgegenstreckte.

Dann eine Pause. »Hi, Dad.«

»Was ist denn bei euch los, Nic?«

»Nichts. Eric benimmt sich unmöglich.« Sachlich.

»Nic, ich möchte wissen, was du mit deinem Bruder gemacht hast.«

»Dad.« Sie senkte die Stimme zu einem Flüstern. Ich wusste, dass sie die hohle Hand über den Hörer hielt. »Tante Ellen ist nicht sehr nett.«

»Das hab ich gehört«, sagte Ellen im Hintergrund. Aber wenigstens schrie Amanda nicht mehr; sie war hochgenommen worden.

»Nicole«, sagte ich. »Du bist die Älteste, ich erwarte von dir, dass du dich mit deinem Bruder verträgst, wenn ich nicht da bin.«

»Will ich ja auch, Dad. Aber er ist ein Riesenaffenarsch!«

Aus dem Hintergrund: »Bin ich nicht! Blöde Sau!«

»Dad. Da hörst du, was ich durchmache.«

Eric: »Du kannst mich mal, Pissnelke.«

Ich blickte auf den Monitor vor mir. Er zeigte die Wüste draußen, rotierende Bilder von allen Überwachungskameras. Eine Kamera zeigte das Motorrad, das vor der Tür zur Energiestation auf der Seite lag. Eine andere das Depot von außen, wo die Tür auf- und zuklappte und drinnen die Umrisse von Rosies Leichnam zu erkennen waren. Zwei Menschen waren heute gestorben. Ich auch beinahe. Und meine Familie, die gestern noch das Wichtigste in meinem Leben gewesen war, kam mir jetzt weit weg und unbedeutend vor.

»Es ist ganz einfach, Dad«, sagte Nicole jetzt, in ihrer vernünftigsten Erwachsenenstimme. »Ich komme mit Tante Ellen vom Einkaufen nach Hause, ich hab eine tolle Bluse für die Theatervorführung gekriegt, und auf einmal kommt Eric in mein Zimmer und schmeißt meine ganzen Bücher auf die Erde. Ich hab natürlich gesagt, er soll alles wieder aufräumen. Er sagt, nein, und hat mich F…, du weißt schon, genannt, also hab ich ihn in den Hintern getreten, *nicht* sehr fest, und ihm seinen G.I. Joe weggenommen und versteckt. Mehr nicht.«

Ich sagte: »Du hast ihm seinen *G.I. Joe* weggenommen?« G.I. Joe war Erics Ein und Alles. Er sprach mit G.I. Joe, und wenn er schlief, lag G.I. Joe auf dem Kopfkissen neben ihm.

»Er kann ihn wiederhaben«, sagte sie, »wenn er meine Bücher wieder aufgehoben hat.«

»Nic…«

»Dad, er hat das Wort mit F zu mir gesagt.«

»Gib ihm seinen G.I. Joe zurück.«

Auf dem Monitor erschienen jetzt nacheinander die Bilder von den verschiedenen Kameras. Jede Aufnahme war ein oder zwei Sekunden zu sehen. Ich wartete, dass das Bild vom Depot wieder eingeblendet wurde. Ich hatte so ein ungutes Gefühl. Irgendwas stimmte da nicht.

»Dad, das ist ungerecht.«

»Nic, du bist nicht seine Mutter…«

»Ach so, ja, die war ja auch mindestens fünf Sekunden hier.«

»Sie war zu Hause? Mom war da?«

»Aber dann, wer hätte das gedacht, musste sie gleich wieder weg. Sie musste einen Flug kriegen.«

»Aha. Nicole, hör bitte auf Ellen…«

»Dad, ich sage dir, sie ist einfach…«

»Weil sie die Verantwortung hat, bis ich wiederkomme. Also, wenn sie dir sagt, was du tun sollst, dann tust du es.«

»Dad. Ich finde das unzumutbar.« Ihre Geschworenenstimme.

»Tja, Mäuschen, aber so wird's gemacht.«

»Aber mein Problem ...«

»Nicole. *So wird's gemacht.* Bis ich wieder da bin.«

»Wann kommst du denn?«

»Wahrscheinlich morgen.«

»Okay.«

»Also. Haben wir uns verstanden?«

»Ja, Dad. Ich krieg hier wahrscheinlich einen Nervenzusammenbruch ...«

»Ich besuch dich auch in der Nervenheilanstalt, sobald ich zurück bin, versprochen.«

»Sehr witzig.«

»Gib mir mal Eric.«

Ich hatte ein kurzes Gespräch mit Eric, der mehrmals betonte, dass das alles gemein sei. Ich sagte, dass er Nicoles Bücher aufheben solle. Er erwiderte, er habe sie gar nicht runtergeschmissen, es sei ein Versehen gewesen. Ich sagte, er solle sie trotzdem aufheben. Dann sprach ich kurz mit Ellen. Ich munterte sie auf, so gut ich konnte.

Während des Gesprächs erschien plötzlich wieder ein Bild von der Überwachungskamera, die auf das Depot gerichtet war. Und wieder sah ich die pendelnde Tür und die Außenseite des Gebäudes. Es lag auf einer kleinen Erhöhung; vier Holzstufen führten von der Tür nach unten auf die ebene Erde. Aber alles sah ganz normal aus. Ich wusste nicht, was mich gewurmt hatte.

Und dann merkte ich es.

Davids Leichnam war nicht da. Er war nicht im Bild. Ich hatte mit eigenen Augen gesehen, wie David zur Tür hinausgerutscht war, außer Sicht, er müsste also draußen liegen. Bei dem leichten Gefälle könnte er ein paar Meter von der Tür weggerollt sein, aber mehr nicht.

Keine Leiche.

Aber vielleicht täuschte ich mich ja. Oder vielleicht gab es doch noch Kojoten. So oder so, das Kamerabild hatte sich schon wieder geändert. Ich würde eine weitere Runde abwarten müssen, um es noch mal zu sehen. Ich beschloss, nicht zu warten. Wenn Davids Leichnam verschwunden war, dann musste ich mich eben damit abfinden.

Es war kurz vor sieben, als wir uns in der kleinen Küche im Wohnmodul zum Essen an den Tisch setzten. Bobby stellte Teller mit Ravioli und gemischtem Gemüse auf den Tisch. Da ich lange genug Hausmann gewesen war, erkannte ich die Tiefkühlkostsorten, die er verwendet hatte. »Ich finde ja, die Ravioli von Contadina sind besser.«

Bobby zuckte die Achseln. »Ich geh zum Kühlschrank und guck, was da ist.«

Ich war überraschend hungrig. Ich aß meinen Teller leer.

»So schlecht kann's ja nicht geschmeckt haben«, sagte Bobby.

Mae war beim Essen schweigsam, wie immer. Vince neben ihr aß geräuschvoll. Ricky saß am anderen Ende des Tisches, weit von mir weg, blickte auf sein Essen, um mir nicht in die Augen schauen zu müssen. Mir war das nur recht. Niemand wollte über Rosie und David Brooks sprechen. Doch die leeren Hocker am Tisch waren nicht zu übersehen. Bobby sagte zu mir: »Und, wollt ihr heute Abend los?«

»Ja«, sagte ich. »Wann wird es dunkel?«

»Die Sonne müsste gegen halb acht untergehen«, sagte Bobby. Er knipste einen Monitor an der Wand an. »Ich geb dir die genaue Uhrzeit.«

Ich sagte: »Drei Stunden später können wir dann aufbrechen. Irgendwann nach zehn.«

Bobby sagte: »Und du glaubst, ihr findet die Schwärme?«

»Bestimmt. Charley hat einen von ihnen ja ganz ordentlich eingesprüht.«

»Und deshalb leuchte ich jetzt im Dunkeln«, sagte Charley lachend. Er kam herein und setzte sich.

Alle begrüßten ihn überschwänglich. Es war auf jeden Fall besser, noch jemanden am Tisch zu haben. Ich fragte ihn, wie er sich fühle.

»Ganz gut. Ein bisschen schwach. Und ich hab höllische Kopfschmerzen.«

»Ich weiß. Ich auch.«

»Und ich auch«, sagte Mae.

»Schlimmer als die Kopfschmerzen, die ich Ricky verdanke«, sagte Charley und blickte auf den Tisch. »Und auch anhaltender.«

Ricky sagte nichts. Er aß einfach weiter.

»Glaubt ihr, diese Dinger dringen einem ins Hirn?«, sagte Charley. »Ich meine, es sind schließlich Nanopartikel. Man atmet sie ein, sie passieren die Blut-Hirn-Schranke … und schwups sind sie im Gehirn.«

Bobby schob Charley einen Teller Pasta hin. Er machte sofort ausgiebigen Gebrauch von der Pfeffermühle.

»Willst du nicht erst probieren?«

»Nichts gegen deine Kochkünste. Aber ich bin sicher, es fehlt Pfeffer.« Er fing an zu essen.

»Ich meine«, fuhr er fort, »das ist doch die große Sorge, dass die Nanotechnologie die Umwelt verschmutzt, oder nicht? Nanopartikel sind so klein, dass sie Stellen erreichen können, an die bisher keiner einen Gedanken verschwenden musste. Sie können in die Synapsen zwischen den Neuronen. Sie können ins Zytoplasma von Herzzellen. Sie können in Zellkerne. Sie sind so klein, dass sie jede Stelle im Körper erreichen. Vielleicht sind wir ja jetzt infiziert, Jack.«

»Allzu große Sorgen scheinst du dir deshalb ja nicht zu machen«, sagte Ricky.

»He, was kann ich denn jetzt noch daran ändern? Ich kann nur hoffen, dass ich dich anstecke. He, die Spagetti sind gar nicht schlecht.«

»Ravioli«, sagte Bobby.

»Egal. Müssen nur ein bisschen nachgewürzt werden.« Er griff wieder nach der Pfeffermühle.

»Sonnenuntergang ist um neunzehn Uhr siebenundzwanzig«, las Bobby vom Monitor ab. Er aß weiter. »Und sie müssen nicht nachgewürzt werden.«

»Aber ja doch.«

»Ich hab schon Pfeffer reingetan.«

»Zu wenig.«

Ich sagte: »Leute? Fehlt einer von uns?«

»Nein, wieso?«

Ich deutete auf den Monitor. »Wer steht dann da draußen in der Wüste?«

6. Tag, 19.12 Uhr

Ach, du Scheiße«, sagte Bobby. Er sprang vom Tisch auf und lief aus der Küche. Alle folgten ihm. Ich auch.

Ricky sprach im Laufschritt in sein Funkgerät: »Vince, alles dicht machen. Vince?«

»Es ist alles dicht«, sagte Vince. »Druck bei fünf plus.«

»Wieso ist der Alarm nicht losgegangen?«

»Keine Ahnung. Vielleicht haben sie ja schon gelernt, ihn auszutricksen.«

Ich folgte den anderen in den Technik-Raum, wo große Flüssigkristallbildschirme an den Wänden die Bilder der Außenkameras zeigten. Die Wüste aus allen Perspektiven.

Die Sonne war schon am Horizont verschwunden, aber der Himmel war noch leuchtend orange, wurde lila und dann dunkelblau. Vor diesem Himmel hob sich die Silhouette eines jungen Mannes mit kurzen Haaren ab. Er trug eine Jeans und ein weißes T-Shirt und sah aus wie ein Surfer. Ich konnte sein Gesicht in dem schwächer werdenden Licht nicht deutlich sehen, doch die Art, wie er sich bewegte, hatte für mich irgendwas Vertrautes.

»Haben wir draußen keine Scheinwerfer?«, fragte Charley. Er ging auf und ab, seinen Teller Pasta in der Hand, und aß noch immer.

»Licht geht an«, sagte Bobby, und gleich darauf stand der junge Mann in grellem Licht. Jetzt konnte ich ihn deutlich sehen…

Und dann fiel es mir ein. Er sah genauso aus wie der junge Mann, der gestern Abend nach dem Essen in Julias Wagen gesessen hatte, als sie wegfuhr, kurz vor ihrem Unfall. Derselbe blonde Surfertyp, der, jetzt da ich ihn wieder sah, Ähnlichkeit mit …

»Ach du Schande, Ricky«, sagte Bobby. »Der sieht aus wie *du.*«

»Du hast Recht«, sagte Mae. »Es ist Ricky. Sogar sein T-Shirt.«

Ricky zog sich gerade eine Limo am Automaten. Er drehte sich zum Monitor um. »Was redet ihr denn da?«

»Er sieht aus wie du«, sagte Mae. »Er hat sogar dein ›Ich bin Root‹-T-Shirt an.«

Ricky blickte auf sein T-Shirt, dann wieder auf den Bildschirm. Einen Moment lang sagte er kein Wort. »Das gibt's doch gar nicht.«

Ich sagte: »Du warst kein einziges Mal draußen, Ricky. Wieso bist du das da?«

»Keinen Schimmer«, sagte Ricky. Er zuckte lässig die Achseln. Zu lässig?

Mae sagte: »Ich kann das Gesicht nicht richtig erkennen. Ich meine, die Gesichtszüge.«

Charley trat näher an den größten Monitor und betrachtete das Bild mit zusammengekniffenen Augen. »Die Gesichtszüge sind deshalb nicht zu sehen«, sagte er, »weil es keine gibt.«

»Ach, hör doch auf.«

»Charley, das ist ein Auflösungsfehler, mehr nicht.«

»Nein«, sagte Charley. »Da sind keine Gesichtszüge. Zoom es doch ran und guck selbst.«

Bobby zoomte. Das Bild des blonden Kopfes wurde größer. Die Gestalt bewegte sich hin und her, verschwand aus dem Bild und kam wieder herein, aber es war gleich klar, dass Charley Recht hatte. Es gab keine Gesichtszüge. Unter dem blonden Haaransatz war eine ovale Fläche blasse Haut; Nase und Augenbrauen waren angedeutet, und dort, wo die Lippen hingehörten, war eine Art Wölbung. Aber richtige Gesichtszüge waren das nicht.

Es sah aus wie das unvollendete Werk eines Bildhauers. Es war ein unvollendetes Gesicht.

Doch die Augenbrauen bewegten sich von Zeit zu Zeit. Eine Art Wackeln oder Flattern. Aber vielleicht war das ja ein Bildfehler.

»Euch ist doch wohl klar, was wir da sehen, nicht?«, sagte Charley. Er klang besorgt. »Schwenk nach unten. Wir wollen uns den Rest angucken.« Bobby schwenkte nach unten, und wir sahen weiße Sportschuhe, die sich über den Wüstensand bewegten. Bloß, die Schuhe schienen den Boden nicht zu berühren, sondern darüber hinwegzuschweben. Und sie waren irgendwie verschwommen. Man konnte die Schnürsenkel erahnen und auch einen Streifen, wo normalerweise das Nike-Logo war. Aber es sah aus wie eine Skizze, nicht wie ein richtiger Sportschuh.

»Das ist seltsam«, sagte Mae.

»Überhaupt nicht seltsam«, sagte Charley. »Das ist eine berechnete Annäherung an Dichte. Der Schwarm hat nicht genug Agenten, um Schuhe mit hoher Auflösung darzustellen. Er nähert sich also nur an.«

»Oder aber«, sagte ich, »er versucht, aus den Materialien, die er hat, das Beste zu machen. Er muss all die Farben erzeugen, indem er seine fotovoltaische Oberfläche ganz leicht neigt, um das Licht aufzufangen. Wie bei diesen großen Kartons, die die Fans im Footballstadion hochhalten, um ein Bild darzustellen.«

»Was bedeuten würde«, sagte Charley, »dass sein Verhalten ziemlich hoch entwickelt ist.«

»Höher als alles, was wir vorher gesehen haben«, bestätigte ich.

»Ach, jetzt hört aber auf«, sagte Ricky gereizt. »Ihr tut ja so, als wäre der Schwarm da Einstein.«

»Ganz sicher nicht«, sagte Charley, »wenn er dich imitiert, kann er kein Einstein sein.«

»Halt die Luft an, Charley.«

»Würde ich ja, Ricky, aber du bist so ein großes Arschloch, dass es mich immer wieder juckt.«

Bobby sagte: »Jetzt haltet aber ihr beiden mal die Luft an.«

Mae sah mich an und sagte: »Warum macht der Schwarm das? Imitiert er die Beute?«

»Im Grunde, ja.«

»Schreckliche Vorstellung, dass wir Beute sein sollen«, sagte Ricky.

Mae fragte: »Du meinst, er ist so codiert, die Beute im wahrsten Sinne des Wortes körperlich zu imitieren?«

»Nein«, antwortete ich. »Die Programmbefehle sind allgemeiner gehalten. Sie geben den Agenten lediglich die Anweisung, das Ziel zu erreichen. Was wir da sehen, ist also eine mögliche emergente Lösung. Und sie ist fortgeschrittener als die frühere Version. Davor hatte der Schwarm Probleme, ein stabiles 2-D-Bild zu Stande zu bringen. Jetzt simuliert er dreidimensional.«

Ich blickte die Programmierer an. Sie wirkten schockiert. Sie wussten genau, was für einen gewaltigen Fortschritt sie da vor Augen hatten. Der Übergang zur dreidimensionalen Darstellung bedeutete, dass der Schwarm jetzt nicht nur unsere äußere Erscheinung imitierte, er imitierte auch unser Verhalten. Unsere Gehweise, unsere Gesten. Was ein weitaus komplizierteres Innenleben voraussetzte.

Mae sagte: »Und der Schwarm hat das ganz selbstständig entschieden?«

»Ja«, antwortete ich. »Wenngleich ich nicht weiß, ob das der richtige Ausdruck ist. Das emergente Verhalten ist die Summe der Verhaltensweisen der einzelnen Agenten. Es ist niemand da, der irgendwas ›entscheidet‹. Es gibt im Schwarm keinen Verstand, keine höhere Kontrollinstanz.«

»Gruppengeist?«, sagte Mae. »Schwarmgeist?«

»In gewisser Weise, ja«, erwiderte ich. »Entscheidend ist, es gibt keine zentrale Steuerung.«

»Aber er *wirkt* gesteuert«, sagte sie. »Er wirkt wie ein definierter, zielorientierter Organismus.«

»Na ja, das tun wir ja auch«, sagte Charley mit einem rauen Lachen.

Niemand lachte mit.

Wenn man so will, ist der Mensch im Grunde ein riesiger Schwarm. Genauer gesagt, er ist ein Schwarm Schwärme, denn jedes Organ – Blut, Leber, Niere – ist ein einzelner Schwarm. Was wir »Körper« nennen, ist in Wirklichkeit die Kombination aller Organschwärme.

Wir halten unseren Körper für fest, aber nur, weil wir nicht sehen können, was auf der Zellebene vor sich geht. Wenn man den menschlichen Körper auf ein gewaltiges Format vergrößern könnte, dann wäre zu sehen, dass er praktisch nichts anderes ist als eine wirbelnde Masse von Zellen und Atomen, die zu kleineren Wirbeln von Zellen und Atomen gebündelt sind.

Na und? Nun, es ist erwiesen, dass auf der Ebene der Organe viele Prozesse ablaufen. Menschliches Verhalten wird an zahlreichen Stellen determiniert. Die Steuerung unseres Verhaltens findet nicht in unserem Gehirn statt, sondern überall in unserem Körper.

Man könnte also behaupten, dass auch Menschen von »Schwarmintelligenz« gelenkt werden. Das Gleichgewicht wird vom Kleinhirnschwarm gesteuert, was kaum ins Bewusstsein vordringt. Andere Abläufe vollziehen sich im Rückenmark, im Magen, in den Eingeweiden. Sehen findet in großem Maße in den Augäpfeln statt, lange bevor das Gehirn beteiligt wird.

Zudem laufen viele komplizierte Prozesse im Gehirn unbewusst ab. Das Umgehen von Hindernissen ist ein gutes Beispiel. Ein mobiler Roboter benötigt ungeheuer viel Verarbeitungszeit, bloß um irgendwelchen Hindernissen in der Umgebung auszuweichen. Bei Menschen ist es nicht anders, doch sie sind sich dessen nicht bewusst – bis das Licht ausgeht. Dann machen sie die schmerzliche Erfahrung, wie viel Informationsverarbeitung wirklich erforderlich ist.

Man könnte also argumentieren, dass die gesamte Bewusstseinsstruktur, die menschliche Selbstkontrolle und Zielorientiertheit eine Benutzerillusion sind. Wir haben gar keine bewusste Kontrolle über uns. Wir glauben das nur.

Nur weil Menschen sich selbst als ein »Ich« empfinden, muss das nicht den Tatsachen entsprechen. Und dieser verdammte Schwarm hatte – soweit wir das sagen konnten – so etwas wie ein rudimentäres Gefühl von sich als Einheit. Oder falls er es noch nicht hatte, dann könnte es schon sehr bald aufkommen.

Wir beobachteten den gesichtslosen Mann auf dem Monitor, und auf einmal sahen wir, dass das Bild instabil wurde. Der Schwarm hatte Mühe, die äußere Erscheinung aufrechtzuerhalten. Er veränderte sich jetzt: Mal schienen sich Gesicht und Schultern in Staub aufzulösen, dann traten sie wieder als feste Form in Erscheinung. Es war seltsam anzusehen.

»Schwächephase?«, fragte Bobby.

»Nein, ich glaube, er wird müde«, sagte Charley.

»Du meinst, er hat langsam keine Energie mehr.«

»Ja, wahrscheinlich. Alle Partikel genau im richtigen Winkel zu neigen kostet bestimmt jede Menge Saft.«

Und tatsächlich, der Schwarm nahm wieder seine Wolkenform an.

»Dann ist das da wohl der Energiesparmodus?«, sagte ich.

»Ja. Sie wurden sicherlich optimiert, damit sie mit ihrer Energie haushalten können.«

»Oder sie haben es gelernt.«

Es wurde jetzt rasch dunkel. Das Orange am Himmel war verschwunden. Das Bild auf dem Monitor wurde unscharf.

Der Schwarm drehte sich und wirbelte davon.

»Ich fass es nicht«, sagte Charley.

Ich sah, wie der Schwarm am Horizont verschwand.

»Drei Stunden«, sagte ich, »und sie sind erledigt.«

6. Tag, 22.12 Uhr

Gleich nach dem Essen legte sich Charley wieder ins Bett. Er schlief noch, als Mae und ich uns zum Aufbruch fertig machten. Wir trugen Westen und Jacken, weil es kalt werden würde. Wir brauchten noch einen Begleiter. Ricky sagte, er wolle auf Julia warten, die jeden Moment eintreffen musste; mir war das nur recht, ich wollte ihn ohnehin nicht dabeihaben. Vince war verschwunden; er guckte irgendwo Fernsehen und trank Bier. Damit blieb nur noch Bobby.

Bobby wollte nicht mit, doch Mae setzte ihn moralisch so unter Druck, dass er sich schließlich doch bereiterklärte. Die Frage war, wie wir drei vorankommen würden, denn möglicherweise lag das Versteck des Schwarms ein gutes Stück entfernt, vielleicht sogar einige Meilen. Wir hatten zwar noch Davids Motorrad, aber darauf war nur Platz für zwei. Dann stellte sich heraus, dass Vince ein Geländefahrzeug im Depot hatte, ein ATV. Ich ging zu ihm in den Technikraum und bat ihn um den Schlüssel.

»Steckt«, sagte er. Er saß auf der Couch und schaute sich »Who Wants to Be A Millionaire?« an. Ich hörte den Quizmaster sagen: »Sie bleiben bei der Antwort?«

Ich sagte: »Was?«

»Der Schlüssel steckt«, antwortete Vince. »Steckt immer.«

»Moment mal«, sagte ich. »Soll das heißen, im Depot war die ganze Zeit über ein Fahrzeug, in dem der Schlüssel steckte?«

»Klar.« Aus dem Fernseher hörte ich: »Für fünftausend Dollar wollen wir wissen, wie das kleinste Land in Europa heißt?«

»Wieso hat mir das keiner gesagt?«, fragte ich, mit aufsteigendem Zorn.

Vince zuckte die Achseln. »Keine Ahnung. Mich hat keiner gefragt.«

Ich marschierte zurück zu den anderen. »Wo zum Teufel steckt Ricky?«

»Der telefoniert«, sagte Bobby. »Mit den Bossen im Valley.«

Mae sagte: »Beruhige dich.«

»Ich bin ganz ruhig«, antwortete ich. »Wo telefoniert er? Im Hauptmodul?«

»Jack.« Sie legte ihre Hände auf meine Schultern, hielt mich fest. »Es ist schon nach zehn. Vergiss das jetzt.«

»Vergessen? Durch seine Schuld wären wir fast draufgegangen.«

»Und jetzt haben wir was zu tun.«

Ich betrachtete ihr ruhiges Gesicht, sah ihren unerschütterlichen Blick. Ich dachte daran, wie zügig und geschickt sie das Kaninchen seziert hatte.

»Du hast Recht«, sagte ich.

»Schön«, sagte sie und wandte sich ab. »Also, wir brauchen jetzt nur noch ein paar Rucksäcke, und dann kann's losgehen.«

Es hatte schon seinen Grund, dachte ich, warum Mae niemals ein Streitgespräch verlor. Ich ging zum Geräteschrank und nahm drei Rucksäcke heraus. Einen warf ich Bobby zu.

»Abmarsch«, sagte ich.

Es war eine klare Nacht, voller Sterne. Wir gingen auf das Depot zu, eine dunkle Silhouette vor dem dunklen Himmel. Ich schob die Motocross-Maschine. Eine Weile sprach keiner von uns. Dann sagte Bobby: »Wir werden Taschenlampen brauchen.«

»Wir werden so einiges brauchen«, sagte Mae. »Ich hab eine Liste gemacht.«

Wir erreichten das Depot und stießen die Tür auf. Ich sah, dass Bobby draußen zurückblieb. Ich ging hinein und suchte nach dem Lichtschalter. Ich fand ihn, und es wurde hell.

Es sah alles genau so aus, wie wir es verlassen hatten. Mae öffnete ihren Rucksack und ging an der Reihe Regale entlang. »Wir brauchen Handlampen ... Zünder ... Leuchtkugeln ... Sauerstoff ...«

Bobby sagte: »Sauerstoff? Im Ernst?«

»Wenn das Versteck unterirdisch ist, ja, möglich ... Und wir brauchen Thermit.«

Ich sagte: »Rosie hatte es. Vielleicht hat sie es abgestellt, als sie ... Ich seh mal nach.« Ich ging nach nebenan. Die Kiste mit den Thermitkapseln lag umgekippt auf dem Boden, die Kapseln daneben. Rosie hatte sie fallen lassen, als sie losrannte. Ich fragte mich, ob sie auch welche in der Hand gehabt hatte. Ich schaute zu ihrem Leichnam an der Tür hinüber.

Rosies Leichnam war verschwunden.

»Mein Gott!«

Bobby kam hereingerannt. »Was ist? Was ist passiert?«

Ich deutete auf die Tür. »Rosie ist verschwunden.«

»Was soll das heißen, verschwunden?«

Ich blickte ihn an. »Verschwunden, Bobby. Der Leichnam lag da, und jetzt ist er weg.«

»Wie ist das möglich? Ein Tier?«

»Ich weiß nicht.« Ich ging an der Stelle in die Hocke, wo der Leichnam gelegen hatte. Als ich ihn zuletzt gesehen hatte, vor fünf oder sechs Stunden, war er mit einem milchigen Sekret bedeckt gewesen. Davon war noch einiges auf dem Boden. Es sah genauso aus wie dicke, getrocknete Milch. Dort, wo sich Rosies Kopf befunden hatte, war das Sekret glatt und unberührt. Aber näher zur Tür hin sah es aus wie zerkratzt. Es waren Streifen in der Schicht.

»Sieht aus, als wäre sie rausgeschleift worden«, sagte Bobby.

»Ja.«

Ich nahm das Sekret genauer in Augenschein, suchte nach Fußspuren. Ein Kojote allein hätte Rosie nicht wegschleifen können; dazu wäre ein ganzes Rudel vonnöten gewesen. So viele Tiere hätten mit Sicherheit Spuren hinterlassen. Ich sah keine.

Ich richtete mich auf und ging zur Tür. Bobby trat neben mich, und wir spähten hinaus in die Dunkelheit.

»Siehst du was?«, fragte er.

»Nein.«

Ich kehrte zu Mae zurück. Sie hatte alles gefunden. Sie hatte eine Rolle Magnesiumzündschnur. Sie hatte Leuchtkugeln. Sie hatte Halogentaschenlampen. Sie hatte Kopflampen mit breiten Gummibändern. Sie hatte kleine Ferngläser und Nachtsichtgeräte. Sie hatte ein Feldfunkgerät. Und sie hatte Sauerstoffflaschen und Vollsicht-Gasmasken. Mir war beklommen zu Mute, als ich sah, dass es die gleichen Plastikmasken waren, wie sie die Männer in dem SSVT-Van gestern Abend in Kalifornien aufgehabt hatten, nur dass sie nicht versilbert waren.

Und dann dachte ich, war das wirklich erst gestern Abend gewesen? Tatsächlich. Es waren kaum vierundzwanzig Stunden vergangen.

Es kam mir vor wie ein Monat.

Mae verteilte alles auf die drei Rucksäcke. Als ich ihr zusah, wurde mir bewusst, dass sie die Einzige von uns mit Felderfahrung war. Im Vergleich zu ihr waren wir alle Stubenhocker, Theoretiker. Erstaunt merkte ich, wie abhängig ich mich heute Abend von ihr fühlte.

Bobby wog den ersten Rucksack in der Hand und stöhnte. »Meinst du wirklich, wir brauchen das ganze Zeug, Mae?«

»Du musst es ja nicht zu Fuß schleppen; wir fahren. Und ja, ich gehe lieber auf Nummer sicher.«

»Ja, klar, verstehe, aber – ein Feldfunkgerät?«

»Man kann nie wissen.«

»Wen willst du anrufen?«

»Die Sache ist die, Bobby«, sagte sie, »wenn sich herausstellt, dass du irgendwas von dem Kram brauchst, dann brauchst du es *wirklich.*«

»Ja, aber …«

Mae nahm den zweiten Rucksack und warf ihn sich über die Schulter. Sie wurde mühelos mit dem Gewicht fertig. Sie blickte Bobby an. »Was wolltest du sagen?«

»Ist schon gut.«

Ich nahm den dritten Rucksack. Er war gar nicht so schwer. Bobby jammerte nur, weil er Angst hatte. Die Sauerstoffflasche war zwar etwas größer und schwerer, als mir lieb war, und sie passte auch nur mit Mühe in den Rucksack, aber Mae bestand darauf, dass wir sie mitnahmen.

Bobby sagte nervös: »Sauerstoff? Was glaubt ihr denn, wie groß das Versteck ist?«

»Ich habe keine Ahnung«, sagte Mae. »Aber die neuen Schwärme sind um einiges größer.«

Sie ging zum Waschbecken und nahm den Strahlungszähler. Aber als sie den Stecker aus der Wand zog, sah sie, dass der Akku leer war. Wir mussten einen neuen Akku auftreiben, das Gehäuse aufschrauben, den Akku austauschen. Ich fürchtete schon, dass der Ersatzakku auch leer war. Dann hätten wir die Aktion abbrechen müssen.

Mae sagte: »Wir sollten auch bei den Nachtsichtgeräten aufpassen. Ich weiß bei keinem der Geräte, wie voll die Akkus sind.«

Aber der Zähler tickte laut. Die Akkuanzeige leuchtete. »Voll aufgeladen«, sagte Mae. »Das reicht für vier Stunden.«

»Gehen wir«, sagte ich.

Es war 22.43 Uhr.

Der Geigerzähler drehte durch, als wir zum Toyota kamen, und knatterte so schnell, dass es ein ununterbrochener Ton war. Den Stab vor sich haltend, ging Mae vom Wagen weg in die Wüste hinein. Sie drehte nach Westen, und das Knattern ließ nach. Sie ging nach Osten, und es wurde wieder lauter. Doch als sie weiter in östliche Richtung ging, tickte es langsamer. Sie bog nach Norden, und das Ticken beschleunigte sich.

»Norden«, sagte sie.

Ich stieg auf das Motorrad und ließ den Motor an.

Bobby kam mit dem All-Terrain-Vehicle mit den dicken Rädern und dem Fahrradlenker aus dem Depot gerumpelt. Das ATV sah ungelenk aus, aber für die Fahrt durch die dunkle Wüste war es wahrscheinlich gut geeignet.

Mae stieg hinter mir auf, beugte sich vor, um den Stab möglichst nah über den Boden zu halten, und sagte: »Okay. Los geht's.«

Unter einem wolkenlosen Nachthimmel fuhren wir in die Wüste hinein.

Der Scheinwerfer des Motorrads hüpfte auf und ab, sodass sich die Schatten vor uns ruckartig bewegten und schwer zu erkennen war, was auf uns zukam. Jetzt merkten wir, dass die Wüste, die bei Tage so flach und eintönig wirkte, jede Menge Bodensenken, Geröllfelder und tiefe Trockentäler hatte, die urplötzlich auftauchten. Ich musste mich höllisch konzentrieren, um das Motorrad aufrechtzuhalten – zumal Mae mir ständig zurief: »Links … jetzt rechts … rechts … gut so, zu viel, links …« Manchmal fuhren wir einen kompletten Kreis, bis wir wieder auf dem richtigen Weg waren.

Jeder, der bei Tageslicht unserer Spur folgte, musste annehmen, dass der Fahrer betrunken gewesen war, bei den vielen Schlenkern und Drehungen, die wir machten. Die Maschine hüpfte und schlingerte auf holprigem Boden. Wir waren jetzt schon einige Meilen vom Labor entfernt, und ich machte mir langsam Sorgen. Ich konnte das Ticken des Zählers hören, und es wurde immer schwächer. Es war zunehmend schwierig, die Schwarmspur von der Hintergrundstrahlung zu unterscheiden. Ich verstand nicht, warum das so war, aber es war zweifelsohne der Fall. Wenn wir das Versteck des Schwarms nicht bald ausfindig machten, würden wir die Spur völlig verlieren.

Auch Mae war besorgt. Sie beugte sich immer tiefer zum Boden, eine Hand am Stab, die andere um meine Taille. Und ich musste langsamer fahren, weil die Spur so schwach wurde. Wir verloren die Spur, fanden sie wieder, kamen wieder von ihr ab.

Unter dem schwarzen Sternenbaldachin fuhren wir ein Stück zurück, drehten uns im Kreis. Ich ertappte mich dabei, dass ich den Atem anhielt.

Und schließlich kreiste ich mehrmals immer auf derselben Stelle, kämpfte gegen die aufkeimende Verzweiflung an. Ich fuhr drei Runden, dann vier, aber umsonst: Der Zähler in Maes Hand tickte nur noch sporadisch. Und plötzlich war uns klar, dass wir die Spur ganz verloren hatten …

Wir waren hier in der völligen Einöde und fuhren im Kreis.

Wir hatten die Spur verloren.

Mit einem Mal überkam mich eine unsägliche Erschöpfung. Den ganzen Tag hatte mich das Adrenalin aufgeputscht, und jetzt, da ich nicht mehr weiterwusste, spürte ich am ganzen Körper eine tiefe Müdigkeit. Die Lider wurden mir schwer. Ich hätte auf dem Motorrad einschlafen können.

Hinter mir setzte Mae sich auf und sagte: »Lass den Kopf nicht hängen, ja?«

»Ich soll den Kopf nicht hängen lassen?«, sagte ich müde. »Mein Plan ist völlig gescheitert, Mae.«

»Vielleicht noch nicht«, erwiderte sie.

Bobby hielt dicht neben uns. »Guckt ihr ab und zu mal nach hinten?«, fragte er.

»Warum?«

»Mach mal«, sagte er. »Dann siehst du, wie weit wir weg sind.«

Ich warf einen Blick über die Schulter. Im Süden sah ich die hellen Lichter des Produktionsgebäudes, verblüffend nahe. Es konnten nicht mehr als ein oder zwei Meilen sein. Wir waren also einen großen Halbkreis gefahren und schließlich wieder in Richtung unseres Ausgangspunktes abgedreht.

»Das ist eigenartig.«

Mae war vom Motorrad gestiegen und trat vor den Scheinwerfer. Sie schaute auf die LCD-Anzeige des Strahlungszählers. Sie sagte: »Hmmm.«

Bobby sagte hoffnungsvoll: »Und, was sagst du, Mae? Fahren wir zurück?«

»Nein«, sagte Mae. »Wir fahren noch nicht zurück. Seht euch das an.«

Bobby beugte sich vor, und wir beide schauten auf die LCD-Anzeige. Eine grafische Darstellung der Strahlungsintensität zeigte, dass die Kurve stetig abnahm und schließlich rasch fiel. Bobby runzelte die Stirn. »Und was ist das da?«

»Zeitablauf der heute Nacht gemessenen Werte«, sagte sie. »Das Gerät zeigt uns, dass die Strahlung, seit wir losgefahren sind, arithmetisch gefallen ist – ein gleichmäßiges Absinken, eine Treppe, siehst du? Und sie bleibt arithmetisch bis ungefähr zur letzten Minute, dann wird die Abnahme plötzlich exponentiell. Die Strahlung fällt auf null.«

»Und?« Bobby blickte verwirrt. »Was bedeutet das? Ich kapier's nicht.«

»Ich aber.« Sie wandte sich mir zu, stieg wieder auf das Motorrad. »Ich glaube, ich weiß, was passiert ist. Fahr los – langsam.«

Ich ließ die Kupplung los und tuckerte geradeaus. Mein tanzender Scheinwerfer zeigte eine leichte Anhöhe in der Wüste, kümmerliche Kakteen vor mir …

»Nein. Langsamer, Jack.«

Ich nahm Gas weg. Jetzt rollten wir praktisch im Schritttempo. Ich gähnte. Es hätte nichts gebracht, sie zu fragen; sie war angespannt, konzentriert. Ich war bloß müde und erschlagen. Wir fuhren die Anhöhe hoch, bis der Wüstenboden wieder flach wurde, und dann neigte sich das Motorrad nach unten …

»*Halt.*«

Ich hielt.

Direkt vor uns brach der Boden jäh ab. Dahinter nichts als Schwärze.

»Ist das eine Klippe?«

»Nein. Bloß eine sehr hohe und steile Böschung.«

Ich ließ das Motorrad ganz langsam weiterrollen. Das Gelände fiel eindeutig ab. Bald waren wir am Rand, und ich konnte mir ein genaues Bild machen. Wir befanden uns auf dem gut fünf Meter hohen Ufer eines sehr breiten Flussbettes. Direkt unter mir sah ich glatt geschliffene Steine, ab und zu Felsbrocken und dürres Gestrüpp, bis zur rund fünfzig Meter entfernten gegenüberliegenden Seite des Flussbettes. Jenseits des anderen Ufers erstreckte sich die Wüste wieder flach.

»Jetzt verstehe ich«, sagte ich. »Der Schwarm ist gesprungen.«

»Ja«, sagte sie, »er ist geflogen. Und wir haben die Spur verloren.«

»Aber dann muss er irgendwo da unten gelandet sein«, sagte Bobby, in das Flussbett deutend.

»Vielleicht«, sagte ich. »Vielleicht auch nicht.«

Ich überlegte, dass wir einige Minuten brauchen würden, um einen sicheren Weg nach unten zu finden. Dann würden wir eine Weile zwischen den Büschen und Steinen suchen, bis wir wieder auf die Spur gestoßen waren. Das konnte Stunden dauern. Vielleicht würden wir sie gar nicht mehr ausmachen können. Von unserer erhöhten Position aus war die Weite der Wüste schon beängstigend.

Ich sagte: »Es könnte sein, dass der Schwarm im Flussbett gelandet ist. Oder unmittelbar am anderen Ufer. Oder eine Viertelmeile weiter.«

Mae ließ sich nicht entmutigen. »Bobby, du bleibst hier«, sagte sie. »Du markierst die Stelle, wo der Schwarm gesprungen ist. Jack und ich suchen uns einen Weg nach unten, gehen hinaus auf die Ebene und bewegen uns auf einer Geraden von Osten nach Westen, bis wir die Spur wieder aufgenommen haben. Früher oder später finden wir sie.«

»Einverstanden«, sagte Bobby. »Alles klar.«

»Einverstanden«, sagte ich. Warum nicht? Wir hatten nichts zu verlieren. Aber ich war nur wenig zuversichtlich, dass wir fündig werden würden.

Bobby beugte sich über sein ATV nach vorn. »Was ist das?«

»Was denn?«

»Ein Tier. Ich hab Augen aufleuchten sehen.«

»Wo?«

»In dem Busch da vorn.« Er deutete in die Mitte des Flussbettes.

Ich runzelte die Stirn. Wir hatten beide unsere Scheinwerfer die Böschung hinuntergerichtet. Wir beleuchteten einen recht großen Bereich. Ich sah keine Tiere.

»Da!«, sagte Mae.

»Ich sehe nichts.«

Sie streckte den Arm aus. »Es ist gerade hinter dem Wacholderbusch verschwunden. Siehst du den Busch, der aussieht wie eine Pyramide? Der mit den toten Ästen an einer Seite?«

»Ich sehe ihn«, sagte ich. »Aber …« Ich sah noch immer kein Tier.

»Es bewegt sich von links nach rechts. Warte, gleich kommt es wieder zum Vorschein.«

Wir warteten, und dann sah ich zwei hellgrüne, funkelnde Punkte. Die sich dicht am Boden nach rechts bewegten. Ich sah etwas Blassweißes aufblitzen. Und ich wusste sofort, dass da etwas nicht stimmte.

Bobby ebenfalls. Er drehte seinen Lenker so, dass sein Scheinwerfer direkt die Stelle erhellte. Er nahm sein Fernglas.

»Das ist kein Tier …«, sagte er.

Zwischen den niedrigen Büschen sahen wir noch mehr Weiß – wie weiße Haut. Aber wir sahen es immer nur aufblitzen. Und dann sah ich eine glatte, weiße Fläche, die, wie ich schockiert begriff, eine menschliche Hand war, die über den Boden schleifte. Eine Hand mit ausgestreckten Fingern.

»Mein Gott«, sagte Bobby, das Fernglas an den Augen.

»Was? Was ist das?«

»Da wird ein Körper entlanggezogen«, sagte er. Und dann fügte er mit einer merkwürdigen Stimme hinzu: »Es ist Rosie.«

6. Tag, 22.58 Uhr

Mae saß wieder hinter mir, als ich Gas gab und so lange am Rand der Uferböschung entlangfuhr, bis diese sich weniger schroff zum Flussbett hinneigte. Bobby blieb, wo er war, und behielt Rosies Leichnam im Auge. Wenig später hatte ich das Flussbett durchquert und steuerte jetzt zurück auf sein Licht auf der Anhöhe zu.

Mae sagte: »Nicht so schnell, Jack.«

Ich verlangsamte das Tempo, beugte mich über den Lenker, um den Boden vor mir besser sehen zu können. Plötzlich knatterte der Strahlungszähler wieder los.

»Hört sich gut an«, sagte ich.

Wir fuhren weiter. Jetzt waren wir direkt gegenüber von Bobby. Sein Scheinwerfer warf ein schwaches Licht auf den Boden um uns herum, fast wie Mondlicht. Ich winkte ihm zu, herunterzukommen. Er wendete sein Gefährt und fuhr in westliche Richtung los. Ohne das Licht seines Scheinwerfers war der Boden plötzlich dunkler, geheimnisvoller.

Und dann sahen wir Rosie.

Rosie Castro lag auf dem Rücken, den Kopf so geneigt, dass es aussah, als würde sie nach hinten schauen, mich direkt anschauen, die Augen aufgerissen, einen Arm mir entgegengestreckt, die blasse Hand geöffnet. Sie hatte einen flehenden – oder panischen – Ausdruck im Gesicht. Die Leichenstarre hatte bereits eingesetzt, und ihr Körper ruckte steif, während er sich über niedrige Sträucher und Kakteen bewegte.

Sie wurde weggeschleift – aber es war kein Tier zu sehen, das sie zog.

»Mach besser das Licht aus«, sagte Mae.

»Aber ich seh nicht, was sie von der Stelle bewegt... unter ihr ist so was wie ein Schatten...«

»Das ist kein Schatten«, sagte Mae. »Das sind *sie*.«

»Sie schleifen sie weg?«

Sie nickte. »Mach das Licht aus.«

Ich schaltete den Scheinwerfer aus. Wir standen im Dunkeln. Ich sagte: »Ich dachte, die Schwärme hätten nicht länger als drei Stunden Energie.«

»Das hat Ricky gesagt.«

»Dann hat er wieder gelogen?«

»Oder sie haben diese Beschränkung inzwischen überwunden.«

Die Vorstellung war beunruhigend. Wenn die Schwärme mittlerweile die Nacht hindurch Energie halten konnten, dann waren sie vielleicht aktiv, wenn wir ihr Versteck aufspürten. Ich hatte fest damit gerechnet, dass sie dann in sich zusammengefallen wären, die Partikel auf dem Boden verstreut. Ich hatte sozusagen vor, sie im Schlaf zu töten. Jetzt war damit zu rechnen, dass sie gar nicht schliefen.

Wir standen in der kühlen Nachtluft und dachten nach. Schließlich sagte Mae: »Sind diese Schwärme nicht nach dem Vorbild von Insektenverhalten programmiert worden?«

»Eigentlich nicht«, sagte ich. »Vorlage für die Programmierung war das Räuber-Beute-Muster. Aber weil der Schwarm eine Population von interagierenden Partikeln ist, wird er sich bis zu einem gewissen Grad wie jede Population interagierender Partikel verhalten, zum Beispiel wie Insekten. Warum?«

»Insekten können Pläne ausführen, die mehr Zeit in Anspruch nehmen, als überhaupt eine einzige Generation lebt. Zum Beispiel Nester bauen, für den Bau sind häufig viele Generationen erforderlich. Das ist doch so, oder?«

»Ich glaube schon …«

»Dann wäre doch denkbar, dass ein Schwarm den Leichnam eine Zeit lang trägt, und ein anderer macht dann weiter. Vielleicht waren bisher drei oder vier Schwärme beteiligt. Auf diese Weise muss keiner von ihnen nachts drei Stunden arbeiten.«

Diese Vorstellung gefiel mir nicht viel besser. »Das würde bedeuten, dass die Schwärme zusammenarbeiten«, sagte ich. »Es würde bedeuten, dass sie koordiniert sind.«

»Das sind sie doch inzwischen ganz offensichtlich.«

»Aber das ist nicht möglich«, antwortete ich ihr. »Sie verfügen nämlich nicht über die Fähigkeit, sich Signale zu geben.«

»Vor einigen Generationen war das noch nicht möglich«, sagte Mae. »Inzwischen schon. Denk an die V-Formation, als sie auf dich losgegangen sind. Sie waren koordiniert.«

Das stimmte. Ich hatte es in dem Augenblick bloß nicht begriffen. Und wie ich jetzt so in der nächtlichen Wüste stand, fragte ich mich, was ich vielleicht noch alles nicht begriffen hatte. Ich spähte angestrengt in die Dunkelheit und versuchte, etwas zu erkennen.

»Wo bringen sie sie hin?«, sagte ich.

Mae öffnete den Reißverschluss meines Rucksacks und nahm eine Nachtsichtbrille heraus. »Versuch's damit.«

Ich wollte ihr umgekehrt helfen, doch sie hatte schon geschickt ihren Rucksack abgenommen, öffnete ihn und holte ihre eigene Nachtsichtbrille hervor. Ihre Handgriffe waren flink, sicher.

Ich setzte mir die Brille auf, stellte den Riemen ein und klappte die Gläser nach unten über die Augen. Es war das neue Gen-4-Modell, und es zeigte Bilder in gedämpften Farben. Fast sofort sah ich Rosie in der Wüste. Ihr Körper verschwand gerade hinter Gestrüpp, während sie sich immer weiter entfernte.

»Also, wo bringen sie sie hin?«, sagte ich wieder. Noch während ich sprach, schwenkte ich die Brille höher und sah sofort, wo sie sie hinbrachten.

Aus einiger Entfernung erweckte es den Anschein eines natürlichen Gebildes – ein dunkler Erdhügel, knapp fünf Meter breit und etwa zwei Meter hoch. Die Erosion hatte tiefe, vertikale Spalten in den Hügel geschnitten, sodass er ein wenig an ein riesiges, hochkant stehendes Zahnrad erinnerte. Er wirkte so natürlich, dass er leicht zu übersehen war.

Aber er war nicht natürlich. Und sein gemeißeltes Äußeres war nicht auf Erosion zurückzuführen. Im Gegenteil, was ich da vor mir hatte, war ein künstliches Gebilde, ähnlich den Nestern, die von afrikanischen Termiten oder anderen Insekten gebaut werden.

Mae hatte das zweite Nachtsichtgerät auf und beobachtete eine Weile schweigend, dann sagte sie: »Willst du mir jetzt erzählen, das da ist das Ergebnis von selbst organisiertem Verhalten? Das Verhalten, dieses Ding da zu bauen, ist von ganz allein entstanden?«

»Ja«, sagte ich. »Genau das ist passiert.«

»Kaum zu glauben.«

»Ich weiß.«

Mae war eine gute Biologin, aber sie war Primatenforscherin. Sie befasste sich mit kleinen Populationen hochintelligenter Tiere, die Dominanzhierarchien und Gruppenführer hatten. Ihrem Verständnis nach war komplexes Verhalten das Ergebnis von komplexer Intelligenz. Und sie konnte sich nur schwer vorstellen, wozu selbst organisiertes Verhalten innerhalb einer sehr großen Population von dummen Tieren fähig war.

Das war übrigens ein tief sitzendes menschliches Vorurteil: Menschen gingen davon aus, dass eine Gesellschaft eine zentrale Führung brauchte. Staaten hatten Regierungen. Unternehmen hatten ein Management. Schulen hatten Direktoren. Armeen hatten Generäle. Menschen glaubten gemeinhin, dass eine Gesellschaft ohne zentrale Führung im Chaos versinken würde und nichts Vernünftiges zu Stande brächte.

Davon ausgehend, war es nur schwer zu begreifen, dass extrem dumme Wesen mit einem Gehirn kleiner als ein Nadelkopf Bauprojekte verwirklichen konnten, die komplizierter waren als alles, was der Mensch je geschaffen hatte. Aber so war es.

Afrikanische Termiten waren da ein klassisches Beispiel. Diese Insekten bauten regelrechte Wohnburgen von dreißig Metern Durchmesser mit Türmen, die sechs Meter hoch in die Luft ragten. Um diese Leistung richtig zu würdigen, musste man sich nur vorstellen, dass diese Bauten, wenn Termiten so groß wie Menschen wären, Wolkenkratzer von einer Meile Höhe und fünf Meilen Durchmesser wären. Und wie ein Wolkenkratzer hatte der Termitenhügel eine ausgeklügelte Innenarchitektur, die für frische Luft sorgte, überschüssiges CO_2 und Hitze abführte und so fort. Im Innern des Baus befanden sich Gärten, wo die Nahrung wuchs, Gemächer für das königliche Paar und Platz für sage und schreibe zwei Millionen Termiten. Kein Hügel war genau wie der andere; jeder wurde entsprechend den Bedingungen und Vorteilen der jeweiligen Umgebung gebaut.

Und das alles gelang ohne Architekt, ohne Vorarbeiter, ohne zentrale Autorität. Es war auch kein Konstruktionsplan in den Termitengenen einprogrammiert. Die gigantischen Schöpfungen waren stattdessen das Ergebnis von verhältnismäßig einfachen Regeln der Termiten im Umgang miteinander. (Regeln wie: »Wenn du riechst, dass eine Termite hier war, leg ein Sandkügelchen an die Stelle.«) Und dennoch war das Ergebnis unbestreitbar komplexer als jedes menschliche Werk.

Was wir jetzt vor Augen hatten, war das neue Werk eines neuen Geschöpfes, und wieder war der Entstehungsprozess schwer vorstellbar. Wie konnte ein Schwarm überhaupt einen Hügel errichten? Doch allmählich wurde mir klar, dass es hier draußen in der Wüste müßig war, diese Frage zu stellen. Die Schwärme veränderten sich schnell, fast von Minute zu Minute. Der natürliche menschliche Impuls, es begreifen zu wollen, war Zeitverschwendung. Hatte man es endlich begriffen, war schon wieder alles anders.

Bobby kam mit seinem ATV herangerumpelt und schaltete

auch seinen Scheinwerfer aus. Wir standen zu dritt unter den Sternen. Bobby fragte: »Was machen wir jetzt?«

»Rosie folgen«, sagte ich.

»Sieht so aus, als würde Rosie gleich in dem Hügel da verschwinden«, sagte er. »Und du meinst, wir sollen ihr nach?«

»Ja«, antwortete ich.

Auf Maes Vorschlag hin gingen wir das letzte Stück zu Fuß. Mit den Rucksäcken auf dem Rücken brauchten wir fast zehn Minuten, bis wir in der Nähe des Hügels waren. Etwa fünfzehn Meter davor blieben wir stehen. Ein widerlicher Geruch hing in der Luft, nach Fäulnis oder Verwesung. Er war so stark, dass sich mir der Magen umdrehte. Außerdem schien aus dem Innern des Hügels ein schwaches, grünes Leuchten zu dringen.

Bobby flüsterte: »Und da wollt ihr wirklich rein?«

»Noch nicht«, flüsterte Mae. Sie deutete zur Seite. Rosies Leichnam bewegte sich an der Flanke des Hügels hoch. Als sie den Rand erreichte, zeigten ihre steifen Beine einen Augenblick lang in die Luft. Dann kippte ihr Körper nach unten, und sie fiel ins Innere. Doch bevor sie ganz verschwand, hielt sie inne; einige Sekunden ragte ihr Kopf über den Rand hinaus, der Arm ausgestreckt, als würde sie nach Luft greifen. Dann rutschte sie langsam tiefer und war nicht mehr zu sehen.

Bobby schauderte.

Mae flüsterte: »Okay. Gehen wir.«

Sie setzte sich auf ihre übliche geräuschlose Weise in Bewegung. Ich versuchte, ihr zu folgen, so leise ich konnte. Unter Bobbys Schritten knirschte und knisterte es. Mae blieb stehen und warf ihm einen strengen Blick zu.

Bobby hob die Hände, als wollte er sagen: Was soll ich machen?

Sie flüsterte: »*Pass auf, wo du hintrittst.*«

Er flüsterte: »Tu ich doch.«

»Tust du *nicht.*«

»Es ist dunkel, ich seh nichts.«

»Weil du dir keine Mühe gibst.«

Ich konnte mich nicht entsinnen, dass Mae ihrem Ärger schon einmal so deutlich Luft gemacht hätte, aber wir standen jetzt alle unter Anspannung. Und der Gestank war entsetzlich. Mae drehte sich um und ging geräuschlos weiter. Bobby folgte, machte aber genauso viel Lärm wie zuvor. Nach einigen Schritten drehte Mae sich wieder um, hob eine Hand und signalisierte ihm zu bleiben, wo er war.

Er schüttelte heftig den Kopf. Er wollte offenbar nicht allein zurückbleiben.

Sie packte seine Schulter, zeigte entschlossen auf den Boden und flüsterte: »Du wartest hier.«

»Nein ...«

Sie flüsterte: »Deinetwegen gehen wir alle noch drauf.«

Er flüsterte: »Ich bin leise, versprochen.«

Sie schüttelte den Kopf, zeigte auf den Boden. Setz dich.

Schließlich setzte sich Bobby.

Mae blickte mich an. Ich nickte. Wir gingen die letzten Schritte weiter. Wir waren jetzt gut sechs Meter vom Hügel entfernt. Der Geruch war fast unerträglich. Mir wurde schlecht; ich hatte Angst, mich übergeben zu müssen. Und aus dieser Nähe hörten wir jetzt auch das tiefe Trommeln. Mehr als alles andere erweckte dieses Geräusch in mir das Verlangen, einfach wegzulaufen. Aber Mae ging weiter.

Geduckt kletterten wir den Hügel hoch, und als wir den Rand erreichten, legten wir uns flach auf den Bauch. Ich konnte Maes Gesicht in dem grünen Leuchten sehen, das aus dem Innern drang. Aus irgendeinem Grund störte mich der Gestank nicht mehr. Wahrscheinlich war es die Angst.

Mae griff in die Seitentasche ihres Rucksacks und holte eine daumengroße Kamera an einem dünnen, ausziehbaren Stab hervor. Sie förderte einen winzigen LCD-Bildschirm zu Tage und legte ihn zwischen uns auf den Boden. Dann schob sie den Stab über den Rand.

Auf dem Bildschirm sahen wir einen grünen Innenraum mit glatten, welligen Wänden. Nichts schien sich zu bewegen. Sie drehte die Kamera mal hierhin, mal dorthin. Nichts als grüne Wände. Keine Spur von Rosie.

Mae blickte mich an, deutete auf ihre Augen. Möchtest du einen Blick riskieren?

Ich nickte.

Wir robbten uns behutsam vor, bis wir über den Rand schauen konnten.

Es war ganz anders, als ich erwartet hatte.

Der Hügel verengte bloß eine bestehende Öffnung, die gewaltig war – mindestens sechs Meter breit –, und vom Rand aus führte eine Schräge nach unten zu einem Loch im Felsen rechts von uns. Das grüne Licht kam aus diesem klaffenden Loch.

Was ich da sah, war der Eingang zu einer sehr großen Höhle. Oben vom Rand aus konnten wir nicht in die eigentliche Höhle blicken, aber das trommelnde Geräusch ließ darauf schließen, dass dort irgendetwas im Gange war. Mae fuhr den Teleskopstab ganz aus und senkte die Kamera vorsichtig hinab in das Loch. Gleich darauf konnten wir weiter in die Höhle schauen. Es war zweifellos eine natürliche Höhle, und sie war groß: schätzungsweise zwei Meter fünfzig hoch und drei Meter breit. Die Felswände waren blassweiß, und es sah aus, als wären sie mit der gleichen milchigen Substanz überzogen, mit der auch Rosie bedeckt gewesen war.

Und Rosies Leiche lag nur ein kurzes Stück hinter der Öffnung. Ihre Hand ragte hinter einer Biegung in der Felswand hervor. Aber wir konnten nicht sehen, was jenseits der Biegung war.

Mae signalisierte mir: Sollen wir runter?

Ich nickte langsam. Die Vorstellung behagte mir ganz und gar nicht, schließlich hatte ich keine Ahnung, was uns hinter der Biegung erwartete. Aber wir hatten keine andere Wahl.

Sie deutete nach hinten zu Bobby. Soll er mitkommen?

Ich schüttelte den Kopf. Er würde uns nicht helfen können.

Sie nickte und schälte sich gerade langsam aus ihrem Rucksack, ohne das geringste Geräusch, als sie plötzlich verharrte. Regelrecht erstarrte: Sie bewegte nicht einen Muskel.

Ich blickte auf den Bildschirm. Und ich erstarrte ebenfalls.

Eine Gestalt war um die Biegung gekommen und stand jetzt wachsam am Eingang der Höhle und sah sich um.

Es war Ricky.

Er benahm sich, als hätte er ein Geräusch gehört oder als wäre er aus einem anderen Grund beunruhigt. Die Videokamera ragte noch immer über den Rand des Hügels. Sie war ziemlich klein; ich wusste nicht, ob er sie sehen würde.

Ich blickte nervös auf den Bildschirm.

Die Kamera hatte keine gute Auflösung, und der Bildschirm war nur so groß wie meine Handfläche, trotzdem war die Gestalt unverkennbar Ricky. Ich verstand nicht, was er hier machte – oder wie er überhaupt hierher gekommen war. Dann kam ein zweiter Mann um die Biegung.

Auch das war Ricky.

Ich blickte Mae an, doch sie blieb weiterhin völlig reglos, wie eine Statue. Nur ihre Augen bewegten sich.

Ich schaute angestrengt auf den Bildschirm. Soweit ich es bei der Auflösung sagen konnte, waren die beiden Gestalten absolut identisch. Gleich gekleidet, gleiche Bewegungen, gleiche Gesten und gleiches Achselzucken. Die Gesichter waren nicht gut zu erkennen, aber ich hatte den Eindruck, dass die Gesichtszüge besser herauskamen.

Beide schienen die Kamera nicht zu bemerken.

Sie schauten zum Himmel und blickten dann eine Weile auf die Schräge, die zum Rand hochführte, dann drehten sie uns den Rücken zu und gingen wieder ins Innere der Höhle.

Mae bewegte sich noch immer nicht. Sie war schon fast eine Minute reglos und hatte die ganze Zeit nicht ein einziges Mal geblinzelt. Die Männer waren jetzt gegangen und...

Eine weitere Gestalt kam um die Ecke. Es war David Brooks. Er bewegte sich ungelenk, zunächst steif, doch er wurde zunehmend geschmeidiger. Mir war, als würde ich einem Puppenspieler zuschauen, der seine Bewegungen vervollkommnet, die Figur immer lebensechter agieren lässt. Dann wurde David zu Ricky. Und dann wieder zu David. Und die David-Gestalt drehte sich um und ging.

Mae wartete noch immer. Sie wartete volle zwei Minuten, und dann zog sie schließlich die Kamera zurück. Sie wies mit einem Daumen nach hinten, bedeutete mir, dass wir gehen sollten. Gemeinsam krochen wir vom Rand weg, den Hügel hinab und zogen uns dann leise in die nächtliche Wüste zurück.

Wir sammelten uns gut hundert Meter westlich vom Hügel, in der Nähe unserer Fahrzeuge. Mae wühlte in ihrem Rucksack; sie holte ein Klemmbrett mit einem Filzstift hervor, schaltete ihre Taschenlampe an und fing an zu zeichnen.

»Das erwartet uns da unten«, sagte sie. »Die Höhle hat so eine Öffnung, hast du ja gesehen. Hinter der Biegung ist im Boden ein großes Loch, und die Höhle führt rund hundert Meter spiralförmig nach unten. Dann gelangt man in einen großen Raum, der an die dreißig Meter hoch ist und etwa sechzig Meter breit. Ein einziger großer Raum, mehr nicht. Es führen keine Gänge davon ab, zumindest hab ich keinen gesehen.«

»Gesehen?«

»Ich war da«, sagte sie nickend.

»Wann?«

»Vor zwei Wochen. Als wir uns zum ersten Mal auf die Suche nach dem Versteck des Schwarms gemacht haben. Ich hab die Höhle entdeckt und bin am Tag hinein. Ich hab nichts gesehen, was auf einen Schwarm hingedeutet hätte.« Sie erzählte, dass die Höhle voller Fledermäuse gewesen sei, an der ganzen Decke hätten sie gehangen, dicht aneinander, eine einzige rosa, wimmelnde Masse, bis zum Eingang hin.

»Igitt«, sagte Bobby. »Ich hasse Fledermäuse.«

»Vorhin hab ich da unten aber keine gesehen.«

»Meinst du, sie sind vertrieben worden?«

»Vermutlich gefressen.«

»Gott, Leute«, sagte Bobby und schüttelte den Kopf. »Ich bin bloß Programmierer. Ich glaube nicht, dass ich das schaffe. Ich glaube nicht, dass ich mich da runtertraue.«

Mae achtete nicht auf ihn. Sie sagte zu mir: »Wenn wir reingehen, müssen wir Thermit zünden. Und zwar die ganze Zeit, bis wir unten im Raum sind. Ich weiß nicht, ob wir genug Thermit haben.«

»Vielleicht nicht«, sagte ich. Mir machte etwas anderes Sorge. »Wir verschwenden hier nur unsere Zeit, wenn wir nicht alle Schwärme vernichten und alle Assembler, die sie herstellen. Richtig?«

Sie nickten beide.

»Ich weiß nicht, ob das möglich ist«, sagte ich. »Ich hab gedacht, die Schwärme hätten nachts keine Energie. Ich hab gedacht, wir könnten sie auf dem Boden zerstören. Aber sie haben Energie – zumindest einige. Und wenn uns nur einer entwischt, wenn er aus der Höhle rauskommt ...« Ich zuckte die Achseln. »Dann war das alles hier bloß Zeitverschwendung.«

»Stimmt.« Bobby nickte. »Du hast Recht. Dann wär's umsonst gewesen.«

Mae sagte: »Wir müssen sie irgendwie in der Höhle einsperren.«

»Wie soll das gehen?«, fragte Bobby. »Ich meine, sie können doch einfach rausfliegen, wann immer sie wollen.«

Mae sagte: »Vielleicht gibt es doch eine Möglichkeit.« Wieder kramte sie in ihrem Rucksack herum, suchte irgendetwas. »Aber erst mal verteilen wir drei uns besser.«

»Wieso?«, fragte Bobby beunruhigt.

»Tu's einfach«, sagte Mae. »Los, geh schon.«

Ich stellte die Schnallen an meinem Rucksack enger, damit er nicht klapperte. Ich setzte mir die Nachtsichtbrille auf die Stirn und ging los. Ich hatte etwa die Hälfte des Weges bis zum Hügel zurückgelegt, als ich eine dunkle Gestalt hinaus in die Nacht klettern sah.

Ich ließ mich, so leise ich konnte, zu Boden fallen. Ich befand mich an einer Stelle mit hohen Salbeibüschen und war daher einigermaßen gut versteckt. Ich schaute über die Schulter, aber ich konnte weder Mae noch Bobby sehen; auch sie hatten sich fallen lassen. Ich wusste nicht, ob sie sich schon getrennt hatten. Vorsichtig bog ich eine Pflanze vor mir zur Seite und blickte zum Hügel hinauf.

Die Beine der Gestalt hoben sich gegen das schwache, grüne Leuchten ab. Der Oberkörper war schwarz vor den Sternen am Himmel. Ich klappte die Brille runter und wartete einen Moment ab, während es blau flackerte, und dann kam das Bild.

Diesmal war es Rosie. Sie ging umher und blickte in alle Richtungen, der Körper wachsam und argwöhnisch. Nur, sie bewegte sich nicht wie Rosie, sie wirkte eher wie ein Mann. Plötzlich veränderte sich die Silhouette und wurde zu Ricky. Und nun bewegte sie sich wie Ricky.

Die Gestalt duckte sich und schien über den Salbei hinwegzuspähen. Ich fragte mich, warum sie die Höhle verlassen hatte. Auf die Antwort musste ich nicht lange warten.

Hinter der Gestalt tauchte ein weißes Licht am westlichen Horizont auf. Es wurde rasch heller, und gleich darauf hörte ich das Dröhnen von Rotorblättern. Das musste Julia sein, dachte ich. Ich fragte mich, was denn so dringend sein mochte, dass sie gegen den Rat der Ärzte das Krankenhaus verlassen hatte, um mitten in der Nacht herzufliegen.

Als der Hubschrauber näher kam, schaltete er seine Suchscheinwerfer an. Ich sah den blauweißen Lichtkreis über den Boden auf uns zu gleiten. Auch die Ricky-Gestalt sah zu, verschwand dann außer Sichtweite.

Und dann dröhnte der Hubschrauber über mir, blendete mich einen Moment mit dem Halogenlicht. Sofort legte er sich scharf in die Kurve und kreiste ein Stück zurück.

Was zum Teufel sollte das?

Der Hubschrauber kam in einem langsamen Bogen wieder, flog über den Hügel, hielt aber erst an, als er direkt über meinem Versteck war. Das blaue Licht erfasste mich. Ich rollte mich auf den Rücken und winkte dem Hubschrauber zu, zeigte wiederholt in Richtung Labor. Mit den Lippen formte ich »Weg!« und machte eine entsprechende Geste.

Der Hubschrauber senkte sich, und einen Moment dachte ich, er wollte direkt neben mir landen. Dann drehte er jäh ab und flog nach Süden in Richtung Landeplatz. Der Klang wurde schwächer.

Ich hielt es für besser, rasch meine Position zu verändern. Ich ging auf die Knie und robbte dreißig Meter nach links. Dann ließ ich mich fallen.

Als ich wieder zum Hügel schaute, sah ich drei, nein, vier Gestalten aus der Höhle kommen. Sie trennten sich, bewegten sich jeweils zu einem anderen Teil des Hügels. Sie sahen alle aus wie Ricky. Ich beobachtete, wie sie den Hügel hinabkamen und auf die Büsche zusteuerten. Mein Herz hämmerte mir in der Brust. Eine der Gestalten kam in meine Richtung. Sie näherte sich immer mehr und schwenkte dann nach rechts ab, ging auf die Stelle zu, wo ich vorher gewesen war. Als sie mein letztes Versteck erreicht hatte, blieb sie stehen und drehte sich in alle Richtungen.

Sie war wirklich nicht weit von mir entfernt. Durch die Nachtsichtbrille konnte ich sehen, dass diese neue Ricky-Gestalt ein vollständiges Gesicht hatte und dass die Kleidung um einiges detailreicher abgebildet war. Außerdem bewegte sich die Gestalt so, als hätte sie tatsächlich ein Körpergewicht. Vielleicht bildete ich mir das nur ein, aber der Schwarm schien an Masse zugenommen zu haben und wog jetzt gut fünfzig Pfund, vielleicht mehr. Vielleicht sogar das Doppelte. Falls ja, dann hatte der Schwarm nun genug Masse, um mir mit physischer Wucht einen Stoß zu versetzen. Mich sogar zu Boden zu reißen.

Durch die Brille sah ich, dass die Augen der Gestalt sich bewegten und blinzelten. Die Oberfläche des Gesichts hatte jetzt die Textur von Haut. Das Haar schien aus einzelnen Strähnen zu bestehen. Die Lippen bewegten sich, die Zunge leckte nervös. Alles in diesem Gesicht hatte verblüffende Ähnlichkeit mit Ricky – beängstigende Ähnlichkeit. Als der Kopf sich in meine Richtung drehte, hatte ich das Gefühl, dass Ricky mich direkt anblickte.

Und so war es wohl auch, denn die Gestalt setzte sich in Bewegung und kam auf mich zu.

Ich saß in der Falle. Mein Herz schlug mir bis zum Hals. Damit hatte ich nicht gerechnet; ich hatte keinen Schutz, nichts, womit ich mich wehren konnte. Ich konnte natürlich die Beine in die Hand nehmen, aber wohin hätte ich rennen sollen? Um mich herum war meilenweit nichts als Wüste, und die Schwärme würden mich verfolgen. In ein paar Augenblicken wäre ich …

Dröhnend kam der Hubschrauber wieder auf uns zu. Die Ricky-Gestalt blickte sich nach ihm um, machte dann kehrt und floh, flog regelrecht über den Boden, ohne sich noch die Mühe zu machen, die Beine und Füße zu animieren. Es war ein unheimlicher Anblick, wie diese menschliche Nachbildung plötzlich über die Wüste schwebte.

Aber auch die anderen drei Ricky-Gestalten rannten jetzt. Sie rannten, so schnell sie konnten, und sie wirkten eindeutig panisch. Hatten die Schwärme Angst vor dem Hubschrauber? Es sah ganz danach aus. Und während ich sie beobachtete, begriff ich auch warum. Die Schwärme waren zwar jetzt schwerer und fester, aber gegen starken Wind konnten sie nach wie vor nichts ausrichten. Der Hubschrauber war gut dreißig Meter hoch in der Luft, aber der Fallstrom war so stark, dass er die laufenden Gestalten verformte, sie teilweise flach drückte, während sie flohen. Es sah aus, als würde mit dem Hammer auf sie eingeschlagen.

Die Gestalten verschwanden in der Höhle.

Ich sah Mae. Sie stand im Flussbett und sprach über ihr Funkgerät mit dem Hubschrauber. Sie brauchte das Funkgerät also tatsächlich. Sie rief mir zu: »Los geht's!« und kam auf mich zugelaufen. Aus den Augenwinkeln nahm ich wahr, dass Bobby vom Hügel weglief, zurück zu seinem ATV. Aber es war keine Zeit, darüber nachzudenken. Der Hubschrauber schwebte jetzt direkt über dem Hügel. Sand wirbelte auf, brannte mir in den Augen.

Dann war Mae auch schon neben mir. Wir nahmen unsere Nachtsichtbrillen ab und zogen uns die Sauerstoffmasken über. Mae drehte mich um und öffnete das Tankventil auf meinem Rücken. Ich machte das Gleiche bei ihr. Dann setzten wir die Nachtsichtbrillen wieder auf. Jede Menge Teile klimperten und klapperten jetzt um mein Gesicht herum. Mae klemmte eine Halogentaschenlampe an meinen Gürtel und dann eine an ihren. Sie beugte sich zu mir vor und rief: »Alles klar?«

»Alles klar!«

»Okay, gehen wir!«

Zum Nachdenken blieb keine Zeit. Das war auch besser so. Der Wind vom Hubschrauber toste mir in den Ohren. Zusammen krochen wir den Hang des Hügels hoch, mit flatternder Kleidung. Wir erreichten den Rand, der im dichten, wirbelnden Sand kaum noch zu erkennen war. Wir konnten nicht sehen, was dahinter war. Wir konnten nicht sehen, was unten war.

Mae nahm meine Hand, und wir sprangen.

6. Tag, 23.22 Uhr

Ich landete auf lockerem Geröll und stolperte halb rutschend auf den Höhleneingang zu. Über uns dröhnten laut die Rotorblätter des Hubschraubers. Mae war direkt neben mir, aber ich konnte sie in dem dichten Sand nicht sehen. Von den Ricky-Gestalten fehlte jede Spur. Am Höhleneingang hielten wir an. Mae holte die Thermitkapseln heraus. Sie gab mir die Magnesiumzünder und warf mir ein Plastikfeuerzeug zu. Ich dachte: Damit zünden wir die Dinger an? Ihr Gesicht war schon zum Teil hinter der beschlagenen Maske verschwunden. Die Nachtsichtbrille verbarg ihre Augen.

Sie deutete auf das Innere der Höhle. Ich nickte.

Sie tippte mir auf die Schulter, zeigte auf meine Brille. Ich verstand nicht, also griff sie neben meine Wange und betätigte einen Schalter.

»… mich jetzt?«, sagte sie.

»Ja, ich hör dich.«

»Okay, dann los.«

Wir drangen in die Höhle ein. Das grüne Leuchten war im dichten Staub verschwunden. Wir hatten bloß das Infrarotlicht, das auf unsere Nachtsichtbrillen montiert war. Wir sahen keine Gestalten. Wir hörten nichts außer dem Flattern des Hubschraubers. Aber je tiefer wir in die Höhle vorstießen, desto schwächer wurde das Geräusch.

Und mit dem Geräusch ließ auch der Wind nach.

Mae war konzentriert. Sie sagte: »Bobby? Hörst du mich?«

»Ja, ich höre dich.«

»Mach, dass du herkommst.«

»Ich versuch's ja…«

»Versuchen reicht nicht. Komm rein, Bobby.«

Ich schüttelte den Kopf. Wie ich Bobby Lembeck kannte, würde er niemals in dieses Loch steigen. Wir kamen um die Biegung und sahen nichts als Staub in der Luft und die diffusen Konturen von Höhlenwänden. Hier waren die Wände anscheinend glatt, boten keinerlei Möglichkeit für ein Versteck. Dann sah ich aus der Dämmerung vor mir Ricky auftauchen. Er zeigte keinerlei Regung, ging einfach auf uns zu. Dann eine weitere Gestalt von links und noch eine. Die drei bildeten eine Linie. Sie kamen uns mit forschem Schritt entgegen, die Gesichter identisch und ausdruckslos.

»Erste Lektion«, sagte Mae und hielt mir eine Thermitkapsel hin.

»Hoffen wir, *sie* lernen sie nicht«, sagte ich und hielt das Feuerzeug an die Zündschnur. Sie sprühte zischend weiß glühende Funken. Mae warf die Kapsel. Sie landete knapp vor der herannahenden Gruppe. Sie achteten nicht darauf, starrten einfach weiter auf uns.

Mae sagte: »Countdown drei… zwei… eins… und *Deckung*.«

Ich drehte mich weg, duckte den Kopf unter den Arm, als auch schon ein blendend weißer Ball den Tunnel erhellte. Obwohl ich die Augen geschlossen hatte, war es so grell, dass ich Punkte sah, als ich die Augen wieder öffnete. Ich drehte mich um.

Mae ging schon weiter. Der Staub in der Luft war eine Spur dunkler gefärbt. Von den drei Gestalten war nichts zu sehen.

»Sind sie abgehauen?«

»Nein. Verdampft«, sagte sie. Sie klang zufrieden.

»Neue Gegebenheiten«, sagte ich. Ich fasste Mut. Falls die Programmierannahmen noch immer zutrafen, dann waren die Schwärme schwach, wenn sie auf völlig unbekannte Situationen reagieren mussten. Mit der Zeit würden sie lernen, mit der Zeit würden sie Strategien entwickeln, um mit den neuen Bedingungen umzugehen. Aber zu Anfang wären ihre Reaktionen desorganisiert, chaotisch. Das war eine Schwäche von verteilter Intelligenz. Sie war stark, und sie war flexibel, aber sie reagierte langsam auf noch nie da gewesene Umstände.

»Hoffen wir's«, sagte Mae.

Wir erreichten das klaffende Loch im Höhlenboden, von dem Mae erzählt hatte. Durch die Nachtsichtbrille sah ich eine Art abgeschrägte Rampe. Vier oder fünf Gestalten kamen auf uns zu, und hinter ihnen schienen noch mehr zu sein. Sie sahen alle aus wie Ricky, aber viele von ihnen waren nicht so gut ausgeformt. Und die hinteren waren bloß wirbelnde Wolken. Das trommelnde Geräusch wurde lauter.

»Zweite Lektion.« Mae hielt mir eine Kapsel hin. Sie zischte weiß, als ich sie entzündete. Mae rollte sie vorsichtig die Rampe hinunter. Die Gestalten zögerten, als sie sahen, was auf sie zukam.

»Verdammt«, sagte ich, doch dann musste ich mich schon wegdrehen und meine Augen vor dem Explosionsblitz abschirmen. Donnernd breitete sich das Gas im engen Gang aus. Ich spürte sengende Hitze an meinem Rücken auflodern. Als ich wieder hinsah, waren die meisten Schwärme unter uns verschwunden. Aber ein paar waren zurückgewichen, offenbar unversehrt.

Sie lernten.

Schnell.

»Nächste Lektion«, sagte Mae und hielt mir diesmal zwei Kapseln hin. Ich zündete beide an, und Mae rollte eine die Rampe hinunter und warf die andere ein Stück weiter. Die Explosionen krachten gleichzeitig, und ein gewaltiger Schwall heiße Luft brauste auf uns zu. Mein Hemd fing Feuer. Mae löschte es, indem sie mit der flachen Hand rasch auf mich einschlug.

Als wir wieder hinschauten, waren keine Gestalten mehr zu sehen und auch keine Schwärme.

Wir gingen die Rampe hinunter, immer tiefer in die Höhle.

Wir hatten mit zwanzig Thermitkapseln angefangen. Jetzt hatten wir noch sechzehn, und wir waren erst ein kurzes Stück die Rampe hinunter, die in den großen Raum am Ende führte. Mae ging jetzt sehr schnell – ich hatte Mühe, mit ihr Schritt zu halten –, aber ihre Instinkte waren gut. Die wenigen Schwärme, die vor uns auftauchten, wichen rasch zurück.

Wir scheuchten sie vor uns her in den unteren Raum.

Mae sagte: »Bobby, wo bleibst du?«

Das Headset knisterte. »… bin – jetzt …«

»Bobby, komm endlich, verdammt.«

Doch die ganze Zeit drangen wir immer tiefer in die Höhle ein, und bald hörten wir nur noch statisches Rauschen. Hier unten hing Staub in der Luft, der die Infrarotstrahlen diffus machte. Die Wände und den Boden unmittelbar vor uns konnten wir deutlich sehen, aber dahinter war es stockfinster. Die Dunkelheit und das eingeschränkte Gesichtsfeld waren beängstigend. Um zu wissen, was rechts und links von mir war, drehte ich ständig den Kopf und schwenkte den Lichtstrahl hin und her. Ich hatte jetzt wieder den Fäulnisgeruch in der Nase, scharf und widerlich.

Wir erreichten das Ende der langen Rampe. Mae blieb ruhig; als ein halbes Dutzend Schwärme vor uns aufschwirrte, hielt sie mir wieder eine Kapsel hin. Bevor ich sie anzünden konnte, zogen die Schwärme sich zurück. Mae rückte sofort nach.

»Die reinste Löwenbändigung«, sagte sie.

»Bisher«, sagte ich.

Ich wusste nicht, wie lange wir das so durchhalten konnten. Die Höhle war groß, viel größer, als ich sie mir vorgestellt hatte. Sechzehn Kapseln würden doch niemals ausreichen. Ich fragte mich, ob Mae sich auch Sorgen machte. Sie erweckte nicht den Eindruck. Aber wahrscheinlich ließ sie es sich nicht anmerken.

Irgendetwas knirschte unter meinem Fuß. Ich blickte nach unten und sah, dass der Boden mit tausenden winzigen, zarten, gelben Knochen übersät war. Wie Vogelknochen. Doch das da waren

Fledermausknochen. Mae hatte Recht gehabt: Sie waren alle gefressen worden.

In der oberen Ecke meines Nachtsichtbildes blinkte jetzt ein rotes Licht. Es war irgendeine Warnanzeige, vermutlich für die Batterie. »Mae ...«, setzte ich an. Dann ging das rote Licht aus, so plötzlich, wie es angegangen war.

»Was ist?«, sagte sie. »Was ist los?«

»Schon gut.«

Und dann endlich kamen wir in den großen Raum – es gab nur keinen großen Raum, das heißt, nicht mehr. Er war jetzt vom Boden bis zur Decke mit dunklen Kugeln gefüllt, die einen Durchmesser von über einem halben Meter hatten und mit stacheligen Vorsprüngen gespickt waren. Sie sahen aus wie überdimensionale Seeigel. Sie waren in großen Trauben geschichtet. Die Anordnung war methodisch.

Mae sagte: »Hoffentlich ist das nicht das, was ich fürchte.« Ihre Stimme war ruhig, distanziert. Fast wissenschaftlich interessiert.

»Ich glaube doch«, sagte ich. Wenn mich nicht alles täuschte, waren diese stacheligen Gebilde eine organische Version der Produktionsanlage von Xymos. »So vermehren sie sich.« Ich trat vor.

»Ich weiß nicht, ob wir reingehen sollten ...«, sagte sie.

»Wir müssen, Mae. Sieh es dir doch an: Es ist geordnet.«

»Glaubst du, es gibt ein Zentrum?«

»Vielleicht.« Und falls ja, wollte ich Thermit draufwerfen. Ich ging weiter.

Es war unheimlich, zwischen diesen Trauben hindurchzugehen. Zähe, schleimige Flüssigkeit tropfte von den Spitzen der Stacheln. Und die Kugeln schienen mit einer Art festem Gel beschichtet zu sein, das bebte, sodass es aussah, als würden sich die Gebilde bewegen, als wären sie lebendig. Ich blieb kurz stehen, um es mir genauer anzuschauen. Und da erkannte ich, dass die Oberfläche der Kugeln tatsächlich lebendig war; denn in dem Gel wimmelte es nur so von kriechenden, schwarzen Würmern. »Mein Gott ...«

»Die waren vorher schon da«, sagte Mae ruhig.

»Was?«

»Die Würmer. Sie haben in der Guanoschicht auf dem Höhlenboden gelebt, als ich das erste Mal hier war. Sie fressen organisches Material und scheiden stark phosphorhaltige Stoffe aus.«

»Und jetzt sind sie an der Schwarmsynthese beteiligt«, sagte ich. »Es hat nicht lange gedauert, bloß ein paar Tage. Aktive Koevolution. Die Kugeln versorgen die Würmer vermutlich mit Nahrung und sammeln irgendwie deren Ausscheidungen.«

»Oder sie sammeln die Würmer selbst«, sagte Mae trocken.

»Ja. Vielleicht.« Es war durchaus denkbar. Ameisen züchteten Blattläuse, wie wir Kühe züchteten. Andere Insekten bauten Pilze als Nahrungsquelle in Gärten an.

Wir traten tiefer in den Raum. Die Schwärme wirbelten an allen Seiten um uns herum, aber sie blieben auf Distanz. Wahrscheinlich ein weiteres noch nie da gewesenes Ereignis, dachte ich: Eindringlinge in ihrem Nest. Sie wussten noch nicht, was sie tun sollten. Ich bewegte mich vorsichtig; unter meinen Füßen wurde es stellenweise immer rutschiger. Der Boden war mit einer dicken Dreckschicht bedeckt, die an einigen Stellen streifig grün leuchtete. Die Streifen schienen nach innen zu laufen, zum Zentrum hin. Ich hatte das Gefühl, dass der Boden ein leichtes Gefälle hatte.

»Wie weit noch?«, sagte Mae. Sie klang noch immer ruhig, aber ich glaubte ihr diese Ruhe nicht. Ich war es auch nicht; als ich nach hinten blickte, konnte ich den Eingang des Raumes nicht mehr sehen, weil er von den Kugeln verdeckt wurde.

Und auf einmal waren wir im Zentrum, denn die Trauben liefen in einem offenen Raum aus, und direkt vor uns sah ich etwas, das so aussah wie eine Miniaturausgabe des Hügels draußen. Er war etwas über einen Meter hoch und kreisrund, und ringsherum ragten flache flügelartige Ausbuchtungen nach außen. Auch er war grün gestreift. Blasser Rauch stieg von den Flügeln auf.

Wir traten näher.

»Es ist heiß«, sagte Mae. Und das stimmte. Die Hitze war extrem; deshalb qualmte es. Mae sagte: »Was meinst du, was da drin ist?«

Ich blickte auf den Boden. Ich sah, dass die grünen Streifen von den Kugeln zu dem Hügel in der Mitte führten. Ich sagte: »Assembler.« Die stacheligen Seeigel generierten organisches Rohmaterial. Es floss ins Zentrum, wo die Assembler die endgültigen Moleküle produzierten. Dort fand die Endmontage statt.

»Dann ist das da das Herz«, sagte Mae.

»Ja. Könnte man so sagen.«

Die Schwärme waren jetzt um uns herum, verharrten hinten bei den Trauben. Offenbar würden sie nicht ins Zentrum kommen. Aber sie waren überall, warteten auf uns.

»Wie viele willst du?«, fragte Mae leise, während sie das Thermit aus ihrem Rucksack nahm.

Ich sah mir all die Schwärme an.

»Fünf für hier«, sagte ich. »Den Rest brauchen wir, um rauszukommen.«

»Wir können nicht fünf auf einmal anzünden …«

»Schon gut.« Ich streckte meine Hand aus. »Gib sie mir.«

»Aber Jack …«

»Mach schon, Mae.«

Sie gab mir fünf Kapseln. Ich ging näher an den Hügel heran und warf die Kapseln unangezündet hinein. Die Schwärme drum herum summten, kamen aber noch immer nicht auf uns zu.

»Okay«, sagte Mae. Sie verstand sofort, was ich vorhatte. Sie holte noch mehr Kapseln heraus.

»Jetzt vier«, sagte ich mit Blick auf die Schwärme. Sie waren unruhig, bewegten sich hin und her. Ich wusste nicht, wie lange sie noch blieben, wo sie waren. »Drei für dich, eine für mich. Du kümmerst dich um die Schwärme.«

»Alles klar …« Sie gab mir eine Kapsel. Ich zündete die anderen für sie an. Sie warf sie in die Richtung, aus der wir gekommen waren. Die Schwärme tanzten davon.

Sie zählte: »Drei … zwei … eins … *jetzt*!«

Wir kauerten uns hin, duckten uns vor der grellen Lichtexplosion. Ich hörte ein Knacken; als ich wieder hinsah, brachen einige von den Kugelgebilden auf und fielen auseinander. Stacheln rollten über den Boden. Ohne zu zögern, entzündete ich die nächste Kapsel, und als sie weiße Funken spie, warf ich sie in den Hügel.

»Raus hier!«

Wir liefen Richtung Eingang. Vor uns zerbröckelten die Kugeln. Mae sprang leichtfüßig über die fallenden Stacheln und lief weiter. Ich folgte ihr, zählte im Geiste … drei … zwei … eins …

Jetzt.

Eine Art schrilles Kreischen ertönte, heißes Gas brauste heran, eine Detonation krachte so laut, dass es mir in den Ohren stach. Die Druckwelle schleuderte mich zu Boden, und ich rutschte im Schlamm weiter. Ich spürte die Stacheln am ganzen Körper. Meine Nachtsichtbrille war heruntergefallen, und rings um mich herum war alles schwarz. *Schwarz.* Ich konnte nicht das Geringste sehen. Ich wischte mir den Schlamm aus dem Gesicht. Ich wollte aufstehen, rutschte aus und fiel wieder hin.

»Mae«, sagte ich. »Mae …«

»Es hat eine Explosion gegeben«, sagte sie mit überraschter Stimme.

»Mae, wo bist du? Ich kann nichts sehen.«

Es war stockfinster. Ich konnte nicht mal meine Hand vor Augen erkennen. Ich steckte tief unten in irgendeiner verdammten Höhle voller stacheliger Dinger, und ich konnte nichts mehr ausmachen. Ich kämpfte gegen die Panik an.

»Alles in Ordnung«, sagte Mae. Ich spürte in der Dunkelheit, wie sie meinen Arm packte. Offenbar konnte sie mich sehen. Sie sagte: »Die Taschenlampe ist an deinem Gürtel.« Sie führte meine Hand.

Ich tastete im Dunkeln nach der Halterung. Ich fand sie, konnte sie aber nicht öffnen. Es war ein Federmechanismus, und meine Finger rutschten immer wieder ab. Dann hörte ich ein trommelndes Geräusch, zuerst leise, dann wurde es langsam lauter. Meine Hände schwitzten. Endlich öffnete sich die Halterung, und mit einem Seufzer der Erleichterung knipste ich die Taschenlampe an. Ich sah Mae in dem kalten Halogenstrahl; sie hatte noch ihre Nachtsichtbrille auf und drehte den Kopf weg. Ich leuchtete in der Höhle herum. Sie hatte sich durch die Explosion verändert. Viele von den Kugeltrauben waren auseinander gebrochen, und der Boden war mit Stacheln übersät. Irgendeine Substanz auf dem Boden hatte sich entzündet. Beißende, stinkende Rauchschwaden stiegen auf. Die Luft war trüb und dunkel. Ich machte einen Schritt nach hinten und trat auf etwas Matschiges.

Ich blickte nach unten und sah David Brooks' T-Shirt. Dann wurde mir klar, dass ich auf den Überresten von Davids Torso stand, der sich in eine Art weißliches Gelee verwandelt hatte. Mein Fuß war mitten in seinem Bauch. Sein Brustkasten schabte über mein Schienbein, hinterließ einen weißen Streifen auf meiner Hose. Ich blickte hinter mich und sah Davids Gesicht, gespenstisch weiß und ausgehöhlt, die Gesichtszüge weggefressen, sodass er so konturenlos aussah wie die Gesichter der Schwärme. Schlagartig wurde mir übel, und ich schmeckte Galle im Mund.

»Komm«, sagte Mae, packte meinen Arm und drückte ihn fest. »Komm weiter, Jack.«

Es gab ein saugendes Geräusch, als ich meinen Fuß aus dem Körper zog. Ich streifte mit dem Schuh über den Boden, um ihn von der weißen Schmiere zu säubern. Ich konnte nicht mehr denken, ich kämpfte bloß noch gegen den Ekel und das überwältigende Grauen an. Ich wollte weglaufen. Mae sprach auf mich ein, aber ich hörte sie nicht. Ich sah die Höhle um mich herum nur noch verschwommen und nahm bloß flüchtig wahr, dass die Schwärme überall um uns herum auftauchten, Schwarm um Schwarm um Schwarm. Es war ein einziges Gewimmel.

»*Ich brauche deine Hilfe, Jack*«, sagte Mae und hielt mir vier Kapseln hin. Mit der Taschenlampe hantierend, gelang es mir irgendwie, die Kapseln anzuzünden, und Mae schleuderte sie in alle Richtungen. Ich warf die Hände vor die Augen, als die heißen Kugeln um mich herum explodierten. Als ich wieder hinsah, waren die Schwärme verschwunden. Doch gleich darauf tauchten sie erneut auf. Erst ein Schwarm, dann drei, dann sechs, dann zehn – und dann so viele, dass ich sie nicht mehr zählen konnte. Mit wütendem Summen flogen sie von allen Seiten auf uns zu.

»Wie viele Kapseln haben wir noch?«, fragte ich.

»Acht.«

Ich war mir sicher, dass wir es nicht schaffen würden. Wir waren zu tief in der Höhle. Wir würden niemals rauskommen. Ich hatte keine Ahnung, wie viele Schwärme um uns herum waren – mein Halogenstrahl zuckte über eine ganze Armee von ihnen, wie es aussah.

»Jack ...«, sagte Mae und hielt mir ihre Hand hin. Sie gab anscheinend nie auf. Ich zündete drei weitere Kapseln an, und Mae warf sie und bewegte sich dabei zurück Richtung Eingang. Ich blieb dicht bei ihr, aber ich wusste, dass unsere Lage aussichtslos war. Jede Detonation scheuchte die Schwärme kurz auseinander. Dann gruppierten sie sich rasch neu. Es waren viel zu viele.

»Jack.« Noch mehr Thermit in ihren Händen.

Jetzt konnte ich den Eingang des Raumes sehen, nur noch wenige Schritte. Meine Augen tränten vom beißenden Rauch. Mein Halogenlicht schnitt nur noch als schmaler Strahl durch den Staub. Die Luft wurde trüber und trüber.

Eine letzte Serie von weiß glühenden Detonationen, und wir waren am Eingang. Ich sah die Rampe nach oben. Ich glaubte, dass wir es niemals bis draußen schaffen würden. Aber mein Verstand war ausgeschaltet, ich reagierte nur noch.

»Wie viele noch?«, fragte ich.

Mae gab keine Antwort. Irgendwo über uns hörte ich das Dröhnen eines Motors. Ich blickte hoch und sah weiter oben in der Höhle weißes Licht schwanken. Das Dröhnen wurde sehr laut – ich hörte einen Motor aufheulen –, und dann tauchte das ATV an der Rampe auf. Bobby war da oben und schrie: »Los, rauuuusss!«

Mae drehte sich um und lief die Rampe hoch, und ich hastete hinter ihr her. Undeutlich nahm ich wahr, dass Bobby irgendetwas entzündete, was orangerot aufflammte, und dann drückte Mae mich gegen die Wand, als das fahrerlose ATV die Rampe heruntergedonnert kam, auf den großen Höhlenraum zuraste, einen brennenden Lappen aus dem Benzintank hängend. Es war ein motorisierter Molotowcocktail.

Sobald das Fahrzeug an uns vorbei war, gab Mae mir einen festen Stoß in den Rücken. »Lauf!«

Ich sprintete die letzten Meter die Rampe hoch. Bobby streckte die Hände nach uns aus, zog uns über den Rand auf den flachen Boden. Ich fiel hin und schrammte mir die Knie auf, aber ich spürte kaum etwas, weil Bobby mich gleich wieder auf die Beine riss. Dann lief ich so schnell ich konnte Richtung Höhlenausgang, und ich hatte die Öffnung schon fast erreicht, als eine glühende Druckwelle uns umwarf. Ich schleuderte durch die Luft und knallte gegen eine Höhlenwand. Benommen rappelte ich mich hoch. Meine Taschenlampe war weg. Ich hörte ein seltsam kreischendes Geräusch irgendwo hinter mir, zumindest kam es mir so vor.

Ich sah zu Mae und Bobby hinüber. Sie standen wieder auf. Der Hubschrauber schwebte noch immer dröhnend über uns, als wir die letzte Schräge hochkletterten, über den Rand des Hügels fielen und dann den Hang hinunterrollten, hinaus in die kühle, schwarze Wüstennacht.

Das Letzte, was ich sah, war Mae, die dem Hubschrauber mit beiden Armen hektisch signalisierte, er solle verschwinden – weg, weg, weg.

Und dann explodierte die Höhle.

Der Boden machte einen Satz unter meinen Füßen, und ich schlug der Länge nach hin, genau in dem Moment, als mir ein heftiger Schmerz von der Druckwelle in den Ohren stach. Ich hörte das tiefe Grollen der Explosion. Aus der Höhlenöffnung schoss ein gewaltiger, wütender Feuerball, orange, mit Schwarz durchsetzt. Ich spürte, wie eine heiße Welle auf mich zurollte, und dann war sie verschwunden, und alles war mit einem Mal still, und die Welt um mich herum war schwarz.

Wie lange ich dort unter den Sternen lag, weiß ich nicht. Ich hatte wohl das Bewusstsein verloren, denn meine nächste Erinnerung war, wie Bobby mich auf den Rücksitz des Hubschraubers schob. Mae war schon eingestiegen, und sie beugte sich zu mir herüber, um mich anzuschnallen. Beide betrachteten mich besorgt. Ich fragte mich dumpf, ob ich verletzt war. Ich spürte keine Schmerzen. Die Tür schlug neben mir zu, und Bobby stieg vorn neben dem Piloten ein.

Wir hatten es geschafft. Und wir lebten.

Ich konnte kaum fassen, dass es vorbei war.

Der Hubschrauber stieg in die Luft, und ich sah die Lichter des Labors in der Ferne.

IV.
DIE BEUTE

7. Tag, 0.12 Uhr

Jack.«

Julia kam durch den Korridor auf mich zugestürzt. Im Licht der Deckenbeleuchtung sah ihr Gesicht schön aus, schlank und elegant. Sie war tatsächlich noch schöner, als ich sie in Erinnerung hatte. Am Fußknöchel trug sie einen Verband, und ihr Handgelenk war in Gips. Sie schlang die Arme um mich und vergrub das Gesicht an meiner Schulter. Ihr Haar roch nach Lavendel. »Oh Jack, Jack. Gott sei Dank ist dir nichts passiert.«

»Nein«, sagte ich heiser. »Mir ist nichts passiert.«

»Ich bin ja so froh … so froh.«

Ich stand einfach nur da, spürte, wie sie mich umarmte. Dann umarmte auch ich sie. Ich wusste nicht, wie ich reagieren sollte. Sie war so voller Energie, aber ich war erschöpft, matt.

»Ist alles in Ordnung mit dir, Jack?«, fragte sie, noch immer fest die Arme um mich gelegt.

»Ja, Julia«, erwiderte ich, kaum mehr als ein Flüstern. »Alles in Ordnung.«

»Was ist denn mit deiner Stimme?«, sagte sie, wich auf Armeslänge zurück und sah mich an. Sie musterte mein Gesicht. »Was hast du?«

»Wahrscheinlich hat er sich die Stimmbänder verätzt«, sagte Mae. Auch sie war heiser. Ihr Gesicht war rußgeschwärzt. Sie hatte einen Riss in der Wange und einen weiteren an der Stirn.

Julia umarmte mich erneut, ihre Finger berührten mein Hemd. »Schatz, du bist verletzt …«

»Bloß mein Hemd.«

»Jack, bist du wirklich nicht verletzt? Ich glaube, du bist verletzt …«

»Nein, mir fehlt nichts.« Ich trat verlegen von ihr zurück.

»Ich kann dir gar nicht sagen«, sagte sie, »wie dankbar ich dir bin für das, was du heute Nacht getan hast, Jack. Was ihr alle getan habt«, fügte sie hinzu und wandte sich an die anderen. »Du, Mae, und auch du, Bobby. Es tut mir nur Leid, dass ich nicht da war, um euch zu helfen. Ich weiß, das ist alles meine Schuld. Aber wir sind euch dankbar, die Firma ist euch dankbar.«

Ich dachte: Die Firma? Aber ich sagte bloß: »Schon gut, es musste ja gemacht werden.«

»Und ob, ja, allerdings. Rasch und gründlich. Und ihr habt es geschafft, Jack. Gott sei Dank.«

Ricky stand im Hintergrund, sein Kopf bewegte sich auf und ab, wie einer von diesen mechanischen Vögeln, die aus einem Wasserglas trinken. Auf und ab. Das alles kam mir unwirklich vor, als wäre ich in einem Theaterstück.

»Ich finde, darauf sollten wir zusammen einen trinken«, sagte Julia jetzt, während wir den Korridor hinuntergingen. »Hier muss doch irgendwo noch eine Flasche Champagner sein. Ricky? Hab ich Recht? Ja? Ich möchte mit euch feiern.«

»Ich will bloß noch schlafen«, sagte ich.

»Ach, nun komm schon, bloß ein Gläschen.«

Das war typisch Julia, dachte ich. Ganz in ihrer Welt, ohne zu merken, wie anderen zu Mute war. Uns stand jetzt wirklich nicht der Sinn nach Champagner.

»Nein, aber vielen Dank«, sagte Mae und schüttelte den Kopf.

»Wirklich nicht? Das wäre doch schön. Was ist mit dir, Bobby?«

»Vielleicht morgen«, sagte Bobby.

»Na gut, schade, aber ihr seid ja schließlich die siegreichen Helden! Dann aber morgen.«

Mir fiel auf, wie schnell sie redete, wie rasch ihre Bewegungen waren. Ich musste daran denken, was Ellen über Drogen gesagt hatte. Ich hatte wirklich den Eindruck, dass sie was genommen hatte. Aber ich war so müde, es war mir einfach egal.

»Ich hab Larry Handler schon informiert, den Oberboss«, sagte sie, »und er ist euch allen sehr dankbar.«

»Das freut mich«, sagte ich. »Verständigt er die Armee?«

»Die Armee verständigen? Weswegen?«

»Wegen der außer Kontrolle geratenen Schwärme.«

»Aber, Jack, die Sache ist doch jetzt aus der Welt geschafft. Ihr habt sie aus der Welt geschafft.«

»Ganz sicher bin ich mir da nicht«, sagte ich. »Könnte sein, dass ein paar Schwärme entwischt sind. Oder vielleicht ist irgendwo da draußen noch ein Nest. Ich denke, wir sollten sicherheitshalber die Armee einschalten.« Ich glaubte zwar eigentlich nicht, dass uns einer entkommen war, aber ich wollte jemanden von draußen hier haben. Ich war müde. Andere sollten die Sache in die Hand nehmen.

»Die Armee?« Julias Blick huschte zu Ricky hinüber, dann wieder zu mir. »Jack, du hast völlig Recht«, sagte sie bestimmt. »Die Lage ist extrem ernst. Wenn auch nur die geringste Möglichkeit besteht, dass nicht alle Schwärme vernichtet worden sind, müssen wir umgehend die Armee einschalten.«

»Ich meine, noch heute Nacht.«

»Ja, völlig klar, Jack. Noch heute Nacht. Am besten mache ich das jetzt sofort.«

Ich warf einen Blick über die Schulter auf Ricky. Er kam hinter uns her, nickte noch immer so mechanisch vor sich hin. Ich verstand das nicht. Wo war Rickys Panik geblieben? Seine Angst, die Sache mit den Schwärmen könnte publik werden? Jetzt schien ihm das gleichgültig zu sein.

Julia sagte: »Ihr drei legt euch aufs Ohr, und ich rufe meine Bekannten im Pentagon an.«

»Ich komme mit«, sagte ich.

»Das ist wirklich nicht nötig.«

»Ich möchte aber«, sagte ich.

Sie warf mir einen Blick zu und lächelte. »Traust du mir nicht?«

»Wie kommst du denn darauf?«, erwiderte ich. »Aber es könnte doch sein, dass sie Fragen haben, die du nicht beantworten kannst.«

»Ja, richtig. Gute Idee. Ausgezeichnete Idee.«

Ich war sicher, dass irgendetwas nicht stimmte. Ich kam mir immer mehr so vor, als wäre ich in einem Theaterstück, und jeder spielte seine Rolle. Nur wusste ich nicht, was das für ein Stück war. Ich blickte zu Mae hinüber. Sie hatte die Stirn leicht in Falten gelegt. Auch sie musste es gespürt haben.

Wir passierten die Luftschleusen und kamen in den Wohnbereich. Hier empfand ich die Luft als unangenehm kalt; mich fröstelte. Wir gingen in die Küche, und Julia griff nach dem Telefon.

»Rufen wir direkt an, Jack«, sagte sie.

Ich ging zum Kühlschrank und nahm mir ein Gingerale. Mae trank einen Eistee. Bobby ein Bier. Wir waren alle durstig. Ich sah, dass im Kühlschrank eine Flasche Champagner bereitstand. Ich berührte sie; sie war kalt. Ich sah auch sechs Gläser, die vorgekühlt wurden. Julia hatte die Party bereits geplant.

Julia drückte die Mithörtaste. Wir hörten den Wählton. Sie tippte eine Nummer ein. Aber der Anruf ging nicht durch. Die Leitung wurde einfach unterbrochen.

»Mhm«, sagte sie. »Ich versuch's noch mal …«

Sie wählte ein zweites Mal. Wieder ging der Anruf nicht durch.

»Komisch. Ricky, ich krieg keine Verbindung nach draußen.«

»Versuch's noch mal«, sagte Ricky.

Ich trank von meinem Gingerale und beobachtete sie. Kein Zweifel, alles war nur Theater, das sie uns vorspielten. Julia wählte brav ein drittes Mal. Ich fragte mich, was für eine Nummer sie da anrief. Oder kannte sie die Nummer vom Pentagon auswendig?

»Mhm«, sagte sie. »Nichts.«

Ricky nahm das Telefon hoch, schaute sich die Unterseite an, stellte es wieder hin. »Müsste in Ordnung sein«, sagte er und tat verwundert.

»Ach, Herrgott«, sagte ich. »Lasst mich raten. Irgendwas ist passiert, und wir können nicht nach draußen telefonieren.«

»Nein, nein, es geht«, sagte Ricky.

»Ich habe vorhin noch telefoniert«, sagte Julia. »Kurz bevor ihr zurückgekommen seid.«

Ricky stieß sich vom Tisch ab. »Ich überprüf mal die Leitungen.«

»Ja genau, tu das«, sagte ich mit finsterem Blick.

Julia starrte mich an. »Jack«, sagte sie, »du machst mir Sorgen.«

»Ach nee.«

»Du bist wütend.«

»Ich werde verarscht.«

»Das wirst du nicht«, sagte sie und blickte mir in die Augen. »Ich schwöre.«

Mae stand vom Tisch auf und sagte, dass sie unter die Dusche wolle. Bobby ging in den Freizeitraum, um ein Videospiel zu spielen, wie immer, wenn er Entspannung brauchte. Wenig später hörte ich das Knattern eines Maschinengewehrfeuers und die Schreie der tödlich getroffenen bösen Buben. Julia und ich waren allein in der Küche.

Sie beugte sich über den Tisch zu mir. Sie sprach mit leiser, ernster Stimme. »Jack«, sagte sie, »ich glaube, ich schulde dir eine Erklärung.«

»Nein«, sagte ich. »Tust du nicht.«

»Ich meine, für mein Verhalten. Meine Entscheidungen in den vergangenen Tagen.«

»Ist nicht wichtig.«

»Aber mir ist es wichtig.«

»Vielleicht später, Julia.«

»Ich muss es dir jetzt sagen. Weißt du, es ist so, ich wollte unbedingt die Firma retten, Jack. Das ist alles. Die Kamera hat nicht funktioniert, und wir haben es nicht hingekriegt, wir haben unseren Vertrag verloren, und die Firma ging den Bach runter. Ich hab noch nie eine Firma verloren. Ich hab noch nie erlebt, dass eine Firma, für die ich arbeite, zusammenbricht, und Xymos sollte nicht die erste sein. Ich hing da mit drin, es stand was für mich auf dem Spiel, und ich hatte wohl auch meinen Stolz. Ich wollte sie retten. Ich weiß, es war nicht sehr klug von mir. Ich war verzweifelt. Es war allein meine Verantwortung. Alle wollten mich bremsen. Ich hab sie gedrängt, weiterzumachen. Es war… mein persönlicher Kampf.« Sie zuckte die Achseln. »Und es war alles für die Katz. Die Firma geht in wenigen Tagen endgültig baden. Ich hab sie verloren.« Sie beugte sich noch näher zu mir. »Aber ich will dich nicht auch noch verlieren. Ich will meine Familie nicht verlieren. Ich will *uns* nicht verlieren.«

Sie senkte die Stimme, streckte die Hand über den Tisch aus und legte sie auf meine. »Jack, ich hab einiges wieder gutzumachen, und das möchte ich auch. Ich möchte, dass es wieder läuft, auch mit uns.« Sie hielt inne. »Ich hoffe, du willst das auch.«

Ich sagte: »Ich weiß nicht genau, was ich will.«

»Du bist müde.«

»Ja. Aber ich bin mir nicht sicher, nicht mehr.«

»Du meinst, wegen uns?«

Ich sagte: »Dieses blöde Gespräch geht mir auf die Nerven.« Und das stimmte. Ausgerechnet jetzt musste sie damit anfangen, ich war fix und fertig, ich hatte gerade erst die Hölle durchgemacht und wäre fast ums Leben gekommen, was im Grunde auf ihr Konto ging. Und es nervte mich, dass sie nur so eine banale Entschuldigung zu bieten hatte wie »Es war nicht sehr klug von mir«, obwohl ihr Zutun weitaus schlimmer gewesen war.

»Ach, Jack, lass uns wieder so werden, wie wir waren«, sagte sie, und plötzlich beugte sie sich ganz über den Tisch und wollte mich auf den Mund küssen. Ich wich zurück, drehte den Kopf zur Seite. Sie blickte mich mit flehenden Augen an. »Jack, bitte.«

»Das ist jetzt weder der richtige Zeitpunkt noch der richtige Ort, Julia«, sagte ich.

Pause. Sie wusste nicht, was sie sagen sollte. Schließlich: »Die Kinder vermissen dich.«

»Das glaub ich gern. Ich vermisse sie auch.«

Sie brach in Tränen aus. »*Und mich vermissen sie nicht…*«, schluchzte sie. »Ich bin ihnen doch schon völlig egal… ihre Mutter…« Wieder ergriff sie meine Hand. Ich ließ es zu. Ich versuchte, mir über meine Gefühle klar zu werden. Ich war einfach müde, und mir war sehr unwohl zu Mute. Ich wollte, dass sie mit dem Weinen aufhörte.

»Julia…«

Die interne Sprechanlage klickte. Ich hörte Rickys Stimme, verstärkt. »He, Leute? Wir haben ein Problem mit den Kommunikationsleitungen. Am besten, ihr kommt sofort her.«

Die Telekommunikationstechnik befand sich in einer großen Kammer, die von einer Ecke des Wartungsraumes abging. Gesichert war sie durch eine dicke Stahltür mit einem kleinen Hartglasfenster in der oberen Hälfte. Das Fenster gab den Blick frei auf sämtliche Kabel und Schalter für die Telekommunikation im gesamten Betrieb. Ich sah, dass dicke Kabelbündel herausgerissen waren. Und ich sah in einer Ecke zusammengesackt Charley Davenport. Er war offensichtlich tot. Sein Mund stand offen, die Augen starrten ins Leere. Seine Haut war lilagrau. Ein schwarzer, summender Schwarm wirbelte um seinen Kopf herum.

»Ich kann mir absolut nicht erklären, was passiert ist«, sagte Ricky. »Er schlief tief und fest, als ich nach ihm gesehen hab…«

»Wann war das?«, fragte ich.

»Etwa vor einer halben Stunde.«

»Und der Schwarm? Wie ist der da reingekommen?«

»Das kann ich mir absolut nicht erklären«, sagte Ricky. »Er muss ihn mitgebracht haben, von draußen.«

»Wie denn?«, sagte ich. »Er ist doch durch die Luftschleusen gegangen.«

»Ich weiß, aber…«

»Aber was, Ricky? Wie ist das möglich?«

»Vielleicht… ich weiß nicht, vielleicht hatte er ihn hinten im Hals oder so.«

»Im Hals?«, sagte ich. »Du meinst, die haben ihm einfach so zwischen den Mandeln gehangen? Die Biester töten, weißt du.«

»Ja, ich weiß. Klar weiß ich das.« Er zuckte die Achseln. »Keine Ahnung.«

Ich starrte Ricky an, versuchte, aus seinem Verhalten schlau zu werden. Er hatte gerade festgestellt, dass ein tödlicher Nanoschwarm in sein Labor eingedrungen war, und das schien ihn keineswegs zu beunruhigen. Er nahm es ganz gelassen hin.

Mae kam in den Raum geeilt. Sie erfasste die Situation mit einem Blick. »Hat sich jemand das Überwachungsvideo angesehen?«

»Das geht nicht«, sagte Ricky. Er deutete auf die Kammer. »Alles lahm gelegt – da drin.«

»Dann wisst ihr also nicht, wie er da reingekommen ist?«

»Nein. Aber offenbar wollte er verhindern, dass wir nach draußen anrufen. Zumindest sieht es ganz danach aus …«

Mae sagte: »Wieso sollte Charley da reingehen?«

Ich schüttelte den Kopf. Ich hatte keine Ahnung.

Julia sagte: »Die Kammer ist luftdicht. Vielleicht wusste er, dass er befallen war, und wollte uns vor sich schützen. Ich meine, er hat die Tür von innen abgeschlossen.«

Ich sagte: »Ach ja? Woher weißt du das?«

Julia sagte: »Äh … das hab ich angenommen … äh …« Sie spähte durch die Scheibe. »Und, äh, das Schloss spiegelt sich in dem Chromteil da … siehst du das da?«

Ich schaute gar nicht erst hin. Aber Mae tat es, und ich hörte sie sagen: »Oh ja, Julia, du hast Recht. Gut beobachtet. Wäre mir niemals aufgefallen.« Es klang völlig gekünstelt, aber Julia reagierte gar nicht.

Also spielten jetzt alle Theater. Alles war inszeniert. Und ich verstand nicht, warum. Aber als ich Mae mit Julia beobachtete, fiel mir auf, dass sie äußerst vorsichtig mit meiner Frau umging. Fast so, als hätte sie Angst vor ihr, zumindest Angst, sie zu reizen.

Das war eigenartig.

Und ein wenig beunruhigend.

Ich fragte Ricky: »Kriegen wir die Tür irgendwie auf?«

»Ich denke schon. Vince hat einen Dietrich. Aber vorläufig öffnet keiner die Tür, Jack. Nicht, solange der Schwarm da drin ist.«

»Dann können wir also nirgendwo anrufen?«, sagte ich. »Wir stecken hier fest? Von der Außenwelt abgeschnitten?«

»Bis morgen, ja. Der Hubschrauber kommt morgen früh, turnusmäßig.« Ricky sah sich durch die Scheibe die Zerstörung an. »Gottogott. Charley hat bei den Schalttafeln wirklich ganze Arbeit geleistet.«

Ich sagte: »Was glaubst du, warum hat er das getan?«

Ricky schüttelte den Kopf. »Charley war ein bisschen verrückt. Ich meine, er war ein interessanter Typ. Aber dieses ständige Gefurze und Gesumme... Er hatte nicht alle Tassen im Schrank, Jack.«

»Das finde ich nicht.«

»Nur meine Meinung«, sagte er.

Ich stand neben Ricky und blickte durch die Scheibe. Der Schwarm schwirrte um Charleys Kopf herum, und ich sah bereits, wie sich die milchige Schicht auf seinem Körper bildete. Das übliche Muster.

Ich sagte: »Wir könnten doch Flüssigstickstoff reinpumpen? Den Schwarm einfrieren?«

»Wäre wahrscheinlich möglich«, sagte Ricky, »aber es könnte sein, dass die Technik Schaden nimmt.«

»Können wir die Lüftung nicht so weit aufdrehen, dass die Partikel rausgesogen werden?«

»Die Lüftung läuft schon auf vollen Touren.«

»Und einen Feuerlöscher hältst du wohl auch nicht für so geeignet...«

Er schüttelte den Kopf. »Feuerlöscher enthalten Halon. Kann den Partikeln nichts anhaben.«

»Dann sind wir also regelrecht aus diesem Raum ausgesperrt.«

»Würde ich so sehen, ja.«

»Handys?«

Er schüttelte den Kopf. »Die Antennen führen durch den Raum. Jede Kommunikationsform, die wir haben – Handys, Internet, Turbodatenübertragung –, alles läuft durch den Raum.«

Julia sagte: »Charley hat gewusst, dass der Raum luftdicht ist. Ich wette, er ist da rein, um uns Übrige zu schützen. Das war selbstlos, richtig mutig.«

Sie entwickelte eine Theorie über Charley, schmückte sie aus, fantasievoll. Es war ein wenig störend, denn schließlich waren wir mit dem eigentlichen Problem noch keinen Schritt weiter – wie wir die Tür öffnen und den Schwarm außer Gefecht setzen konnten. Ich sagte: »Gibt es in dem Raum noch ein Fenster?«

»Nein.«

»Nur das Fenster in der Tür?«

»Ja.«

»Okay«, sagte ich, »dann verdunkeln wir es und machen da drin das Licht aus. Und warten ein paar Stunden, bis der Schwarm Energie verliert.«

»Tja, ich weiß nicht«, sagte Ricky skeptisch.

»Was soll das heißen, Ricky?«, fragte Julia. »Ich finde die Idee super. Es ist auf jeden Fall einen Versuch wert. Fangen wir gleich an.«

»Also schön«, sagte Ricky und gab sofort klein bei. »Aber ihr müsst sechs Stunden abwarten.«

Ich erwiderte: »Ich dachte, drei Stunden.«

»Eigentlich ja, aber ich möchte drei zusätzliche Stunden, bevor ich die Tür öffne. Wenn der Schwarm entwischt, sind wir alle erledigt.«

So wurde es letzten Endes dann auch gemacht. Wir besorgten schwarzen Stoff, klebten ihn vor das Fenster und darüber noch ein Stück schwarze Pappe. Wir löschten das Licht und klebten den Lichtschalter in der Aus-Position fest. Als wir fertig waren, überkam mich erneut Erschöpfung. Ich sah auf meine Uhr. Es war ein Uhr. Ich sagte: »Ich muss ins Bett.«

»Wir sollten alle etwas schlafen«, sagte Julia. »Es reicht, wenn wir morgen früh wiederkommen.«

Wir machten uns alle auf den Weg zum Wohnmodul. Mae ging plötzlich neben mir. »Wie fühlst du dich?«, fragte sie.

»Einigermaßen. Der Rücken tut mir ein bisschen weh.«

Sie nickte. »Ich seh mir das besser an.«

»Wieso?«

»Lass mich einfach einen Blick draufwerfen, bevor du ins Bett gehst.«

»Ach, Jack, Schatz«, rief Julia. »Du Armer.«

»Was ist denn?«

Ich saß am Küchentisch und hatte das Hemd ausgezogen. Julia und Mae standen hinter mir und schnalzten besorgt mit der Zunge.

»Was ist denn?«, fragte ich wieder.

»Du hast ein paar Brandblasen«, sagte Mae.

»Ein paar?«, sagte Julia. »Sein ganzer Rücken ist voller ... «

»Ich glaube, wir haben Verbandszeug für Brandverletzungen«, sagte Mae und griff nach dem Erste-Hilfe-Kasten unter der Spüle.

»Ja, das hoffe ich doch.« Julia lächelte mich an. »Jack, es tut mir so entsetzlich Leid, was du alles hast durchmachen müssen.«

»Jetzt brennt es vielleicht ein bisschen«, sagte Mae.

Ich wusste, dass Mae allein mit mir sprechen wollte, aber es gab keine Gelegenheit dazu. Julia würde uns nicht eine Sekunde allein lassen. Sie war schon immer auf Mae eifersüchtig gewesen, schon vor Jahren, als ich Mae in mein Team geholt hatte, und jetzt kämpfte sie mit ihr um meine Aufmerksamkeit.

Das schmeichelte mir ganz und gar nicht.

Der Verband kühlte zuerst, als Mae ihn anlegte, doch gleich darauf brannte es schmerzhaft. Ich verzog das Gesicht.

»Ich weiß nicht, was für Schmerztabletten wir dahaben«, sagte Mae. »Du hast eine recht großflächige Verbrennung zweiten Grades.«

Julia kramte hektisch im Erste-Hilfe-Kasten, nahm Sachen heraus und warf sie nach links und rechts. Tuben und Döschen schepperten zu Boden. »Hier ist Morphium«, sagte sie schließlich und hielt ein Fläschchen hoch. Sie strahlte mich an. »Das müsste helfen!«

»Ich will kein Morphium«, sagte ich. Im Grunde wollte ich nur, dass sie ins Bett verschwand. Julia war mir lästig. Ihre Aufgekratztheit ging mir auf die Nerven. Und ich wollte allein mit Mae sprechen.

»Sonst ist nichts da«, sagte Julia, »außer Aspirin.«

»Aspirin reicht.«

»Ich fürchte, das wird nicht ...«

»*Aspirin reicht.*«

»Du musst mir nicht gleich den Kopf abreißen.«

»Tut mir Leid. Mir geht's nicht gut.«

»Ich versuche bloß, dir zu helfen.« Julia machte einen Schritt zurück. »Ich meine, wenn ihr zwei allein sein wollt, braucht ihr es nur zu sagen.«

»Nein«, sagte ich, »wir wollen nicht allein sein.«

»Wie gesagt, ich versuche bloß zu helfen.« Sie wandte sich wieder dem Erste-Hilfe-Kasten zu. »Vielleicht finde ich ja noch was ....« Pflasterpackungen und Plastikfläschchen mit Antibiotika fielen zu Boden.

»Julia«, sagte ich. »Bitte lass das.«

»Was mache ich denn? Was mache ich denn so Schreckliches?«

»Lass es einfach.«

»Ich versuche bloß zu helfen.«

»Das weiß ich.«

Hinter mir sagte Mae: »So. Fertig. Das müsste bis morgen halten.« Sie gähnte. »Und wenn ihr nichts dagegen habt, gehe ich jetzt ins Bett.«

Ich dankte ihr und sah ihr nach, wie sie den Raum verließ. Als ich mich wieder umdrehte, hatte Julia ein Glas Wasser und zwei Aspirin für mich in der Hand.

»Danke«, sagte ich.

»Ich konnte die Frau noch nie leiden«, sagte sie.

»Gehen wir schlafen«, sagte ich.

»Hier gibt es nur Einzelbetten.«

»Ich weiß.«

Sie kam näher. »Ich möchte mit dir zusammen sein, Jack.«

»Ich bin hundemüde. Wir sehen uns morgen, Julia.«

Ich ging in mein Zimmer und torkelte zum Bett. Ich machte mir nicht mal die Mühe, mich auszuziehen.

Ich weiß nicht mehr, wie mein Kopf das Kissen berührte.

7. Tag, 4.42 Uhr

Ich schlief unruhig, hatte einen schrecklichen Traum nach dem anderen. Ich träumte, dass ich in Monterey war und Julia erneut heiratete. Ich stand vor dem Pfarrer, als sie in ihrem Brautkleid neben mich trat, und als sie den Schleier lüftete, war ich schockiert, wie schön und jung und schlank sie war. Sie lächelte mich an, und ich lächelte zurück, versuchte, mein Unbehagen zu verbergen. Denn jetzt sah ich, dass sie mehr als nur schlank war, dass ihr Gesicht dünn, fast ausgemergelt war. Einem Totenschädel ähnlich.

Dann wandte ich mich dem Geistlichen vor uns zu, aber auf einmal war er Mae, und sie schüttete farbige Flüssigkeiten von einem Reagenzröhrchen ins andere. Als ich Julia wieder ansah, war sie außer sich vor Wut und sagte, sie habe die Frau noch nie leiden können. Irgendwie war es mein Fehler. Ich war schuld.

Ich wachte kurz auf, verschwitzt. Das Kopfkissen war nass. Ich drehte es um und schlief wieder ein. Ich sah mich selbst schlafend im Bett liegen, und als ich aufblickte, bemerkte ich, dass die Tür zu meinem Zimmer offen stand. Licht drang aus dem Flur herein. Ein Schatten fiel über mein Bett. Ricky trat ein und blickte auf mich hinunter. Sein Gesicht war dunkel im Gegenlicht, ich konnte seinen Ausdruck nicht erkennen, aber er sagte: »Ich habe dich immer geliebt, Jack.« Er beugte sich hinab, um mir etwas ins Ohr zu flüstern, und als sein Kopf näher kam, merkte ich, dass er mich stattdessen küssen wollte. Auf den Mund, leidenschaftlich. Er hatte ihn geöffnet. Seine Zunge leckte seine Lippen. Ich war völlig durcheinander, ich wusste nicht, was ich machen sollte, doch in diesem Augenblick kam Julia herein und fragte: »Was ist hier los?«, und Ricky wich hastig zurück und machte irgendeine ausweichende Bemerkung. Julia war sehr zornig und sagte: »Nicht jetzt, du Idiot«, woraufhin Ricky erneut etwas Ausweichendes erwiderte. Und dann sagte Julia: »Das ist völlig unnötig, das erledigt sich von ganz allein.« Und Ricky sagte: »Bei intervallgesteuerter globaler Optimierung gibt es Konstriktionskoeffizienten für deterministische Algorithmen.« Und sie sagte: »*Er wird dir nicht wehtun, wenn du dich nicht wehrst.*« Sie schaltete das Licht im Zimmer an und ging hinaus.

Dann war ich plötzlich wieder auf meiner Monterey-Hochzeit; Julia stand in Weiß neben mir, und ich drehte mich zum Publikum um, und ich erblickte meine drei Kinder in der ersten Reihe, lächelnd und glücklich. Und während ich sie ansah, bildeten sich um ihre Münder schwarze Linien und breiteten sich nach unten über ihre Körper aus, bis sie ganz in Schwarz gehüllt waren. Sie lächelten weiter, aber ich war entsetzt. Ich lief zu ihnen, doch ich konnte den schwarzen Umhang nicht abreiben. Und Nicole sagte seelenruhig: »Vergiss die Rasensprenger nicht, Dad.«

Ich wachte auf. Ich hatte die Laken zerwühlt und war in Schweiß gebadet. Die Tür meines Zimmers stand offen. Ein Lichtrechteck fiel vom Flur auf mein Bett. Ich schaute zum PC-Monitor. Er zeigte »4.55«. Ich schloss die Augen und blieb einen Moment liegen, aber ich konnte nicht wieder einschlafen. Ich war schweißnass und fühlte mich unwohl. Ich beschloss, unter die Dusche zu gehen.

Kurz vor fünf Uhr morgens stand ich auf.

Im Flur war alles still. Ich ging Richtung Waschräume. Die Türen zu allen Schlafzimmern waren offen, was ich seltsam fand. Im Vorbeigehen konnte ich sie alle schlafen sehen. Außerdem brannte in jedem Zimmer Licht. Ich sah Ricky schlafen, und ich sah Bobby und Julia und Vince. Maes Bett war leer. Und natürlich war Charleys Bett leer.

Ich ging kurz in die Küche, um mir ein Gingerale aus dem Kühlschrank zu nehmen. Ich war unglaublich durstig, die Kehle tat mir weh, so ausgetrocknet war sie. Und im Magen hatte ich ein flaues Gefühl. Ich blickte auf die Champagnerflasche. Plötzlich hatte ich das komische Gefühl, dass sich vielleicht jemand an der Flasche zu schaffen gemacht hatte. Ich nahm sie heraus und sah mir den Verschluss genau an, die Metallfolie, die den Korken verdeckte. Sie kam mir ganz normal vor. Keine Auffälligkeit, keine Nadelstiche, rein gar nichts.

Bloß eine Flasche Champagner.

Ich stellte sie zurück und schloss den Kühlschrank.

Ich fragte mich, ob ich Julia unrecht getan hatte. Vielleicht glaubte sie ja wirklich, dass sie einen Fehler gemacht hatte, und wollte manches wieder gutmachen. Vielleicht wollte sie auch bloß ihre Dankbarkeit zum Ausdruck bringen. Vielleicht war ich zu hart zu ihr. Zu nachtragend.

Denn was hatte sie schon Verdächtiges oder Falsches getan, wenn man mal richtig drüber nachdachte? Sie hatte sich gefreut, mich zu sehen, wenn auch etwas übertrieben. Sie hatte die Verantwortung für das Experiment übernommen, und sie hatte sich dafür entschuldigt. Sie hatte sich unverzüglich bereit erklärt, das Pentagon anzurufen. Sie hatte meinem Plan zugestimmt, den Schwarm im Technikraum zu vernichten. Sie hatte mir so gut sie konnte gezeigt, dass sie mich unterstützte und auf meiner Seite stand.

Trotzdem hatte ich ein ungutes Gefühl.

Und natürlich war da noch die Sache mit Charley und dem Schwarm. Rickys Erklärung, dass Charley den Schwarm irgendwo im oder am Körper gehabt hatte, im Mund oder in den Achselhöhlen oder sonst wo, fand ich nicht gerade einleuchtend. Diese Schwärme töteten in Sekundenschnelle. Also blieb die Frage offen: Wie war der Schwarm denn nun in den Technikraum zu Charley gelangt? War er von draußen reingekommen? Wieso hatte er nicht Julia und Ricky und Vince angegriffen?

Ich vergaß, dass ich duschen wollte.

Ich beschloss, zum Wartungsbereich zu gehen und mir die Tür des Technikraumes noch einmal genauer anzusehen. Vielleicht hatte ich irgendetwas übersehen. Julia hatte viel geredet, meine Konzentration gestört. Fast so, als hätte sie verhindern wollen, dass ich einen klaren Gedanken fasste…

Da, schon wieder unterstellte ich Julia Böses.

Ich ging durch die Luftschleuse, den Korridor hinunter, wieder durch eine Luftschleuse. In müdem Zustand war es ausgesprochen unangenehm, von diesem Wind angeblasen zu werden. Ich gelangte in den Wartungsbereich und ging zur Tür des Technikraumes. Mir fiel nichts Ungewöhnliches auf.

Ich hörte das Klicken einer Tastatur und schaute ins Biologielabor. Mae saß an ihrem Computer.

Ich sagte: »Was machst du?«

»Ich seh mir das Videoband von den Überwachungskameras an.«

»Ich dachte, das geht nicht, weil Charley die Drähte rausgerissen hat.«

»Das hat Ricky gesagt. Aber es stimmt nicht.«

Ich wollte um den großen Arbeitstisch herum zu ihr gehen und ihr über die Schulter blicken. Sie hielt eine Hand hoch.

»Jack«, sagte sie. »Vielleicht ist es besser, du schaust dir das nicht an.«

»Was? Wieso nicht?«

»Tja, ähm… Vielleicht solltest du dir das jetzt nicht zumuten. Jedenfalls im Moment noch nicht. Vielleicht morgen.«

Aber natürlich kam ich nach dieser Äußerung praktisch um den Tisch herumgelaufen, ich wollte doch wissen, was es auf dem Monitor zu sehen gab. Und ich blieb abrupt stehen. Der Bildschirm zeigte einen leeren Korridor. Mit der Zeitangabe am unteren Bildrand. »Das ist alles?«, sagte ich. »Und das sollte ich mir nicht zumuten?«

»Nein.« Sie drehte sich auf dem Stuhl um. »Es ist so, Jack, man muss alle Überwachungskameras der Reihe nach durchgehen, und jede nimmt immer nur zehn Bilder pro Minute auf, daher kann man nie so genau sagen, was …«

»Zeig's mir einfach, Mae.«

»Ich muss ein Stück zurückgehen …« Sie drückte mehrmals die Zurück-Taste. Wie viele moderne Überwachungsanlagen arbeitete die Xymos-Anlage nach dem Prinzip der Internet-Browser-Technologie. Man konnte die eigene Arbeit somit Schritt für Schritt verfolgen.

Die Bilder sprangen zurück, bis Mae die gesuchte Stelle fand. Dann ließ sie die Aufnahme laufen, und die Bilder der einzelnen Kameras kamen in rascher Folge. Ein Korridor. Die Fertigungshalle. Ein anderer Blick in die Fertigungshalle. Eine Luftschleuse. Wieder ein Korridor. Der Wartungsbereich. Ein Korridor. Die Küche. Der Freizeitraum. Der Flur des Wohntrakts. Eine Außenaufnahme vom Dach, mit Blick auf die in Flutlicht getauchte Wüste. Korridor. Energieraum. Außenaufnahme, ebenerdig. Wieder ein Korridor.

Ich blinzelte. »Wie lange guckst du dir das schon an?«

»Eine knappe Stunde.«

»Meine Güte.«

Als Nächstes sah ich einen Korridor. Ricky ging ihn hinunter. Energiestation. Außenaufnahme von oben, Julia, die in das Flutlicht trat. Ein Korridor. Julia und Ricky zusammen, sie umarmten sich, und dann ein Korridor, und …

»Moment«, sagte ich.

Mae drückte eine Taste. Sie sah mich an, sagte nichts. Sie drückte eine andere Taste, ließ die Bilder langsam vorlaufen. Sie stoppte bei der Kamera, die Ricky und Julia zeigte.

»Zehn Bilder.«

Die Bewegung war unscharf und ruckartig. Ricky und Julia gingen aufeinander zu. Sie umarmten sich. Die Unbefangenheit, Vertrautheit zwischen ihnen war deutlich zu spüren. Und dann küssten sie sich leidenschaftlich.

»Ach, Scheiße«, sagte ich und wandte mich vom Bildschirm ab. »Scheiße, Scheiße, Scheiße.«

»Tut mir Leid, Jack«, sagte Mae. »Ich weiß nicht, was ich sagen soll.«

Mir wurde kurz schwindelig, fast so, als würde ich gleich ohnmächtig. Ich setzte mich auf den Arbeitstisch, den Körper vom Bildschirm weggedreht. Ich konnte einfach nicht hinsehen. Ich holte tief Luft. Mae sagte noch etwas, aber ich hörte ihre Worte nicht. Ich holte wieder Luft. Ich fuhr mir mit einer Hand durchs Haar.

Ich sagte: »Hast du davon gewusst?«

»Nein. Bis vor ein paar Minuten hatte ich keine Ahnung.«

»Weiß es sonst jemand?«

»Nein. Wir haben manchmal drüber gewitzelt, dass sie was miteinander hätten, aber keiner von uns hat dran geglaubt.«

»Gott.« Ich fuhr mir wieder durchs Haar. »Sag mir die Wahrheit, Mae. Ich muss die Wahrheit wissen. Hast du davon gewusst oder nicht?«

»Nein, Jack. Hab ich nicht.«

Schweigen. Ich holte Luft. Ich versuchte, mir über meine Gefühle klar zu werden. »Weißt du, was komisch ist?«, sagte ich. »Komisch ist, dass ich schon eine Weile den Verdacht hatte. Ich meine, ich war mir ziemlich sicher, dass da irgendwas lief, ich wusste bloß nicht, mit wem … Ich meine … Ich hab es mir zwar gedacht, aber es ist trotzdem ein ganz schöner Schock.«

»Das kann ich mir vorstellen.«

»Auf Ricky wäre ich nie gekommen«, sagte ich. »Er ist so ein … wie soll ich sagen … schleimiger Typ. Und so eine große Nummer ist er auch nicht. Irgendwie hätte ich gedacht, sie sucht sich einen, der mehr Einfluss hat.« Während ich das sagte, musste ich an mein Gespräch mit Ellen nach dem Abendessen denken.

Weißt du so genau, was Julias Stil ist?

Das war, nachdem ich den Typen in ihrem Wagen gesehen hatte. Der Typ, dessen Gesicht ich nicht genau hatte erkennen können …

Ellen: *Das nennt man Verleugnung der Realität, Jack.*

»Herrgott«, sagte ich kopfschüttelnd. Ich war zornig, beschämt, verwirrt, wütend. Es wechselte im Sekundentakt.

Mae wartete. Sie rührte sich nicht, und sie sagte nichts. Sie war völlig still. Schließlich fragte sie: »Willst du noch mehr sehen?«

»Gibt's denn noch mehr?«

»Ja.«

»Ich weiß nicht, ob ich, ähm… Nein, ich möchte nicht noch mehr sehen.«

»Wäre aber vielleicht besser.«

»Nein.«

»Ich meine, vielleicht fühlst du dich dann besser.«

»Ich glaube nicht«, sagte ich. »Ich glaube, das verkrafte ich nicht.«

Sie sagte: »Vielleicht ist es ja nicht so, wie du denkst, Jack. Es ist zumindest möglich, dass es nicht genau so ist, wie du denkst.«

Das nennt man Verleugnung der Realität, Jack.

»Tut mir Leid, Mae«, sagte ich. »Aber ich will mir nichts mehr vormachen. Ich habe es mit eigenen Augen gesehen. Ich weiß, was es bedeutet.«

Ich hatte geglaubt, ich würde für immer mit Julia zusammen sein. Ich hatte geglaubt, wir würden beide die Kinder lieben, wir wären eine Familie, hätten ein Haus, ein gemeinsames Leben. Und Ricky hatte selbst ein Baby zu Hause. Es war einfach verrückt. Es ergab für mich keinen Sinn. Aber andererseits laufen die Dinge nie so, wie man denkt.

Ich hörte Mae rasch auf der Tastatur tippen. Ich drehte mich um, sodass ich sie sehen konnte, aber nicht den Bildschirm. »Was machst du da?«

»Ich suche Charley. Vielleicht finde ich ja raus, was in den letzten paar Stunden mit ihm passiert ist.«

Sie tippte weiter. Ich holte Luft. Sie hatte Recht. Was immer da in meinem Privatleben im Gange war, es war schon ziemlich weit fortgeschritten. Dagegen konnte ich nichts tun, zumindest nicht jetzt.

»Okay«, sagte ich. »Suchen wir nach Charley.«

Es war verwirrend, die Bilder vorbeiblitzen zu sehen, die die Kameras in immer derselben Reihenfolge einblendeten. Ständig tauchten Personen auf und waren gleich wieder verschwunden. Ich sah Julia in der Küche. Danach sie und Ricky in der Küche. Die Kühlschranktür war auf, dann zu. Ich sah Vince in der Fertigungshalle, dann war er weg. Vince im Korridor, schwups war er nicht mehr da.

»Charley sehe ich nirgends.«

»Vielleicht schläft er noch«, sagte Mae.

»Kannst du in die Schlafzimmer gucken?«

»Ja, da sind Kameras angebracht, aber dann muss ich in eine andere Überwachungsschleife. Die Schlafzimmer gehören nicht in die normale Schleife.«

»Ist es aufwändig, die Überwachungsschleife zu wechseln?«

»Keine Ahnung. Das ist Rickys Ressort. Das System ist ziemlich kompliziert. Ricky ist der Einzige, der sich richtig damit auskennt. Aber vielleicht finden wir Charley ja doch noch in der regulären Schleife.«

Also warteten wir ab, ob er auf einem der Kamerabilder auftauchte. Gut zehn Minuten hielten wir nach ihm Ausschau. Hin und wieder musste ich den Blick von den Bildern abwenden, Mae dagegen schien es nichts auszumachen. Und plötzlich sahen wir Charley im Wohntrakt, er ging den Korridor hinunter und rieb sich die Augen. Er war gerade aufgewacht.

»Okay«, sagte Mae. »Wir haben ihn.«

»Wie spät war das?«

Sie fror das Bild ein, damit wir die Zeit ablesen konnten. Es war 0.10 Uhr.

Ich sagte: »Das ist nur etwa eine halbe Stunde, bevor wir zurückgekommen sind.«

»Ja.« Sie ließ die Bilder vorlaufen. Charley verschwand aus dem Flur, aber wir sahen ihn kurz, wie er gerade Richtung Bad ging. Dann erschienen Ricky und Julia in der Küche. Ich spürte, dass sich mein ganzer Körper verkrampfte. Aber sie unterhielten sich bloß. Dann stellte Julia den Champagner in den Kühlschrank, und Ricky reichte ihr Gläser, die sie neben die Flasche stellte.

Aufgrund der Bildfrequenz war schwer zu erkennen, was als Nächstes passierte. Zehn Videostandbilder pro Minute, das bedeutete, dass wir nur alle sechs Sekunden ein Bild hatten, schnelle Bewegungen waren also unscharf und ruckartig, weil zwischen den Einzelbildern zu viel passierte.

Aber ich nahm an, es war Folgendes geschehen:

Charley trat ein und unterhielt sich mit den beiden. Er lächelte gut gelaunt. Er deutete auf die Gläser. Julia und Ricky stellten die Gläser in den Kühlschrank, während sie mit ihm sprachen. Dann hob er eine Hand, um Julia aufzuhalten.

Er deutete auf das Glas, das Julia in der Hand hatte und gerade in den Kühlschrank stellen wollte. Er sagte etwas.

Julia schüttelte den Kopf und stellte das Glas in den Kühlschrank.

Charley wirkte verwirrt. Er deutete auf ein anderes Glas. Julia schüttelte den Kopf. Dann zog Charley die Schultern hoch und schob das Kinn vor, als ob er wütend würde. Er klopfte mehrmals mit dem Finger auf den Tisch, sagte irgendwas mit Nachdruck.

Ricky trat zwischen Julia und Charley. Er verhielt sich wie jemand, der einen Streit beenden will. Er hielt beschwichtigend die Hände vor Charley hoch: Reg dich ab.

Charley regte sich nicht ab. Er deutete auf die Spüle, in der sich schmutziges Geschirr türmte.

Ricky schüttelte den Kopf und legte Charley eine Hand auf die Schulter.

Charley fegte sie runter.

Die beiden Männer begannen zu streiten. Julia stellte derweil seelenruhig die restlichen Gläser in den Kühlschrank. Sie machte den Eindruck, als würde sie der Streit direkt neben ihr gleichgültig lassen, fast so, als würde sie ihn gar nicht mitkriegen. Charley versuchte, an Ricky vorbei zum Kühlschrank zu gelangen, aber Ricky stellte sich ihm immer wieder in den Weg und hob jedes Mal die Hände.

Rickys ganzes Verhalten suggerierte, dass er Charley für nicht ganz zurechnungsfähig hielt. Er behandelte Charley behutsam, wie man mit jemandem umgeht, der völlig die Beherrschung verloren hat.

Mae sagte: »Ist Charley schon vom Schwarm befallen? Führt er sich deshalb so auf?«

»Kann ich nicht sagen.« Ich sah genauer hin. »Ich sehe keinen Schwarm.«

»Nein«, sagte sie. »Aber er ist ganz schön wütend.«

»Was will er wohl von ihnen?«, sagte ich.

Mae schüttelte den Kopf. »Dass sie die Gläser zurückstellen? Sie spülen? Andere Gläser nehmen? Ich weiß nicht.«

Ich sagte: »So was ist Charley doch total egal. Der isst doch von einem schmutzigen Teller, den schon jemand anders benutzt hat.« Ich lächelte. »Hab ich selbst gesehen.«

Plötzlich trat Charley einige Schritte zurück. Einen Augenblick lang war er völlig regungslos, als hätte er etwas entdeckt, das ihm die Sprache verschlug. Ricky redete auf ihn ein. Charley fing an, auf die beiden zu zeigen und sie anzuschreien. Ricky wollte auf ihn zugehen.

Charley wich noch weiter zurück, und dann drehte er sich zum Telefon um, das an der Wand befestigt war. Er hob den Hörer ab. Ricky trat vor, sehr schnell, sein Körper war ganz verschwommen, und knallte den Hörer wieder auf. Er stieß Charley zurück, und zwar heftig. Ricky war verblüffend stark. Charley war ein stämmiger Kerl, aber er fiel hin und rutschte ein Stück über den Boden. Er stand wieder auf, schrie noch etwas, drehte sich dann um und lief aus dem Raum.

Julia und Ricky wechselten einen Blick. Julia sagte etwas zu ihm.

Sofort rannte Ricky hinter Charley her.

Julia rannte hinter Ricky her.

»Wo sind sie hin?«, sagte ich.

Mae ließ den Bildlaufregler los, auf dem Bildschirm erschien »Zeitaktualisierung«, und dann sahen wir erneut Bilder von allen Kameras, der Reihe nach. Wir sahen Charley einen Korridor hinunterlaufen, und wir sahen Ricky, der ihn verfolgte. Wir warteten ungeduldig auf die nächste Runde. Aber dort war niemand zu sehen.

Eine weitere Runde. Dann sahen wir Charley im Wartungsraum, wo er am Telefon eine Nummer wählte. Er warf einen Blick über die Schulter. Ricky kam herein, und Charley legte auf. Sie stritten sich, umkreisten einander.

Charley nahm eine Schaufel und schlug damit nach Ricky. Das erste Mal konnte Ricky ausweichen. Dann erwischte es ihn an der Schulter, und er fiel zu Boden. Charley hob die Schaufel hoch über den Kopf und ließ sie herabsausen, er wollte Rickys Kopf treffen. Der Schlag war brutal und in eindeutig mörderischer Absicht. Ricky konnte sich gerade noch nach hinten werfen, da krachte die Schaufel auch schon auf den Beton.

»Mein Gott …«, sagte Mae.

Ricky kam wieder auf die Beine, als Charley sich nach Julia umdrehte, die in den Raum trat. Julia streckte eine Hand aus, flehte Charley an (die Schaufel wegzulegen?), Charley blickte von Ricky zu Julia. Und dann kam auch noch Vince herein. Jetzt, da alle im Raum waren, verlor Charley anscheinend die Kampfeslust. Die anderen umzingelten ihn, kamen näher.

Plötzlich hastete Charley zum Technikraum, lief hinein und versuchte, die Tür zuzuschlagen. Ricky hatte ihn blitzschnell eingeholt, schob einen Fuß in den Spalt, und Charley konnte sie nicht schließen. Charleys Gesicht hinter der Scheibe sah wütend aus. Vince trat neben Ricky. Da beide nun an der Tür standen, konnte ich nicht sehen, was passierte. Julia schien Anweisungen zu geben.

Ich meinte zu erkennen, dass sie eine Hand durch den Türspalt steckte, aber sicher war ich mir nicht.

Jedenfalls öffnete sich die Tür, und Vince und Ricky betraten den Raum. Was als Nächstes geschah, lief so schnell ab, dass es auf dem Video verschwamm, aber anscheinend kämpften die drei Männer; Ricky gelang es, hinter Charley zu kommen und ihn in einen Klammergriff zu nehmen, Vince drehte Charley den Arm auf den Rücken, und schließlich hatten die beiden Charley überwältigt. Er kämpfte nicht mehr. Die Bilder wurden wieder klarer.

»Was passiert denn da?«, sagte Mae. »Davon haben sie uns kein Wort erzählt.«

Ricky und Vince hielten Charley von hinten fest. Charley keuchte, seine Brust hob und senkte sich, aber er wehrte sich nicht mehr. Julia kam in den Raum. Sie blickte Charley an und unterhielt sich kurz mit ihm.

Und dann trat Julia dicht an Charley heran und küsste ihn voll und lange auf den Mund.

Charley sträubte sich, wollte sich losreißen. Vince packte mit der Faust in Charleys Haare und versuchte, seinen Kopf ruhig zu halten. Julia küsste ihn weiter. Dann trat sie zurück, und ich sah einen schwarzen Fluss zwischen ihrem Mund und dem von Charley. Nur ganz kurz, dann war er wieder verblasst.

»Oh mein Gott«, sagte Mae.

Julia wischte sich über die Lippen und lächelte.

Charley sackte zusammen, fiel zu Boden. Er wirkte benommen. Eine schwarze Wolke kam aus seinem Mund und schwirrte um seinen Kopf herum. Vince tätschelte ihm den Kopf und verließ den Raum.

Ricky ging zu den Schalttafeln – und zerrte ganze Leitungsstränge heraus. Er riss die Schalttafeln buchstäblich in Stücke. Dann drehte er sich wieder zu Charley um, sagte etwas und ging aus dem Technikraum.

Sofort sprang Charley auf, schloss die Tür und verriegelte sie.

Aber Ricky und Julia lachten bloß, als wäre Charleys Anstrengung völlig sinnlos. Charley sank erneut zu Boden, und von da an war er nicht mehr zu sehen.

Ricky legte einen Arm um Julias Schultern, und gemeinsam gingen sie aus dem Raum.

»Na, ihr zwei seid ja richtige Frühaufsteher!«

Ich drehte mich um.

Julia stand in der Tür.

7. Tag, 5.12 Uhr

Sie kam lächelnd näher. »Weißt du, Jack«, sagte sie, »wenn ich nicht völliges Vertrauen zu dir hätte, würde ich denken, ihr beide führt irgendwas im Schilde.«

»Ach ja?«, sagte ich. Ich trat ein Stück von Mae weg, die rasch tippte. Mir war äußerst mulmig zu Mute. »Wie kommst du denn darauf?«

»Na ja, ihr hattet verschwörerisch die Köpfe zusammengesteckt«, sagte sie, während sie auf uns zukam. »Richtig gebannt habt ihr auf den Bildschirm gestarrt. Was habt ihr euch denn da angeguckt?«

»Ach nichts, was Technisches.«

»Darf ich mal sehen? Ich interessiere mich ja auch für die technischen Details. Hat Ricky dir nicht erzählt, dass ich mich neuerdings auch für die technische Seite interessiere? Im Ernst. Diese ganze Technologie hier fasziniert mich. Es ist eine neue Welt, oder nicht? Das einundzwanzigste Jahrhundert ist da. Bleib ruhig sitzen, Mae. Ich guck dir über die Schulter.«

Inzwischen stand sie hinter Mae und schaute auf den Bildschirm. Mit gerunzelter Stirn betrachtete sie das Bild, das Bakterienkulturen auf einem roten Nährboden zeigte. Weiße Kreise innerhalb von roten Kreisen. »Was ist das?«

Mae sagte: »Bakterienkolonien. Unser Coli-Material ist zum Teil kontaminiert. Ich musste einen Tank aus der Produktion nehmen. Wir suchen noch nach der Ursache.«

»Wahrscheinlich Phagen, meinst du nicht?«, sagte Julia. »Ein Virus – das ist doch meistens das Problem bei Bakterienstämmen?« Sie seufzte. »Die molekulare Herstellung ist so *anfällig*. Es geht so leicht was schief, und so häufig. Man muss höllisch aufpassen.« Sie warf mir einen Blick zu, dann Mae. »Aber das da habt ihr euch doch bestimmt nicht die ganze Zeit angeguckt …«

»Doch«, sagte ich.

»Was? Bilder von Schimmel?«

»Bakterien.«

»Ja, Bakterien. Das hast du dir die ganze Zeit angesehen, Mae?«

Sie zuckte die Achseln, nickte. »Ja, Julia. Das ist mein Job.«

»Und ich zweifle keine Sekunde an deinem beruflichen Engagement«, sagte Julia. »Aber darf ich mal kurz?« Ihre Hand schoss vor und drückte die Zurück-Taste am Rand der Tastatur.

Die Bilder davor erschienen, ebenfalls Aufnahmen von Bakteriennährböden.

Das nächste Bild zeigte eine Elektronenmikroskopaufnahme von einem Virus.

Und dann kam eine Tabelle mit den Wachstumsdaten der letzten zwölf Stunden.

Julia drückte die Taste noch ein paarmal, doch sie sah nichts als Bakterien und Viren und Datentabellen. Sie nahm die Hand von der Tastatur. »Du scheinst ja ziemlich viel Zeit dafür aufzuwenden. Ist das wirklich so wichtig?«

»Na ja, es ist ein Kontaminant«, sagte Mae. »Wenn wir das Problem nicht in den Griff kriegen, müssen wir die gesamte Anlage abstellen.«

»Dann mach bloß weiter.« Sie wandte sich mir zu. »Möchtest du frühstücken? Du musst doch völlig ausgehungert sein.«

»Klingt gut«, sagte ich.

»Komm mit«, sagte Julia. »Wir machen zusammen Frühstück.«

»Schön«, sagte ich. Ich warf Mae einen Blick zu. »Bis später dann. Sag mir, wenn du Hilfe brauchst.«

Ich folgte Julia aus dem Raum. Wir gingen den Korridor hinunter in Richtung Wohntrakt.

»Ich weiß nicht, warum«, sagte Julia, »aber die Frau ist für mich ein rotes Tuch.«

»Ich weiß auch nicht, warum. Sie ist sehr gut. Sehr umsichtig, sehr gewissenhaft.«

»Und sehr hübsch.«

»Julia …«

»Willst du mich deshalb nicht küssen? Weil du was mit ihr hast?«

»Julia, jetzt reicht's aber.«

Sie blickte mich abwartend an.

»Hör zu«, sagte ich. »Die letzten Wochen waren für alle ziemlich hart. Ehrlich gesagt, war es nicht leicht mit dir.«

»Das glaube ich.«

»Und ehrlich gesagt, ich war ganz schön sauer auf dich.«

»Und du hattest auch allen Grund dazu. Tut mir Leid, was ich dir alles zugemutet habe.« Sie beugte sich zu mir, küsste mich auf die Wange. »Aber wir sind so distanziert. Ich mag diese Spannung zwischen uns nicht. Komm, wir küssen uns und vertragen uns wieder.«

»Vielleicht später«, sagte ich. »Wir haben noch viel zu tun.«

Sie gab sich verspielt, machte einen Kussmund, küsste in die Luft. »Oooch, komm schon, Schatz, nur ein kleines Küsschen … bitte, bitte, davon stirbst du schon nicht …«

»Später«, sagte ich.

Sie seufzte und gab auf. Wir gingen eine Weile schweigend nebeneinander her. Dann sagte sie mit ernster Stimme: »Du weichst mir aus, Jack. Und ich will wissen, warum.«

Ich antwortete nicht, stieß nur einen geduldigen Seufzer aus und ging weiter, tat so, als hätte sie darauf keine Antwort verdient. In Wirklichkeit war ich zutiefst verstört.

Ich konnte mich nicht auf Dauer weigern, sie zu küssen. Früher oder später würde sie sich denken können, was ich wusste. Vielleicht jetzt schon. Denn auch wenn Julia sich kleinmädchenhaft gab, kam sie mir aufmerksamer und wachsamer vor denn je. Ich hatte das Gefühl, dass ihr nichts entging. Und ich hatte das gleiche Gefühl bei Ricky. Sie kamen mir beide wie auf Hochtouren vor, hyperwach.

Und was ich auf Maes Monitor gesehen hatte, war verstörend. Die schwarze Wolke, die offenbar aus Julias Mund gekommen war. War sie wirklich da gewesen, auf dem Video? Denn soweit ich wusste, töteten die Schwärme ihre Beute auf der Stelle. Sie waren gnadenlos. Und jetzt schien Julia einen Schwarm in sich zu haben. Wie war das möglich? War sie irgendwie immun? Oder tolerierte der Schwarm sie und brachte sie aus irgendeinem Grund nicht um? Und was war mit Ricky und Vince? Waren sie auch immun?

Eines stand fest: Julia und Ricky wollten nicht, dass wir irgendwen anriefen. Sie hatten uns absichtlich in der Wüste von der Außenwelt abgeschnitten, und sie wussten, dass nur noch wenige Stunden blieben, bis der Hubschrauber kam. Also genügte ihnen dieser Zeitraum offenbar. Um was zu tun? Uns umzubringen? Oder bloß, um uns zu infizieren? Was?

Während ich so mit meiner Frau den Korridor hinunterging, hatte ich das Gefühl, neben einer Fremden herzugehen. Neben jemandem, den ich nicht mehr kannte. Jemand, der ungeheuer gefährlich war.

Ich sah auf die Uhr. Keine zwei Stunden mehr, bis der Hubschrauber kam.

Julia lächelte. »Hast du einen Termin?«

»Nein. Ich hab nur gedacht, es ist Zeit fürs Frühstück.«

»Jack«, sagte sie. »Warum bist du nicht ehrlich zu mir?«

»Ich bin ehrlich …«

»Nein. Du hast dich gefragt, wie lange es noch dauert, bis der Hubschrauber kommt.«

Ich zuckte die Achseln.

»Zwei Stunden«, sagte sie. Und sie fügte hinzu: »Ich wette, du kannst es kaum erwarten, hier wegzukommen, was?«

»Ja«, sagte ich. »Aber ich gehe erst, wenn alles erledigt ist.«

»Wieso? Was gibt's denn noch zu erledigen?«

Inzwischen waren wir im Wohntrakt. Es roch nach brutzelndem Schinken mit Eiern. Ricky kam um die Ecke. Er lächelte herzlich, als er mich sah. »He, Jack. Wie hast du geschlafen?«

»Ganz gut.«

»Ehrlich? Du siehst aber ein bisschen müde aus.«

»Ich hab schlecht geträumt«, sagte ich.

»Ach ja? Schlecht geträumt? Schade.«

»Kommt vor«, sagte ich.

Wir gingen alle in die Küche. Bobby machte das Frühstück. »Zum Schinken wird Rührei mit Schnittlauch und Käse gereicht«, sagte er fröhlich. »Was für Brot wollt ihr?«

Julia wollte Weizentoast, Ricky Muffins. Ich sagte, ich wolle gar nichts. Ich blickte Ricky an, registrierte erneut, wie kräftig er aussah. Unter seinem T-Shirt zeichneten sich die Muskeln deutlich ab. Er merkte, dass ich ihn anstarrte. »Stimmt was nicht?«

»Nein. Ich bewundere nur deinen Traumkörper.« Ich versuchte, mich locker zu geben, aber in Wahrheit fühlte ich mich in der Küche mit all den anderen um mich herum unglaublich unwohl. Ich musste dauernd an Charley denken und daran, wie schnell sie ihn angegriffen hatten. Ich war nicht hungrig, ich wollte nur raus hier. Aber ich wusste nicht, wie ich das anstellen sollte, ohne Verdacht zu erregen.

Julia ging zum Kühlschrank, öffnete ihn. Der Champagner stand noch drin. »Habt ihr jetzt Lust auf ein Gläschen?«

»Klar«, sagte Bobby. »Klingt toll, ein kleiner Muntermacher am Morgen …«

»Kommt nicht infrage«, sagte ich. »Julia, ich erwarte, dass du unsere Lage ernst nimmst. Wir sind noch lange nicht aus dem Schneider. Wir müssen die Armee verständigen, und wir können nicht telefonieren. Weiß Gott nicht der richtige Zeitpunkt für Champagner.«

Sie machte einen Schmollmund. »Ach, du bist ein alter Spielverderber …«

»Spielverderber, Quatsch. Du bist albern.«

»Oooch, Schatz, sei nicht böse, komm, küss mich, küss mich.« Sie spitzte wieder die Lippen und beugte sich über den Tisch.

Ich sah meine einzige Chance in einem Wutanfall. »Verdammt noch mal, Julia«, sagte ich mit lauter Stimme, »wir stecken doch nur deshalb in diesem Schlamassel, weil ihr die Sache von Anfang an nicht ernst genommen habt. Ihr hattet da draußen in der Wüste einen entwischten Schwarm, und das wie lange – zwei Wochen? Und statt ihn zu vernichten, habt ihr mit ihm rumgespielt. So lange, bis er außer Kontrolle geraten ist, mit dem Ergebnis, dass jetzt drei Menschen tot sind. Das ist weiß Gott kein Anlass zum Feiern, Julia. Es ist eine Katastrophe. Und ich trinke, solange ich hier bin, keinen Scheißchampagner, und auch sonst keiner.« Ich ging mit der Flasche zur Spüle und zerschlug sie. »Kapiert?«

Mit versteinertem Gesicht sagte sie: »Das war absolut überflüssig.«

Ich sah, dass Ricky mich nachdenklich anblickte. Als wäre er damit beschäftigt, eine Entscheidung zu treffen. Bobby drehte uns am Herd den Rücken zu, als ob ihm der Ehekrach peinlich wäre. Hatten sie Bobby auch schon? Ich meinte, eine dünne, schwarze Linie in seinem Nacken zu sehen, aber vielleicht täuschte ich mich, und ich traute mich auch nicht, darauf zu starren.

»Überflüssig?«, sagte ich voller Empörung. »Das waren meine Freunde. Und es waren deine Freunde, Ricky. Und deine, Bobby. Und ich möchte kein Wort mehr von dieser beschissenen Feierei hören!« Ich drehte mich um und stürmte aus der Küche. Als ich ging, kam Vince herein.

»Immer mit der Ruhe, Kumpel«, sagte Vince. »Sonst kriegen Sie noch 'nen Schlaganfall.«

»Leck mich doch«, sagte ich.

Vince hob die Augenbrauen. Ich fegte an ihm vorbei.

»Du machst hier keinem was vor, Jack!«, rief Julia mir nach. »Ich weiß, worum es dir wirklich geht!«

Mir drehte sich der Magen um. Aber ich ging weiter.

»Ich hab dich durchschaut, Jack. Ich weiß, dass du zu *ihr* gehst.«

»Und ob!«, sagte ich.

Dachte Julia das wirklich? Ich kaufte ihr das nicht ab. Sie wollte mich bloß täuschen, mich in Sicherheit wiegen, bis … was? Was hatten sie vor?

Sie waren zu viert. Und wir nur zu zweit – das heißt, wenn sie Mae nicht auch schon hatten.

Mae war nicht im Biologielabor. Ich schaute mich um und sah, dass eine Seitentür angelehnt war. Sie führte nach unten in den unterirdischen Bereich, wo die Fermentierkessel standen. Aus der Nähe waren sie viel größer, als ich gedacht hatte, riesige Stahlkugeln von fast zwei Metern Durchmesser. Drum herum ein Gewirr von Rohren und Ventilen und Temperaturreglern. Es war warm hier und sehr laut.

Mae stand an der dritten Einheit, machte sich auf einem Klemmbrett Notizen und schloss ein Ventil. Vor ihren Füßen stand ein Gestell mit Reagenzröhrchen. Ich stieg nach unten und stellte mich neben sie. Sie sah mich an, warf dann einen Blick zur Decke, wo eine Überwachungskamera montiert war. Sie ging auf die andere Seite des Tanks, und ich folgte ihr. Hier konnte uns die Kamera nicht erfassen.

Sie sagte: »Alle haben bei eingeschaltetem Licht geschlafen.«

Ich nickte. Ich wusste jetzt, was das bedeutete.

»Sie sind alle befallen«, sagte sie.

»Ja.«

»Und es bringt sie nicht um.«

»Nein«, stimmte ich ihr zu, »aber ich verstehe nicht, warum.«

»Der Schwarm muss sich entwickelt haben«, sagte sie, »er toleriert sie jetzt.«

»So schnell?«

»Evolution kann schnell gehen«, bemerkte sie. »Du kennst die Ewald-Studien.«

Allerdings. Paul Ewald hatte über die Cholera geforscht. Er fand heraus, dass das Cholera-Bakterium sich rasch veränderte, um eine Epidemie in Gang zu halten. Dort, wo schlechte sanitäre Bedingungen herrschten, wo es vielleicht im Dorf nur einen Graben gab, war die Cholera extrem virulent. Sie streckte ihr Opfer nieder und tötete es rasch durch massiven Durchfall, der Millionen von Cholera-Bakterien enthielt, die in den Wassergraben gelangten und andere Dorfbewohner ansteckten. Auf diese Weise verbreitete sich die Cholera, und die Epidemie dauerte lange an.

Doch bei guten hygienischen Bedingungen konnte sich der aktive Stamm nicht vermehren. Das Opfer starb zwar rasch, aber sein Durchfall gelangte nicht ins Trinkwasser. Andere wurden nicht infiziert, und die Epidemie klang ab. Unter solchen Bedingungen brachte die Epidemie eine mildere Form hervor, bei der das Opfer den Erreger in sich trug, aber noch herumlaufen konnte, sodass die Bakterien sich über Hautkontakt, schmutzige Bettwäsche und so weiter verbreiteten.

Mae hielt es für möglich, dass das Gleiche mit den Schwärmen passiert war. Sie hatten sich zu einer milderen Form entwickelt, die von einer Person zur nächsten übertragen werden konnte.

»Das ist unheimlich«, sagte ich.

Sie nickte. »Aber was können wir machen?«

Und dann begann sie lautlos zu weinen, Tränen liefen ihr über die Wangen. Mae war immer so stark. Es entmutigte mich, sie jetzt so aufgelöst zu sehen. Sie schüttelte den Kopf. »Jack, wir sind machtlos. Sie sind zu viert. Sie sind stärker als wir. Sie werden uns umbringen, so wie sie Charley umgebracht haben.«

Sie drückte ihren Kopf an meine Schulter. Ich legte den Arm um sie. Aber ich konnte sie nicht trösten. Ich wusste, dass sie Recht hatte.

Es gab keinen Ausweg.

Winston Churchill sagte einmal sinngemäß, beschossen zu werden steigere die Konzentrationsfähigkeit ins Unermessliche. Mein

Verstand arbeitete jetzt sehr schnell. Ich dachte, dass ich einen Fehler begangen hatte und dass ich ihn beheben musste. Obgleich es ein typisch menschlicher Fehler war.

Zwar ist der Begriff Evolution heutzutage groß in Mode – Evolutionsbiologie, Evolutionsmedizin, Evolutionsökologie, Evolutionspsychologie, Evolutionsökonomie, Evolutionsrechner –, doch überraschend wenige Leute denken in evolutionären Kategorien. Das ist sozusagen ein blinder Fleck auf der menschlichen Netzhaut. Wir sehen die Welt um uns herum als Schnappschuss, wo sie doch eigentlich ein Film ist und sich ständig verändert. Natürlich wissen wir, dass sie nicht gleich bleibt, aber wir tun so, als wäre das nicht der Fall. Wir leugnen die Realität der Veränderung. Daher sind wir stets verwundert, wenn sich etwas wandelt. Eltern sind überrascht, wenn ihre Kinder groß werden. Sie behandeln sie jedoch weiterhin, als wären sie jünger – ganz entgegen der Wirklichkeit.

Und mich hatte die Veränderung in der Evolution der Schwärme überrascht. Es gab keinen Grund, warum die Schwärme sich nicht gleichzeitig in zwei Richtungen entwickeln sollten. Oder auch in drei oder vier oder zehn verschiedene Richtungen. Das hätte ich voraussehen müssen. Ich hätte es erwarten, damit rechnen müssen. Denn dann wäre ich besser auf die jetzige Situation vorbereitet gewesen.

Doch stattdessen hatte ich die Schwärme als ein einziges Problem behandelt – ein Problem da draußen, in der Wüste –, und ich hatte andere Möglichkeiten außer Acht gelassen.

Das nennt man Verleugnung der Realität, Jack.

Allmählich fragte ich mich, was ich noch alles verleugnete. Was hatte ich noch alles nicht wahrgenommen? Wo lag mein Fehler? Was hatte ich als Erstes übersehen? Wahrscheinlich die Tatsache, dass mein erster Kontakt mit einem Schwarm eine allergische Reaktion ausgelöst hatte – eine Reaktion, die mich fast umgebracht hätte. Mae hatte von einer Coliform-Reaktion gesprochen. Verursacht durch ein Toxin von den Bakterien im Schwarm. Das

Toxin war offenbar das Resultat einer evolutionären Veränderung in den E. coli, aus denen der Schwarm bestand. Tja, genau genommen war allein schon das Vorhandensein von Phagen im Tank eine evolutionäre Veränderung, eine viröse Reaktion auf die Bakterien, die …

»Mae«, sagte ich. »Moment mal.«

»Was?«

Ich sagte: »Vielleicht gibt es ja doch eine Möglichkeit, sie aufzuhalten.«

Sie war skeptisch, das las ich in ihrem Gesicht. Doch sie wischte sich über die Augen und hörte zu.

Ich sagte: »Der Schwarm besteht aus Partikeln und Bakterien, richtig?«

»Ja …«

»Die Bakterien liefern die Rohzutaten für die Partikel, damit sie sich vermehren können. Ja? Okay. Also, wenn die Bakterien sterben, stirbt der Schwarm dann auch?«

»Wahrscheinlich.« Ihre Miene verfinsterte sich. »Denkst du an ein Antibiotikum? Willst du allen ein Antibiotikum geben? Um eine E. coli-Infektion zu stoppen, brauchst du einen Haufen Antibiotika, sie müssten mehrere Tage Tabletten einnehmen, und ich weiß nicht …«

»Nein. Ich denke nicht an Antibiotika.« Ich klopfte auf den Tank vor mir. »Ich denke da dran.«

»Phagen?«

»Wieso nicht?«

»Ich weiß nicht, ob das funktioniert«, sagte sie. Sie runzelte die Stirn. »Könnte klappen. Bloß … wie willst du die Phagen in sie reinkriegen? Sie werden sie bestimmt nicht einfach trinken.«

»Über die Luft«, sagte ich. »Sie atmen sie ein, ohne es zu merken.«

»Aha. Und wie willst du das anstellen?«

»Ganz einfach. Schalt den Tank hier nicht ab. Füttere das System mit den Bakterien. Ich möchte, dass die Anlage Viren produziert – haufenweise Viren. Dann geben wir sie in die Luft.«

Mae seufzte. »Das funktioniert nicht, Jack«, sagte sie.

»Wieso nicht?«

»Weil die Anlage nicht haufenweise Viren produzieren wird.«

»Wieso nicht?«

»Wegen der Art und Weise, wie Viren sich vermehren. Du weißt doch – das Virus schwimmt herum, verbindet sich mit einer Zellwand und dringt in die Zelle ein. Dann übernimmt es die RNS der Zelle und wandelt sie um zur Erzeugung von noch mehr Viren. Die Zelle stellt ihre normalen Stoffwechselfunktionen ein und produziert nur noch Viren wie am Fließband. Es dauert nicht lange, und die Zelle ist voller Viren und platzt wie ein Ballon. Sämtliche Viren werden freigesetzt, sie schwimmen zu anderen Zellen, und das Ganze fängt von vorn an.«

»Ja … und?«

»Wenn du Phagen in die Produktionskette gibst, wird sich das Virus rasch vermehren – eine Weile. Doch es wird jede Menge Zellmembrane aufbrechen, und von diesen Membranen bleibt ein Brei aus Lipiden übrig, also aus Fetten. Der Brei wird die Zwischenfilter verstopfen. Nach ein bis zwei Stunden wird sich die Anlage überhitzen, und die Sicherheitssysteme schalten alles ab. Die ganze Produktion steht still. Keine Viren.«

»Lassen sich die Sicherheitssysteme nicht ausschalten?«

»Ja. Aber ich weiß nicht, wie.«

»Wer weiß das?«

»Nur Ricky.«

Ich schüttelte den Kopf. »Das nützt uns auch nichts. Meinst du nicht, du kannst das rauskriegen …«

»Es gibt einen Code«, sagte sie. »Und den kennt nur Ricky.«

»Oh.«

»Überhaupt, Jack, es wäre zu gefährlich, die Sicherheitssysteme abzuschalten. Die Anlage arbeitet teilweise mit hohen Temperaturen und mit Hochspannung. Und in den Armen werden jede

Menge Ketone und Methan produziert. Das Methan wird ständig überwacht und abgezapft, damit es eine bestimmte Konzentration nicht übersteigt. Aber wenn es nicht abgezapft wird und durch die Hochspannung Funken entstehen…« Sie brach ab, zuckte die Achseln.

»Was heißt das? Dass sie explodieren könnte?«

»Nein, Jack. Ich will damit sagen, dass sie explodieren *wird*. Und zwar wenige Minuten, nachdem die Sicherheitssysteme abgeschaltet wurden. Sechs, höchstens acht Minuten danach. Und wenn das passiert, wärst du bestimmt nicht gerne dabei. Also kannst du von der Anlage nicht haufenweise Viren produzieren lassen. Sicherheitssysteme an oder aus, es geht einfach nicht.«

Schweigen.

Ratlosigkeit.

Ich schaute mich im Raum um. Ich erblickte den Stahltank, der sich über meinem Kopf wölbte, und das Gestell mit Reagenzröhrchen zu Maes Füßen. Ich blickte in die Ecke, wo ich einen Mopp, einen Eimer und einen Plastikkanister Wasser sah. Und ich sah Mae an, die noch immer den Tränen nah war, sich aber irgendwie zusammenriss.

Und ich hatte einen Plan.

»Schön. Tu's trotzdem. Gib das Virus in die Anlage.«

»Was soll das bringen?«

»Tu's einfach.«

»Jack«, sagte sie. »Warum machen wir das hier? Ich fürchte, sie wissen, dass wir es wissen. Wir können sie nicht täuschen. Sie sind zu clever. Wenn wir das machen, ist denen doch sofort klar, dass wir es waren.«

»Ja«, sagte ich. »Sehr wahrscheinlich.«

»Und es funktioniert ohnehin nicht. Die Anlage produziert keine Viren. Also wozu, Jack? Was soll das bringen?«

Mae hatte sich die ganze Zeit hindurch als verlässliche Freundin erwiesen, und jetzt hatte ich einen Plan, und ich würde ihn ihr nicht verraten. Das gefiel mir zwar nicht, aber ich musste die anderen irgendwie ablenken. Ich musste sie an der Nase herumführen. Und Mae sollte mir dabei helfen – was bedeutete, dass sie an einen anderen Plan glauben musste.

Ich sagte: »Mae, wir müssen sie ablenken, sie reinlegen. Ich möchte, dass du das Virus in die Produktionsanlage gibst. Sie sollen sich darauf konzentrieren. Sie sollen sich deswegen Sorgen machen. In der Zwischenzeit gehe ich mit dem Virus in den Wartungsbereich unter dem Dach und kippe es in den Sprinklertank.«

»Und dann löst du die Sprinkleranlage aus?«

»Ja.«

Sie nickte. »Und sie werden mit Viren durchtränkt. Alle in diesen Gebäuden. Bis auf die Haut durchtränkt.«

»Genau.«

Sie sagte: »Es könnte vielleicht sogar klappen, Jack.«

»Was Besseres fällt mir nicht ein«, sagte ich. »Also, öffne eins von den Ventilen, und dann zapfen wir ein paar Reagenzröhrchen Viren ab. Und dann füllst du sie in den Plastikkanister da drüben.«

Sie zögerte. »Das Ventil ist auf der anderen Seite des Tanks. Die Überwachungskamera wird uns sehen.«

»Nicht schlimm«, sagte ich. »Lässt sich nun mal nicht ändern. Du musst nur ein bisschen Zeit für mich rausschlagen.«

»Und wie soll ich das machen?«

Ich sagte es ihr. Sie verzog das Gesicht. »Du machst Witze! Das machen die nie!«

»Natürlich nicht. Ich brauche bloß ein bisschen Zeit.«

Wir gingen um den Tank herum. Sie füllte die Reagenzgläschen. Die Flüssigkeit, die herauskam, war eine dicke, braune Brühe. Sie roch nach Fäkalien. Sie sah auch so aus. Mae sagte zu mir: »Ist das wirklich dein Ernst?«

»Es muss sein«, sagte ich. »Wir haben keine andere Wahl.«

»Du zuerst.«

Ich nahm das Reagenzröhrchen, holte tief Luft und schluckte

den ganzen Inhalt. Es war widerlich. Mir hob sich der Magen. Ich dachte, ich müsse mich übergeben, aber es ging dann doch ohne. Ich holte noch einmal Luft, trank etwas Wasser aus dem Kanister und blickte Mae an.

»Ekelhaft, was?«, sagte sie.

»Ekelhaft.«

Sie nahm ein Röhrchen, hielt sich die Nase zu und trank. Ich wartete, dass ihr Hustenanfall sich wieder legte. Es gelang ihr, sich nicht zu erbrechen. Ich gab ihr den Kanister, sie trank und goss den Rest auf den Boden. Dann füllte sie ihn mit der braunen Brühe.

Als Letztes drehte sie den Griff eines großes Durchflussventils auf. »So«, sagte sie. »Jetzt läuft es in die Anlage.«

»Gut«, sagte ich. Ich nahm zwei Reagenzgläschen und steckte sie mir in die Hemdtasche. Ich nahm den Plastikkanister. Auf dem Etikett stand »Arrowhead Pure Water«. »Bis später.« Und ich lief los.

Als ich den Flur entlangeilte, dachte ich, dass ich eine Chance von eins zu hundert hatte. Vielleicht nur eine von eins zu tausend.

Aber eine Chance hatte ich.

Später sah ich mir die ganze Szene auf der Überwachungskamera an, daher wusste ich, was mit Mae passierte. Sie ging in die Küche, ihr Gestell mit braunen Reagenzröhrchen in der Hand. Die anderen waren alle da und aßen. Julia warf ihr einen frostigen Blick zu. Vince achtete nicht auf sie. Ricky sagte: »Was hast du denn da, Mae?«

»Phagen«, erwiderte sie.

»Wozu?«

Jetzt blickte Julia auf. Mae sagte: »Die hab ich aus dem Fermentationstank.«

»Igitt, deshalb stinkt das so.«

»Jack hat gerade eins ausgetrunken. Ich musste auch eins trinken.«

Ricky schnaubte: »Wozu denn das? Himmel, und du hast nicht gekotzt?«

»Beinahe. Jack will, dass ihr alle auch eins trinkt.«

Bobby lachte. »Ach ja? Warum das?«

»Um sicherzustellen, dass keiner von euch infiziert ist.«

Ricky runzelte die Stirn. »Infiziert? Was meinst du mit infiziert?«

»Jack sagt, dass Charley den Schwarm in seinem Körper hatte, ihr daher möglicherweise auch. Oder der eine oder andere von euch. Wenn ihr das Virus hier trinkt, tötet es die Bakterien in euch und damit auch den Schwarm.«

Bobby sagte: »Ist das dein Ernst? Wir sollen die Brühe da trinken? Nie im Leben, Mae!«

Sie wandte sich an Vince.

»Riecht wie Scheiße«, sagte Vince. »Jemand anders soll anfangen.«

Mae sagte: »Ricky? Willst du anfangen?«

Ricky schüttelte den Kopf. »Ich trink das Zeug nicht. Wieso sollte ich?«

»Na, erstens, damit du beruhigt sein kannst, dass du nicht infiziert bist. Und zweitens, damit wir das auch sein können.«

»Willst du damit sagen, das ist ein Test?«

Mae zuckte die Achseln. »Jack sieht das so.«

Julia kniff die Augen zusammen. Sie sagte zu Mae: »Wo ist Jack?«

»Keine Ahnung. Zuletzt hab ich ihn an den Fermentierkesseln gesehen. Ich weiß nicht, wo er jetzt ist.«

»Doch, du weißt es«, sagte Julia kalt. »Du weißt genau, wo er ist.«

»Weiß ich *nicht*. Er hat es mir nicht erzählt.«

»Und ob er es dir erzählt hat. Er erzählt dir doch sonst alles«, sagte Julia. »Ihr habt doch dieses kleine Spielchen hier geplant, nicht? Ihr habt doch nicht ernsthaft geglaubt, dass wir das Zeug da trinken. *Wo ist Jack, Mae?*«

»Ich sag doch, ich weiß es nicht.«

Julia sagte zu Bobby: »Such ihn auf den Monitoren. Finde ihn.« Sie kam um den Tisch herum. »Jetzt hör mal gut zu, Mae.« Ihre Stimme war ruhig, aber durch und durch bedrohlich. »Ich will eine Antwort von dir. Und ich will die Wahrheit hören.«

Mae wich zurück. Ricky und Vince kamen von den Seiten auf sie zu. Dann stand Mae mit dem Rücken zur Wand.

Julia trat langsam auf sie zu. »Raus mit der Sprache, Mae«, sagte sie. »Es ist sehr viel besser für dich, wenn du kooperierst.«

Von der anderen Seite des Raumes sagte Bobby: »Ich hab ihn. Er geht durch die Fertigungshalle. Er hat einen Kanister dabei, mit dieser braunen Brühe drin, wie's aussieht.«

»Jetzt red schon, Mae«, sagte Julia und beugte sich dicht zu Mae vor. Sie war ihr so nah, dass ihrer beider Lippen sich fast berührten. Mae presste Augen und Mund fest zu. Ihr Körper begann vor Furcht zu zittern. Julia streichelte ihr übers Haar. »Keine Angst. Es gibt nichts, wovor du Angst haben musst. Sag mir einfach, was er mit dem Kanister vorhat«, sagte Julia.

Mae schluchzte hysterisch. »Ich hab gewusst, dass es nicht funktioniert. Ich hab ihm gesagt, dass ihr dahinter kommt.«

»Aber ja«, sagte Julia leise. »Natürlich mussten wir dahinter kommen. Und jetzt sag mir, was er vorhat.«

»In dem Kanister ist das Virus«, sagte Mae, »und er will es in den Sprinklertank schütten.«

»Will er das?«, sagte Julia. »Wirklich sehr schlau von ihm. Danke, Kleines.«

Und sie küsste Mae auf den Mund. Mae wand sich, aber sie hatte die Wand im Rücken, und Julia hielt ihr den Kopf fest. Als Julia schließlich zurücktrat, sagte sie: »Bleib ganz ruhig. Denk dran, er wird dir nichts tun, wenn du dich nicht gegen ihn wehrst.«

Und sie ging aus dem Raum.

7. Tag, 6.12 Uhr

Alles geschah schneller, als ich gedacht hatte. Ich hörte sie den Korridor in meine Richtung laufen. Rasch versteckte ich den Kanister, lief dann zurück, weiter durch die Werkshalle. Plötzlich waren sie da. Ich rannte los. Vince holte mich ein, sprang mich an. Ich schlug hart auf den Boden auf. Ricky warf sich auf mich, mir blieb die Luft weg. Dann trat Vince mir in die Rippen, und zusammen zogen sie mich auf die Beine, vor Julia.

»Hi, Jack«, sagte sie lächelnd. »Wie geht's?«

»Es ging schon mal besser.«

»Wir hatten eine nette Unterhaltung mit Mae«, sagte Julia. »Also reden wir nicht lange um den heißen Brei.« Sie suchte den Boden in der Nähe ab. »Wo ist der Kanister?«

»Was für ein Kanister?«

»Jack.« Sie schüttelte traurig den Kopf. »Das bringt doch nichts. Wo ist der Kanister mit den Phagen, die du in die Sprinkleranlage füllen wolltest?«

»Ich hab keinen Kanister.«

Sie trat ganz dicht an mich heran. Ich konnte ihren Atem im Gesicht spüren. »Jack... ich kenne diesen Ausdruck in deinem Gesicht. Du hast einen Plan, nicht? Jetzt sag mir endlich, wo der Kanister ist.«

»Was für ein Kanister?«

Ihre Lippen streiften meine. Ich stand einfach da, reglos wie eine Statue. »Jack, Schatz«, flüsterte sie, »du wirst doch nicht so dumm sein, mit dem Feuer zu spielen. Ich will den Kanister.«

Ich stand nur da.

»Jack … nur ein Kuss …« Sie war nah, verführerisch.

Ricky sagte: »Lass gut sein, Julia. Er hat keine Angst vor dir. Er hat das Virus getrunken, und er glaubt, er ist dadurch geschützt.«

»Ist er das denn?«, sagte Julia und trat zurück.

»Vielleicht«, sagte Ricky, »aber ich wette, er hat Angst zu sterben.«

Und dann packten er und Vince mich und schleppten mich durch die Halle. Sie brachten mich zu dem Raum, in dem der Hochfeldmagnet stand. Ich fing an, mich zu wehren.

»Du hast es erfasst«, sagte Ricky. »Du weißt, was jetzt kommt, nicht?«

Das war nicht mein Plan gewesen. Damit hatte ich nicht gerechnet; ich wusste nicht, was ich tun sollte. Ich wehrte mich mit aller Kraft, trat und wand mich. Aber sie waren beide ungemein stark. Sie schleppten mich einfach weiter. Julia öffnete die dicke Stahltür zum Magnetraum. Drinnen sah ich die kreisrunde Trommel des Magneten, fast zwei Meter im Durchmesser.

Sie stießen mich grob hinein. Ich fiel der Länge nach hin. Mit dem Kopf schlug ich gegen die Stahlummantelung. Ich hörte, wie die Tür zufiel und verriegelt wurde.

Ich stand auf.

Ich hörte das Dröhnen der anspringenden Kühlpumpen. Die Gegensprechanlage klickte. Rickys Stimme erklang. »Hast du dich schon mal gefragt, warum die Wände aus Stahl sind, Jack? Pulsfeldmagneten sind gefährlich. Wenn sie ständig laufen, explodieren sie. Das Feld, das sie erzeugen, reißt sie in Stücke. Wir haben eine Minute Ladezeit. Du hast also eine Minute zum Nachdenken.«

Ich war schon einmal in diesem Raum gewesen, als Ricky mir alles gezeigt hatte. Ich erinnerte mich, dass es einen Notknopf in Kniehöhe gab. Ich drückte ihn mit dem Knie.

»Funktioniert nicht, Jack«, sagte Ricky lakonisch. »Ich hab die Schaltung umgekehrt. Jetzt wird der Magnet eingeschaltet statt ausgeschaltet. Dachte, es interessiert dich vielleicht.«

Das Dröhnen wurde lauter. Der Raum fing leicht an zu vibrieren. Die Luft kühlte sich rasch ab. Gleich darauf konnte ich meinen Atem sehen.

»Tut mir Leid, wenn du es ungemütlich hast, aber das ist nur vorübergehend«, sagte Ricky. »Sobald die Pulse richtig auf Touren kommen, heizt sich der Raum schnell auf. Äh, Moment. Siebenundvierzig Sekunden.«

Das Geräusch war ein rasches *Klonk-Klonk-Klonk*, wie ein gedämpfter Presslufthammer. Es war laut und wurde lauter. Ich konnte Ricky über die Sprechanlage kaum noch hören.

»Nun hör mal, Jack«, sagte er. »Du hast eine Familie. Eine Familie, die dich braucht. Also denk gründlich über deine Möglichkeiten nach.«

Ich sagte: »Lass mich mit Julia sprechen.«

»Nein, Jack. Sie will jetzt nicht mit dir sprechen. Sie ist sehr enttäuscht von dir, Jack.«

»Lass mich mit ihr sprechen.«

»Jack, hörst du nicht, was ich sage? Sie will nicht. Nicht, solange du ihr nicht sagst, wo das Virus ist.«

Klonk-klonk-klonk. Der Raum wurde wärmer. Ich konnte das Gurgeln des Kühlmittels hören, das durch die Leitungen floss. Ich drückte den Notknopf mit dem Knie.

»Wie oft soll ich es dir noch sagen, Jack. Der Knopf schaltet den Magneten bloß an. Hast du Probleme, mich zu verstehen?«

»Ja«, brüllte ich. »Die hab ich.«

»So ein Jammer«, sagte Ricky. »Tut mir Leid, das zu hören.«

Jedenfalls glaubte ich, dass er das sagte. Das *Klonk-klonk-klonk* schien inzwischen den ganzen Raum zu füllen, brachte selbst die Luft zum Vibrieren. Sie klangen wie ein gewaltiger Kernspintomograf, diese riesigen Pumpen. Der Kopf tat mir weh. Ich betrachtete den Magneten, die dicken Schrauben, die die Platten zusammenhielten. Die Schrauben würden bald zu Geschossen werden.

»Das hier ist kein Spiel, Jack«, sagte Ricky. »Wir würden dich nur sehr ungern verlieren. Zwanzig Sekunden.«

Die Ladezeit war die Zeit zum Aufladen der Magnetfeldspeicher, damit Millisekunden-Strompulse abgegeben werden konnten. Ich fragte mich, wie lange es nach dem Laden dauern würde, bis die Pulse den Magneten in Stücke rissen. Wahrscheinlich höchstens ein paar Sekunden. Mir lief also die Zeit davon. Ich wusste nicht, was ich tun sollte. Alles war fürchterlich schief gelaufen. Und das Schlimmste war, dass ich den einzigen Vorteil verspielt hatte, den ich überhaupt je gehabt hatte, denn jetzt waren sie sich bewusst, wie wichtig das Virus war. Zuvor hatten sie darin keine Gefahr gesehen. Aber jetzt wussten sie Bescheid und verlangten, dass ich das Virus aushändigte. Bald würden sie auf die Idee kommen, den Fermentationstank zu zerstören. Sie würden das Virus sehr gründlich vernichten, da war ich mir sicher.

Und ich konnte nichts dagegen unternehmen. Jetzt nicht mehr.

Ich fragte mich, wie es Mae ging und ob man ihr was getan hatte. War sie noch am Leben? Ich fühlte mich distanziert, teilnahmslos. Ich hockte hier in einem übergroßen Kernspintomografen, mehr nicht. Das laute, beängstigende Geräusch, so musste es Amanda ergangen sein, als sie darin lag … Meine Gedanken schweiften ab, gleichgültig.

»Zehn Sekunden«, sagte Ricky. »Mensch, Jack. Spiel nicht den Helden. Das ist nicht dein Stil. Sag uns, wo der Kanister ist. Zehn Sekunden. Fünf. Jack, los …«

Das *Klonk-klonk-klonk* hörte auf, und es ertönte ein *Wumm!* und das Kreischen von berstendem Metall. Der Magnet war angesprungen, für ein paar Millisekunden.

»Erster Impuls«, sagte Ricky. »Sei kein Idiot, Jack.«

Wieder ein *Wumm! Wumm! Wumm!* Die Pulse kamen jetzt immer schneller. Ich sah, wie sich die Ummantelung an der Kühlung mit jedem Puls einbeulte. Sie kamen zu schnell.

Wumm! Wumm!

Ich hielt es nicht mehr aus. Ich rief: »Okay! Ricky! Ich sag's euch!«

Wumm! »Schieß los, Jack!« *Wumm!* »Ich warte.«

»Nein. Erst abschalten. Und ich sage es nur Julia.«

Wumm! Wumm! »Sehr unvernünftig von dir, Jack. Du bist wirklich nicht in der Position, Forderungen zu stellen.« *Wumm!*

»Wollt ihr das Virus, oder wollt ihr euch lieber überraschen lassen?«

Wumm! Wumm! Wumm!

Und dann auf einmal Stille. Nur das leise Zischen der Kühlflüssigkeit, die durch die Ummantelung floss. Der Magnet war zu heiß, um ihn anzufassen. Aber wenigstens hatte das Geräusch des Kernspintomografen aufgehört.

Der Kernspintomograf...

Ich stand im Raum und wartete, dass Julia hereinkam. Und dann überlegte ich es mir anders und setzte mich hin.

Ich hörte, wie die Tür entriegelt wurde. Julia trat ein.

»Jack. Du bist doch nicht verletzt, oder?«

»Nein«, sagte ich. »Bloß mit den Nerven am Ende.«

»Ich versteh nicht, warum du dir das selbst angetan hast«, sagte sie. »Es war völlig unnötig. Aber weißt du, was? Ich habe eine gute Nachricht. Der Hubschrauber ist gerade gekommen.«

»Ach ja?«

»Ja, er ist heute früher dran als sonst. Denk doch mal nach, wäre es nicht schön, jetzt im Hubschrauber zu sitzen, auf dem Weg nach Hause? Zurück zu deinen Kindern? Wäre das nicht toll?«

Ich saß da, mit dem Rücken gegen die Wand, und blickte zu ihr hoch. »Soll das heißen, ich kann gehen?«

»Natürlich, Jack. Warum solltest du länger hier bleiben? Gib mir einfach den Virus-Kanister und ab nach Hause.«

Ich glaubte ihr keine Sekunde. Ich sah die freundliche Julia, die verführerische Julia. Aber ich glaubte ihr nicht. »Wo ist Mae?«

»Sie ruht sich aus.«

»Du hast ihr was angetan.«

»Nein. Nein, nein, nein. Wieso sollte ich?« Sie schüttelte den Kopf. »Du willst es einfach nicht verstehen, was? Ich will dir nichts tun, Jack. Dir nicht, Mae nicht, niemandem. Vor allem dir will ich nichts tun.«

»Erzähl das mal Ricky.«

»Jack. Bitte. Lassen wir die Gefühle mal einen Moment aus dem Spiel, und seien wir logisch. Du hast dich selbst hier reingeritten. Warum kannst du die neue Situation nicht akzeptieren?« Sie streckte mir die Hand entgegen. Ich ergriff sie, und Julia zog mich hoch. Sie war stark. Stärker, als ich sie je erlebt hatte. »Schließlich«, sagte sie, »bist du doch ein integraler Bestandteil von all dem hier. Du hast für uns den wilden Typ vernichtet, Jack.«

»Damit der gutartige Typ blühen und gedeihen kann ...«

»Genau, Jack. Damit der gutartige blühen und gedeihen kann. Und eine neue Synergie mit den Menschen schaffen kann.«

»Die Synergie, die du jetzt hast, zum Beispiel.«

»Stimmt, Jack.« Sie lächelte. Es war ein schauerliches Lächeln.

»Wie nennt man das zwischen euch? Koexistenz? Koevolution?«

»Symbiose.« Sie lächelte noch immer.

»Julia, das ist ausgemachter Schwachsinn«, sagte ich. »Es ist eine Krankheit.«

»Klar, dass du das sagst. Weil du es nicht besser weißt, noch nicht. Du hast es nicht erlebt.« Sie trat auf mich zu und umarmte mich. Ich ließ sie gewähren. »Du hast ja keine Ahnung, was dich alles erwartet.«

»Den Zustand kenn ich«, sagte ich.

»Sei doch mal zur Abwechslung nicht so stur. Lass dich einfach treiben. Du siehst müde aus, Jack.«

Ich seufzte. »Ich bin müde«, sagte ich. Und das stimmte. Ich fühlte mich ausgesprochen schwach in ihren Armen. Ich war sicher, dass sie das spürte.

»Dann entspann dich doch einfach. Umarm mich, Jack.«

»Ich weiß nicht. Vielleicht hast du Recht.«

»Ja, bestimmt.« Sie lächelte wieder, fuhr mir mit der Hand durchs Haar. »Ach, Jack ... ich hab dich wirklich vermisst.«

»Ich dich auch«, sagte ich. »Ich hab dich auch vermisst.« Ich umarmte sie, zog sie näher an mich, hielt sie ganz fest. Unsere Gesichter waren einander nah. Sie sah wunderschön aus, ihre Lippen waren leicht geöffnet, die Augen blickten zu mir hoch, sanft, einladend. Ich spürte, wie sie sich entspannte. Dann sagte ich: »Eins musst du mir verraten, Julia. Das geht mir schon die ganze Zeit durch den Kopf.«

»Gern, Jack.«

»Wieso hast du dich im Krankenhaus geweigert, ein Kernspintomogramm machen zu lassen?«

Sie zog die Stirn kraus, lehnte den Oberkörper zurück und sah mich an. »Was? Was meinst du?«

»Bist du wie Amanda?«

»Amanda?«

»Unsere kleine Tochter… erinnerst du dich? Die Kernspintomografie hat sie geheilt. Von einer Sekunde auf die andere.«

»Wovon redest du?«

»Julia, hat der Schwarm vielleicht Probleme mit Magnetfeldern?«

Ihre Augen wurden groß. Sie versuchte, sich aus meiner Umarmung zu befreien. »Lass mich los! Ricky! Ricky!«

»Tut mir Leid, Schatz«, sagte ich. Ich rammte mein Knie gegen den Knopf. Und es machte laut *Wumm*!, als der Magnet pulste.

Julia schrie.

Ihr Mund war offen, als sie schrie, ein steter, kontinuierlicher Ton, das Gesicht vor Anspannung ganz starr. Ich hielt sie mit aller Kraft fest. Die Haut ihres Gesichts fing an zu beben, vibrierte rasch. Und dann schienen ihre Gesichtszüge größer zu werden, schwollen an, während sie weiter schrie. Ich dachte, dass ihre Augen verängstigt blickten. Das Anschwellen hielt an und zerfiel in Rinnsale und Bäche.

Und dann, urplötzlich, löste Julia sich vor meinen Augen förmlich auf. Die Haut ihres angeschwollenen Gesichts und Körpers flog in Partikelströmen von ihr ab, wie Sand, der von einer Düne geweht wird. Die Partikel schossen im Bogen des Magnetfeldes zu den Wänden des Raumes hin.

Ich spürte, wie Julias Körper in meinen Armen leichter wurde. Noch immer rauschten die Partikel mit einem zischenden Geräusch in alle Ecken des Raumes. Und als es vorbei war, hielt ich nur noch eine blasse und ausgezehrte Gestalt in den Armen. Julias Augen waren tief in die Höhlen gesunken. Ihre Lippen waren dünn und rissig, ihre Haut fast durchscheinend, ihr Haar farblos, spröde. Das Schlüsselbein trat an ihrem knochigen Hals hervor. Sie sah aus wie eine im Sterben liegende Krebskranke. Ihr Mund bewegte sich. Ich hörte schwache Worte, kaum mehr als ein Hauchen. Ich beugte mich vor, hielt mein Ohr dicht an ihren Mund.

»Jack«, flüsterte sie. »Er frisst mich auf.«

Ich sagte: »Ich weiß.«

Ihre Stimme war nur noch ein Flüstern. »Du musst was tun.«

»Ich weiß.«

»Jack... die Kinder.«

»Ja.«

Sie flüsterte: »Ich... hab sie... geküsst...«

Ich sagte nichts. Ich schloss bloß die Augen.

»Jack... Rette meine Kleinen... Jack...«

»Ja«, sagte ich.

Ich blickte zu den Wänden auf und sah überall um mich herum Julias Gesicht und Körper, überdehnt und dem Raum angepasst. Die Partikel behielten Julias Äußeres bei, waren aber jetzt flach an die Wände gepresst. Und sie bewegten sich nach wie vor, im Einklang mit den Bewegungen ihrer Lippen, dem Blinzeln ihrer Augen. Während ich hinsah, trieben sie plötzlich zu ihr zurück, wie ein Nebel in der Farbe von Julias Haut.

Von draußen hörte ich Ricky rufen: »Julia! Julia!« Er trat zweimal gegen die Tür, aber er kam nicht herein. Ich wusste, er würde sich nicht trauen. Ich hatte eine ganze Minute gewartet, sodass die Kondensatoren geladen waren. Er konnte mich jetzt nicht daran hindern, den Magnet wieder einzuschalten. Ich konnte es jederzeit tun – zumindest bis die Kondensatoren entladen waren. Ich wusste nicht, wie lange das dauern würde.

»Jack…«

Ich blickte sie an. Ihre Augen waren traurig, flehend.

»Jack«, sagte sie. »Ich wusste nicht…«

»Schon gut«, sagte ich. Die Partikel kamen zurück, setzten ihr Gesicht vor meinen Augen erneut zusammen. Julia nahm wieder eine feste Form an und wurde schön.

Ich rammte das Knie gegen den Knopf.

Wumm!

Die Partikel schossen weg, flogen wieder an die Wände, doch diesmal nicht so schnell. Und ich hatte erneut die ausgezehrte Julia in den Armen, ihre tief liegenden Augen flehten mich an.

Ich griff in meine Tasche und zog eins von den Phagen-Röhrchen hervor. »Trink das hier«, sagte ich.

»Nein… nein…« Sie war aufgewühlt. »Zu spät… für…«

»Trink«, bat ich. Ich hielt ihr das Röhrchen an die Lippen. »Komm, Schatz. Bitte versuch es.«

»Nein… bitte… Nicht wichtig…«

Ricky schrie: »Julia! Julia!« Er hämmerte gegen die Tür. »Julia, ist alles in Ordnung?«

Die Leichenaugen drehten sich in Richtung Tür. Ihr Mund bewegte sich. Ihre Skelettfinger zogen an meinem Hemd, kratzten am Stoff. Sie wollte mir etwas sagen. Ich drehte den Kopf, damit ich sie hören konnte.

Sie atmete flach, schwach. Ich konnte die Worte nicht verstehen. Und dann plötzlich waren sie ganz deutlich.

Sie sagte: »*Sie müssen dich jetzt töten.*«

»Ich weiß«, sagte ich.

»Lass das nicht zu… Kinder…«

»Das werde ich nicht.«

Ihre knochige Hand berührte meine Wange. Sie flüsterte. »Ich habe dich immer geliebt, Jack. Ich würde dir niemals wehtun.«

»Ich weiß, Julia. Ich weiß.«

Die Partikel lösten sich erneut von den Wänden. Jetzt schienen sie zusammenzugleiten, um dann zu Julias Gesicht und Körper zurückzukehren. Wieder drückte ich den Notknopf, wollte noch mehr Zeit mit ihr haben, doch es kam nur ein träges, mechanisches *Klonk*.

Die Kondensatoren waren leer.

Und mit einem *Wuusch* kehrten alle Partikel zurück, und Julia war wieder so kräftig und schön und stark wie zuvor, und sie stieß mich mit einem verächtlichen Blick von sich weg und sagte mit lauter, fester Stimme: »Tut mir Leid, dass du das sehen musstest, Jack.«

»Mir auch«, sagte ich.

»Aber das ist nun mal nicht zu ändern. Wir verschwenden hier unsere Zeit. Ich will den Virus-Kanister, Jack. Und zwar auf der Stelle.«

In gewisser Weise machte es mir die Sache einfacher. Denn jetzt wusste ich, dass ich es nicht mehr mit Julia zu tun hatte. Ich musste mir keine Gedanken mehr darum machen, was ihr zustoßen könnte. Ich musste mir nur noch um Mae Gedanken machen – vorausgesetzt, sie lebte noch – und um mich.

Und vorausgesetzt, dass es mir gelang, die nächsten paar Minuten zu überleben.

7. Tag, 7.18 Uhr

Okay«, sagte ich zu ihr. »Okay. Ich hol dir das Virus.«

Sie runzelte die Stirn. »Du schaust wieder so …«

»Nein«, sagte ich. »Ich kann nicht mehr. Ich bring dich hin.«

»Schön. Wir fangen mit den Röhrchen in deiner Tasche an.«

»Was, die hier?«, sagte ich. Ich griff in meine Tasche, um sie herauszuholen, als ich durch die Tür ging. Draußen warteten Ricky und Vince auf mich.

»Wirklich sehr komisch«, sagte Ricky. »Du hättest sie beinahe umgebracht. Du hättest beinahe deine eigene Frau umgebracht.«

»Was sagt man dazu«, sagte ich.

Ich tastete noch immer in meiner Tasche herum, als hätten die Röhrchen sich im Stoff verfangen. Sie wussten nicht, was ich da tat, und packten mich erneut, Vince auf der einen Seite und Ricky auf der anderen.

»Jungs«, sagte ich, »das geht so nicht, wenn ihr mich …«

»Lasst ihn los«, sagte Julia, die hinter mir herkam.

»Von wegen«, sagte Vince, »der will uns reinlegen.«

Ich mühte mich noch immer ab, die Röhrchen aus der Tasche zu ziehen. Schließlich hatte ich sie in der Hand. Bei unserem Gerangel ließ ich eins fallen. Es zerplatzte auf dem Betonboden, und braune Brühe spritzte hoch.

»Gott!« Sie sprangen alle drei zurück, ließen mich los. Sie starrten zu Boden und blickten auf ihre Füße, um sicherzugehen, dass sie nichts abbekommen hatten.

Und in diesem Augenblick rannte ich los.

Ich zog den Kanister aus seinem Versteck und lief weiter. Ich musste die ganze Produktionshalle durchqueren, um zu dem Aufzug zu gelangen, der mich bis unter die Decke bringen würde, wo sich sämtliche Versorgungssysteme befanden. Wo die Entlüftung und die elektrischen Verteilerkästen waren – und der Tank der Sprinkleranlage. Wenn ich den Aufzug erreichte und zwei, zweieinhalb Meter in der Luft wäre, konnten sie mir nichts mehr anhaben.

Wenn ich das schaffte, würde mein Plan funktionieren.

Der Aufzug war gut fünfzig Meter entfernt.

Ich rannte, so schnell ich konnte, sprang über die tiefsten Arme des Kraken, duckte mich unter den brusthohen Teilen hindurch. Ich sah nach hinten und konnte sie durch das Gewirr von Armen und Maschinen nicht sehen. Aber ich hörte die drei rufen, und ich hörte sie rennen. Ich hörte Julia: »Er will zu den Sprinklern!« Weiter vorn sah ich die offene Kabine des Aufzugs.

Ich würde es schaffen, bestimmt.

Im selben Moment stolperte ich über einen der Arme und schlug der Länge nach hin. Der Kanister rutschte über den Boden, kam an einem Stützbalken zum Stehen. Ich rappelte mich rasch wieder auf und griff nach ihm. Ich wusste, dass sie mir dicht auf den Fersen waren. Ich traute mich nicht, nach hinten zu schauen.

Ich rannte auf den Aufzug zu, zog an einem letzten Rohr den Kopf ein, doch als ich nach vorn schaute, war Vince bereits da. Er musste eine Abkürzung durch die Krakenarme gekannt haben; er war mir zuvorgekommen. Jetzt stand er in der offenen Kabine und grinste. Ich blickte nach hinten und sah, dass auch Ricky mich bald eingeholt haben würde.

Julia rief: »Gib auf, Jack! Es ist vorbei.«

Und es sah wirklich ganz danach aus. Ich konnte nicht an Vince vorbei. Und ich konnte Ricky nicht mehr davonlaufen, er war schon viel zu nahe. Ich sprang über ein Rohr, schob mich hinter einen stehenden Stromkasten und ging in die Hocke. Als Ricky über das Rohr sprang, rammte ich ihm meinen Ellbogen zwischen die Beine. Er brüllte auf und fiel zu Boden, wälzte sich vor Schmerzen. Ich ging zu ihm und trat ihm, so fest ich konnte, gegen den Kopf. Das war für Charley.

Ich rannte weiter.

Am Aufzug wartete Vince schon, halb geduckt, die Fäuste geballt. Er freute sich auf einen Kampf. Ich lief schnurstracks auf ihn zu, und er grinste erwartungsfroh.

Und im letzten Moment schwenkte ich nach links ab. Ich sprang.

Und kletterte die Leiter an der Wand hoch.

Julia schrie: »Haltet ihn! Haltet ihn!«

Das Klettern war schwierig, weil ich den Kanister an einem Daumen hängen hatte und er mir schmerzhaft auf den rechten Handrücken schlug. Ich konzentrierte mich auf den Schmerz. Ich hatte Höhenangst, und ich wollte nicht nach unten schauen. Und daher konnte ich nicht sehen, was an meinen Beinen zog, mich nach unten zerrte. Ich trat, aber was immer es war, es ließ mich nicht los.

Schließlich blickte ich hin. Ich war gut drei Meter über dem Boden, und zwei Sprossen unter mir hatte Ricky seinen freien Arm um meine Beine geschlungen, mit der Hand meinen Knöchel gepackt. Er zerrte an meinen Füßen und zog sie von der Sprosse. Ich rutschte ein Stück und spürte dann einen brennenden Schmerz in den Händen. Aber ich hielt mich fest.

Ricky lächelte grimmig. Ich trat mit den Beinen nach hinten, versuchte, sein Gesicht zu treffen, aber vergeblich, er hielt sie fest umklammert an seiner Brust. Er war unglaublich stark. Ich versuchte es immer wieder, bis ich auf den Gedanken kam, ein Bein nach oben zu reißen, um es freizubekommen. Das klappte, und ich trat ihm mit voller Kraft auf die Hand, mit der er sich an der Sprosse festhielt. Er schrie auf und ließ meine Beine los, um sich mit der anderen Hand an der Leiter festzuhalten. Ich trat noch einmal, ließ das Bein zurückschnellen und erwischte ihn genau unter dem Kinn. Er rutschte fünf Sprossen tiefer, hielt sich dann aber fest. Er hing dort, kurz über dem unteren Ende der Leiter.

Ich kletterte weiter.

Julia kam näher. »Haltet ihn!«

Ich hörte den Aufzug knirschen, als Vince an mir vorbeifuhr. Er würde mich oben erwarten.

Ich kletterte.

Ich war fünf Meter über dem Boden, dann sechs. Ich blickte nach unten und sah, dass Ricky mir folgte, aber er war noch weit unter mir und würde mich kaum einholen können, und plötzlich kam Julia durch die Luft auf mich zugeflogen, spiralförmig wie ein Korkenzieher – und packte die Leiter direkt neben mir. Nur, dass es nicht Julia war, es war der Schwarm, und einen Augenblick lang war der Schwarm so desorganisiert, dass ich stellenweise durch Julia hindurchschauen konnte. Ich konnte die wirbelnden Partikel sehen, die sie zusammensetzten. Ich blickte nach unten und sah die wirkliche Julia, die leichenblass dastand und zu mir hochblickte, das Gesicht ein Totenschädel. Der Schwarm neben mir nahm inzwischen ein festes Äußeres an, so wie ich das zuvor schon gesehen hatte. Er sah jetzt aus wie Julia. Der Mund bewegte sich, und ich hörte eine fremde Stimme »Verzeih mir, Jack« sagen. Und dann schrumpfte der Schwarm, wurde noch dichter, sank zu einer kleinen Julia zusammen, knapp über einen Meter groß.

Ich wandte mich um und wollte weiterklettern.

Die kleine Julia holte Schwung und warf sich dann fest gegen meinen Körper. Ich hatte das Gefühl, von einem Sack Zement getroffen worden zu sein, und mir blieb die Luft weg. Ich verlor fast den Halt an der Leiter, und ich hätte beinahe losgelassen, als der Julia-Schwarm erneut gegen mich prallte. Ich duckte mich und wich aus, stöhnte vor Schmerz und kletterte weiter, obwohl der Schwarm sich immer wieder gegen mich warf. Der Schwarm hatte genug Masse, um mir wehzutun, aber nicht genug, um mich von der Leiter zu stoßen.

Offenbar wurde dem Schwarm das ebenfalls klar, denn jetzt verdichtete der kleine Julia-Schwarm sich zu einer Kugel, schwebte einfach nach oben und hüllte meinen Kopf in eine schwirrende Wolke. Ich war völlig blind. Ich konnte nicht das Geringste sehen. Ich kam mir vor wie in einem Sandsturm. Ich tastete nach der nächsten Sprosse und dann weiter nach der nächsten. Nadelstiche brannten mir auf Gesicht und Händen, der Schmerz wurde stärker, stechender. Anscheinend lernte der Schwarm jetzt, Schmerz zu bündeln. Aber zumindest hatte er nicht gelernt, wie man jemanden erstickte. Er tat nichts, um mich am Atmen zu hindern.

Ich kletterte weiter.

Im Dunkeln.

Und dann spürte ich, wie Ricky wieder an meinen Beinen zog. Und in dem Augenblick, letztendlich, sah ich kein Weiterkommen mehr.

Ich war fast acht Meter über dem Boden, hielt mich krampfhaft an einer Leiter fest und schleppte einen Kanister mit brauner Brühe mit, während Vince über mir lauerte und Ricky unter mir zog und zerrte und mir ein Schwarm um den Kopf schwirrte, der mir die Sicht nahm und mich wie wahnsinnig stach. Ich war ausgepumpt und konnte nicht mehr, und ich spürte förmlich, wie mich alle Kraft verließ. Meine Finger um die Sprossen fühlten sich zittrig an. Ich konnte mich nicht länger festhalten. Ich wusste, ich brauchte nur loszulassen, und alles wäre in einer Sekunde vorbei. Ich war ohnehin am Ende.

Ich tastete nach der nächsten Sprosse, packte sie und zog meinen Körper hoch. Aber ich spürte ein Reißen in den Schultern. Ricky zog mit aller Kraft von unten. Ich wusste, dass er gewinnen würde. Sie würden alle gewinnen. Sie würden immer gewinnen.

Und dann dachte ich an Julia, gespenstisch bleich und papierdünn, wie sie »Rette meine Kleinen« flüsterte. Ich dachte an die Kinder, die zu Hause auf mich warteten. Ich sah sie am Tisch sitzen und auf das Abendessen warten. Und ich wusste, ich musste durchhalten, um jeden Preis.

Also hielt ich durch.

Ich weiß nicht genau, was mit Ricky passierte. Irgendwie schaffte er es, meine Beine von der Sprosse zu ziehen, und ich hing an den Armen in der Luft und trat wild um mich, und sehr wahrscheinlich traf ich ihn mitten ins Gesicht und brach ihm die Nase.

Denn gleich darauf ließ Ricky mich los, und ich hörte ein *Klong-klong-klong*, als sein Körper die Leiter hinunterrutschte und er verzweifelt versuchte, im Fallen die Sprossen zu packen. Ich hörte: »Ricky, nein!«, und die Wolke verschwand von meinem Kopf, und ich war wieder völlig frei. Ich blickte nach unten und sah den Julia-Schwarm in Höhe von Ricky, der sich gut drei Meter über dem Boden hatte abfangen können. Er starrte wütend hoch. Aus seinem Mund und der Nase sprudelte Blut. Er wollte wieder hochklettern, aber der Julia-Schwarm sagte: »Nein, Ricky. Nein, das schaffst du nicht! Lass Vince das machen.«

Und dann kletterte Ricky halb fallend nach unten, und der Schwarm nahm wieder Julias blassen Körper in Besitz, und die beiden standen da und beobachteten mich.

Ich wandte den Blick von ihnen ab und schaute nach oben.

Vince stand knapp anderthalb Meter über mir.

Seine Füße waren auf den obersten Sprossen, und er beugte sich vor und versperrte mir den Weg. Ich hatte keine Chance, an ihm vorbeizukommen. Ich hielt inne und überlegte, verlagerte mein Gewicht auf der Leiter, hob ein Bein zur nächsten Sprosse, hakte meinen freien Arm um die Sprosse vor meinem Gesicht. Doch als ich das Bein anzog, spürte ich einen Gegenstand in meiner Tasche. Ich hielt inne.

Ich hatte noch ein Phagen-Röhrchen.

Ich griff in die Tasche, holte das Röhrchen hervor und zeigte es ihm. Ich zog den Korken mit den Zähnen heraus. »He, Vince«, sagte ich. »Wie wär's mit einer Fäkaldusche?«

Er rührte sich nicht. Aber seine Augen verengten sich.

Ich stieg eine Sprosse höher.

»Mach lieber, dass du wegkommst, Vince«, sagte ich. Ich musste so heftig keuchen, dass meine Stimme nicht so richtig bedrohlich klang. »Verschwinde, bevor du nass wirst…«

Eine Sprosse weiter. Ich war nur noch drei Sprossen unter ihm.

»Deine Entscheidung, Vince.« Ich hielt das Röhrchen in der Hand. »Von hier aus kann ich zwar dein Gesicht nicht treffen. Aber deine Beine und Schuhe garantiert. Macht dir das nichts aus?«

Eine Sprosse weiter.

Vince blieb, wo er war.

»Offenbar nicht«, sagte ich. »Du lebst gern gefährlich?«

Ich hielt inne. Wenn ich noch eine Sprosse höher stieg, konnte er mich gegen den Kopf treten. Wenn ich blieb, wo ich war, würde er schon zu mir kommen müssen, und ich könnte ihn packen. Also rührte ich mich nicht von der Stelle.

»Was ist nun, Vince? Bleibst du, oder gehst du?«

Er runzelte die Stirn. Seine Augen huschten hin und her, von meinem Gesicht zu dem Röhrchen und wieder zurück.

Und dann trat er von der Leiter zurück.

»So ist es brav, Vince.«

Ich stieg eine Sprosse höher.

Er war so weit zurückgewichen, dass ich nicht mehr sehen konnte, wo er war. Wahrscheinlich hatte er vor, mich oben zu überrumpeln. Also stellte ich mich darauf ein, den Kopf einzuziehen und zur Seite zu schwingen.

Letzte Sprosse.

Und jetzt sah ich ihn. Er wollte mir nichts. Vince zitterte vor Panik, ein in die Enge getriebenes Tier, das sich in die Dunkelheit des Laufganges verkrochen hatte. Ich konnte seine Augen nicht erkennen, aber ich sah, dass sein Körper bebte.

»Okay, Vince«, sagte ich. »Ich komme hoch.«

Ich trat auf die Gitterplattform. Jetzt stand ich direkt oben an der Leiter, umgeben von dröhnenden Maschinen. Keine zwanzig Schritte entfernt sah ich die beiden Stahltanks für die Sprinkleranlage. Ich blickte nach unten und sah Ricky und Julia, die zu mir hochschauten. Ich fragte mich, ob ihnen klar war, wie nah ich meinem Ziel war.

Ich blickte wieder zurück zu Vince und sah gerade noch, wie er von einem Kasten in der Ecke eine halb durchsichtige, weiße Plastikplane zog. Er wickelte sie um sich wie einen Schild und griff dann mit einem gutturalen Schrei an. Ich stand am Rand der Leiter. Mir blieb keine Zeit auszuweichen. Ich drehte mich bloß seitlich und stemmte mich gegen ein gut einen Meter dickes Rohr, um die Wucht des Aufpralls abzufangen.

Vince krachte in mich hinein.

Das Röhrchen flog mir aus der Hand, zersplitterte auf dem Gitterrost. Der Kanister wurde mir aus der anderen Hand geschlagen, rollte über den Laufsteg und blieb genau am Rand liegen. Ein paar Zentimeter mehr, und er würde hinunterfallen. Ich bewegte mich auf ihn zu.

Noch immer durch die Plane geschützt, krachte Vince wieder in mich hinein. Ich wurde zurück gegen das Rohr geschleudert. Mein Kopf knallte gegen Stahl. Ich rutschte auf der braunen Brühe aus, die jetzt durch die Maschen des Gitterrostes tropfte, konnte gerade noch das Gleichgewicht halten. Vince warf sich wieder gegen mich.

In seiner Panik merkte er gar nicht, dass ich meine Waffe verloren hatte. Oder vielleicht konnte er es durch die Plane nicht sehen. Er warf sich einfach immer weiter mit dem ganzen Körper gegen mich, und schließlich rutschte ich wieder auf der Brühe aus und fiel auf die Knie. Sogleich kroch ich auf den Kanister zu, der rund drei Meter entfernt lag. Das sonderbare Verhalten ließ Vince einen Augenblick stutzen; er zog sich die Plane vom Gesicht, sah den Kanister und hechtete darauf zu, katapultierte seinen ganzen Körper nach vorn durch die Luft.

Aber er kam zu spät. Ich hatte den Kanister schon in der Hand und riss ihn just in dem Moment weg, als Vince landete, mit der Plane, genau an der Stelle, wo der Kanister gelegen hatte. Sein Kopf schlug fest auf der Kante des Laufstegs auf. Er war kurz benommen, schüttelte den Kopf, um ihn wieder klar zu bekommen.

Und ich packte die Plane am Rand und riss sie mit aller Kraft hoch.

Vince schrie und rollte über den Rand.

Ich sah, wie er auf dem Boden aufschlug. Sein Körper rührte sich nicht mehr. Dann löste sich der Schwarm von ihm, schwebte in die Luft wie ein Geist. Der Geist gesellte sich zu Ricky und Julia, die zu mir hochschauten. Dann drehten sie sich um und eilten durch die Werkshalle davon, sprangen im Laufen über die Krakenarme. Es war ihnen anzusehen, dass sie es sehr eilig hatten. Man hätte sogar meinen können, sie hätten Angst.

Gut, dachte ich.

Ich rappelte mich hoch und ging zu den Sprinklertanks. Die Bedienungsanleitung stand auf dem unteren Tank. Die Ventile waren leicht zu unterscheiden. Ich drehte den Zufluss auf, schraubte den Einfülldeckel ab, wartete, bis der Druck des Stickstoffs zischend entwichen war, und schüttete dann den Inhalt des Phagen-Kanisters hinein. Ich hörte, wie er in den Tank gluckerte. Dann schraubte ich den Deckel zu, drehte das Stickstoffventil wieder auf, um das System erneut unter Druck zu setzen.

Und fertig war ich.

Ich holte tief Luft.

Ich würde doch noch gewinnen.

Ich fuhr mit dem Aufzug nach unten und fühlte mich zum ersten Mal an dem Tag gut.

7. Tag, 8.12 Uhr

Sie standen alle zusammengedrängt auf der anderen Seite der Halle – Julia, Ricky und jetzt auch Bobby. Auch Vince war da, etwas im Hintergrund. Doch ich konnte ab und zu durch ihn hindurchsehen, denn sein Schwarm war leicht transparent. Ich fragte mich, wer von den anderen jetzt auch nur noch ein Schwarm war. Das war nicht eindeutig zu sagen. Aber es spielte ohnehin keine Rolle mehr.

Sie standen vor einer Reihe Computermonitore, auf denen jeder Parameter des Herstellungsprozesses zu erkennen war: Temperaturkurven, Produktionsmengen, Gott weiß was sonst noch alles. Aber sie hatten den Monitoren den Rücken zugedreht. Sie sahen mich an.

Ich ging ruhig auf sie zu, gemessenen Schritts. Ich hatte keine Eile. Im Gegenteil. Es dauerte bestimmt zwei volle Minuten, bis ich die Halle durchquert hatte und bei ihnen war. Sie betrachteten mich zunächst verwundert und dann mit zunehmend unverhohlener Belustigung.

»Na, Jack«, sagte Julia schließlich. »Wie läuft's denn heute so bei dir?«

»Nicht schlecht«, erwiderte ich. »Es geht bergauf.«

»Du wirkst ja sehr zuversichtlich.«

Ich zuckte die Achseln.

»Hast du alles unter Kontrolle?«, fragte Julia.

Ich zuckte wieder die Achseln.

»Übrigens, wo ist Mae?«

»Ich weiß nicht. Wieso?«

»Bobby hat sie gesucht. Er kann sie nirgends finden.«

»Ich hab keine Ahnung«, sagte ich. »Wieso habt ihr sie gesucht?«

»Wir dachten, wir sollten alle zusammen sein«, sagte Julia, »wenn wir die Sache hier zu Ende bringen.«

»Aha«, sagte ich. »Und das passiert jetzt? Das große Finale?«

Sie nickte bedächtig. »Ja, Jack. Ganz genau.«

Ich konnte es nicht riskieren, auf meine Uhr zu blicken, ich musste einfach schätzen, wie viel Zeit vergangen war. Ich vermutete, etwa drei oder vier Minuten. Ich sagte: »Und, was schwebt dir so vor?«

Julia fing an, auf und ab zu gehen. »Tja, Jack, ich bin sehr enttäuscht von dir. Schwer enttäuscht. Du weißt, wie viel du mir bedeutest. Ich hätte nie gewollt, dass dir etwas zustößt. Aber du bekämpfst uns, Jack. Und du wirst uns weiter bekämpfen. Und das können wir nicht hinnehmen.«

»Verstehe«, sagte ich.

»Das geht einfach nicht, Jack.«

Ich griff in meine Tasche und holte ein Plastikfeuerzeug heraus. Falls Julia oder die anderen das mitbekamen, so ließen sie es sich jedenfalls nicht anmerken.

Julia schritt weiter auf und ab. »Jack, du bringst mich in eine schwierige Lage.«

»Wie das?«

»Du hattest das Privileg, hier die Geburt von etwas wahrhaft Neuem zu erleben. Etwas Neuem und Wunderbarem. Aber du bringst kein Verständnis auf, Jack.«

»Nein, stimmt.«

»Eine Geburt ist schmerzhaft.«

»Der Tod auch«, erwiderte ich.

Sie ging weiter auf und ab. »Ja«, sagte sie. »Der Tod auch.« Sie blickte mich finster an.

»Ist was?«

»Wo ist Mae?«, fragte sie erneut.

»Ich weiß es nicht. Ich habe nicht die leiseste Ahnung.«

Sie blickte weiter finster. »Wir müssen sie finden, Jack.«

»Das werdet ihr bestimmt.«

»Ja, mit Sicherheit.«

»Dann braucht ihr mich ja nicht«, sagte ich. »Macht euren Kram allein. Ich meine, ihr seid die Zukunft, wenn ich mich recht entsinne. Überlegen und unaufhaltsam. Ich bin bloß ein einfacher Mensch.«

Julia ging jetzt um mich herum, betrachtete mich von allen Seiten. Ich sah, dass mein Verhalten sie verunsicherte. Oder sie taxierte mich. Vielleicht hatte ich es übertrieben. War zu weit gegangen. Sie witterte etwas. Sie ahnte etwas. Und das machte mich sehr nervös.

Ich drehte das Feuerzeug in den Händen, fahrig.

»Jack«, sagte sie. »Du enttäuschst mich.«

»Das hast du bereits gesagt.«

»Ja«, sagte sie. »Aber ich bin mir noch immer nicht sicher …«

Wie auf ein lautloses Stichwort hin fingen auch die Männer an, im Kreis zu gehen. Sie bewegten sich in konzentrischen Kreisen um mich herum. War das so eine Art Scanner-Verfahren? Oder bedeutete es irgendetwas anderes?

Ich überlegte, wie viel Zeit vergangen war. Ich schätzte, fünf Minuten.

»Komm mit, Jack. Ich will dir was zeigen.«

Sie legte mir einen Arm um die Schultern und führte mich zu einer der großen Krakenröhren. Sie hatte einen Durchmesser von gut und gern einem Meter achtzig, und die Oberfläche war verspiegelt. Ich konnte Julia neben mir stehen sehen. Einen Arm um meine Schultern.

»Sind wir nicht ein hübsches Paar? Es ist ein Jammer. Wir könnten so eine schöne Zukunft haben.«

Ich sagte: »Tja …«

Und als ich das sagte, löste sich ein Fluss blasser Partikel von Julia, strömte im Bogen durch die Luft und senkte sich dann wie ein Schauer über meinen Körper und in meinen Mund. Ich presste die Lippen aufeinander, aber es spielte keine Rolle, denn im Spiegel schien sich mein Körper aufzulösen, um von Julias Körper ersetzt zu werden. Es war, als hätte sich ihre Haut von ihr gelöst, wäre durch die Luft geschwebt und hätte sich über mich gestülpt. Jetzt standen zwei Julias nebeneinander vor dem Spiegel.

Ich sagte: »Lass den Quatsch, Julia.«

Sie lachte. »Wieso? Macht doch Spaß.«

»Hör auf damit«, entgegnete ich. Ich klang wie ich selbst, obwohl ich wie Julia aussah. »Hör auf.«

»Magst du das nicht? Ich finde es lustig. Du kannst eine Weile ich sein.«

»Ich hab gesagt, hör auf!«

»Jack, du verstehst einfach keinen Spaß mehr.«

Ich zog an dem Julia-Abbild auf meinem Gesicht, wollte es wie eine Maske abreißen. Aber ich spürte nur meine eigene Haut unter den Fingerspitzen. Als ich an meiner Wange kratzte, zeigte das Julia-Abbild im Spiegel Striemen. Ich griff nach hinten und berührte mein Haar. Ich war so panisch, dass ich das Feuerzeug fallen ließ. Es klapperte auf den Betonboden.

»Ich will das weghaben«, sagte ich. »Mach es weg.«

Es rauschte in meinen Ohren, und die Julia-Haut verschwand, zischte in die Luft, senkte sich dann auf Julia hinab. Nun sah sie aus wie ich. Jetzt standen zwei Jacks Seite an Seite im Spiegel.

»So besser?«, sagte sie.

»Ich weiß nicht, was du damit beweisen willst.« Ich holte tief Luft.

Ich bückte mich und hob das Feuerzeug auf.

»Ich will gar nichts damit beweisen«, entgegnete sie. »Ich fühle dir bloß auf den Zahn, Jack. Und weißt du, was ich herausgefunden habe? Du hast ein Geheimnis, Jack. Und du hast gedacht, ich würde nicht dahinter kommen.«

»Ach ja?«

»Aber ich bin dahinter gekommen«, sagte sie.

Ich wusste nicht, wie ich ihre Worte verstehen sollte, wusste nicht mehr, wo ich war. Und das ständige Verändern des Äußeren hatte mich so zermürbt, dass ich jedes Zeitgefühl verloren hatte.

»Du machst dir Gedanken wegen der Zeit, nicht wahr, Jack?«, sagte sie. »Brauchst du nicht. Wir haben jede Menge Zeit. Wir haben hier alles unter Kontrolle. Erzählst du mir jetzt dein Geheimnis? Oder müssen wir nachhelfen?«

Hinter ihr konnte ich die aufgereihten Monitore des Kontrollsystems sehen. Bei den Bildschirmen, die am äußeren Rand montiert waren, blinkte oben ein Balken, in dem etwas geschrieben stand, ich konnte es jedoch nicht lesen. Ich erkannte, dass auf einigen Diagrammen die Kurven steil anstiegen und von Blau über Gelb zu Rot wechselten, je höher sie kletterten.

Ich tat nichts.

Julia drehte sich zu den Männern um. »Okay«, sagte sie. »Bringt ihn zum Reden.«

Die drei Männer näherten sich mir. Es war Zeit, es ihnen zu zeigen. Es war Zeit, meine Falle zuschnappen zu lassen.

»Kein Problem«, sagte ich. Ich hob das Feuerzeug, entzündete es und hielt die Flamme unter den nächsten Sprinklerkopf.

Die Männer verharrten auf der Stelle. Sie beobachteten mich.

Ich hielt das Feuerzeug ganz ruhig. Der Sprinklerkopf wurde schwarz vor Ruß.

Und nichts tat sich.

Die Flamme brachte das dünne Blech, das den Sprinklerkopf schützte, zum Schmelzen. Silberkleckse tropften auf den Boden zu meinen Füßen. Und es tat sich noch immer nichts. Die Sprinkler sprangen nicht an.

»Scheiße«, sagte ich.

Julia beobachtete mich nachdenklich. »Kein schlechter Trick. Sehr einfallsreich, Jack. Gute Idee. Aber du hast eines vergessen.«

»Was denn?«

»Es gibt hier ein Sicherheitssystem. Und als wir gesehen haben, dass du die Sprinkler erreicht hast, hat Ricky das System abgeschaltet. System aus, Sprinkler aus.« Sie zuckte die Achseln. »Deine Glückssträhne ist wohl zu Ende, Jack.«

Ich machte das Feuerzeug aus. Ich konnte nichts tun. Ich stand einfach da und kam mir blöd vor. Ich glaubte, einen schwachen Geruch wahrzunehmen. Einen süßlichen, widerwärtigen Geruch. Aber ich war mir nicht sicher.

»Zugegeben, wirklich kein schlechter Trick«, sagte Julia. »Aber jetzt reicht's.«

Sie sah die Männer an und machte eine ruckartige Kopfbewegung. Die drei kamen auf mich zu. Ich sagte: »He, Jungs, macht keinen Blödsinn ...« Sie reagierten nicht. Ihre Gesichter waren teilnahmslos. Sie packten mich und wollten mich niederringen. »He, hört doch auf...« Ich riss mich los. »He!«

Ricky sagte: »Mach es uns nicht noch schwerer, Jack«, und ich sagte: »Leck mich, Ricky«, und ich spuckte ihm ins Gesicht, als sie mich zu Boden warfen. Ich hoffte, das Virus würde ihm in den Mund dringen. Ich hoffte, ich könnte ihn aufhalten, hoffte, dass wir richtig kämpfen würden. Hauptsache, ich gewann Zeit. Aber sie warfen mich zu Boden und fielen dann über mich her und fingen an, mich zu würgen. Ich spürte ihre Hände am Hals. Bobby drückte mir seine Hände auf Mund und Nase. Ich versuchte, ihn zu beißen. Aber er hielt seine Hände einfach fest an Ort und Stelle und starrte mich nur an. Ricky lächelte kühl. Als würde er mich nicht kennen, als hätte er keine Gefühle für mich. Sie waren Fremde, die mich entschlossen und rasch töteten. Ich schlug mit Fäusten auf sie ein, bis Ricky mir sein Knie auf einen Arm schob und ihn auf den Boden presste und Bobby den anderen Arm fest hielt. Jetzt konnte ich mich nicht mehr rühren. Ich wollte nach ihnen treten, aber Julia saß auf meinen Beinen. Half ihnen. Schon begann die Welt, vor meinen Augen zu verschwimmen. Wurde zu einem schwachen und diesigen Grau.

Dann ertönte ein leises Knallen, fast wie Popcorn oder springendes Glas, und Julia schrie: »*Was ist das?*«

Die drei Männer ließen von mir ab und standen auf. Sie gingen von mir weg. Ich lag auf dem Boden und hustete. Ich versuchte nicht mal aufzustehen.

»Was ist das?«, brüllte Julia.

Die erste Krakenröhre zerplatzte hoch über mir. Brauner, flüssiger Dampf zischte heraus. Eine weitere Röhre brach mit einem Knall auf, dann noch eine. Es fauchte überall in der Halle. Die Luft nahm ein dunkles, nebeliges Braun an, ein wogendes Braun.

Julia schrie: »Was *ist* denn das?«

»Die Produktionsanlage ist überhitzt«, sagte Ricky. »Und sie fliegt in die Luft.«

»Wieso? Wie ist das möglich?«

Ich setzte mich auf, noch immer hustend, und kam dann auf die Beine. Ich sagte: »Kein Sicherheitssystem, erinnerst du dich? Ihr habt es abgeschaltet. Jetzt wird das Virus durch die ganze Halle geblasen.«

»Nicht mehr lange«, sagte Julia. »In zwei Sekunden haben wir das Sicherheitssystem wieder an.« Ricky stand schon an der Steuerungstafel und drückte hektisch irgendwelche Tasten.

»Gute Idee, Julia«, sagte ich. Ich zündete mein Feuerzeug an und hielt es unter den Sprinklerkopf.

Julia kreischte: »Halt! Ricky, halt!«

Ricky gehorchte.

Ich sagte: »So ist das manchmal, wie man's macht, macht man's verkehrt.«

Julia drehte sich wutentbrannt um und zischte: »*Ich hasse dich.*«

Ihr Körper wurde bereits grau, verblasste wie bei einem schwarzweißen Bild. Auch aus Ricky verschwand die Farbe. Das Virus in der Luft setzte den Schwärmen zu.

Ein kurzes Funkenprasseln, von hoch oben in den Krakenarmen. Dann noch ein schneller Blitzbogen. Ricky sah es und schrie:

»Vergiss es, Julia! Wir müssen es riskieren!« Er drückte die Tasten und schaltete das Sicherheitssystem wieder ein. Ein Alarm ertönte. Die Bildschirme blinkten rot von der übermäßigen Konzentration von Methan und anderen Gasen. Der Hauptbildschirm zeigte: »SICHERHEITSSYSTEM AN.«

Und aus den Sprinklern sprühten plötzlich braune Wasserkegel.

Sie schrien, als das Wasser sie berührte. Sie wanden sich und schrumpften, schrumpelten vor meinen Augen. Julias Gesicht war verzerrt. Sie starrte mich mit blankem Hass an. Aber sie löste sich bereits auf. Sie fiel auf die Knie und dann auf den Rücken. Die anderen wälzten sich auf dem Boden, brüllten vor Schmerz.

»Komm, Jack.« Jemand zog mich am Ärmel. Es war Mae. »Schnell«, sagte sie. »Die Halle ist voller Methan. Wir müssen hier raus.«

Ich zögerte, blickte noch immer auf Julia. Dann drehten wir uns um und liefen los.

7. Tag, 9.11 Uhr

Der Hubschrauberpilot stieß die Türen auf, als wir angerannt kamen. Wir sprangen hinein. Mae sagte: »Los, weg hier!«

Er sagte: »Ich muss Sie bitten, sich vorher anzuschnallen ... «

»Fliegen Sie schon los!«, brüllte ich.

»Tut mir Leid, so sind die Vorschriften, und es ist zu gefährlich ... «

Schwarzer Rauch quoll aus der Tür der Energiestation, aus der wir soeben gekommen waren. Er stieg in Schwaden in den blauen Wüstenhimmel.

Der Pilot sah das und sagte: »Festhalten!«

Wir hoben ab und flogen Richtung Norden, in einem weiten Bogen weg vom Gebäude. Jetzt drang schon Rauch aus allen Abluftschlitzen am Dach. Ein schwarzer Schleier trieb in der Luft.

Mae sagte: »Das Feuer verbrennt die Nanopartikel und auch die Bakterien. Keine Sorge.«

Der Pilot fragte: »Wo soll's denn hingehen?«

»Nach Hause.«

Er flog nach Westen, und binnen Minuten hatten wir das Gebäude weit hinter uns gelassen. Es verschwand hinter dem Horizont. Mae hatte sich zurückgelehnt, die Augen geschlossen. Ich sagte zu ihr: »Ich hab gedacht, es würde in die Luft fliegen. Aber sie haben das Sicherheitssystem wieder eingeschaltet. Also wird das wohl nicht passieren.«

Sie sagte nichts.

Ich sagte: »Wieso hatten wir es denn dann so eilig, da rauszukommen? Und wo warst du überhaupt? Keiner konnte dich finden.«

Sie sagte: »Ich war draußen, im Depot.«

»Was hast du da gemacht?«

»Nach Thermit gesucht.«

»Noch welches gefunden?«

Es gab kein Geräusch. Bloß einen gelben Lichtblitz, der sich kurz über den Wüstenhorizont ausbreitete und dann verblasste. Man hätte fast meinen können, es wäre nichts geschehen. Aber der Hubschrauber tat einen Satz, als die Druckwelle uns einholte.

Der Pilot sagte: »Heiliger Strohsack, was war denn das?«

»Betriebsunfall«, erwiderte ich. »Sehr bedauerlich.«

Er griff nach seinem Funkgerät. »Ich mach lieber mal Meldung.«

»Ja«, sagte ich. »Unbedingt.«

Wir kamen weiter nach Westen, und ich sah die grüne Linie des Waldes und die sanften Ausläufer der Sierra, als wir die Grenze nach Kalifornien überflogen.

7. Tag, 23.57 Uhr

Es ist spät.

Fast Mitternacht. Im Haus ist es vollkommen still. Ich weiß nicht, wie alles ausgehen wird. Den Kindern ist fürchterlich schlecht, seit ich ihnen das Virus verabreicht habe, und sie übergeben sich. Ich höre, wie mein Sohn und meine Tochter in verschiedenen Badezimmern würgen. Vor einigen Minuten war ich bei ihnen, um zu überprüfen, was da hochkommt. Sie sind totenbleich im Gesicht. Ich sehe, dass sie Angst haben, weil sie wissen, dass ich Angst habe. Das mit Julia habe ich ihnen noch nicht erzählt. Sie haben nicht gefragt. Es geht ihnen zu schlecht, um zu fragen.

Am meisten Sorgen mache ich mir um Amanda, weil ich auch ihr das Virus geben musste. Es war ihre einzige Chance. Ellen ist jetzt bei ihr, aber auch Ellen muss sich übergeben. Amanda hat noch nicht richtig erbrochen. Ich weiß nicht, ob das ein gutes oder ein schlechtes Zeichen ist. Kleine Kinder reagieren anders.

Mir geht es einigermaßen, zumindest im Moment noch. Ich bin hundemüde. Ich glaube, ich bin den ganzen Abend über immer wieder eingenickt. Jetzt sitze ich hier, schaue zum Fenster hinaus in den Garten und warte auf Mae. Sie ist hinten über den Gartenzaun gesprungen und kriecht jetzt wahrscheinlich durch das Gebüsch an dem kleinen Hang hinter dem Grundstück, wo die Rasensprenger sind. Sie meinte, irgendwo dort ein schwaches, grünes Licht gesehen zu haben. Ich wollte nicht, dass sie allein hinausgeht, aber ich bin zu müde, um ihr zu helfen. Wenn sie bis morgen wartet, kann die Armee mit Flammenwerfern alles abfackeln, was sich da verstecken mag.

Die Armee stellt sich in der ganzen Sache taub, aber ich habe Julias Computer zu Hause, und die E-Mails auf der Festplatte beweisen einiges. Ich habe die Festplatte vorsichtshalber ausgebaut, eine andere eingebaut und das Original in einem Schließfach in der Stadt deponiert. Wegen der Armee mache ich mir eigentlich keine Sorgen. Sorgen mache ich mir wegen Larry Handler und den anderen bei Xymos. Die wissen, dass sie mit einer schier unermesslichen Flut von Gerichtsverfahren rechnen müssen. Die Firma wird diese Woche Konkurs anmelden, aber ihr droht dennoch ein Strafverfahren. Vor allem Larry. Ich würde ihm keine Träne nachweinen, wenn er ins Gefängnis müsste.

Mae und ich haben die Ereignisse der vergangenen Tage noch einmal Revue passieren lassen und für die meisten eine einleuchtende Erklärung gefunden. Den Hautausschlag meiner Tochter hatten Gamma-Assembler ausgelöst – die Mikromaschinen, die aus Komponentenfragmenten Moleküle zusammenbauten. Sehr wahrscheinlich hafteten die Gammas an Julias Kleidung, wenn sie im Werksgebäude in Nevada gewesen war. Julia hatte das befürchtet, deshalb hatte sie sich immer als Erstes geduscht, wenn sie nach Hause kam. Das Werk hatte zwar ein gutes Dekontaminationssystem, aber Julia hatte auch außerhalb der Halle mit den Schwärmen Kontakt gehabt. Sie wusste, dass die Gefahr bestand.

An dem betreffenden Abend jedenfalls hatte sie die Gamma-Assembler ins Kinderzimmer getragen. Die Gamma-Assembler sind dazu da, Mikrofragmente aus Silikon zu zerschneiden, doch eine geschmeidige Substanz wie menschliche Haut können sie nur zwicken. Es tut weh, und es verursacht ein Mikrotrauma, wie niemand es zuvor erlebt hat. Oder es für möglich gehalten hätte. Kein Wunder, dass Amanda kein Fieber hatte. Sie hatte keine Infektion. Sie hatte eine Schicht beißender Partikel auf der Haut. Das Magnetfeld des Kernspintomografen heilte sie binnen einer

Sekunde; sämtliche Assembler wurden beim ersten Puls von ihr weggerissen. (Bei dem Biologen in der Wüste war es anscheinend genauso. Er war irgendwie mit Assemblern in Berührung gekommen. Er hatte nicht weit vom Xymos-Werk kampiert.)

Julia wusste, was mit Amanda nicht in Ordnung war, aber sie behielt es für sich. Stattdessen rief sie den Reinigungstrupp von Xymos, und der kreuzte mitten in der Nacht bei uns zu Hause auf, als ich mit Amanda im Krankenhaus war. Nur Eric bekam das mit, und jetzt weiß ich auch, was er gesehen hat. Denn derselbe Trupp war vor einigen Stunden hier, um mein Haus zu säubern. Es waren dieselben Männer, die ich in der Nacht von Julias Unfall in dem Van auf der Straße stehen sah.

Zuerst kommt ein Mann in einem silbernen, antimagnetischen Schutzanzug, und er sieht richtig gespenstisch aus. Durch die versilberte Maske wirkt er gesichtslos. Er überprüft zunächst die Umgebung. Dann folgen vier andere Männer in Overalls mit Staubsaugern und machen alles sauber. Ich hab Eric gesagt, er habe das nur geträumt, aber es war kein Traum. Der Trupp hatte einen Sensorwürfel zurückgelassen, unter Amandas Bett, für den Fall, dass noch nicht alle Gammas beseitigt waren. Das Gerät war gar kein Überspannungsschutz; es sollte nur so aussehen.

Sobald ich mir das alles zusammengereimt hatte, war ich wütend auf Julia, weil sie mir nicht erzählt hatte, was los war. Und ich mir deshalb so große Sorgen gemacht hatte. Aber natürlich war sie da schon krank gewesen. Und deshalb kann ich ihr auch nicht wirklich böse sein.

Erics MP3-Player war von Gamma-Assemblern zerstört worden, genau wie die Autos in der Wüste. Und auch der Kernspintomograf. Aus irgendeinem Grund zerstörten die Gamma-Assembler Speicherchips und ließen Zentralprozessoren in Ruhe. Warum, hat mir bisher noch keiner erklären können.

An dem Abend, als Julia den Unfall hatte, war ein Schwarm in ihrem Kabrio. Sie hatte ihn aus der Wüste mitgebracht, ob mit Absicht oder nicht, kann ich nicht sagen. Der Schwarm konnte sich ganz klein machen, weshalb Eric auch nichts sehen konnte, als er draußen nachschauen ging. Und ich war mir ja auch nicht sicher gewesen, ob da etwas war, als Julia mit ihrem Wagen in der Einfahrt zurücksetzte, kein Wunder. Der Schwarm fing vermutlich das Licht auf seltsame Weise ein. In meiner Erinnerung sah er ein bisschen wie Ricky aus, aber wahrscheinlich konnte der Schwarm das Äußere eines Menschen zu dem Zeitpunkt noch gar nicht annehmen. So weit entwickelt war er da noch gar nicht. Es kann auch sein, dass ich nur eine undeutliche Gestalt erkannt hatte, die ich in meiner Eifersucht für eine Person hielt. Ich glaube nicht, dass ich mir etwas zusammenfantasiert hatte, aber vielleicht doch. Ellen hält das für möglich.

Nach ihrem Unfall verständigte Julia den Reinigungstrupp. Deshalb stand der Van auch am späten Abend auf der Straße. Der Trupp wollte warten, bis alle weg waren, um dann unten an der Unfallstelle alles sauber zu machen. Ich weiß nicht, weshalb Julia von der Straße abgekommen war, ob der Schwarm damit zu tun hatte oder ob es bloß ein Unfall war. Es ist niemand mehr da, den ich fragen könnte.

Die Gebäude in der Wüste wurden restlos zerstört. Die Menge Methan in der Produktionshalle war so groß, dass der Feuerball eine Temperatur von weit über tausend Grad hatte. Mit Sicherheit sind alle biologischen Materialien verbrannt. Aber ich mache mir dennoch Sorgen. In den Trümmern wurden keine Leichen gefunden, nicht einmal Skelette.

Mae hat den Bakteriophagen zu ihrem alten Labor in Palo Alto gebracht. Ich hoffe, sie konnte den Mitarbeitern dort klarmachen, wie bedrohlich die Lage ist. Wie sie reagieren, darüber hält sie sich ziemlich bedeckt. Ich finde, der Phage sollte ins öffentliche Trinkwasser gemischt werden, aber Mae meint, das Chlor würde ihn wieder beseitigen. Massenimpfungen wären auch eine Möglichkeit. Soweit wir wissen, tötet der Phage die Schwärme.

Manchmal habe ich ein Klingeln in den Ohren, das ist ein Besorgnis erregendes Zeichen. Und in Brust und Bauch spüre ich ein Vibrieren. Ich weiß nicht, ob ich nur paranoid bin oder ob tatsächlich irgendetwas mit mir nicht stimmt. Ich bemühe mich, vor den Kindern tapfer zu bleiben, aber Kinder lassen sich nun mal nichts vormachen. Sie wissen, dass ich Angst habe.

Fast bis zuletzt blieb ungeklärt, warum die Schwärme immer wieder zu der Anlage zurückkamen. Darauf konnte ich mir einfach keinen Reim machen. Es beschäftigte mich, weil das Ziel so wenig einleuchtete. Es stimmte nicht mit den PREDPREY-Formulierungen überein. Warum sollte ein Räuber ständig zu einem bestimmten Ort zurückkehren?

Rückblickend betrachtet, gab es dafür natürlich nur eine mögliche Antwort. Die Schwärme waren absichtlich so programmiert worden, dass sie immer zurückkehrten. Die Programmierer selbst hatten das Ziel ausdrücklich so festgelegt.

Aber warum sollte jemand so ein Ziel vorgeben?

Das wurde mir erst vor ein paar Stunden klar.

Der Code, den Ricky mir gezeigt hatte, war nicht der Code, der tatsächlich für die Partikel verwendet worden war. Er konnte mir den richtigen Code gar nicht zeigen, weil ich sofort gemerkt hätte, was sie getan hatten. Ricky hatte es mir nicht erzählt. Keiner hatte es mir erzählt.

Ein großer Schock für mich war eine E-Mail, die ich heute auf Julias Festplatte entdeckt habe. Sie hatte sie an Ricky Morse geschrieben, mit einer Kopie an Larry Handler, den Chef von Xymos, und sie beschreibt darin das Verfahren, wie der Kameraschwarm dazu gebracht werden könnte, bei heftigem Wind zu funktionieren. Laut Plan sollte ein Schwarm absichtlich nach draußen entlassen werden.

Und genau das haben sie getan.

Sie behaupteten, es sei versehentlich passiert, aufgrund fehlender Luftfilter. Deshalb hatte Ricky auch mit mir diese ausführliche Besichtigungstour durchs Werk unternommen und mir das Märchen von der Wartungsfirma und der Entlüftungsanlage aufgetischt. Aber nichts davon war wahr. Die Freilassung des Schwarms war Absicht gewesen.

Sie war von Anfang an geplant gewesen.

Als sie merkten, dass der Schwarm bei starkem Wind nicht funktionierte, suchten sie erfolglos nach einer Lösung. Die Partikel waren einfach zu klein und zu leicht – und auch zu dumm. Sie hatten von Anfang an Designfehler, die nicht zu beheben waren. Das ganze Multimillionen-Dollar-Projekt fürs Militär drohte zu scheitern, und es war einfach keine Lösung in Sicht.

Deshalb beschlossen sie, den Schwarm dazu zu bringen, selbst eine Lösung zu finden.

Sie rekonfigurierten die Nanopartikel und versahen sie mit Sonnenenergie und Speicherkapazität. Sie schrieben das Partikelprogramm neu, um einen genetischen Algorithmus hinzuzufügen. Und sie ließen die Partikel frei, damit sie sich vermehren und entwickeln konnten und um zu sehen, ob sie allein überlebensfähig waren.

Und sie hatten Erfolg.

Es war so dumm, dass einem die Luft wegblieb. Ich begreife einfach nicht, wie man so etwas aushecken konnte, ohne sich die Folgen klarzumachen. Wie alles, was ich bei Xymos gesehen habe, war es ein schlampiger, unausgegorener Plan, hektisch zusammengeschustert, um aktuelle Probleme zu lösen, ohne einen Gedanken an die Zukunft zu verschwenden. So etwas kommt wahrscheinlich häufiger vor, wenn eine Firma auf dem Spiel steht, doch bei Technologien wie dieser war es unverantwortlich.

Aber natürlich ist die eigentliche Wahrheit noch komplizierter. Die Technologie selbst lädt praktisch zu diesem Verhalten ein. Verteilte-Agenten-Systeme laufen von selbst. So funktionieren sie nun mal. Das war ja gerade der Sinn der Sache: Man installiert sie und lässt sie arbeiten. Man gewöhnt sich an diese Methode. Man gewöhnt sich daran, Agentennetzwerke so zu behandeln. Autonomie ist der springende Punkt.

Aber es ist *eine* Sache, eine Population virtueller Agenten innerhalb eines Computerspeichers freizulassen, um ein Problem zu lösen. Es ist jedoch eine andere, dies mit realen Agenten in der wirklichen Welt zu tun.

Den Unterschied hatten sie einfach nicht gesehen. Oder nicht sehen wollen.

Und so ließen sie den Schwarm frei.

Der Fachbegriff dafür lautet »Selbstoptimierung«. Der Schwarm entwickelt sich von allein weiter, die weniger erfolgreichen Agenten sterben ab, und die erfolgreicheren bringen die nächste Generation hervor. Nach zehn oder hundert Generationen findet der Schwarm die beste Lösung. Die optimale Lösung.

Dergleichen geschieht ständig innerhalb eines Computers. Es wird sogar zur Entwicklung neuer Computeralgorithmen angewendet. Danny Hillis versuchte vor Jahren als einer der Ersten auf diesem Wege, einen Sortieralgorithmus zu optimieren. Er wollte herausfinden, ob der Computer selbst ausknobeln konnte, wie er besser arbeitete. Das Programm fand eine neue Methode. Schon bald folgten andere Hillis' Beispiel.

Doch mit autonomen Robotern in der realen Welt ist so etwas noch nicht gemacht worden. Soweit ich weiß, war es das erste Mal. Vielleicht ist es schon vorher einmal passiert, und wir haben nur noch nichts davon gehört. Jedenfalls bin ich überzeugt, dass es wieder passieren wird.

Wahrscheinlich bald.

Es ist zwei Uhr morgens. Die Kinder haben endlich aufgehört zu brechen. Sie schlafen jetzt. Offenbar friedlich. Das Baby schläft. Ellen fühlt sich noch immer ziemlich elend. Ich muss wieder eingedöst sein. Ich weiß nicht, wovon ich aufgewacht bin. Ich sehe

Mae den Hang hinter meinem Haus hochkommen. Bei ihr sind der Typ in dem Schutzanzug und der Rest vom SSVT-Team. Sie geht mir entgegen. Ich sehe, dass sie lächelt. Ich hoffe, sie hat eine gute Nachricht.

Ich könnte jetzt eine gute Nachricht gebrauchen.

In Julias E-Mail heißt es: »Wir haben nichts zu verlieren.« Aber am Ende haben sie alles verloren – ihre Firma, ihr Leben, alles. Und die Ironie des Ganzen ist, dass das Verfahren funktioniert hat. Der Schwarm hat das Problem, das er für sie lösen sollte, tatsächlich gelöst.

Aber dann hat er weitergemacht, sich immer weiter entwickelt.

Und sie haben ihn gelassen.

Sie wussten nicht, was sie taten.

Ich fürchte, das wird irgendwann auf dem Grabstein der Menschheit stehen.

Ich hoffe, nicht.

Vielleicht haben wir ja Glück.

Bibliografie

Die Handlung dieses Romans ist rein fiktiv, aber die Forschungsfelder, die darin erwähnt werden, sind es nicht. Die folgende Auswahlbibliografie mag interessierten Lesern dabei helfen, mehr über die immer deutlicher werdende Konvergenz von Genetik, Nanotechnologie und verteilter Intelligenz zu erfahren.

Adami, Christoph: *Introduction to Artificial Life*. New York: Springer Verlag, 1998.

Bedau, Mark A., John S. McCaskill, Norman H. Packard und Steen Rasmussen: *Artificial Life VII.* Proceedings of the Seventh International Conference on Artificial Life. Cambridge, MA: MIT Press, 2000.

Bentley, Peter (Hrsg.): *Evolutionary Design by Computers.* San Francisco: Morgan Kaufmann, 1999.

Bonabeau, Eric, Marco Dorigo und Guy Théraulaz: *Swarm Intelligence*. New York: Oxford UP, 1999.

Brams, Steven J.: *Theory of Moves*. New York: Cambridge UP, 1994.

Brooks, Rodney A.: *Cambrian Intelligence.* Cambridge, MA: MIT Press, 1999.

Camazine, Scott, Jean-Louis Deneubourg, Nigel R. Franks, James Sneyd, Guy Théraulaz und Eric Bonabeau: *Self-Organization in Biological Systems*. Princeton, NJ: Princeton UP, 2001. Siehe vor allem Kapitel 19.

Caro, T. M., und Clare D. Fitzgibbon: »Large Carnivores and Their Prey«, in: Crawley: *Natural Enemies*, 1992.

Casti, John L.: *Would-be Worlds*. New York: Wiley, 1997.

Crandall, B. C.: »Molecular Engineering«, in: Crandall, B. C. (Hrsg.): *Nanotechnology*. Cambridge, MA: MIT Press, 1996, S. 2-46.

Crawley, Michael J. (Hrsg.): *Natural Enemies: The Population Biology of Predators, Parasites and Diseases*. London: Blackwell, 1992.

Dobson, Andrew P., Peter J. Hudson und Annarie M. Lyes: »Macroparasites«, in: Crawley: *Natural Enemies,* 1992, S. 329ff.

Drexler, K. Eric: *Nanosystems, Molecular Machinery, Manufacturing, and Computation*. New York: Wiley, 1992.

Drexler, K. Eric: »Introduction to Nanotechnology«, in: Krummenacker u. a.: *Prospects in Nanotechnology*, 1995, S. 1-22.

Ewald, Paul W.: *Evolution of Infectious Disease*. New York: Oxford UP, 1994.

Ferber, Jacques: *Multiagentensysteme. Eine Einführung in die Verteilte Künstliche Intelligenz*. München u.a.: Addison-Wesley, 2001.

Goldberg, David E.: *Genetic Algorithms in Search, Optimization & Machine Learning*. Boston: Addison-Wesley, 1989.

Hassell, Michael P.: *The Dynamics of Competition and Predation*. Institute of Biology, Studies in Biology, Nr. 72. London: Edward Arnold, 1976.

Hassell, Michael P., und H. Charles J. Godfray: »The Population Biology of Insect Parasitoids«, in: Crawley: *Natural Enemies*, 1992, S. 265ff.

Holland, John H.: *Hidden Order: How Adaption Builds Complexity*. Cambridge, MA: MIT Press, 1995.

Kelly, David: *Out of Control*. Reading, MA: Perseus, 1995.

Kennedy, James, und Russell C. Eberhart: *Swarm Intelligence*. San Francisco: Morgan Kaufmann, 2001.

Kohler, Timothy A., und George J. Gumerman: *Dynamics in Human and Primate Societies: Agent-Based Modeling of Social and Spatial Processes.* New York: Oxford UP, 2000.

Kortenkamp, David, R. Peter Bonasso und Robin Murphy: *Artificial Intelligence and Mobile Robots.* Cambridge, MA: MIT Press, 1998.

Koza, John R.: »Artificial Life: Spontaneous Emergence of Self-Replicating and Evolutionary Self-Improving Computer Programs«, in: Langton: *Artificial Life III*, 1994, S. 225-262.

Krummenacker, Markus, und James Lewis (Hrsg.): *Prospects in Nanotechnology: Toward Molecular Manufacturing.* Proceedings of the First General Conference on Nanotechnology: Development, Applications and Opportunities. New York: Wiley, 1995.

Kruuk, Hans: *The Spotted Hyena. A Study of Predation and Social Behavior.* Chicago: Chicago UP, 1972.

Langton, Christopher G. (Hrsg.): *Artificial Life.* Santa Fe Institute, Studies in Sciences of Complexity, Proc. Vol. VI. Reading, MA: Addison-Wesley, 1989.

Langton, Christopher G., Charles Taylor, J. Doyne Farmer und Steen Rasmussen (Hrsg.): *Artificial Life II.* Santa Fe Institute, Studies in Sciences of Complexity, Proc. Vol. X. Reading, MA: Addison-Wesley, 1992.

Langton, Christopher G. (Hrsg.): *Artificial Life III.* Santa Fe Institute, Studies in Sciences of Complexity, Proc. Vol. XVII. Reading, MA: Addison-Wesley, 1994.

Levy, Steven: *KL – Künstliches Leben aus dem Computer.* München: Droemer Knaur, 1993.

Lyshevski, Sergey Edward: *Nano- and Microelectromechanical Systems: Fundamentals of Nano- and Microengineering.* New York: CRC Press, 2000.

Millonas, Mark M.: »Swarms, Phase Transitions, and Collective Intelligence«, in: Langton: *Artificial Life III*, 1994, S. 417 ff.

Mitchell, Melanie: *An Introduction to Genetic Algorithms.* Cambridge, MA: MIT Press, 1996.

Nishimura, Shin I., und Takashi Ikegami: »Emergence of Collective Strategies in a Prey-Predator Game Model«, in: *Artificial Life*, Herbst 1997, Vol. 3 #4, S. 243ff.

Nishimura, Shin I.: »Studying Attention Dynamics of a Predator in a Prey-Predator System«, in: Bedau u.a.: *Artificial Life VII*, 2000.

Nolfi, Stefano, und Dario Floreano: »Co-evolving Predator and Prey Robots: Do ›Arms Races‹ Arise in Artificial Evolution?«, in: *Artificial Life*, Herbst 1998, Vol. 4 #4, S. 311 ff.

Nolfi, Stefano, und Dario Floreano: *Evolutionary Robotics. The Biology, Intelligence, and Technology of Self-Organizing Machines*. Cambridge, MA: MIT Press, 2000.

Reggia, James A., Reiner Schulz, Gerald S. Wilkinson und Juan Uriagereka: »Conditions Enabling the Evolution of Inter-Agent Signaling in an Artificial World«, in: *Artificial Life*, Winter 2001, Vol. 7 #1, S. 3 ff.

Reynolds, Craig R.: »An Evolved, Vision-Based Model of Obstacle Avoidance Behavior«, in: Langton: *Artificial Life III*, 1994, S. 327-343.

Schelling, Thomas C.: *Micromotives and Macrobehavior.* New York: Norton, 1978.

Solem, Johndale C.: »The Motility of Microrobots«, in: Langton: *Artificial Life III*, 1994, S. 359 ff.

Wooldridge, Michael: *Reasoning about Rational Agents*. Cambridge, MA: MIT Press, 2000.

Yaeger, Larry: »Computational Genetics, Physiology, Metabolism, Neural Systems, Learning, Vision, and Behavior or PolyWorld: Life in a New Context«, in: Langton: *Artificial Life III*, 1994, S. 263-298.